浙江文叢

陳鱣集

〔上册〕

〔清〕陳鱣 著　李林 點校
海寧市檔案局（館）
海寧市史志辦公室 編

浙江出版聯合集團
浙江古籍出版社

圖書在版編目(CIP)數據

陳鱣集 /（清）陳鱣著 ；李林點校. —杭州 ：浙江古籍出版社，2018.12
ISBN 978-7-5540-1455-4

Ⅰ.①陳… Ⅱ.①陳… ②李… Ⅲ.①中國文學一古典文學一作品綜合集一清代 Ⅳ.①I214.92

中國版本圖書館 CIP 數據核字(2018)第 284896 號

陳鱣集

（清）陳鱣 著　李林 點校

出版發行　浙江古籍出版社
（杭州市體育場路 347 號　郵編：310006）
網　　址　www.zjguji.com
zjgjcbs.tmall.com（天猫旗艦店）
責任編輯　劉　蔚
文字編輯　郭大帥
封面設計　劉　欣
責任校對　余　宏
責任印務　樓浩凱
照　　排　浙江時代出版服務有限公司
印　　刷　浙江新華數碼印務有限公司
開　　本　710mm×1000mm　1/16
印　　張　45.75
字　　數　468 千
版　　次　2018 年 12 月第 1 版
印　　次　2018 年 12 月第 1 次印刷
書　　號　ISBN 978-7-5540-1455-4
定　　價　240.00 圓

ISBN 978-7-5540-1455-4
9 787554 014554

前言

陳鱣(一七五三—一八一七),字仲魚,號河莊,又號簡莊,浙江海寧人。他與吴騫、黄丕烈、翁方綱、孫星衍、錢大昕等著名學者多有交往,互相交流藏書、砥礪學術。他曾收藏、校勘多種宋元書籍,並曾爲其中一些寫過跋語,結集爲《經籍跋文》一卷。所以在今天的研究者看來,陳鱣是一位知名的藏書家、版本學家。實際上,陳鱣主要的學術建樹是在經學上,這卻是現今較少被人關注的。

陳鱣在治學上,以經學爲主,服膺鄭玄,對於經學也有較爲精深的研究,並曾輯録鄭玄《六藝論》一卷,編訂鄭玄年譜。除服膺鄭玄外,陳鱣還擅長許氏《説文》之學,並且畢生以注釋《説文》爲念。爲了搜集與《説文》相關的資料,他還輯録了多種已經亡佚的古書,如《爾雅舊注》《字書》《字苑》等,彙爲《古小學書鉤沉》。遺憾的是,他的著作生前多未刊刻,這使得後人對其學術瞭解較少。特别是其所注《説文》稿本的亡佚,更是使其一生心血落空。實際上,其《説文》之學,在當時學者中極負盛名,王念孫看過他注的《説文》稿本後,即放棄了注《説文》之念,而專意進行《廣雅》的疏證。阮元也認爲陳鱣是『浙西諸生中經學最深者也』。

陳鱣的學術成就,除在各種專書中得以表現外,在其詩文集中亦有不少體現。而且其文集中有不少和當時著名學者的交往情況。所以整理其詩文著作,對於清代學術的研究,具有較爲重要的作用。對於經學和版本學的研究，也能提供大量有益的見解。

本次整理，以陳鱣的詩文隨筆爲主，收入其詩文集、《新坂土風》《經籍跋文》《簡莊疏記》等幾種著作。

陳鱣的文章，在嘉慶年間曾經刊刻爲六卷，稱爲《綴文》。後羊復禮又輯成續編二卷，使其文章更爲完備。本次整理，以《續修四庫全書》影印光緒中海昌羊氏《海昌叢載》本《簡莊文鈔》六卷、《簡莊文鈔續編》二卷爲底本，並以嘉慶十二年刻本、民國十五年杭州抱經堂增修本等相校。詩集部分，以光緒十四年海昌《海昌叢載》本《河莊詩鈔》一卷爲底本。《新坂土風》一種，專詠海寧風物，以光緒中海昌羊氏《海昌叢載》本爲底本，以清徐氏汲修齋鈔《汲修齋叢書》本相校勘。

除此之外，陳鱣還有不少詩文散逸，後人曾做過一些輯録。如徐光濟曾輯《河莊詩文抄》一册，費寅曾輯《簡莊文鈔補輯》一卷，王欣夫輯《簡莊文鈔補遺》，今皆各據以整理。唯三種輯本之間，篇目多有重複，今各列其目，以存輯本舊貌。至於内容，則僅於最初出現時摘録，以省重複。

除此之外，今人陳鴻森又有《陳鱣簡莊詩文鈔拾補》，在費寅、徐光濟、王欣夫輯本的基礎上再爲輯録。今也將其篇目删去重複，彙成一編，名爲《簡莊詩文拾補》。另外有些情况需要説明的是：王欣夫輯本中的有些篇目，今尚能見到原書跋文，故整理時以原書跋文相對，發現王輯本中卷二《鄭氏周易三卷》《周易注疏十三卷》《五代會要三十卷》與原書跋文有較大文字差異，而原書跋文較爲合理，故此三篇文字據原書跋文録入。其餘篇目，文字差距較小，故以校勘記形式記載異文，間或據原書跋文加以校改補充。又及，本次整理，又在前人基礎上再行輯録，得文章數篇，以補未備。

《簡莊疏記》十七卷，以《續修四庫全書》影印《適園叢書》本爲底本整理。《經籍跋文》一卷，以別下齋刻本爲底本整理。《對策》一種，以《式訓堂叢書》本爲底本整理。

另外需要特別説明的是，《中國近代名賢書劄》影印有《陳仲魚詩》，據陳鴻森考證，係後人僞造，未免以訛傳訛，今不予收入。另外，民國九年江陰繆氏刻《煙畫東堂小品》收有陳鱣《簡莊隨筆》一種。據陳鴻森考證，此書内容當爲錢謙益所作，今亦不收。

整理者學識淺薄，其間必有不少訛誤之處，尚祈方家指正。

李　林

二零一八年十一月

目録

簡莊文鈔

簡莊文鈔續編

簡莊文鈔續編卷二

河莊詩鈔

河莊詩鈔

跋

新坂土風

河莊詩文抄

簡莊文鈔補輯

簡莊詩文鈔補遺

簡莊詩文鈔補遺卷一

簡莊詩文鈔補遺卷二

簡莊詩文拾補

簡莊詩文新輯

經籍跋文

簡莊疏記

對策

簡莊文鈔

卷首

敘

吾友徵士陳君仲魚彙刻所爲文七十餘篇，分爲六卷，皆可誦可傳也。往，余於乾隆己酉至都門，時邵二雲、王懷祖皆在焉。余之識仲魚也，實因懷祖。時仲魚年方壯，學甚精進，余甚敬之。既而壬子、癸丑間，余始僑居蘇之閶門外。錢辛楣詹事主講紫陽書院，得時時過從討論。而仲魚十餘年間爲人作計，常往來揚、鎮、常、蘇數郡間，每歲亦必相見數四。見則各言所學，互相賞奇析疑，朋友之至樂也。仲魚所爲《孝經集鄭注》《論語古訓》《六藝論拾遺》《鄭君年譜》及《對策》諸編，余既一一雒誦，歎其精覈。今復出此《綴文》，命余敘之。余以爲君之學邃矣，君之文不懈而及千古矣，或研經訓，或記讎校，或考索故事，或發闡幽光，或抒寫兄弟朋友情摯之語，非所謂函雅故、通古今、正文字，惟學林者乎？而首卷論九篇，議論確不可易，真無媿立言也。兹者故老彫零，辛楣與盧抱經、王西莊、蘭泉諸先生皆相繼謝世，二雲及劉端臨亦逝，計惟程易田、姚姬傳二老及懷祖在耳。易田今年八十三，姬傳及余少於易田，懷祖少於余，君又少於懷祖。古人云：『晝短苦夜長，何不秉燭遊？』殆以况遲暮之年好學不倦、好禮不厭也乎？仲魚年才五十許，所進蓋未可量。

嘉慶十有二年太歲在丁卯夏四月金壇段玉裁敘。[一]

擬傳《海昌備志》

陳鱣字仲魚，號簡莊，又號河莊。嘉慶丙辰，以郡庠生舉孝廉方正。戊午舉人。少承其父許氏《説文》之學，而兼宗北海鄭氏。而《論語注》《孝經注》《六藝論》皆采輯遺文，並據本傳，參以諸書，排次事實爲年紀。嘉定錢氏大昕謂爲粲然有條，咸可徵信。好購藏宋元雕本書及近世罕見之本，與吴槎客騫互相鈔傳。晚營果園於紫微山麓，中構向山閣，藏書十萬卷，次第校勘。册首鈐小印二，一曰『得此書甚辛苦，後之人其鑒我』，一爲小像。仲魚美須髯，喜交遊。槎客謂其力學嗜古、魁奇俶儻之概，與宜興陳經景辰同，多髯又同，作《兩陳髯行》。後仲魚與景辰修士相見禮，以謝在杭小草齋精鈔《古靈先生集》贈景辰，槎客爲之跋尾。嘉慶辛酉，會試至京，於琉璃廠書肆識朝鮮使臣朴修其檢書，各操筆以通語言。朴修其以所撰《貞㽔稾略》貽仲魚，仲魚報以《論語古訓》，各相傾許，一時以爲佳話。其舉孝廉方正也，儀徵阮相國爲舉主，手摹漢隸『孝廉』二字以顔其居，並爲書『士鄉堂』額。仲魚既没，遺書散佚，相國爲刊《續唐書》於粤東。

雜綴

阮文達《定香亭筆談》

海寧陳仲魚鱣於經史百家，靡不綜覽。嘗輯鄭司農《論語注》諸書而考證之，浙西諸生中經學最深者也。舉孝廉方正。江南陳方伯奉兹嘗謂舉孝廉方正，江蘇錢可庭大昭、安徽胡雒君虔、浙江陳仲魚三人可概其餘。余謂方伯之言，誠能識拔宿儒，然安徽當以程易疇瑶田爲第一，而胡君亞之。

李遇孫《金石學録》

陳鱣精考證之學，築果園於峽石山麓，藏金石數百種，箸《松硯齋隨筆》。《兩漢金石記》録其《吴國山碑跋》。同時海昌之言金石者，有陳均能識鐘鼎篆文，徧遊都門、關中、江右、粤東等省，收獲日富，築十三漢鏡齋以居。徐紹曾爲周松靄大令弟子，愛石刻，日以摩挲古碑爲樂，藏北宋二體石經《周禮》殘本，實爲罕覯。松靄大令任岑溪時，土人掘山地得銅鼓一面，底俱平。底有銘，古篆陽文，人不能識，攜搨本歸，命壽魚考釋，得四十字五韻，有『龍集庚午，月建在卯』云云，共服其博奥。許槤亦究心古學，吴山夫《金石存》，李侍郎屬其校而刊之，藏有『千秋長安』『駘湯萬年』二瓦當，爲孫淵如觀察所未録。

黄丕烈《士禮居題跋》

仲魚於丁丑二月中辭世，先得諸傳聞，後吴蘇閣札來，始知凶耗之的。待訃不至，擬往弔未果。案頭所借之書，猶未還也。二十年好友，一旦幽明睽隔，傷也如何。偶檢是書，爲綴數語以寄慨云爾。夏五復翁。

吴衡照《海昌詩淑》

陳鱣字仲魚，號簡莊，嘉慶丙辰舉孝廉方正，旋中戊午舉人。案簡莊先生，余同年友，素與余叔兔牀先生敦道義交。博聞强記，手不釋卷。尤深于許、鄭之學，同時推爲漢學領袖。雅好藏書，宋雕元槧及近罕見本，不惜厚值購置。晚築講舍於紫微山麓，晨夕箸書校勘其中，自以爲南面百城之樂未有過也。刻二印，一云『得此書費辛苦，後之人其鑒我』，一寫自像。凡所手訂書，悉以此志。没不數載，後人無識，爲苕上書賈賺去，題識宛然，圖記猶昔。精鈔舊刻，以其族行，吁可傷已。著有《續唐書》《經籍跋尾〔二〕》。半生精力，尤萃於此，惜未授梓。

錢泰吉《曝書雜記》

海昌陳簡莊孝廉鱣，博學好古，尤喜收書。其所得諸經，舊本《周易注疏》則宋刻大字本十三卷，李氏《集解》則影宋嘉定本十卷，朱子《本義》則宋咸淳吴革本十二卷，《尚書孔傳》則宋婺刻巾箱本十二卷，蔡氏《集傳》則宋刻本六卷，《毛詩傳箋》則宋刻監本二十卷，《注疏》則元刻元印大字本二十卷，《周禮注》則宋小字本十二卷，《儀禮鄭注》則明繙宋刻本十七卷，《禮記注》則宋淳熙刻本二十卷，即張氏重刊本。《注疏》則宋刻本七十卷，陳氏《集説》則元文宗時建安鄭明德刻本十六卷，《春秋經傳集解》則明繙宋相臺岳氏本三十卷，簡莊謂明繙刻有三本，此爲最佳，不言何人所繙。《穀梁傳》則照宋鈔單行疏十二卷，惜缺文公以前。《論語音》則影寫北宋蜀大字本一卷，《孝經注》則桐鄉金氏翔和書塾繙相臺岳氏本一卷，《爾雅》則宋刻單疏本十卷，《孟子音義》則影寫北宋蜀大字本二卷，《四書》則宋淳祐丙午泳澤書院刻《大學章句》一卷、《中庸章句》一卷、《論語集注》十卷、《孟子集注》十四卷。簡莊云似系國初時繙刻之本。余來海昌，簡莊已下世，所藏盡散，不知流傳何所矣。戊子春，管庭芬芷湘得簡莊手寫《經籍跋文》一卷於西吴書舫，諸本與今通行本異者皆羅列精詳，余鈔一通藏之。今蔣生沐刻入《别下齋叢書》。

海寧陳鱣仲魚，嘉慶元年舉孝廉方正。三年，本省中式舉人。箸述甚富，時同州人吴騫兔牀拜經樓多藏書，仲魚亦喜聚書，得善本互相鈔藏，更有吴門黄丕烈蕘圃爲之助，以故海昌藏書家推吴氏、陳氏。此志曾爲乍浦韓氏所藏，仲魚得之吴市，因録贈兔牀，蕘圃亦録其副。三人有唱和詩紀事，仲魚有跋，皆見册中，亦一時佳話也。今仲魚之書散失矣，此志自一卷至六卷，乃從拜經樓傳鈔者。所載事蹟，至淳祐止，其爲施諤志無疑。《四庫書目》作施諤，杭氏、厲氏集中作施愕，仲魚、蕘圃謂作施諤，見仲魚跋中。州學生員蔣光煦近又得陸香圃三開草堂鈔本，取以校勘，得補闕文數條。卷中校語謂别下齋藏本即是。其分卷自卷五至卷十，當是原目。此本卷第，或傳鈔者以意定之。仲魚亦謂其前有闕文也。南宋《臨安志》，乾道、淳祐、咸淳凡三修。兔牀舊藏《咸淳志》九十五卷，及得乾道、淳祐二志，則三志略備，刻一印曰『臨安志百卷人家』，所藏書卷中多用之，其風致如此。仲魚又嘗得施氏宿《嘉泰會稽志》，亦《四庫提要》所謂『藏書家罕見箸録』者，今不知爲何人所得。蕘圃之書，聞亦流散，獨拜經樓遺籍猶完好云。

吴振棫《杭郡詩續輯》

簡莊營别業於峽川之果園，在紫微山麓，購藏宋雕元槧及近世罕見本甚夥。每册鈐以私印二，一曰『得此書甚辛苦，後之人其鑒我』，一寫自像。殁後，爲其子斥賣殆盡。生平博聞强識，尤深許、鄭之學。所箸如《續唐書》《經籍跋尾〔三〕》，及詮釋《説文》一書，皆半生精力所萃。惟《續唐書》刊於粤東。

簡莊文鈔目録識語

向所作文，不自收拾，近日同人每多問及。此數十篇，探諸敝極，以類相從，都爲一集。應試應酬，俱不列入。嘉慶十年夏日識于中吴别業。

校勘記

〔一〕此句原闕，據嘉慶十二年刻本及抱經堂增修本補。

〔二〕〔三〕『經籍跋尾』，當即『經籍跋文』。

簡莊文鈔卷一

賈誼論

自古人臣之爲國家除害也，匡救在乎先，而不當有所待；進言在乎直，而不當有所忍。夫天下治平無事，方且杜漸防微。若其禍亂已兆，爲人臣者勿言，僉曰：『有所待也。』即言矣，或不敢盡言，且曰：『有所忍也。』其遺害實甚。漢之賈生，少爲博士，人人以爲能。文帝超遷至大中大夫，議任以公卿之位，被讒放逐，歲餘徵之，問以得失，則上疏陳事，多所匡建。而宋蘇氏論之，惜其王者之佐不能自用其才，以爲君子必有所待、必有所忍，而責生之不能用漢文。陳子曰：異哉蘇氏之言也！夫賈生，乃漢文不能用生，非生之不能用漢文也。君子之立朝，將以行吾所學，不顧其利害。若抱其才之美，而惟冀其福之享，天下無事則收其福，有事則避其禍，天下亦安賴有此美才邪？醫之視病也，宜及其病之方形而速治，乃姑以輕緩之藥試之，待其亟也，然後投以重劑，則晚矣。如蘇氏之論，是率天下諂臣媚子，兢兢奉命而後可也，是釀成其病也。其如病者之孔亟何？《孟子》曰：『位卑而言高，辠也。』賈生官至大中大夫，位不爲卑矣。彼絳灌之徒，恐其害己，乃毁其年少初學，專欲擅權，紛亂諸事。雖然，於生固無傷也。儻如蘇氏所謂『優遊浸漬而深交之』，使天子不疑、大臣不忌，又必率天下而逢迎君側、趨附權門而後可也，是益之病也。曾謂王者之佐所宜出此哉？方是時，本有邊患，淮南、濟北王皆爲逆誅，紛紛擾擾，數被其憂。若不衆建諸侯而少其力，則漢之爲漢固未可知。又況絳、灌等般樂怠傲，不急救正，誠如所言，病非徒瘇，又苦蹠盭。此而不痛哭，又烏乎痛哭？文帝果能用之，可以爲堯舜，可以爲湯武。何意受釐宣室，感問鬼神，後世僅僻中主。生時年三十餘，未幾自傷無狀，鬱鬱而死。厥後吳、楚、趙與四齊王合縱舉兵，諸國亦反，天下騷然，其言皆驗。使及其身不諫，姑爲待之忍之云耳，人壽能幾何邪？天下之長治久安又何可必邪？漢之劉向，大儒也，以生爲通達國體，伊管未能遠過。班固，良史也，以生雖不至公卿，未爲不遇。二君之言，實出至公。若云志大而量小、才有餘而力不足，未免以成敗論人耳。嗟乎！世之君子，苟有高世之才，務爲立身之計，特不幸窮而在野，無官守，無言責，惟是默而息耳。若遭遇人主特達之知，又當國家治亂所係，知無不言，言無不盡，而又奚待哉？而又奚忍哉？

張禹論

所貴乎通經者，謂其誦服古先，以致實用，處則守身立教，出則致君澤民。雖不能人人聖賢，萬不至大相違背。說者謂漢之尊經，可謂至矣。及其衰也，反爲所害。如王莽誦六藝以文姦。然愚以爲其端實自張禹釀之。張禹者，本以經學爲諸儒薦列博士。初元中，詔令授太子

《論語》。成帝即位，方向經學，敬師傅。禹與王鳳竝領尚書事。後禹爲丞相，封安昌侯。王氏專政，禹不能諫。厥後政由莽出，漢祚遂移。然則經果足以誤人國家者乎？曰：非也。此人不通經而誤及國家，非經之足以誤國家也。夫漢自武帝立五經博士，設科射策，百有餘年，傳業者寖甚。一經説至百餘萬言，大師衆至千餘人，蓋利禄之路使然。以之進身，當去僞而存實〔一〕。若禹，則所謂僞之尤者耳。其所善《論語》，不過誦習章句，弋獲科名。及位至通顯，游其門者大抵巧言令色之流，争相趨附，震而驚之，故號曰『張侯論』。從來傳經，止偁『某氏學』，而彼獨偁『侯』，是其明證。附禹者，皆巧言令色之徒，禹但爲巧言令色之師而已。天下之不通經也，孰甚？《論語》曰：『事君能致其身。』又曰：『事君盡禮。』又曰：『臣事君以忠。』禹初上書乞歸，欲退避。鳳蓋迎合上意必留，乃以帝師膺特進。優游高位十數年，一無諫白，坐視顛危，將所謂致身者安在？所謂禮與忠者安在乎？當永始、元延之閒，日蝕地震尤數。吏民上書言災異之應，譏切王氏專政所致。上懼變異，數至意，頗然之，乃辟左右，親問以天變。因用吏民言王氏事示禹，此正可乘機而導攘除姦凶時也。乃禹自見年老子弱，又恐爲王氏所怨，反以爲亂道誤人，宜無信用，誠可謂『天變不足畏，人言不足恤』者矣。彼且引聖人『罕言命』『子不語怪神』『性與天道不得聞』。嗚呼！聖人之言，豈謂是與？禹内殖貨財，膏腴田多至四百頃，它物稱是。又性奢淫，身居大第，後堂理絲竹管弦。其於聖人『罕言利』及『奢則不孫』之旨，抑何大相剌謬也？成帝時，朱雲在朝，以禹『上不匡主、下亡以益民，尸位素餐，孔子所謂鄙夫不可與事君，苟患失之，無所不至』，斯言也，深得禹之情狀。惜乎不得尚方斬馬劍斷佞臣也。乃上怒，以居下訕上，廷辱師傅。豈禹當日授上《論語》者惟此邪？然雲已不愧比干之諫矣。嗟夫！禹之背經若此，而居然通顯。人之偁之者，不知其僞也。後世人主明經取士，如張禹輩恐不少矣。夫學校廢則教化衰，教化衰則廉恥喪。説者並移其咎於漢之尊經，將必至如秦之燔經，是又因噎而廢食也。可乎哉！可乎哉！

胡廣論

國家之運，壞於奸臣者固多，壞於庸臣者亦復不少。奸臣之誤國，人皆知之；庸臣之誤國，人不知之。雖有願治之主、直言之臣，一時若無可指斥者，而浸釀成毒，病日以深，且延及數世。譬如猛虎害人最烈，然其來也縱横恣肆，勇者猶可梃擊之。不幸或爲其所食，幸則擊中而斃，其患遂休。有虺焉，狀貌不足懼，遇人則屈其體。被茲害者，當時且不知也。未幾，而一指之大幾如股矣。又未幾，而一股之大幾如腰矣。遷延時日，偏瘇以死。可不大哀也乎！漢之奸臣，若梁冀、董卓之流，爲害甚矣。惟安樂侯胡廣始以試章奏爲天下弟一，人皆仰之。及其膺受高位，無謇諤之風、補闕之益。京師爲之諺曰：『萬事不理問伯始，天下中庸有胡公。』自在公台三十餘年，歷事安、順、質、沖、桓、靈六帝，年八十二薨。嗚呼！若而人者，豈可以相天下哉？夫相者，上以分天子之憂勞，下以操百官之刑賞者也。使惟苟合取容，治亂不關於心，天下有事，俾天子獨任憂勞，而百官波靡於下，不刑一人，不賞一人，無賢愚曲直，弟相率以庸。於是綱紀寖弛，禍亂潛作，一代元氣竟喪於庸相之手。彼胡廣相漢，安保其不爲桓、靈之傾頹也。史偁廣與李固定策，大議不全。又與中常侍丁肅婚姻，以此譏毁於時。此其章明較著者也。然考其生平，尚有不止於此者。順帝欲立皇后，議欲探籌以神定選。廣上疏則云：『宜參良家，簡求有德。德同以年，年均以貌。』乃以梁貴人良家子定立爲皇后。此舉安知非迎合上意？又左雄議察舉之制，限年四十以上儒者試經學、文吏試章奏，廣復上書駁之，大略以『六奇之策不出經學，鄭、阿之政非必章奏。甘、奇顯用，年乖彊仕。終、賈揚聲，亦在弱冠』，窺其意，不過猷實學而侮老成，姑爲是謬悠之論，使空疏無據者得以藉口，而少年佻撻者得以躁進，相繼而爲庸流，不亦輕朝廷、羞當世之士邪？且爾時國家要害之政，豈無大於此者？而沾沾焉惟科舉是争。蓋以此爲無干天子喜怒，而可博後進歡心。猥曰：『我有所建白。』庸臣舉動，大率類是，可勝悼哉？吾常怪夫世之庸師不淬厲其徒之精勤，而揣摩其主之好尚。又嘗怪夫世之庸醫不能察六脈五臧之根原，而僅知甘草、薏苡之是用。二者皆不受害人之名，而其害人也甚深。彼當局者且不覺也，由君子觀之則以爲是。遇虺弗摧以自害也，其禍烈於猛虎。然則有天下國家者，豈無一二公忠體國、正色直言，作股肱，作心膂，而安用此庸庸若胡廣者爲邪？

諸葛孔明論

三代而下，人臣之忠義莫過于諸葛孔明。在當時，或以小節非之。如習鑿齒論其不當誅馬謖，陳壽論其用兵非所長，然未嘗言其忠義有虧也。宋俞文豹《吹劍録》述其兄之説，以爲孔明識時務而未明大義，忠於蜀而未忠於漢室，且列四端以妄譏之，嘗以是説取解于同文館。陶九成《輟耕録》復全采之。余恐觀者爲其所惑，因作此條辨焉。一者以先主非人望所歸，獨何所見而委身？藉使以爲劉氏族屬，然獻帝在上，猶當如光武之事更始，一切聽命。夫先主嘗自云周旋于陳元方、鄭康成間，則固習聞鄭君緒論。是以陳登、孔融交相推尊，曷爲非人望所歸？孔明以其帝室之胄，信義素著，猥自枉屈三顧，感激驅馳，豈無所見而委身？每與論事，未嘗不痛恨於桓、靈，而乃欲聽命於獻帝，彼亦思獻帝爲何如主乎？二者草廬始謀，辭正志偉。自開以霸業，而志始移。由舉兵以來，未嘗禀命朝廷，而孔明未嘗一談及焉。蓋隆中之對，以霸業可成、漢室可興，志本在乎漢室。後時事日非，漢室且禪于魏，若蜀舉兵，將何所禀命？蜀不比操之挾天子以令諸侯，即談及，亦復何補？三者鼎足之説，獻帝無復染指之望。按鼎足之説，始於蒯通，固有漢之一足。當三國時，設獻帝尚得染指，將舉天下而四分之。度非其勢，即或蜀主卷土以歸獻帝而成鼎足，恐荆楚之士未必從之如雲。故吕温以爲孔明承桓、靈之後，不可彊民以思漢，誠篤論也。四者先主偁王漢中，獻帝在上而敢於自王。獻帝遇害，孔明不能如董公説高祖爲義帝縞素，杖義討賊，而反鋒攻吴，方以興復漢室爲辭。萬一興復，將置獻帝於何地？夫偁王漢中，正爲拒魏，故上還所假印綬。未幾，曹丕且偁帝矣。至獻帝遇害，在蜀建興十二年三月。其年八月，孔明亦卒。説者謂漢數於是乎訖。若發喪杖義，恐後主庸弱，未能及此。所云『興復漢室，還於舊都』，乃建興五年孔明上疏之語。夫舊都，即獻帝之地，安得如彼所云置獻帝於何地乎？孔明於隆中之對先主，則曰：『漢室可興。』於出師之告後主，則曰：『興復漢室。』心事昭然，始終如一，又何異議之有哉！孔明之不得爲伊、吕，而自附於管、樂，誠能審時度勢者。猥曰君子所羞道，是何言與？昔之尊周者莫若孔子、孟子，然孟子之書，罕言周室。及其對梁惠王，則曰『百里可王』，對齊宣王，則曰『無已則王』，蓋因乎時勢云然，誰謂孟子不尊周邪？彼好爲谿刻之論，而責孔明未明大義，未忠於漢，抑亦可謂肆無忌憚者矣。

魯肅論

論人才於江東，以周瑜爲巨擘，夫人而知之，余則有取乎魯肅。但肅不爲時論所歸，張昭詆其麤疏，趙咨目爲凡品。後之人，往往右瑜而左肅，蓋以荆州之一舉。夫瑜之結劉拒曹，曹甫敗，旋欲制劉以取荆，而并圖蜀。瑜計固長。肅于破曹之後，仍勸借荆以與劉。肅計亦未爲短。有物于此，一人在所必得，一人未能獨占，又爲旁人所争，不如不獨占而姑與之，毋爲敵利。荆州新附，孫權勢難獨占，故借荆結劉以拒曹，則荆存。據荆拒劉以激曹，則荆亡，而孫亦與之俱危。肅之借荆，非畏劉也，乃畏曹也。非爲劉也，乃爲孫也。肅之智，誠不出瑜下也。方瑜薦肅『才宜佐時』，權引肅合榻對飲，密議大事。然建計拒曹，實始于肅。時瑜使鄱陽，肅勸呼瑜還，但與肅闇同，故能共成大勳。《吴志·瑜傳》獨言抗拒之計，了不云肅先有謀，殆爲攘肅之善。裴松之注固嘗言之。及瑜病，上疏云：『肅智略足任，乞以代瑜。』嗟乎，瑜固始終能知肅者哉！要惟肅爲不負瑜矣。抑又考之，瑜英俊異才，雅度恢廓，少精于音樂。肅爲人方嚴寡飾，軍中手不釋卷，善談論，能文辭。是亦可見肅之賢于瑜者。若夫益陽之會，力求三郡，辭色甚切，斯乃各爲其主，更不足爲肅病也。

官方論

董子曰：正朝廷以正百官，正百官以正萬民。是以國家之敗，由于官邪。在上者欲固國本，必正官邪。欲正官邪，必嚴官刑始。曩有達官出使，往郊圻勘水災，輿從從容行至古寺，登堂舒坐。方解其冠，顧問從者：『冠擎安在？』從者不能出，則艴然大怒：『所司何事？此至要物，乃忘懷者！』方是時也，雨急，水勢甚大，災黎不食已三日，環而向者幾千人，咸歎息以爲：『此何時邪？不務其急，惟冠擎是求？使者豈獨無人心？』未幾設食，則屬吏奔走供給，嘉肴時蔌羅列滿前，侈然厭飫，傳呼而返。所謂勘災，如斯而已。嗟乎！若是官也，如何弗正？夫天作淫雨，河水暴流，下民昏墊，目不忍視，耳不忍聞。朝廷方日夜焦勞，勤恤民隱，爰命履勘。爾既不能敬天之怒，又不能分君之憂，苟稍知官箴，亦當輕車簡從，惡衣疏食，庶竭駑鈍以察災情。乃猶養尊自安，沾沾焉口體是奉，怙侈蔑義，溺職違天，非細故也。孔子曰：『奢則不孫。』孟子曰：『養其小者爲小人。』謝靈運之每出入，自扶接者常數人。何曾之日食萬錢。其後或誅死，或子孫滅亡。《五行志》又云：『貌之不恭，厥咎狂，厥罰恒雨，厥極惡。』是以古者年不順成，必減膳徹縣。乃彼昏不知壹醉日富，立於朝則曰『卿貳』，臨於下則曰『大人』，其實尚不遠紈絝浪子之習。國家晏然無事，已不當虛縻廩禄。至於禦大災，捍大患，又安所望於若人乎？夫朝廷令甲，非不甚善。律載：官員浮躁不謹者，革職，永不録用；救災不力者，加等治辠。乃法立而不行，苟且成風，恬不爲怪。宰相不斥其非，御史不舉其辠，大臣如此，百職可知。内官如此，外官可知。方今服官之患，莫患於不克自厲其臣節，但知取悦於君心。平日處心積慮，惟上之一顰一笑是體，幾等於宦官宫妾。于是以己之所以事上者，責人之事己。惟意之所便安，全不顧大體。殊不思大君在上，宵衣旰食，崇儉黜浮，遇災而懼，側身修行，紀綱法度，將次舉行。一旦釐正官方，剔除利弊，深爲若人危哉。告爾在位，洗心剔慮，易轍改弦，以實心行實政。大臣法，小臣廉，共適於至治，斯拱而竢之耳。

吏治論

守令之設，所以受天子之權，治百姓之事。必得其人爲守令，而予之以權，任之以久。守令有權，則法不移，而天子之權益尊。久于其任，則用不繁，而百姓之事益理。後世以天下一切之權收之在上，勢非一人所能操，而權乃移於法。于是多爲法律，雖大賢亦無能效尺寸於法之外。法既繁，因不得不假手于胥吏，而權反下移。且也屢更其人，則必開逢迎之路，不得不取給于民，而侵蝕其庫藏，乃置公事于不問，而職日弛。夫天下之至要者守令，而爲守令者如此其難，將安所恃以圖治乎？今有多財者，必擇其賢能而守之。既重其托，而無所變，更俾得持其權而盡展所長，則責有攸歸，而財日以理。若多爲之防，而不專其責，昔者所進，今日不知其亡，吾知其必有侵蝕之患矣。夫以萬民之重而寄之一官，豈可使之不專且久哉？古之爲治者，郡守嘗得召見，或賜璽書，堂陛之間，不甚闊絶。令之于守，雖偁屬吏，往往能自行其意，不爲上官所牽制。今則簿書錢穀之事無不申諸上司，由守而道，而司而撫，而督而部，重重駁詰，事事營求，而胥吏因以爲奸，句稽文墨，補苴罅漏，改竄歲月，增飾辭款，遷延累月，需索多端，何由得盡民之情狀？何由不竭民之脂膏？爲屬吏者，欲謁上官，守候移時，方得逐隊進見，而且輿臺有費，門館有費。彼且奔走承順之不暇，而又何論吏治邪？權既不重，而任之又不久，上官欲行其喜怒不明，黜陟其邪正，每假人地相宜之名，以更調之。今日易一守，明日易一令，一歲之内，有調至數四者，不過以地之肥瘠而上下其手。夫苟不分其肥，何必瘠此以肥彼？且肥者亦必變而爲瘠，於是朘削不已，且至侵虧府庫。上官又不早爲清釐，明治其辠，左支右絀，日甚一日，猥曰設法彌補。嗟乎！自設法彌補之説一開，而吏治尤不堪問矣。聖人在上，必翦除其胥吏之害，而禁絶其逢迎之風，毋許輕爲更調。擇其貪黷之甚者誅之，而慎簡其賢者重之以權，任之以久。孔子曰：『善人教民七年，亦可以即戎矣。』漢文翁爲蜀郡守，數歲，蜀人皆成就。衛颯守桂陽，視事十年，設庠序以化俗。夫權重任久，胥吏不敢舞弄，奸民不敢抗違，務農講武，興利除害，吏治何由不善哉？

名節論

一人重名教，則四方有氣節。其道何由？曰寬其利禄以養之，嚴其流品以厲之而已。三代以下，惟恐不好名，故不能使人以義爲利，而猶使之以名爲利。人不好名，則物無所不取，事無所不爲。人而至于無所不爲，將見悖禮犯義，寡廉鮮恥，其患亦無所不至，安有所爲名節哉！今夫謀衣謀食，蓄妻子，亦人之至情也。假令無衣無食，不足以全妻子，而以君子之道語之曰：『餓死事小，失節事大。』吾知其不能也。且高爵厚禄，亦人人所甚欲也。假令販夫臺隸，徼幸功名，而以君子之道語之曰：『見利思義，見危授命。』吾又知其不能也。無它，養之不于其素，而取之復違其方也。成周時，學校既盛，流品亦端。至春秋時，猶知禮教信義，尊王賤霸。即霸國如齊，尚知處士就閒燕，父與父言義，子與子言孝。其事君者言敬，其幼者言弟。而魯秉周禮，洙泗之間，齗齗如也，更無論矣。降而七國，諸侯放恣，處士横議，士無恒業，不得不趨于游説之途，而流品益雜，氣節消亡，不待秦之暴虐而文教失宣。馴至西漢，因循未改。觀夫史之所載，無非牧羊牧豕之流。欲如董生之言正誼、明道，不一二見也。夫漢自孝武表章六經，師儒雖盛，名教未崇。是以新莽居攝，頌德獻符者幾徧天下，完名全節者殊難其人。光武有監于此，尊崇節義，敦厲名實，而風氣爲之一變。至其末造，朝政昏濁，國事日非。而黨錮獨行之流，依仁蹈義，舍命不渝。范史《左雄傳》論云：『所以傾而未頽，決而未潰，皆仁人君子心力之爲。』洎正始之際，一二浮誕之徒騁其智識，蔑周孔之書，習卜莊之教，風氣又爲之一變。直至隋唐，工文辭者雖多，厲名節者甚少。延及五季，埽地殆盡。宋之初興，猶有餘憾。真、仁之世，諸賢以直言讜論倡於朝，由是中外薦紳知有名節爲高。故靖康之變，臨難不屈者所在有之。嗟乎！觀東京及宋之末，則斯人之名節，與名節之所以當重，良可思矣。

風俗論

自古言風俗者，曰國奢則示之以儉。今日風俗之弊，愈華愈靡。欲從而變易之，非徒禁其奢而已也，尤必先去其邪。夫居處之彫鏤、服御之文繡、器用之華美，古之所謂奢也。今則視爲平庸無奇，而以外洋之物是尚。如房室舟輿，無不用頗黎；衣服帷幕，無不用多羅、畢支、羽毛之屬，皆洋産也。而什物器具，無不貴乎洋者，曰洋銅，曰洋磁，曰洋漆，曰洋藤，曰洋錦，曰洋布，曰洋青，曰洋紅，曰洋貂，曰洋獺，曰洋紙，曰洋畫，曰洋扇，遽數之不能終其物。而南方諸省，則通行洋錢。大都自日本、流求、紅毛、英吉利諸國來者。內地出其布帛菽粟，民間至不可少之物，與之交易。彼外洋之物，視內地之物，或數十百倍。夫以至不可少之物，而易其至無用之物，有識者觀之，方惜其爲遠方所欺。無如世風見異思遷，一人非之，不敵衆人慕之，遂相率而納于邪，不思布帛菽粟之足貴，惟洋物之是求。一家之中，自堂室以至器用，無非外洋者矣。一人之身，自冠服以至履舄，無非外洋者矣。其始也，達官貴人尚之，浸假而至于僕隸輿臺，浸假而至於倡優婢嬪，而民間遂徧行焉。外洋奇巧之物日多，民間布帛菽粟日少，以至積儲空虛，民窮財盡，可勝歎哉！且也遠隔重洋，舟楫往來多遭飄泊，適遇盜船，每被其劫奪。是內地之布帛菽粟，反齎盜糧；外洋之珍奇貨物，徒充盜用；內地之商賈舟師，每爲戕害；內地之舟楫桅檣，盡付東流。而憫不畏死之徒，冒險以往。蓋俗之所尚，利之所在故也。然民間猶不足責。竊怪夫達官貴人始之服用，競相誇靡，曾不慮其大爲風俗所害。吾不知其何心。昔漢汝南許劭爲郡功曹，同郡袁紹，公族豪俠，去濮陽令歸，車徒甚盛。入郡界，乃謝曰：『吾輿服豈可使許子將見之？』遂以單車歸家。晉蔡充好學，有雅尚。體貌尊嚴，爲人所憚。高平劉整，車服奢麗，嘗語人曰：『紗縠吾服其常耳。遇蔡子尼在坐，而經日不自安。』魏毛玠爲東曹掾，典選舉，以儉率人，天下之士莫不以廉節自勵。雖貴寵之臣，輿服不敢過度。彼仁人君子之處世，以身率物，移風易俗。雖尋常輿服之盛，猶使人不敢過度若此。況又奇邪是尚，相沿成習，而奢之又奢邪？《王制》曰：『作淫聲異服、奇技奇器以疑衆，殺。』又曰：『關執禁以稽，禁異服。』《月令》曰：『毋或作爲淫巧。』蓋大爲之防，正所以維持風俗耳。有教民之責者，必立法令以禁之，制刑罰以嚴之，則内地有用之物不得易外洋無用之物。日月既久，去邪反正。儻見有用外洋服物，必駭爲怪異之人，則天下孰肯費己之財，干國之禁，而招怪異之目哉？

校勘記

〔一〕『存』，抱經堂本作『在』。

簡莊文鈔卷二

詩人考敘

《詩》三百篇，上自天子后，下至臣庶妾媵，孔子取而録之，以爲鑒戒。弟别其風爲何國，而正其雅頌，使各得其所。蓋以詩存人，不以人存詩也。然而詩人之姓氏，學者猶傳其一二。《毛詩》之敘尚矣，其餘往往散見于他説。善讀者，因其人而得其詩之美刺，與夫時之興衰、俗之厚薄，此詩教之可通于《春秋》者也。末學支離，不師古訓，即《詩敘》且視爲無用，安問其他？《孟子》曰：『頌其詩，不知其人，可乎？』肄業之暇，輯爲是編，一以《毛詩》爲歸，證以齊、魯、韓三家遺説，更舉群書掛益之。即有不合者，亦存其名而詳辨之。自惟單聞淺見，古書之留于今者不能盡得，挂漏紕繆，固皆不免。大雅之士，監其庸而恕其妄焉，斯幸矣。乾隆四十有七年夏四月丁卯朔敘。

論語古訓敘

《論語古訓》，存漢經師之遺義也。《論語》有《古論》，有《齊論》，有《魯論》。《古論》爲孔安國注，而世不傳。張禹受《魯論》，兼講齊說，號『張侯論』，包氏、周氏章句出焉，馬融亦爲之訓說。鄭康成又就《魯論》篇章參考《齊》《古》爲之注。何晏等集孔、包、周、馬、鄭，益以陳群、王肅、周生烈之說，并下己意，爲《集解》。梁、陳之時，鄭氏、何氏立于國學，而鄭氏甚微。周、齊鄭學獨立。至隋，何、鄭並行，鄭氏特盛。故唐人諸書多引之。迨宋時，遂亡。近有《集鄭注古文論語》二卷，託名王應麟。鄭注非古文，且其所收亦未盡也。今以《集解》爲本，考諸載籍所引遺說，旁搜坿益，爲《古訓》十卷。言『古』者，以別于今也。不曰《集解補》者，守缺抱殘，不得言『補』也。凡經文從邢昺《正義》本，而以漢、唐石經，皇侃《義疏》，高麗《集解》本，《經典釋文》及日本山井鼎《七經孟子考異》、物觀《補遺》校注于下。或見于他書，亦間爲援證也。至邢本《集解》，舛誤良多，甚將語助字删削，致文義不屬。今則從皇本、高麗本也。孔注《古論》，據何晏《敘》，世既不傳。《集解》所采，說多不類，且與《說文解字》所偁《論語》古文不合，反不如包氏《章句》之古，疑爲後人假託。特與《尚書傳》又異，今姑從《集解》存之也。《集解》采七家之說，有兩周氏，一漢人，不悉其名；一魏人，複姓周生，名烈。今皇本、高麗本並作『周生烈曰』，則無漢之周氏。邢本並作『周曰』，則無魏之周生。積疑于中，無從是正也。鄭康成漢世大儒，故《集解》之外，蒐輯鄭說獨多。且以愚意疏通證明之，所以補疏家之未備也。馬融，鄭之師也。王肅，難鄭者也。存馬、王之說，亦可以發明鄭注也。少習此經，長無成就，謹以肄業所及，博采通人之辭，勉具簡編，就正有道。凡引諸說，或偁官，從鄭注《周禮》書鄭司農、鄭大夫例也。或偁字，從鄭注書杜子春例也。乾隆五十有九年冬十有二月甲寅朔，書於震澤旅次〔一〕。

集孝經鄭注敘

鄭康成注《孝經》，見于范書本傳，《鄭志·目録》無之。《中經簿》但偁『鄭氏解』，而不書其名，或曰是其孫小同所作。謹按，鄭《六藝論》敘《孝經》云：『玄又爲之注。』敘《春秋》亦云：『玄又爲之注。』蓋鄭注《春秋》未成，後盡與服子慎，遂爲服氏注，詳見《世説新語》。乃從來列鄭注，更無及《春秋》者。竊以其注《孝經》亦未寫定，而其孫小同追録成之。據《隋書》偁《鄭志》亦小同所撰，此或以先人未竟之書，故不敢載入《目録》。《中經簿》所題，蓋要其終。范書所紀，則原其始也。自江左中興，久立博士。穆帝集講《孝經》，云以鄭玄爲主。荀茂祖《集解》因之。至陸彦淵，始疑其不與注書相類，請不藏于祕省。王仲寶違其議，遂得見傳。夫鄭注三《禮》，與箋《詩》互有異同，安在此注之必類於群經乎？唐開元敕議，時劉知幾以爲宜行孔廢鄭，司馬貞等非之，卒行鄭説。然自玄宗取諸説以爲己注，而後之學鄭氏者日少。五季之衰，中原久佚。宋雍熙初，日本僧奝然以是書來獻，議藏祕府，尋復失傳。近吾友鮑君以文屬汪君翼滄從估舶至彼國購訪其書，亦不可得矣。幸陸氏《釋文》尚存其略，群籍中間有引之，因仿王伯厚《鄭氏周易》例，集成一編。凡玄宗注、邢疏以爲依鄭氏者，悉爲收合，庶以存一家之學。而見聞淺陋，更望汲古君子匡其所未逮焉。乾隆四十有七年冬十二月癸亥朔，書于武原客耕舍。

六藝論敘

鄭氏《六藝論》一卷，隋、唐《志》載其目。五季以來，鄭學自《毛詩》、三《禮》外，盡已散佚。宋王伯厚集《周易注》，後人踵而行之，鄭氏之書漸次收合，惟《六藝論》未見輯本。因廣爲蒐討，録成一編。按徐彦《公羊傳疏》曰：『鄭君先作《六藝論》汔，然後注書。』予謂不然，觀其《詩論》云：『注《詩》宗毛爲主。』又《春秋孝經論》並云：『玄又爲之注。』則作于注書之後可知也。孔穎達偁《六藝論》有方叔機注。叔機，未詳何時人，其注僅見《禮記正義》所引一條，今亦附録。因念古書之留于今者日少，區區采摭之苦心，殆所謂存什一于千百耳。乾隆四十有九年春王正月癸卯，書于震澤舟次。

唐石經校文敘

鱣於乾隆五十五年作《石經説》六卷，蓋取漢熹平、魏正始、唐開成、蜀廣政、宋至和、宋紹興歷代所刻石而稽考其異同也。自以漏略尚多，未敢出而問世。越十年，計偕入都，因同年友丁君緗士得交嚴君叔卿，深湛好書，著作富有。一日，出《唐石經校文》十卷讀之，既博且精，卓然可信。鱣愧不逮遠甚，又欣幸其有同志焉。考唐石經，實創議于封演。觀其《聞見記》云：『天寶中，予在大學，與博士諸生共論經籍失正，爲欲建議，請立大唐石經。遷延未發，而蕃寇海内，文儒道消。至今四十六年，而兵革未息。嗚呼，石經之立，亦俟河之清也。』演之言如此。其後開成二年，鄭覃等始校正誤謬，鏤石大學。亦見當時經籍出於相沿承誤之後，宜其校定立石不勝鄭重。乃《唐書·文宗紀》則云：『石經立後數十年，名儒皆不窺之，以爲蕪累甚矣。』然後唐彫版，實依石經句度鈔寫。今日平心而論，不猶賢於轉刻版本乎？惟自開成至今，幾及千年，罕有從事于此者。即好古如顧寧人先生，僅據割裂裝潢之本，至受王堯惠之欺。是雖校猶不校也。叔卿推之《説文》《玉篇》，以溯其原；按之注疏釋文，以窮其旨。于流傳版本析其非，于後人所校祛其惑，爲功于群經不淺。蓋叔卿實肆力于許氏之學，嘗著甲、乙、丙、丁長編四部，以校定《説文》，時與緗士反復討論。惜乎緗士死矣，叔卿鬱鬱不得志，將由潞河南還。鱣滯迹都門，索然寡興，惟亟勸其以此校文先爲付梓，公諸同好，遂書數語簡耑以送之。嘉慶五年冬十月。

埤倉拾存自敘

魏張揖撰《埤倉》二卷。按揖字稚讓，清河人。太和中爲博士，多聞古執，特善《倉》《雅》。後魏江式偁其與陳留邯鄲淳齊名。所著别有《廣雅》三卷、《古今字詁》三卷、《難字》《誤字》各一卷，又《三倉解詁》三卷、《解司馬相如傳》一卷。而陳壽《三國志》不爲列傳，良可惜也。揖之書，隋、唐《志》並載其目。今惟《廣雅》獨存，餘皆亡逸。然自晉梁汔北宋，傳注、字部、類書、釋典俱有引《埤倉》者，知即亡于南宋時矣。鱣少時嘗從所見群書中集爲一卷，弟隨各書採録，未及詳校。乾隆五十四年客京師，始補治之，用《説文》部分編次，使讀者易于尋求。《三倉》之字，具在《説文》。此所謂『埤』，蓋雜取漢魏間俗字。方之許書，或得或失。如『苾』爲『大香』，『諄』爲『告曉之孰』，『瞟』爲『明察』，『髁』爲『尻骨』之類，皆與《説文》合。又如『譫，多言也』，『揀，擇也』，按《説文》『詹，多言也，從言從八产』，『柬，分別簡之也，從束從八。八，分別也』。此詹旁加言，柬旁加手，實爲贅矣。至其説有可以互證經典者，如『箱，序也，字或作廂』。按《説文》有『箱』無『廂』。《急就篇》云『壂壘廥庘廄東箱』，《覲禮》云『俟于東廂』，《漢書·周昌傳》云『吕后側耳于東箱』，得此『序也』一訓，然後知今本《爾雅》之作『東西廂』，爲後人誤改或體字也。又云『拱，大戈也』，按《爾雅》云『樴謂之杙，大者謂之栱』。《説文》無『栱』字，今互證之，可以定彼『栱』之爲『拱』，更可定此『戈』之爲『弋』也。又云『瓔琅，石似玉也』，按《説文》云『琅，石之似玉者』，無『瓔』字。《山海經》云：『羭次之山，其陽多嬰垣之玉。』郭璞注：『垣或作短，或作根，或作埋，傳寫謬錯，未可得詳。』畢尚書《新校正》云：『或作根者，當爲琅。』今互證之，可以定彼『根』之爲『琅』，更可以定此『瓔』之爲『嬰』也。《埤倉》與《廣雅》相表裏，故其説有與之同者。《廣雅》云：『經梳謂之杓。』此云：『杓，凡織先經，以杓亦有與之異者，《廣雅》云：『鼓鞢謂之柢。』曹憲音義：『鞢或從壴。』此云：『鼜鼓，柢也。』《廣雅》『聒，聾也』，此作『聒，聲貌』。《廣雅》云『摽，擊也』，此作『抛，擊也』。按《說文》無『抛』，止作『摽』耳。至『聒』『杓』『鼜』『柢』等字，悉是俗體。今于《說文》所無之字，旁標正文，皆由考據，而非臆見。疑則缺之，注以俗字。夫載籍極博，聞見難窮，補遺正誤，是所待於俊哲之倫矣。澧著《說文解字正義》，思盡讀《倉》《雅》字書。每于古訓遺文，單詞片語，零行依附，獲則取之，以資左證。自病孤陋，多致疏違。比來京師，幸得親炙于當世賢豪，有若邵二雲編修之于《爾雅》，王懷祖侍御之于《廣雅》，孫淵如編修之於《倉頡篇》，任子田禮部之于《字林》，具有成書。小學之興，于今爲盛。澧于是編而外，更采集《聲類》《通俗文》等書，因編校《埤倉》既竣，而述其大略如此，以質之數君子焉。

聲類拾存自敘

魏左校令李登撰《聲類》十卷，《隋書·經籍志》載其目，唐以後失傳。澧從群書所引，采集得二百餘條。因元本以五聲命字，次弟不可考見，姑依陸法言書部分録爲一卷，且爲之敘曰：小學本輔群經，古之字書惟賴《說文解字》僅存。然考論古聲，終多疑惑。《聲類》者，其訓詁既有以補《說文》之遺，其音讀又足以補《唐韻》之謬。則今日于亡逸之餘，爲之網羅拾瀋，其可緩乎哉？《說文》解『芋』字云『大葉實根駭人，故謂之芋』，《聲類》云『芋，大葉著根之菜，見之驚人，故曰芋。大者謂之蹲鴟，甚可蒸食也』，義本《説文》，而訓較詳。《説文》云『蒂，瓜當也』，《聲類》易之曰『果鼻』，其義益精，而《玉篇》則以爲『草木綴實』，説近迂矣。《説文》以嘘爲吹，以吹爲嘘。《聲類》云『出氣緩曰嘘，出氣急曰吹』，不有此訓，何所分别哉？《説文》云『吃，言蹇難也』，《一切經・陀羅尼經》音義引《通俗文》云『言不通利，謂之謇吃。』《聲類》云『吃，重言也』，其于期期艾艾之狀，又何肖合也？《説文》云『簾，堂簾也』，學者未得其解，《聲類》云『簾，户蔽也』，然後知《釋名》所謂『簾，廉也，自障蔽爲廉恥』，其説於是不孤矣。『坊』字不見《説文》，古蓋作『埅』，或用『方』。然以『坊』名屋，今所在有之。論者止知《字林》有『坊，别屋』之訓，而不知《聲類》已先之矣。《説文》之解『軒』字也，但云『曲輈藩車』，《聲類》云：『軒，安車也。』按『古者婦人不立乘，其餘皆立』，『大夫七十而致仕，適四方，乘安車』，安車不立，得此安車一解，乃知《左傳》所云『歸夫人魚軒』及『服冕乘軒』爲不立乘，信而有徵矣。此訓詁之可據者也。漢儒説經，皆云『讀若某』，自孫炎變『讀若』之例，而反音興。李與孫同時，故《聲類》多用反音。觀其音，『謍』爲呼宏切，此字《説文》從熒省聲，《玉篇》『余瓊切』。今南人讀『熒火』爲『寅』，即《玉篇》之『余瓊切』。北人讀若『兄』，即《聲類》之『呼宏切』。唐韻但知依附《玉篇》音余傾切，此其所蔽也。《聲類》『唶，子夜切』，《玉篇》同。『唶』，即《説文》『諎』重文，讀若笮。《唐韻》『壯革切』。按『笮』本從乍得聲，則固宜讀『子夜切』矣。『貰』，《説文》『從貝，世聲』，《玉篇》『時夜切』，《唐韻》『神夜切』，於聲不諧。顔師古《漢書注》云：『貰，李登、吕忱並音式制反，而今之讀者謂與射同，乃引地名射陽其字作貰以爲證驗。此説非也。假令地名爲射，自是假音，豈得即定其字以爲正音乎？』自師古審辨後，奈何朱翺音《説文》，尚沿《玉篇》《唐韻》之謬，讀爲『時卸反』哉？此音讀之可據者也。是書以五聲命字，封演《聞見記》云凡一萬一千五百二十字，較《説文》增多二千一百六十七字。故《説文》本一『呃』字，而此别出『吼』『吽』『呴』三字，皆訓爲嘷。《説文》本一『挻』字，而此别出『埏』字。蓋佛書盛行，僞體雜見，或後人轉寫失真。如《一切經·般若燈論》音義引《聲類》云：『篾，篡也。』《僧祇律》音義又引云：『篾，篾也。』按《説文》『篙，筡也。』筡，析竹笢也。知作篾者即篙。今莊氏炘刻本盡改爲篡，是其證矣。今于其異乎《説文》者，詳加考據，摽以正文。至所集雖不及元書五十分之一，然吉光片羽，要可珍重。因與《埤倉》並録之，以存漢魏音訓絶學。

家語疏證敘

今世所傳《家語》十卷，凡四十四篇，王肅注，昔人多疑之而未有專書。同郡孫詒穀侍御作《疏證》六卷，斷爲王肅僞撰。余讀而歎曰：『詳哉言乎，是猶捕盜者之獲得真臧矣。』按《漢書·藝文志》：『《家語》二十七卷。』師古曰：『非今所有《家語》。』《唐書·藝文志》：『王肅注《家語》十卷。』其即師古所言今所有與？《漢書》之志，皆劉向校定，古人以篇爲卷。今本四十四篇，較《漢志》增多二十一篇。吾友錢君廣伯頗疑《漢志》所偁二十七篇，即在今四十四篇中，且以《尚書》之二十八篇爲證。余則以爲不然。《尚書孔傳》及《家語》皆王肅一人所作，《尚書》二十八篇，漢世大儒多習之，肅固不敢竄改，惟僞爲增多之篇，並僞爲孔傳，以逞其私。至於《家語》，肅以前儒者絶不引及，肅詭以孔子二十二世孫猛家有其書，取以爲解。觀其僞安國後敘云『以意增損其言』，則已自供辠狀。而肅之自敘首即以鄭氏學爲『義理不安，違錯者多，是以奪而易之』？。夫敘孔子之書，而先言奪鄭氏之學，則是有心傅會、攻駮前儒，可知矣。又自敘引《語》云：『牢曰：「子云：吾不試，故藝。」』談者不知爲誰，多妄爲之説。《孔子家語》『弟子有琴張，一名牢，字子開。亦字張，衛人也』。考鄭注《論語》：『牢，弟子子牢也。』肅云談者即指鄭氏。夫《論語》記弟子不應偁名。《漢白水碑》，琴牢、琴張判爲二人，安得牽合若此也。又《子貢問篇》云：『郕人子蒲卒，哭之呼滅。』注：『舊説以滅子蒲名。人少名滅者，又哭名其父，不近人情，疑以孤窮自謂將亡滅也。』按此襲《禮記·檀弓》文，注引鄭説而破之。考《説文解字》：『蔑，火不明也，從苜從火，苜亦聲。《周書》曰：布重蔑席，織蒻席也。讀與蔑同。』然則滅即蔑之假字。蒻爲蒲子，故其字子蒲，鄭注雀然不可易。且《春秋傳》鄭然明名蔑。蔑蔑聲同，與明義相對。肅不知古人名字假用同聲，乃猥曰『人少名滅』者，是奚説哉？惟哭呼其名，故子皋以爲野。若謂亡滅，斯哭者之常耳。馬昭去肅未遠，乃於《家語》一則曰『王肅增加』，再則曰『王肅私定』，斯言可謂篤論。余固學鄭氏之學者，然非好執一偏之見，黜王尊鄭。蓋嘗平心讀其書而決之耳。因校閲《家語疏證》，遂書此以諗廣伯，且質諸侍御，幸有以教余焉。乾隆五十有八年冬十有一月，書於杭州鼓樓彎之金聲館。

鄭君年紀敘

北海鄭氏之學，自漢至唐，學者宗之。稍晦于宋元。殆明嘉靖間，乃以程敏政之言罷其從祀，而改祀於其鄉。國朝始復之，誠爲盛舉。其所注《毛詩》《周官禮》《儀禮》《禮記》頒示學宫而外，若《周易》《尚書》《論語》等注，更得好古之士旁羅曲摭，采獲遞詳，庶幾鄭學復興之會乎。昔盧轉運見曾既編《鄭司農集》附于《尚書大傳》之後，鱣方補輯鄭注《孝經》《六藝論》，因約其生平爲《年紀》一卷。以范史本傳爲主，證以他書。蔚宗嘗言其王父豫章君每考經訓，傳授生徒，專以鄭氏家法。武子去漢末未遠，所傳當必有據。鱣生千餘歲後，乃欲深考古人，其間差謬，知所不免。抑亦歐陽永叔所謂于鄭氏一家之學，盡心焉而已矣。乾隆五十年夏六月丁未晦書。

貞豨稾略敘

嘉慶六年三月，余舉進士，游都中，遇朝鮮國使臣朴修其檢書於珈琺敞書肆，一見如舊相識，雖語言不通，各操不律書之，輒相説以解。檢書通經博古，工詩文。又善書法，人有求則信筆立書所作以應。時余同年友嘉定錢君既勤繼至。既勤克承家學，著述甚夥。檢書偕同官柳君惠風，亦閎覽多聞，卓然儒雅。四人者，賞奇析義，舐墨濡豪，頃刻盡數紙。余欲叩以《逸周書》之『在子前兒嗛羊』，《管子》之『文皮毤服』，《説文解字》之鮸、魵、鱅、鰸、鮗、魳、鮈、魦、鱳、鮮、鯆、鰅，遽數之不能終其物。且日已旰矣，遂散去。越數日，又相見，辱贈以東紙、摺扇、野笠、藥丸。余即賦詩四章志謝，副以楹聯、碑帖及拙著《論語古訓》，幾幾乎投縞獻紵之風焉。有頃，檢書手一編出示，曰《貞蕤稾略》，皆其舊作。首列對策，發明古學，貫通六藝群書，讀之洋洋灑灑，如登高山、臨滄海，驟然莫測其崇深。蓋余從事于聲音文字訓詁，已歷多年。意有所會，輒疏記之。近年性漸忽忘，未敢自信。今閱檢書之作，先得我心之所同然，不覺興感交集。檢書自言所列策問，乃其先國王親製。國王好學博聞，直接鄒魯淵原，不作漢唐後語。而恭儉禮下，從善如流。夙知草茅之名，振拔于科舉常格之外而登進之，擢授要職。君臣知遇，古所罕覯。余歎其何榮若此。蓋嘗三入京師，所交皆名公鉅儒，其天性樂慕中朝，好談經濟，曾著《北學議》二卷。其他著作詩文尚多，此所存者才十之一。然其中考證之作、酬唱之篇，雲流泉湧，綺合藻抒，粲然具備。同人亟爲校刻，請余弁其端。余固謝不敏，適綿州李墨莊中翰出使琉球方歸，亦在坐，欣然勸余爲之。洪惟我國家文教誕敷，東漸西被，梯山杭海，重譯來庭，何止越裳西旅。而朝鮮古偁君子之國，檢書皇華載命，周爰諮諏，不愧九能之目，將見斯編一出，流布風行，膾炙人口，咸知崇實學，尚風雅，無閒于絶域遐陬，豈不盛哉？豈不快哉？若夫澹雲微雨二語，遂詫爲東國解詩，抑亦淺已。

玉句草堂詞敘

儀徵鄭楓人先生以詞賦起家，出守繁郡，遷浙江糧儲道。其爲政也，除南倉積弊，殲洋盜渠魁，潔己愛民，禮賢下士。旋因失察屬吏被議，宦橐蕭然，相羊山水者數年。比卒，而浙民感德，至今不衰。鱣以門下士，每欲撰述行略，碌碌未遑。比歲客吴，得交于先生甥戴君竹友，方爲開雕遺集。而《玉句草堂詞》三卷先竣，屬敘其端。夫先生之詩，以典籍之華，舒沈鬱之致。常校刊杜詩行世，知其宗尚所在。又好爲詞，小令則發纖禯于簡古，慢曲則寄至味于澹泊，直欲躪玉田，攀石帚。至其侘傺無聊之概，亦閒露焉。憶曾命鱣隸書曹楝亭句作楹帖，云『偁心歲月荒唐過，垂老文章憂患成』，蓋寓感也。鱣于聲調，未暇專勤，深幸竹友韶年好學，擅美詞壇，克尋先生恉趣，排次校録，付刻流傳，殆與李漢之編韓集，暉映後先。竹友亦賢矣哉！嘉慶九年三月既望，書于中吴别業。

校勘記

〔一〕『朔』下，浙江書局刻本《論語古訓》有『海寧陳鱣』四字。

簡莊文鈔卷三

宋本周易本義跋

吴中顧氏素多藏書，頃得其宋本《周易本義》十二卷，以上下經爲二卷，《十翼》爲十卷。每葉十四行，行十五字。前有《易圖》，後附《筮儀》《五贊》，與今本作四卷者不同。《彖》上傳標題下注『從王肅本』四字，今本删之。《雜卦》傳『咸，速也；恒，久也』，注：『感速常久。』今本注『咸速恒久』。書中『恒』『貞』『畜』『真』等字皆缺筆，因思經文『恒』字既缺筆，注中自宜避字，而曷爲覆述『咸速恒久』乎？是本與近時摹雕咸淳乙丑、九江吴革刊本行款悉合。惟吴本《雜卦》傳『遘，遇也』，此『遘』作『姤』爲異。又無年月題識。然紙墨精良，其爲宋槧無疑。至今本割裂淆亂，詳見《日知録》，不復贅云。嘉慶九年冬月。

宋本詩集傳跋

鱣既得《周易》之明年春，同人作中吴吟課，適袁君又愷語及其家藏宋本《詩集傳》，因以他物易之。凡二十卷，與《宋志》合。今通行本八卷，蓋坊間妄并也。行款格式，與《周易本義》同。考文公孫鑒《詩傳遺説敘》云：『《詩集傳》，豫章、長沙、後山皆有本。而後山校讎最精。』是本無題識可證，而校讎之精，疑其爲後山本。惟自《小雅·蓼莪》至《大雅·版》之篇已缺，爲可惜耳。其間經文如《召南》『何彼襛矣』，作『禯矣』；《鄘風》『終焉允臧』，作『終然』；《衛風》『遠父母兄弟』，作『兄弟父母』；《齊風》『不能晨夜』，作『辰夜』；《小雅》『朔日辛卯』，作『朔月』；『家伯塚宰』，作『維宰』；《周頌》『既右饗之』，作『右享』；《魯頌》『其旂茷茷』，作『茷茷』；《商頌》『來假祈祈』，作『祁祁』；『降于卿士』，作『降予』，爲馮嗣京、陳啟原所拈出，外此若《王風》『牛羊下括』，作『羊牛』，與上章同。《魏風》『不知我者』，俱作『不我知者』，與唐石經合。又若《周南》『不可休息』，注：『吴氏曰：《韓詩》作思。』今本删去。不知《韓詩》以『休』『求』叶音也。《周頌》『假以溢我』，『假』下注：『《春秋傳》作何。』『溢』下注：『《春秋傳》作恤。』蓋惟先有此注，故下注云：『何之爲假，聲之轉也。恤之爲溢，字之訛也。』今本删去上注，則下注不知何所指矣。其餘傳文音義，足以補正今本者不可殫述。宋本之善若此，安得好事者重爲刊布，俾家弦户誦乎？嘉慶十年春日識。

元本春秋左傳句讀直解跋

世所行《春秋左傳杜林合注》，鱣少時讀之，不知何人所合。首載凡例，題『宋林堯叟唐翁著』，例中乃云『《春秋提要》依大全録之』，每爲駭異。後閲《經義考》載林氏堯叟《春秋左傳句解》四十卷，引鄭玥曰：『堯叟字唐翁，崇禎中，杭州書坊取其書合杜注行之。』又載王氏道焜等《春秋杜林合注》五十卷，引陸元輔曰：『道焜，杭人，中天啟辛酉鄉試。與里人趙如原濬之共輯是書。』按道焜字昭平，官兵部職方司主事，乙酉徇節，爲吾郡三仁之一。因檢明刻原本，有道焜敘，爲天啟丙寅年作，非崇禎中書坊所合。坊間翻刻并削去道焜等名，即以編書之凡例改題堯叟，遂使《永樂大全》竟出諸宋人之口，允堪一笑。然究未見單刻林本。今夏偶從吴市買得，審係元刊。後有叢書堂印，又有華莊叔子元禾識云：『《左傳》四册，吴文定公故物也，保之。』每卷題云：『音注全文春秋括例始末左傳句讀直解』，凡七十卷。《經義考》作『《春秋左傳句解》四十卷』者，殆未經寓目耳。展讀數過，乃歎今之合注本紕繆多端，或删杜以就林，或移林以冒杜。復取崇禎本《注疏》以校《經傳》，略舉數條，如《隱四年經》『庚戌，衛州吁弑其君完』，此作『戊申』。《僖三年傳》『未絶之也』，此作『未之絶也』。《九年經》『晉侯詭諸卒』，此作『侞諸』。《十八年傳》『而從師于訾婁』，此作『而後』。凡斯之類，皆與唐石經合。日本山井鼎《考文》亦每引以證足利本即所謂『林直解』者，是益見書之舊本爲可取。余得宋版《周易本義》及《詩集傳》，視少時所讀監本，補正甚多，受益不淺。兹更得此而參焉，足以自慰矣。嘉慶十年夏日。

逸周書跋

去歲除夕，吴中度歲，往縣橋巷黄蕘圃家作祭書之會，因得明嘉靖廿二年四明章檗刻本《逸周書》，係顧澗薲依元刻手校本，跋云：『《周書》刻本類脱《王會解》中一葉，此尚是全璧。撰敘人黄玠，元本行書故爲玠。而此乃楷寫作玢，遂致後來盡沿斯誤。鱣按，成化《湖州府志》云「黄玠字伯成，慈溪人，宋黄震之曾孫。清苦好學，無所不通。樂吴興山水，因卜居弁山」云云，即敘此書者也。』新歲攜示同里吴槎翁，津津偁善。遂取其舊藏章刻本録顧校文于上，且以明人校刻諸本重加參閲。跋云：『惜抱經學士校本案頭適乏，俟異日取而重勘之。』鱣即以槎翁所校補入章本。比復至吴，忽從書肆獲一鈔本，乃抱經學士未刻此書時繕寫手校底本，上作細楷，朱墨雜陳，極其精致。後有題識，時在乾隆庚子春日。越七年丙午，始付諸梓。故校語與定本多有增損，所謂積數年校勘之功，蓋其慎也。今細閲前後校語，可以參互考訂，因備録於刻本之上。猶憶庚子三月，鱣偕槎翁造訪，學士欣然出見，曰：『頃自慶春門外歸，今日家屬亦往縱觀。』前輩風流，宛然可挹。惜其遺書大半散失，《逸周書》之版已屬他人。展閲手筆，能無感歎邪？　嘉慶十一年丙寅三月望日。

曾子跋

按《漢志》，《曾子》十八篇，《隋志》倂爲二卷，又《目》一卷。《唐志》已亡其《目》。《郡齋讀書志》云：二卷，凡十篇。雖曰唐本，已非漢十八篇之舊，不屢如所云『視隋亡《目》一篇也』。《直齋書録》明言：『凡十篇，具《大戴禮》，後人從其中録出別行。慈溪楊簡注。』則是書疑亡于五代。凡宋人所見者，止《大戴禮》中之十篇。至《大孝篇》中有樂正子春事，要知曾子之書本非自作，皆門人所記。猶《論語》云『子夏之門人小子』，竟是戰國時語，此其明證。宋慶元、嘉泰間，汪晫所編《曾子》，是又一本也。焦氏《經籍志》載《曾子》二卷，寶祐時趙汝騰編，是又一本也。《吴草廬集》載宋清江劉清之輯《新曾子》七篇，周過作音訓，是又一本也。黄氏《千頃堂書目》『章樵《曾子》十八篇』，是又一本也。徐氏《傳是樓書目》『《曾子》一本，宋鳴梧編』，是又一本也。《曾子全書》二卷，元曾承業編，是又一本也。《子曾子》二卷，元徐左達編，是又一本也。自漢、隋《志》已下，見于著録者凡十，今惟汪晫所編獨傳，而他俱未之見。又如楊簡之注、周過之音訓，亦皆不傳。而汪晫之謬有不可勝言者，既擅削《孝經》之名，又牽割《大學》之説，尚何足爲典要哉？幸《大戴禮》中《曾子》十篇尚存，盧辨有注，近儒各有所述，學者所宜遵守也。

廣雅疏證跋

憶初入京師，與給諫王懷祖先生交最深。時先生方著《廣雅疏證》，而鱣亦撰《説文正義》。每相見時，必剖析字形，叶求聲義，娓娓忘劵〔一〕。或數日不見，必手札往來且千百言。後鱣將南歸，先生執手而言曰：『《廣雅》卷袠浩繁，余稾已數易，近日多病，恐不能必是書之成也。』鱣曰：『先生思精而學博，志專而業勤，何患不成？』遂揮淚而别。越十年，再至京師，適先生擊權貴，名振公卿。時權貴已伏誅，而先生杜門謝客。獨鱣往謁，則亟出見曰：『余待子已久矣。《廣雅疏證》二十卷發憤垂成，惟後二卷命子引之足成之。今付刻甫完，特以初印本持贈，子其爲我校閲焉。』會先生出巡漕務，公子伯申以對策弟一人成進士，入詞館。而鱣則罷舉南旋，遂攜是書于車中讀之。或就宿旅舍，則挑鐙展卷，不知漏之幾下。至將抵里門而畢業焉。歎其詳審精密，洵足爲稗讓功臣。間有管見，附列于上，俟質諸先生。方今從事于小學者，若邵校理與桐之《爾雅正義》及先生之《廣雅疏證》皆及見其書之刊行，獨愧鱣之《説文正義》用力已十餘年，草創未就。而風塵荏冉，業漸荒蕪。近更多病，且恐不能必其成也。先生得無憐之而慨然者乎？嘉慶四年十月書。

元本後漢書跋

今歲正月，饘從武林得元本《漢書》，攜之中吴别業。吾友黄君蕘圃過而見之，云家藏有元本《後漢書》，當以持贈。越數日，冒雨載書而來。欣然受讀，楮墨精良，實勝前《漢書》遠甚。中有錢陸燦名號印，知爲湘靈曾藏，標題皆其手筆。卷末云：『右奉淳化五年七月二十五日敕重刊正。』後有景祐元年九月祕書丞余靖上書，蓋係景祐間所刊淳化本，而元時重刊者。版心識有『大德九年刊補』，而徵、竟、敬、慎等字皆避諱缺筆，猶不失宋本面目也。因取汲古閣本校之，凡劉刊吴補及近刻惠氏補注所已辨者，俱不具論。如今本《和帝紀》云：『孝和皇帝諱肈。』注：『伏侯《古今注》曰：肈之字曰始，肈音兆。臣賢案：許慎《説文》：肈，音大可反，上諱也。但伏侯、許慎竝漢時人，而帝諱不同，蓋應别有所據。』是本正文作『諱肇』，注：伏説作肇，許説仍作肈。按《説文》云：『肈，上諱。』在戈部，當從戈庫聲。惟伏侯《古今注》從攴作肇，故云：『伏、許竝漢時人，而帝諱不同。』若如今本溷而爲一，何不同之有邪？斯可寶一也。今本《鄭康成傳》云：『師事京兆第五元。』是本『元』下多『先』字。又云：『吾家舊貧，不爲父母群弟所容。』是本無『不』字，俱與唐史承節所撰《鄭公碑》合。吾師阮撫使《山左金石考》云：『「爲父母群弟所容」，猶言幸爲親包覆成就，蓋不欲舉親之失如此。自後校書者因前「不樂爲吏，父數怒之」，因疑此書「爲父母群弟所容」不相合，輒妄加「不」字，踵謬至今。是碑遠勝今本《後漢書》。』鱣今得見元本《後漢書》，無『不』字，斯可寶二也。今本《阜城王延傳》云『以汝南之長平、西華、新陽、扶桑四縣益淮陽國』，注：『扶桑故城在陳州太康縣北。』是本作『扶樂』。按錢詹事《考異》云：『扶桑當依閩本作扶樂。』鱣謂桑、樂形似致誤。劉隆、馬援二傳皆作扶樂，《郡國志》陳國有扶樂可證。斯可寶三也。今本《郭太傳》云『初，太始至南州，過袁奉高，不宿而去。從叔度，累日不去。或以問太，太曰：「奉高之器譬之氾濫，雖清而易挹。叔度之器汪汪若千頃之陂，澂之不清，撓之不濁，不可量也。」已而果然。太以是名聞天下』凡七十四字，是本皆章懷注引謝承之文。按《考異》云：『初讀此傳，至此數行，疑其詞句不倫。後得閩中舊本，乃知本章懷注，今本皆儳入正文。閩本係嘉靖己酉按察使周采等校刊，其原出于宋刻，較之他本爲善。如左原以下十人，附書《林宗傳》末，今本皆各自跳行，閩本獨否。』鱣于是本益歎詹事之言信而有徵。其左原以下十人，並不跳行。斯可寶四也。今本《律曆志》云『五者以備』，是本作『五是以備』。《考異》云：『閩本及古本作「五者」，此後人以今本《尚書》易之。』鱣按，《李雲傳》云『五氏來備』，註：『是與氏古字通。』蓋惟古本《尚書》作『是』，故章懷云然。三國時氏儀亦作『是儀』。閩本雖出于宋，然此等舛訛猶未盡善。斯可寶五也。約舉五事，已見其凡。古人云：『日思誤書，亦是一適。』然而古書未宜輕心從事。蕘圃嘗曰：『汲古閣刻書富矣，每見所藏底本極精，曾不一校，反多臆改，殊爲恨事。』斯言良然。安得好古者悉照元本精摹付梓，嘉惠埶林，厥功不亦懋哉。嘉慶十年三月識。

元豐九域志跋

乾隆五十二年九月，鱣在京師，有持書目出售，中有《元豐九域志》十卷，下署錢遵王影宋鈔本，因購之。考《讀書敏求記》，不著于録。惟于《太平寰宇記》云：『此書較詳于《九域志》。』或當日曾有其書，未及著録。與書中凡遇本朝、皇朝字，俱空一格，其爲影宋本無疑。雖間有缺文，而楮墨精良，繕寫工整，洵堪寶玩。朱竹垞檢討《跋寰宇記》云：『不若《九域志》之簡而有要。』與《敏求記》之言相反。前人所見，各有不同。竹垞又跋《九域志》云：『昆山徐氏所藏宋槧本《九域志》，失四京弟一卷，而府、州、軍、監均有古迹一門，蓋民間流行之書。』今此本無古迹一門，惟福建路興化軍後及廣南路南海郡、柳州龍城郡後存古迹三條，豈偶有缺葉而别取民間流行本以補入邪？《困學紀聞》引《九域志》『滄州有漢武臺』，今本無之，亦古迹中語。《玉海》載紹興四年及大觀二年皆有上言續修《九域志》之事，宣和罷書局，不及成。然則王氏所見者，正當日續定而未經進本也。是書流傳頗罕，近日桐鄉馮編修集梧重爲刊布，云從宋刻摹本鈔得者，亦有缺字。常取江南浙江書局所進本參校，分注其下。又援引他書，核其異同，條繫每卷之末。考訂精詳，庶偁善本。因取以相校，其缺字互爲補之，終未能全。至如『襄邑，京東南二百七十里』，鈔本有『南』字，與《通鑑》卷二百八十一注引志合。『秦上州』，非『奉上州』，與《唐書·地理志》《太平寰宇記》合。『龔州』，非『襲州』，與《新唐書·地理志》《太平寰宇記》合。『令州』，非『今州』，與《舊》《新唐書·地理志》合。此類不可悉舉，皆刻本顯誤而編修按語之所存疑而未改者也。其最異者，衛州黎陽縣下，刻本僅『州北二里』四字，鈔本則云『州東北一百二十里。四鄉衛、范〔二〕橋二鎮。有大伾山、枉人山、黄河、永濟渠』凡二十七字。因思《禹貢》『東過洛汭，至于大伾』，蔡《傳》曰：『今通利軍黎陽縣臨河有山，蓋大伾山也。』即指此。按志，端拱元年以澶州黎陽縣建通利軍，熙寧三年廢入衛州，當云今衛州黎陽縣。《困學紀聞》云：『蔡氏《禹貢傳》曰：「鳥鼠，地志在隴西首陽縣西南，今渭州渭原縣西也。」此以唐之州縣言，若本朝輿地，當云今熙州渭原堡。』又曰：『「朱圉，地志在天水郡冀縣南，今秦州大潭縣也。」按《九域志》，建隆三年秦州置大潭縣，熙寧七年以大潭縣隸岷州，今爲西和州，當云西和州大潭縣。』鱣謂熙州渭原堡，與志合。岷州之爲西和州，蓋在元豐以後。而『黎陽縣』一條，王氏亦未之論及。不覺躍然起曰：『地志之有益於經學若是。向微此足本，將何由訂正乎？今河南濬縣東有大伾山，亦名黎陽山。若就此日言之，當云在河南衛輝府濬縣矣。』嘗謂天文似難而實易，地理似易而實難，以其沿革無定也。是志仍《元和郡縣志》之例，並列四至八到。又于户口之數、土貢之物、山鎮之名，一一登載，而不及人物。觀其上表，實取法《禹貢》《周禮》，始知竹垞所偁『簡而有要』爲不可易。萬季野徵君云：『撰《一統志》，奚必及人物？人物自有史傳諸書。』閻百詩徵君評《困學紀聞》，嘗偁述其説，惜乎不爰及是志爲例。然《潛邱劄記》録王存上表一則，則其服膺亦可想見。若遵王固未足以語此耳。校訂既完，遂記諸簡末。是年冬十有一月既望，書于宣武門外之藏海小廬。

直齋書録解題跋

近客吴中，從書賈購得《書録解題》，係聚珍本，間有朱筆校語。初不知爲何人，及閲卷之十二，上有標題云『借同鄉陳進士熷所藏海寧吴葵里鈔本殘帙校』，始知吾鄉槎客明經曾有舊鈔以遺秀水家效曾進士，而此君復轉録于此本者也。惜乎僅題年月，不著姓名。觀其書法秀麗，精心好古，定屬雅人。會余歸里，攜示槎客，一見心喜，如逢故人。既爲重録于盧抱經學士手校本上，余復借盧校本傳寫對勘一過，又改正數百字，並從《文獻通考》補得十餘條，凡黄筆者皆是。今而後，庶幾可爲善本。因念抱經學士已歸道山，效曾進士久患心疾，而槎客之年亦七十三矣。余得挾書往來，賞奇析義，能不欣感交至哉？按陳振孫，《宋史》無傳，《癸辛雜識·别集》載徐元杰一條，知振孫于淳祐四年官國子司業。又《會稽續志》浙東提舉題名有陳振孫，端平三年二月初六日，以朝散大夫知台州兼權，八月正除，十月二十六日到任。嘉熙元年，改知嘉興府。是振孫由浙東提舉改知府。厲太鴻徵君《宋詩紀事》作浙西提舉，誤也。今《四庫全書總目》又引《癸辛雜識》『莆田陽氏子婦』一條，偁陳伯玉振孫時以倅攝郡。又『陳周士』一條，偁周士，直齋侍郎之長子，謂振孫始仕州郡，終官侍郎，不止浙西提舉。然檢毛氏汲古閣所刊《癸辛雜識》無此二條，未知《總目》所據何本，且云浙西提舉，亦承厲氏之誤耳。此書有隨齋批註，不書姓名。錢詹事《養新録》云元時有楊益，字友直，洛陽人，官至撫州路總管，著有《隨齋詩集》，或即其人。因勘校是本，附書于後。嘉慶十年秋日。

嘯堂集古録跋

《嘯堂集古録》二卷，宋王俅撰。俅字子弁，取《詩》『載弁俅俅』之意。或作王球者，誤。球字夔玉，别是一人。子弁又作子弁，蓋因其名俅而妄加人旁耳。此書世傳刊本脱譌甚多，首列李邴敘，脱前一葉，共缺二百四十五字。余于乾隆四十年秋從苕賈得舊鈔本，中有衡山小印，當是停雲館所録。前後有『陳書厓印』十餘方，即《暴書亭集〔三〕》所偁澱山陳氏藏書也。首敘既全，後多元統改元干文傳一跋。餘姚盧抱經學士見之，深爲歎賞，借閱數過。又聞大興翁覃溪祕閣有影宋鈔本，心慕久之。比來京師，祕閣適視學江西，次公宜泉庶常出以相示，楮墨兼美，古香襲人。書中于宋諱多缺筆，而無元人干文傳跋，其爲影寫宋本無疑。因以余所藏者共相參校，互有補正之處。各條繫于卷中，惟楚鐘及京叔彝識兩本俱亡之矣，因記其始末于此，誠得好古者重爲刊布，于考訂金石文字之學非小補也。

國山碑考跋

《吴封禪國山碑》，蘇建篆書，天册元年立。地居荒僻，世罕其傳。同里吴槎客先生嘗于歲莫風雪中駕扁舟泊山下，具紙墨氈拓之具，攝衣而上，翦其荆棘，剔其菭蘚，天寒大凍，不能和墨。又山高風烈，紙著之輒敝。凡三日，拓得數紙，一時詫爲狂。先生既手繪其圖，復綜夫碑之始末，作《國山碑考》一卷，攜所拓以歸，分贈同好。予亦得其一焉。嗟乎！壽世者莫如金石，然漢唐遺刻，日就銷亡。是碑之淪于窈壑，士大夫宦游兹土，誰復過而問之？而田父傖丁，雖見而不識。先生獨懷豪踢墨，躋躅于山林猿鳥間，非至篤好其何能如是也。碑雖著于歐、趙二家之録，然不載書者姓氏。今觀其篆法，蒼秀古勁，深得周秦遺意。即同時皇象所書《神讖碑》，亦遠不能及。竊怪晉葛洪云：『吴之善書，則有皇象、劉纂、岑伯然、朱季平，皆一代之絶手。』獨不及蘇建，何邪？歲在横艾攝提格，月在塞涂癸亥朔書。

元本李善注文選跋

余十二歲時，誦《文選》，乃汲古閣所刊李善注本，在近時讀本中爲最善。猶恨其脱誤良多，即何義門學士評校，尚有未盡，疑莫能明。聞吾鄉馬氏道古樓曾藏宋本，已爲書肆購去，不知所歸。三十年來，舟車南北，恒以自隨者，惟汲古閣本而已。今歲寓吴，于吾友黄君蕘圃處見有持宋本《六臣注文選》出售者，價直太昂，且以其六臣注也而忽之，以爲安得有舊本李注乎？蕘圃曰：『數年前曾見元重刊宋本，今聞尚在。』余欣然屬其轉購。越數日，方盛暑，蕘圃遣蒼頭持札負書而來，閲之則李注《文選》也。云托書賈從甪直嚴氏得來者，遂如其價而購之。

書凡六十卷，目一卷，每葉二十行，行二十一字。每卷首題『奉政大夫同知池州路總管府事張伯顏助率重刊』。按錢詹事《養新録》偁是書有前海北海南道肅政廉訪使余璉序，今此本缺焉，又不列年月。然余定爲延祐本。考鄭元祐《僑吴集》有《平江路總管致仕張公壙志》云：『張氏長洲之相城人。公諱世昌，字正卿，成宗賜名伯顏。由將作院判官累任慶元路同知。延祐七年，陞奉政大夫、池州路同知。泰定五年，改福寧州尹。後遷漳州路總管。告老，以平江路總管致仕。』今合諸卷首結銜，知刊于延祐時矣。錢遵王《讀書敏求記》云：『善注有張伯顏重刊元版，不及宋版遠甚。』以余所聞中吴藏書家所有宋本，已多不全，似未若斯之完善。復借鈕君非石所藏元本校之，惟末卷後鈕本有『監造路吏劉晉英郡人葉誠』十一字，此已剥蝕。其行款字畫，纖豪畢合。或云明萬曆間金臺汪諒所刊，未必然也。爰繙閱一過，始知汲古閣本所脱者，如司馬長卿《上林賦》脱標『郭璞注』。張平子《思玄賦》脱『爛漫麗靡，藐以迭逷』二句并注。陸士衡《答賈長淵詩》脱『魯侯戾止，哀服委蛇』二句并注。曹子建《箜篌引》脱『百年忽我遒，生在華屋處』二句。鮑明遠《放歌行》脱『今君有何疾，臨路獨遲回』二句。枚叔《七發》脱『自太子有悦色』至『然而有起色矣』二段共十九行并注。《宣德皇后令》脱標『任彦升』三字。曹子建《求通親親表》脱有『不蒙施之物』一句。若斯之類，遽數難終。惟司馬長卿《封禪文》脱『上帝垂恩儲祉，將以慶成』二句，元刊已脱。又如《西都賦》注引『三倉』之作『王倉』。《閒居賦》注引『韋孟詩』之作『安革猛詩』，元刊亦然。汲古本蓋仍其誤，而義門亦未之校正也。

余好書，無力未敢貪多，惟童而習之者，每思善本是正文字。邇來隨有所獲，今更得此，不勝狂喜。他日擬築選樓以儲之，非特賀兹書之遭，且以銘良友之德云爾。嘉慶十年六月既望識。

趙魏公書酒德頌跋

向藏《趙魏公行狀》一卷，楊載所撰，公子雍手書授梓，明季海鹽胡宣子得諸湖州郵教授者。有舊跋數則，極堪賞玩。比寓京師，承德孫君鳳卿以魏公書《酒德頌》見示，乃延祐三年丙辰歲十月爲瞿津民書。按狀稱延祐丙辰七月，進拜翰林學士承旨、榮禄大夫、知制誥，兼修國史。仁宗聖眷甚隆，字而不名。書此卷時，距拜官僅四月耳。魏公出處，固無足論。然主臣遇合，洵一時盛事。卷中劉廷美跋云：『伯倫事魏爲建威參軍，其《頌酒德》，寓意深長。蓋當曹、馬廢興之際，有所托而逃焉者。趙文敏公特爲書之，良以是與？』殆曲爲之解也。

顧文康公誥軸跋

右昆山顧文康公誥身一軸，蓋嘉靖己亥世宗立莊敬太子覃恩所錫也。按公以弘治乙丑進士第一人授翰林院修撰，是年秋，天子上兩宫徽號，封公父如其官。母及生母皆太安人。戊戌，公入相。至是，復晉封光禄大夫，母皆一品太夫人。據震澤王文恪公所撰《太安人楊氏墓志》云：『楊氏世爲昆山農家，故封翰林院修撰顧公諱某之側室。初，修撰春秋高，正室吴安人相之，性嚴少可，太安人承事惟恭惟慎。或非意所干，一切含忍。引分推誠，終不見忿厲之色。生鼎臣，甚愛之。意甚遠之，不知其爲愛也。及鼎臣及第，未幾，遂受封命。太安人愀然若不懌，蓋念吴之弗獲是典，而己獨被其榮也。』近梨園中有《昆山》八齣，狀公生母出自側微，爲嫡所陵，與墓志亦合。又按楊以正德己巳卒，距嘉靖己亥幾三十年矣。其明年，公亦謝世。自時厥後，分宜當國，貴溪嬰禍，朝局日非。而公以太平宰輔功名令終，則其世德不于是可見哉！此軸不知何時流落吾寧，爲裝潢家所得，將洗其字，以爲他用。余偶見，亟止之，遂語兔牀先生，購以善直，而重裝成卷。錢唐梁太史見而愛之，手爲題識云。書法酷類顔平原，可見當時館閣中書之工，非後世所及也。

徐昭法先生手札跋

余頻年寓吴，每慕斯邦往哲流風，而于徐昭法先生之高節，尤欽仰焉。今年正月，偕黄蕘圃主事及寒石長老步上沙拜先生祠，賦詩紀事。歸而得其手書詩幅，一時傳爲奇事。頃者吴春生明經復以先生與震老手札九紙裝潢成册，慨然持贈。震老乃楊維斗先生之中子，名无咎，字震百，與先生及昆山朱致一用純偁吴中三高士，皆以先人死忠以名節相砥礪者。詳見張尚瑗所撰《楊易亭傳》。傳又偁徐臨没，以孤孫相托。震百不避嫌怨，卒保其家。今觀諸札，知震百嘗在凋上草堂以課其子。蓋先生三子皆先卒，故臨終以孤孫相托，良足慨矣。而中弟六札云『致老篝鐙細論』，即指朱致一。又偁『勤中兄及明老』，則爲王武勤中、楊炤明遠，皆一時遺老典型，想見南邨節概。而筆札之佳，真不啻珊瑚鉤也。昔全謝山庶常作《澗上先生祠堂記》云：欲增置栗主合食，曰南嶽大師儲公，曰山陰戴先生南枝，曰嘉善吴先生稽田。今澗上之祠日就傾圮，安得好事者葺而新之，并增震百、致一兩先生之主以彰三高士之目，不亦偉與？因讀是册而發其端，且質吾良友。嘉慶十年十二月既望識於津逮舫。

校勘記

〔一〕『券』，當作『倦』。
〔二〕『范』，嘉慶本及抱經堂本作『苑』。
〔三〕『暴』，當作『曝』。

簡莊文鈔卷四

謙卦考

謙卦，《釋文》：『謙，子夏作嗛，云謙也。』按《漢書・藝文志》云：『易之嗛嗛，一謙而四益。』師古曰：『嗛字與謙同。』《刊誤》曰：『嗛字若與謙同，何爲作此兩字。』蓋《易》文詞有云『嗛嗛者』。《補遺》曰：『按《易》謙卦初爻，子夏傳作「嗛嗛君子」，商銘曰：「嗛嗛之德，不易就也，不可以矜而祇取憂也。嗛嗛之食，不足狃也，不能爲膏而祇離咎也。」韋昭曰：「嗛嗛，猶小小也。」疑卦名與鳴謙、勞謙、撝謙，皆當從言從兼。而初六「嗛嗛」，則當從口。字書：謙，敬也。嗛通作慊，不足貌。則嗛嗛蓋自視欿然之意。今卦中他字盡作嗛，則傳者失之。』據此，知《釋文》引子夏作『嗛，云謙也』語，當在初爻下，今誤在卦名下也。然初爻集解，荀爽曰：『初最在下，爲謙。二陰承陽，亦爲謙。故曰謙謙也。』是荀本作『謙謙』。王弼注：『處謙之下，謙之謙者也。』王本亦作『謙謙』。惟子夏傳作『嗛嗛』也。《説文》云：『嗛，口有所銜也。從口，兼聲。』『慊，疑也。從心，兼聲。』《禮記・大學》云：『此之謂自謙。』鄭注：『謙讀爲慊，慊之言厭也。』《荀子・榮辱篇》云：『臭之而無嗛于味。』楊注：『嗛與慊同。』謙、嗛、慊三字通用，然卦名自當作『謙』。《史記・樂書》、《漢書・尹翁歸傳》、漢馮焕殘碑皆以『嗛』爲『謙』，由于隸書從省。李陽冰謙卦碑，雜出從兼之字，又好奇之過耳。《後漢書・明五王傳》云：『《易》不云乎？一謙而四益。小有言，終吉。』正作『謙』。

金錞考

鄭君注《禮》，大都博采群籍，必無可徵引而後以漢制明之。《地官・鼓人》云『以金錞和鼓』，注：『錞，錞于也。圜如碓頭，大上小下，樂作鳴之，與鼓相和。』賈疏：『錞于之名，出於漢之大予樂官。』並云：『其形圜如碓頭，大上小下。』並出彼文而知之。又云：『「樂作鳴之，與鼓相應」，鄭以意解之。按下三金，皆大司馬在軍所用，有文。此金錞不見在軍所用，明作樂之時與鼓相應，故云和鼓也。』疏之意，若以古無錞于之偁，而非在軍所用者。鱣謂錞于之名，不自漢始。《晉語》：『趙宣子曰：戰以錞于丁寧，儆其民也。』韋注：『錞于，形如碓頭，與鼓角相和。』今本《國語》無角字，惟宋明道本有之。蓋鄭注實本《國語》，而韋注正與鄭相同。賈疏不此之引，而云錞于之名出於漢之大予樂官，未免數典忘祖矣。考『錞』之字，本爲柲下之鐏。《說文》云：『錞，矛戟柲下銅鐏也。』《詩》曰：『厹矛沃錞。』毛傳：『錞，鐏也。』此和鼓之錞，與柲鐏之狀略同，因借以名之，故曰『形如碓頭』也。錞于疑錞之大者。《方言》云：『于，大也。』鐘之銑間謂之于，亦以鐘口大徑，其體于然也。有天生之錞于，《中山經》云：『嬰梁之山，上多蒼玉、錞于、玄石。』樂器之名，或出於此。《韻會》引或説『形如鐘，有舌謂之錞于』。《樂書》云：『自金聲之淳言之謂之錞。』《雲麓漫鈔》云：『釋氏擊小銅錚，即錞和鼓之餘意。』皆非也。錞于之制，六朝人尚能識之。《南齊書·始興簡王鑒傳》云：『廣漢什邡人段祚《南史》作祖以錞于獻，上有銅馬，以繩繫馬。《南史》作縣馬。去地尺餘，灌之以水。又以器盛水于下，以芒當心，跪注錞于。以手振芒，則如雷清響。』明南北監本、汲古閣本《南齊書》俱缺此傳，今從《宣和博古圖》所引。又《後周書·斛斯徵傳》云：『樂有錞于者，近代絶無此器。或有自蜀得之，皆莫之識。徵見之，曰：「此錞于也。」衆弗之信，遂依干寶《周禮注》以芒筒捋之，其聲極振，衆乃嘆服。徵乃取以合樂焉。』《北史》作『仍取』。二事正相合。同里吴槎客明經近得金錞，有虎鈕，面右一魚，左一弓一戈，上一『十』字，按即甲字。下一『宜』字，又下有缺文，當爲『子孫』字。其制甚古，且有銘文，實出于《宣和博古圖》所列錞十有九器之外，洵爲可寶。明經作《周虎錞説》，且作《錞于辨》，出以示鱣。遂復爲考以廣之。

矛制考

『盧人爲盧器，酋矛常有四〔二〕，夷矛三尋。』鄭注：『酋、夷，長短名。』《記》言矛之長短以著柲，全體度之。鄭注不詳其制。《説文解字》云：『矛，酋矛也，建于兵車。長二丈，象形。』按象形者，象立矛之形也。《書·牧誓》云：『立爾矛。』蓋矛有四隅，其刺屈而下垂。故《釋名》云：

『矛，冒也，刃下冒矜也。』其三隅者，謂之厹。《詩・秦風》云『厹矛鋈錞』，毛傳：『厹，三隅矛也。』按《説文》云：『厹，獸足蹂地也。象形，九聲。』《爾雅》：『狐、貍、貛、貉，醜。其足蹞，其跡厹。』按，三隅矛立之如獸足履地，因耤以爲名也。矛之隅形圜而鋭，故謂之刺兵。《考工記》云：『刺兵欲無蜎。』鄭注：『刺兵，矛屬。』《記》又云：『刺兵摶。』鄭注：『摶，圜也。』《淮南・時則訓》云：『孟春之月，其兵矛。』高誘注『矛有鋒鋭，似萬物鑽地生』，是也。矛之爲用，取其重。故《記》云：『刺兵同强，舉圍欲重。重則傳人，傳人則密，是故侵之。』鄭注：『操重以刺則正。刺兵堅者在前。』賈疏：『刺兵欲得麤而勁，則手穩也。』《左氏・哀十年傳》云：『冉有用矛于齊師，故能入其軍。』《尉繚子・制談篇》云：『殺人于五十步之内者矛戟也。』矛之建于兵車者。《鄭風》云：『二矛重英，二矛重喬。』鄭箋：『二矛，酋矛、夷矛是也。』今人用以制船者，俗謂之鐵貓。焦竑《俗書刊誤》云：『船上鐵貓曰錨，錨同，即今船首尾四角叉，用鐵索貫之，投水中使船不動摇者。俗讀若茅。茅苗音别，其用一也。』鱣謂當作鐵矛，即矛之遺制。俗人不知，妄用聲近之貓，既無取義，且更造錨、鍿字，謬矣。鐵矛亦謂之鐵十字。《留青日札》云：『鐵十字即鐵貓，可以矴船。』鱣萍浮南北，見船上鐵矛間有三隅者，當即厹形。又營中制帷幕亦用鐵矛，謂之鐵蒺藜，或謂之鹿角。蒺藜、鹿角，皆言矛之形相似也。蓋古之兵器，單刃而旁出者謂之戈，故訓平頭戟。歧刃而旁直出者謂之戟，故訓有枝兵。三刃而旁出下垂者謂之厹，故訓三隅矛。四刃而旁出下垂者謂之矛，則今所謂四角叉矣。戴東原庶常著《考工記圖解》、程易疇教諭著《通藝録》，于諸名物反復討論，而於矛未詳言之，因考其制如此。

三歸考

『管氏有三歸』，包注：『三歸，娶三姓女也。婦人謂嫁爲歸。』皇疏：『媵與夫人與大國宜同姓[二]。今雖三國，政應一姓。而云三姓者，當是誤也。』按，包注三歸，不指宮室之奢。《説苑·善説篇》云：『齊桓公謂管仲：「政則歸于子矣。政之所不及，惟子是匡。」故築三歸之臺，以自傷于民。』集注本之，而未詳三歸之名。考《周策》云：『齊桓公宮中七市，女閭七百，國人非之，管仲故爲三歸之家以掩。桓公非自傷於民也。』《韓非·外儲説》云：『管仲相齊，曰：「臣貴矣，然而臣貧。」桓公曰：「使子有三歸之家。」』又云：『管仲父出，朱蓋青衣，置鼓而歸。庭有陳鼎，家有三歸。孔子曰：良大夫也，其侈逼上。』與《説苑》所述大同小異。疑管仲因娶三女而築斯臺，遂名三歸。據《周策》言宮中七市，女閭七百，蓋兼言内嬖之衆、宮室之侈，故爲自傷于民。不然，古者大夫一娶三女，雖魯之臧文仲尚有織蒲之妾、季文子尚有不衣帛之妾，管仲有三女，但備灑埽之事，不必爲臺榭游觀之樂，安得謂之奢？且安得謂之傷民乎？以是知包注專指三女，似乎未允。不僅如皇疏所辨三姓同歸之誤也。《漢書·禮樂志》云：『孔子之時，周室大壞，諸侯恣行，設兩觀，乘大路。陪臣管仲、季氏之屬，三歸雍徹，八佾舞庭。』師古曰：『三歸，取三姓女也。婦人謂嫁曰歸，故曰三歸。』班《志》與兩觀類敘，正合築臺之説，師古注乃沿包氏之誤。至仁山金氏據算家有築臺三歸法説三歸之臺，其言近鑿。或又謂仲欲歸三路人心，故築三歸之臺以寓意，則其言更陋，且與自傷其民之言相背矣。

反坫考

『邦君爲兩君之好，有反坫。』鄭注：『反坫，反爵之坫，在兩楹之間。』按，坫制不一，有反爵之坫在楹間。《論語》『反坫』，及《雜記》『管仲旅樹而反坫』，《郊特牲》『臺門而旅樹反坫』，《明堂位》『反坫出尊』，鄭注皆云：『反爵之坫也。』有屏牆之坫在堂角，《士冠禮》『爵弁皮緇布冠各一匴，執以待于西坫南』，鄭注：『坫在堂角，古文坫爲襜。』《大射儀》『大師及少師、上工皆東坫之東南』，又《小射》『正一人取公之決拾，于東坫上，又贊設以笥，退奠于坫上』，又《小射》『正以笥受決拾，退奠于坫上』，《既夕記》『設棜于東堂下，南順，齊于坫』，《士虞禮》『苴茅饌于西坫上』，皆是。《爾雅·釋宫》云：『垝謂之坫。』郭注：『在堂隅坫𡒄也。』《釋文》𡒄或作瑞，本或作端。案當作埵。《説文》云：『坫，屏也。』《爾雅》《釋文》引作屏牆。今人于檐下築短牆置物，俗偁半牆，是其遺制。《説文》訓爲屏牆，與《爾雅》合，亦即《儀禮》之坫。全庶常《經史問答》謂『《説文》又是一坫』，非也。《問答》又以『屏牆之坫亦曰反坫，而其義又不同。《郊特牲》所云「臺門而旅樹反坫」，是乃以外向爲反』。鱣謂《郊特牲》所云『旅樹反坫』，即《論語》所云樹塞門、反坫，無庸區别。參之《雜記》『管仲旅樹而反坫』皆出孔子之言，尤爲明證。凡聘射之禮，賓主不敵，故主人之位在阼階，其餘或在西序，或在西階，故坫在堂角。兩君相見，賓主敵矣，故坫在楹間。《黄氏日鈔》疑《論語》之反坫與上塞門相連，恐皆是宫室之事，不當以坫之反爲爵之反，是蓋因《周書·作雒解》『乃位五宫，咸有四阿反坫』。孔注：『反坫，外向室也。』按外向室，正《説文》所謂屏牆。若以之强合《論語》，則與『邦君爲兩君之好』意無關。古人之語，若寢室，若安車，皆因其用而名之。則不必致疑于反爵之坫矣。《明堂位》『反坫出尊』，即《論語》及《雜記》《郊特牲》之反坫，所謂楹間之坫，用以庋爵也。崇坫康圭，即《儀禮》之東坫、西坫，所謂堂角之坫，用以庋物也。惟天子廟飾特崇，其制以康圭，魯僭用，爲非禮。《問答》據《覲禮》『侯氏入門奠圭』，以爲在堂下，故稍崇之，亦非。又《内則》云『士于坫一』，鄭注：『房中爲坫以庋食也。』是凡從地累高庋物皆得曰坫。今之市物於檐下，築高倚以交易，蓋即坫之遺意。俗作店。《古今注》云：『店，置也。所以置賣鬻物也。』坫作店者，猶莊本屋名而流俗書作庄也。

山節藻棁考

『臧文仲居蔡，山節藻棁』，包注：『蔡，國君之守龜也。居蔡，僭也。又以山節藻棁，言其奢侈也。』按，節棁似爲居蔡而設，包注直分爲二事。然考左氏《襄二年傳》云『作虚器』，杜注：『謂居蔡山節藻棁也。』疏引《論語》鄭注：『蔡，謂國君之守龜。山節藻棁，天子之廟飾。

皆非文仲所當有之。』則竝不分。集注引張説『山節藻棁爲藏龜之室』，亦與鄭注合。若如包注所云，已是二不知，孔子不應概以作虚器皋之曰一不知也。且山節藻棁，實天子之廟飾，管仲用之，孔子固言其僭。而包注則專言其奢侈，豈以藏國君之守龜乃謂之僭，而用天子之廟飾，反謂是奢非僭邪？《説苑·權謀篇》云：『漆雕馮今本《説苑》作漆雕馬人，乃馮字之誤，《家語》作漆雕憑對孔子曰：「臧氏家有龜焉，名曰蔡。文仲三年爲一兆，武仲三年爲二兆，孺子容立三年，爲三兆焉。」孔子曰：「君子哉漆雕氏之子！其言人之美也隱而顯，言人之過也微而著。」』觀此，則蔡固臧氏世守，故武仲奔防，納蔡求後。惟此以文仲居蔡而僭用天子廟飾，是以非之。至陸農師注《明堂位》『封父之繁弱』，以爲即蔡之别名。按《荀子·性惡篇》云『繁弱鉅黍，古之良弓也』，則是弓名而非蔡之别名。《經史問答》復偁其説，何也？

三仕爲令尹考

令尹子文，三仕爲令尹。按楚官多以令爲名，皆見《春秋》《國語》。楚無卿，以令尹爲相。而祖孫父子執政者，皆以才顯，與列國有異。鬭穀於菟爲令尹，始自莊公三十年、楚成王八年，代子元。至僖公二十三年、楚成王三十五年，讓于子玉，凡二十八年。至僖公二十八年，子玉死，蔿吕成繼之，子上又繼之。僖公三十三年、楚成王四十六年，子上死，時公子燮求令尹而不得。見《文公十四年傳》。文公元年，楚成王亦死。自時厥後，數年不著令尹。至《文公十二年傳》云：『楚令尹大孫伯卒，成嘉爲令尹。』高氏《左傳姓名考》載楚令尹失成嘉。又宣公四年，子越之亂，追紀曰：『令尹子文卒，鬬般爲令尹。』《經史問答》屬之文公十二年，誤。子文三仕三已，未知其詳。或云子上之後，非也。子上之死，雖因商臣之譖，實誤聽大孫伯之言。文公五年滅六，十一年敗麇師，皆大孫伯帥師，則子上爲令尹之後，當必大孫伯繼之，無子文復仕之事。且子上死後，即有商臣之變。使子文是時在位，安得謂之忠乎？意者成嘉之後，子文復仕爲令尹。既卒，而其子般代之與？然則子文爲令尹者再矣。三仕三已云者，疑其代子元之後，讓子玉之前。此二十八年中，必曾罷黜而再起者。惜《傳》文未備，而《史記·楚世家》亦未之詳耳。《傳》載子文事，自毁家紓難後，惟僖公五年滅弦，僖公二十年伐隨。至圍宋之役，先治兵于睽，已傳政于子玉矣。《楚語》云：『昔鬬子文三舍令尹，無一日之積，恤民之故也。成王聞子文之政不及夕也，于是乎每朝設脯一束、糗一筐，以羞子文。至于今，令尹秩之。成王每出子文之禄，必逃，王止而後復。』云云。《楚策》云：『昔令尹子文緇布之衣以朝，鹿裘以處，未明而立于朝，日晦而歸食，朝不謀夕，無一日之積。故彼廉其爵、貧其身以安社稷者，令尹子文也。』皆可與《論語》相證。且《楚語》述子文三舍令尹，而下序成王事。以是知子文于成王時，必曾罷黜而再舉也。《大全辨》載一説，謂孫叔敖實三仕三已，《傳》訛而爲令尹子文。按叔敖三爲令尹，雖見於《莊子》《荀子》《吕覽》及《史記·循吏傳》《鄒陽傳》，安知非叔敖與子文後先繼美？然漢《孫叔敖碑》不及三仕事，或本係子文事，訛而爲叔敖耳？

有馬十乘考

『陳文子有馬十乘』，孔傳：『崔杼作亂，陳文子惡之，捐其四十匹馬，違而去之也。』皇疏：『捐猶棄，放也。』按此指其在廐之馬有四十匹。金氏以十乘乃十甸之地，其采邑之大，可知非也。《論語》『千乘之國』及『百乘之家』，皆指出車之數而言。『陳文子有馬十乘』及『齊景公有馬千駟』，則指公馬之畜于官者，非國馬之散在民間也。《大學》『畜馬乘』，謂士初試爲大夫者。『百乘之家』，謂有采地者。鄭注甚明。《詩》言衛文公之命倌人所駕，騋牝三千。若其兵賦，則《左傳》云『元年，革車三十乘，季年乃三百乘』是也。故凡專言若干乘者，必計其地所出車數。如云有馬若干乘者，必計其廐畜馬數。《左傳》齊桓公妻之有馬二十乘，宋襄公贈之以馬二十乘，其例可推矣。《周官·校人》云：『家四閑，馬二種。』《鄭志·答趙商》曰：『當八百六十四匹。』此言天子之卿大夫之制。若侯國初試爲大夫者，畜馬乘。今文子有馬十乘，亦可謂多矣。或云：『若指在廐，則文子畜馬不及二百蹏，未可以當《貨殖傳》橋姚之百一，子張何故以能棄爲難？』答曰：若指采地，則春秋時不乏百乘之家，文子未可當其十一，又何以能棄爲難邪？要之文子原不必誇其馬多，惟國家有事，卒能棄此而去，蓋亦中人所難，故孔子但許其清。及子張疑其仁，即曰『未知焉得仁也』。此『知』字同上文，據《釋文》云『知，鄭音智』。皇疏引李充説，亦從鄭讀。閻氏《釋地》既本郝氏解『齊景公有馬千駟』，與《孟子》『繫馬千駟』

正同，爲馬之在廄中者。乃于『有馬十乘』，則以開方之法計其賦十乘而定爲文子采邑，蓋仍沿金氏之誤耳。

束脩考

『自行束脩以上』，孔傳：『言人能奉禮，自行束脩以上，則皆教誨之也。』皇疏：『古以贄見。脩，脯也。』孔注雖不云脩是脯，而意亦不得離脯也。邢疏：『書傳言束脩者多矣，皆謂十脡脯也。《檀弓》曰：「古之大夫，束脩之問不出竟。」《少儀》曰：「其以乘壺酒、束脩、一犬賜人。」《穀梁傳》曰：「束修之問，不行竟中。」是知古者持束脩以爲禮。』按疏説似矣，但知其一不知其二者也。《後漢書·延篤傳》注引鄭注謂『年十五以上也』，疏家何故不引及之？《曲禮》云：『童子委贄而退。』孔疏：『童子之贄，悉用束脩也。』故《論語》云「孔子自行束脩以上，則吾未嘗無誨焉」，是謂童子也。』此説蓋本于鄭注《論語》，俱作童子之贄解。《鹽鐵論·貧富篇》云：『大夫曰：余結髮束脩，年十三，幸得宿衛。』此與《史記·平準書》『桑弘羊，賈人子，以心計，年十三侍中』語合，然則束脩爲十五以上之偁，漢猶有是語。鄭據時驗也。《野客叢書》以《鹽鐵論》束脩爲束帶脩飾，殆未深考。又如《漢書·循吏傳》云『亡疆外之交、束脩之餽』，《後漢書·伏湛傳》云『自行束脩，訖無毀玷』，李注：『自行束脩，謂年十五以上。』《能改齋漫録》引作《杜詩傳注》，誤。《野客叢書》亦承其誤。按此係《詩疏》薦湛語。《延篤傳》云『吾自束脩以來』，李注謂『束帶脩飾』。鄭注《論語》曰：『謂年十五以上也。』諸説俱本《論語》。惟李賢注既引鄭注《論語》，則上不當云『謂束帶脩飾』，此乃自爲一解。如《鄧后紀》云：『束脩不觸羅網。』注：『言能自約束修整也。』《鄭均傳》云：『束脩安貧，恭儉節整。』《劉般傳》云：『束修至行，爲諸侯師。』注：『束修，謂謹束修潔也。』是俱以修治爲義，與《論語》之束脩不同。《説文·肉部》：『脩。脯也，從肉攸聲。』《彡部》：『修，飾也。從彡攸聲。』各有其義。《論語》束脩決宜從肉。吴氏《能改齋漫録》、孫氏《示兒編》竝據《後漢書注》，説《論語》以束脩爲束脯者非是。方氏解《禮記》『束脩之問』，以爲與《論語》名同而實異。其説謂約治其身則無不誨之，真所謂『人潔己以進，與其潔也』之意。大抵因脩、修不分，致生妄解耳。

麻冕考

『麻冕，禮也』，孔傳：『冕，緇布冠也。古者績麻三十升布以爲之。』皇疏：『禮，謂周禮也。周禮有六冕，以平版爲主，而用三十升麻布衣版。上玄下纁，故云「麻冕，禮也」。』按古者冠制有三，曰冕，曰弁，曰冠。冕者，朝祭之服，自十二旒、九旒以下是也。弁，亞于冕，周弁、殷吁、夏收是也。冠，亞於弁，委貌、章甫、母追是也。冕自天子達于大夫，弁自天子達于士，冠自天子達于庶人。此麻冕對拜下言，自是朝祭所服，皇疏得之。邢疏引《士冠禮》記始冠緇布冠，則未深究耳。麻冕以三十升布爲之，鄭注《喪服》『八十縷爲升，升字當爲登。登，成也』。今人以一縷爲一成，乃相沿之語。《禮》：朝服十五升，冠倍之。周布幅廣二尺二寸，古尺，當今五寸五分弱。二尺二寸，當今一尺三寸。三十升爲二千四百縷，兩縷一扣。俗作筬，《集韻》云：『筬，織具。』是用千二百目扣。凡布今一寸爲縷百八十有奇，爲扣目九十有奇。必如是，方見細密難成。宋儒疑一幅闊不止二尺二寸，或疑麻質麤，非可甚細，升八十縷，豈注疏相傳之誤？近時江氏《鄉黨圖考》疑禮無冠倍于衣之例，麻冕之布亦不過十五升，如今尺之一分容九縷。然考《詩·葛覃》疏引鄭注亦云：『積麻三十升以爲冕。』合之《喪服》注，知古訓精不可易。且下文言純儉，則麻實細於絲，不當云麻質麤非可甚細。孔子固嘗曰：『服周之冕。』又何疑冠倍于衣之例乎？

校勘記

〔一〕『四』下，《周禮注疏》作『尺』字。

〔二〕『同』，原作『國』，據嘉慶本改。

簡莊文鈔卷五

秦漢瓦當記

秦漢間宮室瓦當文字，篆法精良，辭旨古雅。歐、趙、洪、薛著録金石，獨不見收。宋敏求《長安志》、吕大臨《續考古圖》始摹其文，亦僅寥寥數種。陸友《硯北雜誌》、李好文《長安圖》、王子充《漢瓦硯記》遞載其制。康熙中，侯官林同人遊醴泉，得長生未央瓦，當時名人皆有題詠。吾郡朱排山復得瓦十五種，著《秦漢瓦圖記》。厥後畢秋颿中丞《關中金石記》增多至十七種。一時賢士大夫遊其地者，蒐訪不遺餘力，所得益多。余生平嗜金石文字，四方同志每以拓本見詒。比來京師，得交宜泉庶常，善承家學，好古振奇，所獲瓦文有未經人見者，裝成巨册，條繫其原委于旁，凡若干種。屬余作記。余受而觀之，曰『惟天降靈』，『延元萬年』，『天下康寧』，秦阿房宮瓦也。曰『蘭沱宮當』，秦蘭沱宮瓦也。曰『衛秦作』，衛國宮室瓦也。曰『漢并天下』，漢高帝初定咸陽所造宮室瓦也。曰『長樂未央』，曰『長生無極』，高帝未央宮瓦也。曰『黄山孝惠』，黄山宮瓦也。曰『長生未央』，孝武甘泉宮瓦也。曰『永奉無彊』，漢大廟瓦也。曰『長年益壽』，漢長年殿瓦也。曰『迎風嘉祥』，漢迎風宮瓦也。曰『八風壽存當』，漢别風闕瓦也。曰『便漢』，便殿瓦也。曰『與天無極』，曰『千秋萬歲』，曰『億年無疆』，曰『延壽萬歲』，曰『延年益壽』，曰『萬物咸成』，皆漢宫殿瓦，而未知其何屬也。曰『上林』，漢上林禁苑瓦也。曰『上林農官』，曰『宗正宫當』，曰『都司空瓦』，曰『都司』，曰『右空』，漢官舍瓦也。曰『高安萬世』，漢孝哀詔將作匠爲董賢起第瓦也。曰『大』，曰『有萬憙』，曰『長毋相忘』，曰『宜富當貴』，曰『仁義自成』，漢都人士瓦也。其爲兩馬之形而文曰『甲天下』，漢金馬門闕瓦也。爲白虎之形而文曰『申漢』，白虎觀瓦也。爲飛廉之形，漢飛廉觀瓦也。爲鳳翣之形，漢建章宫鳳闕瓦也。爲朱鳥之形，漢朱雀殿瓦也。爲玄武之形，漢玄武闕瓦也。其他文同而式異者，又不下數十種。此皆二千餘年來湮没於頹垣荒土之中，庶常則羅而致之，審其規模，考其字畫，視金鋪玉瑱有不啻過之者。余因服庶常卟古之勤，而歎秦漢遺文之顯于今者特甚也。

唐硯記

唐華陰令長沙劉蜕硯，修四寸，廣二寸，厚四分。受墨處有界畫，分其三之一，以爲沱。沱形如華之六出。左側刻篆文『蜕』字，底平，色正紫，蓋唐之端溪石。《翰墨志》所謂：『端硯如一團紫玉，瑩潤無瑕乃佳，不必以眼爲貴也。』仁和沈房仲先生得之吴市。後攜至萊州，與其弟畹叔廉訪及益都朱天門孝廉共賞，因聯句十八韻，廉訪手書細楷於匣上。匣以虹橋版爲之。其聯句竝載《孤石山房集》及《隱拙齋集》中。惟朱孝廉承煦，《隱拙齋集》作吴可馴。今觀硯匣作朱，則集中偶誤也。先君爲隱拙齋著録弟子，每言及是硯，津津不置。後歸海鹽鶴橋查氏，吾友張君芑堂曾摹入《金石契》，鱣轉展購得之。《唐詩紀事》有詩人陳蜕，今此硯相傳爲劉蜕。按蜕字復愚，長沙人。《唐摭言》載劉纂者，商州劉蜕之子，亦善爲文。則蜕當爲商州人。又《北夢瑣言》載劉蜕桐廬人，官至中書舍人。有從其父命死不祭祀一事，所敘爵里復不同，或疑爲别一劉蜕，未知其審。《唐闕史》載蜕能辨齊桓公盎之僞，其學具有根柢。《唐書·令狐楚傳》載，咸通二年，左拾遺劉蜕極論令狐綯子滈恃權納貨之辠，貶華陰令，則蜕之風裁尤推矯矯拔俗。所著《文泉子》十卷，自敘云：『覃以九流之旨曰文，配以不竭之義曰泉。崖谷結珠璣，味則將救之，雨雷亢粢盛，乾則將救之，故命曰文泉。』其自負良厚。惜其書已散佚，明韓錫所編止一卷，蓋從群書采出，非復全編。其文《冢銘》最爲世所傳，亦自偁長沙人。鱣更銘其硯曰：『文雖瘞，硯未焚。歷千載，爲席珍。』

擬復震澤三賢祠祀記

嘗聞《祭法》：『先王之制祀典也，法施于民則祀之。』若震澤鎮之祠三賢，非所謂法施於民者乎？三賢者，有宋著作王信伯先生蘋、教授陳齊之先生長方、舍人楊良佐先生邦弼，皆自閩來講學震澤，因家焉。著作居觀音橋東，舍人居著作宅之東，教授則獨居下鄉。舍人孫紹雲即故居之北增建定軒，購石爲桃原洞。又于鎮西三里許築水桃原洞。紹雲没，子孫以定軒雠于教授孫，遂于桃原洞旁建尊經閣，真西山爲之記。後陳與王俱不振，其居竝歸倪氏，復歸張氏。寶祐元年，里人沈義甫即水桃原洞建義塾，立明教堂。乃于堂東爲祠，以祀著作，配以教授、舍人，號三賢祠。至元中，升義塾爲儒學，設教諭以主祠祀。二十八年，教諭陳祐又立義甫像于別室。末年，毁於紅巾，里人沈善長遷之思范橋左。明天順中廢。嘉靖十五年，太學生沈嘉猷重建于普濟寺東，周三畮六分。更置田三十畮，供春秋祭祀及修祠費。知縣張道明記。天啟元年，嘉猷曾孫士哲修。國朝康熙中廢。乾隆五年，士哲曾孫煜等重建。此三賢祠之始末也〔一〕。

鱣寓兹土有年矣，每考三賢事蹟，輒往來于中。遇彼都人士，問其居，則無人知有居焉者。問其祠，則無人知有祠焉者。既而思之，自沈煜等重建以來，爲時未久，而寂寂無聞知，何哉？乾隆六十年十一月朔日晨起，步自思范橋而西，至普濟寺側，見小屋一廛，有老人負暄檐下，爲明器。問之，則曰：『此三賢祠址也。』問其像，則曰：『前年此屋爲大風所壞，像已毁矣。』問有主乎？曰：『在版壁内，積薪連屋，不能啟視矣。』問有碑乎？曰：『在西牖下。』亟觀之，一『三賢祠記』篆額，一『祀田碑記』，無額。其文皆塗以白土。欲剔之，老人禁不可，曰：『吾守此數十年矣。昔遭風傷，赴告城中，莫有應者。退而收合散木破瓦，稍葺而居，然猶歲輸租錢五千。此碑聊以當短垣也。』因唏嘘而出。其地臨荻唐，漁人網集，煙水蒼茫。爲憶前人董二酉《謁三賢祠》詩云：『舊祠當大路，幾度拜階前。老樹頹垣倚，空濠蔓草連。』風景宛然也。嗟夫！自宋汔今，五六百年矣，祠三建，而卒淪于毁者，蓋以沈氏一家專祀而鄉城間隔，人心不齊，其難爲久計焉，勢也。然此非一家之事，凡爲學者所宜任也。世之惑于浮屠老氏，固不惜金錢以新廟貌。乃三賢學行如此卓卓，而竟聽其零落于野草荒煙，及今不圖之，更孰有過而問者乎？爰記以告當事與邦之賢士大夫，及四方名流交相爲力，以興祠宇，以復祀典，成不朽之業，實非常之功焉。

松硯齋記

先府君客山左，嘗得澂泥硯，最宜墨。圜如拱把之桐梓，高如圜之四之一。周旁作松皮形，覆中有『子昂』二字。沈畹叔廉訪見而偁之，作《硯記》云：『斲自松雪翁，宜松名。』其文載《隱拙齋集》。府君遂以『松硯』顔厥齋。舟車南北，恒以自隨。或獻疑曰：『此硯渾樸古雅，恐是唐時物，安知非陳子昂硯乎？』府君曰：『陳與趙人品皆不足取，我以松厲我節，以硯著我書而已，何必求其人以實之邪？』後數十年，府君寓津門，得末疾，琴書玩好，皆被竊去，鬱鬱南還。人多爲此硯惜，府君曰：『苟吾身獲全退，而處乎齋中，優游送老，已屬萬幸。硯之存亡，何足計哉？』府君之不爲玩物喪志，類如此。今辭世又有年矣。小子鱣無狀，深以不克負荷析薪是懼。每懷故硯，不知流落何所？而守此一廛，讀書課子。因稍加修葺，泣而記于壁間，以見府君清風高節、砥行立名，雖身當困阨猶不累于物，處之泰然，固可以昭令德、示子孫矣。

清儀閣記

由拳故城東南三十里而遥，曰履仁鄉，有净相寺，産檇李。沿河成市，人煙稠密。水竹清蒼，亦名新篁里。同年友張君叔未家焉。旁舍隙地，多嘉樹。有閣巍然，榜曰清儀。在《易·漸》之上九云：『鴻漸于逵，其羽可用爲儀，吉。』王輔嗣注：『進處高絜，不累于位，無物可以屈其心而亂其志。峨峨清遠，儀可貴也。』閣之名，取諸此。且夫人之心志有遂有不遂，不遂則强求，强求則或屈或亂。惟自處高絜，則情爲我移，不爲境奪。叔未與余同舉于鄉，褎然居首。三上公車，以官學教習當得官，因不屑爲風塵吏，拂衣而歸。埽除門徑，蓄旨以養親，儲書以課子。鼎彝尊罍戈劍錢笵之屬，雜陳其間。一二友朋時相往來，賞奇析疑。或坐華醉月，或點筆題詩。暇則扁舟出游，訪求古跡。仲長統《樂志》之論，羅大經《玉露》之篇，方斯趣向，約略相同，其儀抑何清遠乎？蓋《漸》之取象于鴻也，以適進之義始于下而升于上也。如遇順風，進而得位，可以正邦。在他人或有改其素者。吾知叔未處之亦不過如是而已。遂書其壁爲之記。

畫龕記

自古有指其所事以名其所處者，若講堂，若禮堂，若孝經臺，若爾雅臺。又若琴堂，若嘯臺，其事雖不同，而名其所處之意則一也。近時法梧門祭酒有詩龕，其猶行古之道乎？抑知更有偶者，泰州朱君野雲客京師有年矣，喜交遊，工文辭，間以餘技作畫。寓在宣武門外，老屋數楹，雖販夫賈豎，無不知爲高人之廬。今夏爲積雨所敗，稍葺而治之，別開一室，名曰畫龕，蓋比于梧門之詩龕也。今夫學之積也不厚，則其事之習也不精，而其名之垂也不遠。昔之人論詩論畫，必取乎書卷。無他，學有以充之耳。非獨此也，即所謂講堂、禮堂、孝經臺、爾雅臺、琴堂、嘯臺者，亦必因其人之足重而偶于此講道焉，考禮焉，傳《孝經》焉，注《爾雅》焉，彈琴焉，長嘯焉。而斯堂斯臺，遂以不朽。鱣嘗深服于梧門矣，爲人弘獎風流、和平謙雅。讀其詩，彬彬郁郁，斧藻群言，精深博大，每若有餘乎詩之外者。野雲胸次高曠，超然塵埃之外，既不苟且以求合于世，往往解衣槃薄，顛倒淋漓，特借畫以抒寫其抑塞磊落無聊不平之概，而畫之工與否固有所不屑計。然而今之言詩，必推梧門；言畫，必推野雲。而自名其所處，亦不過曰詩曰畫而已。則詩龕之詩，爲有聲之畫；而畫龕之畫，乃無聲之詩也。野雲听然而笑曰：『有是哉。』遂作《畫龕記》，且以質諸梧門云。時嘉慶六年冬十月之望，試高麗墨書。

述義記

吾鄉有道君子曰吴兔牀山人，偕其婦魏隱居海濱之小桐溪。山人善讀書，好交游，四方賢士大夫每過從，必觴詠連日。魏咄嗟力辨。既而魏膺病，嘗在牀蓐，欲爲山人置妾侍執巾櫛，山人固未之許。而其家人無不感主母之賢且病，謀所以慰之而代其勞者。平湖有良家女，性婉娩。其母早卒，父落魄不事生理，欲以女爲人妾，計可得厚資。而女實未知，操紝以助餐如故。會山人家人以他事適平湖，訪知女賢，竊謂：『此誠可以侍有道君子矣！』遂與其父謀，許以多金。父諾之，即欲載女以行。女有難色，已而歎曰：『父有命，敢不從乎？』乃與父偕來。時山人客游杭州，家人以告主母。主母大悦，厚其禮而納之别室。山人歸，始言其故。山人愕眙良久，曰：『孰爲我謀者？我年六十一矣，有子有孫，奚以此爲？雖然，若本良家女，既入我門，我不納之，將安歸之？即歸之而復賣之，若終爲人妾，又疑若爲人所棄者，我不忍也。』遂以爲義女，名之曰『明姑』。『姑』者，浙西方言未字之偁也。山人有女已適人，召之歸，使之同寢處。姑事主母惟謹，母心喜，病稍愈。海鹽魏氏子，善士也，于山人爲戚屬。山人慨然曰：『我爲義女擇壻，舍魏子其誰與？』遂備奩具而嫁之。既成昏，遠近無不賀明姑之得所歸，而高山人之義，且引鍾離瑾事以擬之者。鱣曰：『不然，鍾離之事猶人所易，山人之事爲人所難。是可記也已。』遂述之。山人名騫。

王節愍公畫像記

皇朝賜謚節愍、明兵部職方司主事王公名道焜，字昭平，浙江錢唐人。天啟辛酉舉人，以乙酉閏六月徇節。乾隆六十年六月，鱣得敬觀先生遺像册，係莆田曾鯨作，後附詩牋三章、家書三通。又一册則先生遺屬并絶命詞，後多題跋。先生與吾族有同年姻婭之誼。五世從祖弁升侍御，乃先生之外孫，爲作傳甚詳密。惟是先生徇節之日，傳云六月初三日，内姪孫林璐跋則云閏六月二十一日。二人者，皆至戚，不應異同。然遺屬明書閏六月，惜不書日耳。聞先生死節後一日，同里陸鯤庭大行絶吭畢命于横山，當與大行家傳更參考之。蓋當時杭有三仁之目，先生及大行居其二焉。册中與沈宜人家書云『生産期近』，又一通云『新兒安否？計我歸時已週歲』，觀其語，若情鍾于室家者，孰知大節炳燿千古哉？遺屬云：『葬我于祖父墳傍。』今按，王氏先塋在錢唐縣之丁家山，先生實祔兆。鱣嘗同人往訪其處而拜之，今傳不書葬，略也。嗚呼！瞻先生之像，讀先生之書，拜先生之墓，凜然如見先生之生矣。先生行誼，見於《明史》列傳，不具書。書其一二佚事，乃作贊曰：

甲乙之際，生死非偶。杭有三仁，職方居首。式瞻遺像，畫者曾叜。葛巾野服，索居斂手。催命符至，遑然卻走。子而受職，亦即父受。地下先人，見之顔厚。不如父死，子則可守。本遺屬。浩歌引決，此心方剖。教孝全忠，是謂不朽。丁家山中，碧血薶久。華表他年，鶴歸來否。

張忠烈公畫像記

昔蘇子卿持漢節，管幼安客遼陽，皆閲十九年之久，卒歸國全身。惟明季吾浙蒼水張公，自丙戌杭海，至甲辰被執，就中險阻艱難，百折千挫，首尾十有九年。乃見危授命，自古以來亡國大夫未有如此之烈也。公諱煌言，字元箸，一字蒼水，鄞縣人。少時跌踼不羈，常負博進錢，醉臥社祠中。夢神謂之曰：『君宜自愛，他日成大事者君也。』由是感悟，折節讀書。舉崇禎十五年鄉試。國變後，迎魯王監國于天台，授爲行人。至會稽，賜進士，加翰林院編修。入典制誥，出籌軍旅。及鄭成功圍金陵，公别略地至蕪湖。而成功驕，不受要約，師先潰。公乃間道歸天台，部衆復集。桂王加以兵部尚書，公移軍林門，往來海島。聞滇南平，散遣部曲，遁于南田之縣奥。及被執就逮，諭之使降，不從，烏巾葛衣，不言不食，惟啜水而已。舁至江口，始一言曰：『好山色。』坐則南向，索筆賦絶命詞，從容受刑。葬于西湖南屏山下，從公志也。乾隆四十有一年，賜謚忠烈。越十有六年，同人立石于墓門，鱣大書曰：『皇清賜謚忠烈明兵部尚書蒼水張公之墓。』復從公故友萬斯大之孫福摹得遺像，係臨刑時所繪巾服者。石門方薰更摹爲冠服像，將謀建公祠而設焉。乃作贊曰：望錢江兮好山色，作楚囚兮向不北，十九年兮盡心力。天柱折兮龍莫攀，共岳于兮魂往還，視文山兮處尤難。展遺像兮見公志，烏巾葛衣兮從容就義，更千百歲兮猶凜凜然有生氣。

尚友圖記

余自問無他長，惟以書卷友朋爲性命。嘉慶元年孝廉方正之舉，陳東浦方伯告人曰：『有好古之學者必有高世之行，如錢晦之、胡雒君、陳仲魚庶幾偁鼎足哉。』後與錢、胡兩君同在謝蘇潭方伯署，因屬王君沛堂作《三子説經圖》，兩方伯各題詩。時阮芸臺先生爲學使，見之，以爲有程君易田在，何不并及之？遂合程君，繪《吴山雅集圖》。是秋，余復膺鄉薦，計偕將行，王君别畫一像以相贈。張君農聞，顔曰『尚友圖』。噫嘻！諸君之惠而好我，固若是乎？乃自綴以辭曰：

生海隅，居峴上。服也鄉，無善狀。食舊德，力爾田。承庭訓，守遺編。廿歲餘，始入學。交賢豪，共商榷。考經義，辨形聲。思撰述，苦未成。上公車，非本意。還讀書，尋吾契。留面目，識畫圖。姓者陳，字仲魚。

吴山雅集圖記

嘉慶三年夏六月，鱣與嘉定錢晦之大昭、桐城胡雒君虔、鄞袁秉穀鈞、仁和邵懷粹志純、慈溪鄭書常勳同在杭州。時歙程易疇瑶田適至，遂相約游于吴山之上。其地占郡城之勝，左江右湖，茂林深壑。又當宿雨初晴，涼風颯至。此六七人者，或步曲徑，或坐磐石，或撫長松，于是語，于是道古，致足樂也。因屬王君沛堂各爲寫照，而乞方君蘭坻補圖。後以病，不果作，轉屬于奚君鐵生。會遭鬱攸之厄，斯卷幸而無恙，急索以歸。未幾，方、奚二君相繼下世，欲覓良工未得，置之行極，又越數年矣。今夏，嘉定陳君妙士掌教兊湖，爰請補而成之。林泉人物，秀發不凡，洵推妙筆。其印首正立，一手攜杖，一手招呼者，易疇也。據案擁書危坐者，晦之也。

竝坐觀書者，秉穀也。執卷侍立者，書常也。倚石企足而坐者，懷粹也。袖手閒觀者，雒君也。倚松注目，怡然若思者，鱣也。夫登臨游覽，亦事之常。乃以同年舊交，散處四方，遽集于此。《詩》曰：『呦呦鹿鳴，食野之苹。』此以興嘉樂賓客，當以懇誠相招呼，以成禮也。又曰：『伐木丁丁，鳥鳴嚶嚶。』言與友生於山巖伐木爲勤苦之事，猶以道德相切正也。自時厥後，良會難再。迄今吴山風景，宛在目前，而懷粹、雒君已不可作矣。人生歲月，誠不足恃。所謂山林朋友之樂，造物不輕予人，殆有甚于榮名利禄也，豈不重可歎哉？且畫者凡三易，幾至遺失，而成于妙士之手，蓋亦有數存其間耳！　嘉慶十年夏六月陳鱣記。

校勘記

〔一〕『之』，原闕，據嘉慶本補。

簡莊文鈔卷六

釋禮

吉

精意以享謂之禋，實牲于柴謂之實柴，燔柴升煙謂之槱燎，取血以衈謂之血祭，藏諸地謂之貍，投諸淵謂之沈，解牲皮謂之剥，熟牲體謂之亯，陳牲骨謂之肆，齊牲肉謂之將，薦腥謂之獻，灌鬯謂之祼，安神坐謂之妥，勸尸食謂之右，收俎謂之徹，頓爵謂之奠，埽除宗廟謂之滌，涂以牲血謂之釁，告事謂之禱，求福謂之祈，聚其神謂之類，詣其所謂之造，除災害謂之禬，禱水旱謂之禜，贊饗謂之祝，除惡謂之祓，繹祭謂之祊，數祭謂之𥜽。

凶

哀死亡謂之喪，哀凶札謂之荒，哀禍災謂之弔，哀圍敗謂之禬，哀寇亂謂之恤，弔失位謂之唁，遺貝玉謂之含，遺衣衾謂之襚，遺乘馬謂之賵，遺錢財謂之賻，助葬謂之執紼，告喪謂之赴[一]，招魂謂之復，明旌謂之銘，死而述行謂之誄，將葬易名謂之謚，去冠而代以免謂之袒，免過期追服謂之稅[二]，除服謂之禫，既葬而祭謂之虞，合食于先謂之祔，卒哭謂之成事。

賓

春見謂之朝，夏見謂之宗，秋見謂之覲，冬見謂之遇，時見謂之會，殷見謂之同，時聘謂之問，殷頫謂之視，辭謂之謝，助謂之贊，告謂之戒，進謂之宿，送行謂之餞，召客謂之速，與物謂之餽，迎賓謂之訝，私見謂之覿，相見禮謂之摯，給道用謂之積，視其無恙謂之候，慰其苦券謂之勞。

軍

用以征伐謂之師，視其賦役謂之均，習兵教戰謂之田，築城修室謂之役，定其疆土謂之封，竭作以狩謂之同，簡軍謂之閱，練兵謂之試，餉軍謂之犒，軍後謂之殿，出而受命于祖謂之告廟，歸而奏功于學謂之釋奠，勞于野謂之郊，勞飲于廟謂之飲至，班師謂之凱旋，執有辠反謂之獻俘。

嘉

始加元服謂之冠，娶妻謂之昏，習弓矢謂之射，體薦謂之饗，折俎謂之燕，頒社稷之肉謂之脤，頒宗廟之肉謂之胙，贊其善謂之慶，加以物謂之賀，築室始成謂之落，一獻謂之醴，酌而無酬酢謂之醮，以官與人謂之爵，所以尊名謂之字，入其采擇之禮謂之納采，將歸卜而傳辭謂之問名，卜吉而來告謂之納吉，用幣成禮謂之納徵，擇吉告昏謂之請期，食不異牲謂之共牢，分匏仍并謂之合卺，壻往婦家謂之親迎，婦嫁謂之歸，食汔演安謂之酳，食饌之餘謂之餕，射中謂之獲，中革謂之獵，發矢一終謂之節，擲矢謂之投壺，沐而飲酒謂之禨，衆飲謂之旅，導飲謂之醻，進酒于客謂之獻，客答主人謂之酢，進饌謂之御，不脱屨升堂謂之飫。

擬請漢儒許慎從祀議

臣按漢儒，或通一經，或兼他經。惟許叔重慎及鄭康成二大儒，博通群經。《後漢書·儒林傳》云：『慎性淳篤，少博學經籍，馬融常推敬之，時人爲之語曰：「五經無雙許叔重。」以五經傳説臧否不同，于是撰爲《五經異義》。又作《説文解字》十四篇，皆傳于世。』夫文字者，經義之本，王政之始。士子讀書，必講求于形聲故訓，而義理出焉。許氏受學賈逵，博采通人，作《説文解字》。其自敘云：『將以理群類，解謬誤，曉學者，達神恉。』其偁《易》孟氏、《書》孔氏、《詩》毛氏、《禮》周官、《春秋》左氏、《論語》、《孝經》皆古文也。子沖上書云：『六藝群書之詁，皆通其意。而天地、鬼神、山川、草木、鳥獸、蚰蟲、雜物、奇怪、王制、禮儀，世間人事，莫不畢載。』然則許氏誠經師之大統、聖門之功臣也。唐貞觀時，增定孔廟從祀者二十二人，鄭康成在其列，許慎不與焉。蓋唐人但知依經注爲師。爾時貢舉之政，凡明書，試《説文》《字林》。其書雖列學官，未嘗專尊許慎。至明嘉靖間，并罷康成從祀，皇朝始復之。而許慎大儒，未有議及者。或以康成嘗駁《五經異義》，不知康成注禮，每引《説文解字》，必偁許叔重字以尊之，與杜子春同例。其駁《異議》也，乃儒者各行其説。若因此致疑，則康成又作《箴膏肓》《起廢疾》《發墨守》三書，彼何休曷爲從祀邪？論者又以《説文》爲字書，無關實學。夫小學本附群經，與《爾雅》相表裏。向非許氏稽撰其説，分别部居，後之從事經術者，于聲音文字訓詁之學何由以明？安得比于小道目之？今《五經異義》雖已亡佚，學者尚從群書采摭。而《説文解字》一書具在，固人人之所肄業，有關于實學良多。許慎之當從祀，無可疑者。國家稽古右文，超越前代。而煌煌大儒，儻得與于千秋俎豆，以昭曠典，豈非盛事？臣不揆愚昧之見，用敢奏請，增入從祀。無任荷懼之至，謹議。

名二子説

《禮》："子生三月，妻以子見于父，咳而名之。凡父在，孫見于祖，亦名之。"澧之子既見于祖，命澧曰："爾其名之。"用敢承父之命，名二子，且爲之説曰：名子者，商人尚質，故以生日之甲乙。周人重諱而名始尊，其義則魯申繻言之詳矣。三代而還，族姓既繁，命名之例益廣。有兄弟二名而用一字者，世謂之字輩，如德宗、德文，義符、義真之類，起自晉末。厥後遂有豫擇數字以爲子孫名者。吾宗自宗丞公定十六字[三]，曰『永世克孝，敬明其德。宜爾子孫，以匡王國』，實準諸此。有兄弟單名，以偏旁爲排行，始見于陳瑀、陳琦，劉琦、劉琮，下此應璩、應瑒，衛瓘、衛玠，踵之者甚多。吾家父若世父名皆從玉字偏旁，亦猶是也。今欲序行輩以存睦族之道，從偏旁以昭法祖之心，故遵用其字而同其字之首，蓋單名而兼二義焉。命長子曰箕。《記》有之：『良弓之子，必學爲箕。』己雖不能爲良，深望其子之志于學，以成器，箕乎？無或如『南有箕，不可以簸揚』也。命次子曰簸。凡米之率，一舂一簸，始爲糲，而趣于粺于鑿于侍御，簸之爲用，正不可少，簸乎？庶幾相與有成也。

二子小字説

古者男子二十冠而字。自漢以後，則有小字，浸盛于唐宋間，具載于陳思《小字録》中。又嘗見《紹興十八年同年録》，人各有小字，如朱子小字季延。則其來尚矣。今者方續修家乘，而我二子俱幼，未敢責以成人，因各爲之小字。箕曰良士。《詩》云：『好樂無荒，良士瞿瞿。』尚其克守素風，以勿越于禮哉！簸曰穀士。《詩》云：『以介我稷黍，以穀我士女。』尚其食德服疇，而思所以善厥身哉！

文選詩題説

近日試士詩題，多出《文選》句。有某學使試蘇州府，屬諸生以『東琴不隻彈』爲題，場中譁然。謂琴字有誤，使者茫無應也。或改李義山詩云『錦瑟無端作七弦』，一時傳爲笑語。按《文選》盧子諒《覽古詩》云：『西缶終雙擊，東瑟不隻彈。』李善注：『西缶、東瑟，已見《西征賦》。』宋本及元張伯顔重刊本皆如此〔四〕。復考《西征賦》云：『恥東瑟之偏鼓，提西缶而接刃。』李善注引《史記》：『趙王與秦王會于澠池，秦王請奏瑟，趙王鼓瑟云云。』則作東瑟無疑。惟五臣注本《覽古詩》作東琴。然吕延濟亦引《史記》秦王請奏瑟，趙王鼓瑟之文。下云：『實鼓瑟，而言琴者，文之失矣。』是濟已改正作瑟。故宋時合刻六臣注，于詩本文作瑟，注云：『五臣作琴。』自明毛氏汲古閣刻李善注《文選》，反將詩及注竝改作琴，與《西京賦》不照，殊爲疏失，以致後人承誤。甚矣！書之不可不校也。楊文公《談苑》載淮南張佖知舉進士，試『天雞弄和風』詩。佖但以《文選》中詩句出題，未曾詳究。有進士白試官云：『《爾雅》天雞有二，未知孰是？』佖大驚，不能對。亟取《爾雅》檢《釋蟲》有『螒天雞』，《釋鳥》有『鶾天雞』。江東士人深于學問有如此者。又《能改齋漫録》載袁州自國初以來，解額以三十人爲率。仁宗時，查拱之郎中知郡，秋試進士，以『黄華如散金』爲詩題，舉子多以秋景賦之，惟六人不失詩意，由是只解六人，後遂爲額。無名子嘲之曰：『錯認黄華作鞠華。』此二條與近事正相類。『天雞』句，見謝靈運《湖中瞻眺詩》，李善注引《釋鳥》，李周翰注亦云：『鳥名。』當時何未審及？『黄華』句，見張季鷹《雜詩》，首云：『莫春和氣應。』明是春景，乃秋試取此爲題，宜多以秋景賦之者，良由讀《文選》未熟耳。然宋初《文選》刊布未廣，如陶岳《五代史補》云：『毋昭裔貧時借《文選》於交游間，人有難色。發憤曰：「異日若貴，當版以鏤之遺學者。」』可見是時從事《選》學尚難。今則刻本盛行，人各有編。而謬種流傳，罕能是正文字，又奚論『熟精《文選》理』哉？

鳳沱硯銘

硯有郭元釪銘，林佶書。小桐溪吴丈兔牀得之，作書畫硯。其從子子律攜至新篁里，贈于張君叔未，屬鱣銘曰：昔在小桐溪，今入新篁里。鳳兮鳳兮得所歸，惟君子使胡不喜。

瓶硯銘

羸則凶，罄則恥。守其口，佐文史。

合硯銘

一覆一載，竝行不悖。于彼于此，聽其所使。

書帙銘

得此書，費辛苦。後之人，其監我。

文具銘

拔毛摩頂歸于儒，斯受之爲徒，天下其同書。

筆筒銘

截竹爲筒，勝珊瑚架。無或不中，書免冠而謝。

時大彬壺銘

陶也足用，舍彼金罍，時哉時哉。

震澤募置義廬疏

蓋聞朋來自遠，道同術而志同方。賓至如歸，生乎館而死乎殯。震澤之禹跡橋旁，向建新安會館，有庭有堂，有兩夾室，有東西廂。堂上設几筵，庭中植嘉樹。同業圖事，可以燕談。故鄉交游，可以棲止。洵雅客之行臺、寓公之樂土也。抑更有請者，生涯逆旅，身世蘧廬，凡行營于外，擁厚言旋、安享林園，考終里第，斯大幸矣。更何慮焉？萬或皓首它邦，倉忙起變，居停多忌，孰能與鬼爲鄰？朋友無歸，爰止于誰之屋？設使暫寄荒野、平原權停，僧寮道觀，非爲土人需索，即爲廟祝取贏。儻親屬未得扶回，桑梓無能爲役，或四三年，或五六年，風雨之所漂零、螻蟻之所侵蝕，覩之慘目，言之傷心。昔《後漢書》傳梁伯鸞之葬，吳中古風難得。近《東原集》載戴春如之没，震澤往事堪嗟。何則？代馬依風、死狐枕首，飛幽魂于雪窖，灑别淚于冰天。死者長已矣，生者其安乎？今議於會館之前，增置餘屋，名曰義廬。若遭變故，公送停棺，酌限年期，力催返葬。仿京師之義園、蘇郡之同仁堂。所有事宜，别開條約。至中間堂屋，遇吉則張筵偁慶，遇凶則設幕治喪。要使存順没寧，仁至義盡。本實心以行事，非踵事而增華。但物力維艱，移山須衆。用是略陳小引，伏冀同籍諸君好善樂輸，睦姻任卹，玉成義舉，布列芳名。謹疏。

法梧門祭酒壽言

當世有梧門先生，昌黎所謂『景星慶雲』，潁濱所謂『高山大河』也。鱣心慕之已久。去年春，公車再上，乃得謁詩龕，親燕笑。深幸十餘年想望，爲不虛矣。鱣自顧生平所好者，惟書卷朋友，尤欲得大賢而從之游。顧求其下士之誠、好文之篤如先生者，有幾人哉？信乎相須之殷，惜乎相見之晚。雖然，士固有得一知己可以無憾者。古人且不暇具論，近時王文簡公嘗言，李高陽之于曹頌嘉禾，梁正定之于汪蛟門懋麟，馮益都之于陳賡明玉堪，魏柏鄉之于董文友以寧，服膺贊歎，不啻若自其口出。諸君皆及門士，而文友與柏鄉未嘗識面，是之謂知己。以鱣之不肖，奚敢望諸君之得遇數公？然先生一見如故，握手殷勤，向之所作，歷賞識之而無遺。每與人言，又揄揚弗置。夫乃知鱣之受知于先生，固亦得於未識面以前，又何惜乎相見之晚邪？嘉慶七年正月十七日，爲先生五十生辰，同人咸賦詩偁慶。鱣不敢以世俗之諛詞相頌，而惟以下士之誠、好文之篤、得大臣之風度爲可敬，遂以爲先生壽。

丁緗士傳

君諱授經，字緗士，一字蓮莊，浙江歸安之下昂里人。父傑，乾隆辛丑進士，官寧波府學教授，淹貫經義，體大思精，世所偁小雅先生也。君承家學，弱冠爲名諸生，與弟傳經有『雙丁』之目。儀徵阮芸臺夫子視學浙江，試經解，拔置弟一。嘉慶三年，以優行貢入成均，旋因後至，未及廷試，需次京師，館崇文門外茅氏。與其友嚴鐵橋孝廉寓舍密邇，鐵橋以通經博學名于時，著述甚多，尤肆力許洨長之學，方造甲、乙、丙、丁長編四種，以校定《說文》，君實佐之繙閱，而所業亦由是大進。今年春，鱣入都，一見爲之刮目。距所寓稍遠，每相往還，輒反復討論，忘日之夕。君嘗言《說文》無重出字，今本重出五十餘字，當屬後人校增。蹤跡由來，尚可十得三四。鱣深服其精。入秋，得鐵橋書，云緗士病痢且甚。越日趨往視之，則已屬纊矣。入而哭之哀。卒之先一夕，鐵橋肅衣冠問所欲言，則淒然曰：『吾父著書數十年，尚未有定本。他日相逢，則《大戴記》等書必勸之速繕寫。其雜考，則編爲札記，且求爲之校勘，即死者瞑目矣。』又問所欲言，則曰：『今之治古音者，或分兩戒，或分十部、十三部、十七部、十八部、十九部，益分益密，終未得當，且仍不免于合用。足下欲爲《説文聲類》，依用十九部，而創立混一之説。此如春秋變爲戰國，秦一統之，置三十六郡。久分而合，亦自然之勢也。然失之過寬，寧失之過嚴。』語良久，復爲鐵橋剖析疑義二十許事。其明日，乃卒。卒之日，爲嘉慶六年七月十六日，年三十三。鐵橋經理其喪，而費西墉侍御、方茶山比部皆厚賻之，琀斂如禮。月之二十日，殯于城南夕照寺，將附運租船載之而南，歸葬故里，可哀也。子二，尚幼。

祭弟文

維乾隆四十年歲次乙未八月朔丙子，越十五日庚寅期服，兄鱣謹具清酌時羞之奠，告于亡弟蔚君之靈曰：嗚呼，弟没已七日矣。我何辠於天，而使有弟至于斯也。先大父享年七十，未得抱孫。既而伯父連舉伯兄叔弟及我與弟相繼之。弟弱而才，宗族無不愛者。憶我二人出入必相偕，飲食必與共，居貧處約，辛苦備嘗，十八年如一日也。弟生於戊寅冬十一月，未及半歲，我父以衣食奔走，出遊燕齊。至戊子歲始歸，弟年十一矣。我父在家課子姪甚嚴，而于弟不甚過督，且曰：『此兒當自有成，無慮其失學也。』不數月，父又北行，我與弟送至河干，弟黯然神傷者久之。自後家日以窘，又遭連年凶荒，弟以讀書之暇，兼治家事，奉母惟謹，寸步不離，猶然一嬰兒也。嗚呼！曷爲竟猝然去我而没乎？頻年，我館小桐溪，家事大小可以一切稍委之者，賴有弟在耳。今年七月間，我弟兄隨母至小桃原，始得我父天津抱病之信。弟與我相對唏歔，北望稽首。時當外王父八十生辰，開筵偁慶，歌吹滿堂。心雖不勝憂患，又恐滅老人之歡，惟有隱忍含淚，食不下咽，歌聲若弗聞也者。自是之後，弟不復飲酒茹葷。每食，必祝曰：『天若有悔于我門，幸即加諸我，以保我父速痊也。』月之朔日，弟黎明獨起，冒寒沐浴更衣，往禱於郈社之神。及歸，又以篿語平平，憂悶至不欲食。母强之，始食。未幾，疾作，然猶力疾步出讀書。薄暮歸，疾且甚矣。至次日，我在館始聞而視之，弟執我手而言曰：『兄乎？不知我父何日言旋？病已脱然否？』我以温語慰之曰：『父體若既安，當即南還。汝病方重，慎勿過爲憂傷。』行將延醫證治，弟作色曰：『父年已五十餘，所以久客三千里外者，正爲兒輩。今抱病遠方，有子二人，不克躬往嘗藥，我一身之病，又何足卹邪？』言畢，涕泣不能仰視。以後遂不復呼母若兄，惟有長太息而已。醫至，決爲不治，進藥亦不能下。垂死作囈語，有若歎道塗車馬之勞者，蓋終不忘情于父也。嗚呼哀哉，弟之未病也，我方擬一肩行李北走津門，一省我父起居，奉以歸里，屬弟小心奉母。今弟死矣，尚可以一手一足能支乎哉？嗚呼！我既不能竭力事親，復不能成全我弟，以致感憤成疾，速殞其年。不孝不友，更何有面目可以見人乎？哀哉哀哉！尚饗！

祭錢廣伯文

維嘉慶元年十一月壬寅朔，越二十二日癸亥，姻愚弟陳鱣率子門下緦服壻箕，謹以清酌庶羞之儀，致祭於清故處士錢君廣伯親家之靈曰：嗚呼錢君，吾黨賢人。天胡不弔，遽殞其身。死而不朽，孰謂之夭。韓子斯言，實能見道。憶自束髮，學舍相遭。偕兄伯均，與余定交。未幾伯兄，歐血而卒。一棺未葬，時時歎息。惟路仲里，即鄭公鄉。門停車轍，問字滿堂。庭内雙親，階前諸弟。曰有三樂，今則已矣。君之愛女，字余長兒。山頹木壞，將何所依？以君人品，長身皙白。笑言不苟，粹然完璧。以君學問，穿穴百家。發爲文章，佩實銜華。楊園之道，不絕如縷。力爲表章，得所宗主。六書七音，更屬專門。諧聲會意，縷析條分。漢儒訓詁，宋儒義理。一以貫之，各從其是。聲名藉甚，見賞宗工。自安韋布，引嫌不從。適館于杭，交遊益盛。文字友朋，畢生性命。人亦有言，用志太專。窮日廢寢，不永其年。余忖度之，修短有數。一息尚存，業不容誤。方將瞑目，尚爾談經。二三知己，反復丁寧。昔歲盧亡，今兹邵没。君又繼之，搥心刺骨。過讀書室，瞻臺笠圖。上傷垂白，下歎藐孤。余有所爲，將伯是賴。一朝長別，命也無奈。生芻一束，誄詞一篇。祭告靈牀，泣涕漣漣。哀哉尚饗！

校勘記

〔一〕『赴』，嘉慶本作『訃』。

〔二〕『税』，原作『棁』，據嘉慶本改。

〔三〕『宗』，嘉慶本作『中』。

〔四〕『本』，原作『元』，據嘉慶本改。

簡莊文鈔續編

簡莊文鈔續編卷一

快賦有序

僕于讀書之暇，間及吟詠，羌無故實，大抵言愁。客曰：子之所爲，終是寒乞相，曷不言吉祥善慶乎？遂援筆作斯賦，非以反文通之恨，聊爲解子雲之嘲耳。其詞曰：

將欲登高峰，追芳蹤，寬眼界，拓心胸。酒殽畢備，賓客和從。僕乃笑整衣冠，請陳快事。擊節歡呼，共鳴得意。有如陶朱佐越，功成沼吴。黄金已鑄，烏喙無虞。謝南陽之宰，載西子與俱，飄然一舸，泛入五湖，立致富厚，坐享華腴。若乃季子説行，諸侯傾倒。車騎煇煌，繡衣娟好。佩相印以過雒陽，載多金而驚妻嫂。既張樂而設飲，亦清宫而除道。洗往日之蒙羞，舒男兒之懷抱。至如子房決勝，漢業方開。韓讎已復，秦地多灰。杜門引退，耦俱無猜。赤松可侶，黄石重來。臣願封留足矣，孺子可教也哉。若夫周郎得計，陳師赤壁。北軍大奔，老瞞喪魄。溺馬燒船，搴旗折戟。還南郡以偁雄，對東風而自適。共諸葛以談兵，顧小喬而歌席。更如青蓮才子，早飲香名。金鑾召見，步輦相迎。欣看穠豔，醉草清平。天子倚席，貴妃持觥。食御羹而酣卧，箸宫錦以間行。及夫汾陽建勳，受恩深厚。姬妾滿堂，田園廣畝。女夫盡屬列卿，公主尚爲子婦。家人出入，不知所居。諸孫來前，惟點其首。二十四考中書，八十五年康阜。或有徐淑、孟光，取妻得偶。八龍三鳳，生子象賢。美如平叔之貌，壽同彭祖之年。箸書等君山之富，揮毫並中郎以傳。左攜曼倩手，右拍長卿肩。跨穆王之駿，乘鄂君之船。紅拂緑珠，畫眉奉硯；昆崙銀鹿，盥手執鞭。莫不指揮如意，顧盼生妍。又若久客初歸，新昏始夜。金榜題名，柳營穿射。出遊則到處逢迎，寂處得良朋命駕。彝鼎鋪筵，圖書滿架。煥閣消寒，池亭賞夏。花正開園，月方臨榭。于斯時也，一刻千金，歡情難借。噫嘻乎！海天闊兮風土饒，麗日遲兮香雲飄。曳長袖兮舞寶劍，鼓瑶瑟兮吹洞簫。人生及時須行樂，且爲之浮大白而消摇。

蜀石經毛詩考異敘

《蜀石經毛詩》二卷，吾友錢唐魏君禹新客震澤得之苕溪書賈者，復爲一賈以它物易去，今歸吴中黄君紹甫，裝以藏經箋，函以香相木，目爲鎮庫之寶。余與禹新嘗同客震澤。近余雖客吴，然書札往來無虚月。禹新凡有所得，靡不告余者。獨此余不及知，殆有數存乎其間耶？猶幸不歸它人，而歸紹甫，更能保守是册。既得之後，急以示余，屬其影寫一本。蓋余曾箸《石經説》，見此不啻獲一珍珠船也。未幾，自吴攜呈兔牀先生，欣然賞之，遂作《考異》二卷，以證今本之失，可爲蜀石經之功臣矣。卷中『察』字缺筆，避孟知祥祖諱。獨怪知祥父名道而道字又不缺筆。考《蜀檮杌》云知祥父名巘，今以此證之，則非名道。紹甫曰：『惜不見《公劉篇》「陟則在巘」之字一辨之也。』嘉慶九年冬十二月望日，陳鱣記于津逮舫。

續唐書敘

唐受命二百九十年，而後唐興。歷三十年，後唐廢而南唐興。又歷三十年而亡。此六十九年，唐之統固未絶也。後唐系出朱邪，然本于懿宗賜姓爲李。莊宗既奉天祐年號，至二十年始改元同光，立廟太原，合高祖、太宗、懿宗、昭宗爲七廟。唐亡而實存焉。歐陽氏《正統論·序論》云：『伏見太宗皇帝時，常命薛居正等撰梁、後唐、晉、漢、周事爲《五代史》，凡一百五十篇。又命李昉等編次前世名號爲一篇，藏之祕府。而昉等以梁爲僞梁，僞則史不宜爲帝紀，而後唐之事當續劉昫《唐史》爲一書，或比二漢離爲前後。則無曰五代者，於理不安。』謹按，昉等黜梁，實屬大公至正，與前人黜莽黜操正同。乃云於理不安，何歟？《序論》又云：『今司天所用《崇天曆》承天祐，至十九年而盡黜梁所建號。援之於古，惟張軌不用東晉太興，而虛稱建興，非可以爲後世法。蓋後唐務惡梁而欲黜之。曆家不識古義，但用有司之傳，遂不復改。』謹按，《崇天曆》承後唐書天祐十九年，蓋所謂『周德雖衰，天命未改』，且援之於古，亦不獨張軌爲然。昔周厲王失國，宣王未立，召公與周公行政，號曰共和。共和十四年，上不繫于厲王，下不繫于宣王，當時固未嘗云周之統絶也。以此爲例，則《崇天曆》所書不可謂徒然矣。乃云不識古義，抑又何歟？今有人焉，爲盗所殺，欲全據其基業，有僕挺身出而禦之，艱難辛苦，攘除奸凶，而不改故主之名偁，仍奉故主之宗廟，則將與盗乎？與僕乎？夫人而知與僕不與盗也。朱全忠大逆無道，甚于莽、操，人人得而誅之，何可不黜？後唐既係賜姓，收之屬籍，又有大勳勞于唐室，則繫于唐可耳。至石敬瑭叛主附敵，父人之父，聲實俱醜，將十六州内地割獻殊方，肆然偁帝，始固魯仲連所欲蹈海而死者。南唐爲憲宗五代孫建王之玄孫，祀唐配天，不失舊物，尤宜大書年號，以臨諸國。即如當日契丹兒晉而兄唐，高麗遣使江南，入貢偁臣。彼尚懷唐之威靈，故尊其後裔，不敢與它國齒。今奈何以晉、漢、周爲正，而反以南唐爲偏據乎？劉旻本知遠母弟，北漢四主，遠兼郭、柴。宋太平興國四年受降，又後於南唐七年。宋統繼唐，勝于繼漢、繼周矣。薛氏脩《五代史》、歐陽氏新脩《五代史記》，並偁五代，所見俱不及此。馬、陸二家《南唐書》，雖欲推尊，然未將南唐上接後唐。戚光《年世總釋》始發其凡，終未有專成一書，寧非缺事？又按薛史裁制冗長，今亦殘闕。歐史紛立名目，徒亂章程。且八書十志，馬、班相仍，各有撰述。乃誤信《史通》欲廢志之言，僅作《司天》《職方》二考，以致唐季典章法度，無可稽求。馬、陸二書，互有得失。胡恢書久已無傳，然于烈祖已下，謂之載記，早爲蘇頌所非。餘可概見。蒙竊不自揆，更審其順逆，著其正偏，上黜朱梁，下擯石晉及漢周，而以宋繼唐，庶幾復唐六十九年之祚。爲帝紀七，表四，志十，世家十三，列傳三十六，凡七十卷。糾薛、歐之體例，正馬、陸之乖違。廣考群編，兼徵實録，以上續劉昫《唐書》。續之名，仿乎司馬彪

《續漢書》。而此更參用蕭常、郝經等《續後漢書》例也。其十志，則於經籍一類，多所收羅。各傳則於忠義諸臣，尤深致意。《經籍志》以補薛、歐之缺，而忠佞不別立傳者，人以類從，賢否自見也。紀傳之後，略綴斷辭，不曰論而曰述者，從何法盛《中興書》例也。凡後述者，多旁采墜典遺聞，補本篇未備，所謂事無重出、文省可知也。參用史文，儻義可從、事可據者，即仍其舊。所謂不以下愚自申管見也。昔習鑿齒作《漢晉春秋》，以蜀爲正統，力矯陳壽《三國志》之非，世咸推服。後雖日久散佚，而本其意旨，用以纂修者不一，其書蓋天理長存。人心不死，尚論者求其是而已。斯編稟經累易，力殫窮年，因敘兹原委於簡端，明非出鄙人之私見，將以質諸通才。糾謬纂誤，實所願望焉。

榮祭酒遺文敘

向閲邑志，有元祭酒榮肇宅在峽石鎮，預備倉即其故址。墓在縣東北五十里，俗偁榮歪頭墓。附載宋濂所作像贊，而列傳無之，故不詳其字。去冬獲見元鹽官州牧申繼賢撰《榮氏二奇女傳》，始知其字曰子興。今春，又從顧子葛民得許醇夫編修所撰《榮祭酒傳》，其述其出處生卒。踰時，復得其遺文十二篇，後有王中驥跋，亦云其兄谷原比部鈔自許太史家，惜鈔時作細字草稾，又遭庸妄人塗抹批點，而蛛絲煤跡，墨黯紙殘，殆不可卒讀。余別録是本，而悉心校訂焉。嗟乎！自古能文章而不傳於世者多矣。彼布衣之徒，懷才抱德，比事屬辭，不得志而死，身名俱歿，固足悲耳。至若名公巨卿，生前赫赫，箸述等身，不旋踵而消滅，或返不如布衣之聲施後世者，尤不可勝數焉。若子興先生者，言行如此卓卓，而文章幾至不傳，其他則又何説？傳稱其生當晚宋，通經史百家之言，尤服膺洛閩之學。嘗應京兆試，適賈似道當國，例自署『非假道學』，方準試。乃太息以爲『君子患不聞道與不力學耳，苟抱道自重，雖餓死不附時相而獲功名』，遂拂衣而歸隱紫微山，不求聞達。元元貞初，有薦于朝，詔徵入召見，傳旨乃補國子監助教，晉祭酒。居官三載，即乞休，優游林下。又十年而没。今觀其文，平和條暢，婉而多風。陸宣公之奏議，韓文公之五原，仿佛其遺規。足以維持世教，正不必與虞、楊、范、揭争長，直可與王秋澗、姚牧庵齊驅並駕。乃志乘不爲之闡揚，邑人莫悉其表德。殘篇剩墨狼籍，誰加之愛護，將飽蠹鼠而化煨燼？閲五百餘年，而僅存此十二篇之草稾，豈不重可歎哉？吾鄉以儒林著者，晉有干令升，齊有顧景怡，梁有戚公文，陳有顧允南，唐有褚弘度，宋有張子韶，而元則以先生當之，庶幾無愧。惟宋濂既作像贊，而其修《元史》，乃不爲立傳。即像贊亦不見集中。贊云：『當代之老臣，先朝之巨儒。』豈後人假宋之名以題歟？抑傳寫致誤歟？傳云：『子二：主、敬，先肇卒。孫溥，克承家學，不仕。』劉績《霏雪録》云：『榮子仁，名僧啟，歪頭祭酒之子，達實帖木兒丞相之甥。草書學羲、獻。一童以小篋負文房自隨。嘗執筆畫烏絲，不用界尺，細直而句。與太僕危公交善。』其名與傳不同，或係後改，亦未可定。傳又云：『葬於紫微山之麓。』考潘廷章《峽川志》云：『榮祭酒墓在鎮西葉家埭。』陳雲駿《峽山圖志》則云：『國初掘毁。』觀明祝翥有《榮祭酒墓詩》云：『鬱鬱佳城傍水涯，豐碑滿載舊聲華。』往時固有碑碣，何至被毁耶？余訪其後人，僅有一家以鬻冠爲業。問彼先世遺事，竟懵然不覺，更堪憫耳。方得斯文，峽之賢士曹桐石、吴榕園、顧葛民皆喜出意外。桐石既跋其後，葛民復有題辭，行將謀諸同好，付梓以傳焉。是爲序。嘉慶十七年夏四月，鄉後學陳鱣書於紫微講舍。

愚谷文存敘

吾鄉以儒林著者，晉則有干令升，梁則有戚公文，陳則有顧允南，唐則有褚弘度，宋則有張子韶，明則有董碩甫、朱康流、談孺木、祝開美諸先生，及先五世從祖乾初府君。後百餘年，而有吴槎客先生焉。先生品甚高，誼甚古，而學甚富。箸述等身，顧不屑爲流俗之文。夙共當世賢士大夫相往還，與之上下其議論。晚年益深造自得，遠近學者宗之。築拜經樓，聚書數十萬卷，丹黄甲乙，排列几筵。又有圖繪碑銘鼎彝、劍戟幣布、圭璧印章之屬，丹漆陶瓬、象犀竹木之器，充牣其中。皆辨其名物制度，稽其時代款識，箸之譜録。暇則駕扁舟泛江湖，歷山谷，探奇弔古，吮墨含毫。於遺文墜簡，廣爲搜訪。遇孝忠節烈之大端，尤必竭力闡揚。殆得於古者深，積於中者厚，而粹然爲儒林之望也乎。鱣幸得從先生游有年矣，淵淵乎如臨秋水，而心鑒其清焉。藹藹乎如披春風，而身受其和焉。觀其家雖睦一堂，競尚儒雅。令子若從子，相繼登賢書，欣欣向榮。先生夷然視之。惟沈酣典籍，談藝論文。年七十餘，耳目聰明，行不須杖，咸稱爲壽者相云。先生既刻《拜經樓詩集》十二卷，錢辛楣詹事敘之。今又刻《愚谷文存》十四卷，屬鱣爲弁言。以鱣之固陋，何敢敘先生之文？然數十年交情之篤，則莫如鱣。故不自掩其短，而識其生平大略如此。若夫文筆之高堅、詞旨之敦厚，固世之有目共賞者，無庸鄙人插齒牙於其間也。嘉慶十有二年冬十一月既望[一]。

恒言廣證敘

自揚雄作《方言》而後，則有若服虔《通俗文》。厥後劉霽有《釋俗語》，沈約有《俗説》，無名氏有《釋常談》，龔頤正有《續常談》。其書或存或亡。近時翟晴江教授箸《通俗編》，盛推繁富。然細案之，多未精當。及讀錢竹汀詹事《恒言録》，歎其實事求是，考證精明，自非經傳洽熟、旁通百家，何能至此？詹事箸書滿家，俱已風行於世。《恒言録》爲儀徵阮公子長生校刊，又偕烏程張明經鑑補注，亦屬詳審。鱣于披閲時，間有管見，出于原録之外，及二家所未補者，疏記上下，積而成帙，目曰《恒言廣證》，仍分爲六卷。非若買菜求增，足徵開卷有益。博雅君子，幸無弢焉。嘉慶十有九年冬十一月，書於紫微講舍。

對策敘

嘉慶六年，在京師過夏，寓于横街。有以策問相質者，日課一篇答之。行篋藏書甚少，又當恒雨，無從閱市借人，不異場中對策也。

新坂土風敘

戊戌夏初，自西湖歸東海，偶拾鄉邦遺事，或別出紀傳，或散在閭閻，雅俗雜陳，得詩百首，命曰《新坂土風》。聊附嚴門諸家之後，下里歌辭，無當輶軒採擇也。

峽川詩鈔敘

録鄉邦之詩，若宋王伯厚《四明文獻集》、元房祺《河汾諸老詩集》、汪澤民《宛陵群英集》。自明以來，就吾浙而論，若朱翰《檇李英華》、翟校《練音集》、丘吉《吴興絶唱集》、宋士《四明雅集》、張時徹《四明風雅》、黄太沖《姚江逸詩》、阮元聲《金華詩粹》、許鳴遠《天台詩選》、趙諫《東甌詩集》等，殆不可勝數，蓋猶是《國風》遺意也。峽石爲海寧鉅鎮，實浙西勝地。山水清嘉，人文炳蔚。有宋沈宣撫之大節、元榮祭酒之名儒，豈無吟詠篇什？乃缺焉不聞。良由無好事者早爲罔羅放失，刊諸梨棗，以廣其傳耳。余近寓斯土，獲見曹君桐石所輯《峽川詩鈔》而欣賞焉。其采取甚博，其體例甚嚴。又得及門顧君葛民勤於旁搜，佐其收合。舉凡已刻、未刻諸集，暨家乘之記載、寺觀之留題，無不訪求。桐石爲之選擇焉、闡揚焉。故多出于箸述家所未見者。又人各作小傳，間取先哲題評，言簡而該，文約而富，綴其所箸《紫峽文獻録》。大都發潛德之幽光，昭倫常之根本。詩也而關于史，是誠善説詩者乎。每慨世人鄉曲之見，集録詩篇，必傅會往古名作，則失之誣。或泛列目前交遊，則失之濫。惟兹斷自明代，所以存真。不收同時，所以示慎。事增文省，不支不漏，而題詠古跡，並相與來往名流，因以借見。一如纂修史志，秉筆直書，大公至正，絶無勢利之念存於中。洵堪與《四明文獻集》諸書並傳矣。《詩》曰：『維桑與梓，必恭敬止。』峽川多才，讀是鈔者，庶幾聞鄉先生之風而興起也歟？嘉慶十七年二月三日。

峽川續志跋

吾鄉峽石之名，見於唐元和二年《萬仁泰墓誌》，《宋圖經》載之。《南齊書》：『永明九年，鹽官縣石浦有海魚乘潮來，水退不得去，長三十餘丈。』倪璠《神州古史考》云：『峽石疑舊名石浦。』是説也，固未可從。今曰峽川者，蓋流俗相傳之偁耳。沈藩《峽石志略》僅記山水附刻。蔣薰《留素堂集》、潘廷章《峽川志》則加詳焉。緣未付梓，傳本甚希。蔣宏任《峽石山水志略》即沈《志》原編，稍爲删潤。它如吴嗣廣、陳雲駿專紀人物，咸采集藝文，並屬草稾。王君松岑彙萃諸家，益以時事，撰爲《續志》。中道而殁，其子紫谿承志拾補，廣爲搜羅，實事求是，又歷數寒暑而成。將謀剞劂，屬余弁言。余曩時賦《新坂土風》百首，徵引峽石故事甚少。繼乃從事經學，周流四方，鄉邦景物未暇悉究。近寓紫微講舍，與紫谿所居相近。晨夕過從，講求故實。又有曹桐石及其徒顧葛民，惠然肯來，賞奇析疑，因論續志之難，非徧考各史及郡邑舊新諸志之得失，何以徵信？如東山因審氏墓而名審山，乃有審、沈之異文。西山因白舍人而名紫微，又有劉裴之岐説。北亞山以周彦倫得名，彦倫爲海鹽令，或云山陰令。廣福院有章孝標詩碣，孝標本桐廬人，或云錢塘人。又以是詩爲宋楊璿作。凡此皆當討論群言，折中盡善。且也在宋有沈宣撫之忠節，在元有榮祭酒之文章。列女若元之鄒李氏，守禮而絶跡湖山。明之周沈姬，遇倭而保全宗譜，均有關於世道人心。而前志闕如。紫谿一一采録，發潛闡幽。自明以來，更多載述。然則是書之作，雖曰峽川，實以廣邑乘之遺聞。雖曰續志，實以補前修之未備。引今據古，必傳何疑。況此間户口殷繁，風俗淳美。邇來津梁祠宇，百廢俱興。而勸葬有廣孝之局，尤爲經世要道，志中大書特書，允堪昭兹來許。余也不才，正樂觀厥成也。於是乎書。嘉慶十七年夏日。

劉子注跋

《劉子》十卷，《隋書》不著録，《唐志》作梁劉勰撰。《郡齋讀書志》《直齋書録解題》俱作劉晝孔昭撰。《直齋》引唐播州録事參軍袁孝政《序略》云：『晝傷己不遇，天下陵遲，播遷江表，故作此書。時人莫知，謂爲劉勰及孝標。』《梁書》《南史》，俱無明文。且當時崇佛，而是書末篇歸心道教，故《道藏》收之《太玄部》『無』字號中，其非勰及孝標之書明甚。又是書《激通篇》倆班超憤而習武，卒建西域之績。又安得謂劉歆作乎？惟《北齊書·儒林傳》云：『劉晝字孔昭，渤海阜城人。少孤貧愛學，恣意披覽，晝夜不息。舉秀才不第，撰《高才不遇傳》三篇。又頻上書，言亦切直，多非世要，終不見收。自謂博物奇才。言好矜大，每云：使我數十卷書行於後世，不易齊景之千駟也。』《傳》雖不云有此書，然於書中大意相合。或疑袁孝政所作，非也。然孝政之注，雖不能備詳典故，亦不可少。自明以來，刊本注甚無幾，而本文脱誤，竟不可讀。吴中袁氏五硯樓向得舊鈔藍格綿紙，尚是明中葉時人從《道藏》本録出。又周氏香巖家藏活字本，亦係明時舊本。黄君蕘圃既得袁氏所藏舊鈔本，乃假周氏活字本校於其上。余復屬蕘圃以厚價雇人摹鈔活字本以歸，而以舊鈔本校之。夫而後劉書袁注，差覺完善可觀。而世間通行程榮、何允中等刻，俱堪廢矣。活字本第八卷中原缺一葉，余手録補入，而并録蕘圃二跋於後。至所校活字本題誤者，朱書於旁。或兩可者，則標於上。嗟乎！聚書固難，校書亦復非易，蓋惟深歷此中甘苦者知之耳。嘉慶十五年秋渤海陳鱣。

辛卯夏五月十日晨窗，見太翁外舅圖記，此册有外舅圖記，内子補印圖記云云。葉跋下有『葉子印』『春玉圃人』二印。又有『葉豹文』『葉國華』二印。許跋下有『丹臣印』，又有『歸高陽葉氏印』。卷首有葉氏『菉竹堂藏書印』，卷末有『楙印』『南陽閨秀』二印，蓋葉文莊公舊藏也。鱣記。

玄珠密語跋

唐啟玄子《玄珠密語》。按啟玄子，即王砅也。砅注《内經序》云：『辭理秘密，難粗論述者，别撰《玄珠》以陳其道。』宋高保衡等新校正云：『詳王氏《玄珠》，世無傳者。今有《玄珠》十卷、《昭明隱旨》三卷，蓋後人附托之文，雖非王氏之書，亦於《素問》第十九卷至二十二四卷，頗有發明。其《隱旨》三卷，與今所謂《天元玉册》者，正相表裏，而與王砅之義多不同。』是唐時實有《玄珠》一書，而宋時所傳者疑爲附托。但自宋以來，流傳甚少耳。余得吴中袁氏鈔本十七卷，與《讀書敏求記》合。此本爲吴氏拜經樓舊藏，後有成孚氏跋，知從宋版傳鈔，惟止十六卷。今以余所得本校之，則十一、十二兩卷并而爲一。又《五行類應紀篇》脱落數番，彼此互勘，庶得完善矣。嘉慶十五年除夕，渤海陳鱣記。

郤埽編跋

嘉慶十九年重九日，至吴門訪黄主政復翁於舊學前。復翁以其手校《郤埽編》見示，蓋從平湖錢夢廬所得宋刊本對校於毛刻者。復以舊藏穴硯齋寫本重勘。讀其跋尾，具見用意之勤。余欣賞久之，借歸紫微講舍。適案頭有張氏照曠閣刻本，遂取而臨校一過。其《自序》一篇，張刻郤不知據何本所録，張刻且多一跋，係嘉泰壬戌邵康作，而毛刻及錢氏宋本、穴硯齋鈔皆無之。可見藏書不嫌重複也。壬戌爲嘉泰二年，上距紹興初徐度作此書，已七十餘年，大約邵跋在尹家書籍刊行之後耳。考《渭南文集·跋卻埽篇》：『此書之作，敦立猶少年，故大抵無紹興以後事。淳熙己酉十一月，書於儀曹直廬。』按是跋先於嘉泰壬戌計十二年，偁其字爲敦立。而邵跋則偁仲立，殆避光廟諱，而改敦作仲歟？邵跋中疑尚有誤字，今補録於毛刻本，俟更與復翁審定之。重九後十日，海寧陳鱣書於向山閣。

跋慶湖遺老集

余向從武林書肆得《陳古靈集》半部，係謝在杭家鈔本，曾在周元亮處，各有印記。越數年，錢君廣伯復得其後半部，一一不爽，遂成完璧。今已贈荆溪陳景辰布衣，以其爲古靈後人也。吴槎客明經有跋，載諸《拜經樓文集》，一時傳爲勝事。此《慶湖遺老集》上卷，曾獲諸吴城玄妙觀書坊。因思黄復翁家藏書最多，舊鈔祕册或可鈔全，特以持贈。豈意張君訒庵適有是集之下卷，今秋偶爲復翁所見，遂以余所贈者歸於訒庵。延津之劍分而更合，已屬奇事。而裝潢甫竟，余自海寧適至吴中，則又奇之又奇也。嘉慶十九年九月十三日陳鱣記。

書榮氏二奇女傳後

余避囂紫微講舍，王君紫谿見顧，云此間榮氏有舊寫本家譜，中有《榮氏二奇女傳》一篇。

因亟屬其往假觀焉。紙敝墨渝，諦視之，始辨前題『元申繼賢』，下注『邑侯』二字。傳云：『二奇女，榮氏，鹽官峽石村人。一爲國子祭酒子興先生從女姪，一爲子興先生從女孫。』又云：『延祐六年，奉檄知鹽官事。鹽官固余舊治，喜州之民淳樸。』是申公固嘗爲鹽官州知州矣。而舊志職官缺載，惟所列判官有申繼賢，云從事郎，元貞間任。旱禱烏龍泉，獲隨車之雨。按方回《鹽官州記》載州官聶古伯，同知州惟古沙、劉公仲，州判申繼賢、徐宗庶等。舊志蓋本之。鹽官在宋爲縣，元元貞元年五月升爲州，設官六。此記係延祐六年，上距元貞之初已二十五年。蓋申公先爲州判官，至是乃知州事。志云禱雨濟旱，固有功斯土。即此鞫朱榮氏一事，亦近情酌理。而記文之詳審精密，要非俗吏之所能爲。事雖怪而可以廣異聞也。又考舊志《古跡》，載元祭酒榮肇故居在峽石鎮。今預備倉即其故址。又《塋墓》載祭酒榮肇墓在縣北五十里，俗傳榮歪頭墓，附宋濂贊有『先朝之老臣，當世之巨儒』云云，而未詳其字。今得此記，知祭酒字子興，蓋取肇興之意。尤足以補志乘鄉賢之未備矣。嘉慶十六年十一月之望，邑人陳鱣書後。

校勘記

〔一〕『望』下，《拜經樓叢書》本《愚谷文存》有『渤海陳鱣序』五字。

簡莊文鈔續編卷二

淳祐臨安志跋

吾杭在南宋建都，爲臨安府。其志凡三修，一爲乾道時周淙撰，一爲淳祐時施諤撰，《四庫書目提要》作施鍔。杭堇浦、厲樊榭《咸淳志跋》作施愕，今黄蕘圃與余定作施諤。一爲咸淳時潛説友撰。《乾道志》十五卷，久佚。同郡孫晴厓從都下得宋槧本，止三卷，余曾録副本。《咸淳志》百卷，秀水朱竹垞從海鹽胡氏、常熟毛氏先後購得宋刻八十卷，又借鈔十三卷，尚缺七卷，後歸吾鄉馬氏道古樓收藏。錢塘吴繡谷購鈔其半。繼而竹垞之孫稼翁又以宋槧十七册售於同郡趙氏小山堂。趙氏復從吴本補録其餘，未及裝整，即歸王氏寶日軒，又轉歸於吴氏存雅堂。乾隆三十八年，歙鮑渌飲從平湖高氏得宋槧本二十二册，中間節次缺失，而盡於八十一卷。每册有季滄葦圖記。據渌飲跋云：『内弟四卷至九卷實季氏補鈔。中稱理宗爲今上，應是施愕《淳祐志》羼入。餘二十册，紙墨精好，較勝趙氏本。而六十五、六兩卷，又竹垞所未見也。因斥去季氏補鈔施志六卷，就趙本補録，通得九十五卷。』未幾，歸於吾鄉吴氏拜經樓。餘姚盧氏抱經堂嘗從吴氏借鈔，今爲余所得者也。近客吴中，有持書目來者，云平湖韓氏出售，中有《臨安志》

四册。因與黄君蕘圃亟取觀之，書凡六卷，所列山川、城府二門，雖編爲卷一至六，然前尚有缺卷。其紀載至淳祐十二年止，避諱亦僅及理宗，其爲《淳祐志》無疑，殆即從季氏本轉録者。乃以厚價購之。考《直齋書録》《文獻通考》及《宋史·藝文志》，皆不著録。而施之字里出處，亦未詳明。其時知臨安府事者，爲趙與𥲅，志中備載其建置倉敖、設育嬰堂、濬西湖、開運河諸善政。按《宋史》云：『與𥲅所至急於財利，幾於聚斂之臣。』而盧熊《蘇州府志》稱其知平江，適郡中饑，分場設粥，全活數萬人。再守郡，行鄉飲射禮於學宫。復修飾殿堂、齋廬，廣弦誦以嚴教養，弟子爲立生祠。熊之言，當有所受。則志亦未必虚譽，兼可以證史傳異文。書雖不全，良足寶貴。遂與乾道、咸淳二《志》共藏，目爲《宋臨安三志》，並賦詩紀事。嘉慶十有四年冬十有二月陳鱣書。

錢唐遺事跋

有宋遺民臨安劉一清撰《錢唐遺事》十卷，世無刻本。陶南邨《説郛》載之，僅得數條。今夏廣吴門，購得是書，蓋從文淵閣鈔出，猶是足本。但書經三寫，誤脱甚多。既歸，訪兔牀明經於小桐溪。明經出舊鈔本見示，曾經吴中吴伊仲手校者，頗爲精詳。遂借至津逮舫中，互相勘正，并録明經跋語。時方秋半，爽氣迎人。適偕明經遊杭，連舫共泊，對酌論文，連日登山臨水，閲市訪舊，殊多樂事。一夕，徐步玩月，坐横河橋，共談錢唐遺事，娓娓忘倦。明經復誦岳倦翁《玉楮集》詩數首，不禁感慨係之。歸途校畢，備載於此。嘉慶十年秋八月既望陳鱣記。

高麗圖經跋

《宣和奉使高麗圖經》四十卷，宋徐兢撰。靖康之變，圖亡經存。乾道三年，從子蕆刻於澂江郡齋。明末，海鹽鄭休仲重刊。近吾友鮑君以文復以家藏善本刻入《知不足齋叢書》，校補鄭本脱字凡數千，又正二十七卷錯簡數條，允推善本。嘉慶九年冬十月，同里吴槎客先生以所購鈔本見示，蓋即鄭刊本録出者。因攜至吴門，從黄君紹甫借得舊鈔本，並取鮑刻本互爲校訂，補其闕字。惟錯簡尚循舊録。聞吾郡趙氏小山堂藏有高麗本，不知刻於何時。前在京師，遇高麗使臣朴君修其，詢及是書。云彼國刻本尚多，惜行笈中未曾攜帶耳。嘉慶十年春二月望日書於江陰縣署地，即澂江也。

天啟宫詞跋

《明詩綜》：『蔣之翹，字楚穉，秀水布衣。甲申後，隱于市。』《詩話》：『楚穉居射襄城，詳對《楚詞》。《晉書》《韓柳文集》，鏤版以行。又輯《檇李詩乘》四十卷，搜録鄉黨先正詩無遺，兼能備舉軼事，使聽者忘倦。晚年無子，書籍散佚無餘，《詩乘》亦亡，可歎也。』按《明詩綜》選秦楚芳《天啟宫詞》八首，而《静志居詩話》嫌其述客魏居多，而事關德陵者寡，不無微憾。此楚穉所作，較之楚芳作爲詳備，乃《詩綜》並不選入，豈竹垞先生猶未見耶？鱣記。

唐石幢跋

吾邑有唐石幢凡五，皆刻《尊勝陁羅尼經》。其在城中安國寺者三，一會昌四年四月□□記并書；一咸通六年四月周瑛刻字并書，後有功德主鍾幹、韓公允及都維那諸名；一無年月，吴興沙門令洪書。令洪嘗于會昌三年書天寧寺《陁羅尼經》，則此亦當時所書。其在硤石惠力寺者二，俱咸通十五年五月廿八日俞宗厚書，佛弟子方藹及弟□等爲先考妣造，陸傅鈞鐫。按咸通爲唐懿宗年號，懿宗於十四年七月崩，僖宗即位，至明年歲在甲午十一月，始改乾符元年，其前則仍稱咸通十五年也。惠力寺本名志願，宋僧贊寧碑記云：『東晉邑人張延光捨莊宅之所構，賜寺題焉。至唐肅宗乾元元年四月中，敕支本縣税錢重加修飾。』爾時距乾元才百年，想寺尚整飭，故立經幢于斯歟？考《通鑑》，『咸通十四年三月，上遣敕使詣法門寺迎佛骨，廣造浮屠、寶帳、香轝、幡花、幢蓋，富家夾道爲綵樓及無遮會，競爲侈靡。宰相已下，競施金帛，不可勝紀』。蓋其時佛法盛行，故民間建幢祈福，稱佛弟子。所謂上行下效，捷於影響也。乾符之初，黄巢倡亂，群盜所在結聚。時周寶爲浙江鎮海軍節度使，練兵固守，判杭州爲八都，各發兵戍之，而鹽官居其一。主戍鹽官都者，徐及也。巢率衆二十萬攻臨安。時錢王鏐方爲偏將，出奇破之，巢乃遁走鹽官。今袁花東譚山巔有黄巢衖，又審山東嶽廟後平山相傳爲錢王習兵處，南有磨劍石，旁臨一潭，錢曾淬劍，鍔痕猶存。則硤石亦備兵之所。石幢得以無患者，殆錢王保障之力耳。自咸通迄今，又將千年，此二幢尚巋然並峙山門，固是兩山間一古跡。乃邑志僅載安國寺二幢，已屬挂漏，而峽石之二幢蓋闕如也，幾若與白傅斷碑同歸淪落，良足慨已。故禨而著之。嘉慶十七年五月，陳鱣記。

紫微山石刻跋

西山廣福院之巔，有五顯祠，今改爲文昌殿。前爲魁星閣，閣下石碣三，其一刻『紫微山』三大字，飛白草書。《咸淳臨安志》云『今半山有碑，鐫「紫微山」三字』是也。下刻唐章孝標《留題紫微山上方詩》，正書。俱宋右班殿直監澉浦税兼煙火樊世卿書，治平甲辰十月日開山住持上方賜紫慧悟大師辨親立石。按《唐才子傳》，章孝標字道正，錢唐人。元和十四年進士及第，授校書郎。太和中，嘗爲山南道從事，試大理評事。仕終祕書正字。有集一卷行世。《唐登科記》及《咸淳志》俱稱錢唐人。然《唐詩紀事》之『前有八元，後有孝標，皆桐廬人，復同姓而皆不達』。《桐廬志》云：『邑之常樂鄉八元子。』又孝標集中有《錢唐贈武翊黄詩》，則《全唐詩・傳》云『桐廬人家錢唐』者，近是。俱係八元同姓，而非其子耳。此詩亦在集中，題爲《西山廣福院》，蓋後人所改。釋贊寧《志願寺碑記》云：『章正字多遺跡。』指此。《咸淳志》山川、寺觀兩收是詩，俱以爲楊作。原注：『御名。』按，是璿字。邑志引《宋圖經》云楊璿作璿，爲張横浦弟子，上距治平甚遠。蓋楊瓆自有『地勢連滄海』一詩，《咸淳志》並列，誤爲一人之作。不然前詩中已有『卷簾滄海近』句，何以復云『地勢連滄海』也。甲辰爲英宗治平元年。樊世卿之名，不見於常棠《澉水志》。蓋其所載題名諸記，並在嘉定後，以前則無可考。惟端平三年，張思齊撰《澉浦鎮新創廨舍記》，結銜云『儒林郎監嘉興府海鹽澉浦鎮税煙火公事』，知宋時監税固兼煙火事矣。其一《留題慧悟親師上方詩》，正書，款云：『會稽余弼。』後題：『治平四年四月望日住持紫微山辨親立。』按弼詩亦見《咸淳志·山川門》。《宋詩紀事》載之，未箸弼之爵里。據此，知爲會稽人。其一《留題西山上方詩》，正書，款云『鹽官縣令朱伯虎』，後題『壬子五月望日開山住持慧悟大師辨親上石』。按伯虎詩，並見《咸淳志·山川寺觀》，惟詩中『真』字下，《山川》作『佳隱』，《寺觀》作『棲隱』。今石刻此字已模糊，然細玩之，是『棲』非『佳』，則《山川》所載蓋誤。《宋詩紀事》云：『伯虎字才元，華亭人。嘉祐六年進士，官江東通判。』邑志：縣令朱伯虎以熙寧三年二月任。壬子爲熙寧五年，則朱作在余後。《咸淳志》列於余作之前，殆未及細檢耳。凡此三碣，皆慧悟禪師辨親所刻。《宋詩紀事》余弼詩題下注云：『禪師天祐中居錢唐月輪山。』邑志云：『嘉祐中召見，賜紫金衣，賜號慧悟禪師。惠力寺扁額，其手書也。』《咸淳志·山川》又有富臨一詩。富臨以治平四年二月任鹽官縣令，在朱伯虎前。其詩當日想亦刻石，而今亡矣。因思昔之士大夫宦游斯土者，每登陟於名山古跡，必染翰留題。而寺僧亦雅好文字，爲之刻石流傳。自北宋迄今，歷年八百，猶安然無恙。特以地僻山深，人跡罕至，故金石家少見箸録。而方志紀載，又多失實。余親覽斯碣，手拓以歸，而跋其尾，俾後來有考焉。嘉慶十七年陳鱣跋。

跋蘇文忠公鹽官絶句殘石

嘉慶十三年六月，杭人于吴山上濬溝得東坡《鹽官縣絶句》殘碑二段，共十二行，可辨者五十二字。末首全缺，次序與詩集不同，與《咸淳臨安志》合。因亟購歸，以存鄉邦故事。渤海陳鱣記。

干氏考

吾鄉菩提山麓真如寺，爲東晉干寶故宅。《咸淳臨安志》云：『真如禪院在縣東南七十里黄灣，本晉干寶宅。』《晉書·干寶傳》云：『字令升，新蔡人也。祖統，吴奮武將軍，都亭侯。父瑩，丹陽丞。寶以才器召爲箸作郎，平杜弢有功，賜爵關内侯，領國史。以家貧，求補山陰令，遷始安太守。王導請爲司徒右長史，遷散騎常侍。爲《春秋左氏義外傳》，注《周易》《周官》凡數十篇，雜文集，皆行于世。』《經典釋文·序録》：『干寶《周易注》十卷。』《隋志》同。今《鹽邑志林》所載止一卷，蓋自《釋文》《集解》采集者。項皋謨跋云：『令升新蔡人，徙居吴郡海鹽。凌稚哲《萬姓統譜》「干」「于」二姓俱收令升。干氏宗干犨，于氏宗于定國。干裔有居海鹽，有居嘉善，以摶埴爲業。干窑鎮由是得名。是干非于無疑。』余檢《萬姓統譜》，『于』姓下並無于寶，皋謨所見，豈别一本邪？近得宋本《周易集解》，其中引寶注，皆作『于寶曰』，不作『干寶』，疑莫能明。及考林寶《元和姓纂》云：『干，《左傳》宋大夫干犨之後，陳干徵師，漢蜀郡尉干獻，吴軍師干吉，晉將軍干瓚。』又云：『新蔡干犨之後，晉丹陽丞干瑩生寶，箸《晉紀》及《搜神記》。』因思林寶與李鼎祚皆唐人，則《集解》自當作干寶，宋本誤作于寶耳。家藏元版《晉書》本作干寶，惟下文王導疏中作于寶，審係明正德間脩版。至崇禎時汲古閣刻本，盡改爲于寶矣。《鶴林玉露》載楊誠齋在館中與同舍談及晉于寶，一吏進曰：『乃干寶，非于也。』問何以知之，吏取韻書以呈，『干』字下注云：『晉有干寶。』誠齋大喜曰：『汝乃吾一字之師。』據此，可見干字之誤爲于，其來已久。

易刺史畫像贊

梧岡易公名鳳庭，以粤西名進士出宰吾浙。由德清令遷任海寧州牧，勤政潔躬，興賢除莠。遇災荒，殫心周濟。曾賦《勸賑詩》，和者幾千人，傳爲盛事。丁繼母憂歸里，士民感戴不忘，皆歎息泣下。乃繪像勒石，以垂久遠。鄙人爲之記，系以贊曰：其清若水，其明若鏡。神采儼然，光輝遠映。來何暮也，從政三年。興利剔弊，皎日青天。教養兼施，不遑寧處。海隅蒼生，樂得我所。追溯前令，覬之誠之。公實參焉，昭示來兹。失恃銜哀，星馳返粤。此邦人士，瞻望竭蹶。爰摹厥像，家供一圖。祝我父母，重至下車。

與黃主事丕烈

鱣纂輯新舊《五代史》，黜朱梁諸僞，以李氏爲正統，此昔人續修《季漢書》例也。引書至七百餘種，十年心力，半耗於斯。近將脱稾，當呈閣下一糾其謬。

題識十三則

考文公孫鑒《詩傳遺説序》云：『《詩集傳》豫章、長沙、後山皆有本，而後山校讎最精。』是本或亦係後山本耶？自《小雅》以後闕，徵君所藏亦闕《小雅·蓼莪》至《大雅·板》之什，吉光片羽，彌足珍已。《詩集傳》。

槎客先生得此書時，適生次君虞臣，故其小字曰周官。今虞臣年已三十餘矣，展讀之下，偶思前事，宛如昨日，附記於後。嘉慶十一年歲在丙寅暮春之初陳鱣題。《周禮纂圖互注重言重意》。

吳槎客嘗以鮑以文所贈元刻校通志堂刊本，則通志刻本之圖甚謬也。《儀禮圖》。

乾隆四十九年閏三月，陳鱣借閲於武原客館。並從雅雨堂刻《鄭司農集》中《魯禮禘祫義》參校一過。《鄭志》。

是歲閏三月，鱣又從槎客先生借得，校録於武原倪氏六十四硯齋，並臨跋語於後。其本則丁小疋廣文所贈者也。新坡陳鱣識。《北海經學七録》。

此吴槎客先生手校本也。乾隆四十九年三月，海鹽館中有苕人持鈔本見示，乃家宋齋先生書巢舊藏。會予以寒食解館歸，語槎客先生。先生出此本，屬爲覆勘。因復攜至館中，自三月二十五日至二十七日夜半勘畢。凡紫筆者皆是合諸先生所校。是書可稱善本矣。新坡陳鱣記于六十四硯齋。《南部新書》。

嘉慶十一年夏日，從拜經樓借得是本，攜至吴中。今年春，始得倩人傳録甫竟，遂手録緑飲前後三跋并拜經樓主人所跋所評，細校一過。至吾師朱子，則稱師云以别之。適緑飲扁舟過吴見訪，相與把玩，爲之一快。且謂余曰：『此書尚缺圖數頁，故未刻入《知不足齋叢書》。』緑飲年八十矣，尚健飯，行不扶杖，時攜書卷往來杭湖嘉蘇數郡間。其好古清興，正復不異昔日也。嘉慶十二年四月望日，郭海陳鱣記。《雲麓漫鈔》。

丙申七月二十七日，余從拜經樓借閲，因亟命胡生鳳苞鈔之。至八月二十七日鈔畢。其諸家校本，仍照各色書之。更有一二改正處，則用黄筆。合觀之，恍似文通夢中五色筆矣。鱣識。《默記》。

吾鄉有王性之廟，不知即撰《默記》者否，俟考。卷後有葉石君跋。按石君名萬，吴之東洞庭山人。晚家琴川，聚書萬卷，多手校過。余每思其人，近日修地志者，不載其姓氏，殊恨事也。所云《五總志》，當更從緑飲處借鈔。仲魚載筆。同上。

孔平仲所箸《談苑》，説部中多有刻者。《珩璜新論》，流傳絶少。近從南滙吴稷堂師處得一舊鈔本，中有竹垞圖記。凡遇宋朝故事，俱空一格，知出自宋刻。其書亦作一卷，不分爲四。但前有缺葉，後亦少數條，又多誤字。因從拜經樓借得是本補鈔所缺，復互校一過。是本舛錯亦多，甚有脱落數行者，可見傳寫之書非經校讎猶之蕪田不治也。校畢遂題其後而歸之。嘉慶十八年二月既望陳鱣書。《珩璜新論》。

嘉慶十四年冬日，陳鱣借録於吴門寓舍，并校一過。時方得樊榭徵君所著《玉臺書史》，因與拜經樓主人交易而觀，各鈔副本云。次年春正月鱣識。《東城雜記》。

《圖繪寶鑑》五卷，元吴興夏文彦撰。是本雖墨色漫壞，然猶是元版而明印者，遠勝今本之竄亂混淆矣。卷首抱遺老人敘，草書極佳，蓋係鐵崖手書付梓。敘稱雲間義門夏氏，則文彦又爲雲間人。是書每册有盧江王圖記，王藏書甚富，就余所見凡數種，皆善本云。陳鱣記。《圖繪寶鑑》。

嘉慶十五年十二月既望，從拜經樓借得是本，攜至吴門，以五硯樓袁氏鈔本校勘一過，補正良多。彼本亦誤者，未敢擅改，俟得善本再校也。勃海陳鱣記于石泉古舍。《羅氏識遺》。

彝器款識摹本九則

隮作寶尊彝。 右隮尊銘五字。

□□□□格刊宫丙□□錫二秉二□𠭯用作父□尊彝。 右刊宫尊銘二十字，可辨者十四字。

𣪘孫子父甲。 右析父甲彝銘五字。

明我作壺。 右明我作壺四字。

守册父巳。 右守册父巳爵銘四字。

王伯力巳作尊彝，孫孫子子其永寶。 右王伯彝銘十四字。

惟四月初吉丙寅，王在旁京，王錫繼□繼拜稽首，敢對揚王休，用作宗彝。其子子孫孫永寶用。 右繼彝銘三十字，磨滅者一字。

律石衡蘭奉□□容六升，始建國元年正月癸酉朔日制。 右新莽銅權銘二十二字，磨滅者二字。

律石始建元年正月癸酉朔日制。 同上。可釋者十三字。

河莊詩鈔

河莊詩鈔

誦隅箴

日近文章，砥厲廉隅。古人有言，亹亹忘劬。況予小子，質頑且愚。乃紹家學，厥惟詩書。不殖將落，務名終虛。輪旋日月，如過隙駒。少習師傳，今知其粗。年已弱冠，嗜慾未除。毋曰面牆，有師啟予。毋曰德孤，有友輔予。既飽爾食，既煖爾襦。一生作用，胡不自圖。壯而不學，後將焉如。載誦載讀，亦步亦趨。勉旃勉旃，毋弛須臾。

妝域詩并序

妝域者，蓋前代宫掖角勝之戲，或以象牙爲之。其形頂微隆，下平而有鋮，宛同豎笠。刻鏤精巧，旁鐫『妝域』二字，下承以局。昔堇浦杭先生嘗與沈鱳城、厲樊榭、趙谷林、意林諸君作《妝域聯句》詩。余舊藏剔紅妝域，雕鏤尤精。旁刻『大明嘉靖年造』，知爲前明果園廠物，因爲之詩，并邀兔牀吴先生同作。

雕漆宋最精，元有張楊作。張成、楊茂二家。明時果園廠，所製亦不惡。何物小團圞，握之類餺飥。背盎面則平，腹厚外微薄。黑質露朱顔，梓材塗丹雘。周遭盤花紋，剔紅勝金錯。明嘉靖年製，楷書未剥落。乍見莫能詳，群編費搜索。千中舊事渺，空鐘放誰著。徵諸道古堂，妝域名昭灼。六子共聯吟，各人矜奧博。此惟漆雕成，彼乃象齒鑿。形製悉合符，大小咸相若。宫中角勝戲，其事非臆度。永晝館娃間，鋪筵縱浪謔。柔荑手自纖，皓腕力嫌弱。用智圓而神，蓄勢搏而躍。向難定午鍼，卓如立丁腳。袖拂尚旋螺，局收猶啄鶴。踰越界鴻溝，輸贏等六簙。想當世宗朝，陳后載屏雀。戲錢擲四側，餘技恣笑噱。《彤史拾遺記》：世宗朝陳皇后少與諸女戲錢，擲錢四側。昭儀諸位號，貫魚分寵樂。《彤史拾遺記》注：今史官言明代宫中無昭儀、昭華諸位號，非是。彈指三百年，款識幾捫摸。往事失宫娥，前塵付冥漠。留作典故傳，補入景物略。

題槎客先生荆溪漉酒圖

恨難平者，古人千載不可求。去無情者，落日一竿誰能留。惟有讀書兼痛飲，拍浮差足消閒愁。東海之濱有仙客，平生夙負詩酒癖。竭來更泛罨溪船，欲往名山討奇跡。孝侯祠下水粼粼，取水作酒酒更醇。載歸許我一浮白，醉到梨花滿地春。

小桐溪十詠

福院晨鐘

寒月墮樓高，疏鐘壓遠潮。山僧良久聽，霜落滿平橋。

滄江晚渡

草草魚鹽市，依依桑柘岸。帆影落斜陽，渡頭人語亂。

官橋新柳

一水近花隄，幾家茅舍低。春來多少樹，黄鳥盡情啼。

大樹寒鴉

獨樹横古原，大可蔽黄犢。向夕起長風，老鴉競歸宿。

東海秋濤

萬古濤聲怒，波翻氣象雄。遠山平不見，混入白雲中。

南樓夜月

危樓滄海濱，煙雲望出没。太息舊時人，空留今夜月。

耕煙香雪

疊石傍高牆，種梅依古屋。中有擁書者，常對梅花讀。

梧徑清輝

蕭瑟舊書軒，署曰得月軒。幽人每孤往。清風入夜來，月在梧桐上。

澗上漁歌

荷蓑上釣船，敂枻雲深處。滄江歌未終，棹入荷花去。

尖陽雪霽

白日映晴霞，海山堪豁目。薄暮雪初消，人家新見屋。

長河舟次遇雪

市闤光景近殘年，破帽征衫客悄然。最是長河風雪裏，那堪憔悴運租船。

硤川夜泛

樓臺燈火雜笙歌，清夜聞將喚奈何。記取紫薇山下路，扁舟曾載月明過。

贈茗上書估

萬卷圖書一葉舟，相逢小市且遨留。幾回展讀空搔首，廢我行囊典敝裘。
人生不用覓封侯，但問奇書且校讐。卻羨溪南吴季子，謂兔牀。百城高擁拜經樓。
海内貧儒陳仲魚，春風旅館轉愁余。賣文近日無生意，但欲從君去賣書。

論印十二首同吴槎客作

書契長將代結繩，六書二篆遞相乘。那知方寸垂千古，轉使人間信有徵。
秦漢而還制作多，纍纍若若更傳訛。上書正印功非細，賴有當年馬伏波。漢建武中，馬援上書曰：『臣所假「伏波將軍」印，書「伏」字犬文向外，恐天下不正者多，符印所以爲信也，所宜齊同。』薦曉古文字者，事下大司空，正郡國印章。奏可。

嘯堂金石一時收，夏禹多因厭水留。恰笑後人貪傅會，摩挲莫辨壽亭侯。王子弁《嘯堂集古録》中，古印三十七，有一曰夏禹，乃漢人作之以厭水者。宋紹興中，洞庭漁人獲一玉印，連環鈕，其文『壽亭侯印』。又明弘治間，張汝器開濬漕河，得古印四枚，皆白玉盤螭，其文一曰『壽亭侯印』。按程篁墩云：『漢壽，縣名，在犍爲。史稱費禕遇害于漢壽。唐詩曰「漢壽亭邊野草春」，是漢壽者，封邑；亭侯者，爵名也。』沈公仲亦云：『考《一統志》，今廣元縣，古漢壽地。《三國演義》無識人作，其所載曹丞相送印事，殊謬。』

相印傳來有祕書，孔龜張鵲更誰如。卻憐玉册鐫名字，曾赴江流葬鯉魚。陳韋中有《相印章經》，視印章能占知休咎。孔愉買龜放之中流，龜左顧。及愉封侯，鑄印紐亦似所放龜。張顥爲梁州牧，有鵲飛翔，化爲圓石。顥椎破之，得一金印，文曰『忠孝侯印』。《武林舊事》：『淳熙中，明州士人過曹娥江，見漁叟持巨鯉，買得，作羹膾，腹中得小玉印，有二字，不能識，以五千得之。後爲德壽宫提舉，佩腰間。光堯見之，曰：「何以得此？」具以聞。上淒然曰：「此我故物。京師玉册官鐫『德基』二字，建炎避敵海上，誤墮水中，今四五十年，不意復落吾目。」』

可惜王孫藝絶倫，水晶瑪瑙枉相嗔。試看信國千秋節，寸鐵猶能壓鬼神。趙子昂始以玉箸作朱文，嘗刻一印云『水晶宫道人』，周草窗以『瑪瑙寺行者』對之。子昂遂不復用此印。文信國公諱二字，鐵鑄『侯官』。農人野田中耕出，歸一老儒。凡家有疫祟或瘧者，持此往鎮之，即愈。詳見周櫟園《印人傳》。

正直平方漢白文，李唐盤曲法何紛。寒山草篆終堪議，休論莆田雜八分。漢印平方正直，唐人朱文屈曲盤回，殊失古意。趙凡夫居寒山，創爲草篆，人頗議之。吴平子作印，多用莆田派。莆田人宋比玉善八分書，有聲吴越間。後人競效之，至用於圖章，古無是也。

文家作述一時豪，何震誰將比漢高。傲語師黄堪絶倒，俗人安用漫操刀。文三橋素承家學，篆刻冠絶一時，何主臣遠不能逮。昔人謂三橋之啟主臣，如陳涉之啟漢高，殊屬可笑。陳師黄工圖章，而品甚高，嘗目世之工印者曰：『爾輩持刀，將用以削人足、指甲耶？』其傲慢自矜如是。

九成泥印海忠介，愛用牙章鄭淡泉。掛角羚羊雖妙想，輸他産石更天然。海忠介公印以黄泥爲之，略煅以火，文曰『掌風化之官』。鄭端簡公牙章，『淡泉』二字朱文最精。吾友張芑堂得之，今已歸鄭後人矣。秀水蔣春雨嘗以羚羊角尖手刻名號，傳爲韻事。天台齊次風先生曾于山中得石印數方，皆天然成字，其一則己之名字也。因爲《天然圖書譜》。

書中有女畫中詩，此意何如倒好嬉。更向蘭閨求鐵筆，前惟何媛後韓姬。冒辟疆姬人作畫，有小印文曰『書中有女，畫中有詩』。吾子行題管仲姬墨竹，上倒用『好嬉子印』歸之。趙子昂見云：『他道婦人作畫，倒好嬉子耳。』何氏玉仙自號白雲道人。史癡翁姬韓氏約素號『鈿閣女子』。梁千秋姬俱工於印。

壯夫誰許薄雕蟲，賣藝文傳幾輩工。爲憶龍山野亭長，素心晨夕有扶風。吴孟舉輕財好客，嘗約交遊中之挾一長一技者共賣藝，戲作《賣藝文》。其中列賣印者餘姚黄晦木也。吾鄉祝兼山號野亭長，與馬寒中相善，爲其刻石最多。

切玉爛銅任意摩，漢師還擬百東坡。他時查氏傳衣鉢，應共吾家世業多。祝漢師，兼山之弟。嘗雜取字之有關於『漢師』二字者，更仿古各爲百印，名《自娱集》。查介龕工鐵筆，爲初白所最稱。姪聖俞、孫若農，並傳家法。予六世叔祖乾初公兼精篆刻，曾孫曾貽能世其學。又九南高叔祖刀法得文氏三昧，子即目耕先生。

吴下梁園跡已陳，飛鴻堂上慣留賓。風流更有吴公子，欲掃西齋會印人。張夷令集印客，刻《學山堂印譜》。周櫟園嗜印，有《賴古堂印譜》，并著《印人傳》。近秀峰汪氏刻《飛鴻堂印譜》，并《續印人傳》。吴槎客嘗爲家目耕作《存幾希齋印存序》，云『他日當集諸君爲印人之會』，蓋指黄小松、奚鐵生、張芑堂及目耕也。

題珠樓小影

東湖樓隔水盈盈，打槳迎來幾度春。比似當年鄭交甫，漢皋相遇贈珠人。
描取芳姿鏡影中，名姬端合伴詩翁。添香煮茗渾閑事，傳得簪花格更工。

題珠樓遺稿寄慰槎客先生

打槳虹橋堰下來，延陵相伴讀書臺。如何竟與名花比，開到秋風一夕摧。
麗則遺音擬續編，豈知閨秀厄蛇年。蓬山此去逢仙女，文字還應結勝緣。張紙田女史亦歿于今秋。

題吴子律松靄山房讀書圖

小長蘆叟舊題詩，滿徑蒼煙閱歲時。輸與延陵吴季子，山房重下讀書帷。
一片冰心不染塵，出山猶是在山人。但逢勝地還開卷，松桂林間好置身。

觀六十四研齋所藏時壺率成一絶

陶家雖欲數供春，能事終推時大彬。安得攜來偕硯北，注將勺水活波臣。予嘗自號東海波臣。

偶從吴市購得宋淳祐臨安志六卷雖非全本然自來箸録家多未見喜而有作寄槎客先生

輸錢吴市得書誇，道是西施入館娃。《志》爲施諤所修。宋室江山存梗概，鄉邦風物見繁華。關心志乘忘全帙，屈指收藏又一家。同郡孫氏壽松堂舊藏宋本《乾道臨安志》三卷，先生書庫有宋本《咸淳臨安志》九十五卷，嘗刻一印曰『臨安志百卷人家』。況有會稽嘉泰本，賞奇差足慰生涯。同時購得《嘉泰會稽志》。

自題續唐書後

唐祚延年六十餘，舊名五代盡删除。河東自可共和比，江左還應季漢如。不羨子京添半臂，漫教無黨注新書。快哉此日翻成案，多少清流怨氣舒。

槎客先生招同人集湖舫即席

閒攜尊酒上輕舟，幽意何堪共狎鷗。四海交情猶有客，重湖煙景正宜秋。山分黄葉歸吟卷，水漾紅霞入畫樓。好與風光流賞徧，人間何必更丹丘。

題兔牀先生拜經樓

延陵夙望舊門廬，谷口新開竹下居。四坐賓朋春載酒，一樓燈火夜讐書。文章論世情難已，弓冶傳家業有餘。環堵蕭然真自得，海濱高行更誰如。

過眼雲煙氣象超，振衣長嘯仰清標。樓高獨占千家月，海闊常迴萬古潮。世上何須争勢利，山中端合話漁樵。到門不少探奇客，三徑從遊興自饒。

夏日招同人雅集果園之溪山雲樹間分韻得間字

養真居别業，荆扉設常關。素心三五輩，間或相往還。今夏久不雨，頗疑造物慳。喧聞桔槔響，先知稼穡艱。朝來飄霡霂，重雲布西山。呼朋賞茅屋，聊以破愁顔。列坐北窗下，恰在山水間。喬林結翠幕，奇石羅煙鬟。是時涼颸透，暑氣竟全删。但期甘霖沛，溝洫水潺潺。寒飢得穤粟，歡聲遍九寰。吾人更觴詠，高風庶可攀。

漢鐎斗歌并序

嘉慶十一年四月，余至揚州。宋君帥初爲余購得鐎斗，三足，有柄有流。以建初尺度之，口徑一尺七寸，腹深二寸，足高三寸，柄長一尺一寸。重今廣法二斤一兩。柄下篆文一行，云『梁山銅。元康二年口率史作』。按鐎本禮器，《周官·鬱人》云：『和鬱鬯以實彝而陳之。』先鄭注：『以煮之鐎中，停於祭前。』是單偁爲鐎，用以煮物，或謂之鐎斗。《説文》云：『鐎，鐎斗也。從金，焦聲。』《史記索隱》引《埤蒼》云：『鐎，温器。有柄斗。似銚而無緣。』《一切經音義》引《字林》云：『鐎容一斗，似銚無緣。』又引《韻集》云：『鐎，温器也。三足，有柄。』又《漢書·李廣傳》云：『不擊刀斗自衛。』孟康曰：『刀斗，以銅作鐎，受一斗，晝炊飯，夜擊持行夜者曰刀斗。今在滎陽庫中也。』蓋鐎、刀同聲假用。或作刁斗，别字也。趙希鵠《洞天清禄集》云刁斗有足，鐎斗無足，其説亦非。曰『梁山銅』者，《博古圖》有《元康銅銘》云：『梁山銅二斗銅，元康元年造。扶。』釋云：梁山銅者，紀其貢金之地。梁山，漢初爲孝王之封。梁王依山鼓鑄，爲國之富云云。近張君芑堂《金石契》亦有《漢元康鐎斗銘》云：『元康元年，考工工賢友膳作，府嗇夫建護萬年般長。當時主令長平右丞義省，重一斤十四兩。』凡卅六字，兩行，隸書。其形制略同，而官名不同耳。曰『口率史作』者，《周官·大宰》云『九賦』，鄭注：『賦，口率出泉。』蓋當時佐史之名，司造此器者。『率作』，《説文》『率』下無重文，行部衛，將衛也。從行，率聲。此疑爲古文『衛』，而《説文》所未收。『口率史』之名，亦可補百官志之缺。乃作歌以紀之。

歲在丙寅四月半，渡江有客初登岸。故人手持鐎斗來，爲我購得置几案。柄下有銘字一行，元康二年紀西漢。舊傳拓本制略同，元二之間卻共貫。憶昔孝宣推中興，屢獲休徵歌復旦。零羌要服無不庭，工匠器械良可贊。采貢梁山銅在鎔，作成口率史籌算。羽林分給兵三千，壯士朝朝供炊爨。一器由來用可兼，行夜擊之還自扞。想見霜飄月落時，其聲每與鐃歌亂。流傳已閲二千年，幾度星移并物换。土色斕斑翠碧鋪，篆文鬱律蛟蛇竄。元康鐎與建光卮，先後來歸滄海畔。明時吾鄰許同生太守嘗得漢建光卮，爲六隻之一。金石頻年經眼多，收藏堪以此爲冠。時清不聞夜擊聲，留與文房充雅玩。倘逢好古有同心，佳語應須添一段。

起也張丈以檇李十二遺送吴槎客先生承以二枚分餉作此奉酬用東坡食荔支韻即題張丈仙根分種圖

林間頻唤提壺盧，梅雨兼旬坐欲枯。忽傳投我以木李，幾笑一騎紅塵驅。未經於陵螬食實，曾聞西子爪侵膚。開函云自張伯惠，金釵十二羅名姝。知交最有相如渴，兩美分遺垷北隅。由拳古城名擅久，禦兒玉乳品猶麤。醉人何必有酒醑，筠籃頃出火齊珠。綏山一桃豪欠足，仲若雙柑味遜腴。遠客歸宜嘗鄉物，寧待秋風思蓴鱸。時方自京師歸。永以爲好未報玖，且題仙根分種圖。

家無軒先生焯屬題湘管齋圖即和元韻

著書千卷日仰屋，平生友水還師竹。齋名湘管爲之圖，畫手一時誇兩玉。謂宋芝山葆淳、朱笠亭琰。風前枝拂棐幾香，雨後景添吟髩緑。此中境界清且幽，不數太行有盤谷。牙籤插架滿琳琅，羡將月作觀書目。一編寓賞窮搜羅，集古遠勝嘯堂録。朅來司教鹽官州，揖讓雍容敦禮俗。草窗才老及紫芝，謂周松靄、吴槎客、俞濳山諸君。更有同宗結鄰曲。星衢、誰園兩叔祖。素心晨夕載酒從，奚必庖人來繼肉。蕭齋便擬竹林游，可許阿咸列群穆。

衡山印玉常起屋，石田疏中還募竹。此齋亦從十指造，賣文豈異沽美玉。萬瓦猶餘翰墨香，數椽疑染沈槍緑。未減他時松雪居，略同古有愚公谷。就中位置想精嚴，几設烏皮列黄目。書卷隨身日討論，寓賞多于消夏録。興來倩客成詩畫，路公下筆尤殊俗。許村路長官爲之圖。我今讀畫更吟詩，盡是千秋流水曲。好竹連山動遠神，筍香不羡如陵肉。何日浮家苕霅間，湘管爲隣思卜穆。

牡丹分詠

幾般紅紫鬥新妝，欲改容顏更細商。倩女離魂堪續命，神仙换骨有成方。荃茅果爾能交

化，桃李居然可代僵。奇絶登樓觴詠處，靈椿一旦傲花王。接花。〔一〕

衆芳消息半猶含，羯鼓聲中著意探。頃刻開齊殷七七，崇朝看徧徑三三。逼成富貴原須早，輝映瓊筵快趁酣。笑問何緣能助長，園丁誇道術多諳。催花。

館娃分散越王臺，一舸飄然挈與來。蘭槳蕩摇香滿路，篷窗稠疊繡成堆。漢皋解珮親叨贈，鄂渚緣流喜共陪。多謝東風吹送便，柔荑須得及時栽。載花。

新建唐三賢祠祀劉公長卿、顧公況、白公居易

名賢祀典喜新修，高誼還同谷水流。古跡讀書臺並峙，春風原草句相投。雲山未改三唐景，詩卷長教千載留。從此鄉邦增故事，溪毛可薦約朋儔。

白牡丹二首和蔣夢華楷

换得濃妝作淡妝，東風婀娜乍凝香。瓊姿種合來瓊島，玉佩雕宜貢玉堂。富貴自須行我素，神仙豈亦慕花王。顔洞賓戲玉牡丹，俗因字同誤顔爲吕，見《冬夜箋記》。畫工欲入時人眼，多買燕支枉著忙。

粉奴香並雪夫人，占盡臨芳殿裏春。銀蒜光摇簾外影，玉樓争隔世間塵。文君縞袂偏增契，虢國蛾眉卻帶顰。最好素心來共賞，白頭還覺十分新。

新坂土風

北城粉堞對横街，聚秀橋邊景更佳。卻被草堂添畫稿，好風吹滿著書齋。聚秀橋在密家灣，松靄先生著書齋在其西。

蠶詞

鄉村女伴太匆忙，桑下歸來又夕陽。翻使城中羅綺笑，鬔蓬鬆拜馬頭娘。
多少青蟲自吐絲，簇山分架脱眠時。試聽食葉如風卷，何事書生下筆遲。

校勘記

〔一〕此首後，《牡丹雅集詩》有小注云：『昔張茂卿接牡丹於椿樹上，每開則登樓宴賞。』

跋

右《簡莊文鈔》六卷、《續編》二卷、《河莊詩鈔》一卷，外從曾祖陳仲魚先生所箸也。先本生妣陳太淑人，幼時習聞先生專家之學、藏弆之精。歸道山後，手校手箸盡爲茗估所賺，板滅毁棄。太淑人搜攝叢殘，得先生所輯《簡莊文鈔》《河莊詩鈔》《詩人考》數種，珍如球璧，不輕示人。嗣經兵燹，轉徙間關，流失過半。辛酉春，復禮自楚北間道省覲，時太淑人病亟，猶以不得士鄉堂原刻爲言。復禮志之不敢忘，迨浪游南北，綿歷歲時，得見先生書之所已刊者，儀徵相國爲梓《續唐舊》七十卷於粵東。吾鄉蔣氏別下齋爲梓《集孝經鄭注》一卷、《六藝論》一卷、《經籍跋文》一卷。士鄉堂原刻有《論語古訓》十卷、《綴文》六卷、《對策》六卷。亂離之後，非特士鄉堂版已被毁，即別下齋所刊《涉聞梓舊》，胥墜榛莽。詢之粵中故老，《續唐書》亦尠存者。於虖！先生之遺書蓋至此而不可問矣！章氏《式訓堂叢書》重刻《經籍跋文》《對策》兩種，先生之書始稍流傳。其未刊者，如《石經説》六卷、《聲類拾存》一卷、《埤倉拾存》一卷、《鄭君年紀》一卷、《詩集》十卷、《兩漢金石記》《松硯齋隨筆》各若干卷，皆泯没不復睹。所纂《説文正義》，竭數十年之心力，一旦散佚，不知所歸，尤爲痛惜。其僅而存者，《詩人考》三卷，尚爲余家所弆。《恒言廣證》六卷，舊爲吴氏竹初山房所藏，今亦存亡莫卜。至《新阪土風》一卷，自序云：『拾鄉邦遺事，雅俗雜陳，得詩百首。』今所輯者僅祇二十八字，刊本零落，已如寸鱗片羽，彌足珍貴。況其未經刊行者耶？抑尚爲收藏家所珍秘，如珠光劍氣，隱而未曜耶？是皆不可知之數矣。乙酉春，南皮張尚書師檄調來粤，留侍幕府。羽書既靖，賓佐閒暇，得假沈丈宗濟所藏原刻《綴文》六卷，喜惋不自勝，遂重付雕鏤，並督輯先生遺文遺詩爲《文鈔續編》二卷、詩一卷。及先生遺聞佚事，坿綴簡端，以承先人遺志。其名以『簡莊文鈔』者，從先妣所獲之本也。嗟乎！先生箸作等身，未能盡行於世。竊幸是書佚而復存，而先生撰述之勤勩、考證之詳明、斠勘之精覈，亦可見其大概矣。非先生呵護之靈不及此，然又安得先生之全書册盡刻之，俾世人皆知先生學業之宏盛也。刻既竣，爲志其緣起於後。光緒十有四年，歲次箸廱困頓皋月，羊復禮謹跋於兩廣督署廣益堂之東偏。

新坂士風

新坂土風序

海寧，古鹽官縣，又稱海昌，《吴志·陸遜傳》載『遜爲海昌屯田都尉，領縣事』是也。其地邊臨大海，有魚鹽之饒、稻蟹之富、菱芡之美。而文堂、峽石、黄灣、石墩，皆號名勝。蘇文忠嘗賦《鹽官》絶句四首。自宋南渡以至於今，地益蕃廡，人材輩出，類能崇尚風雅。此陳子仲魚《新坂土風》之所爲作也。曩余游楚，阻風江干，感懷鄉土，嘗於舟中得《梁溪竹枝詞》三十首，又《梁溪遺事》三十首。今仲魚之詩既工，又多於余，庶幾其鄉先進朱檢討《鴛鴦湖棹歌》之遺。然檢討所詠，爲嘉禾一郡之事，而仲魚取材僅在鹽官一邑，且多出於志乘記載之外，以徵故實，以備風謡，尤不可少也。是爲序。嘉慶丁巳仲秋之月無錫秦瀛。

跋

乙酉春，復禮侍南皮張尚書師於兩粵幕府。簿書之暇，搜掇仲魚先生遺文遺詩，爲跋語，梓行之。嘗以先生遺書未獲盡見爲憾。《新坂土風》百首，僅輯二十八字。竊疑先生之詩，皆作廣陵散矣。然猶冀網羅散失，俾佚而復存。

洎戊子秋，改官桂林。己丑冬，奉檄攝守鎮安。山深水阻，瘴癘侵人，百憂叢集，無復置念。

今年春，自鎮郡返桂林，適許壬伯廣文仁杰以朱苓年明經昌燕所藏《新坂土風》抄本，介仲子汝達自吴門郵寄，囑爲附刊先生集後，以徵鄉邦故實。復禮得之，鰓鰓自喜，竊謂珠光劍氣，隱而必曜，斯言誠匪謬也。因續付剞劂，以廣流傳。

吾鄉儒林以顧氏越爲最先，所居新坂黄岡，世有鄉校。由是顧氏多儒學。先生居垷上樸樹灣，晚築精舍於紫薇山麓，距黄岡不一二十里。是里居與顧氏爲近。先生美鬚髯，聲若洪鐘，與《南史》顧氏傳所紀適相同。先生博聞强識，精許、鄭之學，工詩古文詞，與顧氏遍該經藝，深明毛詩異義，兼工綴文，上下千數百年，又若合符節。故名其文曰『綴文』，並以是名其詩。蓋先生仰契宗旨，尚友前賢，緬懷先德，誦述清芬，低徊俯仰，嘗於詩中三致意焉。其振興儒學之功，與顧氏有同軌矣。豈區區土風，足備輶軒之采已哉。至是書取材一邑，多出於志乘紀傳之外。先生自序與秦先生序言之詳矣，兹不贅云。光緒十有八年歲次玄黓執徐重九日羊復禮謹跋於桂林寓齋。

新坂土風

戊戌夏初，自西湖歸東海，偶拾鄉邦遺事，或别出記傳，或散在閭閻，雅俗雜陳，得詩百首，命曰『新坂土風』。聊附巖門諸家之後，下里歌辭，更無當輶軒采擇也。

清海亭邊瑞氣呈，水雲窩裏早潮生。阿儂載酒頻來往，欸乃聲中譜太平。

清海亭舊址在醎塘，爲春秋教閲之所。宋紹定中，邑令楊天麟建。見《咸淳臨安志》。水雲窩在城東，即張思賢宅，與海甚近。『滄海寒潮』爲海昌八景之一，亦其地也。見蘇平《雪溪漁唱》。

昔賢游覽記揮毫，古邑居民半海濤。此日金隄長鞏固，聖恩直並禹功高。

《東坡集》有《鹽官》絶句四首。『古邑居民半海濤』，《南寺千佛閣》詩也。按：鹽官隄海之役，唐以前無考。開元元年重築捍海塘隄。天祐四年，吴越國築捍海石塘。宋元以來，隨修隨廢，故多海患。恭遇盛朝，軫念民命，不惜帑金，長隄之固，萬世無疆矣。

煌煌天語世傳清，宗黨長敦孝友情。豈但名園承寵錫，即今閭里亦增榮。

『鹽官誰最名？陳氏世傳清。詎以簪纓赫，惟敦孝友情』，御製《駐陳氏安瀾園即事雜詠》也。園在城西北隅，係家太常隅陽所構，舊名隅園。復爲家相國文簡别業，更名遂初。乾隆二十七年，賜今名。

城南城北盡繁華，未減當年朱十誇。醉月樓頭堪貰酒，桂花廳上好團茶。

朱太史竹垞《送楊以齋還里》詩：『人家户户通舟楫，藥草村村盡畫圖。』醉月樓在富家橋畔，桂花廳在州治前。

春色長留海宇清，滿城卻少杜鵑聲。即看細柳村村緑，知是當年第幾營。

黄徵士梨洲《道遊堂小集》詩：『鳥無杜宇春長駐。』自注：『杜宇聲爲「春去了」，海昌無此鳥。』按『道遊堂』在大來橋朱司李岷左故宅。元時邑中尚屯兵。青丘《送李使君鎮海昌》詩：『突騎猶屯廣利營。』今行春橋西有第八營。

如舟學舍打頭低，記取桃符莫亂題。爲愛夏涼看月好，移家須住泮池西。

潘廣文戒平工書，司訓吾邑，題其學舍曰『如舟』。《癸辛雜志》載：鹽官縣學教諭黄謙之，永嘉人。甲午歲題桃符云：『宜入新年怎生呵，百事大吉那般者。』爲人告之，遂罷去。祝珵美《筆記》：海昌泮宫前無蚊。朱孝廉近修嘗家學西，柱聯云：『聖門外去無多路，泮水西來第一家。』

城隍廟上禱何虔，女伴還來結善緣。夢裏分明徵往事，小蓮那得喜兒憐。

每歲正月初六日，士女集城隍廟，香火最盛，謂之頭六佛會。元紫虚觀李道士夢於本觀所奉岳祠前見有吏卒押男女各一，併持公文來，曰：嘉興路城隍司准海寧州城隍司牒，爲陸小蓮告至正八年内溺水事，今發陳喜兒、應偉前去勒要應才，同解岳祠周府君取問，又詢來使之詳，答曰：陸小蓮者，嘉興百福坊人，而應才之婢也。爲其妻楊妒逐之，遂赴水死。陳喜兒者，才之母也，時居海寧。偉字之奇，才之弟也，時居嘉興城東。謂彼時不能救護，故連逮耳。詳《輟耕録》。

蕭寺平林隔短牆，誰知佛法有炎涼。年年北寺人如蟻，西去曾無一瓣香。

安國寺俗名北寺。每歲六月二十九日，香市最盛。延恩寺俗名西寺，與安國寺相連。諺云：北寺燒香，西寺乘涼。

三橋兩寺半千僧，曲徑閒遊興可乘。共道祇園花木異，娑羅一樹影層層。

安化橋跨放生池，與泊兔、大來三橋相望，説者謂『三橋兩寺半千僧』。安國寺藏經閣下有娑羅樹一株，乃西域種。李北海《娑羅樹碑》即此樹，見家太守香泉《草木異名記》。今大悲閣前左簷下又有一株，寺僧云從藏經閣分種。

荷花池水引風涼，花鴨雙雙戲夕陽。欲向海城尋舊詠，更無人與話蓮堂。

杭太史堇浦《海城》絶句云：『荷花荷葉緑披披，亂水奔流赴古隄。貪看一雙花鴨戲，斜陽影裏立多時。』自注：『閂富巷東有荷花池，居人即名其地。』《蓮堂詩話》二卷，宋海昌祝誠輯，見《讀書敏求記》。

女牆官柳對花街，聚秀橋邊景更佳。卻被草窗添畫稾，春風吹滿著書齋。

聚秀橋在宓家灣，對水門，周明府松靄著書齋在焉。同邑蔣明經夔師作《著書齋圖》，海鹽張明經芑堂以飛白題其額。

横塘唱罷采菱歌，遊女還教此地過。一種風流消不得，臙脂涇畔落花多。

横塘在城北，即舊郡志所稱小塘。臙脂涇，在止溪南，相傳范蠡載西施泛舟處。

古驛垂楊送客勞，蠡塘春水湧吴漕。郎行莫上吴江塔，欲望家鄉總不高。

長安驛在邑西北。元薩天錫有《宿長安驛》詩。范蠡塘在縣西。相傳吴江城南方塔，其巔與吾邑長安壩相等，窪隆迥别如此。故吴易潦，杭易涸，見《查浦輯聞》。諺云：坍了長安壩，没了吴江塔。

粟轉千艘壓緑波，萬家煙火傍長河。卻緣米市人争利，魚蟹從今不覺多。

陸放翁《入蜀記》：長河堰亦小市也，魚蟹甚富。按長河堰，即今長安鎮，人煙稠密，百貨俱集，而米市尤爲數省之通津。

遠寺鐘聲唤夢殘，阿郎渡口曉風寒。願郎且自長安住，莫漫將儂常緩看。

『長安曉鐘』爲海昌八景之一，蓋指覺王寺鐘聲也。阿郎渡在長安鎮北三里，常緩廟在許村。

落魄閑行不自聊，推篷何處聽吹簫。梅花風帽臨平路，記過鹽官第一橋。

先處士鞠澗公《過臨平》詩：『梅子著花霜壓岸，自披風帽過臨平。』鹽官第一橋在臨平之東，與仁和縣接壤。

春水平於鏡面揩，溪頭蕩槳盡漁娃。自憐雙足渾如雪，不倩才郎詠繡鞋。

『郭溪春水』，海昌八景之一。小綱船始集朱橋。今溪上尤多漁婦，最誇豔一時。蘇雪溪少時有《詠繡鞋》詩，人呼爲『蘇繡鞋』。蘇亦溪上人，故郭溪又名蘇溪。

淡塘水驛正迢迢，妾夢關心柳萬條。爲道郎舟休背縴，最嫌九里十三橋。

淡塘即袁花塘。寧邑諸水造橋梁甚多，篙師有歌云：『九里十三橋，背縴不如摇。』

一水滓江接洛塘，世家應數許睢陽。南來更有中丞後，七里松間半海張。

滓江塘河在邑西北。按『滓』，《字彙補》云：音義未詳。《談薈硯神》曰：滓妃今讀若辛。洛塘河亦滓江之支流，許氏多家焉。世家亭在其上。七里松在邑東，因去城七里，故名。張氏聚族而居，世稱半海張。

鼓棹迴塘訪舊居，海棠仍帶晚霞舒。園中不使長懸榻，堂下何妨給掃除。

迴塘即轉塘，家簡齋閑園别業在焉。中有海棠一樹，大可競畝。吴梅村顔其樓曰『天香國色之樓』。《陸辛齋集》云：閑園主人以書招余及二晦，曰：『德操、元直相敘一堂，使妻子得奔走堂下，豈不深快？』

新豐美酒勸郎嘗，休與旁人論短長。見説鳳凰橋畔路，飛來都是野鴛鴦。

新豐橋在麻涇，村中造酒，以上者爲短水，下者爲長水。鳳凰橋在滓江，其地亦名鳳凰里。

紫硤東西接翠微，南湖新水没漁磯。池亭舊詠看誰好，惟有西村老布衣。

南湖在硤石。白樂天嘗登硤石望硤石湖，即此。宋《圖經》作劉禹錫，誤。湖上有淳樸園，爲沈天用舊隱。《朱西村集》有《三月三日讌沈紫硤池亭》等作。又有《諸公衮衮臺省集句》一首，亦西村作。許《志》更誤爲沈。西村老布衣，許台仲語。詳《海鹽圖經》。

願郎相對紫薇來，花外啼鳥莫漫催。走馬還尋磨劍石，題詩須上讀書臺。

硤石東山有錢武肅王走馬塘、磨劍石故跡。又有稍平者爲隨州讀書臺，劉曾攝令於鹽也，並見朱岷左《東山記》。按：磨劍石，許《志》云：相傳秦王淬劍於此，鍔痕猶存。與朱《記》不同。

野塘秋水劍光浮，猶有吴孃解蕩舟。料得春帆吟賞處，冰清玉潤最風流。

陸處士冰修，别字辛齋，家洛塘。冰修談劍術甚奇，詳王漁洋《池北偶談》。又漁洋《送冰修竹枝》云：『吴山的的如迎客，吴女摻摻解蕩舟。』查夏重，陸之女夫也，嘗自京師扶侍冰修南歸，命其集曰『春帆』。

茶湖買醉竹湖眠，紅葉蘆花兩岸邊。何時慣來驚客夢，小鑼聲在夜航船。

茶湖在硤石湖之南。竹浦湖今廢，按《咸淳志》，在縣東北六十里，當與茶湖相近。凡村中航船開時，必鳴小鑼，以招來者。

一舸鴟夷蕩碧波，最憐兒女别情多。縱然解纜童兒塔，須早抽帆女廟過。

童兒塔在浄居院。朱竹垞詩：『解纜童兒塔，抽帆長水塘。』女兒廟在硤石南，廟前有漾甚大，俗稱女廟漾。

湖塘村落半蕭條，陸道墓前好繫橈。別有嘉名須賞識，金雞墩望野雞橋。

湖塘里爲朱氏故居。文公之孫百五公墓，今稱陸道墳。其南有金雞墩，相傳爲楚狂接輿墓，至今不敢有樵采者。按陸道墳或是陸通墳之誤，亦未可定。然縣志及朱氏宗譜俱云：道士陸姓，守墓，故名。則竟屬朱墓矣。野雞橋在其西。

薤露松風一曲哀，招魂應向紫雲回。兒家生小桃源里，親到尚書墓上來。

元貢尚書玩齋墓在湖塘，北門人朱質夫後裔尚奉其祀。《嘉興府志》及《海鹽續圖經》稱貢墓在紫雲山下，皆不足據。女史朱静庵有《游貢尚書墓長歌》。

東野傳經歲月深，杏壇花裏試重尋。因思翠晚留題處，長與高人共醉吟。

東野草堂在湖塘里，爲貢玩齋寓所。一經堂，朱肅齋建。吾師耐園猶世守之。翠晚齋在堂之西偏，舅氏華圃讀書處，齋額係先祖所題。

夾岸桃花接釣灣，閑過涇墅叩玄關。幾時挈伴還偕隱，三顧橋西十畝間。

涇墅觀在湖塘里東，俗名三官墩，池中産緑毛龜、無尾螺。三顧橋，謂南顧、中顧、北顧。自宋以前，顧氏多家於此，故名。十畝間，爲朱氏園中有樂餘草堂，舅祖時修所居。

天仙塘上泛仙槎，王道橋邊又日斜。拍掌愛吟歸客句，米棚豚栅見袁花。

天仙府塘在袁花鎮。東王道橋北達嘉興。按王本讀雨方反，與黄不同。《癸辛雜志》云：浙之東，言語黄、王不辨，自昔而然，今土音頗合。『米棚豚柵見袁花』，家伯父改之《自山左歸至袁花道中口號》句也。米棚下、小豬巷，俱市中地名。

嘉會堂開翠竹灣，曾聞公主載舟還。牽蘿補屋誰邊好，只在金牛金粟間。

元董處侯鎮之父仲温，尚宋室公主爲駙馬。後鎮自海鹽徙錢山，作嘉會堂於靈泉右。曾孫澐更即其地稍葺之，顔曰『蘿補堂』，至今稱夾山董氏。山介金牛、金粟間，故名。俗誤讀蘿補，又有『董蘿蔔』之目。

墓田何自指樊遲，山上誰教誤食其。古跡自來多附會，蛇神牛鬼更無奇。

錢山頂上有一阜，俗稱樊遲墓。石棋山即審墳山，相傳上有審食其墳，土人誤讀食其本音，遂稱石棋。硤石南有蛇墳，皇岡東有牛墳。按牛墳即朱愛谷墓，朱字誤爲牛，今地名俗呼牛墳灣。

姊妹生來愛插花，葫蘆館裏是儂家。問郎阿堵終何用，卻向人前活碧誇。

花山一名插花山，馬上舍寒中所居，有十姐姊花齋、小壺蘆山書屋。朱竹垞過此，觀新莽錢范，嘗云：詩家所謂『活碧』，庶幾近之。有跋載集中。

枕濤莊裏滿塵埃，翠薄山成蔓草堆。賴是東風吹未盡，牡丹猶傍舊居開。

枕濤莊在袁花南，爲許氏故居。翠薄山即黄山之支，多前輩吟賞之所。葆光居在袁花東南，祝孝廉月隱著書處，牡丹甲於天下。前邑令李公過此，甚奇之，謂洛中絶無此也。見先從祖乾初公《春賞詠序》。

萬卷常開萬古樓，朱衣高插一峰浮。勸郎肄業休嫌命，但願朱衣更點頭。

朱衣峰在審墳山，又稱萬笏朝天。萬古樓在袁花東。祝槐門名世喬，日勤呫畢，屢試不偶，題一聯於書案，云：『越讀越不中，槐門其如命何；越不中越讀，命其如槐門何。』嘉靖甲子，果薦賢書，時年四十九。至隆慶戊辰，成進士，仕潯州知府。見《竹窗解頤録》。

郎住黄山儂白山，雲深又隔幾重灣。生憎山上龍腰斷，不見乘龍快婿還。

白山在龍尾山後。《敬業堂詩集》注：龍尾山龍腰，俗傳秦始皇所鑿巖門。《古鹽官曲》因之。按談氏《外志》，相傳劉誠意鑿斷。誠意未嘗輕用民力，當在湯信國巡海時，俗説不足據。

池亭秋晚聽鳴鴻，絲竹東山憶謝公。莫問巫些歌舞地，綯雲零落斷煙中。

查孝廉東山嘗著《鳴鴻度傳奇》，女樂十二人，一曰巫些。《敬修堂詩集》所云：『我有巫些衡凍去，楚峰多半是君留。』綯雲，英石峰名，事詳《觚賸》。後爲觀察王望移置武原百可園中。今已屬顧氏。

比肩舊里説遺聞，荀令橋南詠夕熏。祇願家山成妙果，誰知山路又中分。

查醉白繼婦陸善詩，燕婉唱酬，相得益歡。陸亡，查哀痛咯血，爲《悼亡詩》百首，多酬陸韻，悵悵若有失，逾年竟死。見《今世説》。妙果山即袁花小山。中分山在包家山北，以分屬寧、鹽兩邑，故名。

横漲橋邊放鴨闌，鸕鷀浦上把魚竿。笠簷只恐霜寒重，緇布須裁小樣冠。

横漲橋在袁花西南，查太史他山所居。鸕鷀浦即黄道湖，去袁花十里。他山平生好著緇布小冠，人争效之。

水色山光繞坐隅，花開滿樹唤提壺。里中時有千齡會，堂上家懸五嶽圖。

祝眉老嘗結千齡社，後許時庵集同人爲四老會，祝方壺集同人爲龍山齒會，皆仿千齡遺意也。又，邑人取查東山書畫及他山詩、聲山字、朱北山畫、祝兼山印，合成大幅，謂之《五嶽圖》。當時京師中口號云：『海寧三傑實堪誇，朱畫查詩字又查。』見《朱氏宗譜》。

梓樹橋邊梓樹堂，清流吹送野花香。阿誰簷下誇肥白，絳帳春風幾斷腸。

梓樹橋在袁花西，查學士查浦晚年築室於此，因名其堂曰梓樹。查浦嘗悦一肥婢，見《馬寒中詩集》自注。

掛帆早發試茶亭，石漾東來水漲萍。更上層樓閑眺望，悠然九十九峰青。

試茶亭去袁花西五里。石漾在袁花西南，查宫詹聲山舊居。文孫户部禾堂更闢别業於辛西橋，有悠然見南山閣，看山最勝。

龍山遥接鳳凰山，妝閣千家擁翠鬟。儂意方憐雲動港，郎行已過緯兜灣。

鳳凰山去龍山東十餘里。雲動港即運塘港。緯兜灣在港之北。

桑麻舊里指東陳，滿港晴波轉綠蘋。卻笑居民祠宰嚭，千秋還與越王鄰。

東陳村在運塘港之北，胡虛白有紀遊詩。村中有東陳廟土穀神，相傳爲太宰嚭。其南有越王廟，相距不數里。

黄岡不見舊時營，簫鼓紛紛會太平。記取六朝鄉校在，倚牆好聽讀書聲。

俗青丘詩：『落日黄岡處處營。』舊注引《杭州府志》，黄山、黄陀山皆在海寧縣治東，誤。於二月八日，士女齊集太平廣福寺中，謂之太平會。按道書，是日，祠山張大帝誕辰。今寺左有張大帝廟，俗故因之。《南史・顧越》：『所居新坂黄岡，世有鄉校。』又《顧歡》：『鄉中有學舍，歡壁後倚聽，無遺忘者。』『新坂』，《陳書》作『新坡黄岡』，《唐張果毅墓碑》作『皇堽』。

荒煙白鹵積亭場，竈户家家下海忙。東漲西灘究何意，焚香須問捍沙王。

《宋史・食貨志》：凡鬻鹽之地曰亭場。民曰亭户，或謂之竈户。英濟侯廟，俗稱捍沙大王，沿海多祀之。

一片輕帆掛遠流，河莊山接海門秋。結成蜃氣還相望，錯認儂家百尺樓。

赭山與紹興龕山相對，是爲海門。河莊山在其北。鹽官海中亦有蜃市。越王起百尺樓以觀海，今廢。余擬結樓於海濱，仍顔舊名。

卜宅營巢署信天，巖門山水自依然。空憐對酒清明句，誰向西湖拜墓田。

先鞠澗處士嘗愛巖門山水，因家焉，自題所居曰『信天巢』。有集二十卷。其《清明對酒》

詩，尤膾炙人口。卒葬葛嶺之潭家山，墓久失考。按《湖山便覽》，菊薌墓即菊澗之誤，正如杜拾遺誤十姨也。

曉起南樓照鏡傭，雙眉卻對兩尖峰。只嫌帽子山頭戴，爲雨爲雲愁殺儂。

按《咸淳志》止有尖山，無大小之分。今人有舉『尖山分小大』屬對，終無能對者。其山出雲必雨，諺云：尖山戴帽。

唑聲南北客須諳，海味偏教久住甘。見説黄魚新入市，冷炎滋味任郎參。

土人謂潮聲曰海唑。諺云：『南唑風，北唑雨。』唐耿漳詩：『潮聲偏懼初來客，海味帷甘久住人。』石首魚，俗名黄魚，皆從寧波販至，以冰實魚腹，謂之冰鯗，味仍不變；無冰者，謂之火鯗。

梁家墩上望郎回，處處翻成白浪堆。網得鮮魚休賣去，當年曾膳大官來。

崇禎元年海嘯之變，許淮陽稚則有《海飛篇》紀其事。又哀籲當事，爲民請命，有築塘末議，嘗偕二者民任督修海塘十二里。自小尖山至梁家墩，躬親版築。時中丞陸公完學、視察王公建和以勘海災至，淮陽陪行海上，治飯以款二公，器不逾五，適海上居民網得魚，烹鯗以進。陸公曰：『胡爲逾約。』曰：『此小民饗餉公祖者。』因喜，立盡一器。見許全可《淮陽先生遺事》。

新舊鹽倉堆接簷，烏金那得黄金兼。鹹塘一帶楊花落，莫向空中擬撒鹽。

新倉、舊倉俱屯鹽之所。新倉有烏金街，舊倉有黄金街。

十二橋頭映碧漣，小桐溪上足留連。緑蓑青篛煙波客，細雨東風書畫船。

新倉一名小桐溪。吴上舍兔牀嘗駕一舟，載書百卷，往來溪橋漁汊間，作詩云：『十二橋南煙舍，第三灣口漁翁。青篛緑蓑歸去，桃花細雨東風。』好事者往往於紈扇上傳諸畫圖，謂之桃花扇。兔牀更以『細雨東風』顔其舟云。

小年朝候好春光，滿把名香上海航。駕柁轉艄憑老大，香帆一夜到蓮洋。

俗以正月初三日爲小年朝。凡往南洋進香者，俱於是日起程。嘉禾以北由吾邑入海者甚多。把柁者呼爲老大。蓮花洋在鎮海界，相傳大士現身處。

燕子來時晝下簾，家家門外柳纖纖。明早好把蠶花浥，第一須藏白草鹽。

俗於春時必先取蠶子浥於鹽水中，謂之鹽浥。吾地産鹽最上者有白草鹽。陶弘景《藥總訣》：『凡藏繭必須用鹽官鹽。』

萬花穠處萬花塘，士女春燒十廟香。不管尖山山路險，下山還欲拜孃孃。

新塘一稱萬花塘。春時婦女逢廟進香，謂燒十廟香。孃孃廟在尖山下，土人於此祈子，往往靈驗。

猶記花邊滿緑波，與郎同載浪船過。自從一月歸寧後，又怕三眠禁忌多。

花邊堰在袁花西。浪船船首及四傍皆采畫，鄉里娶婦多用之。蠶月，人家閉户，不相往來，夫婿亦居外室。朱日觀《采桑詞》：『何勞五馬頻相過，怕犯蠶花不上牀。』

東村西舍盡飛花，小婦春來興不賒。才過清明三日肉，又嘗立夏七家茶。

俗於寒食祀神祖後，全家以酒相勞，爲育蠶計。諺云：『三日清明四日年。』又云：『清明三塊肉，譬如不清明。』立夏日以諸果品雜置茗椀，親鄰彼此餽送，名曰『七家茶』。

僧舍河梁取次添，野祠低小接茅簷。水車輻板村村挂，桑葉招牌處處粘。

鄉間多作矮屋，祀五通神。家伯改之嘗集四書字作一聯云：『方里割雞三日肉，卑宮畫墁五人圖。』村民鬻腐者，以車輻標於林表。

繅絲人在綠窗中，姑惡飛鳴滿樹叢。怪底紅蠶偏姤蠱，作來繭子也同功。

姑惡，鳥名，蠶月最多。兩蠶合成一繭，謂之同功，蘇松間多來收買。

梓花開過楝花開，聽唱山歌日幾回。五月新絲今好賣，大家沽酒發黃梅。

查東山有山歌數十首，里人至今多能唱之。芒種前後，鄉人各具酒肉，祀田祖，謂之發黃梅，必聚飲而後種苗。

野水争流上下塘，秀萋時節草初長。兒童底事場間鬧，拍手齊呼王蛈蝪。

村中小兒於三四月間，競以狗尾草刺地穴中，戲以手撫地曰：『小狗出來。』既見草動，則釣出赤色小蟲，形似蜘蛛。俗稱釣小狗。此與唐劉崇遠《金華子》所載長安閭里小兒釣顛當無異。《爾雅》『王蛈蝪』，郭景純注云：『即螲蟷，似鼅鼄，在穴中，有蓋，今河北人呼蛈蝪。』邢叔明疏云：『此鼅鼄之一種也，穴居，布網穴口。』楊升庵云：『小兒呼顛當，即蛈蟷音之反也，蛭蟷也。蛈蝪，顛當也，字不同耳。江南小兒謂之釣駱駝，其蟲之背有若駝峰也。』今所謂小狗者，殆亦因其形似歟？又按狗尾草即莠。《詩》云：『四月秀葽。』不榮而實曰秀。

西翠朝來映彩霞，北窗風至卷銀紗。日長炙輠應消渴，笑劈陳安寺裏瓜。

西翠樓，郭子振建，見《貝清江集》。《北窗炙輠録》，施彦執編，向有刻本，頗多脱略。吾友鮑緑飲近得善本，重校刊正，始無遺憾。邑西陳安寺産西瓜最美。

村邊蟹舍接魚莊，載得全家唱晚涼。一歲一回城裏去，半緣禮佛半輸糧。

吾鄉漁户，於每歲六月二十九日入邑納魚税，每舟約以三錢爲額，尚須細考之。他處亦不知同期否也。見《查浦輯聞》。按，他處納魚税，本不拘時，惟吾邑則以安國寺進香之日爲期。

金風初帶桂香飄，鄰女相邀去看潮。只恐魚龍多寂寞，秋來海色爲誰驕。

八月十八日，俗傳潮生辰，男、婦往觀甚衆。海色晝如空，夜如合，春如進，冬如歸，夏秋如驕。日海平，雪海深，雨海悲，風海怒，月海樂。見《外志》。

少婦溪頭感索居，鳴機聲隔夜窗疎。自從翻得新紬樣，北寺西山總不如。

綿紬出安國寺者佳，出硤石寺者更佳。往時一令取之無度，於其售也，且抽税焉。寺僧遂相約，但官長問，即曰：『杼軸已空，無復織者。』非密購不得見。《寧志備考》：『祝紬産袁花，祝氏所織得名。』

滿載紅菱來硤石，傾筐青豆出袁花。阿儂鄉味從來好，何事狂夫不憶家。

邑産菱芰，其名目種類不一。凡賣者，皆集硤石菱蕩灣。蠶豆以袁花相近産者爲上，名曰袁花青。

六塘四鎮盡夷猶，蟋蟀聲殘草圃秋。猶有金錢揮未了，前街再去鬥黄頭。

蟋蟀産淡塘以北爲最，名草圃子。黄頭鳥，性善鬥。洛塘南落蘇橋里許所産佳，有名金帶黄頭尤趫健。

九日遥登顧況臺，市中桂露醱新醅。更饒入饌鸜哥鮝，好嘗文犀舊酒盃。

顧況讀書臺在沈山下，市中以桂花釀酒，名桂露，海寧人皆喜食。蟛蜞名曰鸜哥鮝，以其極紅者似之故也。見《輟耕録》。宋犀杯，許稚則得之淮陽。盃有『紹興』年號，因系以銘，爲六只居士之一，傳爲宗器。家乾初集有《賀許欲爾宋犀盃兩次遇盜不失》詩。

内樂村邊煙樹微，農人笑語荷鋤歸。野禾自傍家禾熟，白雀還隨黄雀飛。

永明元年，鹽官内樂村木連理，見《南齊書》。元嘉二十三年，鹽官縣野稻自生三十許種。二十四年，白雀産鹽官民家，並見《宋書》。顧歡家貧，父使田中驅雀，歡作《黄雀賦》而歸，雀食稻過半，父怒欲撻之，見賦乃止。見《南史》。

林間浣女俯清池，野外疎花護短籬。又是試裘天氣近，隔村唤過賣羊皮。

山羊皮産袁花，遇秋時出者佳，謂之秋皮，輕而且滑，不減銀鼠，遠地多求購之。北人呼爲南滑子皮。

村姑從不御鉛華，多紡棉紗少績麻。記得踏青山寺轉，當頭個個插蠶花。

邑諸鄉俱業木棉紗布，而大布、水紗布其産尤廣。舊志雖列苧麻、黄草等布，然近時業此者鮮。春時村中游女入市，必買紙花，各簪頭上，謂之蠶花。

歲時執豕更烹羊，鄉曲聊爲盡一觴。不用食單誇大户，只須包紮費廚孃。

許稚則著《食譜》，載鄉味甚備。吴樵石有《食經》。俗以豬頭肉煮後細切，加以香料，仍取其皮包固，壓以重物，逾時取食，名包豬頭。又以羊肉細切臠之，裹以羊皮，紮好如筒，煮熟片食，名紮羊肉，他處所無。鄉里宴客，有方語云：『包紮醃乾海。』謂包豬頭、紮羊肉、醃魚、乾蝦、海蟄，皆土産也。

典禮已無談子學，碑銘更乏沈郎才。鄉邦文獻何從證，且作春燈啞謎猜。

談處士孺木著《海昌外志》，蒐輯甚詳。沈員外南泉，於邑之名跡碑記殆遍。施徵士蘭垞，嘗取諸名勝作絶句詩，每句猜四書人名。

仙子淩波何處求，錢山山下水悠悠。吟魂當日應來往，一道天泉月自流。

錢山産水仙花，見《名勝志》。顧石帆有《題錢山水仙》詩。董蘿石性好吟，放浪山林，臨殁自吟曰：『自知此去無些染，一道天泉月自流。』見《仰山脞録》。

梅枝香冷意難降，幽語多傳玉女窗。無復慈雲迴曉閣，獨留花月映春江。

葛光禄介龕，兼善畫，妾李是庵，工花鳥，得陳白陽法，嘗刻沉香爲白陽像奉之，見《畫徵録》。

調脂滴露費商量，卻向瑶臺伴曉妝。若準閨中當日例，應將郎貌刻沉香。

朱晉三善人物。見《續圖繪寶鑑》。祝儀文善寫照，雜工山水諸品。祝松如善寫照，得謝彬三昧。朱曰可善山水，有别致。

有南唐小周后像，見《敬業堂集》。俞體仁工寫真，嘗爲尤西堂作《夢遊三山圖》。見《艮齋倦藁》。

家撝謙，工詩，有《奇齋詩鈔》。家伎昭郎、慶郎、六郎，見《陸辛齋集》。周斌侯善畫士女，

憶昔朱門顧曲頻，女郎風調各超倫。只愁畫手無前輩，玉面何人爲寫真。

尚懸安國寺羅漢堂中。

運塘河即上塘河，運路見《方輿記要》。范文白工書，一估人嘗以厚幣索書『官鹽』招牌不得，因復請書『鹽官道場住持五百大阿羅漢』扁額，許之。於是鉤出『鹽官』二字倒用之。今額

撥鹽船自運塘開，時有江南估客來。莫把鹽官更倒置，求書須假法王臺。

《悟真語録》。見《查氏族譜》。

邑中尼庵最多，所謂九庵十廟。查東山妾蔣氏名宜，公没後出家爲尼，號鐙萱大師，著有

仙梵清涼半竹梧，茶煙鐘磬淡相娱。九庵十廟城中遍，得似鐙萱著録無。

稿》，女芬亦工詩。族祖母朱恭夫人虔齋，有《慈雲閣詩存》，沈安人十洲有《花月聯珠集》。

族祖姑適曹盈素，著《餘生集》。女蔚文有《梅花詩》，早夭。葛南有朱日觀室，著《玉窗遺

池上軒頭一撫絃，海天雲樹正茫然。可知流水高山調，都付緇流羽客傳。

池上軒在延恩寺。吴閶徐而庵籃輿過此，宿蘇公聽琴處，因題其室。張伯雨一琴名風林。奉真道院金萬方善琴，杭太史堇浦有贈詩，見《修川集》。

名帖雙鉤愛玉煙，蕭郎終日費精研。春輝箋紙松喬墨，多自書家親手傳。

家光禄增城與董華亭交最深，嘗刻《玉煙堂法帖》。又鑒定古法書，刻《渤海藏真》，俱盛行於世。侍郎鮑廬自造春輝堂紙。楊中允晚硯自造松喬堂墨。二公俱工書法。

蓮花經卷墨光新，貝葉摹來幾亂真。付與楮先生一笑，恐教金粟是前身。

董華亭小楷《蓮華經》，亦玉煙堂刻石。邑人仿金粟山藏經紙最精，其法用綿紙作經面，照式寫之，再用二層紙作背，以蠟蚜之，納諸米廩中，其色遂舊，與陳米相等，間有爲米蟲所蛀，竟可亂真。

斑管銀毫製甚精，畫眉深淺見郎情。何人更譜中山族，毛穎由來出管城。

造筆羊毛，硤石爲第一。見《戒庵漫筆》。今吴興筆工都來收買。吴王夫差築何、晏、管、萱四城以禦越，管城屬鹽官。見《至元嘉禾志》。

吴中曾説紙爲田，絶倒操觚諸少年。卻笑東家堅守鐵，費將精力幾時穿。

邑人造紙硯甚輕便，操觚家每喜用之。余家藏一鐵硯。

黄絹新詞試雜陳，吴由好事更無論。憑誰書就簪花格，付與城中剞劂人。

吴上舍兔牀，嘗刻《海昌閨秀集》。北寺巷程氏世傳剞劂之業，兼精雙鉤摹勒之法，古今法書出其手刻甚多。吴門陸山人貫天撰《鐫碑姓氏録》，此可以入之。

阿儂家近狀元臺，小閣疎窗面面開。昨夜河頭新水長，書船多是霅溪來。

無垢書臺在真如寺。五世祖腹貞公讀書於此，有句云：『處士山中花更好，狀元臺上月空明。』邑中無書肆，惟有苕賈書船。

生來薄命最關情，連理枝頭歲月更。惟有南樓一片月，淒涼還與證三生。

家相國素庵嘗著《命理約言》，舊居在小桐溪，今惟南樓尚存。又嘗得拙政園别業於吴門，園有連理山茶一樹，多名人題詠。謫居遼左時，至一庵，見其榜額與己號適同，心竊異之。有僧謂曰：『公前身即是庵僧也。』後果終戍所。長子孝廉直方，自知四世事。見徐岳《見聞録》。

踏青遊女盡追歡，太歲祠前一度看。安得更來逢日者，問郎何日得高官。

范文園善相術。邑中有隙地，或塑太歲，范以爲威儀具足，應享巍峨，未幾，遂成巨刹。見《今世説》。按太歲當即今崔府君廟之太歲殿。每歲迎春時，遊人最盛。又文園嘗謂武進周清原、吴江徐釚，皆當不由科第入翰林，已未，果皆以博學鴻詞授撿討，其言良驗。見《池北偶談》。

清游畫舫好攜樽，金鼓喧闐出遠村。見説長安諸子弟，至今解唱女崑崙。

《女崑崙傳奇》，一名《畫圖圓》，又名《乾坤鏡》，明人所作，蓋指長安鎮進士梅文正事。梅有婢女壽春，能救主母難，故曰『女崑崙』。

稗官新調數江鄉，酒市茶寮總設場。試取琵琶彈故事，居人猶是怨張郎。

邑人善唱鼓兒詞，時稱海寧調。其唱本有《漁簡記》者，指昔時土豪張堂誣陷何東橋事。梨園中人亦能演之。相傳張之宅址在演武場。

修川直下郭溪東，隔岸鶯啼楊柳風。水面平橋三十六，虹蜺多落夕陽中。

修川即長安舊名，見《陸講山集》。祝耳劉《淬江塘紀略》云：治其故所，建三十六橋，如虹如蜺，綿亘起伏。

村連皂莢樹多迷，水繞菖蒲草自齊。買得圈篷船最好，近遊不怕板橋低。

皂莢橋、菖蒲港在袁花西，並見《敬業堂集》。朱竹垞《積雨》詩：『欲覓袁花查上舍，但愁橫漲板橋妨。』上舍謂查浦。又《西畯送查浦》詩：『圈篷船互挐，無事數相見。』

肇家橋下水奔流，野村蒼茫古屋秋。父老還能徵舊德，村邊遥指望煙樓。

肇家橋即趙家橋，因先世起家於此，故更斯名。從祖南竹公世稱善人，嘉靖間邑令嘗書『隱德』二字以表其居，至今尚存。子風山公亦好善樂施，會歲饑，築望煙樓，有不克舉炊者，亟輸之。

祖墳南去是新墳，石馬豐碑對晚熏。取次春秋佳日裏，梅魂桂魄浥清芬。

始祖東園公墓，在鳳岡澗，世稱檀樹墳。族祖謝侯公墓，在始祖墓南，故稱新墳。墳中多植梅樹、桂樹，内有消梅一株尤佳。

書聲遠度鳳凰岡，叢桂長連霜柏香。最是孫枝承美蔭，更開小憩署臨塘。

叢桂堂，六世祖覺庵公築。高叔祖補庵公手植霜柏，在堂之右。再傳至臨塘叔祖，博學工書，能世其業。因所居近道人塘，題其室曰『臨塘小憩』。

緑楊灣裏緑楊圍，烏鵲門頭烏鵲飛。把酒論文懷北道，草堂春雨掩重扉。

楊灣鵲門皆族中所居，與鳳凰坝相近。家叔問渠嘗擬購一草堂，顔曰『春雨』。

樸下莊臨古坝隅，蒼筤萬箇盡堪娱。摩娑老眼傳經處，自向晴窗展畫圖。

予家坝上樸樹灣，先祖故以『西樸』自號。蒼筤圃在舍後，額爲許淮陽舊題。家君有《溪齋讀書圖》，膠西法黄裳作，沈荻林先生有題詩。

南泛花溪北硤川，棹歌聲在罱泥船。儂今自有朱餘曲，不羡吴孃唱采蓮。

村中小船名罱泥船。朱餘者，鹽官人也。越人謂鹽曰餘，去縣三十五里，見《越絶書》。

河莊詩文抄

[清]陳鱣 著
徐光濟 輯

河莊詩文抄

春暉齋詩鈔序

余自春闈報罷，偃蹇京師有年矣。後因腹疾，功名之志漸無。丁卯秋回南，築別墅於谷湖薇山之麓，阮芸臺中丞顏其額曰『薇山講舍』。二三知己，數心晨夕，歸欣然表弟尤所稱莫逆者也。欣然自幼失祜，伶仃孤苦，仗母教克自成立。早歲能文，蜚聲藝苑。舉業暇，酷好吟詠。賓客過從，飲酒無虛日。其高祖奉橋公，自常熟移居海昌之硤石里，巍巍科第，代不乏人。唐有餘姚郡公，元有集賢學士，明有太僕公。我朝如允中公，乾隆甲午殿試第一人，世傳清德，淵源有自來也。丙子七月既望，欣然歸自京江，出所著《清暉齋詩鈔》示余，並囑點定。余讀之，一種孝友惻怛之思，溢於楮墨間。所謂得江山之助，而詩益工。李、杜之渾灝，庾、鮑之清俊，元、白之風流，孟、王之遒煉，不拘一格，不名一家。夫歸氏當日治《禮》家學，名聞天下。今觀欣然之詩，而知其人之端方正直，矢志非常，百世下猶一轍。天之報施善人，固不爽耶？且欣然年正富、力正强，猶潛心研究。他日立朝堂、登臺閣，和聲鳴盛，一振卑靡，所至有不止於是者。故援筆而爲之序。嘉慶丙子十月勃海陳鱣拜撰。

吾與庵記見舊刻本《支遁集》坿録

緬惟棲霞嶺上，曾傳江令碑銘；文選樓中，收入簡栖著作。闡真如之橐籥，啟圓覺之津梁。譬身毒之鏡，影飄瞥而皆空；等牟尼之珠，質瑩圓而無礙。但得妙相瞿曇，慧心開士，給孤獨園於祇樹林，容師子座於大士室。奚必青鴛蘭若，白馬伽藍，自堪暢發宗風，鋪揚法苑者矣。方外友寒石長老，澈優婆之密諦，視金粟之後身，眉象火珠，手印綱縵，納衣無垢，輕攜鷲領，晴雲松麈，驅麈勻滴。雞園曉露，識禪真之初地；華頂峰寒，悟玄奥於蒼旻。赤城霞爛，由其游心蓮界，託足琳宫，夙緣秉彝之誠，遂得無生之旨耳。即其在吾杭也，希蹤南磵，悟道雲栖，山光繞佛髻以長青，潭影並禪心而俱凈。已而聊爲行腳，歷徧吳頭，擔簦茂苑，城隅卓錫，天寧方丈。聳崔嵬寶剎，布延袤雕甍，雲虬晝飛，杌栭式煥；鐵鳳高舉，金碧交輝。梵筴宣而衆庶群瞻，金鐸鳴而諸天共仰。有聲即應，隨感乃通。詎非轉普濟之祥輪，然廣照之法炬也哉！而乃禪性無遮，靈詮不著，以爲修静者，阿難之正覺也；超劫者，刹利之寶筏也；獨善者，龍樹之攸指也；同仁者，大雄之冥蘊也。雲根難繫，波痕徐消，亦既提挈泥塗，開闢關鍵。戒壇機捷，則明鐙已傳；火宅身危，則浮杯可渡。萬原合一，佛即是心。因小憩於支硎，結一庵曰『吾與』，選半弓以疊石，量十笏以棲煙。插枳成籬，因樹爲屋，門題『倚杖』，閣署『見山』。南揖靈巖，東俯岞崿；斜通茶磨，側抱天平。衆壑陰晴，浮嵐姽嫿。養馬之坡宛在，放鶴之澗依然；勝留《越絶》之書，跡著《吴都》之賦。履蒼苔之繡錯，古洞門深；對素練之横拖，碧琳泉洌，洵稱净域，堪設道場。蓋此山以支公道林著，而長老適振其墜宗，繼其絶紐，古人可作，異世同情已。緣是設松間香積之廚，翻案上貝多之卷，雲物恣其睞眄，巖岫縱其延緣，月明而幽鳥忘機，夜静而冥猿入定。晨唱夕唄，斷鼓零鐘，信足警彼頑癡，絶諸嗔愛。較之齊己茅屋，僅足賦詩；參寥禪房，差供鬥茗者，方斯蔑矣。抑有説焉：夫墨名儒行，道自群分；格物談虚，理宜類析。拈花微笑，何殊沂水春風；面壁觀心，不異杏壇化雨。何思狂士，竊比吾徒，慈雲普覆乎大千，性命精判夫毫末，此可以證般若焉，并可以止至善焉。猶記前春，欣偕良友，弔俟齋之舊宇，訪明瑟之荒園。彳亍空山，淹留精舍。飽伊蒲之饌，觸旃檀之香；佞甚何充，闢豈傅奕。只知文章慧業，何煩假借菩提；偶繼蓮社之蹤，還憶虎谿之笑。謬承深諉，用贅蕪詞。行將洗卻俗塵，共探勝境；寧愁繭足，雅愛髻頭。人來青豆房前，雪煮玉梅花底。異日者，續祇陀之録，爾亦皎然；諷舞雩而歸，吾與點也。嘉慶十年冬十有二月望日，海寧陳鱣譔。

求古居記

中吴黄君蕘圃有楹帖云：『希風二古，抗志九流。』余叩以『二古』之義，則云：『生平所好者書，蓋希毛氏汲古閣、錢氏述古堂也。每欲以「古」名我藏書之所，子其爲我思之！』余應之曰：『吾鄉馬氏道古樓，收儲圖籍甚精，心竊慕焉，亦曾以「觀古」名室，抑何與君素有同心耶！

雖然，君之從事于古也深，更有超乎此者。吾儒言學，率本孔子。子不云乎：「我非生而知者，好古，敏以求之者也。」夫聖人之道至高，學焉而各得其性之所近，曷以「求古」爲名？』蕘圃曰：『善！他人固未聞有是名，而與私心適相合。年來家食杜門，間多拂意之事，惟得古本異書，口誦手披，偶釋一疑義，則快然自足，煩擾頓忘。徵諸周散騎《千文》曰：「索居閒處，沉默寂寥。求古尋論，散慮消摇。」明乎當索居之時，以求古爲得也。既而曰「欣奏累遣，慼謝歡招」，明乎可樂者在此，而可憂者自去也。求古名居，亦固其所。』余曰：『人各有居，而所求不一。嘗見有求富者矣，又見有求貴者矣，窺其意，不過以貨貝田園、高爵厚禄之足重而汲汲相求。然或得，或不得，或得而復失，雖求，亦終無益。且也意中之福未遂，而意外之禍隨生，將悔其所求，恐已晚耳。蕘圃公車數上，既得官，又不願爲之，拂衣而歸，閉關著述，泛覽群書，尤屬意于宋版，以其刻之最古。遇有善本，竭力求之，雖傾囊到篋，在所不惜。得而讀之，讀而刻之，期無失乎古人之用心而後止。即求而未得，亦必識其原委，特著爲《所見古書録》，以廣其傳，則未得猶得也。若是者，豈非以性之所近歟？自今以往，將見其所求者日益進，至于利禄榮名，一切委之於命，更何憂何懼足以攖其心！故曰「富貴不可求，從吾所好」。蕘圃所好者，古而已，此外一無所求，而「求古居」之名已足千古矣。』蕘圃忻然而笑曰：『有是哉！請記之。』夫余固素有同心者也，其何敢辭！作《求古居記》。嘉慶十五年夏六月暴書日，海寧陳鱣書于石泉古舍。

菊莊記

吾邑硤石東山東麓，峰巒特秀，松竹交加，迴超乎凡境。胡君霽巖有墓廬在焉。胡君爲宋文定公康侯先生裔。文定公七世孫虔，字祝三，藉長沙，官湖州府教授。宋亡殉節，其長子立本，字南喬，避亂遷居硤石。南喬公才高學廣，不樂仕進，日以詩酒自娱。素精岐黄，性嗜菊，乃於宅傍遍種之，有陶靖節遺風，爰名其居曰『菊莊』。後嗣慎守其業，故『菊莊秋色』遂爲硤川之一景。閨秀徐瑩詩所謂『松影嵐光蓋四鄰，黄花晚節一番新』也。繼而以其莊爲墓廬，霽巖重加修理，嘗繪《菊莊愛墓圖》以志盛。蓋自南喬公以來，雖未有高爵顯位，惟世業書田，代傳孝友。霽岩隱居自得，家不甚豐，而恂恂好文，勇於爲善。每遇春秋祭祀，必誠必信，集宗人而告以先人忠孝之遺事，勵以處世節儉之大端。由是，菊莊之名，庶幾勿替引之歟。蓋前人作之，必賴後人保之。然所以保之者，豈在踵事增華，遠過乎前。惟循舊規模，時加整理，而因其居處，思所愛嗜，已爲難得耳。昔周濂溪《愛蓮説》云：『菊之愛，陶後鮮有聞。牡丹之愛，宜乎衆矣。』夫牡丹不過爲花之富貴，詎知春光轉瞬，長享富貴者，能有幾人？孰若菊之黄華香晚，老圃秋容，獨傲霜而不改其節耶？然則，陶之後，能愛菊者，當推菊莊胡氏。且世不乏愛菊之人，余爲胡氏幸，抑更爲菊幸矣。遂因霽巖之請而記之。

硤石南山重建文昌分署碑

吾州硤石審山之南岡，形勢爽塏，佳木繁陰，是爲南山道院，建自宋景祐間。舊有東山亭，相傳宋季光怪時見，邑人彭雲隱所構。明萬曆中，撤東山亭，建文昌分署。蓋自宋思陵駐蹕于杭，立廟吴山，故謂之分署。沈比部友儒撰《碑記》，厥後道院屢修，而文昌分署則毁，碑亦湮没。嘉慶十四年夏，忽於壞壁獲得原碑，尚完好可讀。于是里中善士姜賡唐、林根禾、俞念勳、陸茂裕，率羽流張松林、朱渭川、潘德銘募捐重建，即于是年之秋經始，而於十七年之秋告成，乃屬余作記，勒諸貞石，以垂永久焉。按《天官書》：斗魁戴筐六星，曰文昌宫，説者謂此乃天之六府也。梓潼之神顯于晉，沿于唐而盛于宋。道家以爲，上帝命神掌文昌府事，及人間録籍，而又有一十七世輪回之説。在周爲張仲，在漢爲張良，在十六國爲姚萇。又最後指其姓名爲張亞子，或曰即張仙。元延祐中，加封『輔元開化文昌司録帝君』，名其祠曰『右文成化』。維時始設科取士，溥天下喁喁向風，求名應試。因謂科目之柄，實自文昌操之，而郡縣多立文昌祠矣。夫衡文校士，聚千萬人之精神，而決中于一二人之心目，雖精于持擇，安保其纍黍之不爽？謂有神焉以司之固宜。雖然，昌黎韓子不云乎：其用功深者，其收名也遠。誠能讀書窮理，殫見洽聞，克自振拔，有爲神未有不加之福者。況夫士子先器識而後文藝，曷亦思夙興夜寐，無忝爾所生？立身行道，揚名于後世。古之人生而爲英，死而爲靈，則文昌之神，固不必求其人以實之。即所謂張仲、張良，要皆孝友忠貞，足以廟食百世，不徒建壇樹木，所可崇德報功耳。硤石山川秀麗，夙推聲名文物之鄉，若許睢陽、沈宣撫、榮祭酒，或以忠義，或以儒行，代有傳人。兹沈碑之顯，似爲景運中興，人文蔚起之兆。此文昌分署之所當重建，而遠近之所以樂從其事也。人世于土穀之廟，財帛之祠，猶且握粟布金，匡襄恐後，必使柧棱嵂崒，藻棁高驤，以妥以侑。況有關于文風士氣，何可視爲迂緩，而不重新廟貌，壯厥觀瞻？繼自今肹蠁豐融，鍾靈毓秀，將見誦弦比户，涵育薰陶，咸能鼓舞自厲，知名教之可樂，實學之宜敦，且不囿于流俗，必有俊偉非常名公巨儒出焉，豈僅在科第之夸一時、榮一鄉哉？余既幸舊跡之廢而復興，又嘉諸君子之樂于为善、勇于成功也，是以記之。

硤石東山重建智標塔碑

凡天下名山勝境，有塔厥名，昉于孫吴，非特以資遊觀，抑亦以鎮地勢。視夫宫室臺榭，其成之也較難，其傳之也較久。傳之既久，安保無不廢之時？若廢而復興爲尤難。海寧硤石東山之塔，建自東晉，初名『八福』，至宋時已圮。有常州僧智標來遊，欲募修。適大旱，嘉郡太守命祈雨，甘霖隨沛，衆心歡悦。僧告以修塔之意，皆許諾。旋趺坐而逝，士民亟趨成之，更其名曰『智標塔』，至今不稱爲『八福』者，重智標也。明嘉靖間，爲倭寇所毁，蜀僧瑞林重修之。塔下得何首烏，如斗，食之享大壽。明季塔又傾頹，直至清朝康熙三十四年，黄灣僧宏通復修。

雍正八年再修，乾隆五十四年，忽遭祝融之厄，每欲興而未果。嘉慶九年，南通州僧無礙，易氏子，住嘉郡，募建文星、長生二橋告竣。維時旱既太甚，因請于郡守，立願祈禱，五日内果得雨。遠近踴躍共慶，遂募捐重建斯塔。肇工于十二年冬，而落成于十六年之秋。人皆謂與智標之祈雨造塔，先後同揆。方其在郡祈雨也，余與太守李公許齋本故交，適造署中，太守爲余言無礙之樸誠可取，然終未嘗相識。揭來寓硤，聞其又重建環秀橋，工亦垂成，而所謂新智標塔者，余不曾寓目。春夏之交，始與曹問渠、李一徵、顧禹門偕往遊焉。一日，無礙過紫微講舍，叩門請謁，手持建塔緣起，而告曰：『塔成逾年矣，尚未有記文勒石，其于久遠也，何徵？敢固以請。』余觀其狀貌端嚴，被壞衲、履芒鞋，辭寡而色温，不覺聳然異之，益信太守之言不謬。當募建時結茅塔下，日夜危坐。飯脱粟二餐，人與之言，則對，否則寂然不動，而布金者日益衆。庀材度程，亦處之裕如。緣是，大工易成。夫以歷數千年舊跡，而縻數十萬緡錢，乃以一身任之，自非堅性定力，其孰能與于此？工初竣，歲則大熟，三農有慶，穰穰滿家。且也，蒸我髦士，已見掄元奪魁之兆。民生康樂，文運光昌，殆感而遂通者乎？閒覽《法苑珠林·敬塔篇》所載感應緣二十一驗，大抵誕謾不經，安得如無礙之一瓢一笠，到處生涯，見廢必興，行所無事耶？是蓋奇男子而隱於浮屠者，固非尋常僧徒，借禍福因果空論，博取人財、創立寺院所可同日語也。余嘉其意，不復以浮屠之説應之，直書其事如此。乃作頌曰：

兩山夾川，巖巖者東。元氣鬱結，瑞靄葱蘢。峰頂觀海，群水朝宗。八福一塔，高插雲中。

其一。維昔智標，因塔降雨。塔以僧名，流傳千古。維今無礙，功成接武。經始之時，甘霖亦溥。其二。官吏相慶，賈農歡然。歸美是僧，造塔心虔。朱提赤側，紛集輸捐。契刀五百，大布萬千。其三。乃度良材，大宋細桷。環立衆工，面勢審曲。或斧或鋸，或削或斫。鼉梁上拱，繡栭遐矚。其四。乃列崇階，層復一層。摶埴陶旊，操墁沸騰。南窯北窯，宜興長興。由磊歷落，築之登登。其五。欄檻久灰，茲堪憑眺。翠聳丹流，玉輝金耀。風鐸丁當，鐵輪繚繞。俯察仰觀，各臻奇妙。其六。擎天卓筆，文字之祥。高嶂然燈，祝歲豐穰。大同全盛，物阜民康。海邦鎮奠，億年無疆。其七。

嘉慶十有八年，歲次癸酉夏五月。

通俗文敘

《通俗文》一卷，據《顏氏家訓》以爲服虔造者，世間所題及殷仲堪也；以爲李虔者，阮孝緒也。《隋志》題云：『服虔撰。』《唐志》則云：『李虔續。』徐堅《初學記》亦引作李虔。《後漢書》服虔本傳則不列其目。《顏氏家訓》亦云虔既是漢人，其敘乃引蘇林、張揖。蘇、張皆是魏人。且鄭玄以前全不解反語，《通俗》反音甚爲近俗，竟不知誰制。鱣案：子慎與康成同時，而其年少幼，鄭注《春秋》，後與服遇，因其説多與己同，盡以與之，遂爲服氏注。反語始於魏孫炎，爲鄭之再傳弟子，安知不本於服，又安知非後人增加。如《唐志》所稱『李虔續《通俗文》』。

李適與服同名，俱未可知也。是書本謂之《通俗文字》，見《魏書·江式傳》。而他書引用並云『通俗文』者，猶《説文解字》僅言《説文》也。海昌陳鱣識於古夾谷之紫薇講舍。

明刻本列女傳跋

昔于中吴顧抱盅明經處見所藏宋本《列女傳》七卷，續一卷，乃建安余氏勤有堂所刻。每傳有圖，傳在圖之左右及下方，行字之數不畫一。有國初人跋云：『余藏《列女傳》古本有二，一得于吴門老儒錢功甫，一則亂後入燕，得于南城廢殿中。此則廢殿本也。近又簡吴中舊刻，頌後有贊，乃黄魯曾以己作竄入，與古文錯迕，讀者習而不察久矣。秦漢古書多爲今世庸妄人駁亂，其禍有甚於焚燎云云。』所謂吴中舊刻，即指此本也。乾隆六十年，抱盅以宋本重刊行世，行款悉仍其舊，洵推善本。其弟千里又參驗它書，綜覈同異，並補正傳寫脱誤，作考證一卷附後。惟以其畫像題之顧愷之者[二]，爲余氏補繪而削去，差爲可惜耳。嘉慶二年正月望日，海寧陳鱣記。

宋忠勇軍右進邊弟三指揮弟二都都虞候記考

曲阜東野敬修明經得宋官印于揚州舊城，安邑宋芝山學正釋之曰『忠勇軍司延邊事二指揮弟二都都虞候記』。江都江鄭堂文學作考，釋爲『司廷邊吏』，云『吏即使之省』，且據《宋史·兵志》：忠勇軍屬侍衛司，咸平五年，以易州兵能擒賊者，立『忠勇』之名，置指揮使，一隸禁軍，一守成都。『廷邊』者，以禁中爲廷，以成都爲邊。又疑此印是高宗南渡駐驛維揚倉卒時所鑄，以一人兼二指揮，兼二都都虞候，非常置也。明經頃過吴門，出此相示，因以厚價收之，更釋之曰『忠勇軍右進邊弟三指揮弟二都都虞候記』。考《宋史·職官志》，殿前司有都指揮使、副都指揮使、都虞侯各一人；又諸班有都都虞候、都指揮使之屬。蓋宋制每軍有指揮使自一、二，至數十不等，其下别爲都，每都有都虞候。此蓋忠勇軍右軍下弟三指揮下之弟二都都虞候，非若鄭堂所云一人兼二指揮、一人兼二都都虞候也。同里吴槎客明經得宋印，文云『拱聖下十都虞候朱記』，背刻『端拱二年四月鑄』；大興翁宜泉郎中得宋印，文云『壯勇弟一指揮弟五都朱記』，背刻『淳化四年九月鑄』，並可爲『弟三指揮』、『弟二都都虞侯』之左證。惟彼二印皆作『朱記』，此省『朱』字。鱣所見『恩州饒陽鎮酒税務記』，係大觀三年二月少府監鑄，亦無『朱』字。此印背無年月，疑爲人磋薄，止留一『上』字；又四旁亦遭磨損，故寸度不與《宋史·輿服志》合，其銖兩亦與他志不符，甚可惜耳。嘉慶十六年四月，陳鱣記。

書竹垞石藥爾雅跋後

近從吴中得袁氏貞節堂鈔本《石藥爾雅》二卷，復假得《道藏》本對勘一過，并録竹垞跋于後。其卷分上下者，蓋由《藏》本析之，非後人有所附益，故六篇之目與序相符。但此書自宜入道家類，或入醫家類，《經義考》編入擬經，而此跋云『鈔而入諸經部』，似屬未安。夫編書當視其全體，不當視其面貌。若跋所云，則近時周松靄大令嘗作《佛爾雅》，復將以之入諸經部，其可乎哉？至《道藏》中儘有儒書，爲彼所妄據，又不可以一概論也。同里吴槎客老人鑑別最精，持論甚允，頃聞購得此本，遺書借觀，因以商之，未識以爲然否？

石田手稿跋〔一〕

今世所傳《石田詩選〔三〕》十卷，華汝德編，分三十一類，最爲哤雜。考《千頃堂書目》云《石田詩集》三卷，又《耕石齋石田詩鈔〔四〕》十卷，俱未之見。此石田手稿四册，凡百八十四頁，起正統己巳二十三歲〔五〕，至成化癸卯五十七歲止，而晚年之作不與焉。展閱數過，皆得意疾書〔六〕，章章可誦。文徵仲嘗稱其詩但不經意寫出，意象俱新，可稱妙絶。一經改削，便不能佳。觀此益信。至於書法，與年俱進，臻入逸品。所謂初寫《蘭亭》，恰到好處。蓋其人品甚高，天資明敏，故事事極精，而清氣流行，超然塵埃之外。當時或以其詩爲畫所掩，究之畫不能掩其詩。吴原博之言，實定論也。是册向藏吴中繆氏賓宋樓，跋云：『逢此奇珍，得以時時展讀爲快。』今歸吾鄉蔣氏息誼草堂。惟望付梓以廣其傳〔七〕，豈不更快也歟？嘉慶廿一年五月望日勃海陳鱣跋〔八〕。

莎緑疏記

《詩》『終朝采緑』，鄭箋：『緑，易得之菜也。』《釋文》：『緑，《爾雅》作菉，音同。』按《爾雅》：『菉，王芻。』郭注：『菉，蓐也。今呼鴨腳沙。』鱣謂《詩》『采緑』與下『采藍』對言，蓋皆指染草，緑可以染緑，藍可以染藍也。吾鄉硤石附近水濱産莎緑，土人取以染布，名曰『刷緑』。每曉起，曝布山頭，望之如浮嵐暖翠。此布行之甚廣，蓋他處不能染此色，即《詩》所云『采緑』，《爾雅》所云『王芻』。邵校理《爾雅正義》謂藎草即王芻，不知藎草可以染黄，故《本草》又名『黄草』，而非染緑之菉也。

儒童倪竹谿甫原聘朱貞娥傳

貞娥海鹽人，乾隆甲午科舉人朱鐘赤幼女，許字海寧州學廩膳生員倪以魯長子綺。未冠，勤苦誦書致疾，以乾隆四十五年卒。娥時年二十，媒密訃朱氏父，戒勿使娥知。已而媒返倪氏聘物，娥始聞之，大慟，曰：『一線已持，終身不改。夫既不禄，惟相從於地下耳。』遂勺飲不入口，幾死者數矣。父母力爲勸解，則曰：『若不歸倪，仍歸一死。』倪氏憐而迎之。至則奉夫主，每日哭奠，慤盡婦禮。自後素衣疏食，登樓操衽，内言不出。倪氏故寒素，有匱乏，率資於娥十指所出。舅姑有疾，侍奉湯藥惟謹，或衣不解帶者累月，由是舅姑皆愛之重之。舅姑先後殁，娥哀慘動人，勉力佐理喪事；歲時祭祀，必先介婦備物以供。嘉慶十九年正月二十九日，娥卒，年五十四，遺屬曰：『未亡人偷生三十五年，兹得從夫於地下，幸矣。』宗黨皆爲感歎。嘗讀《曾子問》：『取女有吉日，而女死，如之何？孔子曰：「壻齊衰而弔，既葬而除之。夫死，亦如之。」』鄭注：『女服斬衰。』是未嫁而夫死，女當服斬衰往弔。既以斬衰往弔，設有過情者，死矢靡他，抑亦人情所不能止，聖人勿禁。而世之人往往以未婚守節爲非，饘曾撰《貞烈族九姑傳》，辨之甚詳。然未嫁而爲其夫死者，或出於一時憤烈。今娥之守貞全孝，數十年如一日，女也而婦道克盡，尤爲其難耳。故不僅以『貞女』稱，而尊之曰『貞娥』，蓋擬諸漢孝女曹娥也。《禮・雜記》云：『於殤稱陽童某甫，不名神也。』鄭注：『某甫，且字也，尊神不名，爲之造字。』蓋男子二十冠而字，綺尚未冠，小字曰『竹谿』，則無庸爲之造字，而稱『儒童倪竹谿甫原聘朱貞娥』也亦宜。

抱樸墓堂記〔九〕

古有家廟，無墓祠，或引《禮記・曾子問》載孔子曰『望墓而爲壇以時祭』，即墓祠之權輿。然考鄭注：『不祭于廟，無爵者賤，遠辟正主。』孔疏：『宗子雖有廟，在宗子之家。庶子無爵，不得就宗子之廟而祭，惟可望近所祭者之墓，以四時致祭。』則固非墓祠之謂。夫古不墓祭，何以祠爲？由周以來，間有墓祭。沿及六朝，遂置墓田丙舍。蓋春秋祭奠，或恐風雨不時，或慮飲福無地，乃爲祠焉是依，亦勢所當然。則禮緣義起，聖人未必非之。海鹽馬君應篪及其弟履常，少稟尊人抱璞居士家學，力敦古行。尊人既殁，即奉遺命營葬于白洋里之原，又築室于旁，安設栗主。不曰祠而曰墓堂者，遜辭也。今年春，介曹君問渠屬余作文以記。余慨夫世之舍本而務末也久矣，中人之家，葬且踰時，何論于祠？而有力者將營葬事，必先建祠，又惟外觀是耀，則且高其門閭，鏤其楹桷，縻金萬計。再傳而後，或且漸損，稍加修葺，亦以百計，苟無其資，任其傾頹，徒供人之浩歎。是墓祠之舉，反以爲累。馬氏則止求其安而且固，不誇美奂，不尚崇隆，曲體先人『抱璞』之意。且也終身孺慕，兄弟雍雍，雖不遇祭祀，每相與彳亍松楸，仰瞻廟貌肅然，必有聞乎其容聲。旁人見之，當亦有感發而興起者乎！彼奢華靡麗者，徒事其末，而此樸素渾堅者，乃敦其本耳。余之言不文，奚足爲斯堂增重？而道其實事，並非膚詞貢諛，庶幾合乎抱樸墓堂之『樸』而已。嘉慶庚午冬十有一月既望。

東山樓詩集序

詩之爲道，不外乎一真。六經無『真』字，真即誠也。《中庸》有言：『誠者，物之終始，不誠無物。』《詩》三百篇，半出於野人游女，豈嘗執筆學爲如此之詩？而温柔敦厚之旨，時流露於長言詠歎之中。先王以《詩》教天下，自宗廟會同飲射，莫不用《詩》爲登歌。漢以之立學，唐以之設科。至哉！誠之能感人歟。自舉世相率爲制義，而詩教漸湮；稍有肄業及之者，不桐石，見其手輯《硤川詩鈔》，著誠去僞，闡微顯幽。余既爲序之矣，復示其所刊刻《東山樓詩集》八卷，余讀之而擊節欣賞曰：『夫是之謂真詩，必傳於後無疑。』蓋桐石本世家，食舊德之名氏，誦先人之清芬，素性孝友，尚氣節，與世之希榮慕利者異趨。既已文不得志於有司，乃以著述自娛，而尤肆力於詩，上泝兩漢，下探三唐，設教於東山之間，吟哦朝夕。其爲人也，既樸誠恬澹；其爲詩也，益篤實精深。夫吾鄉夙以文獻重海内，今得桐石以振興之，將見邦之子弟宗之師之，庶幾正始元音可以復作。然則桐石之詩固非聊以自娱，當必家絃户誦，修其業，行其道，而大昌明于世乎！猥蒙不棄，問序於余。方屬草稿未就，適桐石造余果園，見新疊假山，指而稱賞。頃之，步至谿山雲樹間，則眉飛色舞，而置假山於不論。蓋此間實據西山之勝，區區疊石，何能抗衡？夫乃歎誠僞之所由分。向之論詩不外乎一真，而桐石詩之真而可傳，亦猶是耳。因足成爲《東山樓詩集序》。壬申四月七日。

宋文信國鐵印記

宋信國公文丞相諱二字，鐵鑄，候官農人野田中耕出，歸一老儒。予入閩時，欲以金易之，執不可。復增以多金，執如故。予門人陳濬告予曰：『此老儒負郭田也，詎肯易？老儒得此印，凡家有疫祟或瘧者，持此往鎮之輒愈。得厚償。後請者紛紛，或途遠，老儒不能往，印一紙給之，傳黏於户，或病者額頭上，亦輒愈。每紙定價一星。老儒負郭田，那肯易。』予于是不忍復言，買得數紙歸。此印不知何時遺田間，其在厓山兵敗走安南時邪？丞相死柴市，張千載自燕山持丞相髮與齒歸。此丞相所謂『蘇武節，嚴將軍頭，嵇侍中血，張睢陽齒，顏常山舌』也。嗟夫！此亦丞相之髮齒也。鬼神那得不欽？後來得印者輒不靈，異哉！嘉慶十二年夏日，偶遊吴市，見賣煙草者佩此鐵印，詢之，云從故鄉福州城外拾得。審眎，知爲信國公印，亟購之歸，藏向山閣，并囑張質民文學手録周元亮《印人傳》語鐫之於櫝以爲左證。海寧陳鱣識。

右文信國鐵鑄名諱硃印，本陽文二字，海昌陳仲魚孝廉藏器印，儲以匣。孝廉作記，鐫於匣之四圍。最後歸六舟上人。壬子秋，薄遊湖上訪六舟於淨慈寺，上人出印陳几拜觀，對之凜凜如讀一篇《正氣歌》也。頑鐵無知，遂與忠孝之名並傳不朽，亦何幸歟？録嘉興鮑昌熙摩《金石屑》第一册，印重一兩八錢一分曹秤。道光五年五月海昌葛淬南明經繼常誌。

梅里陳孝子歌〔一〇〕

《本草》人肉可療瘵，語出自唐陳藏器。由是爲親療疾者，間或刲股垂載記。唯獨昌黎對鄠人，毁傷支體爲害義。抑思人臣盡厥忠，乃有納肝漆身事。雖曰聖賢未必然，世亦罕聞共譏議。自來忠孝本同原，豈視君親有二致。昌黎論蓋謂朝廷，不當旌門以表異。匹夫行孝豈望褒，公論昭彰難没志。梅會里中陳孝子，壽齡其名未有字。早年失怙歎長貧，奉養二母靡弗至。嫡母遘疾勢垂危，黽勉求醫莫能治。願以身代將股刲，股肉一片隨刀墜。急持啗母病遂瘳，子創亦合無不利。事親若此固已難，非其所出尤非易。幸得同里李孝廉，大書特書爲傳識。我今據實作斯歌，因之闡發前賢意。嘉慶二十年冬十有一月海寧陳鱣題于紫薇講舍。

吾儕破萬卷，所學果何事？事親苟未誠，行誼終不粹。梅里有陳君，天性獨懇摯。子立悲煢煢，失怙方幼稚。幸有兩母賢，鞠育均勞瘁。甘蔗雖旁生，銀鹿恩無二。貿遷營潔白，色養能承志。嫡母忽抱疴，呻吟漸困憊。營救窮禱祈，試方竭藥餌。晨夕長哀號，呼天願生代。持刀刲左股，模糊血肉墜。煎湯奉阿母，服之病即瘥。母氏享遐齡，真誠獲天賜。從此庭闈間，怡融樂歡侍。嫡母與生母，不以毛裏異。非惟孝獨純，抑且明大義。庶幾薄俗流，聞斯得勉勵。毀身即全身，慎勿肆譏議。丙戌冬日海昌似園金家亨拜題。

刲股療親非中庸，昔賢之議詳且至。而況非真所自生，義則無分情或殺。梅會里有陳孝子，呱呱失怙甫周晬。生母沈，嫡母鄭，蛩駏相依若姊妹。嘉慶己巳八月之秋，嫡母病危醫弗瘳，生母日夜心焦憂。欲以身代，禱天叩頭。孝子一見私自籌，一母死，兩母休。竊聞人肉可療病，曷弗刲之和藥進。以刀刺股血肉飛，初不覺痛呼其妻。速奉阿母，毋令生母知。須臾痛絶聲如嘶。甦乃急趍視力，已聞病母食粥生母顔色怡。回視創處亦已平如夷。至誠所感理如斯。區區一塊肉，能令嫡母强健如平時，生母仍得常相依。以情合義兩得之，就令昌黎復出亦不議其非。乙酉七月三日吴江葉樹枚題。

送秦廉訪小峴師入都

四年澤國慶安流，保障經營協睿籌。開府元鄰兼節使，備兵欲動五諸侯。夔龍事業知非遠，湖海襟懷豈易酬。自愧宣公門下士，荒田何日一莊收。每因鄉校問新坂，鱣居在黄岡之東，公屢約見過。按《南史·顧越傳〔一二〕》：『所居新坂黄岡，世有鄉校。』忽漫城陰送曉珂。江岸驪歌尤繚繞，津亭柳影更婆娑。熟知懷袖清風滿，預想家庭樂事多。玉鑑當空園寄暢，許陪絲竹醉金波。

兔牀尊伯枉過草堂以所著尺苑并覃谿學士寄詩及建武銅尺拓本見示率賦一律呈教

郖居僻徑滿蒿蓬，忽漫經過鶴髮翁。銅尺考詳欽遠道，金鉤對喜發蒙童。時小孫侍立，因以『銅尺』命對，即應聲曰『金鉤』，頗蒙奬賞。論交迴出尋常外，銘感長存方寸中。把臂尚堪娱晚景，黄華籬畔映丹楓。郭海陳鱣稾。

和周松靄大令梅花四首録奉槎客先生筆正時先生將往白嶽兼以贈别河莊陳鱣草

前身應是玉堂僊，修到清閒豈偶然。一味瘦還甘自笑，十分寒不受人〔一三〕。春愁漠漠常停雪，夜色蒙蒙欲化煙。兀坐茅齋頻展卷，賴它高格伴窗邊。

看徧山間與水涯，不知地著繁華〔一三〕。香飄十里尋詩路，冷占孤邨賣酒家。林下正思招野鶴，枝頭忽聽桌寒鴉。傷心莫謂酸涼甚，壓到名園無數花。

生涯冷淡剩吾曹，好向疏籬引濁醪。及記時英標爾雅，不隨香草入離騷。青山有約從人賞，白首多情爲爾搔。飽歷冰霜驚歲晚，嶺南才放一枝高。

天公既與出塵姿，何事開來故故遲。一片冷雲愁獨卧，三更斜月寄相思。影隨流水交人淡，香隔深山世罕知。傲骨支持原有待，東風吹轉豔時〔一四〕。

題曾波臣畫醉别圖

曾波臣，爾本嵚嶙歷落人。江湖飄泊干戈際，但逢佳士必寫真。此圖不識爲誰狀，題字兩行箸程尚。醉别情摹太白詩，抱琴客去還相望。憶昔崇禎辛未年，四方擾攘多烽煙。儒生掉臂竟無補，不如沈醉閣高瞑。畫手傳神在阿堵，向背往來吾與汝。流傳兵火幾相尋，百五十春寒食雨。昨朝得自梧桐鄉，攜歸縣置書齋旁。良朋一見急相賞，舟歌古調聲慨慷。波臣波臣，爾畫斯人無俗筆，畫得題詩畫意出。可憐後世有知音，令我據圖三太息。

程孝子

君不見萊子婆娑年七十，身著斑衣戲親側。又不見蔡順毛葚甘如蜜，赤眉感動心悽惻。奇行矯矯百夫特，何如純孝稱庸德。維公系自伊洛出，理學淵源堪紹述。孺慕終身志願畢，承歡竭力無虧職。處常晨夕供香飶，臨變倉皇赴親急。摧鋒横暴走喘息，須臾脱險遠蛾賊。遭家不造怙恃失，入靡至兮出啣恤。牛眠馬鬣崇幽室，祭豐養薄嗟何及。自義率祖籌胸臆，水源木本情無極。春秋霜露祀不忒，閟宫枚實歌有侐。膏腴三百紓徭力，存新散舊資用給。友于亦從至性得，分産不讓漢卜式。敦本贍族鄙吝嗇，豈若壺飧有德色。聖朝教孝徧萬國，表厥宅里惟其實。發潛闡幽風化亟，天子曰咨宜降敕。綽楔峩峩嵐翠集，雕楹繡棟鳥斯革。我公懿範千秋則，子孫孝享世蠲吉。典策他年書不一，更看太史如椽筆。

題朱超宗姊丈埍小照

夏日讀書樂，欣然慕祖功。池荷香冉冉，澗松青濛濛。鳴鶴起天半，子和聲相同。會當理瑶琴，一曲來薰風。

題十卷本宋刻爾雅疏五硯樓主人袁壽階所藏，此外，士禮居黄氏亦有宋刻十卷本。

好留漬墨更磨丹，爾雅蟲魚手自刊。爲言江夏無雙士，東郭西郊并二難。謂兩家各藏《爾雅疏》，蕘圃居東城，壽階居楓橋也。

校勘記

〔一〕『顧愷之』，費寅輯本無。

〔二〕『石田手稿跋』，費寅輯本作『沈石田先生詩稿跋後』，王欣夫輯本作『沈石田詩稿』。標題後，費寅輯本有小字『蔣氏衍芬草堂藏本』，王欣夫輯本有小字『墨跡本』。

〔三〕『選』，費寅輯本作『稿』。

〔四〕費寅輯本、王欣夫輯本無『石田』二字。

〔五〕『二十』，費寅輯本、王欣夫輯本作『廿』。

〔六〕此下，費寅輯本、王欣夫輯本有『不加點竄』四字。

〔七〕『惟望』，費寅輯本。王欣夫輯本作『倘』；『付』，王欣夫輯本作『得』。

〔八〕此句原闕，據費寅輯本、王欣夫輯本補。

〔九〕『墓堂』，原互乙，據下文乙正。

〔一〇〕此首原位於《硤石東山重建智標塔碑》及《通俗文敘》之間，因此爲詩，與彼處爲文章不類，改隸於此。

〔一一〕『越』，原作『悦』，據《南史》卷七十一改。

〔一二〕此句有闕字。

〔一三〕此句有闕字。

〔一四〕此句有闕字。

簡莊文鈔補輯

［清］陳鱣 著
費寅 輯

序

羊辛楣先生刊《簡莊文鈔》六卷，復輯《文鈔續編》二卷於後。仲魚徵君之遺文，可云大備。惟是故書手跋，覩記所及，妄思補輯。數年以來，留儲行篋，懼其久而散佚，先付校印，更俟博文廣見有所增益之耳。後學費寅謹記。

簡莊文鈔補輯

周禮句解跋[一] 蔣氏衍芬草堂藏本[二]

《周禮句解》十二卷，宋朱申撰。申爵未詳。首題『魯齋朱申周翰』。考李心傳《道命録》有淳祐十一年朝散大夫知江州軍州兼管内勸農營田事新安朱申序，或即其人。又《江西通志》有朱申字繼宣，宋太學生，與此字周翰不同，或别是一人[三]。此本爲有明成化四年西安郡守孫世榮重刊[四]，陝西按察司簽事臨川任福序[五]。《經義考》所載有陳儒序，云：『檄淮守蔡揚金刊之。』儒於嘉靖間官户部主事，則此刻在前矣。申著是書，逐句詮釋，根據注疏，尚屬簡要。較其著《孝經句解》之淺陋，大相縣殊。《通志堂經解》刻《孝經句解》而反遺此，何舍精而取粗耶？陳鱣記。

繆篆分韻序[六] 姚氏咫進齋重刊本[七]

漢人摹印，雜參隸法。其尤異者，若『泉』旁加『水』、『國』内從『王』，不獨『皋』爲『四』下之『羊』、『伏』作外向之『犬』也。然存此一體，亦見六書之流變，要當與籀篆分别觀焉。桂未谷廣文創爲是書有年矣，收羅極其博，考據極其精。今開雕京師，余爲補摹篆文而校正之，因書其略。己酉秋七月海寧陳鱣。

博古圖録考正跋〔八〕蔣氏衍芬草堂藏本〔九〕

遂州鄭氏所臨宣和縮本，其鉤勒之精，書法之妙，摹刻之工〔一〇〕，楮墨之佳，極盡造化之能，絲毫無遺憾焉，可謂能事畢矣。是書一出，則宣和本、至大重修本皆不足道也。明牕净几，鎮日把玩，真令人神往。此書雖非宋元秘本，海内藏書家亦不多見，余得之都中，出白金二十易之歸，似獲珍璧，晨夕相對，可作三代益友，其樂何如也！宜善寶之。嘉慶十三年歲次戊辰秋八月題於向山閣，勃海陳鱣。

國朝名臣事略跋〔一一〕張氏適園藏本〔一二〕

嘉慶十二年春二月，余在吴中，蕘圃黄君以《名臣事略》寫本十五卷見贈。其所藏全者有兩部，此其一也。越半年，復見其案頭有手校惠紅豆所鈔殘本七卷，而以周香巖藏刻本補鈔八卷者〔一三〕。因亟借歸寓所對勘一過，知惠鈔殘本所闕者，此本亦闕，所誤者此本亦誤。至第二卷既闕二葉，又第九卷闕一葉，第十卷闕六葉〔一四〕。又闕許序三葉、王序一葉，計前後共闕十二葉〔一五〕。而脱句誤字，尤不可勝數。即如開卷書名本題『國朝名臣事略』，而鈔本盡作『元朝』，明係後人改竄。是書不校，大失本來面目矣。蕘翁原跋，今并録之。海寧陳鱣記。

古列女傳跋蔣氏衍芬草堂藏本

（文已見前。）

鶴林玉露跋袁氏五硯樓舊藏宋本

羅大經《鶴林玉露》，不載於《通考·經籍志》及《宋史·藝文志》。據趙清常跋云：『《説郛》載有三十卷，分甲乙丙三集。』今本僅十六卷，後附補遺二十條，已非復元本之舊。《述古堂書目》載有二十四則，并明謝天瑞所補八卷也。按大經字景綸，廬陵人，曾官容州法曹。其書多記文評詩話，以及朝章典故。或謂其體例在詩話語録之間。詳於議論，而略於考證，豈其然乎？舊刻流傳絶少，此係明神廟時刻本，款式尚屬古雅。前敘及補遺、後敘之末，有黄筆題識云：『蒿廬居士手校。』『校』字避諱作『較』，疑爲明人之筆。惜所校猶未盡善。今以《稗海》本互勘，多所補正。惟《稗海》本每條不標題，未若斯本之有眉目耳。第四卷中『山静日長』一則，首引唐子西詩二句。已下俱景綸之詞，故有『或艸《玉露》一兩段』語。近日書此則者，删去首句之『詩云』，而竟目之曰唐子西《山居篇》，流俗相傳，可發一笑。嘉慶十六年春正月既望海寧陳鱣記。

物類相感志跋[一六] 張氏適園藏本[一七]

釋贊寧《物類相感志》十八卷，嘉靖時句吴姚舜咨從友人借得傳録者[一八]。眉公祕笈所刻上部[一九]，此乃足本也。考晁昭德《讀書後志》作十卷，《文獻通考》同。則此十八卷，殆後人所分歟？《後志》稱贊寧吴人，以博物稱于世。柳如京、徐騎省與之遊，或質疑事[二〇]。楊文公、歐陽文忠公亦皆知其名。又王禹偁撰《通慧大師文集序》[二一]：『文穆王時，大師聲望日隆，文學益茂。時錢氏公族與大師以文義切磋，浙中大夫以詩什唱和云云[二二]。』又按《十國春秋》，贊寧本姓高氏，其先勃海人。隋末徙居德清縣。寶正中，舍身杭州靈隱寺爲僧。已而入天台山受具足戒，習四分律，通南山著述毘尼，時人謂之律虎。遂署監壇。又爲兩浙僧統。太平興國三年，忠懿王入宋，贊寧奉舍利真身塔以朝。太宗聞其名，召對滋福殿，賜紫方袍，尋賜號曰『通慧』。纂《高僧傳》三十卷、《内典集》一百五十卷、《外學集》四十九卷。聽歸杭州舊寺。咸平元年，充右街僧録，年八十餘卒，謚曰『圓明大師』，葬龍井。贊寧又著《通論》，有駁董仲舒、難王充[二三]，斥顔師古，證蔡邕，非《史通》等説，及《筍譜》《物類相感志》諸書。按贊寧所著，今惟《高僧傳》《筍譜》及《物類相感志》尚存，然《物類相感志》世人多以爲僞，一則流俗本不全[二四]，疑爲後人摭拾；一則有『東坡』二字，疑爲後人妄托。細玩全書，疏證詳明，有條不紊，似非僞書。其『東坡』之字，或坊刻所加，以博流通。且安知非贊寧亦號『東坡』乎？其目録結銜稱『兩府僧統』，當是作于吴越國時，未入宋以前。贊寧爲吾浙名僧，又出勃海高氏。向藏是書係祕笈本，每病其不全，今從鮑氏知不足齋影摹姚氏茶夢庵舊本裝潢成册，晴窗展玩〔二五〕，眼目爲之一新，因書原委于後。嘉慶十五年十一月望日，海寧陳鱣記。

蘆浦筆記跋〔二六〕北平圖書館藏本〔二七〕

余于乾隆四十七年正月從鮑君渌飲借《蘆浦筆記》觀于小桐谿館，命門人傳録一本，手自勘正。後十餘年，渌飲又得舊本，校讎數過〔二八〕，刻入《知不足齋叢書》，世稱善本。今年九月過吴門，適黄君蕘圃獲見舊鈔，並以其向藏穴硯齋抄本合校于吴君枚庵舊鈔本上〔二九〕。枚庵復跋之，而歸諸余。余亟以鮑刻重勘，正誤甚多。既補第五卷所闕之九行，又補得劉昌詩後跋一篇。計是書先後三十年，歷經名家，屢有補正。惜渌飲已不及見是本，猶幸余與枚庵、蕘圃之得見也。嘉慶十九年九月十日陳鱣記〔三〇〕。

重光赤奮若河莊陳鱣從知不足齋本校於武原寓館。

楊鐵崖文集跋〔三一〕蔣氏衍芬草堂藏本〔三二〕

《鐵崖文集》五卷，弘治十四年彬陽馮執之允中刻於揚州。前有允中敘，後有朱昱跋，卷末題一行云『姑蘇楊鳳書於揚州之正誼書院』。字畫甚精，近流傳頗少。是本又有志學識云：

『歸震川先生評校三次〔三三〕，後人讀此書，當惜前人一段苦工，幸寶重之。』志學不知何時人？錢辛楣詹事亦曾閱過，見其所著日記。嘉慶十年冬十月，從吴市購得，洵一幸事也。勃海陳鱣識。

沈石田先生詩稿跋後 蔣氏衍芬草堂藏本

（文已見前。）

題茗齋百花詩後〔三四〕 張氏渭漁藏本〔三五〕

昔偕目耕長者訪兔牀先生。適先生近製有『玉簪香處是黄昏』句，予戲目之曰『吴玉簪』。因論及前人詠玉簪諸作〔三六〕，惟彭羿仲《茗齋百花詩》中一首爲最工〔三七〕，即檢出鈔本奉閱。蓋予室人幼時手筆也。先生題詩二絶云：『江左風流繼玉臺，天教管領百花開。從今不倩江郎筆，爲有仙人寫韻來。』『三徑荒煙歲月徂，琴臺猶有落花無。百年遺稿傳巾幗，畢竟彭郎賴小姑。』後於敝簏中復得此刊本，遂急付裝訂，用供先生鑒藏，亦系之以小詩二絶云：『百花吟自彭金粟，遺稿應歸吴玉簪。挂劍還憐三徑友，延陵終古有知音〔三八〕。』『婢作夫人態亦癡，徒勞稱賞更題詩。何妨一借簪花格，再寫當年幼婦辭。』時歲在閼逢敦牂中秋之月勃海陳鱣仲魚題於滄浪吟舍。

清暉齋詩鈔序費氏自怡草堂藏本

（文已見前。）

跋摭韻後海昌陳氏藏本

《摭韻》亦謂之《攢筆録》，當時秀水朱笛漁先生偕吴興蔡懶人、展武沈南渟二公客牕合輯。笛漁手書世稱寶祕，近不可得矣。惟山月翁出示真跡，平聲起四支松棋，終十五咸蘗纔。借閲十日，鈔録成編。字雖太拙，以俟大君擅書作楷，藏之名山，子孫永寶。嘉慶戊午長夏，海昌陳鱣識。

素娟女兄刺繡之餘，恒工韻府。壬戌之秋七月既望，于歸小桐谿朱氏，購得仲魚師鈔本，而求西畯先生草稿，即書補遺。每當良辰美景，試一披覽，豈不快然自足？古鹽官陳受采白山氏記。

跋唐才子傳〔三九〕管氏芷湘老人藏本〔四〇〕

日本國所出佚存叢書中，有《唐才子傳》十卷，視《永樂大典》所收較爲完整。蕭山陸君芝榮付之剞劂，並作《考異》一卷。又有王進士敘、汪主事之跋，於是書多所發明。展閲數過，間有鄙見所及，出於各家之外者，標題卷中，不下數十事，益信主事所云『文房采擷群書，連綴成篇，未及詳檢耳』。時余方校計敏夫《唐詩紀事》，因類及焉。嘉慶十五年正月既望海寧陳鱣記。芬案：王進士名宗炎，汪主事名繼培，俱蕭山人。

陳少陽書草跋嘉興沈銘彝藏本

《堅瓠祕集》云：『祝枝山刻陳少陽書草於鎮江郡庠，其書言三事，一留李文定而黜汪、黄；一乞下罪己之詔，亟罪不進兵之將；一請勿幸金陵。此書上，少陽即日被禍，而所刻乃其稿草也。少陽當時不聞以書名，然處呼吸震蕩、并命殉國時，而精神如常，揮筆不懾，非臨庢撒手漢，豈易辦此？而京兆特爲鐫播，又豈徒玩其點畫哉！』鱣觀京兆跋語，乃第三書草，且石刻在鎮江郡學，而太學生孫育思和取拓本摹入木刻，則非京兆鐫播。嘉慶九年六月，鱣記。

跋曹能始詩卷有崇禎癸酉徐興公題

石倉先生文章、氣節，與黄石齋先生並照千春，可稱八閩二石。此自書詩卷，情致盎然，令人展玩不置。徐興公跋謂『齒滿六旬，而書尤蒼古』，杜荼邨則云『初年書』，想約略言之耶！嘉慶十三年五月，鱣記。此條見沈竹岑銘彝筆記中。

顧升蔬果卷跋蔣氏後别下齋藏本

錢唐顧升山，生有文在手曰『升』，遂以名之，字隅東，工山水人物。余所見者，山水立幅居多，夢華上舍以此蔬果卷相示，其落墨高簡，不減白陽、青藤。《畫徵録》但言其與董旭並以大人物名，淺之乎目升山矣。向爲冬心居士珍藏，樊榭題《河傳》十五闋，各體俱佳，而集中不載，可見其芟存之嚴謹。尺鳧詩筆流傳者頗少，斯作亦極其精雅，均宜爲吾鄉典型，固宜慎守寶之。嘉慶癸酉七夕，陳鱣識。

費按：顧升，原名峒，字隅東，仁和人，工書畫，康熙時供奉南齋。

天香録序

吾州與嘉興縣接壤，自峽石分界，北去二十里曰王店，爲嘉興四鎮之一，亦名梅里。水木清華，人煙稠密，自李、朱二氏提唱風雅，遂爲人文之藪。吾友李君慶伯，食舊誦芬，富于著作，暇日輯《天香録》十二卷，搜羅文獻，揚榷土風。自序云：『猶夫日記隨筆，非志乘體例。』自余觀之，殆可方駕《洛陽記》《中吴紀聞》等書歟！王店者，相傳爲石晉時鎮遏使王逵居此，因名。然其時秀州軍本屬吴越國，自黄巢之亂，杭州既建八都，又析爲十三都，餘杭吴公約爲十三都之一，以功署西街鎮遏使，改硤石爲訓兵所。乾寧四年，公約卒于峽石私第，詳見羅隱所譔《吴尚書碑》。王店距峽石不遠，凡地之有鎮將者僃鎮，逵爲鎮將，當在其時，故名王店鎮。逵葬峽石紫微山後，《峽川舊志》云『後晉工部尚書王逵墓』，則逵曾任尚書，猶之公約之爲吴尚書；但不當繫之石晉時，蓋吴越國後雖臣服石晉，然鎮遏使之設尚在唐乾寧以前，則固宜稱唐時王逵，而王店之名實始于有唐矣。抑更有説焉，士君子坐論古今，凡載筆記言，皆可見諸行事，而後爲有用之學。録中特詳載粥廠一條，有關于國計民生不淺。則是書也，非獨一鄉不可少之書，更足備天下郡國掌故之書，其必傳于後何疑哉！　海寧陳鱣譔。

校勘記

〔一〕『周禮句解跋』，王欣夫輯本作『增詳音訓周禮句解十二卷』。

〔二〕『蔣氏衍芬草堂藏本』，王欣夫輯本作『明成化刊本』。

〔三〕『或』，原跋作『恐』。

〔四〕『刊』，原跋作『刻』。

〔五〕『任』，原跋王欣夫輯本作『伍』。

〔六〕『繆篆分韻序』，王欣夫輯本作『跋繆篆分韻』。

〔七〕『姚氏咫進齋重刊本』，王欣夫輯本無。

〔八〕『跋』，王欣夫輯本作『三十卷』。

〔九〕『蔣氏衍芬草堂藏本』，王欣夫輯本作『明萬曆刊本』。

〔一〇〕『刻』，王欣夫輯本作『刊』。

〔一一〕『跋』，王欣夫輯本作『十五卷』。

〔一二〕『張氏適園藏本』，王欣夫輯本作『校鈔本』。

〔一三〕『藏』下，原跋有『元』字。

〔一四〕『十』下，王欣夫輯本有『一』字。

〔一五〕『二』，當作『三』。

〔一六〕『物』上，王欣夫輯本有『東坡先生』四字。『跋』，王欣夫輯本作『十八卷。』

〔一七〕『張氏適園藏本』，王欣夫輯本作『鈔本』。

〔一八〕『嘉靖』上，王欣夫輯本有『明』字。

〔一九〕『上部』，原跋作『止半』。

〔二〇〕『或』下，王欣夫輯本有『就』字。

〔二一〕『序』下，原跋有『云』字。

〔二二〕『中』下，王欣夫輯本有『士』字。

〔二三〕『難』原闕，據原跋、王欣夫輯本補。

〔二四〕『本』，原闕，據王欣夫輯本補。

〔二五〕『晴』，原跋、王欣夫輯本作『寒』。『玩』，原跋作『閲』。

〔二六〕『跋』，王欣夫輯本作『十卷。』

〔二七〕『北平圖書館藏本』，王欣夫輯本作『鈔本』。

〔二八〕『校』，原闕，據原跋補。
〔二九〕『舊』，王欣夫輯本無『上』，原闕，據原跋補。
〔三〇〕『十九年九月』，王欣夫輯本作『九年正月』。『十日』，原跋作『十一日』。
〔三一〕『跋』，王欣夫輯本作『五卷』。
〔三二〕『蔣氏衍芬草堂藏本』，王欣夫輯本作『明弘治刊本』。
〔三三〕『評』，王欣夫輯本作『詳』。
〔三四〕『題茗』，王欣夫輯本作『芸』。『後』，王欣夫輯本作『二卷』。
〔三五〕『張氏渭漁藏本』，王欣夫輯本作『刻本』。
〔三六〕『諸』，王欣夫輯本作『之』。
〔三七〕『仲』，王欣夫輯本作『仁』。
〔三八〕『陵』，王欣夫輯本作『隊』。
〔三九〕『跋唐才子傳』，王欣夫輯本作『唐才子傳十卷』。
〔四〇〕『管氏芷湘老人藏本』，王欣夫輯本作『刻本』。

簡莊詩文鈔補遺

[清]陳鱣 著
王欣夫 輯

序

仲魚《簡莊綴文》六卷，編定於嘉慶十年，時五十三歲。十二年，段茂堂序之，故云『仲魚年才五十許，所進蓋未可量也』。其卒在二十二年。此十二年之作，必被苕估捆載而失之矣。光緒十二年，羊復禮重刻《綴文》於粤東，易名《文鈔》，而別輯遺文爲續編二卷。余嘗得而讀之，尤愛其序跋各篇，考據精覈，不在潛研堂下。平日瀏覽所及，得未刻題跋數十篇。又於謝啟昆《小學考》、王德浩《峽川續志》各得散文若干篇，因合編爲補遺上下卷，以俟他日有合刊者。仲魚遺著未刊者尚多，余先後得《禮記參訂》十六卷、《爾雅舊注》三卷、《埤倉》《聲類》輯本各一卷、《恒言廣證》六卷。又於鄧丈正闇處見《詩人考》三卷。今惟《恒言廣證》有印本。至《簡莊隨筆》，係摘録錢牧齋題跋，非其自著。繆荃孫不辨而刻入《煙畫東堂小品》。又於嘉業堂見翁覃溪《詩境筆記》手稿，中有仲魚著述一目，兹附録備考。所纂《説文正義》，竭數十年精力者。曾見張叔未筆記手稿云：『陳仲魚同年一生勤學，其用功尤在許南閣一書。』朱履伯云：『乙亥、丙子兩年，寓居峽石，日取舊時所著《説文正義》盡情改勘，日課數字。遇客至，少輟，夜必燒燈以補，雖咳作不止。至第十一卷，脱稿，病劇不能舉筆，今此書尚未斷手。可痛可痛。』知其螢窗雪案，老學不倦。其書雖未完成，今並殘稿亦不知飄零何處，惜哉！又仲魚始以圖象鐫之石章，鈐所藏書首。後來多有效之者，書林傳爲佳話。公元一九六六年二月吴縣王欣夫識。

簡莊詩文鈔補遺卷一

笙鏞以間解

『笙鏞以間』，蔡沈所引葉説乃攘襲鄭司農《儀禮注》而没其名也。《儀禮》宿縣之制，能參以《尚書》《周禮》《毛詩》《左傳》諸書詳考之否？

『笙鏞以間』，鄭康成注云：『東方之樂謂之笙。笙，生也，東方生長之方，故名樂爲笙也。西方之樂謂之庸。庸，功也，西方物熟有成功，亦謂之頌。頌，亦是頌其成也。以間者，堂上、堂下間代而作。』注見《周禮・大司樂》疏。按《儀禮・大射儀》云：『樂人宿縣于阼階東，笙磬西面，其南笙鍾。』鄭彼注云：『笙，猶生也。東爲陽中，萬物以生。《春秋傳》曰：「太簇，所以金奏，贊陽出滯；姑洗，所以修絜百物，考神内賓。」是以東方鐘磬謂之笙。』『西階之西頌磬，其南鐘』，注云：『言成功曰頌。西爲陰中，萬物之所成。《春秋傳》曰：「夷則所以詠歌九則，平民無忒。無射，所以宣布哲人之令德，示民軌義。」是以西方鐘磬謂之頌。鐘不言頌，省文也，古文「頌」爲「庸」。』是則此所謂『庸』，即彼西階西之頌磬、頌鐘。『庸』『頌』聲同通用，故曰『亦謂之頌』。又《周禮》眡瞭職云『擊頌磬笙磬』，鄭注云：『磬在東方曰笙。笙，生也。在西方曰頌，頌或作庸。庸，功也。』鄭注《尚書》與《周禮》《儀禮》並同也。《説文》：『頌，皃也。』借爲『雅頌』字。《詩序》云：『頌者，美盛德之形。頌，以其成功告于神明者也。』是頌乃形容其成功也。『以間』者，謂鐘磬與堂上樂間代而作，猶《鄉飲酒禮》及《燕禮》間歌之『間』也。自東晉所得《孔傳》改『庸』爲『鏞』，解云：『鏞，大鐘也。間，迭也，吹笙擊鐘。』于是説《書》者皆以『笙』爲《禮記》『調竽笙』之『笙』，『庸』爲《毛詩傳》『鏞大鐘』之『鏞』矣。按堂下之樂，鐘、磬或舉以互見則可，若笙、鏞對舉，毋乃細大不倫！或引間歌用笙，則鏞又何涉爲？若鄭注『東方鐘磬謂之笙』、『西方鐘磬謂之庸』，一言笙庸，而東西階樂器畢舉之爲得哉！若葉氏謂『鐘與笙相應者曰笙鐘，與歌相應者曰頌鐘，頌或謂之鏞，《詩》「賁鼓維鏞」是也。』引《大射儀》『樂人宿縣』之制，謂頌鐘即鏞鐘。是不惟攘鄭君《禮注》而没其名，并失鄭君之指矣。

宗廟會同解

宗廟會同是否天子之禮？公西華願爲相，相天子耶？相諸侯耶？

『宗廟會同，非諸侯而何？』孔注：『明皆諸侯之事。』然則當日乃指諸侯之事言，非以赤即爲諸侯也。案相天子之宗廟乃大宗伯之職，小宗伯佐之。《周禮·大宗伯》云：『治其大禮，詔相王之大禮。』鄭注：『豫簡習大禮，至祭，當以詔相王。』賈疏：『謂未至之時詔告之，及其行事，則又相之。』《小宗伯》云：『詔相祭祀之小禮。凡大禮，佐大宗伯。』此與諸侯無涉。至若相天子之會同，則大宗伯爲上擯，《周禮》：『朝覲會同，則爲上相。』鄭注：『相，詔王禮。』是也。肆師及小行人爲丞擯，一佐大朝，一將幣于四時常朝；至末擯則司空之屬嗇夫爲之，見《覲禮》，又與諸侯無涉。説者因《詩》『相維辟公』，遂以相宗廟爲諸侯，不知此乃助祭者之相，非詔禮者之相。又以《僖二十八年·傳》『鄭伯傅王，用平禮也』，杜注：『傅，相也。』遂以相會同爲諸侯，不知《傳》言『用平禮』，則東遷以前未必然可知。若宣十六年，定王享士會，原襄公相禮。襄公，周大夫，豈屬五等諸侯哉？『赤願爲相』，乃相諸侯宗廟之小相，若《魯語》所稱『宗有司者』，不敢如《左傳》所云『夏父弗忌爲宗伯』、《魯語》所云『宗人夏父展』、《祭統》所云『大宗執璋瓚亞祼』也。會同之小相，若承擯、紹擯、次介、末介之大夫，士不敢居；上擯，上介之卿也。

爾雅集解自敘

漢時注《爾雅》者，曰犍爲文學，曰劉歆，曰樊光，曰李巡，曰孫炎。《隋書·經籍志》據《七録》云：『梁有漢劉歆、犍爲文學、中黄門李巡《爾雅注》各三卷，亡。』陸氏《經典釋文敘録》云：『犍爲文學注三卷，闕中卷。劉歆注與李巡注正同，疑非歆注。樊光注，沈旋疑非光注。』澧按，犍爲文學，漢武帝時待詔，早沐文翁之化，此説經之最古者。又《後漢書·宦者傳》云：『李巡等稱爲清忠。巡白帝，與諸儒刻五經文字於石。』此有功於經者。又《魏志·王肅傳》

云：『時樂安孫叔然，授學鄭玄之門人，稱東州大儒。』〔一〕鱣嘗謂鄭君雖未注《爾雅》，而得再傳弟子如叔然之注，正可補其未逮。是猶《孝經》成於小同，《春秋》成於服虔也。惜乎叔然及犍爲諸家之注，今皆不傳，所傳者僅有郭璞之注。郭注蓋本於叔然，而所稱孫叔然云者，曾不數處，幾同杜預之於服虔。晉人風氣，往往然也。《釋文》又云：『梁有沈旋集衆家之注。』按旋爲約之子，其書必有足多者，而今亦無傳。幸有《釋文》、群經疏義、《文選注》、釋藏《一切經音義》等書，皆引舊注，足資考證。今於郭注之外，摭拾舊注，兼采舊音，各列出處，爲《集解》二卷〔二〕，視沈氏《集注》未知何如？將以存漢魏訓詁。好古君子，或有取焉。《小學考》卷三。

字詁拾存自敘

《古今字詁》三卷，魏張揖撰。揖所著有《廣雅》三卷、《埤倉》二卷、《雜字》《誤字》各一卷、《三倉解詁》三卷、《解司馬相如傳》一卷及此。今惟《廣雅》獨存。鱣嘗於群書中采集《埤倉》彙爲一篇，今復集《古今字詁》以附之〔三〕。按魏江式上表云：『《字詁》方之許篇，或得或失。』是《字詁》實承《說文解字》之統，乃小學之大關鍵也。惜乎今日廑存十一，而其中亦有可辨者。《顏氏家訓·勉學篇》引『螝，古虺字』。按《說文》：『螝，蛹也。從虫，鬼聲。讀若潰。』『虺以注。《詩》曰：「胡爲虺蜴。」從虫，兀聲。』則螝、虺二義，不得指爲一字。又引云：『⿱支刀，支旁作刀劍之刀，亦是剞字。』按《說文》：『剞剧，曲刀也。從刀，奇聲。』無從支者，則⿱支刀爲俗體。

《文選·難蜀父老》注引云：『吰，今宏字。』按《説文》：『宏，屋深響也。從宀，厷聲。』無從口者。則吰爲俗體。《一切經·正法念經》音義引云：『䝯，古文録、䝯二形，今作𧮑同。』按《説文》録、䝯、𧮑三字俱無，則皆爲俗體。又引云：『誌，今作識。』按《説文》有識無誌，則誌爲俗體，安得謂誌今作識字。它如《一切經音義》引云『跱，古文峙』、『麾，今作撝』、『稽首，古文䭫首』之類，皆有足據，正江式所云『方之許篇，或得或失』也〔四〕。《小學考》卷八。

廣倉拾存自敘

樊恭撰《廣倉》一卷，魏江式《論書表》所謂『《埤》《廣》綴拾遺漏，增長事類』，封演《聞見記》所謂『《埤倉》《廣倉》之類，互相祖述，名目漸多』者也。魏徵等稱其書已亡，然唐初著述家往往引之。如李善《文選注》引云『恎，用心並誤也』，釋玄應《一切經音義》引云『穜，短矛也』，『瘭，癰成也』，皆俗字。大約與《廣雅》相似。暇日輯爲一編，次之《埤倉》之後〔五〕。

韻集拾存自敘

《隋書·經籍志》：『《韻集》十卷，又六卷，晉復安令吕静撰。』江式上表則云：『静倣《聲類》之法，作《韻集》五卷，宫商角徵羽各爲一篇。』按所稱卷各不同，既以五音命篇，當以五卷爲是。或併録目爲六卷歟？至十卷者，恐别是一書。〔六〕《隋志》又有《韻集》八卷，注段宏。知當時作《韻集》者，不止一人也。呂静書今已不傳〔七〕，其部次不可考。惟《顔氏家訓・音辭篇〔八〕》指其成、仍、宏、登合成兩韻，爲、奇、益、石分作四章。段氏若膺云〔九〕：『今《廣韻》本於《唐韻》，《唐韻》本於陸法言《切韻》。』法言《切韻》，顔之推同撰。然則顔氏所執略同今《廣韻》，成在十四清、仍在十六蒸，别爲二韻。宏在十三耕、登在十七登，亦别爲二韻。而呂静《韻集》成仍爲一韻、宏登爲一韻，故曰『合成兩韻』。今《廣韻》爲、奇同在五支，益、石同在二十二昔，而《韻集》爲、奇别爲二韻，益、石别爲二韻，故曰『分作四章』，皆與顔氏説不合，故以爲不可依信。今按宏、登爲一韻，與古韻合。此《韻集》之勝於顔、陸輩也。鱣按《韻集》以五音命字，尚無所謂四聲者，顔氏以當日之韻繩之，宜乎不相合矣。至其音讀可考者，《一切經音義》引云『橃音抉月反』。按橃從發聲，當讀若伐，《玉篇》作補達切，非矣。又引云『戇音丑巷反』。按《漢書・高帝紀》云：『王陵可，然少戇。』師古曰：『戇古音下紺反，今音竹巷反。』竹巷與丑巷相近。乃《唐韻》作陟降切，異矣。又引云：『菸，乙餘反。今關西言菸〔一〇〕，關東言蔫。』蔫音於言反。江南亦言矮，又作萎〔一一〕，於爲反，於邑無色也。按《説文》：『菸，鬱也。從艸，於聲。一曰矮也。』正與此合，可以補《方言》之未備。它如《顔氏家訓・勉學篇》所引『𦆵餘聚𥜥𧮫亭〔一二〕』及《一切經音義》引『咀嚏，語不正也』、『款作喊』、『毹毯音加沙』之類，皆魏晉間俗字，大約與其兄《字林》之書相表裏也。鱣從群書采獲，録成一編〔一三〕，次之《聲類》之後，存雖無多，聊資考鑒焉。

字書拾存自敘

《隋書・經籍志》列『字書』之目凡三，一曰『《古今字書》十卷』，二曰『《字書》三卷』，三曰『《字書》十卷』。不言何人字書，亦不知何時字書也。嘗考《顔氏家訓》引《字書》云：『嵍，即旄邱之旄也。』知六朝間人固所常用，今一無所存，惟見於群籍所引。而陸氏《經典釋文》、李氏《文選注》、釋氏《一切經音義》引之尤多。鱣於暇日集爲是編，用資考據。如『璣，小珠也』，『桊，牛栒也』，『俎，肉几也』，『盼，美目也，目黑白分也』，『一扇曰户，又在於堂屋曰户，兩扇曰門，又在於宅區域曰門』，『祕，密也』，『準，平也』之屬，皆訓詁之最精者。至其所指雅俗文字，如踰作逾同，焕亦奂，字同，旒統同，彀作㲉同，諤或作咢同，覰或作竊同，鑒作鑑同，嚞作喆，今作哲同，倡亦唱字，輾亦展字〔一四〕，蕡亦蘋字之屬，亦可參訂。又指至俗之字，如『䕲，木膠也』，『崍，鳥喙也』，『船上有屋者曰艫』，『媽，母也』，『今以女老者爲姥也』，『鼜，鼓材也』，『氀，落毛也』，『足及地曰躂』，『麽，小也』，『祚，福也』。按䕲當作樆，崍當作觜，艫當作柃，媽當作姆，鼜當作顙，氀當作毻，躂當作㞢，麽當作麼，祚當作胙也。各書所引，語有不同。如《文選・西都賦》注引《字書》『穢，蕪也』，《東都賦》注則引云『穢，不潔清也』。《一切經・金光明經》及《文選・魏都賦》、《寡婦賦》引《字書》云『迸，散走也』，《海賦》注引云『迸，散也』。知其不出於一書矣。録此以附小學拾存之末。《小學考》卷十五。

與王懷祖先生書

鱣頓首：懷祖侍御先生執事，承假《埤倉》集本，喜不自勝。昨以窮日之力寫録一過，竊疑所采尚有未盡。即如《廣韻》引此書，當不止三數條，不識究竟何如，乞示知爲感。鱣所補得《聲類》，附標卷額，急於奉趙，未暇細檢也。率泐申謝，並問安不宣。稽首。

菊莊記

（文已見前。）

硤石南山重建文昌分署碑

（文已見前。）

重建智標塔碑

（文已見前。）

校勘記

〔一〕「此皆有功於經者」到「稱東州大儒」，原作「此有功於大儒」，據《小學考》引原書跋文改。

〔二〕「二」，《小學考》引原書跋文作「三」。

〔三〕「今復」，《小學考》引原書跋文作「兹復」。

〔四〕「也」上，《小學考》引原書跋文有「者」字。

〔五〕「後」下，《小學考》引原書跋文有「焉」字。

〔六〕「至十卷者恐別是一書」，原闕，據《小學考》引原書跋文補。

〔七〕「吕」「已」原闕，據《小學考》引原書跋文補。

〔八〕「音辭篇」，原闕，據《小學考》引原書跋文補。

〔九〕「氏」，《小學考》引原書跋文作「君」。

〔一〇〕「今」，原闕，據《小學考》引原書跋文補。

〔一一〕「又」上，《小學考》引原書跋文有「殘」。

〔一二〕「𥜥」，原闕，據《小學考》引原書跋文及《顔氏家訓》補。

〔一三〕「編」，原作「篇」，據《小學考》引原書跋文改。

〔一四〕「輾亦展字」，原闕，據《小學考》引原書跋文補。

簡莊詩文鈔補遺卷二

鄭氏周易三卷

乾隆庚子十月十七日，盧文弨手録丁君所校畢功。此本亦丁君所贈。

庚子十一月，借抱經先生手鈔本過録，辛丑正月校訖，丁杰記于京城宣南坊。

癸卯九月，孫志祖復校此書，中如『慊于无陽』之去『无』字，『需于沚』之作『沚』，『天命不佑』之作『右』，『妙萬物而爲言』之作『眇』，竝疑惠氏臆決，未有確據，尚需與小疋商之。

甲辰正月丁君以是書屬爲校定，因妄參鄙見，寫正一本寄之。其經文次序，依鄭氏原本。自坤卦以下，皆如乾卦之例，而退《文言傳》于《繫辭傳》後。乙巳九月復合衆家本校録一過。陳鱣記于武原星橋書舍。

周易注疏十三卷宋紹熙刊本鈔補

常熟錢求赤所藏鈔本《周易注疏》十三卷，後附《略例》一卷、《音義》一卷，前有《五經正義表》四葉。每葉十八行，行十七字。表後半葉有朱筆題識，凡三條。其弟二條書于上方，全書俱用朱筆句讀點勘。每卷首有『彭城』『天啟甲子』『匪庵』『求赤氏』『錢孫保印』凡五印。卷尾有『錢孫保一名容保』一印。按孫保字求赤，爲人方嚴抗特，勤讀書，有父風。父謙貞，字履之。少孤，嗜學，闢懷古堂以奉母。工詩，能度曲，尤善書法，詳見《常熟縣志》《蘇州府志》及馮班撰傳。嘉慶十五年秋日陳澧記。

錢求赤此記亦用朱筆在弟十三卷後。庚戌爲康熙九年。求赤生于明天啟四年甲子，則其時年四十七矣。是書記但稱爲鈔本，而後有顧亭林跋，則稱爲影宋鈔。今以澧所得宋刻本較之，凡宋本避諱字，是本惟避玄、鏡字，而不避敬、弘、恒、貞等字。宋本注小字雙行，是本注作中等字單行。宋本經文大字與注疏小字俱頂格相連，每節不提單行。是本每節次行俱低一格，次節提行。又以山井鼎《七經孟子考文》所引宋本較之，如《乾卦·初九》疏『他皆倣此』，是本作『倣此』。『所以重錢』，是本作『重體』。『故交其錢』，是本作『其體』。下方朱筆校云：『二「體」字，宋作「錢」。』《九二》疏『且大人之文』，是本作『之云』。『是上下兩體』，是本無『是』字。『二爲大夫』，是本作『大人』。『故但字明當爻之理』，是本作『之地』。《九三》疏『居上體之下者』，是本作『下有』。『常若厲也』，是本作『當若』。『王以大三與上下相並』，是本作『正以』。《九四》疏『猶豫持疑』，是本作『遲疑』。《九五》注『非飛如何』，是本作『而何』。《上九》疏『亢陽之至天而極盛』，是本作『大而純陽』。『進極』，是本作『雖極』。《彖傳》疏『此明乘駕六龍』，是本作『此名』。『或雖具解』，是本作『其解』。《文言傳》疏『亦於爻下言之』，是本作『有之』。『潛隱避世，心守道』，是本作『隱潛避世，心志守道』。『而柱礎潤』，是本作『而礎柱潤』。『若磁石引針』，是本作『若磁』。『感應之事廣』，是本『感應之事應』。『故云天下治』，是本『治』下有『也』字。『初末雖無正位』，是本作『初上』。『下文即云』，是本作『下又』。『故心惑之也』，是本作『心或』。斯類甚多。且既係影宋鈔本，而求赤校語又何以云『宋作某』，皆屬可疑。然注疏次序，與宋本悉合。其書法工整，非影宋鈔者不能。且《五經正義表》巋然冠首，正賴此以存，誠所謂天下至寶也。今藏吴中周氏香嚴堂，餘姚盧弓父學士《群書拾補》曾據以是正。鱣所得宋刻本亦最爲精美，惜闕首卷，更無它本可補。借此繕録，得成完書，幸莫甚焉。鱣向有《尚書注疏》廿行本二十卷，亦求赤舊藏，始末皆以朱筆手勘。其前後所用印記，正與此同，可稱並美。因并及之。陳鱣載記。

亭林先生此識，似非其手筆，文集中亦不載入，即《日知録》中未曾勘正。及此既避諱，書校作較，而不避檢之作簡。所云『偶憩傳是樓中檢得』，而並無徐氏收藏印記。甲辰爲康熙三年。考亭林生於明萬曆四十一年癸丑，計是時年五十二，不合云『迄今皓首』，且未必遽自稱曰『老人』。又按《日知録》有駁孔氏正義，而此云『闡發奧旨，莫如仲達』，種種疑竇，因鈔本所有，姑附存焉。鱣記。

增詳音訓周禮句解十二卷明成化刊本

（文已見前。）

通志堂經解目録一卷鈔本

沈太夫子刻本，鱣向有校語，書諸眉端。乾隆己酉在京師，爲覃溪先生借録，故是本引及之。亦可見前輩之不棄芻蕘也。頃蒙自濟南寄贈，遂題以志感。壬子夏日陳鱣記。

跋繆篆分韻

（文已見前。）

吴志二十卷宋咸平刻本

去冬，偕蕘翁泛舟虎丘，訪購是書，自謂追隨樂事。今春過士禮居，蕘翁出示，則裝潢已就。適徐君孄雲亦在座，相與展玩，並書跋語，歎賞不置。甲子三月陳鱣記。

唐才子傳十卷刻本

（文已見前。）

五代會要三十卷校本

《五代會要》三十卷，宋宰相王溥撰。建隆二年，與所著《唐會要》一百卷同進。慶曆六年，文樞密彦博刻于蜀郡。乾道七年，施學士元之刻于衢州。今其本皆罕得見。康熙中，秀水朱竹垞檢討鈔自古林曹氏，復從商丘宋氏借觀江西舊鈔本勘對無異。所闕數紙，兩本亦同。近時所行官本，乃從兩江總督所進著録者。余收是本，又係江西書坊從官本翻刻，舛繆更多。頃假得吴楓周氏珍藏明人舊鈔本詳勘一過，補正其脱誤，乙識其段落。且于第十六卷、第二十二卷内錯亂數條，一一標記。舊鈔每卷皆列子目，是古本款式，各史皆然。今于首卷照寫，以例其餘。又補録慶曆、乾道二跋，庶幾完善。舊鈔行款，似從宋出，然終以未得見宋刊爲恨耳。書非讎校不可，舊本且然，而況于時刻乎？嘉慶十九年九月勃海陳鱣書于紫微講舍。

宋季三朝政要六卷袁壽階校鈔本

《宋季三朝政要》，不著撰人名氏，蓋宋之遺老所作。首有題詞云：『理宗，國史載之。過北無復可考。』此指元載入北都也。然理宗以後國史，修《宋史》者實見之，故本紀所載反得其詳。是書出於傳聞，不免舛繆。目録後有『皇慶壬子』四字。『壬子』爲元仁宗皇慶元年，距宋亡已三十四年矣。其以廣、益二王從附録之列，而但稱景炎帝、祥興帝，殊屬未允。卷末論及圖讖因果，而推尊元之混一，尤爲鄙陋。惟所序宋末軼事，有史所不載者，存之可備參考耳。是本世罕流傳，今得吴中袁氏貞節堂所鈔，其關涉朝廷事皆空格，蓋猶照元本録出者。書中用朱筆校勘，係吾友壽階手跡。壽階名庭檮，收藏甚富，校録甚勤。惜乎中年辭世，後人不克守之，大半散失。閲此爲之憮然。嘉慶十五年冬十二月勃海陳鱣記。

國朝名臣事略十五卷校鈔本

（文已見前。）

國初事跡一卷鈔本

《國初事跡》一卷，明劉辰撰。按辰字伯静，金華人。太祖起兵之時，以署典籤使方國珍。國珍飾二姬以進，叱卻之。李文忠駐師嚴州，辟置幕下。建文中，因薦擢監察御史，出知鎮江府。永樂初，李景隆言辰知國初事，召至，預修《太祖實録》，遷江西布政司參政。後坐免官。十四年，起刑部左侍郎，致仕。卒年七十八，詳見《明史》本傳。是書分繫類乎案牘之辭，蓋即預修《實録》時所進事略草本。有明一代之史乘，多采取之。故其説散見於他書，似無異聞之足徵。然辰所見舊事皆真實，而其文亦質直無所忌諱，有古良史之風。此本近日流傳甚少，偶從吴中書肆見之，係故家屬爲裝潢者，亟借歸倩人抄録，凡三日而畢，並手自校讎而書其原委於後。嘉慶十六年閏三月望日勃海陳鱣記。

元和郡縣志四十卷鈔校本

是書爲冶泉司馬鈔本，吾友黄君蕘圃既識其原委矣。越二年又見錢獻之别駕所藏鈔本，每卷題『武陵盧文弨校閲』，蓋從吾郡盧抱經學士校本傳録，而誤書『武林』作『武陵』也。中有孫淵如觀察跋語及評校處，知觀察曾借閲一過〔一〕，後即刻入《岱南閣叢書》者。然脱誤甚多，不及此本遠甚。因互爲一校而并録錢、孫兩家之説。雖寥寥數則，究屬通人之筆，非憑空臆談比耳〔二〕。嘉慶十二年秋口海寧陳鱣記。

校後數日，有書賈持鈔本來，係吴中周有香孝廉手校，蓋以孔葒谷農部、翁覃溪學士、戴東原吉士各家藏本，彼此相參，補正千有餘處，可稱善本。孫觀察亦據以付刻。因亟對校，於是本復補得第十七卷所闕一葉〔三〕。然是本亦有勝於周本者，知舊鈔正不可偏廢也。鱣再筆。

咸淳臨安志一百卷校鈔本

潛説友君高《咸淳臨安志》一百卷〔四〕，其宋本流傳始末見余《淳祐臨安志跋》中〔五〕。是本爲盧弓父學士抱經堂鈔藏。學士既歸道山，遺書散佚〔六〕，余以厚價收得數種，此其一也。凡用硃筆，皆學士手校，既正其異同，間考其事實。或書簡端，或書卷尾，字字不苟，筆筆精工。

前輩校閲之勤、用心之細，實堪欽慕。觀其跋語，自是先有一鈔本，即所謂删落甚多者，故以字少者添於行中，字多者則别紙書之，綴於當卷之後。既而重寫是本，並鈔原跋，重加精校。得此書者，不益可寶耶〔七〕？跋後有朱書『竹汀校閲』四字，亦係詹事親筆。蓋詹事與學士同年，相契甚深，互相借閲也。至鮑氏宋刊本，已歸於吾鄉吴氏拜經樓，庶爲得所。近在吴中，又見黄蕘圃家藏宋刻《咸淳臨安志》三十册，計八十三卷，每半葉十行，行大小二十字，又鈔補者十卷。蓋即吾杭吴氏存雅堂藏本，與拜經樓藏者各有勝處也。余之所得雖非宋本〔八〕，然以抱經學士精校，亦不啻珊瑚鉤云。後之人其護持之，勿輕與人，勿飽蠹蟲，斯大幸矣。嘉慶十四年冬日勃海陳鱣識。

吴郡圖記續記三卷鈔本

嘉慶十一年秋，勃海陳鱣借校一過，時寓中吴别業。

嘯堂集古録二卷

宋王俅撰《嘯堂集古録》。俅字子弁，取《詩》『載弁俅俅』意。或作王球，非也。球，字夔玉，乃别一人。子弁又作子併，字書無併字。『弁』，《説文》本作『皃』。其稱『子併』者，蓋亦因其名俅而譌加人旁耳。此書世傳刊本舛錯甚多，首敘即闕一葉。余於九年前從苕上書船得舊鈔本，云自吾家春暉堂散出者，繕寫精嚴，賞心説目。中有衡山小印，知爲停雲館故物。又有陳書厓珍藏印，即《暴書亭集〔九〕》所偁瀫湖陳氏也。余以刊本校之，敘文增多二百四十五字。後多元統改元吴郡干文傳一跋。文傳官待制。跋稱『此書刻畫甚精，不類刊本』，在元人當日，已云然矣。餘姚盧抱經學士見而愛之，嘗手校一過。同里吴兔牀上舍復校而爲之跋。聞大興翁祕閣覃溪有影宋鈔本，心契者久。比來京師，得交於其次君宜泉庶常，因假所藏閲之，楮墨兼善，古香襲人。首敘固全，後敘中欽字闕筆，而無元人一跋，乃影寫宋本之最精者，真寶書也。以余本參校，其中如商父貝觶，□形中『□』乃『父貝』二字，影宋本作『□』。案『□』象貝形，下『□』即『□』，所以陳之小篆作『貝』，猶存遺意。商父乙鼎、兄癸卣並作『□』，周淮父卣作『□』，蓋從省耳。自摹本於『□』下加八，遂以『八』別爲一字而不能識，其實止一『貝』字也。周毁敦『□』，影宋本作『□』。案《釋文》，明是『矦矢』二字。蓋『矢』亦作『小』，又作『丨』，與上不連。後辛辟父敦『□』可證。古人二字疊寫，如周太師望簋，小子作『□』，鎛鐘小心作『□』，二百作『□』，五十作『□』，聘鐘有二作『□』，不可勝舉。今本傳《博古圖》『□』亦誤連，其《釋文》并無『矦』字矣。凡此之類，當以余本爲正。又齊侯鎛鐘『□』，二本《釋文》均闕，宜從《鐘鼎款識》作『衕』。案《説文》『衕』通『街』也。今京師衚衕，衕字已見周鼎鐘。惟『衚』字始著於《龍龕手鑑》，猶未加『亍』也。録中《釋文》間有失載者，互爲補全。至楚鐘釋文，則俱亡之。其他異同之處，及鄙見所及各條，繫於卷内，以返庶常。時祕閣督學江西，余將移書力勸刊佈。蓋此書有資考訂，固非小補耳。庶常善承家學，蚤歲成名，博覽兼收，而尤篤好古泉，故自號宜泉。嘗出一巨編見示，自夏商至元明，幣布刀泉，靡不登載。其蒐討之勤，考核之當，實出洪景嚴之上。余摹漢泉范『宜泉吉利』四字作印詒之，以訂金石交云。乾隆五十二年冬十有二月丁巳海寧陳鱣識。

博古圖録考證三十卷明萬曆刊本

（文已見前。）

讀書敏求記四卷校本

庚子二月，從拜經樓校閱一過，復從知不足齋補録王立甫序一篇。鱣識。

辛丑十年客作武原，遇吴興書賈，以舊鈔本相示，因再用紫筆校之，河莊陳鱣。

嘉慶七年歲在壬戌，客吴，從黄蕘圃借原本重校一過，並補録數條。鱣識。

《述古堂書目》殘本，同里吴槎客先生從書局見之，録出十餘條，並跋於後。予復傳鈔。時乾隆三十八年，朝廷方開四庫館，浙江采集遺書進獻，設局省垣。此事迄今三十四年矣。嘉慶十二年秋九月，予重訂《讀書敏求記》，因附此數紙於後。回憶向者横河舟次，連舫話舊，燒燭檢書，其好古之篤，吾二人有同心也。研朱記此，感慨係之。勃海陳鱣。

記中所列各書，厥後流傳人家，儘有極尋常本而自詡希世之珍者，何耶？淳安方文輈先生嘗序此書，頗多詆毁，故不刻。按遵王平生最爲蒙叟所暱。蒙叟卒，嗣子幼弱，遵王利其所有，率群不逞，凌而欲奪之，致柳如是被逼自縊，則其人概可知矣。

史通二十卷 明刊校宋本

少喜讀《史通》，苦無善本，既得浦二田《通釋》，以爲精審絶勝諸刻。惟厭其多綴評語，近于邨學究習氣耳。復從同郡盧弓父學士假得校本，蓋從何義門以朱文游家藏印本、寫本細校，而弓父學士手臨于北平黄氏刊本者，歎其盡善。又假學士所校《通釋》本合而訂之，始知《通釋》妄改妄删處正復不少。嗟乎！讀書難，而校書更難。微學士之功，幾何不爲其所欺邪？至唐時書籍，今已大半失傳，《通釋》有未詳者，亦固其所。學士已補考出數條，間有鄙見，亦附載諸書眉。其猶有未知者，俟續考焉。乾隆四十九年春日陳鱣識。

珩璜新論一卷 舊鈔本

《珩璜新論》一卷，宋孔平仲撰。平仲字毅父，清江三孔之一。著有《談苑》及此書，一名雜説。《郡齋讀書志》云：『孔氏《雜説》一卷。』《能改齋漫録》亦引作『雜説』。然舊本卷末有淳熙庚子吴興沈珗跋。跋稱渝川丁氏刊板已名《珩璜新論》，則宋時原有二名也。説部中多有刻者。是本爲竹垞朱氏舊藏，猶是明人鈔本。前有竹垞圖記，後爲吾師吴稷堂先生所得，用黄筆勘正，尚係先生手跡。蓋欲刻入《藝海珠塵》，與孔氏《談苑》並傳而未果。先生既没，偶然散出，鱣以厚價收之。觀其遇本朝皆越格，知從宋版鈔出。然脱誤甚多，幾不可讀。後假吴兔牀山人手校舊鈔本互爲細勘，增改者凡數百字。又補鈔五則，於是始全。外間鈔本有作四卷，與《讀書志》不合。蓋後人意爲分析。所惜宋刊本能獲見沈琉之跋，未經録入卷末耳。嘉慶十八年夏四月既望，㴸海陳鱣記於向山閣。

東坡先生物類相感志十八卷鈔本

（文已見前。）

蘆浦筆記十卷鈔本

（文已見前。）

博物志十卷續博物志十卷明刊本

《欽定四庫總目》載《博物志》十卷，晉人張華撰也。《續博物志》十卷，宋人李石撰也。余在禾中購得明板刊本二册，合成正續，未敢自矜考訂，竊補前人所未備。

舊本題張華撰，實則原本散佚，後人採其遺文，合成一編，又雜取他説坿益之。故證以諸書所引，或有或無，或合或不合也。

宋李石撰。舊本題晉李石者，誤也。採掇舊文，校勘亦誤。如稱宋太祖爲今上之類，往往有之。其佚文瑣語，備參考則有餘，續正史則不足。海昌陳鱣仲魚記録。

玄珠密語十七卷校鈔本

《玄密》一書，除宋版外，更無二刻。又其書微渺難測，世醫亦不欲深求其理，是以所傳不甚廣。迄今日，已成絶無而僅有矣。余購之廿年，即鈔本未獲一遇。歲乙亥，偶於茸城張氏得見宋刻本，一時驚喜，似睹至寶。詢之，云以重價購得。余懇借再四，始獲攜歸，即命諸子弟極力抄之。近聞張氏本已充御物矣。余獲借鈔，不甚幸甚。爰志其始末如此。後人其世守之勿替。滬城成孚氏識。

唐王冰撰。《玄珠密語》十七卷，新舊《唐書·藝文志》及《文獻通考》俱不載其目。《通志略》稱『《玄珠密語》十卷，不著撰人姓名』。按冰注《内經序》云：『辭理秘密難粗論述者，别撰《玄珠》以陳其道。』宋高保衡等新校正云：『詳王氏《玄珠》，世無傳者。今有《玄珠》十卷、《昭明隱旨》三卷，蓋後人附托之文，雖非王氏之書，亦於《素問》第十九卷至二十二四卷，頗有發明。其《隱旨》三卷，與今所謂《天元玉册》者，正相表裏，而與王冰之義多不同。』是唐時實有

《玄珠》一書，而宋人疑爲附托。但自宋以來，流傳甚少耳。余得吴中袁氏貞節堂鈔本十七卷，與《讀書敏求記》合。復借同里吴氏拜經樓所藏舊鈔本十六卷詳校一過，多所是正。其卷數不同，則十一、十二卷彼并爲一卷。因思宋人所謂十卷，亦當合併之故。舊鈔有成孚氏跋，未詳其人，今亦附録。惜五行類《應紀篇》彼本多脱落，以致文義不相連屬。猶幸此本之全也。嘉慶十五年除夕陳鱣記。

普濟本事方十卷舊鈔本

《本事方》十卷，題云『許學士親述』。《直齋書録解題》云：『維揚許叔微知可撰。紹興三年進士第六人，以藥餌陰功見於夢寐，事載《夷堅志》。晚歲取平生已試驗之方，並記其事實，以爲此書，取《本事》詩詞之例以名之。』按陰功見夢事，亦詳載曾達臣《獨醒雜志》，並云：『紹興二年進士第六陞作五，乃在陳祖言、樓材之間。』則《直齋書録解題》所謂紹興三年進士第六人者非是。《通考》亦沿其誤。二年歲在壬子，狀元爲吾鄉張九成。本書首卷有『紹興癸丑，予待次四明』等語，蓋壬子成進士，癸丑待次，尤其明證。第不知所歷何官。宋代詞臣，大抵以學士爲通稱，故醫家謂之許學士也。《獨醒雜志》又云：『叔微，真州人，有《普濟本事方》，今行於世。』乃直齋誤爲維揚。據卷八中明云『庚戌年避地維揚界』，則非其本籍。或曰毘陵人。考本書四卷有『壬子年在毘陵』，又云『後十年過毘陵』語，亦非本籍可知。姚寬《西溪叢語》載叔微精於醫，稱其『論肺蟲上行』一條，以爲微論，則已爲當時推重。觀其屬筆高雅，動必法古，與俗迥殊。故自有明以來，不甚傳佈。此從宋槧本鈔出。凡丸字作圓，尤是古方舊例。朱國禎《涌幢小品》又謂叔微嘗獲鄉薦，春闈不利而歸。舟次平望，夢白衣人勸學醫，遂的盧、扁之妙云云。然《獨醒雜志》敘叔微夢見神人時，學醫已歷有年。不知朱説何本。直齋記其所著，尚有《傷寒歌》三卷，凡百篇，又有《治法》八十一篇及《仲景脈法》三十六圖、《翼傷寒論》二卷、《辨類》五卷，今皆罕有流傳。惟是書近有松江刻本，款式不佳，誤繆百出，視此舊鈔相去遠矣。嘉慶十六年二月朔郭海陳鱣記。

跋是書後數日，從吴中黄君紹甫借得宋本前六卷，其目録題曰『普濟本事方』，無『類證』二字。次行題『儀真許叔微知可述』，則知可爲真州人無疑。首有自序一篇，云：『予年十一，連遭家禍。百日之間，并失怙恃。念里無良醫，束手待盡。及長成人，刻意方書，誓欲以救物爲心。杳冥之中，似有所警。』按其語，似即指夢見神人事，非特若《涌幢小品》所謂『春闈不利，始學醫耳』。目録後有《治藥制度總例》四葉，所論製法極精。余遂手録序文及總例，悉照宋本行款補入此本，並以朱筆詳校，乃知此本並不自宋槧鈔出。即如各方次第分量，俱不同，爲害匪淺。可見書非宋本不足憑信，而醫方尤甚。宋本銖兩一二等字皆作壹貳，蓋其慎重。而丸字盡書作圓，敬字闕筆，皆避廟諱也。惜闕後四卷，其第七卷復假得周藴石家藏鈔本校之。藴石，吴中老醫，爲繆芳嚴之徒。未知何時再得八、九、十三卷，細勘其全耳。企予望之，何日忘之耶？是歲三月三日鱣載記。

余校是書後，越四月，往縣橋巷訪紹甫，閱其家藏書目，知周藴石之本，伊曾照式補鈔自七卷至末，並鈔目録備覽，共五十八葉。亟借以歸，當晚挑燈，將八、九、十三卷并目録細勘其全，佳處不一而足。如橘皮此俱誤作桔皮，几几此誤作兀兀。第九卷中録所作《傷寒歌》，此將小注誤入本文。今用緑筆一一校正，是書遂完善，而夙願頓償，爲之狂喜。七月二十日鱣又記。

右紹甫傳録舊鈔《本事方》後四卷之跋。余既借校，並謄於此，俾知是書原委。紹甫所得宋本，出白金三十兩，又益以它書，可謂好事。宋本後有跋，文多未録。辛未七月鱣書。

十月二十日，有書賈持《本事方》至中吴别業。閱之，即松江王陳梁次辰刻本。前有吴趨吴瀚補鈔宋板錢聞禮原序一篇，是又黄氏收藏宋本所無者。因亟照寫於是本之首。序稱許子叔微，白沙人，仕翰林學士，與余所鈔《傷寒百證歌》及《發微論》題名相合，始知叔微實官學士，非爲宋代詞臣之通稱。序又述其名曰『證治普濟本事方』，則是證治而非類證可見。書經三寫，遂變其初。一歲之間，累次遭遇是書，而竟得窺全豹，斯亦奇事。朱竹君學士嘗云：『凡古書，每見一本，必收一本。』旨哉言乎。錢聞禮序文極其淳茂，但未詳其爵里，俟更考之。鱣又記。

續考得《宋史・藝文志》載錢聞禮《傷寒百問方》一卷。又徐春甫《古今醫統》云：『錢聞禮紹興中爲建寧通判，好醫，尤精於傷寒。』是聞禮本明醫，宜其言之當也。鱣又記。

顱顖經二卷鈔本

《顱顖經》二卷，不著撰人姓名。考歷代史志，自《唐·藝文志》已上，皆不載其名。至《宋·藝文志》，始有師巫《顱顖經》二卷。近世別無傳本，惟《永樂大典》内載有此書，并載無名氏序文一篇，稱『王母金文，黄帝得之昇天，祕藏金匱，名曰内經，百姓莫可得見。後穆王賢士師巫於崆峒山得而繹之』云云。《宋志》所題師巫，與序文合，殆即是本。又《宋史·方技傳》云：『錢乙始以《顱顖經》著名。至京師，視長公主女疾，授翰林醫學。』按《郡齋讀書志》有《錢氏小兒方》八卷，稱乙最工療嬰孺病。蓋乙之著名幼科，其原實出於《顱顖經》矣。此經疑唐末人所作，其曰師巫，蓋本於《黄帝内傳》。而《内經》第七卷王冰注亦有『師氏藏之』一語，故託名師巫，以神其説耳。其曰『顱顖經』者，按《説文》：『顱，頊顱首骨，從頁盧聲。』『囟，頭會匘蓋也。象形。𦞤，或從肉宰。𠀐，古文囟字。』《唐韻》：『囟，先進切』。今作顖者，俗體字也。又《説文》云：『兒，孺子也。從儿，像小兒頭囟未合。』此蓋以兒之初生，顱囟未合，證治不同，故取以名其書歟？首論脈候至數，次論受病之由與療救之術，皆深中肯綮。又論火丹證治，分别十五名目，皆發前人之所未言。其雜證所列亦多祕方，要必别有所傳耳。但沉薶已久，今幸四庫全書館從《永樂大典》所載裒輯成書，依《宋志》舊目析爲二卷。鱣多方托友亟録以歸，藏諸書閣。倘得好事者付梓以廣其傳，則誠求保赤，其利甚溥，不獨爲是書幸也。乾隆五十三年三月海寧陳鱣識。

心印紺珠經二卷明刻本

《心印紺珠經》二卷，明朱撝撰，見黄氏《千頃堂書目》，云：『撝字好謙，傳醫道於李湯卿、劉河間弟子。』按盧學士文弨《補遼金元藝文志》、錢詹事大昕《元史藝文志》皆據以著録。近流傳甚少。是書余得之吴中，係明中葉時所刻，前有江州陳守義序云：『《紺珠經》者，醫家之捷徑。』又云：『昔得閩刻，藏之久矣。敢以是爲仁政之一助。』而不語及作者之姓名爵里，此則明人之陋也。嘉慶十五年醉司命日陳鱣記。

東城雜記二卷鈔本

嘉慶十四年冬日，借得吴氏拜經樓所藏，倩宸英從祖繕寫斯册，鱣爲重校，并録槎翁兩跋于前。原本鈔手甚劣，此則楷法精良，洵堪閲目。近得樊榭徵君所著《玉臺書史》，因共藏之。陳鱣識。

東齋脞語一卷稿本

《東齋脞語》一卷，吴翌鳳著。翌鳳字伊仲，一字枚庵，吴縣諸生。博雅工文辭，喜書畫。

收藏書籍，雖典衣減食，亦所不顧。手鈔甚多，著述甚富。嘗挈家遊楚，以其書籍托諸友人。既而友人家破，書亦大半散失。余每於吴城書肆購得之。是種乃其自著手稿，雖隨筆記載，而有倫有要，迥非尋常説部可比。如以臧文仲居蔡，是言其僭。山節藻棁，譏其奢，截然兩事。季氏富於周公，據孔傳曰『周公，天子之宰，卿士也』，以謂不指元公。余按皇侃《論語義疏》本以臧文仲僭奢分解。又季氏富於周公，謂周公旦之後。其時皇疏未入中國，而書中已語及之，可謂卓識。鄙著《論語古訓》引《禮器》云『家不寶龜』，《明堂位》云『山節藻棁，天子之廟飾』，亦分爲二事。季氏富於周公，專取孔説，皆足以相證。是書吴江楊列歐進士曾借録入《續昭代叢書》。此《論語》二條，尤關經學，故詳及之。嘉慶十五年春日海寧陳鱣記〔一〇〕。

鄙著《綴文》卷四有《山節藻棁考》一篇，實係少作〔一一〕，未見皇疏，蓋本于全謝山吉士《經史問答》〔一二〕，不主古訓。既而知其説之未安，然不及追改矣。鱣又記〔一三〕。

韓昌黎集注四十卷外集十卷遺文一卷集傳一卷明刻陳少章手校本

近世所行韓集，以東雅堂刊者爲善本，蓋以其用宋末廖瑩中世綵堂本翻雕者也。瑩中品既卑鄙，學亦粗疏，所刻之書正可與悦生堂《蘭亭》相比。東雅堂刻於明萬曆中，版已久毁，屢經坊間重翻，又多誤繆。今春偶從吴中書賈購得是本，尚係原刻，又爲陳少章景雲批校本，密行細字，朱墨雜陳，允堪寶愛。因取《文道十書》中《韓集點勘》校之，知其所刻者才十之六七。

刊五百家本校也。後又見南宋初蜀人韓醇刻本，乃知廖本所采韓集，多有出魏本外者，故仍補而前後編次紊亂，尤不可勝紀。蓋少章用朱筆書某曰且點句者，據南宋慶元中閩人魏仲舉所書韓曰，亦點句，但用墨筆以別之，故名點勘，即取韓集《秋懷詩》『丹鉛事點勘』之意。《文道十書》爲其子黄中手録，似太鹵莽。未見是本，幾不知當日用功如此之勤矣。嘉慶十二年夏四月海寧陳鱣記。

高僧參寥詩集跋

《參寥子集》十二卷，宋僧道潛譔。道潛本姓何，於潛人。《墨莊漫録》云本名曇潛，東坡爲改曰道潛。東坡守杭州，爲卜西湖智果精舍居之。嘗坐得罪，返初服。建中靖國初，詔復祝髮。崇寧末，歸老江湖，嘗賜號妙總大師。今所傳詩集凡數本，一題三學院法嗣廣定訂，智果院法嗣海惠閱録。前有參寥子小影，即海惠所臨。首載陳師道《餞參寥禪師東歸序》，次載宋濂、黄諫、喬時敏、張睿卿四序。一本題法嗣法穎編。卷帙俱同，而敘次迥異。所載陳師道序，題曰『高僧參寥集序』，與文中語意不符。又吳之振《宋詩鈔》云：《參寥集》，杭本多誤采它詩，未及與析。是本爲明時歙汪汝謙校刊。陳序亦作《高僧參寥集序》，始即從法穎本重刊，未知視杭本何如耳。嘉慶十年春日，陳鱣記。

前引曇潛改名事，今載《墨莊漫録》〔一四〕，云吕温卿爲浙僧，既起錢濟明獄，又發參寥明略事。二人皆廢斥，復欲網羅參寥，未有以中之。會有僧與參寥有隙，言參寥度牒冒名。蓋參寥本名曇潛，因子瞻改曰道潛。温卿索牒驗之，信然，竟坐刑之。歸俗，編管交州。未幾，温卿亦爲孫傑鼎臣發其贓濫繫獄。人以爲菑人者，人必反菑之。按此事行録未之及，故附書焉。鱣再記。

楊鐵崖文集五卷明弘治刊本

（文已見前。）

沈石田詩稿墨跡本

（文已見前。）

茗齋百花詩二卷刻本

（文已見前。）

一老庵文鈔一卷鈔本

徐貫時先生《一老庵文鈔》見於乾隆《蘇州府志》，《孝慈堂書目》亦載之，然流傳甚罕。陸君東蘿偶從常賣家得之，以余留心吴中往哲遺文，欣然相示。余展閲之，知爲吾浙吴茂秦所録，計文五十二篇，雖不及難兄昭法先生《居易堂集》之元氣淋漓，而屬辭條暢雅潔，亦不愧名家。相聞當時有『昭法不入城，貫時不出城』之語，似隱指其參商。向疑《居易堂集》中尠有涉其弟者。今觀《一老庵文鈔》，亦鮮及其兄。惟《跋家孝廉畫》一篇，雖無間言，然其稱謂究非同氣所宜。又有與楊易亭書，『易』字作『□』，乃録文時爲之諱。易亭名無咎，字震伯，吴中三高士之一。昭法先生遺囑云：『身後家事無論巨細，具要仰重楊先生經理。』又云：『吾生平知之深而信之篤，謂在我可託孤寄命者，一爲易亭。』乃爲之弟者，與之争辨不休，則庭内未免有遺憾矣。然而貫時先生避世東墻，終身窮約，無忝文靖家風。讀其文，可以哀其志耳。余借録一本，以原書歸東蘿而作此跋。嘉慶十六年七月晦日海寧陳鱣記。

和法雨大師山居詩一卷刻本

近購别業於吾邑西山之麓，疏泉疊石，種竹栽花，行將爲山中人矣。寒石大師頃自西湖來見訪，出所作《山居詩》相示。喜其曲傳清景，澹雅沖和。長吟數過，恍置身於兩峰三竺九溪十八澗之間，安得不呼爲賈島佛耶？亟勸付梓，以爲名山生色。海寧陳鱣合十題。

誠齋牡丹百詠一卷梅花百詠一卷玉堂春百詠一卷明刻本

明周憲王有燉爲周定王長子，高皇帝孫。洪熙元年襲封。史稱定王好學，能詞賦，嘗作

《元宫詞》百章。以國土夷曠，庶草蕃蕪，考核其可佐饑饉者四百餘種，繪圖疏之，名《救荒本草》。闢東書堂以教世子〔一五〕，長史劉淳爲之師。憲王遭世隆平，奉藩多暇，勤學好古。嘗集名跡，手自臨摹勒石，名《東書堂法帖》，歷代重之。著有《誠齋録新録》。尤工樂府傳奇，中原弦索多用之。李景文詩云『齊唱憲王新樂府，金梁橋外月如霜。』牛左史詩云：『唱徹憲王新樂府〔一六〕，不知明月下樊樓』是也。此名華百詠三種，係宣德間專刻本，世罕流傳。考《静志居詩話》云：『憲園詩不事嘔心，頗能合格。梅花牡丹玉堂春，一題動成百詠，才思不窮，誠宗藩之雋。』然《明詩綜》未經録入，想不見是本耶？今年四月，余得元人韋德珪《梅花百詠》以贈黄君蕘圃。越一月，更得此而更贈之，又增佳話矣。嘉慶十二年夏五月海寧陳鱣記。

吴國山碑跋

玉峰顧氏論：『甲子，古人用以紀歲。歲則自有歲陽歲名。以甲子名歲，雖自東漢已下，然未嘗正用。自三國鼎立，天光分曜，而後文人多舍年號而稱甲子。吴後主國山封禪文「旃蒙協洽之歲月次陬訾之舍日惟重光大淵獻日」，當用辛亥而冒用歲陽歲名，則又失之。』鱣按國山碑『陬訾之舍』非『舍』字，驗之拓本，正與《左傳》《爾雅》合。顧氏蓋猶踵《雲麓漫鈔》之譌耳。《兩漢金石記》。

校勘記

〔一〕「借」，《藏园群書經眼録》作「校」。
〔二〕「談」，《藏园群書經眼録》作「撰」。
〔三〕「復」，《藏园群書經眼録》作「後」。
〔四〕「君高」下，《藏园群書經眼録》有「所修」。
〔五〕「見」，《藏园群書經眼録》作「具」。
〔六〕「佚」，《藏园群書經眼録》作「失」。
〔七〕「寶」下，《藏园群書經眼録》有「重」字。
〔八〕「本」，《藏园群書經眼録》作「刻」。
〔九〕「暴」，當作「曝」。
〔一〇〕「日」，原闕，據原書跋文補。「記」，原書跋文作「識」。
〔一一〕「實」，原闕，就原書跋文補。
〔一二〕「經史問答」，原闕，據原書跋文補。
〔一三〕「記」，原書跋文作「識」。
〔一四〕「載」上，原書跋文有「備」字。
〔一五〕「堂」，原作「屋」，據原書跋文改。「世」，原作「庶」，據原書跋文改。
〔一六〕「金梁橋外月如霜牛左史詩云唱徹憲王新樂府」，原闕，據原書跋文補。

簡莊詩文拾補

[清]陳鱣 著
陳鴻森 輯

簡莊詩文拾補

海寧州粤賢堂記

司牧，親民官也，去任未久而民鮮道其姓氏里居者，豈風俗不淳與？人心不古與？抑其政之未浹民情與？吾邑自改州以來，得二刺史吴公、易公，皆粤人而賢，士民感其德，不能忘。易公之去也，僉議於葆真觀中築室三楹，並吴公而合祠之，斯『粤賢堂』所由名也。初，蘭居吴公名嗣湖，廣東會同人，由貢生官浙之蘭谿令。乾隆五十七年，遷知海寧州事。其爲政也，以明燭理，以儉葆廉，强暴洗心，閭閻安堵。越一年，以足疾假歸，百姓焚香而送者塞涂。時議請祠名宦，未果。後二十餘年而易公來也。公名鳳庭，字梧岡，廣西靈川人。壬戌進士，發浙江以知縣用，歷任著循聲。分校鄉闈，所薦皆知名士。嘉慶十九年，由德清令遷海寧州牧。甫下車，值歲旱，粟麥騰貴，匪徒藉端聚奪。公帥役馳諭，縛其魁而嚴懲之，餘黨胥戢。即發官倉平糶，不足則捐俸繼之，民情稍安。次年春，米價益增，飢民道相望。公首先輸粟，并勸有力者助賑，四境樂輸惟恐後，窮黎沾實惠焉。嘗賦《勸賑詩》，遠近屬而和者幾千人。是秋復少雨，公齋戒禱祠，甘霖立沛，歲則大熟，民咸以爲公誠之所感也。公性慈祥，以經術飭治，聽訟明慎，百姓勿敢欺。簿書之暇，讀藝不休，每月必課士，親爲評騭，獎其前列者，出己資以助膏火，士氣駸駸日上。他若嚴保甲、察門牌、申鄉約，俾皆實力行之。今歲之春，方將葺城垣、修邑志、置義園，復諸廢墜，適以繼母憂去，未及施行。於是邑之民相率而歎曰：『賢者我公，若之何去耶？』向者吳公之賢，居官不久，歲稔民安，尚爲其易。今兹易公之賢，比及三年，理繁治劇，實爲其難。《詩》不云乎：『有斐君子，終不可諼兮。』若二公者，非所謂『不可諼』者與？爰記其梗概，勒諸石，措諸壁焉。孝廉方正六品職銜，戊午科舉人，揀選知縣陳鱣撰。嘉慶二十一年歲次丙子夏五月立。

香雪山莊詩集序

凡天下名山大川，效靈挺秀，必有魁奇特立之士出乎其間，發爲文章，形諸歌詠，所以體驗夫景物，道揚夫土風，其名可與山川並傳，而山川亦爲之生色。涇縣吳君柳門，與余交有年矣。縣爲江南名勝，山則有齊雲、隱雨之崔巍，寶華、金壺之峭拔；川則有涇流之委宛，雙澗之絜清，澀灘之奇突。柳門生而穎異，才如疊障，思比涌泉，含毫託素，自成一家之言，而名遂著于天下。憶始之識柳門也，實因同年友張君季和，遂訪之蕭寺，一見相爲傾到。出其所繪《家山圖》見示，余即題古風一篇，極慕其居處之嘉，津津不置。柳門贈余詩，亦有『詩人舊宅傍西湖』之句，若是乎吾二人之胸次不相謀而相感召者。雖然，余賦性迂闊，疏于詞章，未能發揮故鄉風景，則不逮柳門遠矣。自是厥後，一别六年，每往來于意中。今年春，計偕入都，復得握手道故。讀所刻《香雪山莊集》九卷，閎壯雋偉，醞釀深沈，庶可追其鄉先哲許文化之高風，而向之《家山圖》景更宛然在目前也。柳門欲續編近作，屬弁其端。余謂既有錢竹汀、法梧門兩先生之敘，毋庸更贅。然知交有素，又何能已于言也？爰贈斯文以廣之。嘉慶十三年夏四月既望，海寧陳鱣作于京師寓舍。

王篛林題跋識語

王虛舟吏部書法，爲近時巨手，考據之學極其精深。是書係沈芥舟文學手筆。芥舟工畫，作書頗有眉山遺意。而此本又爲西莊光禄舊藏，印記粲然。間有評點處，乃其隨意作之，彌可愛玩，勿以時刻而忽視也。嘉慶辛未夏日，鱣記。

論語鄭氏注跋

乾隆四十八年七月既望，從群經注疏并《史》、《漢》注等書，共補采數十條；復從丁小山先生補正本合校，計先後所得凡四十條，此書益加詳矣。小山先生補正本與家梅軒先生同作，惜乎梅軒病廢，不能就正焉。新坂陳鱣記於武林金聲館。

四十九年正月既望，海鹽館中閲皇氏《義疏》，又續采得十條。時兔牀客陽羨，小山客武林，他日相見，必爲狂喜也。鱣記于六十四硯齋。

南唐書箋注跋

嘉慶十四年秋九月，從拜經樓吴氏借得此書，倩人繕寫一本，計費白金三兩，而紙價、裝工亦費兩許。吴本有校語，係吾師朱耐圃先生手筆，蓋是時館於吴，故發其所藏而細爲審訂，亦以見吾師學問精密，非淺人所能及。讀此書者，其毋忘吾師之苦心哉！十一月望日，陳鱣記於中吴寓館。

是書爲張君芑堂得自易州，而吴槎客先生亟爲傳鈔，欲付梓而未果。同里周耕崖先生曾經借觀，隨葉粘籤數百，其芟煩就簡處，極其允當。蓋原本第就各書雜鈔，毫無裁剪，似未可爲定本。若或付梓，須照粘籤重加修飾，庶爲盡善。因以録出各條，俟它日理而董之。鱣又記。

古刻叢鈔跋

《古刻叢鈔》一卷，陶宗儀編。宗儀字九成，黄巖人，元末舉進士不中，即棄去，累辭辟舉。洪武中出爲教官，事蹟詳孫作所譔《陶九成小傳》，亦具《明史·文苑傳》。是書所載諸碑，惟《漢建平石郫縣刻石》見于《隸續》及《漢隸字原》，《唐薛王府典軍李無慮墓誌》見于《金石録》，其餘諸刻罕傳于世，而多與史傳相發明。又所載唐人曹汾等詩，從來録唐詩者亦未之及。

它如《蔚州刺史馬無畏墓誌》係汾州刺史楊倞譔，當即注《荀子》之楊倞，惟《注》稱唐登仕郎守大理評事，與此誌所題官爵不同耳。斯本余得之中吴袁氏五硯樓，復假鮑氏知不足齋本點勘一過，并録錢唐周大令一跋及元和顧文學三跋云。嘉慶十六年秋，陳鱣記。

陳乾初先生年譜跋

從六世高祖乾初府君，爲山陰劉子之高弟，守紫桑處士之高風，其嘉言懿行，卓卓在人耳目。然百餘年來，未曾有訪求其遺書而詳述其生平大略者。同里吴槎客先生，特著《年譜》二卷，出以相示。鱣讀而歎曰：『發潛德之光，補志乘之缺。微先生之力，不及此已！』乃讀前後敘，皆以靖節爲比，雖府君地下亦當首肯，凡吾族人所當奉一編而肅然生感者也。且吾族人不能爲而先生爲之，先生爲之而令吾族人讀之，又能無感媿交并乎！抑鱣更有感焉。嘉興徐寶摩尚書葬吾邑之龍山，今墓碑已不存。先生率同志請于觀察秦公，重作墓表，侍講梁公書丹，將以勒石。又捐龍山後地數畝，爲建尚書祠，計仍擬扁其堂曰可經。其于忠臣義士，無不竭力闡揚，蓋制行甚卓而用意良深，其風俱足千古，是編特其一端耳。先生命鱣爲弁言，時鱣將俶裝北行，爰書數語于後以識感。嘉慶三年十有二月既望，陳鱣記于峴上士鄉堂。

硯箋跋一

宋人論硯諸書傳于今者，有若唐積《歙州硯譜》、米芾《硯史》二種。至若《硯譜》、《歙硯説》、《端溪硯譜》，皆無撰者姓名，大抵詳于材質而罕及于典故。惟高似孫《硯箋》四卷成于嘉定癸未，較諸家爲晚出，故得備采其説，又能旁徵群籍以爲佐證，其敘述亦有條理，洵推文房寶笈。錢遵王《讀書敏求記》云：「昔人言吴融八韻賦古今無敵，惜乎亡來已久。此存得《古瓦硯賦》一篇，應録入《子華詩集》中。」則更有資考據矣。但其書流傳甚少，《經籍志》作一卷，想亦不全，或系後人合并歟？同里吴氏拜經樓所藏舊鈔，觀其款式、筆跡，猶是明時影宋寫本，因假之而屬善書者重爲影鈔。吾家本出郣海，此書尤當謹守也。嘉慶十五年冬日，陳鱣記。

硯箋跋二

是書于康熙四十五年曹鹾使寅曾刻於揚州官署，所謂《楝亭十二種》之一也。剞劂甚精，惜款式已改。大抵書歸種類，則必須改樣以就其格之數目、版之大小，遂失書之本來，亦積習使然。然幸而刻之，流傳于世，未始無功。爰取其本互勘一過，用赤筆細書其旁，勿遽輕改焉。嘉慶十六年春日，鱣載記。

春渚紀聞跋

是書第七卷《詩詞事略》首條云：『牧之詩有「天上鳳皇難得髓，何人解合續弦膠」，恐「髓」字誤，然髓亦安可爲膠也？』按有骨則有髓，《漢書·郊祀志》鶴髓是也。唐初張鷟有《龍筋鳳髓判》四卷，《春渚》所言殊未允當。惟今本《樊川集》作『天外鳳凰誰得髓，無人解合續弦膠』，實不及《春渚》所見本作『天上』、作『難得』、作『何人』爲有味，當據以改正耳。嘉慶甲戌夏日，陳鱣記。

新刻事物紀原跋

嘉慶十有一年夏四月，以成化乙酉永瑞堂刊本校于中吴別業之爽軒。海寧陳鱣記。

嘉慶十有四年冬十二月望日，繙閲是書，重校正數十字，俱以所引原書勘對。鱣記。

讀書雜録跋

此《讀書雜録》世傳頗罕，丙申冬，從拜經樓借觀，因命胡生鳳苞手録之。職方著述等身。鱣記。

龍州集跋

宋劉過，字改之，廬陵人，南渡後以詩俠名湖海間。韓侂胄嘗欲官之使金國，而輕率漏言，卒以窮死。嘗抗疏光宗，請過宫。屢與時宰陳恢復方略，謂中原可一戰而取，奈不用，去。宰相周必大聞其人，欲客之門下，不就。故人潘友文宰昆山，延致之。改之雅志欲航海，因抵縣宿留焉。未幾卒，葬昆山縣之馬鞍山，有集十四卷。岳倦翁《桯史》記改之始末甚詳，稱其開禧己丑過京口，相與摭奇弔古，多見於詩。其《多景樓》一篇，廣漢章以初升爲之大書，詞翰俱卓犖可喜，屬爲刻樓上，會兵起不果云云。是集以改之名與蘇叔黨同，而叔黨之集失傳已久，遂冒題爲《斜川集》。觀王弇州《題跋》，乃知以劉集充《斜川》，自元季已然，不自近始矣。今《斜川集》已經周書昌編修從《永樂大典》搜羅，編爲六卷，俾趙味辛舍人刻以流布。余遂將此本改題曰《龍州集》，以存廬山真面。考改之曾權吾邑學官，集中有《鹽官權學》《鹽官借沈氏屋》二詩，皆可備掌故也。嘉慶十年春，陳鱣記。

趙松雪書酒德頌跋〔一〕

吾家藏元楊載譔《趙子昂行狀》一卷，係公子仲穆手寫授梓，明崇禎間海鹽胡宣子得之吴興邨教授者。筆法遒秀，古色盎然。有舊跋數則，極可賞玩。比寓京師，承德孫君鳳卿以子昂書《酒德頌》見示，乃延祐三年丙辰歲十一月廿一日爲瞿津民書。按狀偁延祐丙辰七月進拜翰林學士承旨、榮禄大夫、知制誥，兼修國史，仁宗聖眷甚隆，字而不名云云。書此頌時，距拜官僅三月耳。子昂出處吾不得而知，然主臣遇合，洵一時盛事。卷中劉廷美跋云：『伯倫仕魏爲建威參軍，其頌酒德，寓意深長，蓋當曹、馬廢興之際，有所託而逃焉者。趙文敏公特爲書之，良以是與。』恐亦想當然語也。嘉慶六年歲在辛酉秋九月三日，海寧陳鱣記于京師宣南坊寓館。

厲樊榭古貨布記跋

吾郡樊榭先生手書《古貨布記》，文筆古茂，今藏石峰草堂，并拓其文於册。嘉慶七年二月初吉，與家雲伯同觀，因跋其後。海寧陳鱣記。

與吴兔牀書一

二月二十六日，鮮民陳鱣謹奉書兔牀先生左右：春伯兄北上，獲手書并新刻各種，不啻百朋之錫，謝謝。南兄以目疾初痊，暫停一試，閉户經年，取狀頭如拾芥耳。《國山碑考》此間無不以先睹爲快，今已分贈與映山、淵如、宜泉三君。尚留一部，將并各種寄小松，而案頭仍闕如也。目耕來時，再寄一本是望。去夏秋帆制府欲覓此書，因將初印本付淵如寄去，故書中有引及者，亦足徵大著之紙貴長安矣。客臘晤小松，欲乞《國山碑》搨本，未知尚有存否？又淵如藏本闕年月一行，幸并寄之。拙著《説文解字正義》草稿將完，挂漏尚多，當以畢生爲斷耳。《六藝論》中舛誤，伏承指示，歸時當圖改刻耳。伊仲尚未得晤，小山聞有豫章之行，但蘭泉少寇即欲來京，覃谿詹事瓜代已近，不知誰爲東道主耶？桂未谷《繆篆分韻》近已開彫都下，屬鱣校定，并代爲摹篆，弄斧班門，殊堪笑到，五、六月間可告成矣。前蒙先生許爲家君作傳，不勝感激。今冬堅擬南旋，力圖窀穸，但去住由人，未知得遂所願否？别緒萬端，倚毫不盡快悵。鱣白。

聞新倉烏金衖有祝融之厄，此數百年來未有之事，全履、留餘兩家適被其災，遥爲驚嘆，始知形家之言似亦有驗。秋讀近狀奚似？念念。此間敝居停尚屬見好，從游一徒亦頗循良，現在補讀經書，未經赴試。易疇之官嘉定，秋室典試楚中，芝山薄遊山左，二雲《爾雅》已刻，未曾校定。淵如孫，名星衍校刻《晏子春秋》，已有成局；《神農本草經》鱣與爲參訂，亦將付梓。伊所乞《國山碑》年月姓名等，以及尊著《碑考》，懇南兄帶至，幸勿忘之。方鐘□屬札托舍弟，未知已奉諒已痊可，時切予懷也。武原會項想家伯照數請發，當弗致誤。聞南兄目疾就醫杭城，到否？鱣出亡異地，抱恨終天，飲血吞聲，不堪回首，但得稍可支持，急圖歸葬耳。情長紙短，不盡所言，又白。

與吴兔牀書二

拜别後，到蘇度歲。起身時，曾寄一函，諒已賜覽。兹於二月十四日抵都，一路平安，脾胃亦好，皆庇護之力也。此次途中，與蕘圃諸君頗有唱酬，都爲一卷，曰《北上聯吟》。近日往琉璃廠書肆，見善本甚多，如宋刊《荀子》、正統翻宋淳化本前後《漢書》、成化鈔本《開元占經》；又精鈔各家書目，此外尚未可悉數。大半爲蕘圃所有，鱣得《占經》，價不甚昂，較南方減省。因語同人曰：『入都有三樂，而中進士不與焉。周覽名山大川，一樂也；徧閲秘本寶書，二樂也；得見賢士大夫，三樂也。』大雅聞之，想當一笑耳。覃谿先生精神甚佳，惜乎近年惑於佛老之學，修煉打坐，不多見客，爲可怪也。前過常州，訪稚存先生，以近出不晤，已將尊著及詩箋交存風雪授經堂矣。四兄寓憫忠寺，常常相見，起居大好。據云此來車駕不過廿餘金，較前次省其一半，現在旅費充然有餘。惟近日同伴同年王君肇璜殁於寓所，殊屬可傷，連日辛苦料理，足見友誼，將來止好移寓，聞前日寄去府報一切詳述也。鱣初到都，酬應匆匆，率具奉達，並請鈞安，餘容續悉。兔牀年伯大人，大二兩兄均此致候，姪鱣頓首。二月十七日京寓。

與張文漁書

畫像石刻，標首擬作小篆，仿孫漢陽所作東坡像，意較古雅也。其偁謂必當云某地某公爲莊重，如昌黎韓公、廬陵歐陽公之類是也。兹寫樣一條，乞酌付即刻爲感。其年月務書三年九月，不宜書干支，又及。上文漁大兄同年，鱣頓首。

癸亥上元後十日兔牀丈招集耕煙山館時鱣將之吴門並以新刊拜經樓詩集見遺即席

小桐溪口繫輕橈，爲有高人折簡招。我亦年來倦行役，不妨留此醉春宵。

倏然三徑暮雲深，幾點梅花世外心。攜得拜經詩卷在，好隨鯉信達雞林。時適有朝鮮搆書之使，即以此集寄朴貞蕤檢書。

春雨松陵道中讀兔牀先生拜經樓詩集卻寄

竟日披裘坐小艭，連天風雨打篷窗。春光已負梅花約，寒色難將酒力降。一卷悲歌吴季子，三生頂禮賈長江。回頭欲寄相思字，安得乘潮鯉作雙。

一昔曾蒙識賤微，白頭交誼故依依。可知老宿今能幾，如此襟懷古亦稀。丙舍預期營萬雪，茆亭客話有三歸。請看磊落嵚崎概，都付凌雲健筆揮。

臨平道中

好作春山伴，斯遊豈偶然。畫橋楊柳外，江店杏花前。旅興方開卷，吟懷欲試泉。因之憐舊事，誰與沈郎傳。沈去矜《臨平志》流傳頗少。

武林寓偶作呈兔牀

經春無事傍西湖，茗碗詩筒興不孤。細雨濕花嬌可愛，遠山連霧淡如無。因貪勝跡都奔競，爲借奇書小負逋。不是蓬山解留客，清狂何地著吾徒。

周子珮公子餅硯歌爲宋芝山明經作

忠臣孝子留名跡，千秋血化還成碧。吳中難得兩完人，几上請看一片石。汝南公子本翩翩，圖書過眼等雲煙。妖蟆蕩氛良玉碎，丈夫詎肯作瓦全。伏闕陳書空裂血，父冤如海何時雪。恨不曾將魏閹頭，噉同餅餌抽刀切。當時撫几幾沈吟，賴有文公識此心。顧名思義三歎息，健筆親書勒厥陰。蒼涼忽憶虎丘路，負販猶能趨黨錮。古來寧獨趙邠卿，便是餅師亦堪慕。硯石瘦而寒，疑是孝子不朽之心肝。研銘古而樸，疑是忠臣未死之面目。君今得此真良圖，令人肅拜傳相摹。更期珍重勿輕出，好著先人未竟書。芝山尊人半塘先生，著《説文解字疏》等書，尚未行世。

偶以括蒼石屬鐵生作書室小印兼索爲圖

幽棲未解一枝謀，姓氏聊憑寸鐵收。用元朱圭事。妙手如君真絶世，更須潑墨寫神樓。劉元瑞好樓居，無力造，文衡山嘗爲作《神樓圖》。

與兔牀西湖晚步乘月而歸

向晚乘幽興，攜筇戀翠微。亂花幾礙眼，臥柳欲侵衣。春水盈盈隔，遊人緩緩歸。相期有明月，何事悵斜暉。

歸舟二絶贈兔牀

皐亭山下曉煙浮，萬點飛花送客舟。但使緑陰濃未改，春光雖老也風流。

琴尊花鳥足相於，到處名山樂有餘。未免被他關吏厭，歸來只載滿船書。

長興縣謝文靖公墓

太息建康墓，移來葬此間。不逢邢特進，誰表謝東山。祀典春秋肅，祠堂松柏環。三鴉岡畔路，無復采樵還。

二月二十日奉隨兔牀先生花溪泛舟即事書懷

訪古名山外，良辰得盡歡。一帆春雨細，十里野塘寬。壯氣歸吟卷，生涯羡釣竿。用《漢書》臨淵羨魚事。故人知我者，載酒幾盤桓。

題卞潤甫谿山秋色圖卷

卞家尺幅邵家藏，獻紵遺風感甚長。留得秋山無恙在，依然蘭桂滿庭芳。

周漪塘七十壽詩二首

春風駘宕扇陽和，辛巳重光七十過。品仰濂谿愛蓮説，壽徵甪里采芝歌。收藏萬卷精無比，著述千秋確不磨。來鳳橋邊南極朗，名儒克享大年多。

節逢嘉會記懸弧，矍鑠何煩玉杖扶。甲子疑年師絳縣，癸辛開卷識潛夫。早傳日下舒騏足，近喜庭中對鯉趨。我慕耆英頻問字，稱觴還共進屠蘇。

十月望對月書懷

天寒有客獨登樓，回望空林月正幽。已嘆黄岡虚永夜，誰從赤壁繼良遊。一年容易三秋過，孤館難爲卒歲謀。此際閑人知更少，不眠吳質想同愁。

題從祖目耕先生印存

目耕先生有古癖，平生好古如好色。力趨大雅薄時風，俗眼相看不相識。文章詩賦妙入神，且以其餘工篆刻。由來技藝有兼長，能事當今堪第一。上追倉史遡源流，下觀秦漢求遺則。文何支派得真傳，吾趙風流差善述。往日江湖載酒行，吴越山川俱跋涉。赤文緑字窮雕搜，斷碣殘碑争拂拭。談經歸向滄江濱，問奇門外常填塞。春風入坐有餘清，小阮追隨興更逸。金石長增典籍光，鶩傳《印譜》新編出。請看薤葉滿琳琅，古氣蒼茫生一室。規模更仿琬琰鐫，款識還同鐘鼎式。萃昂張箕向背分，垂金屈玉剛柔克。方其布置盡神奇，手所未到心先得。乃知斯道可通兵，使筆如刀刀是筆。從今聲價重連城，一字寧惟百金直。況乎家學數專門，文采相承思舊德。六書之法賴以存，豈特區區稱藝術。他時秘閣著圖書，嘉名還欲貞珉勒。

牡丹分詠

但聞佳種豫綢繆，索向鄰家不用售。滿把拾遺無愧色，一叢誇艷卻風流。尋芳豈爲飢驅去，叩户還如火急求。縱是名場堪引證，吴中有乞花場。瓊瑶難報木桃投。折花。

題吾與庵圖

爲訪謫仙人，得逢方外侶。駐錫傍支硎，結庵曰吾與。入門多古歡，登閣一延佇。山色秀可餐，梅花澹無語。身居圖畫中，指點雲深處。展卷且留題，良緣從此敘。

贈澄谷方丈

松顛閣上與雲浮，著箇高僧已白頭。萬古名山留此席，一時賢士願從遊。情於泉石之間密，詩向酸鹹以外求。我亦巖邊結茆屋，何時相顧泛扁舟。

甲子臘月望日與匪石蕘圃訪穉存太史於吾與庵是日晚寒石具蔬素穉存出嘉醞見山閣小集以把酒問青天五字分韻得問字

高閣起名山，上與白雲近。我欲時時來，應知不我靳。況得素心侶，笑談多逸韵。雪圃劚嘉蔬，蘭陵分宿醞。争奈此良宵，蟾光遭薄暈。小劫亦難逃，天心那可問。是夕月蝕。豈知旋轉間，消息皆妙運。既缺復重圓，何曾留破璺。峨峨倚澗松，矯矯絶塵坌。相期耐歲寒，幽居且莫愠。

乙丑四月四日偕槎客蕘翁訪寒石上人適石遠梅在坐因約遊支硎諸勝歸集見山閣分韻得氣字

良會不可期，春歸方歔欷。豈知來山中，今日素心慰。相逢三五人，澹交本一契。矧兹天宇清，四望無霒霼。策杖探支硎，林壑尤深蔚。其下有寒泉，衆流于此匯。凝緑透新篁，殷紅留嘉卉。向晚憩高閣，清興闌猶未。采蔌供盤餐，頗兼色香味。吾與詠而歸，畫圖差髣髴。

和蕘圃辛未仲夏二十日放舟西山口占韻

始識南塘路，橋通一水深。亂山渾積翠，孤棹欲穿林。良友如前約，高僧好共尋。況逢梅雨霽，真足豁胸襟。

蕘圃以吾與庵小憩詩見示即次元韻

風浴歸吾與，呼朋得得來。詩多留疊韻，讀不厭千回。翠列窗中岫，寒生畫裏梅。寺壁懸徐嬾雲畫梅。還期明月上，倚杖待雲開。

辛未仲夏分龍日與黃蕘圃陸東蘿同訪寒石上人留宿吾與晚間納涼以清風徐來分韻得風字

農家此日記分龍，恰趁晴波一棹通。林下逍遥惟我輩，山中寂静是支公。情因話久忘歸路，坐愛庭寬受晚風。難得聯牀新舊雨，清涼頓覺萬緣空。

前題次復翁徐字韻

招隱名山小結廬，塵埃到此盡捐祛。清風習習吹林薄，明月迢迢望太虛。有客三人來不速，偷閒半日步還徐。僧房莫笑空諸相，插架猶留萬卷書。

庚午五月朔與黄蕘圃沈子逸同訪寒石上人是日雨甚集見山閣憑闌遠眺煙雲之變幻以賞雨茅屋分韻得茅字

冒雨呼鷗伴，來尋方外交。苔痕侵屐齒，嵐氣濕林梢。坐久凡心隔，吟成細意敲。便期招隱願，還共縛香茅。

挽寒石上人

昔因訪舊到松門，一見相欽道有根。余因更生居士始與師相往來。白首童顔誰不識，墨名儒行自堪尊。身無遺累齊生死，徒可傳衣勝子孫。遥指九溪十八磵，寒林衰草瘞吟魂。

鵲橋仙

綵絲難繫，紅榴空妬，不信春歸悄悄。高樓此日已塵封，更那得、燕聲纖巧。良辰錯過，騷情同感，寫盡衡蘭湘草。美人縱肯惜芳華，奈欲嫉娥眉群小。

校勘記

〔一〕此篇文集亦有，文字小有異同。

簡莊詩文新輯

簡莊詩文新輯

己未詞科録按語

叔子文甚雄奇，或病其敘事學《史記》處間似有小説氣。此乃指《大鐵椎傳》等篇耳。它如姜埰、江天一諸傳，皆絶大有關係文字，何可多得。叔子姪世傑早死，世儆亦奇士也。竹垞有贈世儆詩云：『每憶金精天外峰，易堂書卷閟春冬。竹林舊侣嗟零落，喜見青雲阮仲容。』

（《己未詞科録》卷十一）

逸周書跋

宋嘉定十五年東徐丁黼所刻《周書》已不可得見，元至正十四年海岱劉貞重刊，有四明黄玠序。按劉貞曾梓《大戴禮》，有鄭元祐序云：『海岱劉貞庭幹父以中朝貴官，出爲嘉興路總管。』此黄玠序又稱『郡太守劉公』，是貞嘗爲四明太守矣。又考《弘治湖州府志》云：『黄玠字伯成，慈谿人，宋黄震之曾孫。清苦力學，無所不通。周遊西湖，樂吴興山水，因卜居弁山云云。』是本爲明四明章檗校刻，序中『黄玠』誤作『黄玢』，然猶未脱《王會解》中一葉，斯可貴也。

嘉慶十年冬十月除夕陳鱣記。

（《拜經樓藏書題跋記》卷一）

壽吴騫八秩

漸江人士仰耆英，吴猛原知骨相清。九秩年開欣覽揆，五經日拜慶長庚。傳薪業富兒孫輩，撰杖圖添弟子行。家受笙繪六壽圖，鱣亦與焉。若向齊雲重采藥，是翁矍鑠尚孩嬰。

小春節候轉陽和，亥字推餘日正多。伏叟聱牙還口授，梁公皓首好肩摩。堆筵卷軸精無比，壽世篇章卓不磨。侑酒奚須他樂請，萬花漁唱洞仙歌。兔牀尊伯大人八十初度，恭祝二首，年姻愚侄陳鱣拜手。

（《海寧典藏》下《書畫卷》，西泠印社出版社，二〇〇八年一月版）

簡莊疏記

黄梨洲《南雷文案·題海昌六老圖》云：『圖中六老，余不及見者，文白、嗣留耳。元岵見於語谿，冠解果，曳長裾。及來海昌，尚申剪燭之談。介皇信宿其家，同遊兩山。劍耿曾訪之桑林之下。而尤契者爲止谿先生。』鱣案，介皇名元方，别號耘蓮，著有《淳村草堂集》。草堂在硤石趙家匯，其額爲鄒逸麟書，至今尚存。《六老圖題詞》云『信宿其家，同遊兩山』，則梨洲固嘗至硤石，而主於淳村草堂矣。又朱近修《爲可堂集·硤遊即事詩》云：『東山避地曹耘蓮，琴書幽冷草堂偏。堂前處庭闊丈五，新種名花芍藥妍。有花需有客，斗酒床頭出。少長六七人，痛飲翻白眼。薛家小濤二八年，翠眉皓齒朱唇鮮。嬌歌一聲明珠圓，滿堂佻舞客欲仙。更有王姝静凝睞，舉杯獨向花前拜。名花兼得美人憐，草堂自此花增態。』云云，則當日草堂固嘗有文酒聲妓之樂。前輩風流，可見梗概也。

（《海昌觀》卷九）

清波别志跋

是書爲錢唐江氏振綺堂所藏，嘉慶十年三月余得之于吴中書肆，遂以鮑氏知不足齋本校勘一過，改正數字。勃海陳鱣記。

（台北『中央圖書館』藏舊鈔本《清波别志》跋語）

太史升菴文集題記

《升菴集》八十一卷，明楊慎撰。慎字用修，别字升菴，新都人，正德辛未進士第一，授翰林院修撰，以諫大禮，謫戍永昌，事跡具《明史》本傳。此集爲萬曆十年四川巡撫張士佩所刊，蓋購得其從子有仁家藏本，重加編次，凡詩文四十卷，雜記四十一卷。用修以博洽見偁，由于多讀古書，浸淫涵育，吐屬不凡，文無當時艱澀之態，詩則含茹漢晉唐宋，允推有明一代殿譔之冠，惟考證論説誇多鬥靡，不及細檢原書，致多疏謬，因滋後人口實，平心而論，可取者亦復不少。所著《丹鉛録》《譚苑醍醐》諸書，本專刻各行，兹删除重複，分類附編，尚有條理，且易檢尋。惟蔡汝賢後跋云：『卷分八十一，取陽數也，部總二十八，系列宿也。』則失之鑿。是本又從張刻傳鈔，想因初刻時難以購求，故重費筆墨。其書法工整，且係一手所書，審其字跡，實係明人手筆，尤爲可貴耳！嘉慶十八年九月，陳鱣記。

（台北『中央圖書館』藏傳鈔明萬曆十年四川巡撫張士佩刊本《太史升菴文集》跋語）

蔡中郎文集跋

書賈徐鳳輝自江寧考棚歸，取道常州，得明神廟時東陽徐子器所刊《蔡中郎集》十卷，持以示余，因亟購之。遂借吾友黄蕘翁影鈔明錫山華氏蘭雪堂活字本，用黄筆校之，復以朱筆校樸學齋舊抄本，以墨筆寫録顧千里校語，其蕘翁三跋，各依其色書之，凡半月而校竣。是書活字本流傳蓋寡，即此徐刻十卷亦不可多得矣，寶之。嘉慶十二年十月朔，郭海陳鱣記於津逮舫。

（嚴佐之《陳仲魚手校本〈蔡中郎文集〉版本考略》）

過無錫望惠山

曉過江城□雨後，蘼蕪緑上女牆邊。單椒的的明如繪，藏得人間第一泉。

自聊城至汶陽途中口占

突兀叢林外，蒼茫眼界開。山巒迎面至，溪邊拂雲來。古驛均翰滿，霜鐘氣候催。客中幽興好，未放馬蹄回。重嵐頻出入，遥見汶陽田。馬立山頭看，人喧渡口船。清霜剛十月，旅鬢感經年。贏得齊州勝，煙霞寫蜀牋。

歲暮將歸鄧司六先生返桐城有詩志别作此送之

昨夜騷人賦離别，梅花應發故園枝。一窗風月成高卧，廿載雲山剩好詞。酒入愁腸客易醉，客籌歸計總嫌遲。君看一樣南征雁，歧路相逢又几時。

（以上三首，見周廣業編《海昌詩繫》，南京圖書館藏）

經籍跋文

經籍跋文序

予與簡莊孝廉少日皆酷嗜書籍，購置不遺餘力。凡經史子集，得善本輒互相傳觀，或手自校勘相質，蓋數十年如一日云。予性懶質鈍，爲學多雜而不專，投老無成。簡莊精敏果鋭，强于記誦，而能專意于經學。又克廣攬窮蒐。今觀所撰諸經跋文，鉤深索隱，凡古本之爲後之妄人竄亂芟併者，莫不審考其原來次第，而字之更改淆混者，一一較正，令人復得見本來面目，不其偉而！傳曰：博學之，審問之，慎思之，明辨之。又曰：友直友亮友多聞。簡莊生平善于音注，在中吴尤與錢辛楣宫詹、周猗唐明經、黄蕘圃主事往復研究，故閲善本而悉品論其是非，靡不精核有如此也。癸酉十月二十日吴騫志，時年八十有一。

經籍跋文

宋版周易注疏跋

孔穎達等《周易正義》，據序云十有四卷。《新唐書・藝文志》及《郡齋讀書志》同。惟《直齋書録解題》作十三卷，引《館閣書目》亦云『今本止十三卷』。按序所云十有四卷者，蓋兼略例一卷而言。若《正義》原本，止十三卷。《舊唐書・經籍志》誤作十六卷。後皆作十卷，又爲妄人所并也。原本單疏，並無經注。正經注語惟標起止，而疏列其下。注疏合刻，起于南北宋之間。至于音義，舊皆不列本書。附刻音義，又在慶元以後。即《九經三傳沿革例》所謂建本有音釋注疏是也。以其修版，至明正德間止，亦稱正德本。以其每半葉十行，又謂之十行本。然它經音義，附于每節注後疏前。獨《周易》總附于末卷之後，故題爲『周易兼義』，而不稱附音。若夫注疏初合刻本則並不附。今世通行者曰閩本，曰監本，曰毛本，每半葉皆九行。澧向藏十行本，已爲罕有。今秋從吴賈得宋刻大字本十三卷，每半葉八行，行十九字，皆頂格。經下夾行注，有『注云』二字。注下作大字陰文『疏』字，仍夾行。先整釋經文，然後釋注。再接大字經文。其款式與日本山井鼎《七經孟子考文》所據宋本一一吻合。書中避『敬』『恒』『貞』

『恒』等字，而不避『慎』字，間有避『慎』字者，審係修版，疑即《沿革例》所謂紹興初監本，其刷印則在乾道、淳熙間也。楮墨精良，古香可愛。每葉楮背有『習説書院』四字長印，未知所在。每卷首有『孫修景芳』印，似系明人。其經文如今本《坤》象傳『應地無疆』，此作『無彊』。《大有》象傳『明辨晳也』，此作『辯晳』。《頤》象傳『自求口食』，此作『口實』。《解》象傳『而百果草木皆甲坼』，此作『甲拆』。《繫辭》傳『其受命也如嚮』，此作『如響』；『其孰能與於此哉』，此無『於』字；『力小而任重』，此作『力少』；『辨是與非』，此作『辯是』；『兼三才而兩之』，此作『三材』；下『三才』同。《序卦》傳『傷於外者必反其家』，此作『於家』。《雜卦》傳『蠱則飭也』，此作『則飾』。俱與《唐石經》合。顧亭林《石經考》以『力少』爲誤，錢辛楣辨之甚當。考《集解》本作『力少』，《荀子・儒效篇》『是猶力之少而任重』，景祐本《漢書・王莽傳》『自知德薄位尊，力少任大』，《後漢書・朱馮虞鄭周傳》贊注引《易》亦作『力少』。《三國志・王修傳》注引《魏略》『力少任重』，今得宋本作『力少』，尤可證俗間傳刻之失。其注疏中可以勘今本之脱誤，更復不少。即如《咸》象傳疏一段，凡一百一字，今本全脱。宋本之足寶貴如此。惜缺其首卷，復從吴中周猗唐明經借影宋鈔十三卷本，前有《五經正義表》，系錢求赤手校，覓善書者補全，自謂生平幸事。錢校本題識，並附録焉。

宋本周易集解跋

《周易集解》十卷，影宋寫本。首題『易傳卷第幾』，下題『李氏集解』。今所行十七卷本，作《周易集解》，下云『唐資州李鼎祚輯』，非其舊也。前列《易傳序》，稱『祕書省著作郎臣李鼎祚序』。次載晁公武書，又次李燾書，又次鮮于侁書，又次侁子申之書。末附《易傳略例》，後載計用章序。每葉十六行，行十八字。自乾坤二卦以外，卦爻下俱列『某宮』『某月』『二世』等字，作三行。凡遇『貞』『恒』等字俱缺筆。以今汲古閣刻本校之，經文如《文言》傳『可與言幾也』，今無『言』字；《噬嗑》象傳『先王以明罰敕法』，今作『勑法』；《大壯》象傳『不詳也』，今作『不祥』；《晉・六五》『失得勿恤』，今作『矢得』，象傳同；《夬・九四》『其行次且』，今作『趦趄』，象傳及《姤・九三》同；《萃》象傳『五假有廟』，今作『王假』；《豐》象傳『月盈則食』，今作『則蝕』；象傳『天際祥也』，今作『天降』；《繫辭》傳『其孰能與此哉』，今『與』下衍『於』字；『易之以棺槨』，今作『棺椁』；『一致而百慮盡也』，今無『盡也』二字，皆以宋本爲長。至于《集解》開卷第一條『故曰乾元亨利貞矣』，今脱『乾』字；第二條『故曰勿用矣』，今脱『矣』字；其餘甚多。凡引『于寶曰』，今通作『干寶』。余别有考。鼎祚自序本云『凡成一十卷』，《中興書目》亦作十卷，《新唐書・藝文志》作十七卷，晁公武云『唐録稱鼎祚書十七卷，今所有止十卷，而始末皆全，無所亡失』，豈後人并之邪？李燾亦云：『據鼎祚自序，止云十卷，又首尾俱全，初無亡失，不知唐史何所據而云十七卷也。《崇文總目》及《邯鄲圖書》遂稱七篇逸，蓋承唐史之誤。』按，明嘉靖三十六年朱睦㮮刻此書，尚作十卷。崇禎間，毛晉汲古閣所刻，乃作十七卷。又改序中『一十卷』爲『一十八卷』，以合附録略例一卷之數，而略例仍未之附。尤可笑者，第十五卷止于『知之未嘗復行也』，而第六卷始于『易曰不遠復』，以經文之一節岐置二卷，抑何冒昧至此？蓋李氏《自序》中本有『别撰索隱』之語，《宋・志・五行類》有李鼎祚《易髓》三卷、目一卷，《瓶子記》三卷，當即其所别撰者，或附于《集解》後，合之正十七卷。故《唐志》綜其所撰述而言，晁、李諸家俱未深究原委耳。《集解》自北宋慶曆四年臨邛計用章屬所親眉陽孫景初募工刊刻，南宋乾道二年資中郡守鮮于侃刻之學官，嘉定五年侃子申之以版復荒老且字小不便于覽者，乃將大字刻之漕司。此即從嘉定本影寫者，用明時户口册籍紙，上有『嘉靖伍年』等字，既薄且堅。反面印格摹寫，工整絶倫，鐵豪無誤。前有毛扆字粤伯號質庵印，扆即毛晉之長子，知爲汲古閣藏書。裝潢極精，以墨箋爲面背，藏經紙作籤，殆所謂宣綾包角藏經箋也。凡十册，每册黏籤猶是舊題。考毛扆斧季《汲古閣祕書目》，以此居首，注云『宋版影鈔，定價銀五兩』，以呈潘稼堂。又不知幾易主，後爲潢川吴氏所有。嘉慶十一年十月吴閶陶氏五柳居書肆持以相視，索直十兩。余正擬購得，黄君蕘圃已先知之，急遣人來攜首册而去。未幾，蕘圃卧病，然猶持書不釋。余欲其速愈也，因讓之，乃竟如其直買之。病果起，遂以香相製櫝而藏。是冬除夕祭書，此其首列。次年，余借校未畢，將赴試禮部，聞蕘圃不赴，請以二十金易書于余，而彼有難色，且恐余身歷宦途，它日歸取或難，竟促歸蕘圃，爲跋于後。及余罷舉言旋，復借校竣，直至殘臘方還。愛書之念，猶然耿耿。越二年，余將自吴返里，蕘圃適有所需，乃以三十金購之，較汲古原價已加五倍。然斧季固云『精鈔之書，每本有費四兩之外者』，今不敢多開，所謂裁衣不值緞子價也。則此三十金，似不爲過。余故終感良友之能遂厥初心，獲此至寶，誓欲重爲摹刻，以廣流傳。而力少未能，姑俟異日。獨怪毛氏既有是書，而所刊之本絶不相照，豈付梓時猶未獲此書邪？又有盧氏雅雨堂刻本爲惠定宇臆改百六十餘處，與宋本校對，時多乖違。且如《豫》卦，《集解》『豫』皆作『逸』，乃避代宗諱，以故晁公武云《集解》皆避唐諱。今雅雨堂本盡改『逸』字作『豫』，是亦弗思之甚，更不可爲典要矣。

宋咸淳本周易本義跋

向從吴中顧氏得宋版《周易本義》十二卷，精美無比，有跋刻于《綴文》。又從吴中袁氏得幡宋刊《周易本義》，其卷帙次序，悉同宋版。惟字樣較大，每葉十二行，行十五字。其經文如《比·初六》『終來有它吉』，不作『有他否』；九五『繫于苞桑』，不作『包桑』；《井·九五》『井洌寒泉食』，不作『井洌』；《坤》象傳『應地无疆』，不作『無疆』；《頤》象傳『自求口實』，不作『口食』；《繫辭》傳『失得之象也』，不作『得失』；『其受命也如響』，不作『如嚮』；『何以守位曰人』，不作『曰仁』；『男女構精』，不作『搆精』；『兼三材而兩之故六』，不作『三才』；下句同;《序卦傳》『傷於外者必反於家』,不作『其家』;『決必有遇』,『有』下無『所』字;《雜卦傳》『豐多故』下無『也』字,俱與宋版相合,而可以證俗閒通行本之誤。至于《雜卦傳》『遘,遇也』不作『姤,遇』,則此本尤勝。考《説文》無『姤』字,徐鉉新附乃有之。《爾雅·釋詁》:『遘,遇也。』《易》『姤』釋文:『古豆反。薛云:古文作「遘」。鄭同。』馮椅《易輯》云:古文姤作遘,遇也,亦婚媾也。王注《易》改爲今文爲姤。《雜卦》猶是古文。鄭本同。蓋《雜卦》以無王注,故未及改。唐石經及宋相臺岳氏本皆作『遘』。流俗相承,盡改爲『姤』,遂不復知本義原本矣。若夫注之勝今本處,已見前跋。錢詹事《潛研堂集·宋咸淳本周易本義跋》亦詳言之。是本爲九江吴革刊,敷原劉宊校,前有革序,稱咸淳乙丑立秋日。按乙丑爲度宗咸淳元年也。宋有三吴革,一字義夫,華州華陽人,宋初勳臣廷祚七世孫,官至武功大夫、閤門宣贊舍人,死宣和之難,詳見《宋史·忠義傳》。一紹興初江西運制,見《繫年録》。一江州人,景定四年四月以權發遣户部判官兼知臨安府事,六月轉朝奉大夫,九月除司農少卿,仍兼。十一月,兼勑令所删修官。五年七月,罷。見《咸淳臨安志》。革曾于淳祐中爲錢唐令,尋通判臨安府,見《嘉靖浙江通志》。咸淳元年與景定五年,僅越一年耳。序云『昨刻程《傳》于章貢郡齋,今敬刊《本義》于朱子故里』,蓋亦窮經好古之士。或謂即宣和殉難之吴革,大非。是本雖係幡彫,而字畫工緻、紙墨精良,洵堪悦目。又曹寅刻于揚州者,即此本,而改其行款,縮爲小字密格,與之相較,不已縣殊乎?

宋本尚書孔傳跋

《尚書孔傳》十二卷，宋刻巾箱本，題曰『婺本點校重言重意互注尚書卷第一』。次行頂格，題『堯典第一』。越五格，題『虞書』。又越三格，題『孔氏傳』。每葉二十行，行三十字。以今本校之，如《大禹謨》『降水儆予』，不作『洚水』；『奉辭罰罪』，不作『伐罪』；『夔夔齋栗』，不作『齊慄』；《益稷》『敖虐是作』，不作『傲虐』；《禹貢》『北過降水』，不作『洚水』；『東迆北會于匯』，不作『爲匯』；《五子之歌》『懔乎若朽索之馭六馬』，不作『凜乎』；『峻字雕牆』，不作『彫牆』；《伊訓》『檢身若不及』，不作『撿身』；《太甲中》『視乃厥祖』，不作『烈祖』；《咸有一德》『厥德匪常』，不作『靡常』；《盤庚上》『則惟汝衆自作弗靖』，不作『爾衆』；《盤庚中》『乃祖先父丕乃告我高后曰』，不作『乃父』；《説命上》『台恐德弗類』，不作『惟恐』；《武成》『師逾孟津』，不作『師渡』；《洪範》『明作晢』，不作『作哲』；《旅獒》『太保乃作旅獒』，不作『大保』；《酒誥》『厥心疾很』，不作『疾狠』；《多士序》『周公以王命誥作多士』，不作『命告』；『今爾又曰』，不作『其曰』；『天休滋至』，不作『兹至』；《君牙》『亦惟先王之臣』，不作『先正』；《吕刑》『度作刑以詰四方』，不作『以誥』；『其罪惟鈞』，不作『惟均』；《文侯之命》『即我御事』，不作『既我』；『汝克昭乃顯祖』，不作『克紹』；《費誓》『勿敢越逐』，不作『無敢』，皆與唐石經及宋相臺岳氏本合。其《孔傳》之勝于今本處，不可殫述。所附釋文，亦可校正近刻。

凡遇『恒』『桓』『慎』『敦』等字，皆缺筆，似是紹熙以前所刊。按王德甫司寇《春融堂集》有《宋刻周禮跋》云『宋版小本有重言重意者』。又《宋本春秋左傳跋》云『長四寸餘，寬不及三寸，題云「婺本附音重言重意春秋經傳」』，俱與是本體格相同。蓋宋時婺本，群經竝刻。《九經三傳沿革例》云婺州舊本，即婺所從出也。每册前後有『彭城楚殷氏讀書』長方印。又有『傳家一卷帝王書』圓印，知爲錢氏舊藏。余得之吴閶書肆，首尾完善，彫鏤精良，小可納懷，殊便展玩。惜乎司寇已歸道山，不及共賞耳。

宋本書集傳跋

《書集傳》六卷，宋刻本。每葉十六行，行十七字。首題『書卷第一，晦庵先生訂定，門人蔡沈集傳』。餘卷止題『蔡沈集傳』四字，與前序云『二典、禹謨，先生蓋嘗是正』之言合，此其原式。今本第一卷删去『晦庵先生訂定』六字及『門人』二字，殊失本來面目。《集傳》本無音，前序亦無注。今本有之。蓋明初坊間附以鄱陽鄒氏《音釋》。而今本《夏書》仍不附音，惟成化本尚有。宋本序後有真西山題跋，又載孔安國序一篇、《漢書·藝文志》一條、孔穎達疏説一條，皆有注。後載《書序》，亦有注。蓋《集傳》于《書序》亦如朱文公之攻《詩序》，逐條辨駁。後來書肆重刊，率爾削去，並前序所附者俱削之，良可浩歎。考淳祐中蔡氏子杭進表稱《集傳》六卷、《小序》一卷、朱熹《問答》一卷，繕寫成十二册云云。其《問答》一卷久佚，僅散見于董鼎

《書傳纂注》中。自宋以來，張葆舒有《蔡傳訂誤》，黄景昌有《蔡氏傳正誤》，程直方有《蔡傳辨疑》，余芑舒有《讀蔡傳疑》，遞相詰難。及元延祐二年，議復貢舉，《書》用蔡氏，與古注疏並行。陳櫟初作《書傳折衷》，頗論蔡氏之失。迨法制既定，乃改作纂疏以發明之。至明洪武十年，太祖與群臣論蔡傳之失。二十七年，詔劉三吾等撰《書傳會選》，其所糾正凡六十六條。永樂中，胡廣等奉敕撰《書傳大全》，復尚主蔡傳，定爲功令，以迄于今。蓋屢晦屢顯，究之淵原有自，以視陳澔《禮記集説》、胡安國《春秋傳》，可取實多。但累經坊刻，又失其真。是本爲吴中顧安道所藏，惜缺夏、商二卷，嘗借讀而校之。經文如《禹謨》『降水儆予』，不作『洚水』；『夔夔齋栗』，不作『齊栗』。《益稷》『州十有二師』，不作『有十』。《泰誓》『無辜籲天』，不作『龥天』。《武成》『師逾孟津』，不作『師渡』。《金縢》『惟朕小子其新逆』，不作『親迎』。《酒誥》『又惟殷之迪諸臣惟工』，不作『百工』；『弗蠲乃事』，不作『汝事』。《君奭》『越我民罔尤違』，不作『曰我』。《費誓》『勿敢越逐』，不作『無敢』。皆足以證今本之誤。《集傳》若《堯典》『毋嚚』傳引《吕氏春秋》增多十九字，今考定《武成》一篇低一格，無傳。惟『垂拱而天下治』後夾註十餘行，異同居多，又增多百餘字。其它字句之異者，更復不少。知今本皆爲後人删改。是書與家藏宋刻《易本義》《詩集傳》，正堪並行。安得有力而好事者盡付諸梓，以還先儒舊觀，且以廣益天下後世之誦習也哉？

宋本毛詩跋

《毛詩》二十卷，宋刻本，首題『監本纂圖重言重意互注點校毛詩卷第一』，次低二格，題『唐國子博士兼太子中允贈齊州刺史吴縣開國男陸德明釋文附』，又次頂格，『周南關雎詁訓傳第一』，又次低一格，夾註釋文。後接『毛詩國風』，夾註釋文，接『鄭氏箋』，夾註釋文。次提行，『關雎，后妃之德也』起。每葉十二行，行十八字。凡重言重意互注，俱用規識。凡釋文，與傳箋相連，不加識别，與家藏宋本《尚書》體例略同。《尚書》乃婺本，小字。此則監本，中等字。所謂監本者，當即岳氏《沿革例》云『監中現行本也』。《經義考》載有《宋刻纂圖互注毛詩》，當即此本。惟彼前有《毛詩舉要二十五圖》，此但存《毛詩圖譜》，並不知何人所刻。宋時各經、諸子，皆有重言重意，蓋經生帖括之書。此本刻畫工整，紙墨精良，且原于監本，斯爲可貴。審其避諱，『慎』字缺筆，『敦』字則否，殆是孝宗時刻者。因校對素所肄業之本經文，《鄘風》『終然允臧』，不作『終焉』。《衛風》『如切如瑳』，不作『如磋』。『遠兄弟父母』，不作『父母兄弟』。《魏風》『不我知者』，不作『知我』。《唐風》『弗洒弗埽』，不作『弗掃』。『白石粼粼』，不作『粼粼』。『碩大且篤』，不作『實大』。《秦風》『鴥彼晨風』，不作『鴪彼』。《小雅》『宜爾家室』，不作『室家』。『它山之石』，不作『他山』。『朔月辛卯』，不作『朔日』。『維曰於仕』，不作『予仕』。『鞫爲茂草』，不作『鞫爲』。『亂如此幠』，不作『此憮』。『維暴之云』，不作『誰暴』。『有洌氿泉』，不作『有冽』。『我蓺黍稷』，不作『我藝』。『受天之祜』，不作『之祐』。『止于丘阿』，不作『止於』。《大雅》『迺疆迺里』，不作『迺彊』。『淠彼涇舟』，不作『渒彼』。『如珪如璋』，不作『如圭』。『鳳皇于飛』，不作『鳳凰』。『於乎小子』，不作『於呼』。『匪用爲教』，不作『爲用』。《周頌》『婁豐年』，不作『屢豐』。《商頌》『來假來饗』，不作『來享』。『幅隕既長』，不作『幅幀』，皆與唐石經及宋相臺本合。惟『瑳』字，石經作『磋』。考《説文》有『瑳』無『磋』，此與相臺本並作『瑳』爲是。其傳箋之足證今本之誤處尤多，附釋文亦多勝于今本。又書中用朱筆點句，而于諱字則以朱筆規識，蓋猶是宋人書塾中課讀之本耳。

元本毛詩注疏跋

《毛詩注疏》二十卷，元刻大字本，向爲吴中黄蕘圃所收，云以白金十兩買諸五柳居書籍鋪者，偶爲友人乾没，余從其友人處出錢十千購得之。每葉十六行，行十八字。傳箋釋文及正義夾行，行二十五字。其款式與向藏《周易注疏》符合，匡格亦約略相同。惟此附釋文，而夾註字密耳。按《毛詩詁訓傳》本二十卷，孔穎達等作正義，序云四十卷，蓋每卷析爲二。《唐書·經籍志》《宋史·藝文志》《崇文總目》《文獻通考》俱作四十卷。正義原書與經注别行，後來合并，始于北宋之末。而《毛詩》又在南宋紹興初元。據山井鼎《左傳考文》引黄唐《禮記跋》云：『本司舊刻《易》《書》《周禮》正經注疏，萃見一書，便於披繹，它經獨闕。紹興辛亥，遂取

《毛詩》《禮記》疏義，如前三經彙編，精加讎正云云。』其初合時，尚無釋文，或又以詁訓傳有釋文之本彙刻。即依其卷帙爲次，故作二十卷，不依單刻正義本作四十卷。元人刻此，遂承宋刻二十卷之舊。第余所有十行本注疏，即《沿革例》所謂建本有釋音注疏。則作七十卷，是又從四十卷妄分，相傳至今。猶夫宋本《周易正義》十三卷，今并爲十卷。《禮記正義》七十卷，今并爲六十三卷。《春秋正義》三十六卷，今分爲六十卷。《五經正義》自《尚書》二十卷外，盡失其原，遂與端拱元年孔維等奉敕校勘孔穎達《五經正義》百八十卷之數不符。是本首題『毛詩注疏卷第一』，不注『一之一二』等字。次低二格，夾行，『唐國子祭酒上護軍曲阜縣開國子孔穎達奉勑撰』。次頂格，『周南詁訓傳第一』，夾注釋文畢，接『正義』二字，外加規識。次頂格『毛詩國風』，夾註釋文正義，下接大書『鄭氏箋』，仍夾註釋文正義。此當是宋本舊式。明嘉靖以下刻本，無『唐國子祭酒』一條，即題『毛詩國風漢鄭氏箋唐孔穎達疏』，非也。凡傳箋雙行夾註，嘉靖以下本改爲單行，上加『注』字，以黑圍之。又于『傳』下『箋』字亦以黑圍。按《考文》云，『箋云』二字，鄭氏之舊，所以別毛氏傳也。而後世諸本加黑圍者，亦失古意矣。又見明刻單注別本並『箋』下『云』字去之者，更繆。凡傳箋下載釋文，俱加圓隔，其經文與向藏宋本《毛詩》合處居多。惟『如切如瑳』作『如磋』，『鴥彼晨風』作『鴥彼』，『維曰于仕』作『予仕』，『維暴之云』作『誰暴』，『止于丘阿』作『止於』，『如珪如璋』作『如圭』，『於乎小子』作『於呼』。重刻致誤，其所由來者漸矣。注疏異同，約舉數端，《召南·甘棠》注箋云：『茇，草舍也。』明本箋云：『二字誤在「茇，草舍也」下。』《衛風·定之方中》序傳：『戰於熒澤而敗。』明本誤作『滎澤』。《齊風·載驅》箋：『以入魯竟。』明本誤作『魯境』。《魏風》末『魏國七篇八章百二十句』，十行本脱此一行。《陳風·東門之池》序『以配君子也』下雙行小字，孔安國曰：『渟水曰池。』本是釋文，明本『也』下有『注』字，遂以釋文誤入注語。《小雅·十月之交》正義『而王基獨云以麻校之』，十行本『校』上誤衍十四字。《大東》正義『河鼓謂之牽牛』，明本誤作『何鼓』。《大雅·泂酌》正義：『郭璞曰：今呼餐音脩，飯爲餴。』明本誤作『餐者，按此即郭注《爾雅》中之音』。山井鼎云：『宋版「音脩」二字白書，可證。』《周頌·思文》正義，又《舜典》云：『帝曰契，黎民俎饑，汝后稷播時百穀。』注云：『俎讀曰阻，阻厄也。』明本誤作『阻』，『飢』又誤作『阻』，讀曰俎，此與十行本合，可證，《古文尚書》段懋堂大令《撰異》中詳之。《噫嘻》箋：『竟三十里者一部一吏主之，於是民大事耕其私田。』明本脱此二十字，蓋因上文『使民疾耕，發其私田』致誤。今人校經，每以十行本爲祖。然其修補之葉居多，直至明正德止，故亦稱正德本。孰若此書元刻元印，並無修版，大字悦目，尤足寶貴也。

宋本周禮注跋

《周禮注》十二卷，宋刻小字本，附載《音義》。首題『纂圖互注周禮卷第一』，次『天官冢宰第一』，夾註音義，下題『周禮』，越格題『鄭氏注』，又次經文起。前列《周禮》篇目，次列圖説。凡三十五，每葉二十四行，行二十一字，注行二十五字。缺《秋官》《冬官》四卷，以余仁仲本補之，亦附音義，首題『周禮卷第』，次與『纂圖』本同。每葉二十行，行十七字，注行二十二字。余所見吾鄉吴氏拜經樓收藏宋刻巾箱本《周禮纂圖互注》，王蘭泉司寇有跋，大致與此刻同，而缺《春》《夏》二官。又見錢孫保舊藏宋本《周禮注・春官》《夏官》《冬官》、余仁仲本《天》《地》二官，别一宋本。《秋官》以俗本鈔補，俱未若斯本之佳。前有玉蘭堂印，又古吴王氏及辛夷館印，又季振宜藏書印。蓋始爲文衡山，繼爲王雅宜藏，後歸季滄葦者，皆鑒賞名家。《延令宋版書目》『《纂圖互注周禮》十卷』，疑即此。又《經義考》載《周禮附音重言重意互注》十二卷，引繆泳云『元人所輯』，並無證據，且與宋刻《纂圖互注毛詩》之目自相矛盾。此係宋刻無卿〔二〕。以通行汲古閣本校之，經文《天官・大宰》『一曰邦甸之賦』，不作『郊甸』；『乃縣治象之灋于象魏』，不作『之法』。《小宰》『斂弛之聯事』，不作『斂弛』；『贊玉幣爵之事』，不作『贊王』；『膳夫羞用百有二十品』，不作『百二』；『醫師有疕瘍者』，不脱『有』字。《地官・序官》『林衡胥十有二人』，不作『有一』。《大司徒》『則民不偷』，不作『不愉』。《小司徒》『以辨其貴賤老幼癈疾』，不作『廢疾』。《黨正》『壹命齒于鄉里』，不作『一命』。《牛人》『共其槁牛』，不作『犒牛』。《充人》『展人則告牷』，不作『告牲』。《肆長》『掌其戒禁』，不作『戒令』。《草人》『彊檃用蕡』，不作『疆檃』。《稻人》『夏以水殄草而芟夷之』，不作『芟荑』。《春官・序官》『天府徒二十人』，不作『三十』。《小宗伯》『賓客以時將贊果』，不作『贊裸』。《典瑞》『以恤凶荒』，不作『以卹』。《世婦》『凡王后有攈事』，不作『摻事』。《大司樂》『尸出入』，不作『屍出』；『王大食三宥』，不作『三侑』。《小師》『簫管弦歌』，不作『絃歌』。《瞽矇》同《磬師》『凡祭祀』，不作『及祭』。《鐘師》『裓夏』不作『裓夏』；『典庸器而設筍虡』，不作『筍簴』。《大祝》『一曰稽首』，不作『䭫首』。《都宗人》『掌都祭祀之禮』，不作『宗祀』。《夏官・大司馬》『及表乃正師執事』，不作『師執事』。《司弓矢》『恒矢庳矢』，不作『痺矢』；『授兵甲之儀』，不作『兵至』。《職方氏》『東南曰楊州』，不作『揚州』；『其川滎雒』，不作『榮雒』；『其浸盧維』，不作『廬維』。余仁仲本《秋官・序官》『犬人徒十有六人』，不作『十六』；『赤犮氏』不作『赤叐』；『銜枚氏』不作『御枚』。《遂士》『而糾其戒令』，不作『戒命』。《庭氏》『與救月之矢夜射之』，不作『矢射』。《冬官・矢人》『參分其長而殺其一』，不作『而剎』；『前弱則俛』，不作『則俛』。皆與唐石經合。其注之勝于今本尚多，兹不具述。余家藏宋刻纂圖互注《詩》《書》二經，今得此而三矣。

宋本儀禮注跋

《儀禮》鄭注十七卷，明繙宋刻本，首列『儀禮卷第一』，次行『士冠禮第一』，越三格『儀禮』，越二格『鄭氏注』。又次行，經文起，注雙行，不附音釋。每葉十六行，行十七字。卷末夾注經幾字、注幾字。凡『敬』字缺筆，而不避『徵』『讓』等字，疑出于宋天聖以前本。相傳爲明嘉靖間徐氏繙刻宋本三《禮》，此其一也。《日知録》云：『十三經中《儀禮》脱誤尤多。《士昏禮》脱「壻授綏」云云一節十四字，賴有長安石經據補，而其注疏遂亡。』又言：『《鄉射》脱「士鹿中」云云七字，《士虞》脱「哭止」云云七字，《特牲》脱「舉觶者祭」云云十一字，《少牢》脱「以授尸」云云七字，以爲此秦火之未亡而亡于監刻。』近惟吳中黄氏士禮居收藏宋嚴州刻本十七卷最佳，每葉二十行，每行大二十五字，小三十字不等。宋乾道八年，命張淳校刊《儀禮》，有監、巾箱、杭、嚴四本，今所存《識誤》稱嚴本者十餘條，皆與之合。是本雖係繙刻，其原尚在嚴本之前，較之俗間通行本實遠過之。經文，《士冠禮》『啐醴捷柶興』，作『建柶』；『遂以摯見於鄉大夫鄉先生』，作『卿大夫』。《士昏禮》『婦説服于室御授』作『御受』；『集于北牖下』，作『北墉』；『命之辭曰』，無『辭』字；『視諸衿鞶』下，有『壻授綏姆辭曰未教不足與爲禮也』十四字，並注『姆，教人者』四字；『弟則稱其兄』，無『則』字；『某以得爲婚姻之故』，作『某得以爲』。《士相見禮》『若常爲臣者』，作『嘗爲』。《鄉飲酒禮》『送受瑟乃降』，作『遂受』；『司正升立序端』，作『席端』；『遵者降席東南面』，『席』下有『席』字；『介俎脊脅胳肺』，『脅』下有『肫』字。《鄉射禮》『正告于賓』，上有『樂』字；『改作一个挾之』，作『改取』；『告于大夫曰』，『告』上有『以耦』二字；『興適左个中亦如之』，作『皆如』；『樂正命東面大師曰』，作『東面命』；『賓與大夫反奠于其所』，『夫』下有『坐』字。《記》『送西取弓矢』，作『遂西』；『楅髤橫而奉之』，作『拳之』；『各以其物獲』下，有『士鹿中翿旌以獲』七字，並注『謂小國之州長也。

周翿爲旌以獲無物也，古文無以獲』二十一字。《燕禮》『主人盥洗象觚升賓之』，作『實之』；『大夫皆就席』，『就』上有『升』字；『大師告樂正曰』，『告』下有『于』字；『主人拜受觶』，作『拜送』。《記》『燕朝服于寢』下，有『其牲狗也』四字，並注『狗取擇人也，明非其人不與爲禮也』十四字。《大射儀》『大夫在干侯之北』，作『大史』；『賓揖乃升』，無『乃』字；『主人洗酬』，作『洗觚』；『上射與左』，作『於左』；『司馬師坐乘之』，『之』下有『卒』字；『司射東面于大夫之西北』，作『西比』；『既拾取矢捆之』，作『捆之』；『相揖還退』，無『還』字；『司射袒執弓』，『射』下有『遂』字；『退次于序端』，作『退俟』；『僕人師洗升賓觶』，作『實觶』；『司馬師受虛爵』，『司』上有『卒』字；『司射釋階西』，作『適階』；『衆射者既拾取矢』，作『繼拾』；『公答拜反位』，『答』下有『賓』字；『如初受成之禮』，作『受酬』。《聘禮》『夫人使下大夫勞以二竹簠方』，作『竹簠』；『客辟不答拜』，作『賓辟』；『尚擸坐啐酒』，作『啐醴』；『無儐』，作『無擯』，下同；『對曰非禮也敢』，『敢』下有『辭』字；『復見訝以其摯』，作『見之』；『醴尊于東廂』，作『東箱』；『又拜送君貺寡君延及二三老拜』，『又拜送』三字在『二三老拜』下；『左擯簠梁』，作『左擁簠粱』。《覲禮》『歸寧乃拜』，作『乃邦』。《喪服》『右本在下』，作『左本』；『妾謂君』，作『爲君』；『特重於大宗者』，作『持重』；『適人不得後大宗』，作『適子』；『婦人不能二尊也』，作『貳尊』；『歸其宗廟』，作『埽其』；『爲無服之殤』，『爲』上有『皆』字；『即葛五月』，『月』下有『者』字；『何以緦也報之也』，『緦』下無『也』字。《士喪禮》『受用篚』，作『用篋』；

『即位如西階下』，作『于西』；『櫛用簞』，作『於簞』；『三分庭一在南』，作『參分』；『祭服不倒』，作『不到』；『巾待於西階下』，作『待于』；『二車畢乘』，作『貳車』；『執杝』，作『卒杝』；『左還北面』，作『右還』；『來日卜葬其父某甫』，『日』下有『某』字；『送即席』，作『還即』；『卜宅如初儀』，作『卜擇』。『既夕十三』，『夕』下有『禮』字；『擯者請入告』，『擯』上有『出』字；『從柩車當前束』，作『柩束』。《記》『内外皆埽』，作『外内』；『皆坐持體男女改服屬纊以俟絶氣』，無『男女改服』句及注；『裹親膚』，作『裹親』；『升自西階』，『升』下有『降』字；『亦可張也』，作『張可』。《士虞禮》『簟布在其中』，作『簟巾』；『祝佐食降位』，『降』下有『復』字；『尸即席坐帷主人不哭』，作『唯主』；『尸授振祭』，作『尸受』；『拾踊三死三日而殯』，上『三』字下有『哭止告事畢賓出』七字。《特牲饋食禮》『主人再拜賓再答拜』，作『答再』；『立于門外東房南面』，作『東方』；『立于房中東面』，作『南面』；『卒載加匕去鼎』，作『于鼎』；『立于西南面』，『于』下有『户』字；『洗獻兄弟』，『兄』上有『衆』字；『舉尊答拜祭酒』，『祭』上有『尸』字；『賓立于觶』，作『卒觶』；『衆賓長左受旅』，『左』上有『自』字；『奠觶拜長皆答拜』，下有『舉觶者祭卒觶拜長皆答拜』十一字；『各酌于其奠』，作『其尊』；『立于户内西面』，作『户外』。《少牢饋食禮》『筮尸如筮日之儀』，作『之禮』；『臂肩臑膊骼』，作『膞骼』；『振之三』下，有『以授尸坐取簞興』七字；『尸同受祭于豆祭』，作『受同』；『贊者于房中』，作『房户』；『賓尸西北面拜送爵』，作『賓户』；『祝入尸謖主人出』，作『人降』；『主人答一拜』，作

『壹拜』。《有司徹》『二手執挑匕枋』，作『執桃』；『賓亦覆手以授』，作『以受』；『賓縮執俎以爵』，作『以降』；『主婦洗爵於房中』，作『洗于房中』；『主人席北面西』，作『西面』；『主人共祭』，作『其祭』；『主人降洗爵』，作『洗觶』，下同；『宰夫執爵以從』，作『執薦』；『先生之胥折』，『先』上有『其』字；『受三獻酌以酢之』，『獻』下有『爵』字；『祝易爵洗酌受尸』，作『授尸』；『賓尸西北面答拜』，作『賓户』；『衆賓及主人拜送于廟門外』，作『賓出』。凡此皆與唐石經合。《日知録》所云監本脱落者，一一皆在，且其注亦無不在焉。豈非幸事。又注之可以訂正今本者甚多，别有校記。合之蕘圃所藏宋景德宫本《儀禮》單疏五十卷，而賈疏亦全矣。因思亭林身際亂離，出遊關塞，未及購覓善本，是以《説文》真本及《廣韻》足本等書，皆不可以不備，而竟未之見，爲可惜耳。

宋本禮記注跋

宋淳熙刻本《禮記注》二十卷，吾友吴門顧安道明經所得。前有二小印，曰『乾學』，曰『徐健菴』，知爲昆山徐氏傳是樓舊藏。首題『禮記卷第一』，次行頂格『曲禮上第一』，越二格題『禮記』，又越二格題『鄭氏注』，次頂格經文起。每半葉十行，行十六字。夾注行二十四五字不等。每卷後夾注經幾字、注幾字。最後卷總書凡幾字，又夾注經幾字、注幾字。末葉題『撫州公使庫』，次題『新刊注《禮記》二十卷并釋文四卷』，次列校正銜名七字，末題『淳熙四年二月日』。後附釋文。中字大版，宋刻宋印，首尾完善，洵經籍善本。余嘗過安道所居南城小讀書堆，出視而欣賞焉。安道將刊行，未及而歿。陽城張君古餘來守蘇州，借讀而愛之，亟覓好手影摹重彫，覆校者即安道之弟千里茂才。刻既成，以初印本見贈，字畫矜莊，彫鐫古雅，與宋刻鐵豪無異。竊念鄭氏經學，《易》《書》《論語》《孝經》注並佚，《春秋注》付服子慎，而服注亦亡，今惟《詩箋》及《三禮注》在耳。漢唐石刻有經無注，蜀石經、晉銅版有注而不存。《九經三傳沿革例》所謂京師大字舊本、紹興初監本、監中見行本、蜀大字舊本、蜀學重刻大字本、中字本、又中字有句讀附音本、潭州舊本、撫州舊本、建大字本、俞紹卿家本、又中字凡四本、婺州舊本，并興國于氏、建余仁仲本，俱不少概見。是本即所謂撫州舊本，蓋廑有存者，寧非至寶？余家藏《禮記注》，有明嘉靖時仿宋刻本，有近時仿宋岳氏刻本，參互考訂，是本爲長。阮侍郎《十三經校勘記》亦詳言之。此《考異》二卷，尤爲精審。《祭義》『天子設四學』，注：『四學，謂周四郊之虞庠也。』顧千里云：『四郊之四，當作西。正義云：天子設四學，以有虞庠爲小學，設置於西郊。是天子設四學，據周言之。《正義》本此注是西字，非四字，後來本誤改作四，并《正義》中「設置於西郊」亦改之，非是。』又云：『其所以致誤者，因《正義》釋此注曰：「皇氏云：四郊虞庠。」以爲四郊皆有虞庠，故遂改之耳。不知此《正義》但廣異說。即《文王世子》「凡語於郊者」，正義所謂「或偏在四郊者耳」，皆不取爲義，彼說從西郊不從四郊，此可互見。皇侃之義，以《北史·劉芳傳》證之，實出於王肅。或肅義作四郊。正義序已言「皇氏時乖鄭義，無足怪者」，乃或又據《芳傳》所引並欲改《王制》「虞庠在國之西郊」亦作「四郊」，致爲巨謬云云。』按所謂或據《芳傳》者，蓋指孫頤谷侍御《讀書脞録》有云：『《王制》「虞庠在國之西郊」，據《北史・劉芳傳》引作「四郊」，蓋「西」字誤也。』侍御此論曾親告諸余。是書初出，段懋堂大令作《禮記四郊疏證》，申孫黜顧，其略云：『《王制》四郊，孔本作西。而《祭義》四學，注謂周四郊之虞庠也，係用《王制》語。彼以四釋四，則此必是四字，確然無疑。經必特著周之虞庠在四郊者，以其不在國中王宫之東，亦不專在西郊，與前三代迥異，故特書之云云。』凡數千言。顧復作《學制備忘記》以辨之，亦數千言，兩家遂成水火。余欲爲調人，而終莫能解。嘗彙其書爲一册，題曰『段顧校讎編』。洪稚存編修見之，曰：『正可對「朱陸異同辨」。』相與一笑。頃讀撫本《禮記》，故並及之。

宋本禮記注疏跋

《禮記正義》七十卷，宋刻本。首題『禮記正義卷第一』，次列『國子祭酒上護軍曲阜縣開國子臣孔穎達等奉勑撰』，『勑』字提行。次列『正義』夾行，次『曲禮上第一』，自首至『夫禮者所以定親疏』節正義之後，題『禮記正義卷第一終』。每半葉八行，經每行十六字，注及正義小字雙行，行二十二字。注後不附釋文。前有《禮記正義序》。按序云『凡成七十卷』，舊、新《唐志》《崇文總目》《文獻通考》皆同，蓋北宋初刻《正義》單行本七十卷。《玉海》卷三十九『禮記疏』一條云：『咸平二年三月己巳，祭酒刑昺上新印《禮記疏》七十卷。』是爲正義原書。南宋初，與經注合併，尚從正義原分之卷。厥後附釋音本，又改爲六十三卷，而原定卷次遂亂。此必南宋初刻，與山井鼎《考文》所據宋本多合，而彼有缺卷，此則純全，誠希世之寶也。向爲吴門吴拙庵行人所藏，傳于其子企晉博士。乾隆十四年，惠定宇徵君取校毛氏刻本，計脱誤萬餘字，爲跋而識之，有云：『四百年來闕誤之書，犂然備具，爲之稱快。』其後七十卷之本歸于曲阜孔氏，而定宇本間或傳校毛刻。有書賈錢聽默竊以所儲十行本重臨惠校，綴以原跋。十行本者，亦南宋時刻。以其每半葉十行，故稱十行本。首題『附釋音禮記注疏』，亦稱附音本。前序後有『建安劉叔剛宅鋟梓』，又稱劉叔剛本，實即《沿革例》所謂『建本有音釋注疏』。其版漸損，遞修至明正德。故山井鼎《考文》目爲正德本。厥後閩本、監本、毛本皆從此出。聽默所臨，每與惠校不符。蓋十行本與七十卷本合者，無庸點勘。惟毛本脱誤最甚，故惠跋計改字數如許之多。聽默詭言惠校宋本，且僞用故家收藏印記，鬻諸長安貴客，以獻伯相和珅，遂屬其党復將毛本略校影寫摹雕，後有珅跋，下用『致齋和珅』小印，又『大學士』章，又壓角印曰『子子孫孫其永寶之』，時乾隆六十年事。嘉慶三年，其家籍没，版已散亡，印本流傳甚少。余家舊有十行本，惜多修版。近得和刻，因借友人所臨惠本而重校之。其所分七十卷，俱鉤識之。至于第十九卷《曾子問》第二十一葉，十行本久經全脱，閩、監、毛本因而空白者，和刻已補其連脱數行者縮寫補全，惟妄改處頗多。兹照惠校更正，仍目之曰宋本，以和刻亦原于宋也。世有好事，能將孔氏所藏之宋刻七十卷精摹重梓，嘉惠士林，豈不偉歟？豈不快歟？

元本禮記集説跋

《禮記集説》十六卷，元刻本。首題禮記卷第，次題『後學東滙澤陳澔集説』。按《經義考》，陸元輔曰：『澔字可大，都昌人，宋亡不樂仕進，教授鄉里，學者稱雲莊先生。』今觀其自序云：『先君子師事雙峰先生。』蓋其父大猷爲饒雙峰弟子。雙峰師黄中立，爲朱文公再傳弟子，故得籍其餘蔭。又云：『書成，甚欲就正于四方有道之士，而衰年多疾，遊歷艮艱，姑藏巾笥，以俟來哲。』後題至治壬戌。考壬戌爲元英宗二年，入元已四十三年，是時猶未刻也。此本首卷後識云：『天曆戊辰，建安鄭明德宅刊行。』天曆戊辰爲文宗元年，上距壬戌，相距五年，殆至是始爲刊行耳。自序後有凡例五條，首校讎經文，列蜀大字本、宋舊監本、興國于氏本、盱郡重刊廖氏本、建本注疏、南康經傳通解凡六種，次援引書籍，次注説去取，次音文反切，次章句分段，皆今本所無。明内府刻本尚有，書凡十六卷。明刻本猶然，今本十卷，不知何時坊刻所并。《經義考》作三十卷，則又誤同《永樂大全》之卷〔二〕，當改題爲十六卷也。每葉二十二行，行二十字。余得諸中吳袁氏五硯樓者，末有『白隄錢聽默經眼』小印，蓋書賈錢景開所收，而袁氏購之。元人説經之書，而猶是初刻之本，斯爲難得耳。其經文之勝于今本及不合古本，又其説之背于古者，具詳余所著《禮記參訂》，兹不贅録。考宋時劉懋有《禮記集説》、衛湜有《禮記集說》百六十卷，元時又有彭絲《禮記集說》四十九卷，曷爲仍襲其名？且其父名大猷，而子字曰可大，其學宗程朱而名曰澔，與程純公名相犯，止加水旁，皆有可議者。其生平無它著作，株守窮鄉，妄欲說經垂世，而固陋空疏，弊端百出。《經義考》目爲兔園册子，殆不爲過。考延祐科舉之制，《易》《詩》《書》《春秋》皆以宋儒新說與古注疏相參，惟《禮記》專用古注。是書之作，本已違制，故不爲儒者所稱。明初定制，《禮記》亦尚崇鄭注、孔疏。自永樂中，胡廣等修《五經大全》，《禮記》始用陳澔《集說》爲主。四百年來，以之取士，因循未改，不過因其簡便易明。然觀其自序，但云欲以坦明之說，使初學讀之即了其義而已。後之頒行學官，所謂始願不及此耳。余少時所誦習者，坊間刻本，誤字孔多。今得以校正，遂跋而藏之。

宋本春秋經傳集解跋

《春秋經傳集解》三十卷，明繙宋相臺岳氏刻本。首題『春秋經傳集解隱公第一』，次低四格『杜氏注』，越二格，盡十一年，次傳文起。每葉十六行，行十七字。注雙行，附釋音。每葉之末，上刻篇識，經傳俱加句讀，與乾隆四十八年仿宋刻本纖豪無異。惟每卷後無亞形『相臺岳氏刻梓荆谿家塾印』耳，前後序俱全，尚有《年表》一卷、《名號歸一圖》二卷，此本則亡。考明時繙刻有三，此其最精者。少時所讀者杜林合注，今以經傳校之，然後知合注本之誤謬。《隱元年》傳『非君命也』，作『公命』；《二年傳》『費庈父』，作『庈父』；《三年傳》『百禄是荷』，作

『是何』。《四年經》『庚戌衛州吁弑其君完』，作『戊申』；『公及宋人遇于清』，作『宋公』。《七年傳》『告終嗣也』，『終』下有『稱』字。《九年經》『天子使南季來聘』，作『天王』。《十一年傳》『遂與鄭氏歸而立其主』，作『尹氏』。《桓二年傳》『以照臨百官』，作『臨照』。《五年傳》『況敢淩天子乎』，作『敢陵』。《六年》『齊使乞師于鄭』，『齊』下有『侯』字。《十年傳》『乃獻又求其寶劍』，『獻』下有『之』字。《十一年經》『公會宋公于夫鐘』，作『夫鍾』。《十七年傳》『疆埸之事』，作『疆埸』，後仿此。《莊六年傳》『必度於本末』，作『度其』。《八年經》『殺其君諸兒』，作『弑其』。《傳》『刼而束之』，作『刼而』。《十八年傳》『遷權於那處』，作『那處』。《二十一年傳》『王巡守虢』，作『虢守』。《二十二年傳》『使爲工政』，作『工正』；『鳳凰於飛』，作『鳳皇』。《二十三年傳》『王有巡狩』，作『巡守』。《閔二年傳》『及狄人戰于滎澤』，作『熒澤』。《僖元年經》『獲莒挐』，作『莒拏』；《傳》『君子以齊人殺哀姜也』，『人』下有『之』字。《九年經》『晉侯詭諸卒』，作『佹諸』。《十八年傳》『而從師于訾婁』，作『而後』。《二十三年傳》『懷其安實敗名』，作『與安』。《二十四年傳》『屏括摟嬰』，作『樓嬰』。《二十五年傳》『晉于是始起南陽，作始啟，乃降秦師囚申公子儀』，重『秦師』二字。《二十八年傳》『命晉侯侑』，作『侯宥』；『及其玄孫』，作『及而』。《三十年傳》『焉用亡鄭以倍鄰』，作『陪鄰』。《文五年傳》『楚子燮滅蓼』，『楚』下有『公』字。《六年傳》『辟刑獄』，作『獄刑』；『謂之得禮』，作『德禮』。《十一年經》『會郤缺于承筐』，作『承匡』。《十四年傳》『盧戢黎』，作『戢梨』，下同。

《十五年經》『齊人侵我西鄙』，『齊』上有『秋』字。《傳》『蔡侯鄭伯許男曹伯盟于扈』，『蔡侯』下有『陳侯』二字。《十六年傳》『楚子乘驛』，作『乘馹』；『鱗䲝』，作『鱗矔』；『賜左右以使行』，作『而使』。《十七年傳》『而從於彊令』，作『彊令』。《宣四年傳》『汰輈』，作『汏輈』；『楚人爲乳穀』，作『謂乳』，下『爲虎』同。《九年傳》『厚賂之』，作『厚賄之』。《十一年傳》『反之可乎曰可哉』，『曰』上有『對』字。《十二年傳》『屈蕩尸之』，作『户之』；『又何以爲京觀乎』，作『可以』。《成二年傳》『士燮將上軍』，作『佐上』；『衆之不可已也』，『可』下有『以』字。《九年傳》『謂修好結成』，作『請修』。《十三年傳》『虔劉我邊陲』，作『邊垂』；『而我之昏姻也』，無『之』字。《十五年傳》『會吴鍾離』，『吴』下有『于』字。《襄七年傳》『公族穆子有廢疾』，作『癈疾』。《十年傳》『伐我西鄙』，作『侵我』。《十三年傳》『獲保首領以殁於地』，作『以没』。《十四年傳》『吾今實過』，作『吾令』；『夫君神之主也民之望也』，上『也』字作『而』。《十年傳》『聃叔紇』，作『郰叔』；『妨于農功』，作『農收』。《十九年傳》『穆叔曰』，『叔』下有『歸』字。《二十一年傳》『欒盈出奔楚』，『欒』上有『秋』字。《二十二年傳》『鄭游販』，作『游皈』。《二十三年傳》『非鼠何如』，作『如何』。《二十四年傳》『樂只君子』，作『樂旨』，後『只』同。《二十五年傳》『賦兵車徒卒』，作『徒兵』。《二十七年經》『冬十有二月乙卯朔』，作『乙亥』；《傳》『晉荀寅遂如楚涖盟』，作『荀盈』。《二十八年傳》『武王有亂臣十人』，無『臣』字。《二十九年傳》『展玉父』，作『王父』。《三十一年傳》『年均擇賢』，作『年鈞』，下句同。《昭元年傳》『趙孟曰天乎』，作『天乎』。《三年傳》『豆區釜鍾』，作『釜鍾』。《四年傳》『咸尹宜咎』，作『蒧尹』。《五年傳》『自王以下』，作『已下』；『明之未融』，作『明而』。《九年傳》『饍宰屠蒯趨入』，作『膳宰』。《十年傳》『郲人薛人』，『郲人』下有『滕人』二字。《十三年傳》『饑者食之』，作『飢者』。《十九年傳》『郹陽封人之女』，作『郹陽』。《二十五年傳》『吾聞文武之世』，作『文成』；『戮力壹心』，作『勠力』。《二十八年傳》『僚安楊氏大夫』，作『陳氏』。《三十年經》『徐子章羽奔楚』，作『章禹』。《定元年傳》『凡從公出』，作『君出』。《四年傳》『子沿漢而與之上下』，作『沿漢』。《五年傳》『民之攸暨』，作『攸塈』。《八年傳》『獲叔子與析朱組』，作『朱鉏』。《十五年傳》『事死如事生』，無下『事』字。《十六年傳》『日月以幾』，作『日日』。《十七年傳》『言過於其志』，作『吉過』。《二十三年傳》『非敢耀武也』，作『燿武』。《二十六年傳》『獻公孫於衛齊』，無『衛』字，大都與唐石經合。其注之勝于今本者尚多，兹不具述。因思相臺岳氏當日命良工刻梓家塾，且與明經老儒分卷校勘，不使有豪釐訛錯，視廖氏世綵堂本加詳焉。明時繙刻，已次原版。殆如虎賁之于中郎，雖無老成人，尚有典型。後之讀者，當奉爲典型也可。

宋本穀梁傳單行疏跋

《春秋穀梁傳疏》十二卷，照宋鈔本。是疏本單行，而卷第仍范甯《集解》之舊。《文獻通考》《玉海》並引《崇文總目》作三十卷，云唐國子四門助教楊勛撰、皇朝邢昺等奉詔是正，令大學傳授。然唐宋二《志》、《書録解題》俱作十二卷，疑《崇文總目》三十卷乃十二卷之誤。趙希弁《讀書附志》載《春秋穀梁傳注疏》二十卷，云昭德先生《讀書志》中，有諸經注疏，獨無《穀梁注疏》云。考晁《志》有單疏，無注疏，趙未悉其例。趙所見注疏合并已作二十卷，至今相沿不改，遂失其原。是本出章丘李中麓家，惜缺文公以前五卷，字多駁落。繕寫雖不工，然行款悉依舊式。其駁落處，俱空白。長州何北山煌嘗據以校汲古閣《注疏》，改正甚多，今爲周猗唐明經所藏。余又從猗唐借鈔。首題『春秋穀梁疏卷』第幾，越三格，某公，次行低八格，『唐國子四門助教楊士勛撰』，又次頂格，疏文起。每半葉十二行，行二十字、二十一字不等。凡疏傳處有『傳』字，疏集解處有『注』字。其尤勝于明刻本者，如《文二年》疏『左主八寸』，作『七寸』，與《儀禮經傳通解》合；『桑猶喪也』，今本《公羊傳》注脱此四字。《四年》『娶於大夫者』，作『娶乎』，與《公羊傳》合。《十四年》『《世家》及《世本》是齊昭公也』，上有『齊侯潘有二』五字。《宣二年》『法峻整』，『法』上有『嚴』字。《三年》『無災而已』，『災』下有『害』字，與《公羊傳》注合。《八年》『日下昃乃克葬』，『昃』作『稷』，與注云『稷，昃也』合。《十五年》『平者成也』，作『夏五月宋人及楚人平』。《十六年》『成周宣榭』，作『宣謝』，與《釋文》『或作謝』合。《説文》無『榭』字，古皆作『謝』。《成元年》『則兼作也』，『則』上有『言新』二字。《十二年》『臣下誰敢於效爲之』，作『孰敢放效爲之』。《十三年》『稱人以執是伯』，作『稱侯以執爲惡』。《十七年》『故決其不以伐鄭致』，作『故決其以伐鄭至』。《襄十年》『彼向來陵遲』，作『尚未陵遲』。《三十年》『月卒日葬者也』，作『月卒者葬非葬者也』。《昭三年》『夏叔至成公』，作『五月葬滕成公』。《八年》『滅國』，作『傳閔之也』四字，『釋曰』下有『傳解』二字。《哀二年》『二顧速不進』，作『三顧』，與《左傳》合。《七年》『有臨一家至焉』，作『有臨一家之言焉』。凡此之類，皆足以資考證。雖斷圭殘璧，要自可寶耳。

宋本論語音義跋

《論語音義》一卷，影寫北宋蜀大字本。首列『論語音義一』，次陸氏銜名，次論語序。每半葉十行，每行大十八字、小二十五字，與《孝經音義》《孟子音義》同一格式，合裝一册。前有『宋本』長圓印及『甲』字方印，又毛晉、毛扆父子名字印，蓋係毛氏汲古閣所藏。墨妙筆精，與宋刻真本無異。今藏吳中周氏香巖書屋。吾友黄蕘圃既刻其所有錢氏述古堂影寫宋本《孟子音義》，因將《孝經》《論語音義》精摹重刊，目曰《三經音義》。按《經典釋文》今亦惟香巖書屋所藏葉林宗影宋鈔本爲最善，徐氏通志堂雖據以刻入《經解》，而舛誤甚多。盧氏抱經堂又借校重刊，尚未盡善，良由改其行款、别經繕寫，且以意改竄，遂至失真。今以徐本《論語音義》校之，《學而篇》『號曰司馬法』，作『号曰』。《八佾篇》『接祭山曰旅』，作『按祭』；『木鐸，直略反』，作『直洛反』；『盡，津忍反』下，有注『同二字』。《里仁篇》『造次，鄭云蒼卒也』，作『倉卒』。《公治篇》『賦魯論，作傳』，作『作傳』；『棁，本又作掇，草悦反』，作『本又作棳，章悦反』；『便辟』作『便僻』。《述而篇》『亡而爲有比舊爲别章』，作『此舊有之』；『誄曰：或云作讄』，作『孔云作讄』；『則葸，鄭云慤質貌』，作『慤質』。《子罕篇》『韞，鄭云裹也』，作『裹也』。《鄉黨篇》『居不容』，作『不客』；『山梁』，作『山粱』；『見雉食粱粟』，作『粱粟』。《先進篇》『鈍也，徒頓反』，作『徒遜反』；『曾箴字晳』，作『曾箴』。《子路篇》『之迂，鄭本作于于枉也』，作『往也』。《憲問篇》『公綽，本又作綽』，作『本又作焯』；『大夫僎，本又作僎』，作『本又作撰』；『荷蕢，本又作河』，作『木又作何』。《衛靈篇》『絶糧，鄭本作粻，音張下糧也』，作『云糧也』。《陽貨篇》『彊賢』作『强賢』；『涅而謂黑土在木中者也』，作『涅而謂黑土在水中者也』；『據樂又音樂』，作『又音洛』，凡皆勝于徐刻，而與影宋鈔《釋文》本合。書以宋本爲貴，况乎《論語》，尤人人童而習之、白首不廢者？鱣向著《論語古訓》，惜未得是本一校。衰年見此，昭然若發蒙矣。

宋本孝經注跋

《孝經》一卷，唐明皇注，繙宋相臺岳氏刻本。首題『孝經一卷』，次頂格，『開宗明義章第一』，又次頂格，經文起，注雙行，附釋音，每加句讀。前有唐玄宗皇帝御制序。每半葉八行，行十七字。卷末有亞形篆書『相臺岳氏刻梓荆谿家塾』印，與所刻各經同。以明本校之，《開宗明義章》『汝知之乎』，作『女知』，下『吾語汝』同；『刑於四海』，作『刑于』。《孝治章》『而况於公侯伯子男乎』，作『而况』，下同。《廣要道章》『敬一人則千萬人悦』，作『而千』。《喪親章》『此哀戚之情也』，作『哀慼』。注，《開宗明義章》『光顯其親』，作『光榮』。《諸侯章》『則常爲社稷之主』，作『長爲』；『恒須戒懼』，作『戒慎』。《庶人章》『公賦既充』，作『既足』。《三才章》『人之恒德』，作『常德』。《孝治章》『萬國，舉其多也』，作『舉其大數也』；『上好理，皆得懽心』，作『然上孝理皆得懽心』。《聖治章》『參問明王孝理』，作『曾子問』；『更有大於孝不』，作『孝否』；『懸衾篋枕』，作『縣衾』；『聖人順群心以行愛敬』，作『民心』；『君子之不貴也』，『之』下有『所』字；『臨撫其人』，作『臨於』。《五刑章》『聖人制作禮樂』，作『禮法』。《諫諍章》，作『諫争』；『故疑而問之』，『之』下有『也』字。『感應』，作『應感章』；『光于四海』，作『光於』。《喪親章》『故發此事』，作『此章』。大都與唐石臺本合。此宋刻本向藏昆山徐氏，前有『傳是樓』及『徐炯珍藏祕笈』二印，後有『徐中子』及『彭城中子審定』二印。今本爲桐鄉金氏翔和書塾精摹繙刻，視原本幾欲亂真。安得更有《周》《儀》二禮、《公》《穀》二傳，及《論》《孟》出焉，盡繙刻之，俾世人共見《九經三傳》相臺本之全邪？

宋本爾雅疏跋

群經之疏，本自單行。今尚存宋本有三，而皆萃于吴中。三者何？《儀禮》也、《穀梁傳》

也、《爾雅》也。《儀禮疏》爲黄蕘圃所藏，宋景德官刻本，五十卷。每半葉十五行，行二十七字。惟第三十二至三十七，凡缺六卷。《穀梁傳疏》爲周猗唐所藏，李中麓家照宋鈔本，十二卷。每半葉十二行，行二十一字。自第一至五，凡缺五卷。《爾雅疏》二部，一爲蕘圃所藏，一爲袁壽階所藏，並宋刻本，十卷。每半葉十五行，行三十字，首尾俱全。余嘗賦《五硯樓》詩贈壽階，云『好留漬墨更磨丹，爾雅蟲魚手自刊。爲言江夏無雙士，東郭西郊并二難』，蓋指兩家各藏《爾雅疏》，蕘圃居東城，壽階居楓橋也。壽階既殁，藏書多散，《爾雅疏》亦爲蕘圃所得。蕘圃因其重複也，遂將己所有者歸諸余。余乃以白金四十兩購之，凡六册。中有『文淵閣』印，審係明内府舊儲。宋錦作韜，外用香楠制匣，鐫題名目，一一精良。印本雖稍遜壽階所藏，而裝潢之美則過之，可稱書庫中神品矣。考邢叔明自敘云：『爲之疏釋，凡一十卷。』《宋史·藝文志》《玉海》皆作十卷。今細按之，卷一釋詁，卷二釋詁下，卷三釋言，卷四釋訓、釋親，卷五釋宫、釋器、釋樂，卷六釋天，卷七釋地、釋丘、釋山、釋水，卷八釋草，卷九釋木、釋蟲、釋魚，卷十釋鳥、釋獸、釋畜。俗本注疏分十一卷，極爲無理。就所見元時刊本已然，至今相沿不改，猶賴單行疏尚存耳。首列『爾雅疏敘』，次列邢氏名銜、奉勑校定。『勑』字提行。敘中『今既奉勑校定』同。下文『睿旨』又提行。後接『爾雅疏卷第一』，次『爾雅序』，次『釋曰』起，後接『釋詁第一』。經注或載全文，或標起止，皆空一格，下稱釋曰。後來所刻，妄加删改，誤處甚多，余别有校記。大約經文與唐石經合者居多，注文亦遠勝今本，而疏文完善，頓使耳目一新。昔錢辛楣詹事跋壽階藏本，謂：此書引陸氏《草木疏》，其名皆從木旁，與今本異。考古書『機』與『璣』通云云。余所得元版《詩疏》引陸氏《疏》，尚多有作『機』者，俗間《詩疏》盡改『王』旁，皆爲李濟翁《資暇集》所惑。詎知此疏本俱作『機』。書以宋版爲貴，即此一字已屬信而有徵。又況全經之足資考證也乎？

宋本孟子音義跋

《孟子音義》二卷，影寫北宋蜀大字本。首列『孟子音義序』，次孫氏銜名二行，又次序文起，後接『孟子音義上』。每半葉十行，每行大十八字，小二十五字。每後半葉格外，上有『虞山錢遵王述古堂藏書』細楷十字，精美無比。吴中黄蕘圃得而重刻。其同鄉周猗唐亦有藏本，係汲古閣影宋鈔。會而校勘，與此同出一原。即有一二誤字兩本皆同，自是宋刻原文，亦弗改易，蓋其慎也。汲古閣本有毛斧季跋，其條目有孟子篇敘云云，錢鈔已削。因據毛鈔附刻，詳見蕘圃跋尾。今以昆山徐氏、餘姚盧氏、曲阜孔氏、安丘韓氏諸刻互證，惟此本爲善。如《梁惠王上》『天降下民』，音義『今《尚書·太誓》』，此本作『大誓』，與《尚書》僞孔傳及王肅注合，蓋大誓即大誥之大也。《萬章下》『將比』，音義『丁，毗志切』，此本作『毗失切』，與《廣韻》『五質』之『毗必切』合。作『毗志』者，涉下文而誤。或作『毗先』者，『先』與『失』形近致誤也。約舉二端，以見梗概。至于《滕文公下》『範我』，音義或作『范氏』。范氏，古之善御者。按《後漢書・班固傳》云：『范氏施御。』李賢注：『范氏，趙之御人。《孟子》曰：「趙簡子使王良御，終日不獲一禽。反曰：『天下賤工也。』王良曰：『吾爲范氏馳驅，終日不獲一，爲之詭遇，一朝而獲十。』」』據此知古本作范氏。又《文選・東都賦》李善注引《括地圖》云：『夏德盛，二龍降之。禹使范氏御之以行，經南方。』下引《孟子》曰『趙簡子云』，又引劉熙曰：『横而射之曰詭遇。』是引《括地圖》以注『范氏施御』句，復引《孟子》以注下辔不詭遇句，不當牽合。《選》注引《孟子》仍作『範我馳驅』，音義不過廣異聞耳。至于經注舊刻，則有若李中麓所藏北宋蜀大字本、鄭師山所藏宋劉氏丹桂堂巾箱本、何義門所校宋岳氏相臺本、何小山所校宋廖氏世綵堂本，疏則有十行本，皆讀者所當深考耳。

宋本四書跋

宋淳祐本《四書》：《大學章句》一卷、《中庸章句》一卷、《論語集注》十卷、《孟子集注》十四卷。《大學序》後有跋云：『《四書》家藏人誦，而版行者類多細字，不無訛舛。今得燕山嘉氏所刻宣城舊本于京師，經注字等，實便觀讀。於是補其殘闕，置諸泳澤書院，嘉與學者共之。淳祐丙午秋八月識。』凡五行。考嘉氏宋有嘉正，太平興國進士，湘鄉人。又有嘉承，永州司法。此燕山嘉氏，不知何人。京師，原本空格，蓋指臨安。而泳澤書院，亦未詳何地。《四書》最先刻者，爲臨漳本。此宣城舊本，不知視臨漳所刻何如。而繕寫精良，字大悦目，誠爲至善。

近得是本于吴中，似係國初繙刻者。與向所藏《易本義》《詩集傳》諸宋本，規模具體而微。每葉十六行，行十五字。注作大字，低一格。嘗以今本校之，《大學》『其命維新』，作『惟新』。《中庸》『必有妖孽』，作『妖孼』；『黿鼉蛟龍』，作『鮫龍』；『考諸三王而不謬』，作『不繆』。《論語》序後有《讀論語孟子法》一篇，『惟仁者』，作『唯仁』；『女得人焉耳乎』，作『爾乎』；『惟我與爾有是夫』，作『唯我』；『忽然在後』，作『忽焉』；『没階趨進翼如也』，作『没堦趨』，惟『堦』字偶從俗。下文『阼階』，仍作『階』也。『廄焚』，作『廏焚』；『斯爲之仁矣乎』，作『已乎』；『毋自辱焉』，作『無自』；『期月而已可也』，作『朞月』；『冉子退朝』，作『冉有』；『唯上知與下愚』，作『惟上』；『鐘鼓云乎哉』，作『鍾鼓』。《孟子》『將以釁鐘』，作『釁鍾』，下『鍾鼓』並同；『其如是孰能禦之』，作『若是』；『王曰吾惛』，作『吾惽』；『行者有裹糧也』，作『裹囊』，與《鹽鐵論・取下篇》云『行者有囊』合；『古公亶父』，作『亶甫』；『凶年饑歲』，作『飢歲』；『思以一毫』，作『一豪』；『則塞乎天地之間』，作『塞于』；『泰山之於丘垤』，作『太山』；『矢人惟恐不傷人』，作『唯恐』，下同；『吾聞之也，君子不以天下儉其親』，無『也』字；『又從而爲之辭』，無『而』字；『古之爲市者』，作『市也』；『予三宿而出晝』，作『而後出晝』；『其命維新』，作『惟新』；『井地不均』，作『不鈞』；『有小人之事』，作『小民』；『有攸不爲臣』，作『惟臣』，注同；按趙注，『無不惟念臣子之節』，本作『惟也』；『泰誓曰』，作『太誓』，後同；『此率獸而出車一乘』十字；『爲政以德』注『行道而有得於心也』，作『得於心而不失之謂也』；『慎終追遠』注作『德輶如毛』……

輕』；『上天之載』，注作『之事』。《論語》『道千乘之國』注『道，治也』下有『馬氏云：八百家

然非義精』云云。此三條皆依未改，原本前二條與《四朝聞見録》合。『德輶如毛』，注作『德

下，作『然不必其合乎中庸，則質之近是者，皆能以力爲之。若中庸，則雖不必皆如三者之難，

『道也者』注『則豈率性之謂哉』，作『則爲外物而非道矣』；『天下國家可均也』注『至難也』

者知之，則其於學知所用力而自不能已矣。故子思於此首發明之，讀者所宜深體而默識也』；學

作『蓋人之所以爲人，道之所以爲道，聖人之所以爲教，原其所自，無一不本於天而備於我。

一於善』；『先慎乎德』注作『先謹』，避諱。《中庸》『天命之謂性』注『蓋人知己之謂性』云云，

本何以并爲七卷也。其注之與今本異者，《大學》『古之欲明明德』注『欲其必自慊』，作『欲其

《七經孟子考文·補遺》合。《孟子集注》十四卷，尚仍趙注古本之舊，明初刻本猶然，不知坊

問』，作『不殞』；『來者不拒』，作『不距』；『人能充無穿窬之心』，作『穿踰』。俱與唐宋石經及

親也』，作『親者』；『獨孤臣孽子』，作『孼子』；『可以無饑矣』，作『足以無飢矣』；『亦不隕厥

悌而已矣』，作『孝弟』；『彊恕而行』，作『强恕』；『見且猶不得亟』，作『由不』；『無不知愛其

作『瞷夫子』，下『瞷良人』同；『則其小者不能奪也』，作『弗能』；『必至於彀』，作『必志』；『孝

『瞽瞍底豫』，作『厎豫』，注有『底之而反』四字；『好勇鬭狠』，作『鬭很』；『王使人矙夫子』，

食人也』，『獸』上有『禽』字；『事在易而求諸難』，作『求之』；『則天下平』，作『而天下平』；

遠』注『愼終者』，作『謹終者』；『殷禮吾能言之』注『宋殷之後』，作『商之後』；『揖讓而升』注『揖讓而升者』，作『揖遜』；『能以禮讓爲國乎』注『讓者』，作『遜者』，皆避諱；『據於德』注『德則行道而有得於心也』，作『德者，得也，得其道於心而不失之謂也』；『得見有恒者』注『有恒者』，作『有常』；『君子篤於親』注『愼終』，作『謹終』，皆避諱；『莫春者』注『莫春和煦之時』，無此六字。『禮云禮云』注『且如置兩椅』，作『兩倚』；『夫子之得邦家者』注『聖而進於』，無『進於』二字；『雖有周親不如仁人』注『不如周家之多仁人』，作『少仁人』，與《書・泰誓》傳合。《孟子》『無恒產而有恒心者』注『作常產常心』；『夫子當路於齊章』注『一匡天下』，作『一正』，避諱；『二老者』注『其意暗與此合』，無『其意』二字；『帝使其子』注『又言』，作『史記言』；『主司城貞子』注，作『正子』，避諱；『富歲子弟多賴』注『故其所賴藉』，作『顧藉』；『山徑之蹊閒』注『山路也』，作『小路』；『動容周旋中禮者』注『細微曲折』，無『曲折』二字。凡皆勝于今本。其注之尤爲切要者，《大學》『此以没世不忘也』注『詠歎淫泆』，作『淫液』。《論語》『子問公叔文子』注『衛大夫公孫枝也』，作『公孫拔』。按《困學紀聞》云《大學章句》『詠歎淫液』，刊本誤爲『淫泆』。又云《論語》孔注作『公孫拔』，集注云公孫枝，蓋傳寫之誤。此在宋季已然。毛大可《四書改錯》妄加指斥，豈知本不誤也。《孟子》『紂之去武丁未久也』注『凡七世』，作『九世』。閻百詩《四書釋地》嘗言其誤，宋本並未曾誤。『抱關擊柝』注『柝，夜行所擊木也』，作『行夜』。《四書釋地》引何屺瞻曰：『集注：柝，行夜所擊木也。本用趙氏注，今皆訛爲夜行。雖監本亦然。』百詩謂行夜、夜行何啻霄壤，假使兩家得見斯本，當亦爽然。其它一二字異同，及助語音切之增損者，猶不可悉數。向藏明内府所刻《四書》大字本，已與時刻不同，然經注字不相等，且不免舛謬，注語間有删削，自後坊版漸失其初。夫以家藏人誦、童而習之之書，何可任其謬種流傳？不意衰年獲見善本，如撥霧開天，詎非幸事？家然咸淳本《周易》世尚有之，錢辛楣詹事曾有題識。獨此淳祐本《四書》從未有語及者，一旦得中又有國初繙刻宋咸淳本《周易本義》，與所藏宋本次序悉合，紙墨並佳，較之是書，大略相等。之，不尤足珍重耶？

校勘記

〔一〕『卿』，疑當作『疑』。

〔二〕『全』，疑當作『典』。

管庭芬跋

吾鄉陳簡莊徵君生平專心訓詁之學，閉户勘經，著述不倦，中年需次公車，嘗與錢竹汀宫詹、翁覃溪閣學、段懋堂大令，抽甲庫之秘，質疑問難以爲樂。如《綴文》所載校勘宋刻《周易本義》跋之類，考證異同，有竹垞《經義考》所未及者。晚客吴門，聞黄蕘圃主政百宋一廛，九經三傳，各藏異本。於是欣然定交，互攜宋鈔元刻往復易校，校畢並繫跋語，以疏其異同。兼志刊板之歲月、册籍之款式、收藏之印記，莫不精審確鑿，俾經生家如見原書，不至爲俗刻所誤。其功與考定石經無以異。暮年歸隱紫微講舍，手自抄撮成書。已見《綴文》者不録，凡十有九篇，附考一篇，合爲一卷，署曰『經籍跋文』。吴兔牀明經讀而善之。其詳已見題辭。未幾，徵君下世，手校手著盡爲茗估所得。《跋文》一書並無副本，學者惜之。戊子春季，庭芬於西吴書舫適見是册，爲徵君手稿，不覺狂喜，急以善價購歸。學師錢深廬夫子亦讀而稱善，手録一通，藏諸學舍。今夏命芬校定數字，將屬同門蔣君光煦刻入《别下齋叢書》。竊幸是書既佚而復存，後儒之專訓詁者得見古經面目，不更勝讀《九經三傳沿革例》乎。於是志其緣起如此。

錢泰吉跋

每篇接寫，能分句讀，俾讀者心目了然爲妙。中間雖經芷湘比對原稿改正數處，恐尚有訛字，祈引樹、香子兩先生細校。泰吉附白。

芷湘跋一首頗簡净，乞附刻卷後。此書復存，實由芷湘，搜訪之功不可没也。

經籍跋文題識

此册爲簡莊先生寫定原稿，後有吴兔牀跋語。前刊管芷湘編定目録，又附錢警石致蔣生沐札。蔣氏刊入《涉聞梓舊》，由錢氏介紹而成，可於札考見之。册中各件，皆吾鄉先哲手書真跡，彌足珍重，亟亟寶存，毋使散佚。杭縣後學葉景葵敬題。癸酉元旦日。

（《葉景葵文集》，上海科學技術文獻出版社，第捌〇〇頁）

浙江文叢

陳鱣集

〔下册〕

〔清〕陳　鱣　著　李　林　點校
海寧市史志辦公室
海寧市檔案局（館）　編

浙江出版聯合集團
浙江古籍出版社

簡莊疏記

簡莊疏記卷一　易

周易之名，孔氏《周易八論》引《易緯》云：『因代以題周是也。』按《周禮・大卜》云：『掌三易之灋，一曰連山，二曰歸藏，三曰周易。』鄭注：『名曰連山，似山出内氣也。歸藏者，萬物莫不歸而藏于其中。杜子春云：連山宓戲，歸藏黄帝。』賈疏引《鄭志・答趙商》云：『非無明文，改之無據，且從子春。近師皆以爲夏殷也。』鱣謂連山、歸藏既是夏、殷，則周易偁周，當取代號。代號則取岐陽地名。《詩》云『周原膴膴』是矣。《八論》引鄭君《易贊》及《易論》云：『夏曰連山，殷曰歸藏，周曰周易。』又釋云：『周易者，言易道周普，无所不備。』鄭君于贊論有此釋，而于《周禮注》及引杜子春說並不及『周易』之名，疑其終不自信而删之耳。《八論》偁先儒，又兼取鄭說，云既指周代之名，又取普偏之義。夫周原之名，固取普偏之義。若其所演之易，正猶《周書》《周禮》，題周以别餘代，似不必更取普偏之義矣。至『易』之字，取諸『蜥易』。《說文》云：『易，蜥易，蝘蜓，守宫也，象形。《祕書》說：「日月爲易，象陰陽也。」一曰：「从勿。」』今蜥易所在有之，一首四足。《漢書・東方朔傳》云：『臣以爲龍又無角，謂之爲蛇，又有足，跂跂脈脈，善緣壁。若非守宫即蜥易。』蓋篆文『易』之形，一一肖合。易取物象，是以象象皆然。《祕書》說『日月爲易，象陰陽也』，許君引之，以廣異聞，無關正義。《參同契》云：

『易爲坎離。』又云：『日月爲易。』《釋文》載虞翻《易注》引《參同契》云：『字從日下月。』與《祕書》説同。夫易字並不从日下月，日傍箸月乃是明字，《祕書》之説未足爲據。『一曰从勿』，則日部自有『昜』字，云尚冥也，从日，勿聲，俗亦作曶，讀若昧，非此義。要知『易』字象形而非會意。《乾鑿度》云『易一名而含三義，所謂易簡也、變易也、不易也』，俱望文生義，非正訓也。

『元亨利貞』集解：《子夏傳》曰：『元，始也。亨，通也。利，和也。貞，正也。』按此本《文言》傳義，乃是古訓，亦是正訓。《説文》云：『元，始也。从一，兀聲。』『亯，獻也。从高省，曰象進執物形。□，篆文亯。』『利，銛也。从刀，和然後利，从和省。𥝢，古文利。』『貞，卜問也。从卜，貝以爲贄。一曰鼎省聲。』京房所説『元，始』『亯，獻』，俱《爾雅·釋詁》文。《玉篇》云：『亯，今作享，亨同。』考《易》『元亨』，漢碑俱作亨，後人避諱作亨。亨訓爲獻，故曰『亨者，嘉之會也』，嘉會亦有通之義也。利从和省，故訓和。貞从卜貝。《書·洪範》云曰：『貞曰悔。』《史記集解》引鄭注：『内卦曰貞。』貞，正也。後儒云『大通而至正』，則與《文言》傳違矣。

九三『君子終日乾乾，夕惕若，厲，无咎』，集解：荀爽曰：『三臣乎五，則疾修柔順，危去惕行，故曰无咎。』釋文：『厲，危也。』按《説文·骨部》云：『䯋，讀若《易》曰「夕惕若，厲」。』與今本同。又《夕部》云：『夤，敬惕也。从夕，寅聲。《易》曰「夕惕若，夤」。「□」籀文夤。』此引《易》，疑本亦作『夕惕若，厲』，蓋『夤』訓『敬惕』，若引《易》作『夤』，則是『夕惕若，敬』，『惕』

于義不順。其引『夕惕若，厲』以明『夤』之所以从夕，正如『麗』字引《易》『百穀艸木麗乎土』以明麗之从艸，『豐』字引《易》『豐其屋』以明豐之从宀，許書本有此例。此『夤』字當作『厲』，後人因下有重文，而去『厲』改『夤』耳。《淮南·人間訓》云：『夕惕若，厲，以陰息也。』《漢書·王莽傳》引《易》曰『終日乾乾，夕惕若，厲』，師古曰：『惕，懼也。厲者，病也。』《蜀志·先主傳》：『上言漢帝曰：寤寐永歎，夕惕若厲。』漢張竦、班固、張衡文引《易》，皆作『厲』，證以《文言》傳『雖危无咎』，自當作『厲』，訓危无咎。釋文：无，音無。《易》内皆作此字。《説文》云：『无，奇字，無通于无者，虚无道也。』王育説：天屈西北爲无，奇字。衞宏所説古文奇字『過于无者』，《韵會》引作『通于元者』，當據正。『元』字，左戾上徹爲无也。『王育』，釋文引作『王述』。唐玄度《十體書》云：『王育，章帝時人，作《大篆解説》。』則當作王育。此即其解説也。乾，西北之卦。天不足西北，故爲无也。

上九『亢龍有悔』，釋文引《子夏傳》云：『亢，極也。』集解：王肅曰：『窮高曰亢，知進忘退故悔也。』按《説文》云：『忼，慨也。从心，亢聲。一曰：《易》：「忼龍有𠧪。」』𠧪，易卦之上體也。《商書》曰：『貞曰𠧪，从卜，每聲。』然則今本作『亢』作『悔』，俱假借也。

《坤》象傳云：『馴致其道。』集解：《九家易》曰：『馴猶順也。』釋文：『馴，似遵反。向秀云：從也。徐音訓。此依鄭義。』按九家以馴爲順是也。向秀云從，從亦順也。釋文云『此依鄭義』，則鄭亦訓從。蓋馴、順古通用。象傳之『馴致』，即《文言》傳云『蓋言順也』，義本相同。

或云《文言》傳順當作慎，非也。《書・舜典》云『疇若予工』，『若』本訓『順』。《史記・五帝紀》云『誰能訓予工』，徐廣讀馴曰訓。此『馴致』之『馴』，徐邈亦音訓。《周禮・土訓》，鄭司農云：『訓讀爲馴。』《史記・五帝紀》云『能明馴德』，徐廣曰：『馴，古訓字。』是馴與訓又通，馴、順、訓三字皆从川聲也。

《屯》象傳云：『利建侯而不寧。』集解：荀爽曰：『動而遇險，故不寧也。』虞翻曰：『不寧，言寧也。』王弼注：『屯體不寧，故利建侯也。』釋文：『而，辭也。鄭讀而曰能，能猶安也。』按《禮運》云：『故聖人耐以天下爲一家。』鄭注：『耐，古能字。傳書世異，古字時有存者，則亦有今誤矣。』孔疏：『古之「能」字皆作「耐」字，亦有誤不安「寸」，直作「而」字，則《易・屯》象云「利建侯而不寧」及劉向《説苑》「能」字皆爲「而」也。』是疏所云《易・屯》象作『而』字，蓋依此鄭注也。《説文》云：『而，頰毛也。象毛之形。』『耏，辠不至髡也。从而，从彡，而亦聲。』『耐，或从寸。』『能，熊屬，足似鹿。从肉，以聲。能獸堅中，故偁賢能。而彊壯，偁能傑也。』『能』爲正字，『而』『耐』俱聲近假借，故鄭君讀爲『能』。《禮運疏》云：『耐者，須也。』又云：『耐字取堪能之義。』則牽合三字爲一矣。

《屯》象傳云『君子以經論』，釋文：『論音倫，鄭如字。謂論譔《書》《禮》《樂》，施政事。』黄穎云：『經論，匡濟也，本亦作綸。』按集解：荀爽曰：『屯難之代，萬事失正。經者，常也。論者，理也。君子以經論不失常道也。』王弼注：『君子經綸之時。』《疏》：『經爲經緯，綸爲綱綸。』姚信云：『綸，謂綱也。』劉表、鄭玄以綸爲論字，非王本意。是鄭本及黄、荀、劉本俱作『經論』。竊疑王弼本亦尚作『經論』，故釋文『論音倫』，釋文以王爲主也。疏以姚信作『綸』，而并改王弼本，反以鄭作『論』，非王本意也。《禮記・中庸》云：『唯天下至誠，爲能經綸天下之大經，立天下之大本。』鄭注：『大經，謂六藝而指《春秋》也。大本者，《孝經》也。』釋文：『「綸」本又作「論」，同音「倫」。』是鄭注《易》《禮》俱作『經論』也。

六二云『屯如邅如，乘馬班如』，釋文引馬云：『邅如，難行不進之貌。班，班旋不進也。』鄭云：『馬牝牡曰乘。』『班如』，鄭本作『般』。按《説文》云：『䞥，趁也。从走，亶聲。』『驙，駗驙也。从馬，亶聲。《易》曰「乘馬驙如」。』是『邅』當作『䞥』、『班』當作『驙』。邅爲别字。班般同聲假借也。

六三云『往吝』，釋文引馬云：『吝，恨也。』按《説文》云：『吝，恨惜也。从口，文聲。《易》曰「往吝」。「𠫧」古文「吝」，从彣。』吝爲恨惜，與馬傳合。又《辵部》云：『遴，行難也。从辵，粦聲。《易》曰：「以往遴。」僯或从人。』此又引《蒙・初六》『以往遴』，蓋『遴』爲行難，對上桎梏而言，與凡言『悔吝』者有别。今本《説文》于口部引《易》，誤加『以』字，《説文》豈有不先引《屯》之『往吝』而複引《蒙》之『以往吝』乎？或欲删去《説文・口部》引《易》而于『敏吝』字盡改作『遴』，過矣。『吝』『遴』亦通用。《漢書・王莽傳》云：『性實遴嗇。』師古曰：『遴讀與吝同。』

上六『乘馬班如，泣血漣如』，集解：九家曰：『憂難不解，故泣血漣如也。』按《説文》云：『慸，泣下也。从心，連聲。《易》曰「泣血慸如」。』蓋『漣』爲『瀾』之重文，大波爲瀾，非所施于泣下，自當作慸。或有作『慸』者，篆文『水』『心』相似，因轉作『漣』。《淮南訓》引《易》作『連』，从省。

《需》彖云需，釋文：『音須，字從雨，重而者，非飲食之道也。訓養，鄭讀爲秀，解云：「陽氣秀而不直前者，畏上坎也。」』按《彖》傳云：『需，須也。』《雜卦》傳云：『需，不進也。』此是正解。《説文》云：『需，𩒨也，遇雨不進而止𩒨也。从雨，而聲。《易》曰：「雲上于天，需。」』集解：宋衷曰：『雲上于天，須時而降也。』與《彖》傳、《雜卦》傳俱合。需从而聲，故讀若須。字从雨重而者，固非。李陽冰以雲上于天，當从天作霙者，尤非。

《師》彖云：『丈人，吉，无咎。』《周禮疏》引鄭注：『丈之言長，能御衆，有正人之德，以法度爲人之長。吉而无咎，謂天子諸侯主軍者。』按《論衡·氣壽篇》云：『人形一丈，正形也。』《漢書·匈奴傳》云：『漢天子我丈人行。』是丈人爲尊者之偁。鄭云『謂天子諸侯主軍者』，與《彖》傳『能以衆正，可以王矣』亦合，不必從《子夏傳》作『大人』而後爲王者之師也。

《小畜》九三云：『輿説輻』，釋文：『「輻」本亦作「輹」，音服。馬云：「車下縛也。」鄭云：「伏菟。」』疏引鄭注云：『謂輿下縛木，與軸相連鉤心之木是也。』子夏傳云：『輻，輿𠟼也。』按，作『輹』者是也。《説文》云：『輹，車軸縛也。从車，复聲。《易》曰「輿脱輹」。』《釋名》

云：『輹，伏也。伏于軸上也。』京房《易傳》云：『《小畜》：「輿脱輹，夫妻反目。」』《五經文字》云：『輻輹同，方目反。上車輪輻下車縛也，見《易》。今本作輻，非。』

《履》九四云『履虎尾，愬愬終吉』，釋文：『愬愬，《子夏傳》云：恐懼貌。馬本作虩虩，云恐懼也。』按《説文》云：『虩，《易》「履虎尾，虩虩恐懼」，从虎𡭴聲。』是『虩』爲正字，『愬』爲假字。《震卦》云：『震來虩虩。』釋文：『馬云：虩虩，恐懼貌。鄭同，荀作「愬愬」。』然則此作『愬愬』，當亦荀本。許君所據，與馬、鄭合。

《泰》初九云：『拔茅茹，以其彙征，吉。』釋文：『彙音胃，類也。傅氏注云：「彙，古偉字，美也。古文作𦏁，董作夤，出也。鄭云：勤也。」』按彙本从帬，胃省聲。古文作𦏁，亦从胃也。董作夤者，籀文夤从出，故訓出也。鄭云『勤也』，釋文不于『彙音胃類也』下引鄭注，而在『董作夤，出也』之下，可知鄭本亦作『夤』矣。《説文》云：『夤，敬惕也。』敬惕有勤意，故鄭云勤也。

九二云『包荒用馮河』，集解：虞翻曰：『荒，大川也。馮河，涉河。』釋文：『荒本亦作㠩，音同，鄭讀爲康，云虚也。』按《説文》云：『㠩，水廣也。从川，亡聲。《易》曰「包㠩用淜河」。』『淜，無舟渡河也。从水，朋聲。』今作『荒』作『馮』者，同聲假借。鄭讀荒爲康，云虚也者，《爾雅·釋詁》云：『漮，虚也。』《詩疏》引某氏曰：『《周禮》云：「野荒民散則削之。」』是某氏本作『荒』。《謚法解》云：『漮，虚也。』漮通作康。《詩·小雅·賓之初筵》云：『酌彼康爵。』鄭箋：『康，虚也。』《穀梁·襄二十四年傳》云：『四穀不升謂之康。』范注：『虚也。』釋文引郭氏音義云康本或作荒。是巟與康同也。

《否》九四云『疇離祉』，集解：九家曰：『疇者，類也。』釋文：『疇，鄭作古𠷎字。』按『𠷎』當作『𠷎』。《說文》云：『𠷎，誰也。从口，𠃬又聲。』《釋詁》云：『疇，誰也。』郭注：『《易》曰：「疇離祉。」』蓋鄭注《易》本作𠷎，而訓爲誰。郭注《爾雅》引《易》爲證，本于鄭也。九家以『疇』作『儔』，故訓爲『類』。古文『疇』作『𠃬』，無此『𠷎』字。若鄭作『𠃬』，何獨取此一古字以別于衆家乎？其作『𠷎』而訓爲『誰』無疑矣。

《大有》九三云：『公用亨于天子，小人弗克。』集解：虞翻曰：『天子，謂五三公位也。小人，謂四二變得位，體鼎象，故公用享于天子。』王弼注：『公用斯位，乃得通乎天子之道也。』釋文：『亨，許庚反，通也。衆家並香兩反。京云：獻也。干云：享宴也。姚云：享祀也。』按衆家並作享，惟王弼作亨耳。享、亨本同字，然此定當作享。《左氏·僖二十五年傳》云：『遇公用享于天子之卦，戰克而王享，吉孰大焉？』實作『享』。以傳證經，更顯然也。

《豫》六二云：『介于石。』集解：虞翻曰：『介，纖也。』釋文：『介，古文作砎。鄭：古八反，云謂磨砎也。馬作扴，云觸小石聲。』按《繫辭》傳云：『君子見幾而作，不俟終日。』引此爻辭而釋之，曰：『介如石焉，寧用終日。』則當作『纖介』解。爲是纖介即廉介也。古文作『砎』者，《晉書·孔坦傳》云：『砎石之易悟。』又《桓溫傳》云：『砎如石焉，所以成務。』但《說文》無『砎』字。馬作『扴』者，《說文》云：『扴，刮也。从手，介聲。』鄭云：『磨砎、刮磨同意。』疑鄭亦作『磨扴』，與馬合也。

《噬嗑》九四云：『噬乾胏。』釋文：『馬云：有骨謂之胏。鄭云：簀也。《子夏傳》「脯」，徐音甫。荀、董同。』按《説文》云：『𩚬，食所遺也。从肉，仕聲。《易》曰「噬乾𩚬胏」。』揚雄説『𩚬』从『𠂤』，今作『胏』，从揚雄説也。雄説即其所作《訓纂》之説。鄭云『胏，簀也』者，『簀』不可通，疑當作『㦸』。㦸，大臠也。釋文又引《字林》云：『胏，含食所遺也。一曰脯也。』『一曰』者，即《子夏傳》説。《初學記》引王肅曰：『四體離陰，卦骨之象。骨在乾，肉脯之象。』亦本《子夏傳》。

《賁》六四云：『賁如皤如。』釋文：『皤，白波反。董音槃，云：馬作足横行曰皤。鄭、陸作「燔」，音煩。荀作「波」。』《檀弓》疏引鄭注：『六四，巽爻也，有應于初九，欲自飾以適初。既進退未定，故燔如也。』按《説文》云：『皤，老人白也。从白，番聲。《易》曰：「賁如皤如。」或从頁。』蓋賁爲文飾，皤爲素白，自當作皤。顧徵君《易音》引《釋文》云：『鄭本作蹯，音煩。』又引蔡邕賦爲證。然則今本《釋文》云：『鄭、陸作燔者，誤也。』《説文》云：『番，獸足謂之番。从釆、田，象其掌蹞。或从足从煩。𤴓，古文番。』《玉篇》云：『番，或作蹯。』《釋獸》云：『狐貍貒貈醜，其足蹯。』郭注：『皆有掌蹯。』獸足爲番，故鄭云『進退未定』，是鄭本當作『番如』也。

《剥》初六云：『剥牀以辨。』集解：鄭氏曰：『足上偁辨，謂近䣛之下，屈則相近，信則相遠，故謂之辨。辨，分也。』釋文：『辨，徐音辨具之辨，足上也。馬、鄭同。黄云：牀簀也。薛虞：剺下也。鄭：符勉反，王肅：否勉反。』按《説文》云：『辨，判也。从刀，辡聲。』《釋器》云：『革中絶謂之辨。』郭注：『中斷皮也。』《晏子春秋・雜篇》云：『景公病疽在背，問墮者何如。曰如屨辨。』蓋足上謂之辨，故以皮中裂者亦爲辨也。

《復》六三云：『頻復。』集解：虞翻曰：『頻，蹙也。』釋文：『頻，如字，本又作嚬。嚬，眉也。鄭作顰，音同馬，云憂頻也。』按《説文》云：『頻，水厓人所賓附，顰蹙不前而止。从頁，从涉。』『顰，涉水顰蹙。从頻，卑聲。』是鄭作顰者，當亦訓爲顰蹙。此爻『三不應上，顰蹙而復』，故云顰復。作頻从省。又作嚬者，俗字也。

《大畜》六四云：『童牛之牿。』《周禮・大司寇》疏引鄭注：『巽爲木，互體震，震爲牛之足，足在艮體之中。艮爲手。手持木以就足，是施梏。』釋文：『童，《廣蒼》作犝。劉云：童妾也，牿之言角也。陸云：牿，當作角。九家作告，《説文》同。』按《説文》云：『告，牛觸人角箸横木，所以告人也。从口，从牛。《易》曰：「僮牛之告。」』是僮牛與僮蒙並當作僮，劉訓童妾，作童非。《埤蒼》作『犝』，俗字。『告』本从牛作『牿』，非《釋名》云『牛羊無角者曰童』。作角亦非。當从九家及許、鄭説。

《坎》初六云：『入于坎窞。』釋文：『窞，王肅云：坎底也。』按《説文》云：『窞，坎中小坎也。从穴，从臽，臽亦聲。《易》曰：「入于坎窞。」一曰：「旁入也。」』是窞爲坎之類，王肅云坎底，非。

《坎》九五云：『祇既平。』王弼注：『祇，辭也。』集解：虞翻曰：『禔，安也。』釋文：『祇音支，又祁支反。鄭云：當爲坻，小丘也。京作禔，《説文》同，音支。又上支反，安也。』按《説文》云：『禔，安福也。从示，是聲。《易》曰：「禔既平。」』是許君用京説作禔，訓安虞亦同，與鄭君作坻異。

《離》九四云：『突如其來如，焚如，死如，棄如。』釋文：『突，徒忽反。王肅：唐屑反。』晁氏《音訓》：『突，鄭作㐬，云不孝也。』《秋官》疏引鄭注：『震爲長子，爻失正，又互體兑。兑爲附決。子居明法之家而無正，何以自斷其君父不志也。㐬如，震之失正，不知其所如。又爲巽，巽爲進退，不知所從。不孝之罪，五刑莫大焉，得用議貴之辟，刑之，若如所犯之罪。焚如，殺其親之刑。死如，殺人之刑。棄如，流宥之刑。』按《説文》云：『㐬，不順忽出也。从到子。《易》曰：「㐬如其來如，不孝子㐬出，不容于内也。」』㐬或从到古文子，是《易》本作『㐬』，訓爲突也。許、鄭説合。王肅遂改所訓之字作『突』，而王弼從之。

《恒》六五云：『恒其德貞。』《禮記·緇衣》引作『恒其德偵』，鄭注：『偵，問也。』問正爲偵。

《恒》上六云：『振恒凶。』釋文：『振，馬云：動也。鄭云：摇落也。張作震。』按《説文》云：『榰，柱砥。古用木，今以石。从木，耆聲。《易》曰：「榰恒凶。」』蓋榰當在下而反在上，故象曰：『榰恒在上，大无功也。』此義爲長。

《家人》九三云：『家人嗃嗃。』釋文：『嗃嗃，馬云：説樂自得貌。鄭云：苦熱之意。荀作「確確」，劉作「熇熇」。』晁氏《音訓會通》竝云：『鄭作熇熇。』按《説文》云：『熇，火熱也。从火，高聲。《詩》曰：「多將熇熇。」』火熱即苦熱之意。是鄭與許合。《詩》毛傳：『熇熇然熾盛。』鄭箋云：『多行熇熇，慘毒之惡。』《釋訓》云：『謞謞，崇讒慝也。』謞亦當作熇。《内經·瘧論》云：『無刺熇熇之熱』又《刺瘧篇》云：『先寒後熱，熇熇暍暍。』然王注『熇熇，甚熱』。然則《易》之『熇熇』，正形容嚴厲之意，必當從鄭注。若如馬説，則與下『嘻嘻』何别耶？

《睽》六三云：『其牛掣。』釋文：『掣，鄭作犎，云：牛角皆踊曰犎。徐：市制反。《説文》作觢，之世反，云角一俯一仰。子夏作契，傳云：「一角仰也。」荀作觭。劉本從《説文》，解依鄭。』集解：虞翻曰：『牛角一低一仰，故偁掣。』按《釋獸》云：『角一俯一仰，觭皆踊觢。』釋文引樊光云：『傾角曰觭。』郭注：『觭，牛角低卬。』觢，今豎角牛。《説文》云：『觭，角一俯一仰也。从角，奇聲。』『觢，一角仰也。从角，㓞聲。《易》曰「其牛觢」。』今本《説文》與《釋文》所引不同，疑皆有誤字，當作『二角，仰也』，則與雅訓及鄭注皆合。鄭作犎者，别體字。子夏《傳》作『契』，假借字。王弼本作『掣』，訓爲隔滯所在不獲進，非也。

《夬》九五云：『莧陸夬夬。』釋文：『莧，一本作莞。馬、鄭云：莧陸，商陸也。宋衷云：莧，莧菜。陸，商陸也。虞云：莧，蕢也。陸，商陸也。蜀才作「睦」。睦，親也，通也。』疏引《子夏傳》云：『莧陸，木根艸莖，剛下柔上也。王肅同馬、鄭，云：莧陸，一名商陸。董遇云：莧，人莧也。陸，商陸也。』集解：荀爽曰：『莧者，葉柔而根堅且赤，以言陰在上六也。陸亦取上葉柔根堅也，去陰遠，故曰陸。』虞翻曰：『莧，説也。莧讀「夫子莞爾而笑」之「莞」。陸，和睦也。舊讀言「莧陸」，字之誤也。馬君、荀氏皆從俗，言莧陸非也。』按虞説與釋文所引不同，疑釋文『虞云』，乃『董遇云』之誤也。諸家皆以艸名釋莧陸，或爲一艸，或爲二艸。虞同蜀才以爲和睦之意，故云『莧讀「夫子莞爾而笑」之「莞」』。考《論語》釋文『莞本今作莧』，知古本《論語》作『莧爾』。『莧』『莞』形近，今本俱誤作『莞』矣。『陸』『睦』漢碑通用。又《路史》注引孟喜曰：『莧陸，獸名。《夬》有兑，兑爲羊也。』按《説文》云：『莧，山芊細角者。从兔足，苜聲。讀若丸。』《繫傳》云：『《本艸》注：莧芊似麢芊，角有文。俗作羱。』《釋獸》云：『羱如羊。』郭注：『羱羊似胡羊而大角。角橢。出西方。』孟氏以《夬》有兑，兑爲羊，故取以爲説。上文九四亦有『牽羊悔亡』語也。項安世《玩辭》云：『莧，音凡，山羊也。陸，其所引之路也。』説本孟氏。《困學紀聞》取之，亦引《説文》爲證。蓋商瞿傳《易》，孟爲正宗。許君《易》偁孟氏，而解『莧』字，獨不引《易》虞翻傳、孟氏《易》，此又不從其訓，何耶？

《姤》卦釋文：『姤，薛云：古文作遘。鄭同。』集解：鄭曰：『遘，遇也。』按古文及鄭本作『遘』者是。《釋詁》云：『遘，遇也。』『遘，遥也。』『遘，見也。』皆作『遘』。《説文》云：『遘，遇也。从辵，冓聲。』竝無『姤』字。唐石經改就俗體，惟于《雜卦傳》『遘，遇也』尚未改。馮氏椅云：『王洙本改爲姤，非。』顧徵君《金石文字記》云：『姤誤，作遘尤非。』

《萃》六二云：『孚乃利用禴。』釋文：『禴，殷春祭。馬、王肅同。鄭云：夏祭名。蜀才作躍，劉作爚。』按禴當作礿，《説文》云：『礿，夏祭也。从示，勺聲。』《釋天》云：『夏祭曰礿。』《詩疏》引孫炎曰：『礿者，新菜可汋。』《公羊・桓八年傳》云：『夏曰礿。』何注：『夏薦尚麥，魚始，孰可汋。』《春秋繁露・祭義篇》云：『夏約故曰礿。』

《升》初六云：『允升大吉。』《漢上易》引施讎《章句》曰：『䚻，進也。』按《説文》云：『䚻，進也。从中、本，允聲。《易》曰「䚻升大吉」。』與施氏合。漢初言《易》，施讎及孟喜、梁丘賀，由是有施、孟、梁丘之學焉。讎字長卿，沛人，爲博士，傳《易》，授張禹。其説經爲最古。許君《易》偁孟氏，是施、孟相同。王弼云『允，當也』，非。

《困》九五云：『劓刖，困于赤紱。』釋文：『荀、王肅本「劓刖」作「臲卼」，云不安貌。陸同。鄭云：「劓刖」當爲「倪伔」。京作「劓劊」。』按《説文》云：『𣂷，槷𣂷不安也。《易》曰「槷𣂷，困于赤芾」。』是荀、王肅所本。鄭作『倪伔』者，與上六『困于葛藟，于臲卼』，薛作『劓杌』，皆假借字。《書・秦誓》云『邦之杌隉』，孔傳：『杌隉，不安也。』

《鼎》六五云：『鼎黄耳金鉉。』釋文：『鉉，玄典反。徐：又古玄反，又古冥反，一音古螢反。馬云：鉉，扛鼎而舉之也。』按《説文》云：『鼏，以木横貫鼎耳而舉之。从鼎，冂聲。』《周禮》『廟門容大鼏七箇』，即《易》『玉鉉大吉』也。鉉，舉鼎具也。《易》謂之『鉉』，《禮》謂之『鼏』。从金，玄聲。蓋鼏字从『冋冂』之『冂』爲聲，讀若扃，與鉉同聲。故徐音鉉爲古冥反也。今本《説文》作鼏，音莫狄切，乃脱去『鼏』字，誤合二字爲一。《考工·匠人》云：『廟門容大扃七个。』作『扃』『个』者，今書作『鼏』『箇』者，故書也。《士冠禮》云『設扃鼏』，鄭注：『今文扃爲鉉，古文鼏爲密。』然則《儀禮》古文本，亦作『鼏』，後人改作『扃』，惟《易》作『鉉』。

《豐》上六云：『闚其户，闃其无人。』集解：虞翻曰『闃，空也。』釋文：『闃，徐：苦鶪反。馬、鄭云：无人貌。姚作閴，孟作窒，並通。』按『窒』疑作『䆗』。《説文》云：『䆗，空皃。从穴，矞聲。』『閴』，俗字。『閲』，假字。又《象傳》云：『闚其户，闃其无人，自藏也。』釋文：『藏，衆家作戕。馬、王肅云：殘也。鄭云：傷也。』按古无『藏』字，止作『臧』。『臧』从戕聲，故亦通用。《詩·十月之交》云：『曰予不戕。』鄭箋：『戕也。』釋文：『戕，王本作臧。』孫毓評以鄭爲改字，然此衆家本作『戕』，豈鄭改字乎？

《涣》九五云：『涣汗其大號。』集解：九家曰：『謂五建二爲諸侯，使下君國，故宣布號令，百姓被澤，若汗之出身不還反也。』《北堂書鈔》引王肅曰：『王者出令，不可復返。喻如身中汗出，不可返也。』按九家及肅俱以反汗言之。《漢書·楚元傳》：『劉向上封事云：「《易》曰：『涣汗其大號。』言號令如汗。汗出而不反者也。今出善令，未能踰時而反，是反汗也。」』此即反汗之説。

《既濟》六四云：『繻有衣袽。』集解：虞翻曰：『乾爲衣，故偁繻。茹，敗衣也。』釋文：『繻，鄭、王肅云：音須。子夏作「襦」，王廙同。薛云：古文作繻。袽，王肅音如。《説文》作「絮」，云「緼也」。子夏作「茹」，京作「絮」。』按《説文》云：『繻，繒采色。从糸，需聲。讀若

《易》「繻有衣絮」。』『絮，絜緼也，一曰敝絮。从糸，奴聲。《易》曰「濡有衣絮」。』是當作『絮』。釋文引《説文》作『絮』，誤。惟京作絮耳。虞翻同子夏作『茹』，爲假字，『袽』爲别字。

《繫辭》傳云：『聖人有以見天下之賾。』釋文：『賾，九家作册，京作嘖，云精也。』按《説文·敍》云：『知天下之至嘖而不可亂也。』《左氏·定四年傳》云：『嘖有煩言。』賈逵曰：『嘖，至也。』疏云：『《易·繫辭》云：「聖人有以見天下之嘖。」謂見其至深之處。』嘖亦深之義也。漢《范式碑》云『探嘖研幾』，是古俱作『嘖』。

『聖人以此洗心』，韓康伯注：『洗濯萬物之心。』釋文：『洗，京、荀、虞、董、張、蜀才作「先」，石經同。』集解：虞翻曰：『聖人，謂庖羲以著神知來，故以先心。』按《管子》云：『聖人先知無形。』《尉繚子》云：『黄帝曰：先神先見，先稽我知。』皆先心之謂。釋文所偁石經，乃漢石經，即施、孟、梁丘三家經也。《隋書·經籍志》云：『《一字石經周易》一卷，梁有三卷。』蓋當時傳拓之本，猶在祕府，此陸所據者。惜乎不盡取以校古經，而僅得此一字耳。

『以定天下之吉凶，成天下之亹亹者』，公羊《疏》引鄭云：『凡天下之善惡及没没之衆事，皆成定之。』集解：侯果曰：『亹，勉也。』按《釋詁》云：『亹亹，勉也。』《詩·大雅·文王》云『亹亹文王』，毛傳用《釋詁》文。又《棫樸》云『勉勉我王』，《荀子·富國篇》引作『亹亹』。《禮器》云：『君子達亹亹焉。』鄭注：『亹亹，勉勉也。』《周語》云『亹亹怵惕』，韋注：『亹亹，勉勉也。』鄭云『没没』者，《釋詁》又云：『蠠没，勉也。』郭注：『蠠没，猶黽勉也。』『没没』又轉爲『勿勿』。《祭義》云：『勿勿乎其欲饗之也。』鄭注：『勿勿，猶勉勉也。』《大戴禮・曾子立事篇》云：『君子終身守此，勿勿也。』盧注：『勿勿，猶勉勉也。』蓋『黽勉』或作『孟勉』，亦作『亹勉』，俱假借『亹』，即『虋』之變體。「虋」从艸，釁聲。『釁』从爨省，从酉，分聲。『虋』古或省作『釁』，亦有作『𧮚』隸變而爲『亹』，或又誤作『亹』耳。《釋艸》云：『蘠蘼虋冬。』郭注引《本艸》：『門冬，一名璊冬。』又云：『虋，赤苗。』《大雅・生民》云：『維穈維芑。』毛傳：『穈，赤苗也。』『眉壽』字或作『穈』，古鐘鼎文多作『釁』。伯碩父鼎之『□』，史頊鼎之『□』，雝公緘鼎之『□』，叔液鼎之『□』，晉姜鼎之『□』，皆借爲『眉』。《方言》云：『眉，老也。』楚史老字子亹。『眉』既作『亹』，『湄』亦作『亹』。《大雅・鳧鷖》云：『鳧鷖在亹。』鄭箋：『亹之言門也。』凡此皆『亹』『虋』一字之證。後人不知假借流變，但指『亹』爲俗字。張參《五經文字》以爲不合六書，徐鼎臣又以『娓』字當之，謬矣。

《説卦》傳云：『爲的顙。』集解：虞翻曰：『的，白顙額也。』釋文：『的，《説文》作馰。』按《説文》云：『馰，馬白額也。从馬，勺聲。一曰駿也。《易》曰「爲馰顙」。』又《日部》：『旳，明也。从日，勺聲。《易》曰「爲旳顙」。』此《易》曰上當有『讀若』二字。《火部》：『焞，讀若「馰顙」之「馰」。』可證也。《釋畜》云：『馰，顙白顛。』《詩疏》引舍人曰：『旳，白也。顙，額也。額有白毛，今之戴星馬。』舍人注《爾雅》及虞翻注《易》，皆作『旳顙』，假借字。今本作『的』，別字也。《中庸》『的然而日亡』，亦當作『旳』。

簡莊疏記卷二　書

《堯典》云：『曰若稽古，帝堯。』《三國・魏志・高貴鄉公紀》引鄭曰：『稽古同天，言堯同于天也。』又引賈、馬及王肅云：『堯順考古道而行之。』按賈、馬及肅所云『順考古道』，乃訓『若稽古』三字，本屬正義，猶云『若，順也；稽，考也；古，古道也』。鄭云『稽古同天』，乃訓『帝』字，猶云『稽古同天之帝堯』，下句申之云『言堯同于天也』。《白虎通義》云：『德合天者偁帝。』故云同天帝堯。蓋『稽古』二字，賈、馬已釋，鄭不再釋，惟釋所以偁帝堯之故。猶箋《詩》申明毛傳意也。高貴鄉公之意，似以『順考古道』義猶未盡，必加『同天』，其義方足。故云：『仲尼言：惟天爲大，惟堯則之。堯之大美在乎則天。順考古道，非其至者也。』當日博士庾峻亦無辭以解。孔傳云：『若，順；稽，考也。能順考古道而行之者，帝堯。』蓋同賈、馬及肅之說。孔疏欲申孔傳，故抑鄭說，而云：『鄭君信緯，訓稽爲同，訓古爲天。言能順天而行，與之同功。古之爲天，經無此訓。高貴鄉公以鄭爲長，非篤論也。』是誤會其旨。疏又引鄭注作『稽同古天』，又誤到其文。《後漢書・李固傳》注引鄭注『稽，同也；古，天也』，加二『也』字，而義愈晦矣。《爾雅・釋詁》云：『曰，詞也；若，順也；古，故也。』《廣雅》云：『稽，考也。』『稽』本作『卟』，《說文》云：『卟卜以問疑也。从口卜。讀與稽同。』今作『稽』者，蓋假用讀若之字。《地官·小司徒》云：『以稽國中及四郊都鄙之夫家。』鄭注：『稽，猶考也。』然則鄭君何嘗不訓『稽』爲『考』乎？近儒必附會『稽同』之訓，而以木曲頭『稽』字本義當之，則又過矣。

『格于上下』，《詩疏》引鄭注言：『堯德光耀及四海之外，至于天地。』孔傳：『格，至也。』按《説文》云：『假，非真也。从人，叚聲。一曰至也。《虞書》曰：假于上下。』《方言》云：『假，至也。邠唐冀沇之閒曰假。』《商頌》云：『四海來假。』《祭統》云：『假于大廟。』並作『假』。今作『格』者，通用字也。

『曆象日月星辰』，孔傳：『星，四方中星。辰，日月所會。』《益稷》云『日月星辰』，孔傳：『日月星爲三辰。』按《洪範》云：『五紀：一曰歲，二曰月，三曰日，四曰星辰，五曰曆數。』日也，月也，星辰也，本爲三星。辰與曆數對言，知爲一類。《周禮·大宗伯》云：『以實柴祀日月星辰。』鄭注：『星謂五緯，辰謂日月所會十二次。』賈疏云：『《堯典》《洪範》鄭皆星辰合釋者，于義不得分爲二。此文上下不見祭五星之文，故分星爲五緯，與辰别解。然辰雖據日月會時而言，辰即二十八星也。《昭七年·左氏傳》：「晉侯問伯瑕曰：何謂六物？對曰：歲時日月星辰是謂也。公曰：多語寡人辰而莫同，何謂辰？對曰：日月之會是謂辰，故以配日。」』是其事但二十八宿，而有七不當日月之會，直謂之星。若日月所會，則謂之宿，謂之辰，謂之次，亦謂之房是也。賈疏不取《堯典》孔傳。然則《堯典》當依鄭注星辰合釋也。《困學紀聞》列《堯典》《益稷》孔注，前後各異，不及鄭注，故詳著之。

『鳥獸毛毨』，《周禮・司裘》疏引鄭注：『毨，理也，毛更生整理。』按《天官・司裘》云：『中秋獻良裘。』鄭注：『良，善也。中秋，鳥獸毴毨，因其良時而用之。』賈疏：『中秋鳥獸毴毨者，此是《尚書・堯典》文。』釋文：『毴，音毛。毨，音先典反。』據此，知古本作『毴毨』。釋文：『毴音毛。』『毛』字疑『隼』之誤。《説文》云：『毴，毛盛也。从毛，隼聲。《虞書》曰「鳥獸毴毛」。』『毨，仲秌鳥獸毛盛，可選取以爲器用也。从毛，先聲，讀若選。』『毴』下引《書》當作『毴毨』，大徐本、五音本俱誤作『毴髦』，小徐本作『毴毛』，脱去『先』旁也。《玉篇》云：『毴，而勇、而允二切。衆也，聚也。氄同。』是與『仲冬鳥獸氄毛』相溷，且與『毴』字从隼諧聲不合。又『氄』乃俗字，《説文》云：『䙲，羽獵韋絝。从㚇，弁聲。』『䙲，或从衣从朕。《虞書》曰：「鳥獸䙲毛。蓋中春孳尾，中夏希革，中秋毴毨，中冬䙲毛。』爲古文。《史記・五帝紀》作『中春字微，中夏希革，中秋毛毨，中冬氄毛』，爲今文。臧玉林《經義雜記》以古文作『鳥獸毛毨』，鄭注《周禮》亦云『中秋鳥獸毛毴』，與《説文》正合。後人以孔傳本校《周禮》，因附著『毨』字于『毴』旁，寫者誤入注中，反誤認『毨』爲『毛』字之異，因删『毛』字，遂『毴毨』連文。鱣謂果如臧説，則《説文》『毨』字爲贅。詳玩許君引書，于『毴』字下而于『毨』字補出『仲秋鳥獸毛盛可選』之訓詁，不復引書，知其所據本作『鳥獸毴毨』，而鄭注《周禮》亦與許合矣。

《舜典》云『修五禮』，孔傳：『修吉凶賓軍嘉之禮。』《史記・五帝紀》引馬曰：『五禮，吉凶軍賓嘉也。』《公羊・隱八年傳》疏引鄭曰：『五禮，公侯伯子男朝聘之禮矣。』《臯陶謨》云：

『天秩有禮，自我五禮有庸哉。』孔傳：『公侯伯子男五等之禮。』疏引鄭云：『五禮，天子也、諸侯也、卿大夫也、士也、庶民也。』王肅云：『五禮，謂王公卿大夫士。』按孔傳于《舜典》同馬説，于《皋陶謨》則同鄭説。然《舜典》馬傳所謂『吉凶賓軍嘉』，本于《周官・大宗伯》，自是周禮，故鄭不從馬，而孔傳則與之同。至《皋陶謨》五禮，王肅與鄭又異。疏云：『無文可據，各以意説。』此作疏者之遁辭，當以鄭説爲長。蓋上言『天秩有禮』，則必自天子以至于庶人皆用之。《困學紀聞》亦列《舜典》《皋陶謨》孔注前後之異，而未言其故，何不以鄭注折衷之？

《皋陶謨》云『在治忽』，《史記・五帝紀》作『治曶』，引鄭注：『曶者，臣見君所秉，書思對命者也。』按《説文》云：『㫚，出气詞也。从曰，象形。《春秋傳》曰「鄭大子㫚」。』『㫚，籀文㫚，一曰佩也。象形。』是『㫚』爲正字，隸變爲『曶』，或假用『忽』，俗又作『笏』。《士器禮》云『竹笏』，鄭注：『今文笏作忽。』蓋古文本作『㫚』，故鄭注云：『今文作忽。』或以鄭注『古文』當作『今文』者，非也。《穆天子傳》云『搢曶』，郭注：『曶，从曰勿聲。』更誤以象形爲形聲矣。

《益稷》云『藻火』，孔傳：『藻，水艸有文者。火爲火字。』按《説文》云：『璪，玉飾如水藻之文。从玉，喿聲。《虞書》曰「璪火」。』《夏官・弁師》云：『諸侯之繅斿九就。』鄭司農云：『繅，當爲藻。繅，古字也；藻，今字也，同物同名。』《聘禮》云：『啟櫝取圭垂繅。』鄭注：『今文繅作璪。』然則《儀禮》今文，爲正字。《周禮》故書，爲假借矣。《説文》云：『火，燬也。南方之行炎而上。象形。』《考工》：『畫繢之事，云火以圜。』鄭司農云：『爲圜形似火也。』後鄭謂形如半環，是俱言象火之形。《書》疏曲護孔傳，乃云：『火爲火字，謂刺繡爲火字也。《考工記》是後人所作，何必能得其真？』今之服章繡爲火字者，如孔所説也。不知火字本象火形，繡者何不爲火形而必爲火字？若以《考工記》是後人所作，則孔傳更在後，且唐時之服章，又豈足據乎？

『粉米』，孔傳：『粉若粟冰，米若聚米。』疏引馬曰：『士服藻火，大夫加以粉米，并藻火爲四章。』又引鄭曰：『粉米，白米也。』釋文：『粉米，《説文》作黺𪓐。』按《説文》云：『黺，衮衣山龍華蟲黺畫粉也。从黹，从粉省。』衞宏説又云：『䋛，繡衣如聚細米也。从糸，从米，米亦聲。』釋文引作『黺𪓐』。今作『䋛』，疑誤。許君與馬傳分爲二物，與鄭異。然粉之爲物，更細于米，恐難于繡。且粉即米屑，亦不宜分爲二，當從鄭訓『白米』一物爲得。

『絺繡』，孔傳：『葛之精者曰絺，五色備曰繡。』疏引鄭注：『絺讀爲黹。黹，紩也。凡畫者爲繪，刺者爲繡。此繡與繪，各有六。衣用繪，裳用繡。』按《釋訓》云：『黹，紩也。』郭注：『今人呼縫紩衣爲黹。』《説文》云：『黹，箴縷所紩衣。从㡀，丵省。』《春官·司服》云：『祭祀則希冕。』鄭注：『希讀爲黹。或作稀，字之誤也。』鄭注《尚書》，易『絺』爲『黹』；注《周禮》，易『希』爲『黹』，而辨之曰：『或作絺，字之誤也。』與《爾雅》《説文》皆合。孔傳作『絺』，云『葛之精者曰絺』，是鄭君所謂誤而已矣。疏雖彌縫其失，云：『祭服，元纁爲之，後代無用絺者。蓋于時仍質暑月，染絺爲纁，而繡之以爲祭服。』此强爲之説。夫祭服豈獨用之于暑月？且不思

《詩》云『絺兮綌兮，凄其以風』乎？究不可通也。

『簫韶九成』，孔傳：『韶，舜樂名。言簫，見細器之備。』《公羊・哀十四年》疏引鄭注：『簫韶，舜所制樂也。』又引宋均注《樂》説云：『簫之言肅。舜時民樂其肅敬，其紀堯道，故謂之韶。或云韶，舜樂名。舜樂者，其秉簫乎？』按孔傳即同。或説《左氏・襄三十一年傳》云『見舞韶箾』者，杜注：『舜樂。』《説文》云：『箾，以竿擊人也。从竹，削聲。虞舜樂曰韶箾。』蓋簫、箾同聲通用。《書》之『簫韶』，即《左傳》『韶箾』。《史記・司馬相如傳》云『紛容蕭蔘』，《漢書》作『萷蔘』。《左傳》言『舞韶箾』，則是樂名，而非言細器之備，何如從鄭注之爲得乎？《風俗通義》云：『《尚書》「舜作簫韶九成，其形參差，象鳳之翼」。』則亦誤作樂器解。

『元首叢脞哉』，釋文：『脞，徐音瑣。馬云：叢，總也。脞，小也。』疏引鄭注：『叢脞，總聚小小之事，以亂大政。』按『脞』當作『睉』。《説文》云：『睉，目小也。从目，坐聲。』《玉篇》：『睉，昨戈切。』徐音瑣，亦非。

《禹貢》云『雲土夢作乂』，孔傳：『雲夢之澤在江南。』按本作『雲夢土作乂』。釋文：『雲，徐本作云。夢，徐：莫公反。亦作雲夢也。』《夢谿筆談》云：『舊《尚書》云「雲夢土作乂」，唐太宗時得古本「雲土夢作乂」，詔改從古本。』鱣謂《史記・夏本紀》云『雲夢土爲治』，是司馬所據《禹貢》本作『雲夢』。《漢書・地理志》云『雲夢土作乂』，是班固所據本作『雲夢』。《周禮・夏官・職方》、《爾雅・釋地・十藪》、《吕氏・有始覽》、《淮南・地形訓》、《戰國・楚策》、宋玉《高唐賦》、司馬相如《子虛賦》、《説文》解『藪』字、《風俗通義・藪》、《後漢書・法雄傳》、《水經・夏水注》皆有雲夢之文，則經文作『雲夢土作乂』，顯然可證，不知太宗所得本果何本乎？《左氏・定四年傳》云：『楚子涉睢濟江，入于雲中。』杜注：『入雲夢之中。所謂江南之夢。』又《昭三年傳》云：『王以田于江南之夢。』杜注：『楚之雲夢，跨江南北。』《楚語》云：『又有藪曰雲連。』韋注：『雲夢藪澤也。』《左氏》『雲』『夢』分舉，偶從省文，故注家每合『雲夢』證之，謂之江南之夢，則江北有夢可知。後儒謂雲在江北、夢在江南，非也。自唐詔妄改，而孔疏曲爲説，云：『此澤亦得單偁雲、單偁夢，經之「土」字在二字之閒。』《周禮・職方》賈疏亦引作『雲土夢作乂』，開成石經因之，蓋功令使然。蜀石經作『雲夢土作乂』，晁公武《考異》云：『「雲土夢作乂」，到「土」「夢」字，蜀刻依雍都舊本，此獨不然，洵爲有識。乃蔡氏《集傳》又不從蜀刻，何也？』據經籍，證『雲夢』，别詳鱣所著《石經考》。

『和夷底績』，孔傳：『和夷之地，致功可蓺。』《史記集解》引馬傳：『和夷，地名也。』《水經・桓水注》引鄭注：『和夷，和上夷所居之地也。和讀曰桓。』《地志》曰：『桓水出蜀郡蜀山，西南行羌中者也。』按《説文》云：『桓，亭郵表也。从木，亘聲。』《漢書・酷吏・尹賞傳》云：『便輿出瘞寺門桓東。』如淳曰：『舊亭傳于四角面百步，築土四方爲屋，屋上有柱，出高丈餘。有大版貫柱四尺，名曰桓表。縣所治夾兩邊各一桓。陳宋之俗，言桓聲如和，今猶謂之和表。』師古曰：『即華表也。』《文選・東京賦》云：『聚和樹表。』薛綜注：『和，軍之正門爲和也。』然則和即桓水，孔傳誤以爲『和夷之地，致功可蓺』，孔疏申之，云『和夷，平地之名』，失之矣。

『西傾因桓是來』，孔傳：『桓水是西傾山南行〔一〕，因桓水是來。』《水經·桓水注》引馬傳：『西治頃山，惟因桓水是來，言無他道也。』《史記集解》引鄭注：『西傾，雍州之山也。雍戎二野之閒人，有事于京師者，道當由此而來。桓是隴阪名，其道盤桓旋曲而上，故曰桓是。今其下民謂是阪曲爲盤也。』按《説文》云：『氏，巴蜀名山岸脅之旁箸欲落墮者曰氏。氏崩，聞數里。象形。』揚雄賦曰『響若氏隤』，《漢書·揚雄傳》云『響若阺隤』，師古曰：『阺音氏，巴蜀名山旁堆欲墮落者曰氏。』蓋『氏』與『是』通。《覲禮》云：『大史是右。』鄭注：『古文是爲氏。』《曲禮》云：『五官之長曰伯是。』《職方》鄭注：『是或爲氏。』三國時『氏儀』，亦作『是儀』。此『桓是』之爲隴阪名無疑。馬及孔傳作助語訓，非也。

『至于陪尾』，《史記集解》引鄭注：『陪尾，在江夏東北若横尾者。』按《史記》作『至于負尾』，索隱：『負音陪也。』考《説文》：『負，恃也。从人守貝，借爲背。』《明堂位》云：『天子負斧，依南向而立。』鄭注：『負之言背也。』《史記·信陵君傳》云：『以負於魏。』索隱：『負音佩。』蓋『背』『陪』同聲通用，『負』即『背』也。後人别出『負』字，云『負从力從貝』，與『陪』同，與『負』别，此《字彙》之謬説。

『二百里蔡』，疏引鄭注：『蔡之言殺，減殺其賦。』《史記·夏本紀》集解引馬傳：『蔡，法也，受王者形法而已。』按『蔡』當爲『䊛』，《説文》云：『䊛，䊝䊛散之也。从米，殺聲。』《玉篇》

『粲』書作『蔡』字。《左氏・昭元年傳》云：『周公殺管叔而蔡蔡叔。』杜注：『上「蔡」字作「粲」，從「殺」下「米」。』孔疏：『殺爲放散之義。』《漢書・宣帝紀》云：『骨肉之親，粲而不殊。』荀悦《紀》作『放而不誅』。則『粲』乃『𥻆』字之誤。『二百里粲』，言未減之耳。馬以『蔡』爲刑法，竟作『殺戮』解，恐非。孔傳云：『蔡，法也。』法三百里而差減，亦未明晰。

『朔南暨』，疏引鄭注：『南北不言所至容踰之。』按此『暨』與『臮及』之『臮』不同。《史記・夏本紀》、《漢書・地理志》作『臮』，假字也。《説文》云：『暨，日頗見也。』江叔澐徵君《尚書〈注〉》引此而證之曰：『言日所照臨之處，皆聲教之所及。猶《中庸》言日月所照也。』此深合鄭君『容踰之』三字之旨。更有證者，《史記・顓頊紀》云：『動静之物、大小之神，日月所照，莫不砥屬。』《帝嚳紀》云：『日月所照、風雨所至，莫不從服。』蓋聖人德化所及，不可以道里計如此。閻百詩徵君《四書釋地》云：『嘗謂「東漸于海、西被于流沙」，東西皆繫地名，而朔南暨南北卻闕，欲以《舜本紀》「北發息慎、南撫交阯」地補注之，以合史遷書闕有閒其佚見于他説之義。』閻君考古甚深，獨此有乖經義。『北發』字，《大戴禮・五帝德》作『大教』，《説苑》作『大發』，俱指爲地名。又孔傳云：『此言五服之外，皆與王者聲教而朝見。』以『朔南暨聲教』爲句，亦非。

《盤庚》云『出矢言』，孔傳：『出正直之言。』按《釋言》云：『矢，誓也。』郭注：『相約誓。』《易・晉》象傳云：『矢得勿恤。』集解：虞翻曰：『矢，古誓字。誓，信也。』《詩・柏舟》云：『之死矢靡它。』毛傳：『矢，誓也。』《論語・里仁》云：『夫子矢之。』集解：『孔曰：矢，誓也。』蓋《盤庚》，《左傳》亦引作《盤庚之誥》。誥，即誓詞，所謂殷人作誓也。傳以『正直』解之，疏引《詩》云『其直如矢言』，爲止直之言，非也。

『相時憸民』，釋文引馬云：『憸，利小小見事之人也。』按《説文》云：『㥶，疾利口也。从心，从冊。《書》曰「相時㥶民」。』是當作『㥶』。《立政》云：『其勿以憸人。』釋文：『憸，本又作㥶，同憸利之人。馬云：憸利，佞人也。』漢石經《般庚》作『散』，又爲『㥶』之假字。《史記・平原君傳》云：『有躄者盤散行汲。』索隱云：『散亦作珊，音同。』又《司馬相如傳》云『媻珊勃窣』，《漢書》作『媻姍』。『珊』『㥶』俱從册聲。『珊』可作『散』，『㥶』亦可作『散』矣。

『人惟求舊，器惟求舊』，漢石經作『器惟救舊』。按《説文》云：『救，止也。从攴，求聲，古讀巨鳩反。』《堯典》『方鳩僝功』，《説文・人部》引作『旁救僝功』。《地官・大司徒》云：『正日景以求地中。』鄭注：『故書求爲救。』杜子春云：『當爲求。』然則石經《般庚》以『求』爲『救』，同《周禮》，故書石經《論語》『夫子之求之也』仍作『求』。

『高宗肜日』，孔傳：『祭之明日又祭，殷曰肜，周曰繹。』按《爾雅・釋天》云：『商曰肜。』《詩疏》引孫炎曰：『肜者，亦相尋不絶之意。』『肜』當作『彤』。《説文》云：『彤，船行也。从舟，彡聲。』《玉篇》云：『彤，祭也，又舟行也。』錢詹事曰：『《玉篇》彤訓祭，又訓舟行，足證「彤繹」字从「舟」不从「月」。六朝尚識古文，此必顧野王原本，非唐以後儒所能附益。』鱣謂：今行船曰撑，當用『舼』字。舼船有相尋不絶之意，故祭名取之。《玉篇》余弓切，又丑林切。今人于祭名多讀『余弓切』，于舼船讀『丑林切』。二音古亦相同。《祭法》云：『幽宗，祭星也。雩宗，祭水旱也。』鄭注『宗』皆當作『禜』，字之誤也。又《白虎通義》云：『宗，尊也。』『宗』當爲『禜』，則可讀『余弓切』；『宗』之言『尊』，則『舼』可讀『丑林切』矣。

『天既孚命正厥德』，漢石經作『付命』。按《漢書·孔光傳》引作『天既付命正厥德』，而釋之曰：『言正德以順天也。』與石經合。《史記·殷本紀》作『附命』。《説文》云：『付，與也。从又持物以對人。』附从付聲，故亦通用。《梓材》云：『皇天既付中國民。』釋文：『付，馬本作附。言天既與之，命以正其德也。』孔傳作『孚命』，訓爲『天以信命正其德』，非是。《史記集解》不知其作『附命』即付命之意，而仍引孔傳『信命』之文，更失之甚矣。

《洪範》云『鯀陻洪水，汩陳其五行』，漢石經作『伊鴻水，曰陳其五行』。按《説文》云：『垔，塞也。《尚書》曰「鯀垔洪水」。从土，西聲。』『陻』或从『自』。『𡋯』，古文『垔』。《漢書·五行志》引《書》云：『鯀陻洪水，汩陳其五行。』應劭曰：『陻，塞。汩，亂也。』是『垔』爲正字，『陻』爲或體，『陻』爲俗字。『伊』『垔』聲近通用。《後漢書·崔寔傳》云：『智士鬱伊于下。』亦假『伊』爲『垔』。《隸釋》載漢石經『伊』下注云：『孔無不知伊即垔也。』《祭法》云：『鯀障洪水。』又轉注相假。《孟子》云：『禹抑洪水。』《史記·河渠書》云：『禹抑鴻水。』『洪』『鴻』同聲通用。《釋詁》云：『淈，治也。』郭注：『淈，《書序》作汩，音同耳。』《説文》云：『汩，治水也。』

从水，曰聲。』漢石經从省作曰。汩訓爲治，治亦可訓亂，故應劭曰『汩，亂也』。

『曰雨，曰霽，曰蒙，曰驛，曰克，曰貞，曰悔，凡七。卜五占用，二衍忒』，疏引鄭注：『卜五占用，謂雨、霽、圛、雺、克也。二衍忒，謂貞、悔也。』又引鄭以『圛爲明，言色澤光明也。雺者，氣澤鬱鬱冥冥也』。按《春官》『大卜』鄭注引《洪範》作『曰雨，曰濟，曰圛，曰蟊，曰尅』，《史記・微子世家》作『曰雨，曰濟，曰涕，曰霧，曰克』，賈疏及裴駰集解引鄭本經注，俱大同小異。今細考之，鄭本經文作『雨』『濟』『圛』『雺』『克』，『圛』在『雺』前。《詩・載馳》云：『齊子豈弟。』鄭箋：『豈讀爲闓。弟，《古文尚書》以「弟」爲「圛」。圛，明也。』孔疏《古文尚書》，即今鄭注《尚書》是也，無以『悌』爲『圛』之字。唯《洪範・稽疑論》：『卜兆有五，曰圛。』注云：『圛者，色澤光明。』蓋古文作『悌』，今文作『圛』。賈逵以今文校之，定以爲『圛』，故鄭依賈氏所奏，從定爲『圛』，于古文則爲『悌』，故云『《古文尚書》以悌爲圛。圛，明也』。是鄭本作『圛』。《説文》云：『圛，回行也。从囗，睪聲。《尚書》曰「圛圛升雲，半有半無」，讀若驛。』『霚，地氣發天不應。从雨，敄聲。雺，籀文省。』蓋許君本從賈逵受古文，故與鄭注相合。《史記》作『曰悌，曰霚』者，太史公以今文讀之。今本《史記》又誤作『曰涕，曰霧』矣。孔傳作『曰蒙，曰驛』，是假用讀若之字。疏中孔義，或作『雺圛』，或作『蒙驛』，蓋亦用鄭注本，故失之不照也。

『曰豫恒燠若』，疏引鄭、王本『豫』作『舒』。鄭云：『舉遲也。』王肅云：『舒惰也。』按《公羊・成元年傳》疏又引鄭云：『言人君舉事太舒，則有常燠之咎氣來順之。』《史記・微子世家》作『曰舒常煥若』，與鄭本合。集解不引鄭注，而引孔曰『君行逸則常煖順之』，仍作『豫』，何也？

《金縢》云『植璧秉圭』，疏引鄭云：『植，古置字。』按《詩·那篇》云『置我鞉鼓』，鄭箋：『置讀曰植。』《論語·微子篇》云『植其杖而芸』，漢石經作『置其杖而耘』。是『植』『置』通用。孔傳亦云：『植，置也。』《說文》云：『植，或作櫍。』然則作『置』者，其『櫍』之省歟？《史記·魯世家》作『戴璧』，『戴』當作『載』，『載』『置』聲近假借。

《大誥》云『越茲蠢』，魏石經《尚書》殘字作『粵茲𢧢』。按《魏志·劉劭傳》注引衛恒《書勢序》云：『魏初傳古文者，出于邯鄲淳。恒祖敬侯寫淳《尚書》，後以示淳，而淳不別。至正始中立三字石經，轉失淳法。因科斗之名，遂效其形。』《隋·經籍志》云：『三字石經《尚書》九卷，三字石經《春秋》三卷。』今《隸續》載有魏石經殘字，乃《尚書·大誥》《吕刑》《文侯之命》三篇及《左傳·桓公篇》殘字，即洛陽蘇氏所刻者。歐陽、洪諸家皆言石經《左傳》，而不及《尚書》，蓋未細審也。漢熹平一字石經，爲今文《尚書》。魏正始三字石經，爲古文《尚書》。此『粵茲𢧢』三字，乃真古文也。《說文》云：『粵，于也。審慎之詞。从亏，从寀。《周書》「粵三日丁巳」，𧍗蟲動也」。』从䖵，𢦏聲。『𢧢』，古文『𧍗』，从『𢦏』。《周書》曰『我有𢧢于西粵』，『越蠢𢧢』，古今字耳。『我有𢧢于西』，即『有大艱于西土』之文，因下『越茲蠢』句，故連引之。

《大誥》云『不敢替上帝命』，魏石經作『不𣪊㬱』。按《說文》云：『㬱，廢一偏下也。从竝，白聲。』『朁』或从兟眉，臥息也。从尸，自聲。『朁』『眉』同聲假借。

《酒誥》云『至于屬婦』，孔傳：『至于存恤妾婦。』釋文：『屬婦，上音蜀，妾之事夫也。』按《說文》云：『㜏，婦人妊身也。从女，𦉢聲。《周書》曰「至于㜏婦」。』《廣雅》云：『㜏，好也，㑅也。』崔瑗《清河王誄》云：『惠于㜏孀。』『孀』字《說文》所無，依義推之，正如《書》云『至于敬寡』『至于㜏婦』也。惠徵士云：『㜏非妊身。』然許君必有所本。

《召誥》云：『曷其柰何勿敬。』按姚姬傳侍御《左傳補注》云：『古經傳皆言如何、若何，惟楚人言柰何。申叔展、薳啟疆皆楚人，故《左傳》惟此二處偁柰何。老、莊、屈、宋皆有柰何，固楚言然也。僞爲《五子之歌》者，不知其爲楚言而誤用之。』孫詒穀侍御《讀書脞録》云：『姚君竟忘卻《召誥》有「曷其柰何勿敬」之語，僞古文自襲《召誥》，非用楚言。』《召誥》非古文，召公非楚言也，饘更有數證。《湯誓》云『夏罪其如台』，《史記·殷本紀》作『有罪其柰何』。《高宗彤日》云『乃曰其如台』，《史記》作『乃曰其柰何』。《西伯戡黎》云『今王其如台』，《史記》作『今王其柰何』。蓋『如台』即『如何』，『如何』即『柰何』。《商書》之辭，太史公以今文讀之，安得謂之楚言乎？又《曲禮》云：『國君去其國，止之曰：「柰何去社稷也？」大夫曰：「柰何去宗廟也？」士曰：「柰何去墳墓也？」』是古《禮》有『柰何』之文，非楚言也。

《無逸》云：『乃或亮陰，三年不言。』《左氏·隱元年傳》疏引馬曰：『亮，信也。陰，默也。爲聽于冢宰，信默而不言。』《詩疏》及《史記集解》引鄭注：『諒闇，轉作梁闇。楣謂之梁，闇謂廬也。小乙奔〔二〕，武丁立，憂喪三年之禮，居倚廬柱楣，不言政事。』按《喪服四制》云：『高宗諒闇，三年不言。』鄭注：『諒，古作梁。楣謂之梁。闇讀如鶉鶴之鶴，謂廬有梁者，所謂柱楣也。』《論語·憲問篇》引《書》云：『高宗諒陰，三年不言。』《後漢·張禹傳》引鄭注：『諒闇，謂凶廬也。』是鄭注《書》《禮》《論語》皆作『諒闇』，而轉讀作『梁闇』。今本作『亮』者，『諒』之別體；作『陰』者，『闇』之借聲。《史記·微子世家》作『亮闇』，或爲後人所改。孔傳同。馬云：『諒，信也。陰，猶默也。』王光禄《後案》云：『下云不言，足矣。上言信默，意覆疊。』孔傳非是，當從鄭説。

《立政》云『以並受此丕丕基』，漢石經作『不不其』。按『不』『丕』、『其』『基』通用。《詩·周頌·清廟》云『不顯不承』，即『丕顯丕承』也。《昊天有成命》云『夙夜其命宥密』，釋文：『其音基，本亦作基，始也。』《孔子閒居》引此詩，鄭注：『《詩》「其」讀爲「基」，聲之誤也。』《漢書·地理志》云：『琅琊郡不其。』如淳曰：『其音基。』然則『不其』即『丕基』也。

『予旦已受人之徽言』，漢石經作『旦以前人之微言』。按《論語讖考讖》曰：『子夏六十四人，共譔微言。』《漢書·執文志》云：『昔仲尼没而微言絶。』師古曰：『精微要眇之言。』然則『微言』本于《書》也。『旦以前人』，與下『繼自今文子文孫』正相應，亦勝版本。

《顧命》云『用克達殷集大命』，漢石經作『通殷就大命』。按《説文》云：『達，通也。』《禹貢》云『達于河』，《史記·夏本紀》作『通于河』。《詩·小雅·小旻》云：『謀夫孔多，是用不集。』毛傳：『集，就也。』《韓詩外傳》作『不就』。『達』『通』、『集』『就』皆轉注通用。

『狄設黼扆綴衣』，漢石經作『黼衣』。按《釋宫》云：『户牖之閒謂之扆。』《曲禮》云：『天子當依而立。』釋文：『依，本又作扆。』《覲禮》云：『天子設斧依于户牖之間。』《釋名》云：『衣，依也。』是『扆』『依』『衣』皆通用。

『敷重蔑席』，釋文引馬云：『蔑，織蒻。』疏引鄭云：『蔑，析竹之次青者。』按《說文》云：『莫，火不明也。从苜，从火，苜亦聲。《周書》曰「布重莫席織蒻席也」，讀與蔑同。』馬云：『織，蒻。』與《說文》合。今作『蔑』者，蓋假用讀若之字。『敷』，《說文》作『布』，亦轉注通用。莫或作滅。《檀弓》云：『子蒲卒，哭者呼滅。』鄭注：『滅，蓋子蒲名。』是莫爲織蒻，蒻即蒲艸初生，故字子蒲。作滅者，亦同聲假借。鄭云『析竹之次青者』，則當作『篾』。《說文》云：『篾，筡也。』『筡，析竹笢也。』『笢，竹膚也。』『蔑』『篾』一聲之轉，故通用。俗作『篾』，非。

『二人雀弁執惠』，孔傳：『惠，三隅矛。』疏引鄭注：『惠，狀蓋斜刃，宜芟刈。』按《說文》云：『鈋，臿屬。从金，危聲。一曰瑩鐵也，讀若跛行。』《玉篇》：『鈋，似挨鋸齒也。』《漢書·揚雄傳》云：『徒恐鷤搗之將鳴兮。』師古曰：『鷤搗，鳥，一名買鈋。』鈋音詭。此『惠』疑即『鈋』之假字。鈋本臿屬，故鄭云『斜刃，宜芟刈』。鳥名『買鈋』，即布穀，蓋聞其聲即思買鈋臿以布穀也。孔云『三隅矛』，則以『厶』字當之，非也。

『一人冕，執戣立于東垂；一人冕，執瞿立于西垂。』孔傳：『戣、瞿，皆戟屬。』疏引鄭注：

『戣，瞿，蓋今三鋒矛。』按《説文》云：『戣，周制侍臣執戣立于東垂。兵也。从戈，癸聲。』『乘，苿臿也。从木入，象形，䀠聲。』『瞿』蓋『乘』之假字。《淮南·説林》云『木大者根欋』，亦當作『瞿』。魯商瞿字子木，並即『乘』字。今兵器有『中』字形者，俗謂之『剛叉』，是矣。

『一人冕，執鋭立于側階。』疏引鄭注：『鋭，矛屬也。』按《説文》云：『鈗，侍臣所執兵也。从金，允聲。《周書》曰「一人冕，執鈗」，讀若允。』《漢書·揚雄傳》云：『衮鋋瘢者，金鏃淫夷者數十萬人。』臣佖按：『字書無「兖」字，今俗以爲「兖州」，字本作「沇」。此「兖」「鋋」合作「鈗」。』《説文》：『鈗，與鋋相次。』又按，《今文尚書》云：『一人冕，執鋭。』孔安國傳云：『鋭，矛屬也。』疑孔安國之時，舊是『鈗』字，後傳寫作『鋭』耳。《説文》：『鋭，芒也。』亦與矛不類矣。《漢書》相承，疑誤爲『兖』字。如淳注釋，乃云『兖，括也』，顏師古又依孟康所説爲箭括，即愈無所據。且箭括非刃，豈與鋋小矛同可以傷夷人乎？此『兖』字故合作『鈗』。據此，知『鋭』爲『鈗』之誤。然釋文『鋭，以稅反』，則誤作『鋭』已久。《漢書》借『沇』爲『鈗』，後又誤以水横上作『兖』耳。

《吕刑》云『惟貌有稽』，孔傳：『惟察其貌，有所考[三]，重刑之至。』按《説文》云：『緢，旄絲也。从糸，苗聲。《周書》曰「惟緢有稽」。』『緢』『貌』聲近假借。《汗簡》釋『緢』爲『貌』，失之。《史記·周本紀》云『惟訊有稽』，索隱：『訊音貌。』『訊』疑『緢』之誤。《説文》『訊』重文作『𦀧』，云『古文訊从鹵』，與篆文『緢』相似，故索隱『音貌』。蓋《説文》『緢』與『細』連，『旄絲』即細之意。言『惟細有所考』，與下句『無簡不聽』相對也。

《文侯之命》云『父義和』，孔傳：『文侯同姓，故偁曰父義和，字也。偁父者非一人，故以字別之。』釋文：『義，亦作誼。馬云：能以義和諸侯。』疏引鄭注：『義讀爲儀，「儀」「仇」皆訓「匹」也，故名仇字儀。』按《釋詁》云：『仇，儀，匹也。』郭注引《詩》云『君子好仇』『實維我儀』。《國語》『丹朱馮身以儀之』，《益稷》云『鳳皇來儀』，《詩疏》引鄭注：『儀，匹，言其相乘匹。』《詩·蒸民》云『我儀圖之』，鄭箋：『儀，匹也。』凡此皆名仇字儀之證。孔傳義和字亦與鄭同。疏云：『《左傳》以文侯名仇，今呼曰義和，知是字。』是也。馬云『能以義和諸侯』，則下云『父義和汝，克昭乃顯祖』，又云『父義和其歸，視爾師，寧爾邦』爲複矣。魏石經作『義禾』，『禾』『和』通用也。

『費誓』，《史記·魯世家》作『肹誓』，集解：『徐廣云：費，一作鮮，一作獮。駰按：《尚書》作「粊誓」。』索隱曰：『《尚書》作「粊誓」。』今《尚書大傳》作『鮮誓』，『鮮誓』即『肹誓』，古今字異，義亦變也。按《説文》云：『粊，惡米也。从米，比聲。《周書》有「粊誓」。』《秋官·雍氏》引《書·粊誓》，《曾子問》云：『昔者魯公伯禽有爲爲之也。』鄭注：『伯禽，周公子封于魯，有徐戎作難，征之，作《粊誓》。』釋文：『粊音祕。』《士喪禮》注：『古文祕作粊。』然則古文作『粊誓』。許君所偁《尚書》，乃古文，太史公以今文讀之，作『肹誓』也。

校勘記

〔一〕『是』，《尚書正義》作『自』。

〔二〕『奔』，當作『崩』。

〔三〕『考』下，《文獻通考》《册府元龜》有『合』字。

簡莊疏記卷三　詩

《周南》云『關關雎鳩』，傳：『雎鳩，王雎也。』釋文：『雎，七胥反。依字且邊隹，且音子餘反。旁或作鳥。』按《爾雅·釋鳥》云：『鴡鳩，王鴡。』《說文》云：『鴡，王鴡也。从鳥，且聲。』《爾雅》《說文》皆作『鴡』，《說文》無『雎』字，凡从隹、从鳥，有長短尾之别，不當誤作『雎』。乃《釋文》云『依字且邊隹，旁或作鳥』，反以『鴡』爲或體字，蓋六朝時已有此誤。監本作『睢』，从隹目，更誤矣。

『在河之洲』，傳：『水中可居曰洲。』釋文：『洲音州。』按《釋地》云：『水中可居曰州。』《說文》云：『州，水中可居曰州。周遶其旁，从重川。昔堯遭洪水，民居水中高土，故曰九州。《詩》曰「在河之州」。一曰：州，疇也。各疇其土而生也。』『川』，古文『州』，無『洲』字。蓋州从重川，又加水旁，不亦贅乎。釋文『洲音州』，反以俗爲正讀。《詩》開卷即多俗字，不可不正也。《書·舜典》『流共工於幽洲』，亦後人所改，《孟子》本作『州』。

『輾轉反側』，釋文：『輾，本亦作展。呂忱從車展。鄭云：不周曰輾。注本或作「臥而不周」者，剩二字也。』按《說文》云：『展，轉也。』據《釋文》云『呂忱從車展』，則『輾』字起于《字林》。《楚詞章句》《後漢書·光武紀》注竝引作『展轉反側』，是《詩》本作『展』。疏云：『《書》

傳曰「帝猶反側晨興」，則反側猶臥而不正也。』『反』『側』既爲一，則『輾』『轉』亦爲一，俱爲『臥而不周』。箋獨以『輾』爲不周者，辨其難明，不嫌與『轉』異也。是鄭箋無『臥而』二字之證。

《葛覃》云『薄汙我私』，傳：『汙，煩也。』箋云：『煩，煩撋之，用功深。』釋文：『煩撋，諸詮之音，而專反。何允、沈重皆而純反。阮孝緒《字略》云：煩撋，猶挼莏也。挼音奴禾反，莏音素禾反。』按『撋』字，《説文》所無，當作『潤』。《曲禮》云『共飯不澤手』，鄭注：『澤，謂挼莎也。』潤即澤意。《説文》云：『挼，推也。从手，委聲。一曰：兩手相切摩也。』《一切經音義》引《三倉》云：『挼，奴回反，手按也。「莏」當從《曲禮注》作「莎」。』今人洗衣，以兩手相切摩曰搓，即『挼莎』之意，箋所謂『用功深』也。『煩潤』『挼莎』皆疊音。

『薄澣我衣』，箋：『澣謂濯之耳。』《序》釋文：『澣，本又作浣。』按《説文》云：『瀚，濯衣垢也。从水，榦聲。』『浣』或从『完』，《禮器》云『澣衣濯冠以朝』，釋文：『澣又作浣。』是『瀚』爲正字，『浣』爲或體，『澣』爲俗字。

《卷耳》云『我馬虺隤』，傳：『虺隤，病也。』釋文：『「虺」，《説文》作「瘣」。「隤」，《説文》作「頹」。』按《説文》云：『瘣，病也。从疒，鬼聲。《詩》曰「譬彼瘣木」。一曰：腫旁出也。』『積，秃皃。从秃，貴聲。』無『瘣頹』字，蓋當作『瘣積』也。《釋訓》云：『虺，頹病也。』釋文有『瘣』字，引《字林》云：『病也。』又云：『今經注無此字。』蓋《爾雅》舊本必有作『瘣積』者，或作

『虺頹』。陸氏既定從『虺』，字復别出『瘣』字于後。不知『瘣』字出于《字林》，正當作『瘣』，『虺』即『瘣』之假字，遂以爲經注無此字耳。

《樛木》云『葛藟縈之』，傳：『縈，旋也。』釋文作『帶之』，云：『本又作縈。』按《説文》云：『藥，艸旋皃也。从艸，榮聲。《詩》曰「葛藟藥之」。』『縈，收拳也。从糸，熒省聲。』是『藥』爲正字，『縈』爲假字，『帶』爲别字。『帶』疑『熒』之壞體，本或作『榮』也。

《螽斯》云『揖揖兮。宜爾子孫，蟄蟄兮』，傳：『揖揖，會聚也。蟄蟄，和集也。』按『揖』爲『咠』之假借。《説文》云：『咠，詞之咠兮。从十，咠聲。』今《詩・版》之篇作『輯』。《釋詁》云：『輯，和也。』《説文》云：『輯，車和爲輯也。』《舜典》云『輯五瑞』，《史記・五帝紀》作『揖五瑞』，『揖』『輯』通用。『蟄』爲『卙』之假借。《説文》云：『卙，卙盛也。从十，甚聲。』汝南名蠶盛曰卙，蓋子孫衆多亦如蠶盛也。

《汝墳》云『惄如調飢』，傳：『調，朝也。』箋云：『未見君子之時，如朝飢之思食。』釋文：『調，又作輖，音同。』按《文選注》引薛君曰：『朝飢最難忍。』是《韓詩》本作『朝飢』。《説文》云：『惄，飢餓也。一曰憂也。从心，叔聲。《詩》曰「惄如朝飢」。』與《韓詩》合。蜀石經作『輖飢』，楊凝式《韭華帖》云『晝寢乍興，輖飢特甚』，蓋唐本相傳如此，即《釋文》所謂『一作輖』也。『調』『輖』俱从周聲，與『朝』从舟聲同，故通用。毛傳：『調，朝也。言詩以調爲朝耳。』鄭申毛意作『朝飢』，用本字，與《韓詩》《説文》合。

《采蘋》云『南澗之濱』，傳：『濱，厓也。』按《説文》云：『頻，水厓，人所賓附，顰蹙不前而止。从頁，从涉。』無『濱』字，隸作『瀕』，省作『頻』。《禹貢》云『海濱廣斥』，《漢書·地里志》引作『瀕』。《召旻》云『池之竭矣，不云自頻』，箋：『頻，水厓也。』《漢書·成帝紀》云『瀕河之郡』，尚作『瀕』。後人因《説文》『人所賓附』之語，作此『濱』字。《廣雅》云：『濱，厓也。』《一切經音義》引《字林》云：『濱，水厓。』蓋『濱』字出于《字林》，因改古經耳。

《甘棠序》云『美召伯也，召伯之教明于南國。』疏引《鄭志》：『張逸以行露。』箋云：『「當文王與紂之時」，謂此《甘棠》之詩亦文王時事，故問之云：「《詩》傳及《樂記》武王即位，乃分周公左、召公右，爲召伯、文王之詩。不審召公何得爲伯？」答曰：「《甘棠》之詩，召公自明，誰云文王與紂之時乎？」』按《左傳》引此詩而申之曰『思其人』，猶愛其樹。則以召伯既沒，而民歌其德也。《説苑·貴德篇》云：『召公述職，當蠶桑之時，不欲變民事，故不入邑中，舍于甘棠之下，而聽斷焉。後世思而歌詠之。』《韓詩外傳》云：『召伯在朝，有司請營洛以居。召伯曰：「嗟，以吾一身而勞百姓，非吾先君文王之志也。」于是出而就蒸庶于隴畝阡陌之閒，而聽斷焉。召伯暴處，百姓大悦，耕桑者倍力以勸，于是歲大稔，民給家足。其後在位者，驕奢不恤元元，耕桑失時，于是詩人見召伯之所休息樹下，美而歌之。』《魯》《韓》詞異而旨同，可知非文王時事矣。

《甘棠》云『召伯所茇』，傳：『茇，艸舍也。』按《説文》云：『废，舍也。从广，犮聲。《詩》曰

「召伯所废」。』『茇，艸根也。』是『废』爲正字，『茇』爲假字。《周禮・大司馬》云：『中夏教茇舍。』鄭注：『茇，讀如萊沛之沛。茇舍，艸止之也。軍有艸止之法，亦借用茇。』《左氏・僖十五年傳》云：『晉大夫反首，拔舍從之。』杜注：『拔舍，艸止。』又借用『拔』。段大令《詩小學考》引《漢書・禮樂志》『拔蘭堂』，而不引《左傳》，且誤指毛傳爲鄭箋，故正之。

「召伯所憩」，傳：『憩，息也。』釋文：『憩，本又作揭，起例反。徐：許罽反，息也。』按『憩』當作『愒』，本又作『揭』，字之誤也。《說文》云：『愒，息也。从心，曷聲。』《小雅・菀柳》云『不尚愒焉』、《民勞》云『汔可小愒』，傳並云：『愒，息也。』《釋詁》云：『憩，息也。』《一切經音義》引舍人云：『憩，臥之息也。』又引《三倉》『愒』作『憩』。然則今之作『憩』，出于《三倉》也。

『召伯所說』，傳：『說，止也。』釋文：『說本又作稅，又作脫，同。』按作『稅』者，是『說』與『脫』並假字。《釋詁》云：『稅，舍也。』郭注引《詩》曰『召伯所稅』，正作『稅』。《定之方中》云『說于桑田』，釋文：『說，毛：始銳反，舍也。鄭如字，辭說。』是毛亦讀『說』爲『稅』。

《殷其靁》云『莫敢或遑』，傳：『遑，暇也。』釋文：『遑本或作偟。』按《釋言》云：『偟，暇也。』郭注引《詩》『不遑啟處』。『遑』『徨』『偟』俱俗字，當作『皇』。《詩・谷風》云『遑恤我後』，《表記》及《左氏・襄二十五年傳》云竝引作『皇』。或作『兄』，《無逸》云『無皇曰：今日耽樂』，漢石經作『兄曰』。又『則皇自敬德』，漢石經作『兄自敬德』，蓋『皇』『兄』一聲之轉也。《無逸》又云『不遑暇食』，《楚語》引作『皇』。

『摽有梅』，傳：『摽，落也。盛極則墮落者，梅也。』《孟子·梁惠篇》云『塗有餓莩』，趙注：『莩，零落也。《詩》曰「莩有梅」。』孫音義云：《韓詩》也。《漢書·食貨志》贊云：「野有餓莩而不知發。」鄭氏曰：「莩音蔈有梅之蔈，零落也。」』按《説文》云：『𠬪，物落上下相付也。从爫，从又，讀若《詩》「摽有梅」。』『𢱧，擊也。从手，𠬪聲。』是許君所據《詩》本作『𢱧』，鄭氏注《漢書》，借『蔈』爲『摽』。趙注《孟子》本《韓詩》作『𠬪』，亦屬假借。今又誤《詩》作『莩』耳。又《説文》云：『某，酸果也。从木，甘闕。槑，古文某，从口。』『梅，枏也，可食。从木，每聲。』『楳』或从『某』，此『摽有梅』，當作『某』，許君所引同《毛詩》，俱借『梅』爲『某』，釋文引《韓詩》作『楳』，亦假借也。

『何彼襛矣』，傳：『襛，猶戎戎也。』釋文：『襛，《韓詩》作「茙」，茙音戎。』按《説文》云：『襛，衣厚皃。从衣，農聲。《詩》曰「何彼襛矣」。』今或作『穠』，非是。《韓詩》作『茙』，疑當作『戎』。蓋毛即以『戎』訓『襛』，故曰『猶戎戎也』。

《邶風·柏舟》云『寤辟有摽』，傳：『辟，拊心也。摽，拊心貌。』釋文：『辟，本又作擗。』按《説文》云：『晤，明也。从日，吾聲。《詩》曰「晤辟有摽」。』『擘，撝也。《釋訓》云：『辟，拊心也。』郭注：『謂椎胷也。』釋文『辟』本或作『擗』，然則『寤』爲『晤』之假字、『辟』爲『擘』之省文，言欲自明之而拊心相擊也。今人有言欲白謂之摽，明本此。孔疏云：『寤覺之中拊心而摽。』然恐未合。

《終風》云：『終風且曀，不日有曀。』傳：『陰而風曰曀。』箋云：『既竟日風，且復曀，不見日矣。而又曀者，喻州吁闇亂甚也。』又云：『曀曀其陰』，傳：『如常陰曀曀然。』按《釋天》云：『陰而風曰曀。』《詩疏》引孫炎曰：『雲風曀日光。』《説文》云：『曀，陰而風也。从日，壹聲。《詩》曰「終風且曀」。』『壇，天陰塵也。《詩》曰「壇壇其陰」。从土，壹聲。』許君本三章作『曀』、四章作『壇』，自有所據，未必出于《韓詩》。王氏《詩考》引董氏云『韓詩』。考《直齋書録》云：『《廣川詩故》四卷，董逌撰。其説兼取三家，不專毛、鄭。謂《魯詩》但見于諸詩，其言莫究。《齊詩》尚存，可據。《韓詩》雖亡缺，猶可參考。逌藏書有《齊詩》六卷，今館閣無之。逌自言隋唐已亡久矣，不知今所傳何從來？或疑後世依託爲之。然則安得便以爲《齊詩》尚存也。』直齋説甚是，讀《詩紀》所載董氏説，即此人。其言《齊詩》及石經、崔靈恩集注、江左古本多僞託，《詩考》誤信之。

『願言則嚏』，傳：『嚏，劫也。』箋云：『願，思也。嚏讀爲不敢嚏咳之嚏。我其憂悼而不能寐，我心如是我則嚏也。今俗人嚏，云人道我，此古之遺語也。』釋文本『嚏』作『疌』，云：『疌本又作啑，又作疐，劫也。鄭作嚏，孫毓同崔云：毛訓疌爲㰦，今俗人云欠欠㰦㰦是也，不作劫字。人體倦則伸志倦則㰦。』按《説文》云：『嚏，悟解气也。从口，疐聲。《詩》曰「願言則嚏」。』毛本同。《豳風》『狼跋作疐』，釋文：『本作疌，又作啑，皆傳寫之誤。』傳『㰦也』，當作『凵』。《説文》云：『凵，張口也。象形。』『㰦』即『凵』之俗體，又轉誤爲『劫』耳。鄭作『嚏』，與《説文》合。《内經·宣明五气篇》云：『腎爲欠爲嚏。』王注：『太陽之气和利而滿志，出于鼻則生嚏也。』《漢書·埶文志》有《嚏耳鳴雜占》十六卷，《隋·經籍志》有《占嚏書》一卷。蘇軾《元日》詩云：『曉來頻嚏爲何人。』康進之《負荆曲》云：『打嚏耳朶熱，一定有人説。』是可爲箋云『人道我』之證。

《擊鼓》云『于嗟洵兮』，傳：『洵，遠也。』釋文：『洵，韓詩作敻。敻亦遠也。』按《説文》云：『敻，營求也。从夏，从人在穴上。』《商書》：『高宗夢得説，使百工敻求得之傅巖。』巖，穴也。《吕氏春秋·盡數》云『爲敻明』，高注：『敻，大也，遠也。敻讀云「于嗟敻兮」。』然則高誘所據本作『敻』，蓋韓詩。

《匏有苦葉》云『深則厲』，傳：『以衣涉水爲厲，謂由帶以上也。』釋文引《韓詩》云：『至心曰厲。』按《釋水》云：『以衣涉水爲厲。』《左傳疏》引李巡云：『不解衣而渡曰厲。』《説文》云：『砅，履石渡水也。从水，从石。《詩》曰「深則砅」。濿或从厲。』《玉篇》云：『水深至心曰砅，今作厲。』《列子·説符》云：『縣水三十仞，圜流九十里，有一丈夫方將厲之。』《楚詞·九歎》云：『櫂舟杭以横濿兮。』又云：『絓沮羅以下濿。』王注：『濿，渡也。由帶以上爲濿。』《水經·河水》注云：『段國《沙州記》云：「吐谷渾于河上作橋謂之河厲。」』可見橋有厲之名，故《詩》亦梁、厲並舉。此詩之意，以水深必有橋梁乃可渡也。

『賈用不售』，箋云：『如賣物之不售。』《御覽》引《韓詩》云：『一錢之物，舉賈有時，何嘗售也。』按『售』，唐石經初刻作『讎』，磨改作『售』，今各本作『售』，非也。《大雅・抑》之篇云『無言不讎』，傳：『讎，用也。』箋云：『教令之如出賈，云物善則其價貴，物惡則其價賤。』《後漢書・明帝紀》引作『無言不酬』。《説文》云：『讎，應也。从言，雔聲。』漢碑亦未見『售』字。《史記・高祖記〔一〕》云『讎數倍』，集解：如淳曰：『讎亦作售。』《漢書・宣帝紀》云『輒大讎』，師古曰：『讎讀曰售。』此字俗嫌與讎敵字同，故从省作售。後人每以俗售字證古讎字。《詩》上言「反以我爲讎」，又言「賈用不讎」，自是二義。且古人不避連用，如『終風且曀』『不日有曀』連用『曀』字爲音也。

『伊余來塈』，傳：『塈，息也。』按『塈』爲『呬』之假字。《釋詁》云：『呬，息也。』郭注：『呬，气息貌。今東齊呼息爲呬也。』《詩疏》引某氏曰：《詩》云「民之修塈」。』是某氏以《詩》之『塈』即《爾雅》之『呬』也。《方言》云：『呬，息也。東齊曰呬。』《説文》云：『呬，東夷謂息曰呬。从口，四聲。』本《方言》也。

《簡兮》云『碩人俣俣』，傳：『俣俣，容貌大也。』釋文：『俣俣，《韓詩》作扈扈，云美貌。』按《説文》云：『俣，大也。从人，吳聲。《詩》曰「碩人俣俣」。』是『俣』爲正字，『扈』爲假借。《檀弓》云『爾無扈扈爾』，鄭注：『扈扈，謂大廣。』《釋山》云：『山卑而大扈。』郭注：『扈，廣也。』然則《韓詩》云『扈扈，美貌』，亦兼『大』意。

《泉水》云『飲餞于禰』，傳：『禰，地名。』釋文：『禰，《韓詩》作坭，音同。』《儀禮》釋文云：

『禰，劉本作泥。』按『禰』『埿』俱俗字。鄭注《士虞禮》引《詩》『飲餞于泥』作『泥』者，是『泥』本衛邑。《式微》云『胡爲乎泥中』，傳：『泥中，衛邑也。』《水經》：『黎陽縣』注云：『《式微》黎侯寓于衛是也。跨河東逕黎縣故城南。』注云：『世謂黎侯城。昔黎侯寓于衛，《詩》「胡爲乎泥中」，毛云：「邑名。」疑此城也。土地污下，城居小阜，魏濮陽郡治也。』《元和郡縣志》云：『黎丘在鄆州鄆城縣西四十五里，黎侯寓于衛，因以爲名泥中，蓋惡其卑濕也。』是則泥中在今山東曹州府濮州鄆城縣之間。又《寰宇記》云：『曹州冤水縣大瀰溝，一名冤水。《詩》曰「出宿於泲，飲餞於瀰」，即此也。』是則瀰在今曹州府菏澤縣也。

《静女》云『搔首踟躕』，傳：『言志往而行正。』箋云：『志往，謂踟躕。』《文選·思玄賦》注引《韓詩》作『躊躇』，薛君曰：『躊躇，躑躅也。』按『踟躕』『躊躇』俱俗字。《説文》云：『峙，躇也。从止，寺聲。』『躇，峙躇不前也。从足，屠聲。』《一切經音義》引《字詁》云：『古文峙，今作跱，同，直耳反。』蓋張揖時作『跱』，已爲今體。若作『踟』，更俗矣。《禮記·三年問》云：『蹢躅焉，踟蹰焉』，竝當作『峙躇』。

『貽我彤管』，傳：『古者后夫人必有女史彤管之法。史不記過，其罪殺之。后妃群妾以禮御于君所，女史書其日月，授之以環，以進退之。生子月辰，則以金環退之。當御者，以銀環進之，著于左手。既御，著于右手。事無大小，記以成法。』箋云：『彤管，赤筆管也。』釋文：『貽，本又作詒，下同。』按作『詒』者，正字；作『貽』者，俗字。《左氏·定九年傳》云：『《静女》之三章，取彤管焉。』杜注：『言《静女》三章之詩，雖説女美，義在彤管。彤管，赤管筆，女史記事規誨之所執。』毛傳之説，疏云：『此似有成文，未聞所出。』

《新臺》云『籧篨不鮮』，傳：『籧篨不能俯者。』箋云：『籧篨，口柔常觀人顔色而爲之辭，故不能俯者也。』按《釋訓》云：『籧篨，口柔也。』釋文引舍人云：『籧篨，巧言也。』又引李巡云：『籧篨，巧言好辭。』又引孫炎云：『籧篨之疾不能俯，口柔之人視人顔色，常亦不伏，因以名云。』《晉語》云：『籧篨不可使俯。』高注：『《淮南》云「籧篨，傴也」。』蓋籧篨本物名。《方言》云：『簟或謂之籧苗，其麤者謂之籧篨。』郭注：『江東呼籧篨爲⿱竹廢。』《説文》云：『籧篨，粗竹席也。』竊謂竹席之粗者卷而置之，不能使俯；諭人之侍立人前，望其顔色而工于媚辭之醜狀也。今人所謂篾片，疑因此以名。

『得此戚施』，傳：『戚施，不能仰者。』箋云：『戚施，面柔，下人以色，故不能仰也。』按《釋訓》云：『戚施，面柔也。』釋文引舍人云：『戚施，令色誘人。』又引李巡云：『和顔説色以誘人，是謂面柔也。』又引孫炎云：『戚施之疾不能仰，面柔之人常俯，視之〔二〕，因以名云。』又引《字書》作『規頔』，同。《晉語》云『戚施不可使仰』，釋文引賈逵注：『戚施，僂也。』高注《淮南》同。《御覽》引《韓詩》薛君云：『戚施，蟾蜍，喻醜惡。』《説文》云：『鼁圥，鼁詹諸也。其鳴詹諸，其皮鼁鼁，其行圥圥。从黽从圥，圥亦聲。』『䵹』或从酋。『䵹䵶』，詹諸也。《詩》曰『得此䵹䵶』，言其行䵹䵶。从黽爾聲。《説文》蓋本《韓詩》，『䵹䵶』『戚施』同聲通用。釋文又引《字書》作『規頲』者，《玉篇》云：『規頲，面柔也。』今人呼詹諸爲癩施，而人之醜狀亦每以名之。

《君子偕老》云『是紲袢也』，傳：『是當暑袢延之服也。』疏：『袢延是熱之氣。』按《說文》云：『褻，私服。从衣，埶聲。《詩》曰「是褻袢也」。』『袢，無色也。从衣，半聲。讀若普。』是《詩》本作『褻』，『紲』爲假借。袢爲無色衣，《釋名》云：『汗衣，近身受污垢之衣。《詩》謂之澤，受污澤也。』

《桑中》云『美孟弋矣』，傳：『弋，姓也。』按《公羊・襄四年》云『葬我小君定弋』，傳：『定弋者何？襄公之母也。』何注：『定弋，莒女也。』釋文：『定弋，左氏作定姒。』《穀梁・定十五年》云『弋氏卒』，傳：『哀公之母也。』釋文：『弋氏，左氏作姒氏也。』然則孟弋，即孟姒，與孟姜、孟庸爲類。『弋』『姒』聲近通用。又《說文》云：『妃，婦官也。从女，弋聲。』《漢書・外戚傳》云：『孝武鉤弋，趙倢伃居鉤弋宮。』《後周・皇后紀》云：『皇后率六宮三妃三妃祭先蠶西陵氏神。』『妃』與『弋』通。蓋弋本女姓，因爲婦官名，猶稱婦人爲姬姜也。

《淇澳》云『緑竹猗猗』，傳：『緑，王芻。竹，篇竹也。』釋文引《韓詩》『竹』作『薄』，云：『薄，萹茿也。石經同。』按石經爲漢石經，本《魯詩》，與《韓詩》合也。《大學》引《詩》『菉竹猗猗』，《釋艸》云：『菉，王芻。』《詩疏》引舍人云：『菉，一名王芻。』李巡云：『一物二名。』某氏曰：『菉，鹿蓐也。』《證類本艸》引孫炎云：『即蓐艸也，今呼爲鴨脚莎。』《釋艸》又云：『竹，萹蓄。』《詩疏》引孫炎曰：『《詩》「緑竹猗猗」。』釋文：『竹本又作茿。』《說文》云：『薄，水萹茿。

从艸水，毒聲，讀若督。』『萹，萹茿也。从艸，扁聲。』『茿，萹茿也。从艸，筑省聲。』是據韓、魯《詩》也。又云：『菉，王芻也。从艸，录聲。《詩》曰「菉竹猗猗」。』是據《毛詩》也。《説文》偁《詩》毛氏，故引《毛詩》不引《韓詩》。毛蓋借『竹』爲『藩』，今本《毛詩》又借『緑』爲『菉』也。

『如切如磋，如琢如磨』，傳：『治骨曰切，象曰磋，玉曰琢，石曰磨。』《禮記・大學》及《論語》引《詩》同。《釋器》云：『骨謂之切，象謂之磋，玉謂之琢，石謂之磨。』《詩疏》引孫炎曰：『治器之名。』釋文：『切，本或作齺，同磨。本又作摩。』按《説文》云：『䶢，齒差也。从齒，屑聲，讀若切。』《玉篇》云：『䶢，治骨也。』蓋『䶢』是『齒』之參差，治骨者因其參差而治之使齊，故《玉篇》有『治骨』之訓。《爾雅》本作『䶢』，釋文轉誤爲『齺』。《詩》亦當作『䶢』，今作『切』者，假用讀若字也。《燕策》云：『此輌之日夜切齒也。』亦當作『䶢』。『磋』，宋本作『瑳』。《説文》無『磋』有『瑳』，云：『瑳，玉色鮮白也。』蓋治象者使光潔如玉耳。磨當作礳，磨乃礳之省。釋文『本又作摩』，非也。

『會弁如星』，傳：『弁，皮弁，可以會髮。』箋云：『會謂弁之縫中，飾之以玉，皪皪而處，狀似星也。』按《説文》云：『鬠，骨擿之可會髮者。从骨，會聲。《詩》曰「鬠弁如星」。』《周禮・弁師》云：『王之皮弁會五采玉璂。』鄭注：『故書「會」作「鬠」。』鄭司農云：『鬠讀如馬會之會，謂以五采束髮也。《士喪禮》曰：「檜用組，乃笄。」「檜」讀與「鬠」同，書之異耳。説曰以組束髮，乃著笄謂之檜。沛國人謂反紒爲鬠。玄謂會讀如大會之會。會，縫中也。《詩》云「會弁如星」

是也。』司農從『鱠』，後鄭從『會』。馬會者，即馬儈。《史記·貨殖傳》云『節駔會』，徐廣曰：『駔，馬儈也。』『會』『儈』古今字，指其音如此，其義則亦取會合，謂以五采束髮也。引《士喪禮》，並引其說，謂《儀禮》之『檜』即曰禮之『鱠』，皆謂束髮也。今《儀禮》作『鬠』，注云：『古文作括鬠。』乃『鱠』之誤。又引沛國方言者爲鱠訓束髮之證也。後鄭從今《書》作『會』，讀會如大會之會者，賈疏云：『漢曆有大會小會。』未知是否也。會訓縫中者，凡兩相合有縫，故牆隙謂之壁會。《說文》引《詩》『鱠弁如星』，是《詩》本作『鱠』，與《周禮》故書合。云『可會髮』，亦與《毛傳》合。蓋《毛詩》作『鱠』，三家《詩》有作『會』者，鄭君注《周禮》時未治《毛詩》，其云『會弁如星』，蓋是《韓詩》。至箋《毛詩》，則又合《周禮注》及《韓詩》爲說，改『鱠』爲『會』矣。

《碩人》云『譚公維私』，釋文：『譚，國名。』按《說文》云：『鄿，齊桓公之所滅也。从邑，覃聲。』是『鄿』爲正字，『譚』爲俗字。《春秋·莊十年》云：『齊師滅譚。』杜注：『譚國在濟南平陵縣西南。』竝當作『鄿』。《白虎通義》引《詩》作『覃』，从省。

《竹竿》云『淇水滺滺』，傳：『滺滺，流貌。』釋文：『本作浟浟，云亦作滺。』按《說文》云：『攸，水行也。从攴，从人水省。』『汥』，秦刻石嶧山文作『汥』。蓋《詩》本作『淇水攸攸』，後人改作『浟』，又改作『滺』，由未識《說文》『攸』字義耳。

《有狐》云『有狐綏綏』，傳：『綏綏，匹行貌。』按《說文》云：『夊，行遲曳夊夊，象人兩脛有所躧也。』《玉篇》云：『夊夊，行遲貌。《詩》云「雄狐夊夊」。』然則此詩亦當作『夊夊』，假用

『綏綏』也。《左氏·文三年傳》云：『乃皆出戰交綏。』杜注：『古者退軍爲綏。』疏引《司馬法》『將軍死綏』。舊説『綏，卻也』，竝當作『夊』。

《君子陽陽》云『左執翿』，傳：『翿，纛也，翳也。』箋云：『翳，舞者所執，謂羽舞也。』釋文：『纛，俗作纛。』按《釋言》云：『翿，纛也。纛，翳也。』《詩疏》引李巡曰：『翿，舞者所持纛也。纛，舞者所持羽也。』釋文『纛』又作『翳』。《説文》云：『殹，縣物殹擊也。从殳，𠤎聲。』『翳，翳也，所以舞也。从羽，殹聲。《詩》曰「左執翳翳」。』『翳，蓋也。从羽，殹聲。』蓋《詩》本作『翳』，傳本作『翳』，殹也。殹，翳也。《爾雅》本作『殹』，翳也。翳，翳也。今本从俗作『翿』作『纛』，轉相承誤。毛傳『翳也』上又脱一字，幸有《説文》可證。《詩》釋文當云：『翳，俗作纛。』故《爾雅》釋文云：『纛，又作翳也。』

《中谷有蓷》云『暵其乾矣』，傳：『暵，菸貌。』疏引《説文》云：『暵，燥也。』按《説文》云：『灘，水濡而乾也。从水，鷬聲。《詩》曰「灘其乾矣」。』『灘，俗灘，从隹。』是《詩》本作『灘』，今本假借作『暵』，疏引《説文》『暵』，誤矣。《釋文》明云：『《説文》作「灘」，又作「灘」，皆他安反。』又《説文》云：『暵，乾也。』疏引作『燥也』，亦不合。

《大車》云『毳衣如菼』，傳：『菼，鵻也，蘆之初生者也。』箋云：『菼，薍也。古者天子大夫服毳冕以巡行邦國，而決男女之訟。則是子男入爲大夫者，毳衣之屬，衣繢而裳繡，皆有五色焉，其青者如鵻。』按《釋言》云：『菼，鵻也。菼，薍也。』郭注引《詩》曰『毳衣如菼』，艸色如鵻，在青白之閒。《釋艸》云：『菼，薍。』《詩疏》引李巡云：『蘆薍共爲一艸。』孫炎以蘆薍爲二艸。毛、鄭釋《詩》，俱本雅訓。《說文》云：『𦵹，萑之初生，一曰薍，一曰騅。从艸，剡聲。』重文『菼』，云：『𦵹，或从炎。』『緂，帛騅色也。从糸，剡聲。《詩》曰「毳衣如緂」。』是本有此帛名緂，而毳衣之色如之。《說文》引《詩》與毛異。毛傳：『蘆之初生。』戴吉士云：『蘆字譌，當作雚。』

『毳衣如璊』，傳：『璊，赬也。』按《釋器》云：『再染謂之赬郭。』注：『淺赤。』《說文》云：『𣯌，以毳爲罽，色如虋，故謂之𣯌。』『虋，禾之赤苗也。《詩》曰「毳衣如𣯌」。』其解『璊』字云：『璊，玉經色。从玉，㒼聲。』『禾之赤苗謂之虋，玉色如之。』蓋玉與帛俱有如赤苗之虋，故一名璊，一名𣯌。毛傳以毳衣比玉，許君則以毳衣比帛也。

《清人》云『河上乎逍遥』，釋文：『逍，本又作消。遥，本又作摇。』按《五經文字敘》云：『《說文》有不備者，求之《字林》』，若「祧禰」「逍遥」之類，《說文》漏略，今得之于《字林》。』徐鼎臣《校說文》云：『《詩》只用「消摇」，此二字，《字林》所加。』今考《釋樂》云『徒歌謂之謡』，《詩疏》引孫炎曰『聲消摇也』，《莊子》有『消摇遊』，《漢書·司馬相如傳》云『消摇乎襄羊』，《後漢·張衡傳》云『與仁義乎消摇』，《開母石闕銘》云『鼂文耀以消摇』，並不作『逍遥』。惠徵君《九經古義》云：『後漢崔駰撰《張平子碑》，已用「逍遥」字，不始于吕諶也。』鱣謂世傳《張平子碑》未必崔駰所書，其碑久已無存。《開母石闕》今尚存，較爲可信。《說文》無『逍遥』二字，明係《字林》所加。徵君既誚『近有傖父作字書，名《正字通》，謂《莊子》「消摇遊」篆文已从辵，其妄若此。』然所作《古義》，猶不免有失，何哉？

『左旋右抽』，傳：『抽矢以射。』箋云：『車右抽刃。』釋文：『抽，《説文》作搯，他牢反。』按《説文》云：『搯，捾也。从手，舀聲。《周書》曰「師乃搯」，搯者，拔兵刃以習擊刺。《詩》曰「左旋右搯」。』『抽』爲『㩅』之重文。㩅，引也，與『搯』有別。

《遵大路》云『無我魗兮』，傳：『魗，棄也。』箋云：『魗亦惡也。』疏：『魗與醜，古今字。醜惡可棄之物，故傳以爲棄。箋準上章，故云醜亦惡意，小異耳。』釋文：『魗，本亦作𣫜，又作𣫜。或云：鄭音爲醜。』按『魗』爲俗字，當作『殼』，即釋文『又作𣫜，本亦作𣫜』者，又『殼』之轉誤。『殼』本訓縣物殼擊，《詩》蓋借『殼』爲『醜』耳。《説文》云：『醜，惡也。』

《子衿》云『青青子衿』，傳：『青衿，青領也。』釋文：『衿，本亦作襟。』按《釋器》云：『衣眥謂之襟。』《詩疏》引李巡曰：『衣眥，衣領之襟。』《六書故》引孫炎曰：『襟，交領也。』《詩考》引漢石經『衿』作『裣』。《説文》云：『裣，交衽也。从衣，金聲。』『衾，大被。从衣，今聲。』其義有別。『衿』爲『衾』之變體，『襟』爲『裣』之俗體。疏云『衿與襟音義同』，殆不深考耳。

『挑兮達兮』，傳：『挑達，往來相見貌。』按《説文》云：『叏，滑也。《詩》云「叏兮達兮」。从又中。一曰取也。』『達，行不相遇也。从辵，羍聲。《詩》曰「叏兮達兮」。』达或从大，或曰迭。《文選注》引《字林》云：『达，滑也。』是『叏』『達』俱訓『滑』，今作『挑』，假字也。傳云『往來相見』，即許君後説，或曰迭也。

《出其東門》云『縞衣綦巾』，傳：『縞衣，白色男服也。綦巾，蒼艾色女服也。』箋云：『縞衣綦巾，所謂作者之妻服也。綦，綦文也。』按《説文》云：『綥，帛蒼艾色。从糸，畁聲。《詩》曰「縞衣綥巾」，未嫁女所服。一曰不借綥，蓋綥从畁。畁，舉也。从廾甶聲。杜林以爲麒麐，字與丌部之『畁』不同，與箕部之古文『其』又不同。隸書『其』『畁』相溷，故作『綨』，或作『綦』，實即此綥字耳。徐鼎臣不察，謂《説文》脱『綦』字，妄加于『綥』字下，爲重文。王伯厚《詩考》又出一『縞衣緦巾』句爲《説文》『夫畁从甶，乃東楚名缶曰甶』，與鬼頭之『由』又異也。《説文》云『未嫁女所服』，與傳分爲男女二服不同，與箋言作者之妻服相合，言此女猶服未嫁之衣，正願室家得相樂也。

《野有蔓艸》云『邂逅相遇』，傳：『邂逅，不期而會。』釋文：『遘，本亦作逅。』按《唐風·綢繆》云『見此邂逅』，傳：『邂逅，解説之貌。』釋文：『邂本亦作解，覯本亦作逅。《韓詩》云「解覯」，不固之貌。』『邂』『逅』俱俗字，當作『解遘』，或作『解覯』。《釋詁》云：『遘，遇也，見也。』《説文》云：『遘，遇也。从辵，冓聲。』『覯，遇見也。从見，冓聲。』釋文所據《鄭風》作『遘』，云『本亦作』：『逅』，《唐風》作『覯』，云本亦作『逅』。而于『邂』云本亦作『解』。是《詩》本作『解遘』，後人并加『辵』于『解』耳。

《溱洧》云『士與女方秉蕑兮』，傳：『蕑，蘭也。』箋云：『記采芬香之艸而爲淫泆之行。』釋文：『「蕑」字從「艸」，《韓詩》云「蓮也」，若作「竹」下，是簡策之字耳。』按《説文》云：『蘭，香艸也。从艸，闌聲。』『葌，艸也，出吴林山。从艸，姦聲。』《一切經音義》引《説文》『葌，香艸也』，又引《字書》云『葌與蕑同』，又引《聲類》云『葌，蘭也』。據此知『蕑』當作『葌』，訓爲蘭也，與毛傳合。釋文所引《韓詩》『蓮也』，疑誤。《後漢書注》及《御覽》引《韓詩》俱有『秉蕑』之文，似不應訓爲蓮也。

『贈之以勺藥』，傳：『勺藥，香艸。』釋文引《韓詩》云：『勺藥，離艸也，言將離贈别此艸也。』疏引陸璣疏云：『今藥艸勺藥無香氣，非是也。未審今何艸。』按勺藥不載《爾雅》，今勺藥甚香，陸疏云無香氣，豈當時尚未識其華耶？《本艸》云：『芍藥味苦，平生川谷及丘陵。』《北山經》云：『繡山其艸多芍藥。』郭注：『芍藥，一名辛夷，亦香艸屬。』《范子計然》云：『芍藥出三輔。』《廣雅》云：『攣夷，芍藥也。』《古今注》云：『芍藥有二種，有艸芍藥，有木芍藥。木有華，大而色深，俗呼爲牡丹。非也。』又云一名可離，是即《韓詩》所謂離艸也。

校勘記

〔一〕『記』，當作『紀』。

〔二〕『視』，當作『似』。

簡莊疏記卷四　詩

《還篇》云『子之還兮』，《漢書·埶文志》引作『子之營兮』，師古曰：『《毛詩》作「還」，《齊詩》作「營」。』『並驅從兩肩兮』，傳：『獸三歲曰肩。』釋文：『肩本亦作豣，音同。』《說文》云：『豣，三歲豕肩相及者。从豕，幵聲。《詩》曰「竝驅從兩豣兮」。』《豳風·七月》云『獻豣于公』，傳：『豕三歲曰豣。』《周禮·大司馬》云：『大獸公之，小禽私之。』注：『鄭司農云：《詩》云「言私其豵，獻肩于公」，一歲爲豵，二歲爲豝，三歲爲特，四歲爲肩，五歲爲慎。』所云四歲爲肩，與諸家異。賈疏以爲即鹿之絶有力者也。鄭司農所據《七月》篇借『肩』作『豣』，今《詩·還》篇亦借『肩』作『豣』耳。《廣雅》云：『獸三歲爲肩。』《玉篇》云：『豣，豕一歲。』豜同。《晏子·諫下篇》云『接一搏猏』，《吕氏春秋·知化》云『猶懼虎而刺猏』，高注：『獸三歲曰猏。』石鼓文云『遬其猏』，蜀竝作『猏』，疑即『豣』之古文。

《著》篇云『俟我于著乎而』，傳：『門屏之閒曰著。』按《釋宫》云：『門屏之閒謂之宁。』《詩疏》引李巡曰：『謂正門内兩塾閒。』孫炎曰：『門内屏外人君視朝所宁立處也。』《詩》蓋借『著』爲『宁』，『著』亦當作『箸』，隸書『竹』『艸』易誤耳。顔師古《漢書注》云：『著，齊地名，出濟南郡著縣也。』此說非是。若著爲地名，則二章曰『庭』、三章曰『堂』，豈皆地名乎？

《東方未明》云『顛倒衣裳』，箋云：『群臣促遽，顛倒衣裳。』按『顛』當作『蹎』，《説文》云：『蹎，跋也。从足，真聲。』作『顛』者假借也。『倒』當作『到』，《説文》云：『到，至也。从至，刀聲。』作『倒』者别字也。《樂記》云『倒載干戈』，《左氏·宣二年傳》云『倒戟而出之』，竝當作『到』。

《甫田》云『總角丱兮』，傳：『總角，聚兩髦也。丱，幼穉也。』疏：『丱兮與總角共文，故爲幼穉。』按《説文》云：『丫，羊角也。象形，讀若乖。』《玉篇》云：『丫丫，兩角皃。』《地官·廾人》注：『廾之言礦也。金玉未成器曰礦。』賈疏：『廾是總角之廾。』此官取金玉，於廾字無所用，是指廾人之廾爲『丫兮』之『丫』，非也。

《葛屨》云『摻摻女手』，傳：『摻摻，猶纖纖也。』疏：『摻摻爲女手之狀，則爲纖細之貌，故云猶纖纖。古詩云「纖纖出素手」是也。』按《説文》云：『攕，好手皃。《詩》曰「攕攕女手」。从手，韱聲。』《方言》云：『攕攕，白皃。』《詩》蓋借『摻』爲『攕』，後轉誤爲『摻』耳。

『山有樞』，傳：『樞，荎也。』釋文：『樞，本或作蓲，烏侯反。』按《釋木》云：『蘁，荎。』郭注：『今之刺榆。』釋文：『蘁，《詩》云「山有樞」是也。本或作「蓲」，今考漢石經本作「蓲」。』《説文》云：『蓲，艸也。从艸，區聲。』與石經合。《漢書·地理志》云『山蘁』，師古曰：『蘁音甌。』蓋『蓲』爲正字，『樞』爲假字，『蘁』爲俗字。『蓲』讀若甌，今人作『户樞』字讀，失之矣。

『山有栲』，傳：『栲，山樗。』疏引陸璣疏云：『山樗與下田樗略無異，葉似差狹耳。吴人以其葉爲茗。方俗無名此爲栲者，似誤也。今所云爲栲者，葉如櫟木，皮厚數寸，可爲車輻，謂之栲櫟。許慎正以栲讀爲糗，今人言栲，失其聲矣。』按《釋木》云：『栲，山樗。』《詩疏》引舍人曰：『栲，一名山樗。』郭注：『栲似樗，色小白，生山中，因名。云亦類漆樹。俗語曰：「櫄樗栲漆，相似如一。」』《説文》云：『㭒，山樗也。从木，尻聲。』《繫傳》引《爾雅》以爲㭒即樗也，是『㭒』爲正字，『栲』乃傳寫之誤，故陸疏云『方俗無名此爲栲者，似誤也』。但陸云『許讀爲糗』，疑有誤讀若糗者，是『梄』字此當讀若『考』。

『隰有杻』，傳：『杻，檍也。』疏引陸疏云：『葉似杏而尖，白色。皮正赤。爲木多曲少直，枝葉茂好。二月中葉疏。花如楝而細蕊，正白。蓋樹今官園種之，正名曰萬歲。既取名于「億萬」，其葉又好，故種之。共汲山下人或謂之牛筋，或謂之檍，材可爲弓榦也。』按《釋木》云：『杻，檍。』《詩疏》引舍人曰：『杻，一名檍。』郭注：『似棣，細葉。葉新生，可飼牛。材中車網，關西呼杻子，一名土橿。』《説文》云：『杶，木也。从木，屯聲。《夏書》曰「杶榦栝柏」。』櫄或从熏，杻古文杶。是杻即杶之古文，故《説文》云『檍，杶也』。古文『杶』从屯，即『屯』字横其形。若从丑，則聲不相諧矣。

《小戎》云『蒙伐有苑』，傳：『蒙，討羽也。伐，中干也。苑，文貌。』箋云：『蒙，厖也。討，雜也。畫雜羽之文于伐，故曰厖伐。』釋文：『伐，本或作瞂，音同。』按『瞂』爲『瞂』之誤。《方言》云：『盾自關而東謂之瞂。』郭音伐。《説文》云：『瞂，盾也。从盾，犮聲。』《玉篇》云：

『瞂，盾也。《詩》曰「蒙瞂有苑」。』今《詩》作『伐』，同聲假借也。《周書·王會》云：『請令以鮫瞂利劍爲獻。』孔注：『瞂，盾也，鮫皮作之。』《史記·蘇秦傳》云『哎芮』，索隱曰：『哎同瞂，謂盾也。芮謂繫盾之紛綬也。』蓋『哎』乃『瞂』之壞體，『芮』乃『緌』之假字也。

《晨風》云『隰有六駮』，傳：『駮如馬，倨牙，食虎豹。』疏引王肅云：『言六，據所見而言也。倨牙者，蓋謂其牙倨曲也。言山有木、隰有獸，喻國君宜有賢也。』又引陸璣疏云：『駮馬，梓榆也。其樹皮青白駮犖，遥視似駮馬，故謂之駮馬。』下章云『山有苞棣，隰有樹檖』，皆山、隰之木相配，不宜云獸。按陸氏此疏，正舊説獸名之違，有稗經義，遠出王肅之上，故釋文亦取之。《古今注》云：『六駮山中有木，葉似豫章，皮多癬駮。』《夢谿筆談》云：『梓榆，南人謂之樸，齊魯閒人謂之駮馬。駮馬即梓榆也。南人謂之樸，樸亦言駮也，但聲之誤耳。《詩》「隰有六駮」是也。』皆本陸疏。錢詹事《答問》云：『《釋木》云「駮赤李謂李之子赤者」，其即《詩》之六駮乎？』鱣謂『六』恐是『犖』之假字，王肅云『言六，據所見而言』，未允。

『隰有樹檖』，傳：『檖，赤羅也。』釋文：『檖或作遂。』按《釋木》云：『檖，蘿。』郭注：『今陽檖也。實似梨而小，酢可食。』《説文》云：『樣，羅也。从木，豙聲。』是『樣』爲正字，釋文『或作遂』，疑即『樣』之誤。

《東門之枌》云『婆娑其下』，傳：『婆娑，舞也。』按《釋訓》云：『婆娑，舞也。』《詩疏》引李巡曰：『婆娑，盤辟舞也。』孫炎曰：『舞者之容裟娑。』然『婆』並當作『媻』。《説文》云：『媻，奢也。从女，般聲。一曰小妻也。』『娑，舞也。从女，沙聲。《詩》曰「市也媻娑」。』《漢書·司馬相如傳》云『媻姍勃窣』，『媻姍』即『媻娑』也。

《衡門》云『泌之洋洋，可以樂飢』，傳：『樂飢，可以樂道忘飢。』箋云：『飢者，不足于食也。泌水之流洋洋然，飢者見之可飲以療飢。』釋文：『樂，本又作𤻲，毛音洛。鄭：力召反。沈云：舊皆作樂字。逸《詩》本有作「疒」下「樂」，以形聲言之，殊非其義。「療」字當從「疒」下「尞」。』案《説文》云：『𤻲，治也。』『療』或『𤻲』字，則毛本作『樂』、鄭本作『𤻲』。疏：『王肅云：洋洋泌水，可以樂道忘飢；巍巍南面，可以樂治忘亂。』孫毓難肅云：『即巍巍矣，又安得亂？此言臨水歎逝，可以樂道忘飢，是感激立志慷慨之喻，猶孔子曰「發憤忘食，不知老之將至」云爾。』按此傳云『泌者泉水』，又云『洋洋廣大』，則不可以逝川喻年老，故今爲别解。按今定本作『樂飢』，觀此傳亦作『樂飢』，則毛讀與鄭異。鱣按：《説文》云：『𤻲，治也。从疒，樂聲。讀若勞。』『療』，或从『尞』，《韓詩外傳》引作『可以療飢』，沈重不知『療』即『𤻲』之或體，妄生異議。陸氏駮之，似矣。鄭箋爲『療飢』，並未改字。許君『𤻲』字不引《詩》，是俱不作『療』。

《防有鵲巢》云『卭有旨鷊』，傳：『鷊，綬艸也。』疏引陸璣疏云：『鷊，五色作綬文，故曰綬艸。』按《釋艸》云：『虉，綬。』郭注：『小艸有雜色似綬。』釋文：『虉，又作鷊，郭音五革反。』蓋『鷊』爲假字，『虉』爲誤字，當作『鶾』。《説文》云：『鶾，綬也。从艸，鶪聲。《詩》曰「卭有旨鶪」。』「鶪」即『七月鳴鶪』之『鶪』，伯勞也，从䀠。今《詩》作『鷁』，亦非。《類篇》引此詩，又誤作『旨鷁』。

《澤陂》云『碩大且儼』，傳：『儼，矜莊貌。』釋文：『儼，本又作曮。』按《御覽》引《韓詩》『儼』作『嬒』，薛君章句曰：『嬒，重頤也。』《説文》云：『嬒，含怒也。一曰難知也。从女，酓聲。《詩》曰「碩大且嬒」。』與《韓詩》合。凡人含怒，必作矜莊之容。『儼』『嬒』同聲通用。《廣雅》云：『嬒，美也。』

《素冠》云『棘人欒欒兮』，傳：『棘，急也。欒欒，瘠貌。』箋云：『急于哀慼之人，形貌欒欒然腹瘠也。』按《説文》云『腈，瘦也。从肉，青聲。』『疎』，古文『腈』。『臠，臞也。从肉，䜌聲。一曰切肉臠也。《詩》曰「棘人臠臠兮」。』釋詁云：『臠，病也。』今詩蓋借『欒』爲『臠』。《呂覽・任地》云『肥者欲棘』，高注：『棘，羸瘠也。』《詩》云「棘人之欒欒」。』《釋言》云：『悈，急也。』《讀詩記》引崔靈恩集注作『悈人』。『悈』『棘』通用，故《毛傳》訓『棘』爲急也。《爾雅》釋文引郭音義云：『臠，拘攣之病。』是望文生義，非也。《九經古義》云：『棘，古瘠字。《義雲章》作「疎」，《義雲》《切韻》又作「脨」，字相似，因誤爲「棘」。』亦非。夫《説文》具在，何以反據《汗簡》所引之《義雲章》耶？

《匪風》云『溉之釜鬵』，傳：『溉，滌也。』釋文：『溉，本又作摡。』按《説文》云：『摡，滌也。从手，既聲。《詩》曰「摡之釜鬵」。』《天官・世婦》云『帥女官而摡』，鄭注：『摡，拭也。』《少牢饋食禮》云：『雍人摡鼎匕、鼎俎于雍爨。』鄭注：『凡摡者皆陳之而後告絜。』並作『摡』。溉爲水名，一曰灌注，與『摡』有別。

《七月》云『一之日觱發』，傳：『觱，發風寒也。』釋文：『觱，《說文》作畢。』按《說文》云：『滭，風寒也。从仌，畢聲。』『泼，一之日滭泼。从仌，犮聲。』釋文引作『畢』者，『滭』之誤也。今《詩》作『觱』者，『觱』之誤。『觱』从角䇜聲。『䇜』，古文『誖』字。《小雅》云『觱沸檻泉』，司馬相如賦作『滭沸』。然考《說文》云『熚，㶿火皃。』則『觱』當爲『泼』之假借，不當爲『滭』之假借。《詩》當從《說文》作『滭泼』爲正。

『二之日栗烈』，傳：『栗烈，寒氣也。』釋文：『栗烈，《說文》作颲颲。』按《說文》云：『颲，風雨暴疾也。从風，利聲，讀若㮚。』『颲，烈風也。从風，𠛱聲，讀若𠛱。』今《詩》作『栗烈』用，讀若字也。然《說文》不引《詩》，惟《仌部》云：『凓，寒也。从仌，㮚聲。』『瀨，寒皃。从仌，賴聲。』又《詩》『有洌氿泉』，疏引《說文》云：『洌，寒皃。』《文選·古詩十九首》注：『毛詩曰「二之日栗洌」，毛萇曰：「栗洌，寒氣也。」』《說文》：「溧，寒也。」』知當時所據《毛詩》《說文》俱有『洌』字。疑《說文》『洌』爲正文，『瀨』爲重文，『列』『賴』聲同，今脱正文而僅存重文耳。

『四月秀葽』，傳：『不榮而實曰秀。葽，葽艸也。』箋云：『《夏小正》：「四月，王萯秀葽」，其是乎？』按《說文》云：『莔，艸也。从艸。囪聲。《詩》曰「四月秀莔」。』劉向說此味苦，苦莔也。劉說《魯詩》，與鄭君異。《月令》云：『孟夏之月，王瓜生。』鄭注：『今曰王萯生。』《夏小正》

云：『王萯秀。』未知孰是。鄭君以今《月令》與《夏小正》皆作『王萯而生』，『秀』字異，故云未知孰是。今箋詩云『葽其是乎』，亦屬疑詞。《夏小正》云『四月秀幽』，《國策》云『幽，秀之幼也〔一〕，似禾』，『幽』『葽』聲近。或以《釋艸》『葽，繞棘蒬』當之，云『葽』，即今遠志，非也。

『六月食鬱及薁』，傳：『鬱，棣屬。薁，蘡薁也。』按《説文》云：『藿，艸也。从艸，霍聲。《詩》曰「食鬱及藿」。』掌禹錫等《本艸》、嘉祐蘇頌《本艸圖經》皆引『食鬱及藿』爲《韓詩》訓，以《爾雅》『藿，山韭』知《説文》所引乃《韓詩》，但訓以『藿，山韭』恐非。《説文》云：『韱，山韭也。从韭，𢦏聲。』疑即《釋艸》之『藿，山韭』。《南山經》云：『招搖山有艸焉，其狀如韭。』注引璨曰：『韭，《爾雅》云：霍山亦多有之。』『藿』誤爲『霍』，又以爲山名，尤非。

《鴟鴞》云『予尾翛翛』，傳：『翛翛，敝也。』疏：『定本消消作翛翛也。』按『翛翛』，唐宋石經俱作『翛翛』。《説文》無『翛』字，漢《唐公房碑》云『翛然與之俱去』，《華山亭碑》云『翛翬無形』，疑本作『脩』，因石泐變爲『翛』耳。《詩》本作『消消』，或假借作『脩脩』，故傳訓『敝』，釋文音素彫反也。

《東山》云『伊威在室』，傳：『伊威，委鼠也。』疏引陸璣疏云：『伊威，一名委黍，一名鼠婦，在壁根下甕底土中生似白魚者是也。』釋文：『伊威，並如字。或傍加「虫」者，後人增耳。』按《釋蟲》云：『蛜威，委黍。』《詩疏》引舍人云：『伊威，一名委黍。』郭注：『舊説鼠婦别名，然所未詳。』《説文》云：『蛜，蛜威。委，黍委。黍，鼠婦也。从虫，伊省聲。』是『蛜』爲正字。釋文謂『傍加虫者，後人增』，殆未深考。惟《爾雅》从虫从伊不省，則後人所增耳。《本艸》云：『鼠婦，一名負蟠，一名蛜威。』《名醫》曰：『一名委黍。』陶注：『多在鼠坎中，鼠背負之。』今作『婦』字，則似乖理。一名鼠姑，《玉篇》云：『蟅，鼠婦，《本艸》謂之地鼈。』與鼠婦狀相似。蓋『婦』『負』同聲通用，無甚乖理。蛜威一名鼠婦，一名鼠姑。『婦』『姑』一類，故得並呼。《説文》云『威，姑也』，《漢律》曰『婦，告』。『威』『姑』一聲之轉，今人呼地鼈亦呼地嫛蟲。

『蠨蛸在户』，傳：『蠨蛸，長踦也。』疏引陸璣疏云：『蠨蛸，長踦，一名長腳。荆州、河内人謂之喜母。此蟲來著人衣，當有親客至，有喜也。幽州人謂之親客。亦如蜘蛛，爲網羅居之。』釋文：『蠨，《説文》作蟰，音夙。蛸，郭音蕭。』按《釋蟲》云：『蠨蛸，長踦。』《詩疏》引舍人云：『蠨蛸名長踦。』郭注：『小鼅鼄長腳者俗呼爲喜子。』《説文》云：『蟰蛸，長股者。从虫，肅聲。』是『蟰』爲正字。此蟲呼喜子，今俗猶然。《御覽》引陸賈《新語》云：『蜘蛛集而百事喜。』唐權德輿詩云：『昨夜裙帶解，今朝喜子飛。鉛華不可棄，莫是藁砧歸。』皆指此。

『町畽鹿場』，傳：『町畽，鹿迹也。』釋文：『町，字又作圢。畽，本又作疃，字又作墥。』按《説文》云：『町，田踐處曰町。从田，丁聲。』『疃，禽獸所踐處也。《詩》曰「町疃鹿場」。从田，童聲。』是當作『町疃』。又《楚詞·九思》云『鹿蹊兮躖躖』，注：『禽獸所踐處也。』《説文》云：『躖，踐處也。』王逸蓋假借用之。

『鸛鳴于垤』，傳：『垤，螘冢也。將陰雨則穴處先知之矣。鸛好水，長鳴而喜也。』箋云：

『鸛，水鳥也。將陰雨則鳴。』釋文：『鸛，本又作雚。』按《説文》云：『雚，小爵也。从萑，吅聲。《詩》曰「雚鳴于垤」。』是『雚』爲正字。雚既从萑，則不得加『鳥』傍矣。《文選》張茂先《情詩》注引《韓詩》曰：『鸛，水鳥，巢處，知風穴處。知雨天將雨，而蟻出壅土。鸛鳥見之，長鳴而喜。』此與毛傳、鄭箋亦合。

《破斧》云『又缺我錡』，傳：『鑿屬曰錡。』釋文：『錡，字或作奇。《韓詩》云：木屬。』下章云『又缺我銶』，傳：『木屬曰銶。』釋文：『銶，《韓詩》云：鑿屬也。』按『錡』『銶』二字，《説文·金部》無之。惟《木部》『梂』字：『一曰鑿首。』即《詩》『又缺我銶』之『銶』，與毛傳合。『錡』或當作『奇』，《韓詩》與毛傳又不同。《管子·海王》云：『一車必有一斤一鋸一釭一鑽一鑿一銶一軻，然後成爲車。』蓋『銶』與『鑿』同爲車輂。《任器》故云『鑿屬』。疏云『鑿屬曰錡』與『木屬曰銶〔二〕』，皆未見其文，不審其狀也。

《常棣》云『鄂不韡韡』，傳：『鄂，猶鄂鄂然，言外發也。韡韡，光明也。』箋云：『承華者曰鄂。』『不當作柎。柎，鄂足也。鄂足得華之光明，則韡韡然盛。古聲『不』『柎』同。釋文：『不毛，如字。鄭改作柎。柎亦作跗。』按《説文》云：『咢，譁訟也。从吅，屰聲。』『柎，闌足也。从木，付聲。』『韡，盛也。从華，韋聲。《詩》曰「咢不韡韡」。』『咢』今誤作『萼』。《文選·長笛賦》云『不古成節鄂』，李注：『鄂，直也。從邑者乃地名，非此所施。』又引《字林》『鄂，直言也』，謂節操蹇鄂而不怯懦也。蓋古無『諤』字，直言之字即作『咢』，故李注云『直也，從邑者乃地名』，

《毛詩》借江夏縣之『鄂』爲『咢』，又借『不』爲『柎』。柎爲闌足，亦爲華足，今作『拊』作『跗』竝誤。後儒解云『不』猶『豈不也』，亦非。

《伐木》云『伐木許許』，傳：『許許，柹貌。』箋云：『此言許者，伐木許許之人。』唐石經作『滸滸』，磨去『氵』旁，改作『許許』。按《説文》云：『所，伐木聲也。从斤，户聲。《詩》曰「伐木所所」。』蓋『許』从午、『所』从户，同聲通用。《漢書·疏廣傳》云『尚有幾所』，師古曰：『所，許也。』《急就篇》云：『所不侵。』注：『所所，斫木聲也。古有虞衡之官，因主伐木，遂以爲姓。』《吕氏·審應覽》云：『今舉大木者，前呼輿謣，後亦應之。』高注：『輿謣，或作邪謣。』《淮南·道應》云：『今夫舉大木者，前呼邪許，後亦應之，此舉重勸力之歌也。』『輿謣』『邪謣』『邪許』聲同。《梁書·曹景宗傳》云：『臘月宅中作野虖逐除。』《南史》作作『邪呼逐除』。『野虖』『邪呼』，即『邪許』。今人舉挽重物群作力，辭聲如罕虎，亦其類歟！

《天保》云『禴祠蒸嘗』，傳：『春曰祠，夏曰禴，秋曰嘗，冬曰蒸。』釋文：『禴，本又作礿。』按作礿者是也。《釋天》云：『夏祭曰礿。』《詩疏》引孫炎曰：『礿，新菜可汋。』《説文》云：『礿，夏祭也。从示，勺聲。』《王制》云：『春曰礿。』鄭注引《詩》『礿祀蒸嘗』，正作『礿』。

《采薇》云：『彼爾維何，維常之華。』傳：『爾，華盛貌。』按《説文》云：『薾，華盛。从艸，爾聲。《詩》曰「彼薾維何」。』今《詩》假借『爾』字，蓋髮多爲『鬗』、水滿爲『濔』、華盛爲『薾』也。

《六月》云『白斾中央』，傳：『白斾，繼旐者也。』釋文：『白茷，本又作斾。繼旐曰茷。』《左傳》云倩茷是也。一曰斾與茷古今字，殊疏。《釋天》云：『繼旐曰斾。』故云『白茷，繼旐者也』。『茷』與『斾』古今字也。據此，知經本作『白茷央央』，故陸、孔皆云『斾』與『茷』古今字。《玉篇》云：『茷，符廢、博賴二切。』茷从伐聲，斾从宋聲，音近通用。《詩小學考》辨『白斾』當作『帛斾』，未及『白茷』，故記之。

『如輊如軒』，傳：『輊，摯也。』箋云：『從後視之如摯，從前視之如軒。』按《說文》云：『𨏥，氏也。从車，埶聲。』《淮南・人閒》云：『道者置之前而不𨏥，錯之後而不軒。』是『𨏥』爲正字，『輊』爲俗字。《考工記》云『大車之轅摯』，鄭注：『摯，輖也。』是借『摯』爲『𨏥』，故毛、鄭取以訓『𨏥』。《既夕禮》云『軒輖中』，鄭注：『輖，墊也。』『墊』乃『墊』之誤。《文選・射雉賦》引《詩》作『轅』，注：『輊與轅同。』並俗。

《吉日》云『既伯既禱』，傳：『伯，馬祖也。重物慎微，將用馬力，必先爲之禱。其祖禱，禱獲也。』按釋文云：『既伯既禱，馬祭也。』《說文》云：『禡，師行所止，恐有慢其神，下而祀之曰禡。从示，馬聲。』《周禮》：『禡于所征之地。』『禂，禱牲馬祭也。从示，周聲。《詩》曰「既禡既禂」。』『駉，或从馬，壽省聲。』《春官・肆師》云『祭表貉則爲位』，鄭注：『貉，師祭也。貉讀爲十百之百，于所立表之處爲師祭。造軍法者，禱氣勢之倍增也。』又《甸祝》云『表貉之祝號』，注：『杜子春讀貉爲百。爾所思之百，書亦或爲禡。貉，兵祭也。甸以講武治兵，故有兵祭。

玄謂田者，習兵之禮，故亦禡祭，禱氣勢之十百而多獲。』《甸祝》又云『禂牲禂馬』，注：『杜子春云：禂，禱也。爲馬禱無疾，爲田禱多獲禽牲。玄謂禂讀如伏誅之誅。今「侏」，大字也，爲牲祭求肥充，爲馬祭求肥健。』鱣之聞也，貉讀爲禡，又讀爲百。百即伯也。鄭君于《甸祝》注云『禱氣勢之十百』，故易爲『百』，毛傳同。《爾雅》訓馬祖亦以爲『禡』之假字。孔疏以馬祖謂之伯。伯者，長也。失之矣。『禂』『禱』同聲字，故『禂』亦作『騗』。杜子春云『爲田禱多獲禽』，即毛傳所云『禱獲』。鄭君以上文禡祭已禱氣勢之十百而多獲，不當此禂牲又爲禱多獲禽，故讀如誅，而訓大，云爲牲祭求肥充、爲馬祭求肥健，與《説文》云『禱牲馬祭』合。

《斯干》云『似續妣祖』，傳：『似，嗣也。』箋云：『似讀如巳午之巳。己續妣祖者，謂已成其宮廟也。』疏云：『箋以似續同義，不須重文，故似讀爲巳午之巳。巳與午比辰，故連言之，直讀爲巳。不云字誤，則古者「似」「巳」字同。「於穆不已」，師徒異讀，是字同之驗也。』按《説文》云：『巳，巳也。四月陽气巳出，陰气巳臧，萬物見成文章，故巳爲它象形以用也，从反巳。』『佀，象肖也。从人，㠯聲。』蓋古時『巳』午之『巳』，即『已』往之『已』，其訓爲用也之㠯，或假象也之佀爲之。如李斯書嶧山刻石作『巳』，隸變爲『以』，而于『佀』字又變爲『似』，似又假爲『嗣續』之『嗣』。故毛云『嗣也』。鄭讀如『巳午』之『巳』，謂即『已往』之『已』，不作『似』，并不作『以』也。疏言『於穆不已，師徒異讀者』，《周頌・維天之命》云『於穆不已』，傳：『孟仲子曰：「大哉天命之無極，而美周之盛也。」』疏曰：『《譜》云子思論詩「於穆不已」，仲子曰：「於穆不似。」此傳雖引仲子之言，而文無不似之義。蓋取其所説，而不從其讀，故王肅述毛亦爲不已，與鄭同也。』鱣謂《中庸》云『純亦不已』，子思偁《詩》，固作『不已』，仲子所云無極即不已之意，蓋亦讀爲巳午之巳，故云文無不似之義。但其本作『不似』，猶《斯干》詩之借用『似』字耳。疏云『異讀』，尚未明晰。

『如矢斯棘』，傳：『棘，棱廉也。』箋云：『棘，戟也。如人挾弓矢戟其肘。』釋文：『棘，《韓詩》作「朸」。朸，隅也，旅即反。』按《説文》云：『朸，木之理也。从木，力聲。』《韓詩》『隅也』，當作『理也』，形近致誤。《考工・輪人》云：『以其圍之防梢其藪。』鄭注：『防，三分之一也。』阮司農曰：『防當依《説文》作朸，木之理也。今从「自」作「防」，字相假借。「理」「力」一聲之轉。此言順轂木中直理，除去轂中心木而爲藪，非言其圍也。』鱣謂《韓詩》『如矢斯朸』，正美其成室用木度材之直，猶云其直如矢也。

『如鳥斯革』，傳：『革，翼也。』箋云：『如鳥夏暑希革張其翼時。』釋文：『革，《韓詩》作勒，云翅也。』按『勒』當作『翱』。《説文》云：『翱，翄也。从羽，支聲。』『翄，翼也。从豹，革聲。』『翄』或从『氏』。《廣雅・釋器》云：『翱、䩭，翼也。』《韓詩》作『翱』，爲正字，《毛詩》作『革』，爲假字。『䩭』訓『翄』，『翄』訓『翼』，故毛傳云『翼也』。《廣雅》『翱』『䩭』連釋，實即一字。《詩小學考》以《廣雅》爲用《韓詩》，蓋亦本《説文》也。

『載衣之裼』，傳：『裼，褓也。』箋云：『褓，夜衣也。明當主于内事。』釋文：『裼，他計反。

《韓詩》作褅，音同褓，音保。齊人名小兒被曰褓。』按『褅』當作『禘』。《説文》云：『禘，緥也。从衣，啻聲。《詩》曰「載衣之禘」。』與《韓詩》合。今《詩》作『裼』，假字也。『褓』當作『緥』，《説文》云：『緥，小兒衣也。从糸，保聲。』《詩疏》云：『褓，縛兒被也。』故箋以爲『夜衣』。毛以裳爲下飾，則褓不必主内事。侯包云：『示之方也，明緥制方，令女子方正事人之義。』侯包之説，亦《韓詩》也。

『載弄之瓦』，傳：『瓦，紡塼也。』箋云：『紡塼習其一，有所事也。』釋文：『塼音專，本又作專。』鱣按，作專是也。《説文》云：『專，六寸簿也。从寸，叀聲。』一曰『專，紡專』，説本《詩》。毛傳『紡專』疑作『瓬專』。《考工記》云：『摶埴之工陶瓬。』蓋『瓦』與『專』同爲土器已燒之總名，故《詩》言瓦，而傳以瓬專釋之。云瓬專，則織具之專可知矣。

《節南山》云『憂心如惔』，傳：『惔，燔也。』箋：『憂心如火灼爛之矣。』釋文：『惔，《韓詩》作炎，《字書》作焱，《説文》作𤆄字，才廉反，小熱也。』按《説文》云：『羙，小爇也。从火，羊聲。《詩》曰「憂心如一」。』《方言》云：『羙，明也。』郭音淫。《廣雅》云：『羙，爇也、明也。』『羙』本有二訓，故《廣雅》兼采之。『羙』从『羊』聲，讀如『飪』，故『羙』讀如『淫』。今本《説文》『𤆄』从『干』『小』，『爇』作『小熱』，引《詩》作『憂心𤆄𤆄』，又于『惔』下加『《詩》曰「憂心如惔」』，俱傳寫誤也。《一切經音義》引《字林》云：『𤆄，小爇也。』又引《字類》云：『灵，小爇貌。』蓋『灵』即『羙』之壞體，後人借『□□』字，『𤆄』『靈』聲近也。釋文又引《字書》作『焱』者，《説文》云：

『焱，火華也。从三火。』《文選・東都賦》云『焱焱炎炎，揚光飛文』，注引《説文》，舊音弋劒切，蓋與炎通也。

『天方薦瘥』，傳：『瘥，病。』箋云：『天氣方今又重以疫病。』按《釋詁》云：『瘥，病也。』『瘥』當作『嗟』，《説文》云：『嗟，殘田也。《詩》曰「天方薦嗟」。』『嗟，殄也。从田，差聲。』『瘥，瘉也。从疒，差聲。』『嗟』爲病疫，『瘥』爲病瘉，義別。《後漢書・嚴光傳》云：『侯君房素癡，今小瘥耳。』此『瘥』字本義。《左氏・昭十九年傳》云『札瘥夭昏』，疏引賈逵曰：『小疫曰瘥。』此與《毛詩》《爾雅》俱借『瘥』爲『嗟』。《説文》『嗟，殄也』，當作『疫也』。

《正月》云：『佌佌彼有屋，蔌蔌方穀。』傳：『佌佌，小也。蔌蔌，陋也。』按《釋訓》云：『佌佌，瑣瑣小也。』釋文引舍人云：『佌佌，形容小貌。』郭注：『皆才器細陋。』按『佌佌』當作『囟囟』，《説文》云：『囟，小貌。从人，囟聲。《詩》曰「囟囟彼有屋」。』釋文引『舊音徙』，蓋『糸』『囟』爲『絤』，『人』『囟』爲『囟』，故郭注以『絤』『陋』言之。『蔌蔌方穀』，《漢書・蔡邕傳》引作『速速方穀』。釋文：方穀，本或作方有穀。非也。

《十月之交》云『豔妻煽方處』，傳：『豔妻褒氏，美色曰豔，煽熾也。』箋云：『厲王淫于色，七子皆用后嬖，寵方熾之時，並處位。言妻黨盛女謁行之盛也。』釋文：『煽，《説文》作「傓」。處，一本作熾。』按《釋言》云：『煽，熾也。熾，盛也。』郭注互相訓。『煽』義見詩。《説文》云：『傓，熾盛也。从人，扇聲。《詩》曰「豔妻傓方處」。』《漢書・谷永傳》云：『閻妻驕扇，日以不臧。』師古曰：『閻，嬖寵之族也。扇，熾也。』《魯詩·小雅·十月之交篇》曰『閻妻扇方處』，言厲王無道，内寵熾盛，政化失理，故致災異。是『傓』爲本字，『扇』爲假字，『煽』爲俗字。疏云：『毛以豔妻爲褒姒，鄭必爲别人者，中候曰：剡者配姬以放賢。』『剡』『豔』古今字耳。以『剡』對『姬』，『剡』爲其姓，以此知非褒姒也。然則中侯作『剡』，即《魯詩》之『閻』，鄭云『厲王妃』，蓋用《魯詩》也。

『曰予不戕，禮則然矣』，箋云：『戕，殘也。言皇父既不自知不是，反云我不殘敗田業。』釋文：『戕，王本作臧。臧，善也。孫毓評以鄭爲改字。』按《書·梓材》云『戕敗人宥』，《夏官》疏引鄭注：『戕，殘也。』與箋詩同。王肅本作『臧』者，『臧』从戕，聲形近致異。孫毓以鄭爲改字，恐未必然。《易·豐·象傳》云『闚其户闃，其无人自藏也』，釋文：『藏，衆家本作戕。馬、王肅云：殘也。鄭云：傷也。』此豈鄭所改乎？

《小旻》云『民雖靡膴』，箋云：『膴，法也。』釋文：『膴，火吴反，大也。徐云：鄭音模，法也。又音武。沈音無。《韓詩》作「靡腜」，猶無幾何。』疏云：『鄭訓膴音模爲法，王肅讀爲幠，喜吴反，大也。無大有人，言少也。國雖小，民雖少，猶有此六事，未審毛意如何？今同之。鄭説按《毛傳》，靡止言小，故王肅以靡膴爲大。』《釋詁》云：『幠，大也。』故讀爲幠。鄭箋『靡止』爲無禮，而以『靡膴』爲無法。《説文》云：『橆，豐也。』或説規模、字模法也。意蓋以《詩》作『橆』而讀爲『模』。『民雖無法』，猶言民雖無良耳。《韓詩》作『腜』者，《説文》云：『腜，婦始孕腜兆也。』《廣雅》云：『腜，胎也。』故云『猶無幾何』，鄭不從也。

《巧言》云『居河之麋』，傳：『水艸交謂之麋。』釋文：『麋，本又作湄。』按《釋水》云：『水艸交謂之湄。』《詩疏》引李巡曰：『水中有艸木交會曰湄。』郭注引《詩》曰『居河之湄』。《説文》云：『湄，从水艸交爲湄。从水，眉聲。』《釋名》云：『湄，眉也。臨水如臨眉目也。』《秦風·蒹葭》云『在水之湄』，傳：『湄，水隒也。』《秦風》用『湄』爲正字，《小雅》作『麋』，同聲通用。《左氏·僖二十八年傳》云『余賜女孟諸之麋』，《寰宇記》云：『虞城孟諸澤，俗呼爲湄臺。』古『眉』字或作『麋』。《大戴禮·主言》云：『孔子愀然揚麋。』《荀子·非相》云：『伊尹之狀，面無須麋。』鐘鼎文『眉壽』作『麋壽』。

《巷伯》云『緝緝翩翩』，傳：『緝緝，口舌聲。翩翩，往來貌。』按《説文》云：『咠，聶語也。从口，从耳。《詩》曰「咠咠幡幡」。』是『咠』爲正字，引《詩》當云『咠咠翩翩』，而誤舉下章『幡幡』也。『聶，附耳私小語也。从三耳。』訓『咠』爲『聶語』，與傳訓『口舌聲』較切。今本釋文及注疏本引《説文》俱作『鬲語』，誤也。

《大東》云『跂彼織女』，傳：『跂，隅也。』疏：『孫毓云：「織女三星，跂然如隅。」然則三星鼎足而成三角，望之跂然，故云隅貌。』按《説文》云：『歧，頃也。从匕，支聲。《詩》曰「歧彼織女」。』『頃，頭不正也。从匕，从頁。』據此，當作『歧』。《史記·天官書》云：『婺女其北織女。織女者，天女孫也。』此星有三凡。三者，勢頃邪而有隅，故曰歧然如隅。

《鼓鍾》云『憂心且妯』，傳：『妯，動也。』箋云：『妯之言悼也。』按《釋詁》云：『妯，動也。』釋文：『妯，顧依《詩》，敕留反。郭：盧篤反，又徒歷反。妯並當作怞。』《説文》云：『怞，朗也。从心，由聲。《詩》曰「憂心且怞」。』《方言》云：『妯，擾也。人不静曰妯，齊、宋曰妯。』郭音迪，亦當作怞。王褒《九懷》云：『永予思兮怞怞。』《説文》『朗也』，當爲『動也』，蓋用《爾雅》《方言》訓『擾』，亦『動』之意。箋云『妯之爲悼』，則讀若『迪』，『迪』『悼』一聲之轉。

《信南山》云『畇畇原隰』，傳：『畇畇，墾辟貌。』釋文：『畇，又作畂。』按《釋訓》云：『畇，畇田也。』郭注：『言墾辟也。』《地官・均人》云：『豐年則公旬用三日焉。』鄭注：『旬，均也。讀如「𤲸𤲸原隰」之「𤲸」。』《易・坤》爲『均』，今書亦有作『旬』者，蓋古文『旬』作『㫗』、『鈞』作『鋆』。今之『徇』字，本『㣃』字；『筠』字，本『筍』字。《内則》云『旬而見』，鄭注作『均而見』，『旬』『均』本通用。《夏小正》云『農率均田』，《地官》疏以『𤲸𤲸』爲均田之意。『𤲸』『畇』『畂』不見《説文》，疑《詩》作『均均』，或作『匀匀』也。

『上天同雲，雨雪雰雰』，傳：『雰雰，雪貌。豐年之冬，必有積雪。』按《初學記》引《韓詩内傳》云：『自上而下曰雨雪，凡艸木華多五出，雪華獨六出。雪華曰霙，雪雲曰同雲。』《説文》云：『氛，祥气也。从气，分聲。』雰或从雨。然則『雰雰』，即『氛氛』也。《韓詩》『雪華曰霙』，乃『英』之誤。雪華正解《詩》之『雰雰』也。《釋名》云：『氛，粉也。潤氣著艸木，因寒凍凝，色白若粉之形也。』是寒气亦名雰也。

校勘記

〔一〕『也』，原作『世』，據《戰國策》改。

〔二〕『木』，原作『才』，據《毛詩正義》及上文改。

簡莊疏記卷五　詩

《甫田》云『倬彼甫田』，傳：『倬，明貌。』釋文：『倬，《韓詩》作菿，音同，云卓也。』按《釋詁》云：『菿，大也。』郭注：『菿義未聞。』鱣謂《說文》云：『菿，艸大也。从艸，到聲。』蓋本雅訓，與《韓詩》合。郭氏未考及此。『菿』『倬』同聲通用。《說文》云：『倬，箸大也。从人，卓聲。《詩》曰「倬彼雲漢」。』又《大雅·桑柔》云『倬彼昊天』，傳：『倬，明大貌。』然《說文》『倬』字不引《小雅》『倬彼甫田』，而引《大雅》『倬彼雲漢』，疑許君所見本作『菿彼甫田』也。今本《爾雅》及釋文引《韓詩》『菿』誤作『箌』。《說文》『菿』下云『艸木到也』，又別出『⿱艹致』字，竝後人所竄易也。

《桑扈》云『兕觥其觩』，箋云：『古之王者與群臣燕飲，上下無失禮者，其罰爵徒觩然陳設而已。』釋文：『觩，本或作觓。』按《說文》云：『觓，角皃。从角，丩聲。《詩》曰「兕觵其觓」。』《左氏·成十四傳》引此詩，杜注：『觩，陳設之貌。』《漢書·五行志》亦引此詩，張晏曰：『飲酒和柔，無失禮可罰之，徒觩然而已。』《周頌·良耜》云『有捄其角』，箋云：『捄，肉貌。』並當作『觓』。《穀梁·成七年傳》云『展觓角而知傷』，范注：『觓，球球然角貌。』正作『觓』。

『彼交匪敖，萬福來求』，箋：『賢者居處恭，執事敬，與人交必以禮，則萬福之禄就而求之。』按《左氏·成十四年傳》云：『苦成叔傲，甯子曰：「詩曰：彼交匪敖。」』杜注：『彼之交于事而不惰傲，乃萬福之所求。』《襄二十七年傳》云：『公孫段賦《桑扈》，趙孟曰：「匪交匪敖，福將焉往。」』『彼交』作『匪交』。《漢書·五行志》又引作『匪儌匪傲』，應劭曰：『在位者不儌訐、不倨傲也。』師古曰：『儌謂儌倖也，謂飲酒者不儌倖、不傲慢，則福禄就而求之。』均與《毛詩》不合，蓋《魯詩》説。

《鴛鴦》云『摧之秣之』，傳：『催，莝也。』箋云：『摧，今莝字也。』釋文：『莝，《韓詩》云：「委也。」委猶食也。』按《説文》云：『莝，斬芻。从艸，坐聲。』『萎，食牛也。从艸，委聲。』『摧』『莝』一聲之轉。《韓詩》作『莝』，故箋云『今莝字也』。『委』即『萎』之省。

《頍弁》云：『如彼雨雪，先集惟霰。』傳：『霰，暴雪也。』箋云：『將大雨雪，始必微温，雪自上下遇温氣而摶謂之霰。久而寒勝，則大雪矣。』釋文：『霰亦作霓。』按《釋天》云：『雨霓爲霄雪。』郭注：『霰，冰雪雜下者，故謂之消雪。』《説文》云：『霰，稷雪也。从雨，散聲。』『霓』或从『見』。《文選·雪賦》注引《韓詩》薛君曰：『霰，霙也。音英。』《宋書·符瑞志》引作『霰，英也』。《曾子·天圓》云：『陰之専氣爲霰。』盧注：『陰氣在雨，凝滯爲雪。陽氣薄之不相入散而爲霰。故《春秋穀梁》説曰：霰者，陽脅陰之符也。』與箋合。

《賓之初筵》云『賓載手仇』，傳：『手，取也。自取其匹而射。』箋云：『仇讀曰𣪘。』釋文：『仇，毛音求，匹也。鄭讀爲𣪘音，俱謂挹取酒。』疏云：『以祭無取于匹，故曰仇，讀曰𣪘。』按

《説文》云：『斢，挹取酒也。从斗，奭聲。』《廣雅》云：『斢，酌也。』《大東》云『不可以挹酒漿』，傳：『挹，斢也。』此當從箋讀『斢』爲是。

『威儀怭怭』，傳：『怭怭，媟嫚也。』按《説文》云：『佖，威儀也。从人，必聲。《詩》曰「威儀佖佖」。』釋文引舊音『佖，平一反』，則『怭怭』當作『佖佖』。然《詩》言既醉，自宜從毛訓媟嫚。《説文》但訓爲威儀，疑有脱誤。

『式勿從謂』，箋云：『式讀曰慝。』釋文：『式，徐云：毛如字。又云：用也。鄭讀作慝，他得反，惡也。』疏：『以上文未有醉惡之事，而云勿從謂之，故以式爲慝，訓之爲惡。毛不爲傳，但毛無改字之理，必不與鄭同。王肅云：「用其醉時勿從而謂。」傳意當然也。』按『式』讀曰『慝』，『慝』當作『忒』。《大雅·抑篇》云『昊天不忒』，箋云：『不差忒也。』或作『忒』，又假用『貸』。《月令》云『宿離不貸』，鄭注：『不得過差也。』《漢書·五行志》云『朔而月見東方謂之仄慝』，孟康曰：『仄慝者，以遲在日後當殁而更見。』是『慝』即『忒』之俗字，『忒』『式』形近，故鄭云『式讀曰忒』，王肅不知而訓爲『用』，非鄭義，亦非毛義。疏妄謂『傳意當然也』。釋文引『徐又曰用也』，即王肅義。

《采菽》云『平平左右』，傳：『平平，辨治也。』釋文：『平平，《韓詩》作便便，云閑雅之貌。』按《左氏·襄十一年傳》引《詩》云『便蕃左右』，《詩疏》引服虔云：『便蕃，辨治不絶之貌。』《堯典》云『平章百姓』，《史記·五帝紀》作『便章』，索隱云：『今文作辨章。』鄭注：『辨，别也。』《説文》云：『釆，辨别也。象獸指爪分别也，讀若辨。』『丂，古文釆。』又云：『㔯，語㔯舒也。从亏，从八。』『八，分也。又正也。』『丂，古文平。』然則『平』『釆』『辨』『便』同聲通用，服注與毛合。

《角弓》云『毋教猱升木，如塗塗附』，傳：『塗，附著也。』箋云：『附木桴也。』疏云：『以猱升木類之，則附爲有形之物，不得爲著。故《易傳》以塗之易著，必是物之𡇴者，故爲木桴。桴謂木表之麤皮也。』按《釋宮》云：『棟謂之桴。』《説文》云：『桴，眉棟也。从木，孚聲。』是『桴』爲屋櫋，故涂易著。若以爲木表麤皮，則是朴矣。《説文》云：『朴，木皮也。』安見其易著涂乎？經文『猱』當作『夒』、『塗』當作『涂』。

『莫肯下遺，式居婁驕』，箋云：『遺讀曰隨。婁，斂也。』疏云：『箋以遺棄之義不與謙下相類，故讀曰隨。隨從于人，先人後己以相卑下之義也。言用此下隨之行自居處，收斂其驕慢之過，爲敬順謙恭也。此二句毛不爲傳，但毛無改字之理。又婁之爲數，乃常訓也。故别爲毛説焉。』按《荀子》引《詩》作『莫肯下隧』，楊倞注：『隧讀爲隨。』蓋用鄭義。《釋詁》云：『摟，聚也。』『斂』亦訓『聚』，故箋以『婁』爲『斂』。『婁』『摟』通用。釋文：『婁，王讀力住反，數也。』即『婁豐年』之『婁』，故訓爲數。今俗作『屢』，非也。『摟』『數』俱从婁聲，故轉相訓。

《都人士序》云『古者長民衣服不貳』云云，與《禮記·緇衣》同。按《緇衣》引詩一章，鄭注：『此詩毛氏有之，三家則亡。』《左氏·襄十四年傳》引《詩》云『行歸于周，萬民所望』，《詩疏》引服虔曰：『逸詩也。』疏又云：『《韓詩》實無此首章，時三家立于學官，毛氏不得立，故服以爲逸。』可見三家與毛詩不惟字句有異同，即篇章亦有多寡也。

『謂之尹吉』，傳：『尹，正也。』箋云：『吉讀爲姞。尹氏、姞氏，周室昏姻之舊姓也。』疏引王肅云：『正而吉也。』又引孫毓云：『尹氏、姞氏，衰世舊姓，豈必能賢？』按《節南山》云『尹氏大師，惟周之底』，《韓奕》云『爲韓姞相攸』，《左氏·宣三年傳》云『姞，吉人也，后稷之元妃也』，此周室昏姻舊姓之證。孫説甚謬，疏駁之，是矣。『姞』『吉』通用，如『婚』爲『昏』、『妊』爲『壬』也。

『垂帶而厲』，傳：『厲，帶之垂者。』箋云：『厲，字當作裂。』按《説文》云：『裂，繒餘也。从衣，列聲。』蓋『裂』爲繒餘，故《春秋》紀子帛名裂繻，『裂』亦作『烈』，或作『𠛱』。《釋詁》云：『烈，餘也。』《方言》云：『烈，餘也。晉衛之閒曰烈。』《廣雅》云：『𠛱，餘也。』『烈』『厲』一聲之轉。《思齊》云『烈假不暇』，鄭作『厲瘕不暇』。

《白華》云『滮池北流，浸彼稻田』，傳：『滮，流貌。』箋云：『豐鎬之閒水北流。』釋文：『浸，字亦作𣹰。』按《説文》云：『滮，水流皃。从水，彪省聲。《詩》曰「滮沱北流」。』『沱，江別流也。从水，它聲。』然則《詩》當作『滮沱北流，𣹰彼稻田』矣。《水經·鄗水》注云：『鄗水又北流，西北注于滮沱。』『合水出鄗沱西，而北流入于鄗。』世傳以爲水名，故箋以爲豐鎬之閒水北流也。

『念子懆懆，視我邁邁』，傳：『邁邁，不説也。』箋云：『念之懆懆，然欲諫正之，王反不説於其所言。』釋文：『懆懆，亦作慘慘。 邁邁，《韓詩》及《説文》並作怵怵，孚吠反。《韓詩》云：意不説好也。』按《釋訓》云：『慘慘，慍也。』《説文》云：『懆懆，愁不申也。从心，喿聲。《詩》曰「念子懆懆」。』『怵，很怒也。从心，米聲。《詩》曰「視我怵怵」。』『邁』蓋『怵』之假字，《説文》與《韓詩》合。

《漸漸之石》云『有豕白蹢』，箋云：『豕之性能水，又唐突難禁制。』按《漢書·食貨志》云：『莽大鶩天下囚徒人奴，名曰豨突、豨勇。』服虔曰：『豬性觸突人，故以取喻。』與箋義合。《後漢書·段熲傳》云：『羌遂陸梁，覆没營塢，轉相招結，唐突諸郡。』曹植《牛鬭詩》云：『行至土山頭，欻起相唐突。』晉《子夜歌》云：『小喜多唐突。』《晉書·周顗傳》云：『無乃刻畫無鹽，唐突西施。』又《後漢書·孔融傳》云：『搪突宮掖。』馬融《長笛賦》云：『犇遯碭突。』『搪』『碭』『唐』通。《困學紀聞》云：『唐突見《南史·陸厥傳》。』不知前之言唐突者已多矣。

《大明》云『在洽之陽』，傳：『洽，水也。』按《説文》云：『郃，左馮翊郃陽縣。从邑，合聲。《詩》曰「在郃之陽」。』《風俗通義》引《詩》亦作『在郃之陽』。《漢書·地理志》云『左馮翊郃陽』，應劭曰：『在郃水之陽也。』漢《曹全碑》云『拜郃陽令』。《水經·瀵水》注云：『郃縣城南有瀵水，東流注于河。 水南猶有文母廟，前有碑，去城五十里。水即郃水也，縣取名焉。』《詩》假『洽』爲『郃』。

『牧野洋洋』，按《水經·清水》注引作『坶野洋洋』。《説文》云：『坶，朝歌南七十里地。《周書》「武王與紂戰于坶野」。从土，母聲。』《玉篇》引《古文尚書》作『坶誓』。此詩『會朝清明』箋引《書·牧誓》，釋文：『坶誓，音牧，本又作牧。』知箋本作『坶』，後人改作『牧』。

《緜篇》云『陶復陶穴』，傳：『陶其土而復之，陶其壤而穴之。』釋文：『復，音福，《説文》作覆。』按『覆』當作『䨱』，《説文》云：『䨱，地室也。从穴，復聲。《詩》曰「陶䨱陶穴」。』《廣雅》云：『䨱，窟也。』《玉篇》云：『䨱，或作堳。』今《詩》作『復』，假借。或作『堳』，俗字也。

『周原膴膴』，傳：『膴膴，美也。』箋云：『膴膴然肥美。』釋文：『膴音武，美也。《韓詩》同。』按《文選·魏都賦》云『腜腜坰野』，劉注：『腜腜，美也。』《詩》云『周原腜腜』，李善引作《韓詩》，則『腜腜，美也』即《韓詩》説。釋文蓋謂韓訓與毛同，實則《韓詩》作『腜腜』耳。《小旻》云『民雖靡膴』，釋文：『膴，《韓詩》作腜。』與此正同。《廣雅》《釋訓》云『腜腜，肥也』，與箋『肥美』亦合。

《旱麓》云『瑟彼玉瓚』，箋云：『瑟潔鮮貌。』釋文：『瑟，字又作璱。』按《説文》云：『璱，玉英華相帶如瑟弦。从玉，瑟聲。《詩》曰「璱彼玉瓚」。』《玉篇》引《廣倉》云：『琗同璱。』《文選·江賦》云『瑶珠怪石琗其表』，李注：『琗，謂又采相雜。』是『璱』爲正字，『瑟』爲假字，『琗』爲俗字也。

《皇矣》云『求民之莫』，傳：『莫，定也。』箋云：『求民之定，無所歸就也。』按『莫』當作

『嗼』。《釋詁》云：『嗼，定也。』郭注：『静定見《詩》。』《説文》云：『嗼，啾嗼也。从口，莫聲。』《廣雅》云：『嗼，安也。』《玉篇》云：『嗼，定也。』《吕覽·首時》云：『飢馬盈廄，嗼然未見芻也。』高注：『嗼然無聲。』《漢書》引《詩》作『求民之瘼』，蓋三家本。

『串夷載路』，傳：『串，習。夷，常。路，大也。』箋云：『串夷即混夷，西戎國名也。路，應也。』釋文：『串，一本作患。或云鄭音患。路，瘠。詩本皆作瘠，孫毓評作應。後之解者，僉以瘠爲誤。』疏云：『毛讀患爲串。串，習。夷，常，路，大。皆《釋詁》文。王肅曰：天以周家善于治國，徙就文王明德，以其由世習于常道，故得居是大位也。鄭以《詩》本爲患，故不從耳。《采薇序》曰「西有混夷之患」，是患夷者，患中國之夷，故患夷則混夷也。路之爲應，更無正訓，鄭以義言之耳。本或誤作瘠，孫毓載箋爲應，是本作應也。定本亦作應。』按《説文》云：『毌，穿物持之也。从一横毌，象寶貨之形。讀若冠。』『患，憂也。从心上貫吅，吅亦聲。悹，古文从關省，悹亦古文患。』是『毌』與『患』各義，『毋』隸變爲『串』，與『患』首相同。『患』从心上貫吅，不从二中。董仲舒《説書》云『止于一者謂之忠，持兩忠者謂之患』，此出于緯候，非六書本義。毛傳本《爾雅》作『毌』，訓『習』，乃『摜』之假字。《説文》云：『摜，習也。从手，貫聲。』鄭本亦作『毌』訓『混』，亦屬假借，故曰『毌夷即混夷』，隸變毌爲串，因轉作患。故釋文『串一本作患，或云鄭音患』，而不作患。疏云『患夷者，患中國之夷』，非也。『路』之訓『瘠』，自是『應』之誤。『應』『瘠』形近，然訓『應』亦不知所出，故疏云『無正訓也』。

『貊其德音』，傳：『貊，静也。』箋云：『德正應和曰貊。』釋文：『貃，本作貊，《左傳》作莫，音同。《韓詩》同，云：莫，定也。』按《詩》當是『貃其德音』，故釋文『貃本作貊』，蓋『狐貃』之『貃』本作『貈』，讀作『涸貈』，與『貃』異文異音。俗廢『貈』作『貃』，而以『貊』代『貃』，非也。《釋詁》云：『貃嘆，安定也。』郭注：『皆静定，見詩。』『貃』爲『默』之假字，《韓詩》作『莫』，乃『嘆』之假字，與『求民之嘆』同。《左氏·昭二十八年傳》云『德正應和曰莫』，《詩疏》引服虔曰：『言皆莫然而定，無讙譁也。』《樂記》引《詩》云『莫其德音』，鄭注：『德政應和曰莫。』與此箋同，並與《左傳》《韓詩》合也。

『無然畔援』，傳：『無是畔道，無是援取。』箋云：『畔援，猶跋扈也。』釋文引《韓詩》云：『畔援，武强也。』疏：『跋扈，凶横自恣之貌。』漢質帝謂梁冀爲跋扈將軍，是古今之通語也。按毛云『畔道』『援取』，是分『畔』『援』爲二，鄭不從而箋以『跋扈』，與《韓詩》所云『武强』合也。《玉篇》引《詩》云『無然伴换』，《漢書·敘傳》云『項氏畔换』，師古曰：『畔换，强恣之貌，猶言跋扈。』《詩·大雅·皇矣篇》云『無然畔换』，又《魏都賦》云『雲徹叛换』，又《卷阿》云『伴奂爾游矣』，並同聲通用。『伴换』與『畔援』俱屬連綿形容之字，毛傳分訓，鄭皆不從。王肅于《卷阿》『伴奂』有意難鄭，不知『伴奂』與『優游』並是疊音，如《易》云『盤桓』之類是也。

『崇墉仡仡』，傳：『仡仡，猶言言也。』釋文：『仡仡，《韓詩》云摇也，《説文》作忔。』按《説文》云：『圪，牆高皃。从土，乞聲。《詩》曰「崇墉圪圪」。』《玉篇》云：『仡，亦作圪。』今本釋文及注疏本引《説文》作『仡』，誤也。

《靈臺》云『白鳥翯翯』，傳：『翯翯，肥澤也。』按『翯』當作『皠』，《説文》云『皠，鳥之白也。从白，隺聲。』何晏《景福殿賦》云『皠皠白鳥』，正作『皠皠』。孟子引《詩》云『白鳥鶴鶴』，同聲假借。賈誼《書》引作『白鳥皜皜』，則別字矣。釋文引《字林》云：『鳥白肥澤曰翯，下沃反。』然則今本《詩》之作『翯翯』者，其出于《字林》乎？

《文王有聲》云『遹求厥寧』，箋云：『遹，述。』按《説文》云：『欥，詮詞也。从欠，从曰，曰亦聲。《詩》曰「欥求厥寧」。』《廣雅》云：『欥，詞也。』《漢書・敘傳》云：『欥中和爲庶幾兮。』師古曰：『欥，古聿字。聿，由也。』《文選・幽通賦》作『聿』，曹大家曰：『聿，維也。』下章『遹追來孝』，《禮記》引作『聿』。《釋言》云：『律，遹述也。』《詩疏》引作『聿曰述也』『遹』『聿』『由』『欥』『律』『述』竝通用。

《生民》云『先生如達』，傳：『達生也。』箋云：『達，羊子也。』按《説文》云：『羍，小羊也。从羊，大聲，讀若達。羍或省。』今《詩》假用，讀若『之』字。疏引薛綜《答韋昭》曰：『羊子初生達，小名羔，未成羊曰羜，大曰羊，以長幼之異名。以羊子初生之易，故以比后稷生之易也。』此本《説文》與鄭箋合。或以鄭箋易字爲『羍』，似大媟，非也。

《生民》云『不拆不副』，傳：『言易也。』按《説文》云：『坼，裂也。《詩》曰「不裂不疈」。从土，㡿聲。』『副，判也。从刀，畐聲。』『疈』籀文『副』。《史記・楚世家》云：『陸終生子六人，坼剖而生焉。』集解：『干寶曰：先儒學士多疑此事，譙允南通才達學，精核正理者也，作《古史考》，以爲作者妄記，廢而不論。余亦尤其生之易也。然前志所傳，修己背坼而生禹，簡狄剖匈而生契，歷代久遠，莫作相證。近黄初五年，汝南屈雍妻王氏生男兒，從右胳下水腹上出，而和平自若，數月創合，母子無恙。斯蓋近時之信也。以今況古，故知記注者之不妄也。』《詩》云『不坼不副，無災無害』，原詩人之旨，明古之婦人常有坼副而産者矣。又有因産而遇災害者，故美其無害也。此則可補《詩疏》。

『克岐克嶷』，傳：『岐，知意也。嶷，識也。』按《説文》云：『㠖，小兒有知也。从口，疑聲。《詩》曰「克岐克㠖」。』今作『嶷』者，同聲假借也。《太玄・唫・次三》云：『貌不交，口㖢㠖〔一〕，唫無辭。』范注：『㖢㠖有聲而無辭也。』是本有作『㖢㠖』者，但『㖢』爲别字，當作『岐』。

『禾役穟穟』，傳：『役，列也。穟穟，苗好美也。』按《説文》云：『穎，禾末也。从禾，頃聲。《詩》曰「禾穎穟穟」。』『穟，禾莱之皃。从禾，遂聲。《詩》曰「禾穎穟穟」。』今《詩》作『役』，『穎』『役』一聲之轉。下章云『實穎實栗』，傳：『穎，垂穎也。』《書敘》云：『唐叔得禾異畝同穎。』《史記集解》引鄭注：『二苗爲一穟。』是『穎』有行列之意，故訓爲『列』。疏云：『供役者在于行列，禾無在役之義，故知役爲列也。言其行相當，因禾文單，故以役配之。』不知『役』爲『穎』之假借，『禾』『穎』非單文，與『供』『役』無涉也。《釋訓》云：『穟穟，苗也。』郭注：『言茂好也。』毛傳與雅訓合，疏亦失引。

『瓜瓞唪唪』，傳：『唪，唪然多實也。』按《説文》云：『菶，艸盛。从艸，奉聲。』『唪，大笑也。从口，奉聲。讀若《詩》曰「瓜瓞菶菶」。』是『菶』爲正字，『唪』爲假借。《集韻》引作『⿸瓜圭』，因上『瓜』傍謬爲此字耳。

『茀厥豐艸』，傳：『茀，治也。』釋文：『茀，《韓詩》作拂。拂，弗也。』按《説文》云：『茀，道多艸不可行。从艸，弗聲。』『拂，過擊也。从手，弗聲。』《周語》云『道茀不可行也』，韋注：『艸薉塞路爲茀。』《釋詁》云：『弗，治也。』《方言》云：『拂，拔也。』是《韓詩》作『拂』，爲正字。《毛詩》作『茀』，爲假字。『茀厥豐艸』，猶云拔去其茂艸耳。

『維秬維秠，維穈維芑』，傳：『秬，黑黍也。秠，一稃二米也。穈，赤苗也。芑，白苗也。』按《釋艸》云：『秬，黑黍。』『秠，一稃二米。』『虋，赤苗。』『芑，白苗。』《説文》云：『𩰪，黑黍也，一稃二米以釀也。从鬯，矩聲。』『秬，或从禾。』『秠，一稃二米。从禾，丕聲。《詩》曰「誕降嘉種，惟秬惟秠」。天賜后稷之嘉穀也。』『虋，赤苗嘉穀。从艸，釁聲。』『芑，白苗嘉穀。从艸，己聲。《詩》曰「惟虋惟芑」。』《鄭志》：『張逸問云：「鬯人職注：秬如黑黍，一秠二米。按《爾雅》：秠，一稃二米。未知二者同異？」答曰：「秠即其皮，稃亦皮。《爾雅》重言以曉人，更無二偁也。」』鱣謂《説文》『𩰪』『秠』竝言『一稃二米』，鄭與之合，『虋』或假借作『穈』，今誤爲『穈』。

『或舂或揄』，傳：『揄，抒臼也。』釋文：『揄，《説文》作舀，弋沼反。』按《説文》云：『舀，抒臼也。从爪臼。《詩》曰「或簸或舀」。』『抌，或从手冘。』『㧴，或从臼冘。』《地官·舂人》云『女春抌二人』，鄭注：『女舂抌，女奴能舂與抌者。《詩》云「或舂或抌」。』《有司徹》云：『二手執挑匕枋以挹湇。』鄭注：『挑謂之歃，讀如「或舂或抌」之「抌」字，或作「挑」者，秦人語也。』今文『挑』作『抌』，蓋鄭注三《禮》所引，爲《韓詩》。《說文》所偁，則《毛詩》也。《說文》當云『或舂或舀』，而云『或簸或舀』，傳寫之誤。姚令威謂後人改『舀』爲『蹂』。《詩考》亦引作『或簸或舀』，則自宋已然矣。

《行葦》云『敦弓既堅』，傳：『敦弓，畫弓也。』釋文：『敦音彫，徐又都雷反。』下云『敦弓既句』，釋文：『句，《說文》作彀，云張弓曰彀。』按《說文》云：『弴，畫弓也。从弓，𦎧聲。』《初學記》引舊音丁昆反。《孟子·萬章篇》云『弤朕』，趙注：『彫弓。』音義引丁音彫，云義與𦎧同。『弴』『敦』『彫』聲近通用。《說文》又云：『彀，張弩也。从弓，𣪊聲。』《東京賦》云『彫弓斯彀』，薛注：『彫弓，謂有刻畫也。彀，張也。』今《詩》作『句』，假字也。

『鳧鷖在涇』，《楚辭》：『駟玉虬以乘鷖兮[二]，溘埃風余上證。』王逸注：『鷖，鳳別名也。』

『鳧鷖在潨』，傳：『潨，水會也。』箋云：『潨，水外之高者也。』疏：『潨音如叢。則叢是聚義，且字從水衆，知是水之會聚之處。箋以水會亦在水中，與涇無異，不宜別文。此承渚下，渚既是水中高地，潨當是水外之高地。潨者，地高之貌。』按《說文》云：『小水入大水曰潨。从水，从衆。《詩》曰「鳧鷖在潨」。』《說文》與毛傳合，鄭蓋以『潨』爲『崇』之假借也。

《公劉》云『芮鞫之即』，傳：『芮，水厓也。鞫，究也。』箋云：『芮之言內也。水之內曰隩，水之外曰鞫。』釋文：『芮，本又作汭。』按《釋丘》云：『厓内爲隩、外爲鞫。』《詩疏》引李巡曰：『厓内近水爲隩，其外爲鞫。』孫炎曰：『内曲裏也，外曲表也。』釋文：『鞫，《字林》作埆，云：隩，厓外也。』《説文》云：汭，水相入也。从水，从内，内亦聲。『阸，塞也。从自，戹聲。』《周官·職方》云『其川涇汭』，鄭注引《詩》『汭埆之即』。《漢書·地理志》云：『《詩》「芮阸」，雍州川也。』師古曰：『阸與鞫同，《韓詩》作芮阸，言公劉止其軍旅，欲使安静，及就芮阸之間耳。』是『汭阸』爲正字，『芮鞫』爲假借。《職方》注作『埆』，後人以《字林》改也。别作『泦』『泦』，非。

《民勞》云『戎雖小子』，傳：『戎，大也。』箋云：『戎猶汝也。』疏：『戎，大。《釋詁》文。』王肅曰：『在王者之大位，雖小子其用事甚大也。箋以下已有大，故訓戎爲汝。』孫毓云：『戎之爲汝，詩人通訓言大。雖小子於文不便，箋義爲長。』按孫評是也。《崧高》云『戎有良翰』，箋亦云：『戎，汝也。』『戎』『汝』一聲之轉。《常棣》云『烝也無戎』，讀爲汝，與務叶。

『以謹繾綣』，傳：『繾綣，反覆也。』釋文：『繾綣，上音遣，下起阮反，字或作卷。』按當作『遣卷』。《左氏·昭二十五年傳》云『繾綣從公，無通外内』，亦當作『遣卷』。

《板》篇云『無然泄泄』，傳：『泄泄，猶沓沓也。』按《釋訓》云：『憲憲泄泄，制灋則也。』《説文》云：『呭，多言也。从口，𠀤聲。《詩》曰「無然呭呭」。』言部又有『詍』字，訓同，當即『詍』之重文。是『詍』爲正字，『泄』爲假借。《孟子》引詩，亦作『泄泄』。唐石經作『洩洩』，緣廟諱偏旁不可從也。

『無爲夸毗』，傳：『夸毗，體柔人也。』箋云：『女無夸毗，以形體順從之。』按《釋訓》云：『夸毗，體柔也。』《史記索隱》引舍人云：『夸毗，卑身屈己也。』曹大家云：『體柔人之夸毗也。』《説文》云：『夸，奢也。从大，亏聲。』『𦙶，人臍也。从囟，比聲。』然則夸者大腹之謂。《釋訓》與『籧篨』『戚施』連文。『籧篨，粗竹席』、『戚施，詹諸』，二物皆粗醜，是『夸𦙶』亦粗醜之狀。《釋蟲》云『蚍蜉大螘』，郭注：『俗呼爲馬蚍蜉。』《説文》云：『蠶，蠹大螘也。』今有一種大蟻長足大腹，白色，最能蠹物，名曰白蟻。吴越方言狀人之工于媚説而蠹人者爲白馬蟻，殆亦夸毗之意。集傳：『夸，大。毗，俌也。』分爲二義，不從雅訓。考《後漢書·崔駰傳》云：『夫君子非不欲仕也，恥夸毗而求舉；非不欲室也，惡登牆而摟處。』李注：『夸毗，謂佞人足恭善爲進退。』蓋與『登牆』爲對，不當分訓二字也。

『民之方殿屎』，傳：『殿屎，呻吟也。』按《釋訓》云：『殿屎，呻也。』《詩疏》引孫炎曰：『人愁苦呻吟之聲。』《説文》云：『唸，吚也。从口，念聲。《詩》曰「民之方唸吚」。』『吚，唸吚聲也。从口，尸聲。』今詩作『殿屎』，俱假借。釋文及《五經文字》引《説文》作『唸㕧』，並傳寫之誤。

《蕩》篇云『汝炰烋于中國』，傳：『炰烋，猶彭亨也。』箋云：『炰烋，自矜氣健之貌。』按『烋』爲俗字，當作『咆哮』。《説文》云：『咆，嗥也。从口，包聲。』『哮，豕驚聲也。从口，孝聲。』《玉篇》云：『咆，哮也。』

《抑》篇云『抑抑威儀』，傳：『抑抑，密也。』按《釋訓》云：『抑抑，密也。』《詩疏》引舍人曰：『威儀静密。』《楚語》云：『衞武公作《懿》《戒》以自儆。』韋注：『懿，《詩·大雅·抑》之篇也。』『抑』讀曰『懿』，是『懿』爲正字。《説文》云：『懿，專久而美也。从壹，从恣省聲。』『壹，專壹也。从壺，吉聲。』專壹有密意，故訓爲密懿。『抑』『噫』『意』同聲通用。《瞻卬》云『懿厥哲婦』，箋云：『懿，有所痛傷之聲也。』此借『懿』爲『噫』。《十月之交》云『抑此皇父』，箋云：『抑之言噫。』釋文：『抑，徐音噫。《韓詩》云：意也。』此借『抑』爲『噫』。《論語》云『抑與之與』，漢石經作『意與之與』，又借『意』爲『抑』也。

『有覺德行』，傳：『覺，直也。』按《緇衣》引作『有梏德行』。《釋詁》云：『梏，直也。』又云：『梗，較直也。』《方言》云：『梗，覺也。』郭注謂『直也』。《釋名》云：『覺，告也。』鄭注《天官·司裘》云：『鵠之言較。較者，直也。』『覺』『較』『告』『梏』『鵠』通用。

『尚不愧于屋漏』，傳：『西北隅謂之屋漏。』箋云：『屋，小帳也。漏，隱也。』按《釋宫》云：『西北隅謂之屋漏。』《御覽》引舍人云：『古者徹屋西北扉以炊浴，汲者汔而復之。』《詩疏》引孫炎云：『當室之白日光所漏入。』鄭以屋爲小帳者，《説文》云：『楃，木帳也。从木，屋聲。』《釋名》云：『楃，屋也。以帛衣版施之形如屋也。』『楃』『屋』通用，俗作『幄』，非小帳，疑當作『木帳』。《小星》箋云：『調木帳也。』此疏云幄在帷幕之内、幕是大帳，則幄爲小帳。知唐本已作『小帳』矣。漏，隱釋言文。

《雲漢》云「藴隆蟲蟲」，傳：「蟲蟲而熱。」釋文：「蟲蟲，《韓詩》作烔，音徒冬反。」按《釋訓》云：「爞爞，炎炎熏也。」郭注：「皆旱熱熏炙人。」「爞」爲別字，當依《詩》作「蟲」。《韓詩》作「烔」者，《説文》云：「烔，光也。从火，同聲。」《廣雅》云：「烔，熱也。」《一切經音義》引《埤倉》云：「烔烔然熱貌也。」蓋本《韓詩》。「蟲」乃「烔」之假字。

「滌滌山川」，傳：「滌滌，旱氣也。」疏：「此皆爲旱而言，故知滌滌是旱氣也。」按《説文》云：「蔋，艸旱盡也。从艸，俶聲。《詩》曰『蔋蔋山川』。」是「蔋」爲正字，「滌」爲假借。《玉篇》引《詩》「蔋蔋山川」，非。

《韓奕》云「鞗革金厄」，傳：「厄，烏蠋也。」箋云：「以金爲小環，往往纏搹之。」按《説文》云：「搹，把也。从手，鬲聲。」「㧖」或从「戹」。《喪服》云「苴絰大搹」，鄭注：「盈手曰搹，中人之手搤圍九寸。」是或作「鬲」或作「戹」，皆从省。俗又誤厄三音。

《韓奕》云：「其蔌維何，維筍及蒲。」傳：「蔌，菜。筍，竹也。」箋云：「筍，竹萌也。」箋云：「蔌音速，筍字或作笋。」按《説文》云：「鬻，鼎實惟葦及蒲。从㽃，速聲。」餗或从食束聲。《易·鼎·九五》云「覆公餗」，釋文引鄭注：「餗，菜也。」是「鬻」爲正字，「餗」爲或體，「蔌」爲別字。《説文》云「惟葦及蒲」，與《毛詩》不合，「筍」或作「笋」，非。

「有貓有虎」，傳：「貓似虎淺毛者也。」釋文：「貓，本又作苗。」按《釋獸》云：「虎竊毛謂之虦貓。」《説文》云：「虦，虎竊毛謂之虦苗。」是「苗」爲正字，「貓」是別字。

《常武》云『鋪敦淮濆』，傳：『濆，涯。』箋云：『敦當作屯。』釋文：『鋪，徐音孚，陳也。《韓詩》作敷，云大也。敦，王、申、毛如字，厚也。《韓詩》云迫。鄭作屯，徒門反。』疏：『敦訓爲厚，于義不協，故破之爲屯。』按《説文》云：『濆，水厓也。从水，賁聲。《詩》曰「敦彼淮墳」。』是《毛詩》作『敦彼淮濆』，傳于『敦』無訓，鄭讀作『屯』，猶言屯兵于彼淮上耳。《行葦》云『敦彼行葦』，《文選注》引鄭箋：『團聚貌。』屯亦聚也，『敦』『屯』同聲通用。《韓詩》作『敷敦淮濆』，訓『鋪』爲『大』，訓『敦』爲『迫』，猶言大兵敦迫就道耳。王肅訓敦爲厚，非也。

《周頌·維天之命》云『假以溢我』，傳：『假，嘉。溢，慎。』箋云：『溢，盈溢之言也。』按《説文》云：『誐，嘉善也。从言，我聲。《詩》曰「誐以謐我」。』蓋傳訓『假』爲『嘉』，與《説文》之『誐』字雖不同，而訓則合。《左氏·襄三十年》引《詩》作『何以恤我』，『何』『誐』、『恤』『謐』聲相近也。《釋詁》云：『溢，慎也。』又云：『謐，謐静也。』《史記·夏本紀》云『惟刑之静哉』，徐廣曰：『今文云惟刑之謐哉。』索隱云：『恤謐聲近。』《莊子》云『以言其老洫也。』釋文：『本亦作溢，同音逸。』是假借通用也。

《思文》云『貽我來牟』，傳：『牟，麥。』釋文：『貽，字又作詒。牟，字書作麰，字或作𩱈。』按《説文》云：『來，周所受瑞麥，一來二縫，象芒朿之形，天所來也，故爲行來之來。《詩》曰「詒我來麰」。』《漢書·劉向傳》引作『飴我釐麰』，云：『釐麰，麥也，始自天降。』『釐』『來』一聲之轉，故得假用。《少牢饋食禮》云『來汝孝孫』，注：『來讀曰釐。』是也。《文選注》引《韓詩》作

『詒我嘉麰』，薛君曰：『麰，大麥也。』蓋『麰』爲正字，『牟』爲假借，『麰』爲别字。

《有瞽》云『應田縣鼓』，傳：『應，小鞞也。田，大鼓也。』箋云：『田當作輴。輴，小鼓，在大鼓旁應鞞之屬也。聲轉字誤變而爲田。』疏：『輴字以柬爲聲，聲既轉去柬，惟有申在。申字又誤去其上下，故變作田也。』按《説文》云：『輴，擊小鼓引樂聲也。从申，柬聲。』《周禮》曰『令奏鼓輴』，讀若引。《春官・大師》云『令奏鼓輴』，注：『鄭司農云：「小鼓爲大鼓先引，故曰輴，輴讀爲導引之引。」玄謂鼓輴猶言擊輴，《詩》曰「應輴縣鼓」。』《詩》箋、《禮》注與《説文》俱合，但《説文》从申柬聲，似誤，當云『从申柬，申亦聲』。古『田』『陳』同聲，『陳』从『申』聲。『輴』亦从『申』聲，故聲轉字誤，變而爲田。疏云『輴字以柬爲聲』，又傳寫之誤。

『簫管備舉』，箋云：『簫，編小竹管，如今賣餳者所吹也。管，如篴，并而吹之。』疏：『賣餳之人吹簫以自表也。』按《春官・小師》云『簫管』，注：『簫，編小竹管，如今賣飴餳所吹者。』與此同。《後漢書・馮衍傳》云：『跳梁叫呼，販糖之妾不忍其態。』《南齊書・傅琰傳》云：『賣鍼賣糖二老姥争團絲，傅縛絲于柱鞭之，密視有鍼屑，乃罰賣糖者。』觀此二事，豈古時惟婦人賣餳乎？

《魯頌・思樂》云『薄采其茆』，傳：『茆，鳬葵也。』釋文：『茆音卯。徐：音柳。韋昭：萌藻反。』按《説文》云：『茆，鳬葵也。从艸，丣聲。《詩》曰「言采其茆」。』《天官・醢人》云『茆菹』，注：『鄭大夫讀茆爲茅。茅初生或曰茆，水艸。杜子春讀茆爲卯，元謂茆鳬葵也。』鱣之聞也，茆从卯聲。《漢書·律曆志》云『冒茆于卯』，今本《説文》作『茆』，讀若『栁』，蓋爲徐邈所誤。據鄭大夫讀爲茅、杜子春讀爲卯、韋昭音萌藻反，合諸《漢志》，皆是茆非茆之證。若作『茆』，从丣，即酉字。《説文·酉部》自有『莤酒』之『莤』。《甸師》云『祭祀共蕭茅』，鄭大夫云：『蕭字或爲莤。』『莤』讀爲『縮』，正不得與鳧葵之『茆』相混。《玉篇》並存『茆』『莤』二字，而兩讀之，殆未深考。或又改《天官》杜注『讀茆爲茆』，尤非也。

『靡有不孝』，箋云：『國人無不法傚之者。』按上文『維民之則』箋云：『則，法也。僖公之行，民之所法傚也。』此箋云『無不法傚』，蓋承上文而言。胡比部秉虔曰：『經文當作「靡有不學」，鄭君故以法傚箋之。「學」古文作「斈」，與「孝」字形近也。』鱣謂斯言良是。泮宮本學名。二章云『匪怒伊教』，已言教化，則此作『學』，與上相應。然疏云『以此化民，民皆傚之。魯國之民無有不爲孝者』，是唐本已作『孝』矣。

『憬彼淮夷，來獻其琛。』傳：『憬，遠行貌。琛，寶也。』釋文：『憬，《説文》作懬，音獷，云闊也。一曰廣大也。』按《説文》：『矍，讀若《詩》云「穬彼淮夷」之「穬」。』『懬，闊也。一曰廣大也，一曰寬也。从心、廣，廣亦聲。』『憬，覺悟也。从心，景聲。《詩》曰「憬彼淮夷」。』《説文》『穬』下不引此詩，據釋文『穬』當爲『懬』，但引詩仍作『憬』，與釋文不合。漢《郭旻碑》『獷獷憬彼，用綏海濱』，亦作『憬』。又《釋言》云：『琛，寶也。』《説文》云：『珍，寶也。从玉，㐱聲。』隸作『珍』，又轉爲『琛』。

《閟宮》云『實始翦商』，傳：『翦，齊也。』箋云：『翦，斷也。』疏：『齊即斬斷之意，故箋以爲斷，其意同也。』按《説文》云：『戩，滅也。从戈，晉聲。《詩》曰「實始戩商」。』是『戩』爲正字。《釋言》云：『翦，齊也。』《秋官》云『翦氏』，鄭注：『翦，斷滅之言也。』『翦』『戩』同聲通用。傳本《爾雅·釋言》箋、《禮》注本《説文》，疏説似混。錢詹事據《釋詁》『翦，勤也』，不從毛鄭。鱣謂大王之時，商祚未衰，安有翦滅之意？若訓勤，似爲得之。

《商頌·那》篇云『執事有恪』，傳：『恪，敬也。』按《釋詁》云：『恪，敬也。』『恪』當作『愙』。《説文》云：『愙，敬也。从心，客聲。《春秋傳》曰「以備陳三愙」。』《玉篇》云：『恪同愙。』《魏封孔羨碑》云『三愘』，蓋隸變爲『愘』，又省作『恪』也。

《烈祖》云『既戒既平』，傳：『戒，至。』按《釋詁》云：『艐，至也。』《史記索隱》引孫炎曰：『艐，古屆字。』《方言》云：『艐，至也。艐宋語也。』《説文》云：『艐，船箸沙不行也。从舟，嵏聲，讀若莘。』《大雅·瞻卬》云『靡有夷屆』。『屆』『戒』『艐』並通用。

《長發》云『百禄是遒』，傳：『遒，聚也。』按《釋詁》云：『揫，聚也。』釋文：『揫，郭音遒。』《方言》云：『凡斂物而細謂之揫。』《説文》云：『揫，束也。从手，秋聲。《詩》曰「百禄是揫」。』『遒』『揫』同聲通。

『武王載旆』，傳：『旆，旗也。』箋云：『建旆興師出伐。』按《説文》云：『坺，治也。一曰臿土謂之坺。《詩》曰「武王載坺」。一曰塵皃。从土，犮聲。』與《毛詩》不合。《韓詩外傳》及

《荀子·議兵篇》竝引《詩》作『載發』。《周語》云『王耕一墢』，韋注：『墢一相之坺也。』『坺』『發』同聲通用，『墢』爲别體。

《殷武》云『冞入其阻』，傳：『冞，深。』箋云：『冞，冒也。』按《説文》云：『冞，周也。从网，米聲。《詩》曰「冞入其阻」。』『宷』或从『㐭』省。《五經文字》云：『《説文》作冞，隸省作罙，見詩。』今本作『冞』，或作『罙』，誤。《説文》『周也』，釋文引作『冒也』，與鄭箋《詩》合，可證今本之誤。然徐鍇《繫傳》云『网，即周布之意』，則已作『周』矣。

校勘記

〔一〕『口』，原闕，據《太玄》補。

〔二〕『兮』，原作『征』，據《楚辭》改。

簡莊疏記卷六　周禮

《天官》云『乃立天官冢宰』，鄭注：『言冢宰於百官無所不主。』釋文：『鄭云：宰，主也。干云：濟其清濁，和其剛柔，而納之中和，曰宰。』按釋文於『宰』字因鄭注『無所不主』，故推言之曰『宰，主也』。干注深得『宰』字之義。《説文》云：『宰，辠人在屋下執事者。从宀，从辛。辛，辠也。』《急就篇》云『廚宰切割給使令』，顔注：『宰，主烹飪者。』蓋『宰』本執事之役，借爲大官之稱耳。

『大宰』注：『變冢言大，進退異名也。百官總焉則爲之冢，列職于王則稱大。冢，大之上也。山頂曰冢。』釋文：『大音泰。注及後放此。』按注明言『變冢言大』，則『大』當讀如字，況對下小宰而稱大宰。陸音泰，非也。若云音泰者在大之上，則注以冢爲在大之上矣，何必以大宰爲在大之上乎？

『胥十有二人』，注：『胥讀如諝，謂其有才知爲什長。』按《説文》云：『諝，智也。从言，胥聲。』《易·歸妹·六三》云『以須』，賈疏引鄭注：『須，才智之稱。天文有須女，屈原之姊名女須。』《詩·桑扈》云『君子樂胥』，箋：『胥，有才智之名也。』『諝』『胥』『須』通用。

『膳夫』注：『膳之言善也。今時美物曰珍膳。』按《説文》云：『膳，具食也。从肉，善聲。』

《莊子・至樂》云『具大牢以爲善』，是『膳』亦作『善』。《漢書・宣帝紀》云『其令大官損膳省宰』，師古曰：『膳，具食也，食之善者也。』蓋兼取許、鄭二君説。

『庖人』注：『庖之言苞也。裹肉曰苞苴。』按《説文》云：『庖，廚也。从广，包聲。』《易・泰・九二》云『包荒』，釋文：『包，本又作苞。』《姤・九二》云『包有魚』，釋文：『包，本又作庖。』《曲禮》云『苞苴』，鄭注：『苞苴，裹魚肉或以葦或以茅。』『庖』从包聲，『包』『苞』通用，故云：『庖之言苞也。』

『腊人』注：『腊之言夕也。』疏：『夕或作久。』按《説文》云：『昔，乾肉也。从殘肉日以晞之。』與俎同意。籀文从肉，今作腊者，籀文之變也。《易・噬嗑・六三》云『噬腊肉』，釋文引馬云『晞于陽而煬于火曰腊肉』。《穀梁・莊七年傳》云『日入至于星出謂之昔』。《詩・頍弁》云『樂酒今夕』，《楚詞章句》引作『今昔』。《列子・周穆王》云『昔昔夢爲國君』，張注：『昔昔，夜夜也。』或作『久』者，《詩・墓門》云『誰昔然矣』，毛傳：『昔，久也。』

『寺人』注：『寺之言侍也。』按《説文》云：『寺，廷也，有法度者。从寸，㞢聲。』『侍，承也。从人，寺聲。』蓋『寺』本官舍之名，此侍御之人當爲『侍人』。《釋名》云：『侍，時也。尊者不言，常于時供所當進者也。』『侍』『時』俱从『寺』，故取偏旁以釋之。

大宰之職云『禄位，以馭其士』，注：『禄，若今月奉也。』釋文：『奉，本或作俸。』按作『俸』者俗字。《續漢書・百官志》云：『百官受奉，例大將軍、三公奉月三百五十斛，中二千石奉月百八十斛，二千石奉月百二十斛，比二千石奉月百斛，千石奉月八十斛，六百石奉月七十斛，比六百石奉月五十斛，四百石奉月四十五斛，比四百石奉月四十斛，三百石奉月四十斛，比三百石奉月三十七斛，二百石奉月三十斛，比二百石奉月二十七斛，一百石奉月十六斛，斗食奉月十一斛，佐史奉月八斛。凡諸受奉，皆半錢半穀。』此漢之月奉可考者。

『挾日而斂之』，注：『從甲至甲謂之挾日，凡十日。』釋文：『挾，字又作浹，同。干本作帀，子合反，十日也。』按《左氏·成九年傳》云『浹辰之間』，杜注：『浹辰，十二日也。』孔疏：『浹謂周帀也。從甲至癸爲十日，從子至亥爲十二辰。《周禮》「縣治象浹日而斂之」，謂周甲癸十日。此言浹辰，謂周子亥十二辰，故爲十二日也。』《説文》云：『帀，周也。从反㞢而帀也。』《淮南·原道》云『周而復帀』，蓋『挾日』當依干本作『帀日』，故《左傳疏》亦以『周帀』釋之。『挾』爲假借，『浹』爲别字。《左傳》亦當作『帀辰』，俗作『匝』，非。

『大喪，贊贈玉含玉』，注：『含玉，死者口實。』釋文：『含，本又作哈，户暗反。』按『哈』當作『琀』，《説文》云：『琀，送死口中玉也。从王，从含，含亦聲。』《一切經音義》：『含，《字林》作琀，瑚紺反。』《字林》本《説文》也。

小宰之職云『斂弛之賦事』，注：『杜子春弛讀爲施。玄謂荒政弛力。』釋文：『弛，劉本作施。』按『弛』『施』通用。《左氏·昭十四年傳》云『乃施邢侯』，疏：『《晉語》「施邢侯氏」，孔晁云：廢其族也。則《國語》讀爲弛，訓之爲廢。《家語》説此事，亦爲弛。王肅注：弛宜爲施。

施，行也。服虔云：施罪于邢侯。施，猶劾也。杜無注，當從施也。』鱣謂《論語》云『君子不施其親』，釋文：『施作弛。』此鄭君不從杜易字，而仍訓爲弛舍之弛耳。

『聽稱責以傅別』，又「聽賣買以質劑」，注：『傅別，謂爲大手書于一札中字别之。質劑，謂兩書一札同而别之。傅别、質劑，皆今之券書也。』按《秋官·朝士》云『凡有責者，有判書以治。』疏：『半分而合者即質劑。傅别，分支合同，兩家各得其一也。』今人賣買田宅，多于契背作一手大字，而于中央破之，謂之合同文契。商賈交易，書券則直。言合同蓋本乎此。

宰夫之職云『府掌官契以治藏，史掌官書以贊治』，注：『治藏，文書及器物。贊治，若今起文書草也。』按《漢書·高帝紀》云：『蕭何盡收秦丞相府圖籍文書。』《刑法志》云：『文書盈几閣典者，不能徧睹。』《中論·遣交篇》云：『文書委于官曹，繫囚積于囹圄。』《後漢書·光武紀》云：『文書調役，務從簡寡。』今官曹公文皆謂之文書，其案牘謂之稾。

『書其能者，與其良者，而以告于上。』注：『鄭司農云：若今時舉孝廉賢良方正茂才異等。』按《漢書·文帝紀》云：『二年，詔曰：及舉賢良方正、能直言極諫者，以匡朕之不逮。十二年，詔曰：孝悌，天下之大順也。力田，爲生之本也。三老，衆民之師也。廉吏，民之表也。朕甚嘉此。』《武帝紀》云：『元朔元年，詔曰：「深詔執事，興廉舉孝。其與中二千石議不舉者罪。」有司奏議曰：「今詔書昭先帝令緒，令二千石舉孝廉，所以化元元、移風俗也。不舉孝、不奉詔，當以不敬論。不察廉、不勝任也，當免。」奏可。元封五年詔曰：「其令州郡察吏民有茂才異等。」』注：『應劭曰：『舊言秀才，避光武諱稱茂才。異等者，超等軼群，不與凡同也。』此所舉之目也。

《庖人》云『共祭祀之好羞』，注：『謂四時所爲膳食，若荆州之鮺魚、青州之蟹胥，雖非常物，進之孝也。』按《説文》云：『鮺，臧魚也。南方謂之魿，北方謂之鮺。从魚，差省聲。』『胥，蟹醢也。从肉，疋聲。』『鮺』通作『差』，春秋庾公差字子魚，隸變爲『鮺』，别作『鮓』。《釋名》云：『鮓，滓也。以鹽米釀之如葅，孰而食之也。』又云：『蟹胥，取蟹藏之，使骨肉解之胥胥然也。』《困學紀聞》云：『當從《集韻》。』非也。

『夏行腒鱐』，注：『鄭司農云：「腒，乾雉。鱐，乾魚。」玄謂腒鱐暵熱而乾。』按《説文》云：『腒，北方謂鳥昔曰腒。从肉，居聲。』『膅，乾魚尾膅膅也。从肉，肅聲。』《周禮》有『腒膅』。《士相見禮》云：『夏用腒。』注：『備臭腐也。』籩人職云：『魚鱐。』注：『鱐者，析乾之，出東海。』『鱐』並當作『膅』。《吴地記》云：『闔閭思海魚而難于生致，治生魚一漬而日乾之，故名爲鮝。』今人讀如『想』，實即『鮝』之别體。

《内饔》云『牛夜鳴則庮』，注：『鄭司農云：庮，朽木臭也。』釋文引干云：『庮，病也。』按《説文》云：『庮，久屋朽木。从广，酉聲。《周禮》曰「牛夜鳴則庮，臭如朽木」。』《説文》與先鄭注合。《内則》鄭注：『庮，惡臭也。』《春秋傳》曰：『一薰一庮。』今傳作『蕕』。杜注：『蕕，臭草也。』蓋草臭爲『蕕』，木臭爲『庮』，干云『病也』，非。

《鼈人》云『凡貍物』，注：『貍物，亦謂鱴刀，含漿之屬。』按《釋魚》云：『鮤，鱴刀。』郭注：『今之鮆魚也，亦呼爲魛魚。』又云：『蚌，含漿。』郭注：『蚌即蜃也。』蓋二物常薶伏于泥中，故爲貍物。

《腊人》云『膴胖』，注：『鄭司農云：膴，胖肉。鄭大夫云：胖讀爲判。杜子春讀胖爲版，又云：膴胖皆爲夾脊肉。又云：禮家説以胖爲半體。玄謂膴亦牒肉大臠，胖宜爲膴而腥，胖之言片也，析肉意也。』按《説文》云：『膴，無骨腊也。揚雄説：鳥腊也。从肉，無聲。《周禮》有「膴胖」，讀若「謨」。』『胖，半體肉，一曰廣肉。从肉，从半，半亦聲。』《有司徹》云『皆加膴祭于其上』，注：『膴讀如「殷冔」之「冔」，刳魚時割其腹以爲大臠也。』鄭注『膴』與《説文》不合，然杜子春以『膴胖』爲夾脊肉，則是『脢』及『胂』，而非『膴胖』，故後鄭不從也。《説文》云『胖，半體肉』，蓋用禮家説，引《周禮》本作膴判。段大令云：『判蓋胖之誤。倘云依鄭大夫易爲判，則半部不出胖字矣。』今據正。

《瘍醫》云『祝藥』，注：『祝當爲注，讀如注病之注，聲之誤也。注，謂附著藥。』按《釋名》云：『注，病一人死一人，復得氣相灌注也。』此但擬其音故，又釋其義云『附著藥』者，如今之藥線以紙貫藥注于所患之中耳。

『以五毒攻之』，注：『今醫方有五毒之藥，作之合黃堥，置石膽、丹砂、雄黃、礜石、慈石其中，燒之三日三夜，其煙上著，以雞羽埽取之，以注創，惡肉破骨則盡出。』釋文：『堥，本又作鍪。』疏：『言合黄堥者内則有敦、堥、卮、匜。鄭注云：「敦堥黍稷器，不言黄。」此言黄者，見今時合和丹藥者，皆用黄瓯爲之，亦名黄堥。事出于此也。』按堥當作鍪，《説文》云：『鍪，鍑屬。从金，敄聲。』《内則》云『敦牟』，注：『齊人呼土釜爲牟，讀曰鍪也。』《本草圖經》云：『故翰林學士楊億嘗筆記直史館楊嵎有瘍生于頰，人語之依鄭法合燒藥成，注之瘡中，遂愈。信古方攻病之速也。』

《酒正》云『二曰醴齊』，注：『醴猶體也。成而汁滓相將，如今恬酒矣。』按《説文》云：『醴，酒一宿孰也。从酉，豐聲。』《釋名》云：『醴，禮也，釀之一宿而成醴，有酒味而已也。』《詩·吉日》云『且以酌醴』，《文選注》引《韓詩》説曰：『醴甜而不泲也。』《吕氏春秋·重己》云『酏醴』，高注：『醴者，目櫱與黍相體，不以米也。』《漢書·楚元王傳》云『爲穆生設醴』，師古曰：『醴，甘酒也，少麴多米，一宿而就。』凡此皆甜酒之證。注借『恬』爲『甜』。

『三曰盎齊』，注：『盎猶翁也。成而翁翁然葱白色，如今酇白矣。』釋文：『酇，即今之白醝酒也，宜作醝，作酇假借也，在何反。』按『醝』亦俗字，《説文》有『⿱斬酉』字，云闕。《玉篇》云：『⿱斬酉，昨冉反。⿱斬酉，餹味薄也。』注蓋借『酇』爲『⿱斬酉』。『酇，百家爲酇』，疏云：『酇，白漢時蕭何所封。』南陽地名酇，亦非蕭何所封。『郝國⿰虘阝縣』，應邵音『嵯』，相承作『酇』，又假借也。注云『翁翁然』，乃『滃』之假字。《釋名》云：『盎齊，盎滃也。滃滃然濁色也。』《説文》云：『滃，雲气起也。』言酒初成如雲气耳。』

『二曰醫』，注：『醫之字從殹從酉省也。』釋文：『殹，本或作毉。』疏：『從殹省者去羽，從酉省者去水。』按注中『省』字後人所加。《説文》云：『醫，治病工也。殹，惡恣也。醫之性然，得酒而使，从酉。王育説：「一曰：殹，病聲。」酒所以治病也。《周禮》有醫酒，古者巫彭初作醫。』蓋醫在酉部，故从酉从殹，會意。酉即酒也。後人罕見『殹』字，又因『醫酒』，致有改鄭注作『從毉省』『從酒省』者，故疏云『從毉省者去羽，從酒省者去水』。今本注中從『殹』從『酉』不誤，惟衍一『省』字，疏中亦作『從殹從酉』云云，遂不可解。釋文『殹本或作毉』，更謬。惠徵君《古義》、段大令《漢讀考》俱改注『從酒省』，似未允。

《凌人》云『春始治鑑』，注：『鑑如甀，大口，以盛冰。置食物于中，以禦温氣。』疏：『漢時名爲甀，即今之甕是也。』按《説文》云：『鑑，大盆也。从金監。』『罋，小口罌也。从缶雝聲。』《玉篇》云：『罋，古文作甀。』《方言》云：『甀，罌也。自關而西，晉之舊都、河汾之間謂之甀。』《列子·殷湯篇》云：『山名壺領，狀若甔甀。』然則不獨漢時名爲甀矣。

《縫人》云『以役女御，以縫王及后之衣服』，注：『女御，裁縫王及后之衣服，則爲役助之。宫中餘裁縫事，則專爲焉。』按今人目衣工爲裁縫，本此。《説文》云：『裁，制衣也。从衣，𢦏聲。』蓋衣必先裁，故鄭君兼言之。《論衡·譏日篇》：『沐浴裁衣。《書》云：「在身之物，莫重于冠。」造冠無禁，裁衣有忌，何也？』今人又以衣工爲裁衣，而擇日書尚有宜裁衣日也。

《追師》云『掌王后之首服，爲副編次』，注：『副之言覆，所以覆首謂之飾，其遺象若今之步繇矣，服之以從王祭祀。編，編列髮爲之，其遺象若今假紒矣，服之以桑也。次，次第髮長短爲之，所謂髲髢服之以見王。』按《詩・君子偕老》云『副笄六珈』，傳：『副者，后夫人之首飾，編髮爲之。笄，衡笄也。』箋云：『副，既笄而加飾，如今步摇上飾。古之制所有未聞。』《明堂位》云『夫人副褘』，鄭注：『副，首飾也，今之步摇是也。』鄭君此注步繇爲副之遺象，假紒爲編之遺象。《廣雅》則云『假結謂之䯰』，蓋副有衡笄爲飾，而編次無之。其實副與編次皆取列髮以爲假結也。《釋名》云：『副，覆也，以覆首。亦言副貳也，兼用衆物成其飾也。』『步摇上有垂珠，步則摇動也。』『編，編髮爲之也。』『次，次第髮也。』『髲，被也，髮少者得以被助其髮也。』《續漢書・輿服志》云：『皇后謁廟，假結，步摇，簪珥。步摇以黄金爲山題，貫白珠爲柱枝相糾，八爵九華〔一〕，熊、虎、赤羆、天鹿、辟邪、南山豐大特六獸。』《後漢書・東平王蒼》傳云：『今送光烈皇后假紒帛巾各一。』注：『副，三輔謂之假紒。』《晉書・五行志》云：『太元中，婦女緩鬢傾髻以爲盛飾，用髮既多，不可恒戴，乃先于木及籠上裝之，名曰假髻，或名假頭。』今婦人尚有金步摇、盤圈、髮次之飾。

《地官》云『媒氏』，注：『媒之言謀也，謀合異類，使和成者。今齊人名麴麩曰媒。』按《説文》云：『媒，謀也，謀合二姓。从女，某聲。』鄭注與許説合。《漢書・司馬遷傳》云：『全軀保妻子之臣隨而媒孽其短。』臣瓚曰：『媒，謂遘合會之。孽，謂生其罪釁也。』師古曰：『媒如媒聘之媒，孽如麴孽之孽。一曰齊人謂麴餅爲媒也。』與鄭注亦合。中『麴麩』當作『𪌭䴸』。《説文》云：『𥻦，酒母也。从米，𥻦省聲。』『𪌂』或从麥，𪌂省聲。『𪍿，麥甘鬻也。从麥，去聲。』《漢書》『孽』當作『孽』，臣瓚謂『生其罪疊』，非。

《司門》云『每門下士二人』，注：『司門，若今城門校尉，主王城十二門。』按劉昭注補《續漢志》引干寶曰：『司門，如今校尉。下士，如今門候。』《漢書·百官公卿表》云：『城門校尉，掌京師城門屯兵，有司馬十二城門候。』師古曰：『門各有候。蕭望之署小苑東門候，亦其比也。』《續漢·百官志》云：『城門校尉一人，比二千石。本注曰：掌雒陽城門十二所。司馬一人，千石。本注曰：主兵。城門每門候一人，六百石。』注補引蔡質《漢儀》曰：『門候見校尉，執版下拜。』又《左氏·莊十九年傳》云：『楚人以爲大閽，謂之大伯。』杜注：『若今城門校尉。』然則鬻拳爲人閽，當如地官之司門，非天官之閽人也。

『山虞』注：『虞，度也。度知山之大小及所生者。』按：『虞木，騶虞之名，故以名官。』注云：『虞，度也者。』《釋詁》云：『度，慮謀也。』意蓋假『虞』爲『慮』耳。《左氏·昭二年傳》云『山人取之』，杜注：『山人，虞官。』孔疏：『《周禮》山虞掌山林之政令，知山人虞官也。』又《昭二十年傳》云：『招虞人以弓。』杜注：『虞人掌山澤。』

《澤虞》云『每大澤大藪』，注：『澤，水所鍾也。水希曰藪。』按《左氏·昭二十年傳》云：『藪之薪蒸，虞候守之。』孔疏：『《周禮》山澤之官，皆名爲虞。藪是少水之澤，立官使之候望，故以虞候爲名。』《釋鳥》云：『鴽，澤虞。』《御覽》引孫炎云：『鳭鳩，或謂紡，澤虞其別名也。』

常在澤中，見人報鳴不去，有象主守之官，因名之。』《説文》云：『鲂，澤虞也。』據孫注，象澤虞之官，因名。然安知非以鳥名官乎？

『迹人』注：『迹之言跡，知禽獸處。』按《説文》云：『迹，步處也。从辵，亦聲。』『蹟』或从足責，『逑』，籀文『迹』，从朿，無『跡』字。然則注當作『迹之言蹟』，或作『迹之言速』，以古文訓今字耳。《左氏·哀十一年傳》云『以乘車往回迹人來告』，杜注：『迹人，主迹禽獸者。』蓋春秋時猶有此官也。

『卝人』注：『卝之言礦也。金玉未成器曰礦。』疏：『經所云卝，是總角之卝字。此官取金玉，於卝字無所用，故轉從石邊廣，以其金玉出於石，左形右聲，从礦字也。』按《説文》云：『礦，銅鐵樸石也。从石，黄聲，讀若穬。卝，古文磺。《周禮》有「卝人」。』《玉篇》云：『磺，古猛切，礦同。』此注云『卝之言礦』，蓋以今字訓古文，猶『迹人』注『迹之言跡』耳。凡古人訓詁，有同文異義，如『校人』注『校之爲言校也』，『大司馬』注『提讀如攝提之提』。《釋名》云：『巳，已也，謂巳午之巳，即已止之已也。』『弟，弟也，謂兄弟之弟，即次弟之弟也。』有異文同義，如《釋名》云：『雲，猶云云，衆盛意也。』云即雲之古文也。『灾，裁也。』灾即裁之重文也。賈疏未檢《説文》『卝』即『磺』之古文，乃謂經所云『卝是總角之卝字』，不知總角之『丱』即羊角之『丫』，與『卝人』之『卝』不同也。《九經字様》云：卝，《説文》以爲古卵字，蓋卵字篆作𨚵，本或駁蝕，去其兩旁，止存卝形，遂與磺之古文卝相混。近儒有謂《説文·石部》之卝舊在𨚵部，後人移置之。丱本古文卵字，引伸爲總角丱兮之丱，又假借爲金玉樸之礦，其説終不敢信也。

『囿人』注：『囿，今之苑。』疏：『此舉漢法以況古謂之囿，漢家謂之苑。』按《續漢書·百官志》云：『上林苑令一人，六百石。本注曰：主苑中禽獸，頗有民居，皆主之，捕得其獸，送大官。』注補：『桓帝又置鴻德苑令。』

『饎人』注：『故書饎作𩜁。』按《特牲饋食禮》云『主婦視饎爨』，注：『古文饎作糦，《周禮》作𩜁。』所稱《周禮》，乃故書也。《説文》云：『饎，酒食也。从食，喜聲。』𩜁或从配，糦或从米。是《周禮》之故書，《儀禮》之古文，皆『饎』之重文也。今本二《禮》注誤作『𩟗』。

《大司徒》之職云『掌建邦之土地之圖』，注：『土地之圖，若今司空郡國輿地圖。』疏：『漢蕭何收秦圖籍，以知天下阸塞廣遠。至後漢，乃有司空郡國地圖。輿者，車輿其前牙曲，地形不可正方，故云輿地圖也。』按《漢書·武帝紀》云：『元狩六年，御史大夫奏輿地圖，請所立國名，立齊、燕、廣陵三王。』又《淮南王安傳》云：『日夜與左吴等按輿地圖，部署兵所從入。』蘇林曰：『輿猶盡載之意。』據此知漢初已有輿地圖。疏言後漢乃有，失之。《後漢書·光武紀》云：『建武一十五年，議封皇子，請大司空上輿地圖。』注：『《廣雅》曰：「輿，載也。」言載在地者皆圖畫之。』司空掌土地，故令上之。』注與前書蘇林説皆以輿爲載，疏説亦非。

『正治而致事』，注：『致事，上其計簿。』疏：『漢時考吏，謂之計吏，據其使人也。此言計簿，據其文書也。』按《漢書·宣帝紀》云：『黄龍元年詔曰：上計簿具文而已。御史察計簿疑非實者，按之。』《貢禹傳》云：『郡國擇便巧史書，習於計簿，能欺上府者，以爲右職。』《匡衡傳》云：『郡定國界，上計簿，更定圖，言丞相府。』俱有上計簿之事。『簿』爲俗字，疑當作『篰』。《説文》云：『篰，蔤爰也。』繫傳引字書云：『蔤爰，簡牘也。』

《鄉師》云『及窆』，注：『鄭司農云：窆，謂葬下棺也。《春秋傳》曰「日中而堋」，《禮記》所謂封者。』按《説文》云：『窆，葬下棺也。从穴，乏聲。《周禮》曰「及執窆斧」。』『堋，喪葬下土也。从土，朋聲。《春秋傳》曰「朝而堋」，《禮》謂之「封」，《周官》謂之「窆」，《虞書》曰「堋淫于家亦如是」。』按許君説與仲師合，窆从乏聲，讀方勇反；堋从朋聲，朋即鳳字，鳳从凡聲，與乏相近，與封亦近，故《遂人》注云：聲相似。『崩』當作『堋』，字之誤也。《説文》引《虞書》曰『堋淫于家亦如是』，謂《書》假借爲朋淫字耳。《禮記·檀弓》云『縣棺而封』，注：『封當爲窆。窆，下棺也。』謂《禮》假借爲窆棺字耳。虞翻注《易》『不封不樹』云：『封，古窆字。』非。

『以涖匠師』，注：『故書涖作立。鄭司農云：立讀爲涖。涖，謂臨視也。』按《説文》云：『竦，臨也。从立，隶聲。』宋至和石經《周禮·肆師職》云：『竦，几筵。』正作『竦』字，與《説文》合。經典相承作『涖』，或作『莅』，非也。

《族師》云『春秋祭酺亦如之』，注：『酺者，爲人物裁害之神也。故書「酺」或爲「步」。杜子春云：當爲酺。玄謂《校人職》又有「冬祭曰步」，則未知世所云「蝝螟之酺與，人鬼之步與」，蓋亦爲壇位如雩禜云。』按《史記·秦始紀》云『天下大酺』，集解：『服虔曰：酺音蒲。

《周禮》：族師掌春秋祭酺，爲人物災害之神。蘇林曰：陳留俗三月上巳，水上飲食爲酺。』又《帝紀》云『酺五日』，注：『文穎曰：音步。漢律，三人以上無故群飲酒，罰金四兩。今詔横賜，得令會聚飲食也。』師古曰：『酺之爲言布也。王德布于天下，而合聚飲食爲酺。』服音是也。《説文》云：『酺，王者布德大歙酒也。从酉，甫聲。』蓋《周禮》故書作步，故文穎音步，同聲假借。服説與鄭相應，師古注本《説文》。

《封人》云『設其楅衡，置其絼』，注：『鄭司農云：楅衡，所以持牛也。絼，著牛鼻繩，所以牽牛者，今時謂之雉，與古者名同。杜子春云：楅衡，所以持牛令不得抵觸人。玄謂楅設于角，衡設于鼻，如椵狀也。絼字當以豸爲聲。』《釋文》：『絼，本又作紖。』疏：『漢時有置于犬之上謂之椵，故舉以況衡。』按《詩·閟宫》云『夏而楅衡』，傳：『所以楅持牛使不抵觸也。』杜説本《毛傳》，『椵』當作『械』。《説文》云：『械，桎梏也。』《説文》有『紖』無『絼』，釋文『本又作紖』是也。據此，知後鄭謂紖字當以引爲聲矣。《少儀》云『牛則執紖』，注：『紖，所以繫制之者。』《祭統》云『君執紖』，注：『紖，所以牽牲也。』先鄭以今時謂之雉與古者名同，後鄭破之，謂以引爲聲，與雉不同也。

《鼓人》云『夜鼓鼜』，注：『鼜，夜戒守鼓也。《司馬法》曰：昏鼓四通爲大鼜，夜半三通爲晨戒，旦明五通爲發晌。』按《説文》云：『蚤，夜戒守鼓也。《禮》「昏四通爲大蚤，夜半三通爲戒晨，旦明五通爲發明」，讀若戚。』《玉篇》云：『蚤，又作鼜。』蓋『鼜』爲隸俗，許説與禮注同。注引《司馬法》而《説文》稱《禮》者，以其爲禮家之説與？《春官·眡瞭》云『鼜愷獻』，注：『杜子春讀爲憂戚之戚，謂戒守鼓也，擊鼓聲疾數曰戚。』與《説文》亦合。

《舞師》云：『教帗舞帥，而舞社稷之祭祀；教羽舞帥，而舞四方之祭祀；教皇舞帥，而舞旱暵之事。』注：『羽，析白羽爲之，形如帗也。鄭司農云：皇舞，蒙羽舞。書或爲翌，或爲義。玄謂：皇，析五采羽爲之，亦如帗。』按《説文》云：『翇，樂舞，執全羽以祀社稷也。從羽，犮聲，讀若友。』『翌，樂舞，以羽翳自翳其首以祀星辰也。從羽，王聲，讀若皇。』許説用《周禮》注，蓋故書作『翇翌』，今書作『帗皇』。鄭司農注，疑本有脱誤，當云『翇舞，全羽舞；翌舞，蒙羽舞』。書或爲『帗』，或爲『皇』，今誤作『或爲翌，或爲義』。蓋先鄭從故書作『翇翌』，與《説文》同。後鄭從今書作『帗皇』也。《春官·樂師》注亦然。

《牛人》云『軍事共其犒牛』，注：『鄭司農云：犒師之牛。』按唐石經作『槁牛』，宋本注作『槁師』是也。『稾人』注：『鄭司農云：稾讀爲槁師之槁。』《秋官·小行人》『槁禬』注：『故書槁爲稾。鄭司農云：稾當爲槁，謂槁師也。』蓋『稾』爲禾稾，『槁』爲枯槁，故書作『稾』，先鄭俱讀爲『槁』也。《左氏·僖二十六年傳》云『公使展喜犒師』，疏引服虔曰：『以師枯槁，故饋之飲食。』則『槁』爲正字，『犒』爲俗字。《五經文字》云『勞師』，借『槁』字爲之，其實非借也。

《司市》云『以質劑結信而止訟』，注：『質劑，謂兩書一札而別之也，若今下手書，言保物要還矣。』疏：『漢時下手書即今指畫券，與古質劑同也。』按《涪翁雜説》云：『畫指券，豈今細民棄妻子手摹者乎？』蓋宋時棄妻子手摹，即元人所謂離書手印。細民不知書，惟印手文于券以取信。今人畫十字，是其遺意。

《遺人》云『掌邦之委積』，注：『廩人、倉人計九穀之數足國用，以其餘共之，所謂餘法用也。』疏：『此下數者，皆謂當年所税多少，總送帳于上。』按《後漢書·光武紀》云『遣使奉計』，注：『計謂士庶名籍，若今計帳。』《南史·高拱之傳》云：『祕書圖籍，多致零落，詔令道穆總集帳目。』蓋帷幄曰帳，而計簿亦曰帳者，運籌蓋在帷幄中也。俗作『賬』，非。

《泉府》云『斂市之不售、貨之滯于民用者』，注：『故書滯爲癉。杜子春云：癉當爲滯。』按『售』當爲『讎』，詳見《詩疏記》。《廛人》云『凡珍異之有滯者』，注：『故書滯作廛。』後鄭謂滯讀如沈滯之滯，此注從杜子春，亦破癉爲滯也。《世説》云：『謝安鄉人有罷中宿縣者，問歸貲，曰：「惟有五萬蒲葵。」』又以非時爲滯貨。安乃取其中者捉之。』《耕餘録》云：『俗以不合時宜曰滯貨出于《世説》，殊不知《世説》本于《周禮》也。』

《掌節》云『皆金也，以英蕩輔之』，注：『今漢有銅虎符。杜子春[二]云：蕩當爲帑[三]，謂以函器盛此節。或曰英蕩畫函。』按《續漢書·百官志[四]》注補引干寶注曰：『虎節、龍節皆金，漢之銅虎符則其制也，以英蕩輔之。英，刻書也。蕩，竹箭也。刻而書其所使之事，以助三節之信。則漢之竹使符者，亦取則于故事也。』干寶不從子春讀蕩爲函[五]，而以蕩爲竹箭，則蕩當作簜。《説文》云：『簜，大竹也。從竹，湯聲。』簜可爲幹，《漢書·文帝紀》云：『二年九月初，與郡守爲銅虎符竹使符。』注：『應劭曰：銅虎符第一至第五，國家當發兵，遣使者至郡合符。符合，乃聽受之。竹使符皆以竹箭五枚，長五寸，鐫刻篆書「第一」至「第五」。張晏曰：符以代古之圭璋，從簡易也。』師古曰：『與郡守爲符者，謂各分其半，右留京師，左以與之。』《續漢書・百官志》云：『符節令。本注曰：爲符節臺率，主符節事，凡遣使掌授節。尚符璽郎中。本注曰：主璽及虎符、竹符之半者。

《草人》云：『騂剛用牛，赤緹用羊，墳壤用麋。』注：『故書騂爲挈，墳作盆。杜子春：挈讀爲騂，謂地色赤而土剛强也。鄭司農云：墳壤，多盆鼠也。玄謂：墳壤，潤解。』按《説文》云：『垶，赤剛土也。從土，觪省聲。』是『垶』爲正字，『騂』爲别字。《牧人》之『騂牲』，《魯頌》《王制》之『騂剛』，皆當作『垶』。《説文》云：『鼢，地中行鼠，伯勞所化也。從鼠，分聲。』『蚡』或从『虫』『分』，是『蚡』爲正字，『盆』爲别字。

《稻人》云『以瀦畜水，以防止水』，注：『鄭司農説「瀦防」，以《春秋傳》曰「町原防規偃瀦」，玄謂偃豬者，畜流水之波也；防豬，防隄也。』按唐石經作『以豬畜水』。《説文》無『瀦』字，《新附》有之，非也。此先鄭注引《左傳》及後鄭注本作『豬』。

《稾人》云『掌共外内朝宂食者之食』，注：『外朝，司寇斷獄弊訟之朝也。今司徒府中有百官朝會之殿，云天子與丞相舊決大事焉，是外朝之存者與？内朝，路門外之朝也。宂食者，謂留治文書，若今尚書之屬諸直上者。』疏：『宂，散也。外内朝上直諸吏謂之宂，吏亦曰散史。』按《續漢書·百官志》注補引干寶注曰：『禮，司徒府中有百官朝會殿，天子與丞相決大事，是外朝之存者。』此與鄭注同。又引蔡質《漢儀》曰：『司徒府與蒼龍闕對，厭於尊者，不敢號府。』應劭曰：『丞相舊位在長安時，府有四〔六〕，爲東西門。國每有大議，天子車駕親幸其殿。殿西王侯以下更衣并存。每歲州郡聽采長吏臧否，民所疾苦，還條奏之，是爲之舉謡言〔七〕，掾屬令史都會殿上，主者大言某州郡行狀。』又《續漢書·曆志》云：『熹平四年，詔以群臣會司徒府議，即其事也。』又《百官志》云：『宂從僕射。本注曰：主中黄門宂從。』《説文》云：『宂，㪅也。從宀，人在屋下無田事也。《周書》曰「宫中之宂食」。』引《周書》，當作『《周禮》曰「内外朝宂食者」之食』，因《校人》『宫中之稍食』而誤也。

校勘記

〔一〕『八』，《通典》作『一』。
〔二〕『春』，原作『泰』，據《周禮注疏》改。
〔三〕『云蕩』，原互乙，據《周禮注疏》乙正。『當』上，原有『不』字，據《周禮注疏》删。
〔四〕『百』，原作『南』，今改。
〔五〕『函』，原作『䍐』，據上文改。
〔六〕『四』下，《續漢書·百官志》注有『出門，隨時聽事，明帝本欲聽之，迫於太尉、司空，但』數字。
〔七〕『言』下，《續漢書·百官志》注有『者也。頃者舉謡言者』數字。

簡莊疏記卷七　周禮

《春官》『宗伯』，注：『唐虞列三代，以宗官典國之禮與其祭祀，漢之大常是也。』按《漢書·百官公卿表》云：『奉常，秦官，掌宗廟礼儀。景帝中六年，更名大常。』注：『應劭曰：常，典也，掌典三禮也。』師古曰：『大常，王者旌旗也，有大事則建以行，禮官主奉持之，故曰奉常也。後改曰大常，尊大之義也。』

『守祧』注：『遠廟曰祧。』按《廣雅》云：『祧，祭也。』《五經文字序》云：『若祧禰逍遥之類，《説文》漏略，今得之于《字林》。』據此，知經典『祧』字皆出《字林》也。《説文》云：『朓，祭也。從肉，兆聲。』《廣雅》訓『祭』，正與之合。然則『朓』爲『祧』之正字，非漏略矣。

『世婦』注：『后宫官也。王后六宫，漢始大長秋、詹事、中少府、大僕，亦用士人。』亦見周時用奄之義。』按《漢書·百官公卿表》云：『將行，秦官。景帝六年，更名大長秋。或用中人，或用士人。』師古曰：『中人，奄人也。』『詹事，秦官，掌皇后、大子家〔一〕，有丞。』師古曰：『皇后、大子各置詹事，隨其所在以名官。』『少府，諸僕射、署長、中黄門皆屬焉。』師古曰：『中黄門，謂奄人。』大僕，秦官。中太僕，掌王后輿馬，不常置。

『鞮鞻氏』注：『鞻讀爲屨。鞮屨，四夷舞者扉也。今時倡蹋鼓沓行者自有扉。』釋文：『吕忱云：鞮，革屨也。鞻者，軩鞻。』按《説文》云：『趧婁，四夷之舞各自有屝。从走，是聲。』『鞮，屨也。从革，是聲。』知《周禮》故書作『趧婁』，今書作『鞮屨』。鄭注當云『婁讀爲屨』。今本作『鞮鞻』，據釋文引吕忱云云，知出于《字林》也。《曲禮》云『鞮屨』，注：『鞮屨，無屨之屝也。』正作『屨』。《一切經音義》引《三倉》云：『鞠，毛凡可蹋戲者曰鞠。』『蹋』疑即蹋鼓沓行之類。

《大宗伯》云『以疈辜祭四方百物』，注：『故書疈爲罷。鄭司農云：罷辜，披磔牲以祭，若今時磔狗祭以止風。玄謂：疈，疈牲胷也。疈而磔之，謂磔攘及蜡祭。』按《説文》云：『副，判也。从刀，畐聲。《周禮》曰「副辜祭」。』『疈』，籀文『副』。『磔，辜也。从桀，石聲。』許君從今書，而以『磔』釋『辜』，則與二鄭同也。《釋天》云：『祭風曰磔。』郭注：『今俗當大道中磔狗，云以止風，此其象。』《公羊疏》引李巡云：『祭風，以牲頭蹄及皮破之以祭，故曰磔。』孫炎云：『既祭，披磔其牲，以風散之。』《史記·封禪書》云：『秦德公作伏祠，磔狗邑四門以禦蠱菑。』蓋蠱生于風，于文『皿蟲爲蠱』，秦制，是祭風遺制，合諸先鄭注《禮》、郭璞注《雅》，則自漢及晉猶然。賈疏云：『必磔狗止風者，狗屬西方金，金制東方木之風，故用狗止風。』此言恐未得其實。

《小宗伯》云『兆五帝於四郊』，注：『兆爲壇之營域。』按《説文》云：『垗，畔也，爲四時界祭其中。《周禮》曰「垗五帝于四郊」。从土，兆聲。』是《周禮》本作『垗』。《孝經》云：『卜其宅兆而安厝之。』《廣雅》云：『宅，垗葬也。』知古文作『垗』也。

『立軍社』注：『社之主蓋用石爲之。』疏引許慎云：『今山陽俗祠有石主。』按此引許君《五經異義》也。《説文》云：『祏，宗廟主也。《周禮》有郊宗石室，一曰：大夫以石爲主。』《左氏・哀十六年傳》云『反祏于西圃』，疏引《異義》云：『祏，石主也。言大夫以石爲主。』謹按，大夫以石爲王〔二〕，《禮》無明文。士無昭穆，不得有主。今山陽民俗祀石主，此與注用石合。

『甫竁』注：『鄭大夫讀竁皆爲穿，杜子春讀竁爲毳，皆謂葬穿壙也。今南陽名穿地爲竁，聲如腐脃之脃。』釋文：『脃，七歲反。舊作脺，誤。劉：清劣反，或倉没反。字書無此字，但有膬字，音千劣反。今注本或有作膬字者，則與劉音爲協。沈云：《字林》有脺音卒。脺者，牛羊脂膬者耎易破，恐字誤。』按《説文》云：『竁，穿地也。从穴，毳聲。《周禮》曰「大喪甫竁」。』是經文本作『竁』，讀爲『穿』者，轉注通用；讀爲『毳』者，同聲通用。今南陽名穿地爲竁，指其實聲如腐脃之脃者，擬其音。『脃』舊作『脺』，或作『膬』，釋文辨『脺』之誤，以爲若作『脺』，寧作『膬』，蓋『膬』字《説文》有之，『脺』則出於《字林》也。

《鬱人》云『和鬱鬯』，注：『築鬱金煮之以和鬯。鄭司農云：鬱草名十葉爲貫，百二十貫爲築，以煮之鐎中，停于祭前。』疏：『司農云「十葉爲貫，百二十貫爲築」者，未知出何文。』按《説文》云：『鬱，芳草也。十葉爲貫，百廿貫築以煮之爲鬱。从臼、冖、缶、鬯，彡其飾也。』是『鬱』爲正字，『鬱』爲假字。許君所説，與先鄭同。先鄭注『百二十貫』句下『爲』字衍文。賈疏『百二十貫爲築者』，誤讀也。築以煮之，即《肆師》云『築鬻耳鐎中』。釋文：『本作焦中，云本又作鐎。』《説文》云：『鐎，鐎斗也。从金，焦聲。』《史記索隱》引《埤倉》云：『鐎，器有柄斗似銚，無緣。音焦。』鐎謂即漢之刀斗也。

《司尊彝》云『獻尊』，注：『鄭司農云：獻讀爲犧，犧尊飾以翡翠。』按《説文》云：『尊，酒器也。从酋，廾以奉之。《周禮》：「六尊：犧尊、象尊、箸尊、壺尊、太尊、山尊，以待祭祀賓客之禮。」』尊或从寸。許説作『犧尊』，與先鄭合。然《説文·牛部》云：『犧，宗廟之牲也。从牛，羲聲。』賈侍中説此非古字，蓋古作『羲』耳。下文『獻酌』，鄭司農云：『「獻」讀爲「儀」，「儀酌」，有威儀多也。』玄謂『獻』讀爲『摩莎』之『莎』，齊語聲之誤也。『獻』讀爲『儀』者，如《書·大誥》云『民獻有十夫』，《大傳》作『民儀有十夫』，《漢書·王莽傳》作『民儀九萬』。夫『獻』『儀』古音通也。後鄭讀爲『莎』者，《詩·閟宫》云『犧尊將將』，毛傳：『犧尊，有沙飾也。』《大射儀》云『獻酒』，注：『獻讀爲沙。』《明堂位》云『尊用犧象』，注：『犧尊，以沙羽爲畫飾。』疏引《鄭志》：『張逸問曰：「《明堂》注『犧尊以莎羽爲畫飾』，前問曰：犧讀如沙。沙，鳳皇也。不解鳳皇何以爲沙？」答曰：「刻鳳皇之象于尊，其形娑娑然。或有作獻字者，齊人之聲誤耳。」』然則後鄭注三《禮》，俱定爲沙尊，齊語誤爲獻也。

《司服》云『凡弔事弁經服』，注：『弁經者，加爵弁而素加環經。故書弁作絣。鄭司農：「絣」讀爲「弁」。』釋文：『絣音弁。』按《説文》云：『皃，冕也。从皃，象形。』『覍』，籀文『皃』，从廾，象形。』『弁或兊字』。『冕，大夫以上服也。从曰，免聲。』『絻』或从『糸』。《論語·子罕》云『冕衣裳者』，集解：『包曰：冕者，冕冠也，大夫之服也。』釋文：『冕，鄭本作弁，云魯讀弁爲絻，今從古。』《鄉黨篇》亦然。據此，知《古論》作『弁』，《魯論》作『絻』。《周禮》古書，作『絻』，先鄭讀爲『弁』。今本注作『紒』，釋文音『弁』，並誤。

『守祧，掌守先王先公之廟祧。』注：『遷主所藏曰祧。故書「祧」作「濯」。鄭司農：「濯」讀爲「祧」。』按《書·顧命》云『王乃洮頮水』，《三國·吴志》引鄭注：『洮頮爲濯澣衣成事。』是鄭讀『洮』爲『濯』。《釋魚》云『蜃小者珧』，釋文：『洮，衆家本皆作濯。』是『翟』『兆』同聲。《説文》云：『朓，祭也。从月，兆聲。』《廣雅》云：『祧，祭也。』《五經文字序》云：『若「祧禰」、「逍遥」之類，《説文》漏略，今得之於《字林》。』然則經典『祧』字皆出《字林》。據《廣雅》訓『祭』，與《説文》合，知『祧』即『朓』字，非漏略矣。

《大司樂》云：『王師大獻，則令奏愷樂。』注：『大獻，獻捷于祖。愷樂，獻功之樂。』疏引《鄭志》：『趙商問：「《大司馬》云『師有功則愷樂獻于社』，《春官·大司樂》云『王師大獻，則令奏愷樂』，注云『大獻，獻捷于祖』，不達異意？」答曰：「《司馬》云『師大獻則獻社』，以軍之功，故獻于社。大司樂，宗伯之屬。宗伯主于宗伯之禮，故獻于祖也。」』按《王制》云『受命于祖，受成于學』，疏：『《周禮·宗伯》：「師還，獻愷于祖。」司馬職云「愷樂，獻于社」，此記不云祖及社者，文不具。《周禮》不云「獻愷于學」者，亦文不具。』《説文》云：『豈，還師振旅樂也。

从豆，散省聲。』是本作『豈』也。

『大傀異烖』，注：『傀猶怪也。大怪異烖，謂天地奇變若星辰奔霣及震裂爲害者。』按《説文》云：『傀，偉也。从人，鬼聲。《周禮》曰「大傀異災」。』瓌或从王，褢聲。今本《説文》引《周禮》或誤脱『災』字。

《鍾師》云『祴夏』，注：『杜子春云：祴讀爲陔鼓之陔。客醉而出，奏陔夏。』按《説文》云：『祴，宗廟奏祴樂。从示，戒聲。』『陔，階次也。从𨸏，亥聲。』是『祴』爲正字，許君从故書作『祴』。《毛詩序》云：『南陔，孝子相戒以養也。』《鄉飲酒禮》云『賓出奏陔』，鄭注：『陔，陔夏也。』陔之言戒也，言戒則當作祴矣。子春讀爲陔鼓者，『樂師』注：『鄭司農云：若今時行禮于大學，罷出，以鼓陔爲節。』蓋从漢制。後鄭亦从故書，故稱杜説而不易字也。

《華氏》云：『掌共燋契，以待卜事。凡卜，以明火爇燋。』注：『杜子春云：燋讀爲細目燋之燋，或曰如薪樵之樵，謂所爇灼龜之木也，故謂之樵。玄謂燋謂炬其存火。』疏：『子春讀燋、樵二音者，皆作俗讀爲柴樵之樵，後鄭不从，依音爲雀，意取《莊子》「爝火」之義，熒熒然也。』按《説文》云：『燋，所以然持火也。从火，焦聲。《周禮》曰「以明火爇燋」。』子春讀爲『細目燋之燋』，當作『面目焦之焦』，傳寫之誤。《説文》云：『醮，目枯焦小也。』即其義。或曰『如薪樵之樵』，《詩·白華》云『樵彼桑薪』是矣。後鄭偁杜説而不易字，與許君合。《士喪禮注》：『燋，謂炬以然火。』與此注同，疏説非炬，當作『苣』。

『遂歈其焌契』注：『杜子春云：焌讀爲英俊之俊。書亦或爲俊。玄謂焌讀如戈鐏之鐏，謂以契柱燋火而吹之也。』疏：『焌讀爲俊者，意取荆樵之中英俊者爲楚焞，用之灼龜也。讀爲鐏者，意取鋭頭以灼龜也。』按《説文》云：『焌，然火也。从火，夋聲。《周禮》曰「遂籥其焌」。』『焌』，火在前以焞焯龜。是『籥』爲正字，『歈』爲假借。子春讀『焌』爲『英俊』，于義無取。後鄭不易其字，但擬其音。疏説非。

《保章氏》云『以星土辨九州之地〔三〕』，注：『星，土星所主土也。鄭司農説星土，以《春秋傳》曰「參爲晉星，商主大火」，《國語》曰「歲之所在，則我有周之分野之屬是也。玄謂大界則曰九州，州中諸國中之封域，於星亦有分焉。其書亡矣，堪輿雖有郡國所入度，非古數矣。今其存可言者十二次之分也。』按《左氏・昭元年傳》云：『子産曰：辰爲商星，參爲晉星。』《尚書大傳》云：『書之論事離離，若星辰之錯行。』《法言》云：『吾不睹參辰之相比也。』《文選・蘇子卿詩》云：『今爲參與辰。』又云：『參辰皆已没。』本皆『參辰』連文，自先鄭説星土，以《春秋傳》曰『參爲晉星，商主大火』，蓋以《昭元年傳》『參爲晉星』，誤與《襄九年傳》云『辰爲商，主大火』相合，後人遂以『參辰』爲『參商』矣。《説文》云：『參，商星也。』亦本先鄭『參商』連文。《日知録》以許君不知天文，則誤讀《説文》以商星解參字矣。又姜宸英《札記》以鄭司農改《左氏》本文，是忘卻《左氏・襄九年傳》文矣。後鄭注偁『堪輿』者，《占夢》疏引《鄭志》：『張逸問厭對之義，答曰：案堪輿，黄帝問天老事云云。』《史記・日者傳》以堪輿爲古家之一，《漢書・藝文志》云『《堪輿金匱》十四卷』，注：『許慎云：堪，天道也。輿，地道也。』《文選・揚雄賦》云『屬堪輿以壁壘』，注：『堪輿，天地之總名也。』後人專以説地理爲堪輿，失之。

《巾車》云『駹車雚蔽然複』，注：『故書駹作龍。杜子春云：龍讀爲駹。玄謂：駹謂駹車，側邊有桼飾也。』按《説文》云：『幦，髼布也。从巾，辟聲。《周禮》曰「駹車犬幦」。』是『幦』爲正字，『犬』當作『然』，因上文『犬幦』致誤。《既夕禮》云『鹿淺幦』，注：『幦，覆笭。』《玉藻》云『君羔幦虎犆』，注：『幦，覆笭也。』《少儀》云『拖諸幦』，注：『幦，覆笭也。』皆作『幦』。《周禮》蓋假『幎』爲『幦』，傳寫又誤作『複』耳。或假『幭』爲『幦』。《詩・韓奕》云『鞹鞃淺幭』，毛傳：『幭，覆式。』《曲禮》云『素篾』，注：『篾，覆笭也。』釋文：『篾，本又作幭。』蓋『篾』又『幭』之變也。子春讀『龍』爲『駹』者，古『龍』『駹』通用。《易・説卦傳》云『震爲龍』，釋文：『龍，虞、干作駹。』《説文》不同《周禮》故書作『龍』，从子春也。

《司常》云：『九旗之名，物各有屬。』注：『屬，謂徽識也。《大傳》謂之徽號。今城門僕射所被及亭長著絳衣，皆其舊象。』按《方言》云：『卒謂之亭，父或謂之褚。』注：『言其衣赤也。』《説文》云：『卒，隸人給事者爲卒。』『卒，衣有題識者。』《續漢書・百官志》云：『謁者僕射。本注曰：爲謁者臺率，主謁者，天子出，奉引。古重習武，有主射以督録之，故曰僕射。』又注補引《漢官儀》云：『亭長皆習設備五兵，赤幘行縢，帶劍佩刀，設十里一亭。』蓋亭長赤幘絳衣也。

《大司馬》云『師帥執提法』，鄭司農云：『提讀如攝提之提，謂馬上鼓有曲木，提持鼓立馬髦上者，故謂之提。』疏：『此先鄭蓋據當時已有單騎，舉以況周。其實周時皆乘車，無輕騎法也。』按《曲禮》云『前有車騎』，疏：『古人不騎馬，經典無言騎者，今言騎者，當是周末時禮。』《左氏·昭二十五年傳》云：『左師展將以公乘馬而歸。』疏引劉炫曰：『欲共公單騎而歸，此騎馬之漸也。』鱣謂《六韜》云『騎戰』，《韓非》云『齊景公游少海，傳騎從中來謁』，其書雖出於周末，似古時本已有單騎，而盛於戰國及秦漢者。《秦策》云『車千乘，騎萬匹』，《淮南·説山訓》云『將軍不敢騎白馬』，《史記·項羽紀》云『脱身獨騎』，《樊噲傳》云『沛公留車騎，獨騎馬，噲等四人步從』，《説文》云『騎，跨馬也。从馬，奇聲』，《釋名》云『騎，支也。兩腳別支也』，先鄭此注，舉漢法以況周。王伯厚《漢制考》引《曲禮》《左傳》疏相證，而《困學紀聞》獨不引《周禮注》，何耶？

『以旌爲左右和之門』，注：『軍門曰和，今謂之壘門，立兩旌以爲之。』疏：『「軍門曰和」者，《左氏傳》云「師克在和不在衆」，田獵象戰伐，故其門曰和門也。』按《漢書·尹賞傳》云『寺門桓東』，如淳曰：『舊亭傳于四角，面百步，築土，四方爲屋，屋上有柱出高丈餘，有大版貫柱四尺，名曰桓表，縣所治夾，兩邊各一桓。陳宋之俗言桓聲如和，今猶謂之和表。』師古曰：『即華表也。』《文選·東京賦》云『聚和樹表』，薛綜注：『和，軍之正門爲和也。』然則和門即桓門，疏説甚謬。此經下云『帥其車徒以敘和』，《東京賦》正用之，故注以爲軍門也。

《司爟》云『掌行火之政令，四時變國火』，注：『鄭司農説以鄹子曰：「春取榆柳之火，夏取棗杏之火，季夏取桑柘之火，秋取柞楢之火，冬取槐檀之火。』疏：『先鄭引鄒子書，《論語》注引《周書》不同者，鄒子書出於《周書》，其義是一，故各引其一。言春取榆柳之等，舊師皆以爲取五方之色同，故用之。今按棗杏雖赤，榆柳不青，槐檀不黑，其義未聞。』按《説文》云：『爟，取火于日官名。从火，雚聲。《周禮》曰「司爟掌行火之政令，舉火曰爟」。』『取火于日』，當作『于木』，先鄭所稱鄒子説是也。《漢書·藝文志》云：『《鄒子》四十九篇，名衍，齊人，爲燕昭王師，居稷下，號談天衍。』此説與《論語集解》馬融引《周書·月令》同。皇侃義疏云：『改火之木，隨五行之色而變也。榆柳色青，春是水木，色青，故春用榆柳也。棗杏色赤，夏是火，火色赤，故夏用棗杏也。桑柘色黄，季夏是土，土色黄，故季夏用桑柘也。柞楢色白，秋是金，金色白，故秋用柞楢也。槐檀色黑，冬是水，水色黑，故冬用槐檀也。』此即賈疏所謂舊師説。

《射人》云『祭祀則贊射牲』，注：『今立秋有貙劉云。』按《説文》云：『膢，楚俗以十二月祭飲食也。从肉，婁聲。一曰祈穀食新曰貙膢。』《風俗通義·祀典篇》云：『謹案：韓子書：「山居汲谷者，膢獵而買水。」楚俗常以十二月祭飲食也。又曰：「嘗新始殺也，食新曰貙膢。」』《一切經音義》引《三倉》云：『膢，八月祭名也。』《法言·問道》云：『不膢膢也與？』李軌注：『膢，八月旦也。今河東俗奉以爲大節，祭祀先人也。』《漢書·武帝紀》云『膢五日』，如淳曰：『膢音樓。』《漢儀》注：『立秋貙膢。』伏儼曰：『膢音劉。劉，殺也。』蘇林曰：『膢，祭名也。貙，虎屬，常以立秋日祭獸王者，亦以此日出獵，還以祭宗廟，故有貙膢之祭也。』《後漢書·劉聖公傳》云：『欲以立秋日貙膢時共擊更始。』《續漢書·禮儀志》云：『立秋之日所牲名曰貙劉。貙劉之禮：祠先虞，執事告先虞已，烹鮮時，有司告事，乃逡巡射牲。獲車畢，有司告事畢。』注補引《古今注》曰：『永平元年六月乙卯，初令百官貙膢。』鄭君此注，引漢制以證射牲，蓋膢有二説，楚俗以十二月祭飲食，漢時八月祭，即《説文》後説，《風俗通義》同。『膢』爲祭名，《續漢志》作『劉』，乃假借。賈疏從伏儼注，以爲『劉殺』也，非。

《方相氏》云『掌蒙熊皮』，注：『冒熊皮者，以驚敺疫癘之鬼，如今魌頭也。』按《説文》云：『䫏，頭䫏也。从頁，其聲。今逐疫有䫏頭。』是『䫏』爲正字，『魌』爲别字。《荀子·非相》云『仲尼之狀，面如蒙倛』，楊注：『倛，方相也。其首蒙茸然，故曰蒙倛。』亦當作『倛』，《淮南·精神》云：『視毛嬙、西施，猶䫏醜也。』高注：『䫏，頭也。方相氏黄金四目，衣赭，稀世之䫏貌，非生人也。但其象耳目䫏醜，言極醜也。』古義止引應劭《風俗通》説，似未備。

《隸僕》云『掌蹕宮門之事』，注：『鄭司農云：蹕謂止行者清道，若今時儆蹕。』釋文：『蹕音畢，儆又作警。』按《説文》云：『趩，止行也。从走，畢聲。』《史記·梁孝王世家》云：『擬于天子，出言蹕，入言警。』《漢書·文三王傳》云：『出稱警，入稱趩。』注引《漢舊儀》注：『皇帝輦動，左右侍帷幄者稱警，出殿則傳蹕，止人清道也。』《古今注》云：『警蹕，所以戒行徒。周禮蹕而不警。秦制出警入蹕，謂出軍者皆警戒，入國者皆畢止也。』『蹕』竝當作『趩』。《大司寇》云『使其屬趩』，注：『故書趩作避。杜子春云：避當爲辟，謂辟除姦人也。玄謂：趩，止行也。』

『趕』今本作『蹕』，惟釋文从走，與《説文》合。全書『趕』字皆轉寫誤『蹕』矣。

《司弓矢》云『獻矢箙』，注：『箙，盛矢器也，以獸皮爲之。』《續漢書·禮儀志》注引干寶曰：『箙，今之步。』又按《説文》云：『箙，弩矢箙也。从竹，服聲。《周禮》「仲秋獻矢箙」。』《釋名》云：『矢其受之器以皮曰箙，謂柔服用之也。』《續漢志》注明〔四〕《通俗文》云：『箭箙謂之步。』又與干注同。《詩·采薇》云『象弭魚服』，箋云：『矢服也。』『服』即『箙』之省。

《圉師》云『夏庌馬』，注：『故書庌爲訝。鄭司農云：當爲庌。玄謂：庌，廡也，廡所以庇馬涼也。』按《説文》云：『庌，廡。从广，牙聲。《周禮》曰「夏庌馬」。』許君不从故書，與先鄭同。後鄭訓『廡』，亦與許合。《釋名》云：『庌，正也，屋之正大者也。』《御覽》引《通俗文》云：『客堂曰庌。』蓋庌爲兩廡之高大者，故以正屋客堂言之，而可以庇馬涼也。或省作『牙』，俗作『衙』。

《秋官·司寇》云『以佐王刑邦國』，注：『刑，正人之法。』《孝經》説曰：『刑者，侀也，過出罪施。』疏：『《孝經援神契·五刑章》曰：「刑者，侀也，過出罪施也，下侀爲著也。行刑者，所以著人身體。過誤者出之，實罪者施刑。是以《尚書》云『眚災肆赦，怙終賊刑』。」』按《王制》云：『刑者侀也，侀者成也。』疏：『「刑者侀也」，上刑是刑罰之刑，下侀是侀體之侀，訓此刑罰之刑以爲侀，體之侀言刑罰之刑加人體侀。又言「侀者成也」，言侀體之侀，是人之成就容貌。』據此，知『侀』即『刑』字。『侀』字《説文》所無，蓋出於緯書，後人因以改經文耳。

『條狼氏』注：『杜子春云：條當爲滌器之滌。玄謂：滌，除也。狼，狼扈道上。』疏：『狼扈道上者，謂不蠲之物在道，猶今言狼藉也。』《續漢·禮儀志》注引干寶注：『滌狼氏，今卒辟車之屬。』按干注作『滌狼』，依子春易字。後鄭注『狼扈』，疑作『狼戾』。《孟子·滕文篇》云：『樂歲粒米狼戾。』趙注：『狼戾，猶狼藉也。饒多狼藉，棄捐於地。』與此注『狼戾道上』正合。

『庶氏』注：『庶讀如藥煮之煮。驅除毒蠱之言，書不作蠱者，字从聲。』疏：『庶是去之意，故爲庶不爲蠱也，是其取聲。』按《韓詩外傳》云『驅驅』，《後漢書·鄭康成傳》云『起起』，皆『趣起』之言。今凡驅除作聲曰庶。『庶』是其意。《正字通》别出『嗻』字，以爲驅雞聲，謬甚。

『柞氏』注：『鄭司農云：「柞」讀爲「音聲唶唶」之「唶」、「屋笮」之「笮」。』疏：『讀从《春秋》「行扈唶唶」之「唶」，又爲「屋笮」之「笮」者，皆从音同也。』按《說文》云：『譜，大聲也。从言，昔聲，讀若笮。』唶或从口。然則『唶』『笮』聲同。《左氏·昭十七年傳》云『九扈爲九農正』，疏引賈逵曰：『行扈唶唶，晝爲民驅鳥者也。』疏本此。

『薙氏』注：『《書》「薙」或作「夷」。』玄謂薙讀如鬀，小兒頭之鬀。』按《說文》云：『鬀，鬄髮也。大人曰髡，小兒曰鬀。』《談苑》云：『唐朝宫中常于學士院取《眠兒歌》者，即《剃胎髮》文也。』『剃』乃『鬀』之俗字。今小兒初生一月，使鑷工鬀胎頭，必曼聲歌之，若祝兒郎偉者，是《眠兒歌》遺意。

『硩蔟氏』注：『鄭司農云：硩讀爲擿，蔟讀爲爵蔟之蔟，謂巢也。玄謂：硩古字，从石，折聲。』按《説文》云：『硩，上擿山巖，空青珊瑚陊之。从石，折聲。《周禮》有「硩蔟氏」。』『蔟，行蠶蓐。从艸，族聲。』蔟本蠶蓐，與巢相類，故爵巢亦謂之爵蔟。《晉書·左貴嬪傳》云『修成晉蔟，分繭理絲』，正指蠶蔟。

『赤犮氏』注：『赤犮，猶言捇拔也。主除蟲豸自薶者。』按《説文》云：『魃，旱鬼也。从鬼，犮聲。《周禮》有赤魃氏，除牆屋之物也。』《詩》曰『旱魃爲虐』，蓋本旱鬼，因以名官。是『魃』爲正字。鄭注『赤犮，猶言捇拔』者，乃以同聲相訓。《説文》云：『捇，裂也。从手，赤聲。』『拔，擢也。从手，犮聲。』今除物猶云『捇拔』。

『蟈氏』注：『鄭司農云：蟈讀爲蜮。蜮，蝦蟇也。《月令》曰「螻蟈鳴」，故曰掌去鼃黽。』鼃黽，蝦蟇屬。《書》或爲「掌去蝦蟇」。玄謂：蟈，今御所食蛙也。蜮乃短弧與。』按《釋魚》云：『鼁䶂，蟾諸在水者黽。』郭注：『耿黽也，似青蛙，大腹，一名土鴨。』《説文》云：『蝦，蝦蟆也。从虫，叚聲。』『蟆，蝦蟆也。从虫，莫聲。』蜮，短弧，似鼈，三足，以气射害人。从虫，或聲。『蟈，蜮，又从國。』『黽，鼃黽也。从它，象形。』『鼃，蝦蟆也。从黽，圭聲。』蓋詹諸、鼃黽、蝦蟆及蜮爲四物。今浙人呼詹諸爲癩施，呼鼃黽爲田雞，呼蝦蟆爲蛙蟆，呼蜮爲射工。《周禮》『蟈氏』本借『蜮』字重文，以名其官，疑取其聲『之國國故』。後鄭注『掌去鼃黽』，云：『齊魯之閒謂鼃爲蟈。黽，耿黽也。蟈與耿黽尤怒鳴爲聒人耳去之。』後鄭注『蜮』『蟈』本二字，許説合而爲一。鼃與耿黽本二物，許説亦合爲一。《漢書·五行志》云：『元鼎五年秋，蛙與蝦蟆群鬭。』則二物可知。今《説文》『鼀』『蝦蟆』下疑脱一『屬』字。

《鄉士》云『士師受中，協日刑殺』，注：『鄭司農云：協，合也，和也。和合支幹善日，若今望後利日也。玄謂：擇可刑殺之日。』疏：『月大則十六日爲望，月小則十五日爲望。利日，即合刑殺之日。』按《論衡・譏日篇》云：『祭祀之曆，以血忌月殺之日爲凶。』又《辨祟篇》云：『血忌不殺牲，而屠肆不多禍。』此所謂利日者，蓋避血忌月殺之日也。

《司刺》云『壹宥曰不識』，注：『鄭司農云：不識，謂愚民無所識。玄謂：識，審也。不審，若今仇讎當報甲，見乙誠以爲甲而殺之者。』疏：『甲乙者，興喻之義耳。』按《韓非》云：『罪生甲，禍歸乙，伏怨乃結。』《漢書・韓安國傳》云：『蒙獄吏田甲。』《張湯傳》云：『湯之客曰甲。』張華《甲乙問》云：『甲娶乙爲妻，後人娶丙。』徐中叔《服議》云：『母爲甲，先夫爲乙，後夫爲丙，先子爲丁，繼子爲戊。』皆假名甲乙也。

《職金》云『楬而璽之』，注：『鄭司農云：楬，書其數量以著其物也。今時之書，有所表識，謂之楬櫫。』按《説文》云：『楬，桀也。从木，曷聲。《周禮》曰「楬而書之」。』《廣雅》云：『楬櫫，杙也。』《漢書・尹賞傳》云『楬著其姓名』，師古曰：『楬，杙也。椓杙于瘗處，而書死者姓名也。』蓋先鄭注『楬櫫』，本當作『楬桀』，故釋文不出音。《釋宫》云：『雞栖于弋爲桀弋，即杙也。』『蜡氏』注：『於此《廣雅》「櫫」乃「椓」之别字。』《一切經音義》引《説文》：『楬，櫫也。』从俗改耳。

《庶氏》云：「掌除毒蠱，以攻説襘之，嘉艸攻之。」注：「嘉艸，藥物，其狀未聞。攻之，謂燻之。」按《釋艸》云：「蒚，山蒜。」《物類相感志》引孫炎曰：「帝登蒚山，遭蕕芋艸毒，將死得蒜，乃齧之解毒，乃收植之，能殺蟲魚之毒，攝諸腥羶。」此孫炎乃唐人作疏者，誤以蒚爲山名。然蒜可解蟲毒，至今猶然。《本艸》云：「甘艸解毒。」《名醫》曰：「一名美艸。」是「美艸」豈即「嘉艸」歟？又蘭艸殺蠱毒，辟不祥，蓋庶氏掌除毒蠱，宜以此等香艸熏之。

《翨氏》云：「掌攻猛鳥，各以其物爲媒而掎之。」注：「猛鳥，鷹隼之屬。置其所食之物於絹中，鳥來下，則掎其腳。」疏：「若今取鷹隼者，以鳩鴿置於羅網之中以誘之。」按《説文》云：「囮，譯也。从口，化聲。率鳥者繫生鳥以來之，名曰囮。讀若譌。」「𡈪」或从「繇」。《北户録》引《字林》云：「𡈪音由。今獵師有𡈪也。」《文選·射雉賦》云：「慮吾游之晏起。」徐爰注：「游，雉媒名。江淮閒名謂之游。游者，言可與游也。」鱣謂「游」乃「𡈪」之假借，與游説謬。「𡈪」即翨氏所謂以其物爲媒也。

《翦氏》云：「掌除蠹物，以攻禜攻之，以莽艸熏之。」注：「蠹，穿食人器物者，蠹魚亦是也。莽艸，藥物殺蟲者，以熏之則死。」按《釋艸》云：「葞，春艸。」《衍義》引孫炎曰：「藥艸也，俗呼爲岡艸。」郭注：「一名芒艸。」《本艸》云：「莽艸殺蟲魚。」《名醫》曰：「一名葞，一名春艸。」《中山經》云：「朝歌之山有艸焉，名曰莽艸，可以毒魚。」郭注：「今用之殺魚。」

《大行人》云：「三問三勞也，焉問不恙也。」按《釋詁》云：「恙，憂也。」郭注：「今人云無恙謂恙憂也。』《司儀》云『問君問大夫』，注：『問君曰：「君不恙乎？」對曰：「使臣之來，寡君命臣于庭。」問大夫曰：「二三子不恙乎？」對曰：「寡君命使臣于庭，二三子皆在。」』《聘禮》云：『公問君賓，對公再拜。』注：『拜其無恙。』《曲禮》云：『主人不問賓不先舉。』注：『客自外來，宜問其安否無恙。』《趙策》云：『歲亦無恙耶，民亦無恙耶，王亦無恙耶？』《楚詞・九辨》云：『還及君之無恙。』《呂氏・異用篇》云：『孔子問弟子曰：「子之公不有恙乎，子之父母不有恙乎，子之兄弟不有恙乎，子之妻子不有恙乎？」』《說苑》云：『魏文侯問趙倉唐曰：「擊無恙乎？」倉唐曰：「唯唯。」若是者三。又問曰：「子之君無恙乎？」』《史記・李陵傳》云：『霍與上官無恙乎？』皆有無恙之問，知古禮如此也。《風俗通義》云：『恙，蟲毒也。古人艸居露宿，故相勞問，必曰無恙。』然『恙』之爲蟲，無可考見。《說文》云：『它，上古艸居，患它，相問無它乎？』其解『恙』字云『憂也』，亦同。《爾雅》蓋應氏牽合之耳。

《掌客》云『車三秅』，注：『十稯曰秅，每車三秅則三十稯也。秅讀爲「秅秭麻答」之「秅」。』按《說文》曰：『秅，二秭爲秅，五稯爲秭。』《晉書・律曆志》云：『《九章・商功法》：程赤答麻麥一斛，積二千四百三十寸。』此『秅秭麻答』蓋《九章》語。

《考工》云『攻皮之工函鮑』，注：『鄭司農云：鮑讀爲鮑魚之鮑，書或爲鞄。《蒼頡篇》有「鞄甍」。』釋文：『鞄，匹學反，音朴。劉音僕。』疏：『《藝文志》，《蒼頡》有七章，秦丞相李斯所作。鞄甍是其一篇，內有治皮之事，故引以爲證也。』按《說文》云：『鞄，柔革工也。从革，包聲，讀若朴。《周禮》曰「柔皮之工鮑氏」。』『鞄』即『鮑』也。許君所據《周禮》，亦假『鮑』爲『鞄』。《蒼頡篇》文法如《急就篇》，有「鞄䩵」者，謂其篇內有此二字。『車人』注引『柯欘』同，疏説似誤。《説文》云：『䩵，柔韋也。从北，从皮，从夐省，讀若耎。』今本作『𦮡』，傳寫之誤。《墨子·節用》云：『凡天下群百工，輪車鞼鞄，陶冶梓匠，使各從事其所能。』亦正合作『鞄』。《史記·宋世家》云『昭公弟鮑革』，徐廣曰：『一無「革」字。』蓋『鮑革』即『鞄革』，以是爲名，猶昭公名杵臼，《春秋傳》作『公子鮑』，乃單舉耳。《説文》鞄讀若朴者，鱣嘗遇鮮使臣自言姓朴，讀若匏，此可爲『鞄』『朴』音同之證。

『設色之工，畫繢鐘筐㡛』，注：『鄭司農云：㡛讀爲「芒芒禹迹」之「芒」。』按《説文》云：『㡛，設色之工治絲練者。从巾，㠩聲。一曰：㡛隔讀若荒。』是『㡛』爲正字。《喪大記》云『帷荒』，注：『荒，蒙也。在旁曰帷，在上曰荒。』是即『一曰㡛隔作荒』者，假借讀若字耳。『㠩』『芒』俱从亡聲，故亦讀爲『芒』，俗作『幌』，非。今京師市肆縣帛以表著名曰『望子』，即『㡛』字也。『望』『芒』音同。

『摶埴之工陶瓬』，注：『鄭司農云：瓬讀爲「甫始」之「甫」。玄謂：瓬讀如「放於此乎」之「放」。』按《説文》云：『瓬，周家摶埴之工也。从瓦，方聲，讀若「抵破」之「抵」。』『抵破之抵』疑作『瓪破之瓪』。《説文》云：『瓪，敗瓦也。』與先後鄭讀不同。然『瓬』从『方』聲，『放』亦从方聲，故後鄭易先鄭，讀爲『放』也。

『加軫與轐焉』，注：『鄭司農云：轐讀「旃僕」之「僕」，謂伏兔也。』疏：『旃僕之僕者，讀音同而未聞所出也。伏兔也者，漢時名，今人謂之車屐是也。』按《説文》云：『轐，車伏兔也。从車，菐聲。《周禮》曰「加軫與轐也」。』釋名云：『屐，似人屐也。又曰伏兔，在軸上似之也。又曰轐，轐伏於軸上也。』先鄭讀爲『旃僕』之『僕』，疑作『冉有僕』之『僕』，以上文不檏屬，云檏讀如『子南僕』之『僕』也。

《輪人》云『欲其掣爾而纖也』，注：『鄭司農云：掣讀爲「紛容掣參」之「掣」。玄謂：讀如「桑螵蛸」之「蛸」。』疏：『紛容掣參之掣者，此蓋有文，今檢未得。』按《説文》云：『掣，人臂皃。从手，削聲。《周禮》曰「輻欲其掣爾」。』《史記・司馬相如傳》云『紛容蕭蔘』，《漢書》作『紛容莦蔘』，郭璞曰：『紛溶莦蔘，枝竦擢也。』『莦』『蕭』一聲之轉，故後鄭讀如『蛸』也。

『望其轂，欲其眼也』，注：『眼，出大貌也。鄭司農云：眼讀如「限切」之「限」。』釋文：『眼，魚懇切。』按《説文》云：『輥，轂齊等皃。从車，昆聲。《周禮》曰「望其轂，欲其輥」。』《玉篇》云：『輥，古混切。』是『輥』爲正字。今《周禮》作『眼』，與『輥』音義相殊。注云『出大貌也』，先鄭『讀如限切』，俱甚費解，疑當作『睴』。《説文》云：『睴，大出目也。从目，軍聲。』《玉篇》云：『睴，公困切。』此注當云『睴，眼出大貌也。鄭司農云：「睴」讀如「豤切之豤」』，方與《説文》之『輥』及《釋文》之『魚懇切』合。

『稹理而堅』，注：『稹，致也。鄭司農云：稹讀爲「奠祭」之「奠」。』按《説文》云：『稹，穜稹也。从禾，真聲。《周禮》曰「稹禮而堅」。』蓋『稹』爲『密致』。《聘義》云『縝密以栗』，注：『縝，致也。』『縝』即『稹』之别字。《釋詁》云：『苞，稹也。』郭注：『今人呼物叢致者爲稹。』《書疏》引孫炎曰：『物叢生曰苞，齊人名曰稹。』蓋《考工記》多齊語也。

『則轂雖敝不蔽』，注：『鄭司農云：蔽當作秏。玄謂：蔽，蔽暴。陰柔後必橈減，幬革暴起。』按《説文》云：『蔽，艸皃。从艸，㪊聲。《周禮》曰「轂雖敝不蔽」。』蓋『㪊』爲气上出皃。《漢書·自敘》云『曲陽㪊㪊，亦朱其堂』，《文選·寶鼎詩》云『吐金景兮㪊浮雲』，『蔽』爲艸盛上出皃，故後鄭云『蔽暴』。《瓬人》云『薜暴』，注：『暴，墳起不堅致也。』《荀子·勸學》云：『木直中繩，輮以爲輪，其曲中規。雖有槁暴，不復挺者，輮使之然也。』『暴』爲『皰』之假借。《説文》云：『皰，面生熱气也。』《淮南·説林》云：『潰小皰而發痤疽。』高注：『皰，面气也，或作爆。』《一切經音義》引《聲類》云：『爆，熕起也。謂皮皵起，又或作㬥。』《西山經》云：『蜼渠食之，可以已㬥。』郭注：『㬥，謂皮皴起也。』然則『蔽皰』者，謂上出起皰也。先鄭作『秏』，是稻屬，非此義，故許及後鄭不從也。

『以其圍之阞捎其藪』，注：『捎，除也。阞，三分之一也。鄭司農云：捎讀爲「桑螵蛸」之「蛸」，藪讀爲「蜂蛸」之「藪」，謂轂空壺中也。玄謂：此藪徑三寸九分寸之五，壺中當輻菑者也。蜂藪者，猶言趨也。藪者，衆輻之所趨也。』按《説文》云：『朸，木之理也。从木，力聲。』『梢，木也。从木，肖聲。』『橾，車轂中空也。从木，喿聲，讀若藪。』阮侍郎曰：『「圍之阞」，當依《説文》作「枋木理」也。今从「自」作「防」字，相假借。「理」「枋」一聲之轉。《輪人》曰「稹理而堅」，疏：「理而柔，此言順轂木中直理，除去轂中心木而爲藪，非言其圍也。」澧謂：《詩·斯干》云『如矢斯棘』，釋文：『棘，《韓詩》作枋。』是言其本之直，可以證圍之枋也。『梢』作『捎』者，字之誤，讀爲『蟔蛸』者，擬其音。《釋木》云『梢，梢擢』，郭注：『謂木無枝柯，梢擢長而殺者。』蓋長而殺，如削去其末，故云『梢，除也』。『橾』作『藪』者，假用讀若之字。《急就篇》作『輮』，『橾』之誤。碑作『桑』，『杲』之誤也。

『則無槷而固』，注：『鄭司農云：槷，椴也。蜀人言椴曰槷。玄謂：槷讀如涅，从木，熱省聲。』按先鄭以『槷』爲『椴』，蓋讀爲『藙』。《説文》云：『藙，煎茱萸。从艸，藙聲。』漢律：會稽獻藙一斗。《内則》云『三牲用藙』，注：『藙，煎茱萸也。漢律：會稽獻焉。《爾雅》謂之椴。』疏引賀瑒曰：『今蜀郡作之，名藙也。』《釋木》云：『茱，椴醜茦。』郭注：『椴似茱萸而小，赤色。』後鄭不從，讀如『涅』者，《釋木》云『木相磨槸』，郭注：『樹枝相切磨。』《説文》云：『槸，木相摩也。从木，埶聲。或从艸。』今注作『熱省聲』，誤也。

『凡揉牙外不廉』，注：『廉，絶也。』按《説文》云：『熑，火煣車網絶也。从火，兼聲。《周禮》曰「煣牙外不熑」。』是『煣』『熑』爲正字，鄭本轉寫之失也。上文『揉幅必齊』亦然。《説文》云：『煣，屈申木也。从火、柔，柔亦聲。』《易·繫辭》傳云『揉木爲耒』，《漢書·食貨志》作『煣木爲耒』，當據正之。

『以爲轛圍』，注：『轛，式之植者、衡者也。鄭司農云：轛讀如「繫綴」之「綴」，謂車輿軨立者也。立者爲轛，横者爲軹。書「轛」或作「軨」。玄謂：轛者以其鄉人爲名。』按《説文》云：『轛，車横軨也。从車，對聲。《周禮》曰：「參分軹圍，去一以爲轛圍。」』先鄭以『軨立』者爲『轛』，許君以『横軨』爲『轛』。後鄭以『轛』字从『對』，故以『鄉人爲名』，當从之。

《輈人》云『弧旌枉矢以象弧也』，注：『妖星有枉矢也，蛇行有尾。因此云枉矢，蓋畫之。』按疏引《孝經援神契》云：『枉矢所以射慝謀輕。』又《考異郵》云：『枉矢狀如流星，蛇行有尾。』是鄭君據《考異郵》而言也。《史記·天官書》云：『枉矢，類大流星，蛇行而蒼黑，望之如有毛羽然。』蓋旌旗類此，故畫之。《續漢書·禮儀》注引干寶曰：『枉矢象妖星，非其義也。枉蓋應爲枉直，謂枉矢於弧。』此説違鄭，終未允。

《㡛氏》云『以涚水漚其絲』，注：『故書涚作湄。鄭司農云：湄水，温水也。玄謂：涚水，以灰所泲水也。漚，漸也。楚人曰漚，齊人曰涹。』按《説文》云：『涚，財温水。从水，兑聲。《周禮》曰「以涚水漚其絲」。』故書作『湄』，不得爲漚物之水，當从『涚』也。《後漢》亦作『涚』，而義稍異。謂以灰泲水者，即《内則》云『和灰請澣』也。『齊人曰涹』，當作『捼』。《曲禮》曰『共飯不澤手』，注：『澤，謂捼莏也。』《説文》曰：『捼，推也。一曰兩手相切摩也。』『切摩』，即『齊人曰捼』之意。

《玉人》云：『天子用全，上公用龍，侯用瓚，伯用將。』注：『鄭司農曰：全，純色也。龍當卑者下尊，以輕重爲差，玉多則重，石多則輕。公侯四玉一石，伯子男三玉二石。』按《説文》云：『瓚，三玉二石也。从王，贊聲。《禮》：「天子用全，純玉也。上公用駹，四玉一石。侯用瓚。伯用埒，玉石半相埒也。」』《白虎通義》引《逸禮・王度記》與後鄭合。《説文》以龍爲駹，與先鄭合。惟『伯用將』，作『用埒』爲異。瓚讀『餈饜』者，《説文》云：『䰞，鬻也。从䰞，侃聲。』『飦，或从食，衍聲。』『饡，以羹澆飯也。』《玉篇》云：『饜，古文饡。』《内則》云：『狼臅膏，以與稻米爲酏。』注：『以煎稻米，則似今膏饜矣。』此《周禮》『酏，食也』，『酏』當从『飦』，是『餈饜』即『飦饡』。元人曲中以不潔物曰『腌臢』，亦『飦饡』之俗字也。

《梓人》云『顅脰』，注：『顅，長脰貌。故書「顅」或作「牼」。鄭司農云：牼讀爲「鬝頭無髮」之「鬝」。』按《説文》云：『顅，頭鬢少髮也。从頁，肩聲。《周禮》「數目顅頭」。』此與鄭注字同義異。或作『牼』者，『顅』『牼』雙聲字。先鄭讀爲『鬝』者，《説文》云：『鬝，鬢禿也。从髟，閒聲。』此即無髮之謂也。下文『鱗之而』，注：『之而，頰頌也。』《説文》云：『頌，禿也。从頁，气聲。』舊音口没反。《明堂位》云『殷楬豆』，注：『齊人謂無髮爲禿楬。』此『楬』又『頌』之假借。

《梓人》云『緷寸焉』，注：『鄭司農云：緷，籠網者。緷讀爲竹中皮之緷。』按《説文》云：『緷，持網紐也。从糸，員聲。《周禮》曰「緷寸」。』段大令云：『「讀爲竹中皮之緷」，當作「讀如竹青皮筍之筍」，擬其音也。筍，于貧反，今之筠字。《顧命》《禮器》《聘義》注字皆作「筍」。」鱣謂『均』『旬』古本通用，筍今讀若損，緷亦从員聲，損亦从員聲，又可爲『緷』讀如『筍』之證。

《廬人》云『灸諸牆以眡其橈之均也』，注：『灸，猶柱也。以柱兩牆之閒，輓而内之，本末勝負可知也。』按《説文》云：『久，從後灸之，象人兩脛後有距也。《周禮》曰「久諸牆以觀其橈」。』《既夕禮》云『木桁久之』，注：『久當爲灸。』《士喪禮》云『冪用疏久之』，注：『久讀爲灸。灸謂以蓋案塞其口。』是『久』爲古文，『灸』爲今文。許君引《周禮》作『久』，蓋故書。鄭君从今書作『灸』，故注《儀禮》亦讀爲『灸』也。

《匠人》云：『廟門容大扃七个，闈門容小扃參个。』注：『大扃，牛鼎之扃。小扃，膷鼎之扃。』按《説文》云：『鼏，以木横貫鼎耳而舉之。从鼎，冂聲。《周禮》「廟門容大鼏七箇」。』即《易》『玉鉉大吉』也。是作『鼏』作『箇』者故書，作『扃』作『个』者今書也。蓋『鼏』字从『郊冂』之『冂』，讀若『扃』。今本《説文》作『鼏』，音莫狄切，蓋脱去『鼏』字，誤合二字爲一耳，詳見《易》疏記。

《弓人》云『三色不失理，謂之牛戴牛』，注：『鄭司農云：牛戴牛，角直一牛。』按『戴』爲『儎』之假借。《説文》云：『儎，市也。从人，對聲。』『戴』『儎』聲同。今人以直如其重者謂之換兑。換兑亦當作『儎』。

『絲三邸，漆三斞』，注：『邸斞輕重未聞。』按《説文》云：『斞，量也。从斗，臾聲。《周禮》

曰「桼三㪷」。』《玉篇》云：『㪷，余甫切，今作庾。』《陶人》云『庾實二觳』，注：『庾讀如「請益與之庾」之「庾」。』《瓬人》云『豆實三而成觳』，是『㪷』爲六豆。合諸《左傳》『四升爲豆』，則㪷爲二斗，八升三㪷，爲八斗四升矣。竊疑此注中『㪷』字有誤，蓋『㪷』即『庾』，已見《陶人》，似不必再注。況桼論鈞石，不論權衡。《漢書・貨殖傳》云『桼，十大斗』是也。此當專言邸輕重未聞。

校勘記

〔一〕『大』，《漢書・百官公卿表》作『太』。下同。

〔二〕『王』，據上文當作『主』。

〔三〕『九』，原作『尤』，據《周禮注疏》改。

〔四〕『明』，疑當作『引』。

簡莊疏記卷八　儀禮

《士冠禮》云『筮于庿門』，注：『庿，謂禰庿。』釋文：『庿，古廟字。』按《説文》云：『廟，尊先祖皃也。从广，朝聲。』『庿』，古文。蓋篆文从朝聲，古文从苗聲也。《詩·清廟》釋文：『廟本又作庿，古今字。』此『庿門』，釋文引劉昌宗：『庿，音廟。』蓋以今字音古字，猶《地官》『迹人』注『迹之言蹟也』、《卝人》注『卝之言礦也』。

『筮與席所卦者』，注：『所以畫地記爻。』疏：『筮法依七八九六之爻而記之。但古用木畫地，今則用錢，以三少爲重錢，重錢則九也。三多爲交錢，交錢則六也。兩多一少爲單錢，單錢則七也。兩少一多爲拆錢，拆錢則八也。』按《春官·大卜》疏云：『三多爲交錢，六爲老陰也。三少爲重錢，九爲老陽也。兩多一少爲單錢，七爲少陽也。兩少一多爲拆錢，八爲少陰也。』《京房易傳》云：『鬼爲繫爻，財爲制爻，天地爲義爻，福德爲寶爻。』陸績注：『天地即父母也，福德即子孫也，同氣即兄弟也。』此即今火珠林之術所本。

『韎韐』注：『緼，韍也，合韋爲之，士染以茅蒐，因以名焉。今齊人名蒨爲韎韐。』按《釋艸》云『茹藘茅蒐』，《詩疏》引李巡云：『茹藘，一名茜，可以染絳。』《説文》云：『蒐，茅蒐茹藘，人血所生，可以染絳。从艸，鬼聲。』『蒨，茅蒐也。从艸，㢴聲。』《詩·瞻彼洛矣》云『韎韐有蒐』，傳：『韎韐者，茅蒐染艸也。一曰韎韐，所以代韠也。』箋云：『韎韐者，茅蒐染也。茅蒐，韎韐聲也。』疏引《駁異義》云：『韎，艸名。齊魯之閒言韎韐聲如茅蒐，字當作韎。陳留人謂之蒨。』是鄭君以『韎』爲『茅蒐』之合聲，『蒨』其別名。『蒨』即『茜』之假借也。

『緇布冠缺項青組，纓屬于缺』，注：『缺讀如「有頍者弁」之「頍」，緇布冠無笄者，著頍圍髮際，結項中，隅爲四綴以固冠也。項中有緬，亦由固頍爲之耳。今未冠笄者著卷幘，頍象之所生也。滕、薛名蔮爲頍。』按《說文》云：『頍，舉頭也。从頁，支聲。』『幘，髮有巾曰幘。从巾，責聲。』『幗，匡當也。从木，國聲。』釋文云：『幘，蹟也，下齊眉蹟然也。簂，恢也，恢郭覆髮上也。魯人曰頍。』頍，傾也，著之傾近前也。蓋『缺』『頍』一聲之轉，故『缺』讀如『頍』。『蔮』當從《說文》作『幗』。《蜀志·諸葛亮傳》云『遺之巾幗』，正作『幗』。注云『滕、薛名蔮爲頍』，《釋名》云『魯人曰頍者』，滕、薛與魯近也。

『有篚』注：『篚，竹器如笭者。』疏：『其字皆竹下爲之，故以竹器言之。如笭者，亦舉漢法爲況也。』按《說文》云：『匪，器佀竹篋。从匚，非聲。』『笭，車笭也。从竹，令聲。一曰笭籯也。』《漢書·韋賢傳》云『遺子黃金滿籯，不如一經』，如淳曰：『籯，竹器，受三四斗。今陳留俗有此器。』是匪佀竹篋，又佀笭，漢時亦謂之籯。『匪』作『篚』者，亦後人加竹也。

『蠃醢』注：『蠃醢，螔蝓醢。今文蠃爲蝸。』按《釋魚》云：『蚹蠃，螔蝓。』郭注：『即蝸牛也。』《說文》云：『蝸，蝸蠃也。从虫，咼聲。』『蠃，蜾蠃也。从虫，𣎆聲。一曰虒蝓。』蓋『蠃』本

『蜾蠃』之名，而『蝸』亦名『蠃』，故《説文》『一曰虒蝓』。《天官・鼈人》及《士冠禮》《既夕禮》注並以『蠃』爲『螔蝓』也。今文『蠃』爲『蝸』者，《内則》云『蝸醢』，作『蝸』。今文『螔』當作『虒』。

『曰伯某甫』，注：『甫是丈夫之美稱。孔子爲尼甫，周大夫有嘉甫，宋大夫有孔甫，是其類。甫字或作父。』按《説文》云：『甫，男子美稱。从用，从父，父亦聲。』是『甫』本从『父』，故『甫』『父』通用。『尼父』『家父』『孔父』，《春秋・左氏傳》俱作『父』，鐘鼎文亦多用『父』也。《冠義記》云『章甫』，注：『甫或爲父，今文爲斧。』『甫』『斧』俱从『父』也。

《冠義記》云『殷冔』，注：『冔，名出于幠覆也，言所以自覆飾也。』按《説文・曰部》無『冔』字，《皃部》『皃』字解云『殷曰吁』，宋本作『吁』，五音本《集韻》竝同，《類篇》及小徐本作『冔』，淺人改也。《五經文字》云：『《字林》作「冔」，經典相承，隸省作「冔」。』是本作『吁』也。《釋詁》云：『訏，幠大也。』《詩・斯干》云『君子攸芋』，傳：『芋，大也。』箋云：『芋當作幠。』是『吁』與『幠』通，故云吁名出于幠也。

《士昏禮》云『某氏來婦，敢奠嘉菜于皇舅某子』，注：『某氏者，齊女則曰姜氏，魯女則曰姬氏。』疏云：『某子者，言若張子、李子也。』按此舉二氏爲例，猶假名甲乙之意。《急就篇》云『祖堯舜，樂禹湯』，《漢書・魏相傳》云『中謁者趙堯舉春，李舜舉夏，兒湯舉秋，貢禹舉冬』，此類皆假以偁之。今人言張三、李四、鄭文、王德，亦有所自也。

『北止』注：『止，足也。古文止作趾。』疏：『古文止作趾者，雖疊古文趾爲足，亦一義也。』按《釋言》云：『趾，足也。』《説文》云：『止，下基也，象艸木出有趾，故以止爲足。』《釋名》云：『趾，止也。言行一進一止也。』《左氏・桓十三年傳》云『舉趾高』，《漢書》引作『止』，高誘曰：『止，足也。』蓋古惟有『止』字，故『𧾷』字从『止』，若『止』旁加『足』，不已贅乎。此『古文止作趾』，疑當作『古文止作址』，蓋假借『址』字，後人以俗『趾』字改之也。

《記》云『笲緇被纁，裏加于橋』，注：『橋，所以庪笲，其制未聞。』今文『橋』爲『鎬』。按《説文》云：『鎬，温器也。从金，高聲。武王所都在長安鹵上林苑中，字亦如此。』是『鎬』爲温器，乃正義，『鎬京』字假借用之。《説文》『鎬』與『鑣』『銚』同訓温器，即鐎斗之類，可以庪物。古文作『橋』，假借也。

『今吾子辱』，注：『以白造緇曰辱。』疏：『謂以潔白之物造置于緇色器中，是污白色。猶今賓至己門，亦是屈辱。』按《説文》云：『辱，恥也。从寸在辰下，失耕時于封畺上戮之也。』『溽，溼暑也。从水，辱聲。』是『恥辱』字作『辱』，『污溽』字作『溽』，因『溽』从『辱』，故假借通用。《老子》云『大白若辱』，則『辱』乃『白』之對，蓋假『辱』爲『溽』也。

《士相見禮》云『若先生異爵者』，注：『先生，致仕者也。』按《曲禮》云『從于先生』，注：『先生，老人教學者。』此教學之先生，與致仕者不同。《鄉飲酒》云『就先生而謀賓介』，則與此同。

《鄉飲酒禮》云『主人揖先入，賓厭介』，注：『賓之屬相厭變於主人也。推手曰揖，引手曰厭，今文皆作揖。』按《説文》云：『揖，攘也。从手，咠聲。一曰手箸匈爲揖。』『撎，舉首下手也。从手，壹聲。』此『厭』爲『撎』之假借。《春官·大祝》云『九曰肅拜』，注：『但俯下手，今時撎是也。』《左氏·成六年傳》云『三肅使者』，杜注：『肅，手至地，若今之撎。』蓋『撎』必舉首下手至地，揖則手箸匈而已。

《鄉射禮》云『豫則鉤楹内』，注：『序無室可以深也。周立四代之學，於國而又以有虞氏之序爲鄉學。《鄉飲酒義》曰「主人迎賓於庠門外」是也。庠之制有堂有室也。今言豫者，謂州學也。讀如「成周宣榭災」之「榭」。《周禮》作「序」。凡屋無室曰「榭」，宜從「榭」。州立榭者，下鄉也。今文「豫」爲「序」。「序」乃夏后氏之學，亦非也。』按『豫』『序』皆从予聲，故通用。《孟子》云『序者，射也』，故又與『射』通。『榭』當作『謝』。《荀子·王霸》云『臺謝甚高』，楊注：『謝與榭同。』《淮南·淑真》云『二者代謝舛馳』，高注：『謝，敘也。』以『敘』訓『謝』，猶《孟子》以『序』爲『射』也，『敘』『序』亦通用。

『而后下射』，注：『后，後也。當從后。』疏引《孝經説》取《孝經援神契》之文。彼説《孝經》云：『「一然后能保其社稷之等」皆作「后」。「后」者，「後」也，故不從古文「後」，是以云「當從後」。』按『後』爲正字，『后』爲假借。然『后』亦有『後』義。《釋名》云『后，後也。言在後不敢以副言也。』《禮》注、《大學》『而后有定』等，俱作『后』，惟『知所先後』仍作『後』。《聘禮記》注云『而后，然後也』。

『杠長三仞』，注：『七尺曰仞。』疏：『仞者無正文。王肅則依《小爾雅》「四尺曰仞」，孔君則「八尺曰仞」，所見不同也。』按《説文》云：『仞，伸臂一尋八尺。从人，刃聲。』《祭義》云『築宫仞有三尺』，《論語》云『夫子之牆數仞』集解：『包曰：七尺曰仞。』《莊子·庚桑楚》云『步仞之丘』，郭象注：『七尺曰仞。』與此注俱作七尺是也。若如《小爾雅》作『四尺』，則築宫仞有三尺，不爲一丈，而爲及肩之牆矣。澮深二仞，無異洫深八尺矣。蓋《小爾雅》本王肅之説耳。《説文》及《孟子》趙注、《淮南》高注皆作『八尺曰仞』，則與『八尺曰尋』無别，亦誤。

《燕禮》云『冪用綌若錫』，注：『冬夏異也。今文錫爲緆。』按《説文》云：『緆，細布也。从糸，易聲。』『緆，或从麻。』《釋名》云：『緆，衰緆治也，治其麻使滑易也。』《淮南·齊俗》云『弱緆羅紈』，高注：『弱緆，細布也。』《史記·司馬相如傳》云『被阿緆』，集解：『張揖曰：細布也。』是『緆』爲正字，『錫』爲假借。《喪服》傳亦作『錫』，注：『治其布使之滑易是也。』蓋此字从易，故以滑易言之。

『升媵觚于賓』，注：『媵，送也。讀或爲揚。揚，舉也。今文媵皆作騰。』疏：『《檀弓下》云「杜蕢洗而揚觶」，注：「云舉爵於君也。」《禮》「揚」作「媵」。揚，舉也。媵，送也。揚近得之。此注騰與媵決，故讀從之也。』按《射義》云『揚觶而語』，注：『今《禮》「揚」皆作「騰」。』此所謂今《禮》者，即《儀禮》今文也。《檀弓》注所謂『禮作媵』者，《儀禮》古文也。《公食大夫禮》云『衆人騰羞者』，注：『騰當作媵。媵，送也。』《咸》象傳云：『滕，口說也。』疏引鄭注：『滕字作媵。媵，送也。』集解：『虞翻曰：媵，送也。』釋文：『滕，虞作媵。』蓋『騰』『滕』『媵』俱从朕聲，故假借通用。『媵』『揚』一聲之轉，故讀或爲『揚』。《投壺禮》云『命酌曰請』，『行觴』『行揚』亦聲相近也。

《大射儀》云『有豐』，注：『豐，以承尊也。說者以爲若井鹿盧。其爲字從豆𠁩聲，近似豆大而卑矣。』按《說文》云：『豐，豆之豐滿者也。从豆，象形。豊，古文豐。』《韻會》引《說文》从『豆』下多『从𠁩』二字。《繫傳》、《袪妄篇》引李陽冰說『豐』云：『凵中之丰，乃丰聲也。』徐鍇以爲象豆滿形，足矣。山是何義乎？鱣謂陽冰雖多曲說，然以此條論之，則《說文》原本當云『从豆象形，丰聲』，下列古文『豊』則『从豆，丰聲』，與鄭注《儀禮》合。使《說文》但如今本『从豆，象形』，陽冰安能虛造丰聲之說乎？況鄭注又其明證。《生部》『丰』下當有重文『丰』，云古文『丰』。《韻會》云『《說文》本作丰，今文省作丰』，《說文》當爲古文，蓋『生』字既建首，故『甡』附部末。『丰』不建首，自宜列古文『丰』于『丰』下也。彗从又持，甡亦當从又持。蓋甡者，衆生竝立之貌。丰乃艸盛丰丰之貌。艸盛當埽，故埽竹之彗从之耳。

『綴諸箭』注：『古文箭作竹。』按《說文》云：『榗，木也。从木，晉聲。《書》曰「竹箭如榗」。』段大令曰：『當云「《周禮》曰竹榗」，讀如箭，今本轉寫誤亂也。』《夏官·職方》云『其利金、錫、竹箭』，注：『箭，筱也。故書「箭」爲「晉」。』杜子春曰：『晉讀爲箭，《書》亦或爲箭。』蓋許君所見《周禮》故書檜，从木也。《吴越春秋》云『晉竹十廋』，正謂會稽竹箭。『箭』『晉』音同，故《春官》『典瑞』注『縉紳』作『薦申』。

『兩壺獻酒』注：『獻讀爲沙。沙酒濁，特泲之，必摩沙者也。』按《春官・司尊彝》云『獻酌』，注：『鄭司農云：獻讀爲儀。儀酌，有威儀多也。玄謂：獻讀爲「摩莎」之「莎」，齊語聲之誤也。煮鬱和秬鬯以醆酒，摩莎泲之，出其香汁也。』《郊特牲》云『汁獻涚于醆酒』，注：『獻讀爲莎，齊語聲之誤也。秬鬯者，中有煮鬱和以盎齊，摩莎泲之，出其香汁，因謂之汁莎。』是鄭注《三禮》，皆以獻爲沙。蓋『獻』从犬鬳聲，『鬳』从鬲虍聲，與『沙』聲近。故『犧尊』亦讀如『沙尊』，因其形沙沙然。詳見《周禮疏記》。

《聘禮》云『管人布幕于寢門外』，注：『管，猶館也。古文管作官，今文布作敷。』按『管』『館』俱从官聲，故通用。《易・隨・初九》云『官有渝』，釋文：『官有，蜀才本作館有。』『敷』从尃聲，《説文》云：『尃，布也。』《説卦傳》云『震爲尃』，集解：『延叔堅説尃爲大布。』《詩・長發》云『敷政優優』，《左傳》作『布政優優』。

『垂繅』注：『繅，所以藉圭也。今文繅作璪。』按《説文》云：『璪，玉飾如水藻之文。从玉，喿聲。《虞書》曰「璪火」。』《聘禮記》云『圭與繅』，注：『古文繅或爲藻，今文作璪。』《春官・司几筵》云『加繅席畫純』，注：『鄭司農云：繅讀爲藻率之藻。』《典瑞》『繅藉』注同。又《夏官・弁師》注：『繅當爲藻。繅古字也，藻今字也，同物同名。』然則《周禮》故書及《儀禮》

古文竝作『繅』，司農易爲『藻』字，意謂畫水藻文也。許君從《儀禮》今文作『璪』，不从《周禮》故書。《儀禮》，今文耳。

『以二竹簠方』，注：『竹簠，方者器名也，以竹爲之，狀如篋而方，如今寒具筥。筥者圜，此方耳。』按《說文》云：『簠，黍稷圜器也。』與鄭注不同。《淮南·泰族》云『陳簠篋』，高注：『器方中者爲簠，圜者爲篋。』蓋簠形外圜而内方，故鄭注《孝經》云『外方曰簠也』。《天官·籩人》云『朝事之籩』，注：『鄭司農云：朝事，謂清朝未食先進寒具口實之籩。』蓋漢時有寒具，故此注云如今寒具。『筥』疏云：『實以冬食，故謂之寒具，猶今人言點心也。』

『車秉有五籔』，注：『籔讀若不數之數，今文籔或爲逾。』按下記云『十六斗曰籔』，注：『今江淮之間量名有爲籔者。今文籔爲逾。』《說文》云：『籔，炊萸也。从竹，數聲。』《方言》云：『炊萸或謂之萸。』蓋『籔』『逾』聲近假借，或又作『萸』耳。此與『斞』實二斗之『斞』不同，詳見《周禮疏記》。包咸注《論語》『十六斗曰庾』，蓋誤以『籔』爲『庾』耳。

『俶獻』注：『俶，始也。古文俶作淑。』按《釋詁》云：『俶，始也。』『淑，善也。』《說文》云：『俶，善也。从人，叔聲。《詩》曰「令終有俶」。一曰始也。』是『俶』本訓善，又訓始也。古文蓋假『淑』爲『俶』，經典相承通用。《詩·燕燕》云『淑慎其身』，傳：『淑，善也。』《既醉》云『令終有俶』，傳：『俶，始也。』《載芟》云『俶載南畝』，傳：『俶，始也。』《雜記》云『如何不淑』，注：『淑，善也。』

『帥大夫以入』，注：『帥，道也。古文帥爲率。』按《説文》云：『帥，佩巾也。从巾以帨，或从兑聲。』『率，捕鳥畢也。象絲网上下其竿柄也。』『衛，將衛也。从行，率聲。』《玉篇》云：『衛，循也，導也。今或爲率。』《釋詁》云：『率，循也。』石鼓文云『悉衛左右』，漢朱龜碑云『不衛天常』，今《詩》『悉率左右』『率由舊章』俱作『牽』，蓋『衛』爲正字，『帥』『牽』俱假借，經典相承通用。《易·師·六五》云『長子帥師』作『帥』，《書·舜典》云『百獸牽舞』作『率』，《春秋》『帥師』俱作『帥』，《周禮》『使帥其屬』俱作『帥』，《禮記·中庸》『率性』作『率』，《大學》『帥天下』作『帥』，《儀禮·覲禮》云『帥乃初事』，注：『今文帥作牽。』此注古文『帥』爲『率』，各隨用之不一定也。

『賄用束紡』，注：『紡，紡絲爲之，今之縛也。』疏：『鄭注《周禮·内司服》亦云「素沙者，今之白縛也」，則此束紡者，素沙也。故據漢法況之。』按《説文》云：『紡，網絲也。从糸，方聲。』『縛，白鮮也。从糸，專聲。』《急就篇》云『烝栗絹紺縉紅繎』，注：『絹，生白繒，似縑而疏者也。』《廣雅》云：『叅纏，鮮支。』『縠，絹也。』釋文引《聲類》云：『縛，今作絹。』是『縛』爲繒之疏者，故素沙亦謂之白縛，若今時之輕光絹矣。

『禮玉束帛乘皮』，注：『禮，禮聘君也。今文禮皆作醴。』按《釋名》云：『醴，禮也。釀之一宿而成，禮有酒味而已也。』『禮』『醴』俱从『豊』，故通用。

『赴者未至』注：『謂赴告主國君者也。今文赴作訃。』按《釋詁》云：『赴，至也。』《説文》

云：『赴，趨也。从走，仆省聲。』徐鼎臣校云：『《春秋傳》「赴告」用此字，今俗作「訃」，非是。』《雜記》云『凡訃于其君』，注：『訃或皆作赴。赴，至也。』蓋『赴』爲正文，『訃』爲隸俗。《儀禮》古文作『赴』，是也。

《記》云：『出祖釋軷。』注：『行出國門，止陳車騎，釋酒脯之奠於軷，爲行始也。』《詩傳》曰：『軷，道祭也，謂祭道路之神也。』《春秋傳》曰：『軷涉山川。』然則『軷』，山行之名也。古文軷作祓。《説文》云：『軷，出，將有事于道，必先告其神，立壇四通，樹茅以依神，爲軷。既祭軷，轢於牲而行，爲軷。從車犮聲。』《夏官・大馭》云：『及犯軷。』注：『故書作罰。杜子春云：罰當爲軷，軷讀如別異之別，謂祖道轢軷磔犬也。』是《周禮》故書作罰，《儀禮》古文作祓，皆假借字，鄭俱不從，與説文合。今《詩》及《春秋傳》皆作跋，又與鄭注所引不同。

『賜饔唯羹飪』，注：『羹，謂飪一牢也。古文羹爲羔，飪作腍。』釋文：『腍，而甚反。劉音審。』按《説文》云：『鬻，五味盉鬻也。从鬲，从羹。羔，鬻或省鬻，或从羹鬻省。羹小篆从羔从美。』『飪，大孰也。从食，壬聲。肚，古文飪。恁，亦古文飪。』蓋『羹』从『羔』，古文省作『羔』。『腍』即古文『飪』。今《説文》云：『恁，夾。古文飪。』『恁』見心部，不宜重出，當即『腍』之誤。

《公食大夫禮》云『宰夫設黍稷六簋』，注：『古文簋皆作軌。』按《説文》云：『簋，黍稷方器也。从竹，从皿，从皀。匭，古文簋。从匚飢。匭，古文簋，或从軌。朹亦古文簋。』《春官・小史》云『敍昭穆之俎簋』，注：『故書簋或爲几。鄭司農云：几讀爲軌，書亦或爲簋，古文也。』蓋

《周禮》故書作『几』者，『匭』之省。《易·損卦》云『二簋可用享』，釋文：『簋，蜀才本作軌。』《渙·六四》云『渙奔其机』，集解：『虞翻曰：渙，宗廟中故設机。「机」即古文「簋」，今本作「机」。』釋文：『音几，非也。』《春秋繁露·祭義》云『秋上朹。朹實，黍也。』正用『朹』字。『朹』『軌』並从『九』，故通用。

『鉶芼：牛藿、羊苦、豕薇』，注：『苦，苦荼也。今文苦爲苄。』按《特牲饋食禮》云『鉶芼用苦』，注：『今文苦爲苄。苄乃地黄，非也。』《説文》云：『苄，地黄也。从艸，下聲。《禮》曰「鉶毛、牛藿、羊苄、豕薇」。』許君所據，本從今文作苄，訓爲地黄，與鄭君注不同也。《釋艸》云：『苄，地黄。』郭注：『一名地髓，江東呼苄。』《本艸》云：『地黄味甘，寒生者尤良。一名地髓，生川澤。』《名醫》曰：『一名苄，一名芑，生咸陽黄土地者佳。』《廣雅》云：『地髓，地黄也。』《淮南·覽冥》云：『地黄主屬骨，而甘艸主生肉之藥也。』是地黄今但爲藥物，據許君所説，則古者用以芼羹矣。

『嗇夫承命，告于天子』，注：『嗇夫，蓋司空之屬。』《春秋傳》曰『嗇夫馳』，按《左氏·昭七年傳》引《夏書》云『嗇夫馳』，疏引孔傳：『嗇夫，主幣之官。傳蓋因《覲禮》而言也。』《漢書·百官公卿表》云『鄉有三老，有秩、嗇夫、游徼。嗇夫職聽訟、收賦稅，皆秦制也。』據此，則鄭注所云『司空之屬』者近是。孔傳以爲『主幣之官』，非也。

《喪服》云：『傳曰斬者何？不緝也。』《左傳》疏引馬融云：『不緝，不緶也，謂斬布用之不緶其端也。衰，用布爲之，廣四寸，長六寸，當心，故云在胷前也。』按《説文》云：『緝，績也。』『緶，交枲也。一曰緁衣也。』《釋名》云：『緝，下横縫緝其下也。』《左氏・襄十七年傳》云『晏嬰麤縗斬』，杜注：『斬，不緝之也。縗，在胷前。麤，三升布。』蓋本馬説。

『苴絰者，麻之有蕡者也。』《左傳》疏引馬融云：『蕡者，枲實蕡麻之有子者，其色麤惡，故用之。』按《釋艸》云：『蕡，枲實，枲麻。』郭注別二名。《説文》云：『萉，枲實也。从艸，肥聲。』『蕡，或从麻賁。』《淮南・説山》云『見蕡而求成布』，高注：『蕡，麻之有實者，可以爲布，因求其成。』『蕡』讀《傳》曰『有蜚不爲災』之『蜚』，蓋『萉』从『肥』聲，故高誘讀若『蜚』。『肥』『賁』一聲，故又从『賁』。《儀禮》及《周禮・籩人》俱作『蕡』，假借也。

『枕塊』釋文：『塊，本又作凷。』按《釋言》云：『塊，堛也。』郭注：『土凷也。』《説文》云：『凷，墣也。从土一屈象形。塊或从鬼。』《一切經音義》引《三蒼》云：『凷，土塊也。』此與《爾雅》注俱以或體訓本字，蓋皆出于郭璞也。《漢衡方碑》云『寢闇苦凷』，所據《儀禮》作『凷』。《禮運》云『蕢桴而土鼓』，注：『蕢讀爲凷，聲之誤也。凷，堛也，謂搏土爲桴也。』

『歠粥：朝一溢米，夕一溢米。』注：『二十兩曰溢，爲米一升二十四分升之一。』釋文：『溢如字。劉音實。射慈注同。鄭、王肅、劉逵、袁整、孔倫、葛洪皆云滿手曰溢。』按《荀子・儒效》云『屑然臧千溢之寶』，是權名假『盈溢』字而爲之者。據此，知今本《孟子》『百鎰』等及《秦策》『萬鎰』字皆俗人所改。王肅之徒從『溢』字本訓，解爲『滿手』，蓋有意違鄭也。

『從祖祖父母』，疏：『是曾祖之子，祖之兄弟。』按《釋親》云：『父之世父、叔父爲從祖祖父。父之世母、叔母爲從祖祖母。』郭注：『從祖而別世統。』《釋名》云：『父之世叔父母曰從祖父，從己親別而下也。』此與《喪服》傳合。《魯語》云：『公父文伯之母，季康子之從祖叔母。』韋注：『祖父，昆弟之妻。』據此，則謂之從祖叔父母矣。

『從母丈夫婦人報。傳曰：何以小功也？以名加也。外親之服，皆緦也。』《通典》引馬融曰：『母之姊妹也。言丈夫婦人者，異姓無出入降，皆以丈夫婦人之名名之也。』又：『從母昆弟。傳曰：何以緦也？以名服也。』《通典》引馬融曰：『姊妹子相爲服也，以從母有母名，以子有昆弟名。』按《左氏·襄二十三年傳》云：『穆姜之姨子也。』杜注：『穆姜，姨母之子，與穆姜爲姨兄弟。』孔疏：『據父言之，謂之姨。據母言之，當謂之從母。但子效父言，亦呼爲姨。』姨子昆弟，即《喪服》從母昆弟是也。』《通典》引袁準《正論》云：『從母小功五月，舅緦麻三月，禮非也。從母緦，時俗所謂姨母也。舅之與姨，俱母之姊妹兄弟，焉得異服？從母者，從其母而爲庶母者也，親益重，故小功也。凡倆父母者，皆同乎父母之例者也。舅非父列，姨非母列，故舅不倆父，姨不倆母也。可倆姨，不應倆母。爲姨母〔一〕，爲從母者，此時俗之亂名，書之所由誤也。《春秋傳》蔡哀侯娶于陳，息侯亦娶焉。息嬀將歸，過蔡，蔡侯曰：「吾姨也。」止而享之。《爾雅》曰：「妻之姊妹同出爲姨。」此本名者也。《左傳》臧宣叔娶于鑄，生賈及爲而卒。繼室以其姪，穆姜之姨子也。以蔡侯、《爾雅》言之，穆姜焉得言姨？此緣妻姊妹之姨，因相爲姨也。姊妹因謂爲姨，故其子謂之姨子，其母謂之姨母。從其母而來，故謂之從母。從母、姨母，爲親一也，因復謂之從母？此因轉亂而遂爲名者也。』袁説尚不達禮意，且不合雅訓。《爾雅》母黨偁從母，猶宗族有偁從父云爾。如以爲從其母來，故謂之從母。夫從其母來，則是媵矣。古固有以姊妹爲媵者，更有以姪爲媵者，亦將謂之從母乎？況從母而來之媵，即庶母也，禮即爲庶母之服，何以又爲從母制服乎？《爾雅》于宗族曰父之妾爲庶母，于母黨曰母之姊妹爲從母，于妻黨曰妻之姊妹同出爲姨。姨之名于妻黨，有此偁。《詩・碩人》云『邢侯之姨』，《左氏・莊十年傳》云『蔡侯曰：吾姨也』，是姊妹各事一夫，互偁爲姨，非相從爲媵者。蓋于母黨不當有此偁也。自秦漢以來有偁從母爲姨者。《釋名》云：『母之姊妹曰姨。』禮謂之從母爲娣而來，則從母列故雖不來，以此名之也。是因當時有姨之偁，故爲此釋。而晉時蔡謨、徐邈、徐衆、徐彦議禮，遂有姨母、姨兄、姨弟、姨妹之偁，且以之偁庶母。如《南史・齊宗室傳》云：『衡陽王鈞，年五歲，所生區貴人病，左右依常以五色餅飴之，不肯食，曰：「須待姨差。」』又：『晉安王子懋母阮淑媛病篤，請僧行道，有獻蓮華供佛者，子懋流涕禮拜，曰：「使阿姨此病和勝，願華竟齊不萎。」』蓋習俗相沿，偁謂轉展混淆矣。

《士喪禮》云『決用正王棘』，注：『世俗謂王棘矺鼠。』釋文：『矺，劉音託。』按《漢書・張湯傳》云：『湯爲兒守舍還，鼠盜肉。父怒，笞湯。湯掘熏得鼠及餘肉，劾鼠掠治，傳爰書，訊鞫論報，并取鼠與肉具獄磔堂下。』師古曰：『處正其罪而磔之也。』《史記・李斯傳》云『十公主矺死于杜』，索隱：『矺音宅，與磔同，古今字異耳。』此蓋假『矺』爲『磔』，『矺』即『宅』之古文，轉寫之誤。劉音託，非也。《説文》云：『楇，斗可以射鼠。』注『王棘矺鼠』，言王棘可以磔鼠耳。

『主人髻髮，袒，衆主人免于房』，注：『今文免皆作絻。古文髻作括。』按《説文》云：『冕，大夫以上服也。从冃，免聲。』絻或从糸。『髻，絜髮也。从髟，昏聲。』古文以『免』作『絻』、以『括』作『髻』，俱假借。《檀弓》云『免焉』，又云『括髮』，俱同古文。《左氏・宣十八年傳》云『袒括髮』，亦作『括』。

《既夕》云『奠幣于棧』，注：『棧，謂柩車也。今文棧作輚。』按《説文》云：『棧，棚也。一曰竹木之車曰棧。从木，戔聲。』《考工・輿人》云『棧車欲其弇』，注：『不革鞔而桼之曰棧車。』是『棧』爲正字，『輚』爲別字。

《士虞禮》云『酌酒酳尸』，注：『酳，安食也。古文酳作酌。』按《説文》云：『酌，少少飲也。从酉，勻聲。』《玉篇》云：『酌，余振切。酳同。』《少牢饋食禮》注：『古文酳爲酌。』與此注同。《特牲》注則云：『今文酳爲酌。』錢詹事《答問》云：『許君從古文，必以酌爲酳。學者多聞酌，少聞酌，故注文誤爲酌。特牲注云「今文」亦當爲「古文」，所謂占三從二也。陸氏釋文於「酌」無音，蓋陸所見本已誤爲「酌」矣。』鱣謂經云『酌酒酳尸』，《特牲》云『酌酳尸』，《士昏禮》有『酌酳』之文，若云古文酳爲酌，則酌酌相重矣。以經證經，彰明較著，其當爲古文酳作酌無疑也。

『取諸左脇』，注：『脇，脰肉也。古文曰左股上字，從肉從「殳矛」之「殳」聲。』疏：『鄭注《儀禮》疊，古文從經，今文又就古文解之者，鄭欲兩從故也。但字从肉，義可知，而以殳與股不是形人之類，其理未審。』按《說文》云：『嗌，咽也。从口，益聲。』『莽，籀文嗌，上象口，下象頸脈，理也。』經文作脇者，乃嗌之誤。《記》云『取諸脰脇』，注：『古文脰脇爲頭嗌。』可證也。古文作『股』者，《說文》云：『股，髀也。从肉，殳聲。』蓋『股』從『殳』聲，亦兼取『髀股象杸』之義，故鄭君云『從「殳矛」之「殳」聲也』。疏未明晰。

《記》云『他用剛日』，注：『今文他爲它。』按《說文》云：『它，虫也。从虫而長，象冤曲垂尾形。上古艸居患它，故相問無它乎。』『佗，負何也。从人，它聲。』是『它』爲正字。《比·初六》云『終來有它吉』，《詩·柏舟》云『之死矢靡它』，《檀弓》云『或敢有它志』，俱作『它』，古文假借負何之『佗』，隸變而爲『他』也。

《特牲饋食禮》云『尸以醋主人』，注：『醋，報也。古文醋作酢。』按《說文》云：『醋，客酌主人也。从酉，昔聲。』『酢，醶也。从酉，乍聲。』今經典相承，與《說文》互異。《易·繫辭》傳云『可與酬酢』，《詩·楚次》云『萬壽攸酢』，惟《儀禮》今文作『醋』，此注古文作『酢』，則通用已久矣。

《少牢饋食禮》云『來汝孝孫』，注：『來讀曰釐。釐，賜也。』按《說文》云：『來，周所受瑞麥一束二縫，象芒束之形，天所來也，故爲行來之來。』《詩·思文》云『貽我來牟』，《漢書·劉向傳》引作『飴我麰麰』，云：『麰麰，麥也，始自天降。』是『麰』『來』同聲通用也。

『勿替引之』，注：『替，廢也。古文替爲袂，袂或爲戴，戴替聲相近。』釋文：『袂，音決。戴，大結反。劉：土結反。』按《説文》云：『普，廢一偏下也。从竝，白聲。』普或从曰朁，或从兟。此注『古文替爲袂』，疑作『秩』，《詩·小弁》云『秩秩大猷』，《説文》引作『戴戴大猷』。『秩』『戴』與『替』聲俱近也。

《有司徹》云『乃爓尸俎』，注：『爓，温也。古文「爓」皆作「尋」，《記》或作「燖」，《春秋傳》曰「若可燖也，亦可寒也」。』按《説文》云：『爓，于湯中爚肉。从炎，从熱省。錴或从炙。』《一切經音義》引《聲類》『爓』作『燂』『燖』二形，又引《字詁》云：『燂，古文錴、䰞二形，今作爓，同，詳廉反。』此注『古文作尋』者，同聲假借。『《記》或作燖』者，《郊特牲》云『血腥爓祭』，注：『爓或作燖。』但『燖』字不見《説文》，今《春秋傳》止作『尋』。

校勘記

〔一〕『爲』，《通典》作『謂』。

簡莊疏記卷九　禮記

《曲禮》云『若夫』，注：『言若欲爲丈夫也。《春秋傳》曰「是謂我非夫」。』釋文：『夫，方于反。』按夫讀如字。若夫者，與上『賢者』及下文『是以君子』『是故聖人』句法同。引《春秋傳》者，《宣十二年》：『先穀曰：聞敵强而退，非夫也。』又《哀十一年》：『武叔曰：是謂我不成丈夫也。』二傳合并舉之，蓋丈夫固有單偁夫也。後儒以『若夫』二字作虚字解。

劉原父云：『「若夫坐如尸、立如齊」，乃《大戴記·曾子事父母篇》之辭。「若夫」二字失予删去。』鱣謂二戴之文，各有所當，小戴亦不至失删，且鄭君豈不知之而爲是注乎？

『鸚母能言，不離飛鳥。』釋文：『鸚，本或作鸚。母，本或作鵡，同音武。諸葛恪：茂后反。』按《吴志·諸葛恪傳》引《江表傳》云：『恪曰：鳥名鸚母，未必有對。試使輔吴，復求鸚父。』恪未嘗作《禮記音》，陸蓋本此事以擬其音也。《説文》云：『鸚，鸚䳇，能言鳥也。』『䳇，鸚䳇也。』《北户録》云：『《字林》「鵡」作「䳇」。《玉篇》云「鵡」同「䳇」。』《唐書·狄仁傑傳》云：『鵡者，陛下之姓，起二子則兩翼振矣。』則其字从俗作『鵡』矣。

『猩猩能言，不離禽獸。』釋文：『禽獸，盧本作走獸。』按盧本是也，此與上『飛鳥』對言，宜作『走獸』。《淮南·氾論》注引此文作『走獸』。《孟子》云：『麒麟之於走獸，鳳皇之於飛鳥。』

亦以『走獸』與『飛鳥』對言也。

『乘安車』注：『安車，坐乘，若今小車也。』疏引庾氏云：『漢世駕一馬而坐乘也。』又引熊氏云：『《書傳略説》云：致仕者以朝乘車輲輪。』按《一切經音義》引《聲類》云：『軒，安車也。』蓋古者乘車皆立，婦人不立乘，外惟大夫致仕乘安車不立。《左氏·閔二年傳》云『歸夫人魚軒』，《哀十五年傳》云『服冕乘軒』，皆謂安車不立乘也。

『從於先生』，注：『先生，老人教學者。』疏引崔靈恩云：『凡言先生，謂年德俱高，又教道于物者。』按《孟子·離婁篇》云：『樂正子曰：先生何爲出此言也？』趙注：『學士年長謂之先生。』《韓詩外傳》云：『古謂之道者曰先生，何也？猶言先醒也。不聞道術之人，則冥于得失，眊眊乎其猶醉也。』故世有先生者，有後生者。今俑教學先生，蓋本經訓歟？

『奉席如橋衡』，注：『橫奉之，令左昂右低，如有首尾然。橋，井上桔槔，衡上低昂。』疏：『席頭令左昂右低，如橋之衡。衡，橫也。』按《公食禮》云『莞席尋卷自末』，注：『末，終也。終則尾也。』此舒席時之首尾，至于奉席時則席已卷而橫奉之，略分低昂如橋之衡，故注云『如有首尾然』。陳澔《集説》云：『橋高也，衡平也。』竟不分低昂矣。

『獻米者操量鼓』，注：『量鼓，量器名。』疏引《隱義》云：『東海樂浪人呼容十二石者爲鼓，以量米。』《左氏·昭二十九年傳》云『遂賦晉國一鼓鐵』，疏引服虔云：『鼓，量名也。』按《説文》云：『科，程也。从禾，从斗。斗者，量也。』此疑『鼓』『科』聲近假借。近遇朝鮮使臣，云彼國至今呼量米爲鼓。《廣雅》云：『斛謂之鼓。』《管子・樞言》云『釜鼓滿則人概之』。

『介者不拜，爲其拜而蓌拜』，注：『蓌則失容節，蓌猶詐也。』釋文：『蓌，盧本作蹲。』按『蓌』疑作『趖』，《說文》云：『趖，走意。』言著鎧而拜，虚作拜容，實失儀節，故云『猶詐也』。盧作『蹲』者，何注《公羊・僖三十三年傳》云：『介胄不拜，爲其拜如蹲。』正與盧本合。《說文》云：『蹲，猶踞也。』釋文引《字林》云：『踆，古蹲字。』則本或作『夋』，轉誤爲『蓌』，未可知也。

『立視五巂』，注：『巂猶規也，謂轉輪之度。巂或爲槼。』疏：『知巂爲規者，以「巂」「規」聲相近，故爲「規」。規是圜，故讀从規。』按『巂』『規』同聲假借通用，故『子巂鳥』亦作『子規』。或作『槼』，亦假借也。車輪一周爲規，一規爲一丈九尺八寸，五規爲九丈九尺六尺，爲步蓋視車前十六步半也。

《大夫》曰『孺人』，注：『孺之言屬。』按《釋言》云：『孺，屬也。』《韓非・八姦》云：『一曰在同牀。何爲同牀？曰：貴夫人，愛孺人。』《文選・閒居賦》云：『左對孺人，右抱稺子。』古無論職官大小，其妻通謂之孺人。宋宣和時罷縣君，改孺人爲第八等，而世俗相承不改。明丘濬《家禮儀節》云：『無官者妣稱某氏夫人。』不知《曲禮》『諸侯曰夫人』，其僭越古禮已甚。明制一二品方得封夫人，則僭越今制尤甚，所不解也。

『醫不三世不服其藥』，注：『愼物齊也。』疏：『愼物調齊也。』又說云：『三世者，一曰《黃帝針灸》，二曰《神農本艸》，三曰《素女脈訣》。』又云：『夫子脈訣。』按《天官・疾醫》云『以五藥養其病』，注：『五藥，艸木蟲石穀也。其治合之齊，則存乎神農、子儀之術云。』是《禮記》注『慎物齊』者，猶言治合之齊，指《針灸》《本艸》《脈訣》諸書而言。孔疏既引舊説，復云『非鄭義』，過矣。《漢·藝文志》云：『《黄帝内經》十八卷，《外經》三十九卷，《神農黄帝食禁》七卷。』《周禮疏》引作《食藥》，即《本艸》也。

『婦人之摯椇』，注：『椇，枳也，有實，今邳郯之東食之。』疏：『椇，即今之白石李也，形如珊瑚，味甜美。』按《説文》云：『椒，積椒也。从禾，从又，句聲。又者，从丑省。一曰木名。』是『椒』爲正字，隸俗作『椇』。《古今注》云：『枳椇子實形拳曲，花在實外，味甜美如餳蜜。一名白石，一名白實，一名枳椇。』

《檀弓》云『華而睆』，注：『説者以睆爲刮節目，字或爲刮。』釋文：『睆，明貌。孫炎云：睆，漆也。』按『睆』疑『垸』之誤，《説文》云：『垸，以桼和灰而髼也。从土，完聲。一曰補垸。』此與孫叔然訓爲『漆』正合。鄭注『説者以垸爲刮節目』，蓋髼物必刮去其木之節目，然後施以華采，故云牀策華而垸也。作『刮』者，亦言其刮摩之光耳。

『子蒲卒哭者呼滅』，注：『滅蓋子蒲名。』按『滅』爲『蔑』之假借。《説文》云：『蔑，火不明也。从苜，从火，苜亦聲。《周書》曰「布重蔑席織蒻席也」，讀與「蔑」同。』今《書·顧命》云『敷重蔑席』，釋文引馬云：『蔑，織蒻。』蓋『蔑』爲『織蒻』，『蒻』即蒲艸初生，故字子蒲『蔑』，讀與『蔑』同，故書假借作『蔑』，此又假『滅』爲『蔑』。鄭然明名蔑，亦假蔑爲蔑。『蔑』與『明』義相對。肅不知古人假用同聲之理，乃猥曰『人少名滅』者，是奚説哉？惟哭呼其名，故子皋以爲野。若自謂亡滅，斯哭者之常耳。

『子顯以致命于穆公』，注：『使者，公子縶也。盧氏云：古者名字相配，顯當作韅。』按《後漢紀》云：『盧植字子幹，涿人也，師事扶風馬融，與北海鄭玄友善。』此引盧氏説，即其所著《禮記解詁》也。《説文》云：『韅，著掖鞥也。从革，㬎聲。』公子縶字子韅者，縶爲絆馬，韅爲馬腹帶，所謂名字相配也。『韅』从顯聲，故假借作『顯』，今書作『韅』者，又『韅』之俗體也。

『般！爾以人之母嘗巧，則豈不得以？』注：『以，已字。言雖有强使女者與〔一〕？僭於禮，有似作機巧，非也。以，與「已」字本同。』疏：『言經中「以用」之「以」，義是「休已」之字。所以用之「以」得爲「休已」之字，以其本同，謂古昔之本，用字本同，乃得通用。謂其兩字本昔是同，故得假借而用，後世始「以」「已」義異也。』按訓爲『用也』之字本作『以』，从反巳，後世或假象也之㠯爲之，而又易其左右，如李斯書《繹山碑》作即隸變爲『以』。故鄭注『以』『已』字，謂當作『已』，蓋隸書『已』字有作『以』者，故云『以與已字本同』。疏説殊未明暢，詳《詩疏記》。

『公叔禺人遇負杖入保者息』，注：『禺人，昭公之子。《春秋傳》曰「公叔務人」。』按《左氏·昭二十五年傳》云『公若獻弓於公爲』，杜注：『公爲昭公子務人。』《哀十一年傳》云『公叔務人』，注：『務人，公爲昭公子，是務人即禺人，字爲。』《説文》云：『禺，母猴屬。』『爲，母猴也。』名字相配。『禺』『務』聲近假借耳。

『工尹商陽與陳棄疾追吴師』，注：『工尹，楚官名。棄疾，楚公子棄疾也。以魯昭八年帥師滅陳，因縣之楚人善之，因號焉。至十二年，楚子狩于州來，使蕩侯、潘子、司馬督、囂尹午、陵尹喜圍徐以懼吴。於是有吴師。』『陳』或作『陵』，楚人聲。按『工尹商陽』疑即《左傳》之『工尹路商』，爲『禓』之假字。《説文》：『禓，道祭。』蓋名商陽，字路也。陳棄疾疑即《左傳》之陵尹喜，蓋名棄疾，字喜也。梁曜北疑以棄疾恐非楚公子棄疾，以棄疾是時居蔡，不在軍中也。鱣謂居蔡何不可在軍中，不當以此規鄭也。

『使子路問之』，按《唐石經》作『子貢』，與《家語》《史記·孔子世家》《論衡·遭虎篇》俱合，當據正之。

『范則冠而蟬有緌』，注：『范，蜂也。』按《内則》云『爵鷃蜩范』，注亦云：『范，蜂也。』『范』爲『萬』之假借，《説文》云：『萬，蟲也。从厹，象形。』蓋蜂聚千萬成群，故假爲數名。《廣雅》云：『蠆，蜂也。』俗字。

『假于鬼神，時日卜筮以疑衆殺』，注：『今時持喪葬築蓋嫁取卜數文書，使民倍禮違制。』按《論衡·辨祟篇》云：『起功移徙，祭祀喪葬，行作入官，嫁娶，不擇吉日，不避歲月，觸見逢神則發病生禍。』蓋此即『疑衆』之説，王制之所禁也。

『有虞氏皇而祭』，注：『皇，冕屬也，畫羽飾焉。』釋文：『翌音皇，本又作皇。』按釋文本作

『翌』。《説文》云：『翌，以羽翳自翳其首，以祀星辰也。从羽，王聲。讀若皇。』《地官·舞師》云『教皇舞』，注：『鄭司農云：皇舞，蒙羽舞。書或爲翌，或爲義。玄謂：皇，析五采羽爲之。』《春官·樂師》云『有皇舞』，注：『故書「皇」作「翌」。鄭司農云：翌，舞者以羽冒覆頭上，衣飾翡翠之羽。「翌」讀爲「皇」，書亦或爲「皇」。玄謂：皇，雜五采羽如鳳皇色，持以舞。』是先鄭從故書作『翌』，與《説文》合。此言『皇而祭』，亦是雜五采羽爲冕，故注云『畫羽飾』，字當作『翌』。

『君子耆老不徒行，庶人耆老不徒食』，注：『徒，空也。』按《説文》云：『赴，步行也。从辵，土聲。』《一切經音義》引《聲類》云：『徒，空也。』《易·賁·初六》云『舍車而徒』，集解：『虞翻曰：徒，步行也。』今本注疏作『黨也』，非。

《月令》云『鴻雁來』，注：『雁自南方來，將北反其居。今《月令》「鴻」皆爲「候」。』疏：『《月令》出有先後，入《禮記》者爲古，不入《禮記》者爲今，則《吕氏春秋》是也。』按《吕氏·孟春紀》云『候雁北』，高注：『候時之雁，從彭蠡來，北過至北極之沙漠也。』盧學士云：『仲秋雁自北徼外而入中國，可以言來。若自南往北，非由南徼外也，似不可以言來。《吕氏》作「候雁北」，當矣。』鱣謂：《夏小正》云『雁北鄉』，傳：『先言雁而後言鄉者，何也？見雁而後數其鄉也。鄉者何也？鄉其居也。雁以北方爲居。何以謂之爲居？生且長焉耳。』今《月令》正與之合。

『宿離不貸』，注：『離讀如「儷偶」之「儷」。宿儷，謂其屬。』按讀如者，擬其聲也，然古亦通用。《士冠禮》云『束帛儷皮』，注：『儷皮，兩鹿皮也。』古文『儷』爲『離』，蓋『儷』即『麗』之或體。《説文》云：『麗，旅行也。鹿之性見食急則必旅行。从鹿，丽聲。』《易・離・彖》傳云『離，麗也』，《序卦傳》云『離者，麗也』，正作『麗』。

『掩骼埋胔』，注：『謂死氣逆生也。骨枯曰骼，肉腐曰胔。』釋文：『胔亦作骴。』按《説文》云：『骴，鳥獸殘骨曰骴。骴，可惡也。从骨，此聲。《明堂月令》曰「掩骼薶骴」。骴或从肉。』是『骴』爲正字，『胔』爲或體。《吕氏・孟春紀》作『揜骼霾髊』，高注：『髊，讀「水漬物」之「漬」。』《玉篇》引《聲類》云：『髊，此亦骴字。』

『天子乃鮮羔開冰』，注：『鮮當爲獻，聲之誤也。獻羔，謂祭司寒也。』按《吕氏・仲春紀》作『獻羔』。《詩・七月》云『獻羔祭韭』，《左氏・昭四年傳》云『獻羔而啟之』，並作『獻』。此作『鮮』者，同聲假借。《釋山》云：『小山別大山鮮。』《詩・皇矣》云『度其鮮原』，毛傳：『小山別大山曰鮮。』又《公劉》云『陟則在巘』，毛傳：『巘，小山別於大山也。』『巘』即『獻』之別字。是『鮮』『獻』通用。

『淫雨蚤降』，注：『淫，霖也。雨三日以上爲霖。今《月令》「衆雨」。』按《吕氏・季春紀》亦作『淫雨』，高注：『多沉陰爲淫雨也。』《説文》云：『霥，小雨也。从雨，衆聲。《明堂月令》曰「霥雨」。』《玉篇》云：『霥，職隆切。』鄭君引今《月令》作『衆』者，乃『霥』之省。古《月令》作

『淫』者，《説文》云：『㵪，霖雨也。南陽謂霖雨曰㵪。从雨，㐺聲。』《玉篇》云：『㐺，牛林切。』『㵪』『淫』聲近假借也。

『王瓜生』，注：『王瓜，萆挈也。今《月令》云「王萯生」，《夏小正》云「王萯秀」，未聞孰是。』按《吕氏·孟夏紀》云『王菩生』，高注：『菩或作瓜，瓠瓤也。』《穆天子傳》云『茅萯』，郭注：『萯，今菩字，音倍。』《夏小正》云『四月王萯秀』，蓋『萯』『菩』聲近通用。今本《吕氏春秋》作『王善』，字之誤也。《釋艸》云：『果蠃之實栝樓。』《詩疏》引李巡云：『栝樓子名也。』孫炎云：『齊人謂之天瓜。』《本艸》云：『括樓根一名地樓。』《名醫》曰：『一名果蠃，一名天瓜，一名澤姑，實名王瓜。』《説文》云：『萿，萿蔞果蓏也。从艸，昏聲。』是『萿蔞』爲正字，『括樓』爲假字，『瓠瓤』爲別字。『瓜』『萿』聲近。

『命太尉』，注：『三王之官有司馬無太尉，秦官則有太尉。今俗人皆云周公作《月令》，未通於古。』疏：『俗人，謂賈逵、馬融之徒皆云《月令》周公所作，故王肅用焉。』按《漢書·百官表》云『太尉，秦官』，應劭曰：『自上安下曰尉。』是秦官有太尉也。《三禮目録》云：『名曰《月令》者，本《吕氏春秋》十二月紀之首章也。以禮家好事鈔合之，後人因題之名曰《禮記》。言周公所作，其中官名、時事多不合周法。』所云『官名不合』，蓋指此也。釋文引蔡伯喈、王肅云：『周公所作。』是因《逸周書》有《時訓解》而附會之，亦猶以《爾雅》爲周公作也。

『毋燒灰』，注：『火之滅者爲灰。』按《吕氏·仲夏紀》作『無燒炭』，高注：『爲艸木未成，不欲夭物。』《説文》云：『炭，燒木未灰也。从火，岸省聲。』《地官》云：『掌炭，掌灰物、炭物之徵，令以時入。』注：『灰、炭，皆山澤之農所出也。炭之所共尤多合之季秋之月，云艸木黄落，乃伐薪爲炭。』則此當作『毋燒炭』。

『君子齊戒處，必掩身毋躁』，注：『躁，猶動也。今《月令》「毋躁」爲「欲静」。』疏：『蔡氏云：毋躁者，躁，動也。既不顯露，又不得躁動，宜静以安萌陰也。』按《吕氏·仲夏紀》云『君子齋戒處，必揜身，欲静無躁』，仍出『無躁』二字，蓋非本文矣。蔡氏本有『無躁』，與鄭本同。

『腐艸爲螢』，注：『螢，飛蟲螢火也。』疏：『蔡氏云：鳩化爲鷹，鷹還化爲鳩，故稱化。今腐艸爲螢，螢不復爲腐艸，故不稱化。』按《吕氏·季夏紀》云『腐艸化爲蚈』，高注：『蚈，馬蚿也。蚈讀如「蹊徑」之「蹊」，幽州謂之秦渠，一曰螢火也。』《説文》云：『蠲，馬蠲也。從虫目，益聲。勹，象形。《明堂月令》曰「腐艸爲蠲」。』蓋《吕氏春秋》之『蚈』，即《明堂月令》之『蠲』。蠲讀若『圭』，故《詩》『潔蠲』亦作『潔圭』，與『蹊徑』之『蹊』聲同。吕本『化』亦衍字。

『群鳥養羞』，注：『羞，謂所食也。』《夏小正》曰『九月丹鳥羞白鳥』，説曰：『丹鳥也者，謂丹良也。白鳥也者，謂閩蚋也。其謂之鳥者，重其養者也。有翼爲鳥。養也者，不盡食也。』二者文異。『群鳥』『丹良』，未聞孰是。按今本《夏小正》『八月丹鳥羞白鳥』，與此注引作『九月』不同。高注《吕氏春秋》云：『寒氣將至，群鳥養進其毛羽御寒也，故曰群鳥養羞。』與此注又別。

『固封疆』，注：『謂使有司循溝樹及其衆庶之守法也。今《月令》「疆」或爲「璽」。』按《吕氏·孟冬紀》云『固封璽』，高注：『璽讀曰「移徙」之「徙」。璽，印封也。』

『水澤腹堅』，注：『腹，厚也。今《月令》無「堅」。』釋文：『腹，本又作複。』按《吕氏·季冬紀》云『水澤復高』，注：『復，亦盛也。復或作複，凍重累也。』《吕氏》本無『堅』字。

《曾子問》云『不假不綏祭』，注：『假讀爲嘏。不嘏，不嘏主人也。不綏祭，謂今主人也。綏，《周禮》作「墮」。』按《郊特牲》云『嘏，長也，大也』，《少牢》云『嘏於主人』，《詩·賓之初筵》及《卷阿》傳云：『嘏，大也。』此本字也。《曾子問》『不假』與《詩·那》及『烈祖』傳云『假，大也』，皆以『假』爲『嘏』之假借字也。『綏』作『墮』者，《春官·守祧》云『既祭則藏其墮』，此本字也。『不綏祭』及《少牢禮》云『祝命尸綏祭』，皆以『綏』爲『墮』之假借字也。『假』『嘏』俱从『叚』聲。『綏』从『妥』聲，『妥』『墮』同聲故通用。

『殤不祔祭』，注：『祔當爲備，聲之誤也。』疏：『《喪服·小記》云：「殤與無後者從祖祔食。」今云「殤不祔祭」，與《小記》文乖，故知「祔」當爲「備」，「備」「祔」聲相近。』按《易·繫辭》傳云『服牛乘馬』，《説文》引作『犕牛乘馬』，《詩·谷風》云『匍匐救之』，《孔子閒居》引作『扶服救之』，是『備』『祔』聲近也。

『公館與公所爲曰公館』，注：『公館，若今縣官舍也。公所，爲君所命使舍己者。』疏：『鮑遺問曰：「注此云公所爲君所命使舍己者，注《雜記》云『公所，爲若今離宫别舘也』，此二説異何？」張逸答曰：「公館，若今停待者也，離宫是也。《聘禮》曰『卿館於大夫，大夫館於士』公命人使館客，亦公所爲也。」』按《地官·遺人》云『五十里有市，市有候館，候館有積』，此所謂『公所』，爲『若公館』，即今之官署矣。

《文王世子》云『夢帝與我九齡』，釋文：『聆音零，本或作齡。』按釋文本作『聆』，今作『齡』者，从或本也。『聆』疑『齓』之假字。《説文》云：『齓，毁齒也。男八月生齒，八歲而齓。女七月生齒，七歲而齓。从齒，七聲。』《後漢書·閻后紀》注引《大戴禮》云：『男八歲而齓，女七歲而齓。』故下文云『古者謂年齓』。『齒』亦『齓』也，『齓』『聆』聲近，故假借『聆』字爲之。疏引皇氏云『以九齡爲鈴鐸』，謂天以九箇鈴鐸而與武王，是又作『鈴』。《漢樊毅修華嶽碑》云『垂曜萬軨』，是又作『軨』，皆非本字。至《九經考異》云：『九齡，石經作秢。』漢石經《禮記》無考，且『秢』亦俗字，未可信也。

《春官》『釋奠於其先師』，注：『若漢《禮》有高堂生，《樂》有制氏，《詩》有毛公，《書》有伏生，億可以爲之也。』疏：『皆《漢書·儒林傳》文，「億」是發語之聲。』釋文：『億本又作噫，音抑。』按『噫』當爲『抑』之假借，此句與《論語》『抑亦可以爲次矣』正同，『抑』『噫』同聲通用。《詩·十月之交》云『抑此皇父』，是借『抑』爲『噫』也。《論語》云『抑與』之『與』，漢石經作『意與』，是借『意』爲『抑』也。

『公族其有死罪，則磬于甸人』，注：『縣縊殺之曰磬。』疏：『磬，謂磬盡也。《左傳》云「室如縣罄」，杜預云：「罄，盡也。」皇氏云：「如縣樂器之磬也。」』按《説文》云：『磬，樂石也。从石，殸象縣形，殳擊之殸，籀文省。』《曲禮》云『立則磬折垂佩』，以磬折狀立容。《左傳》云『室如縣磬』，以磬折狀室形。凡縊殺者縣之亦如磬也。疏依杜預云『磬謂磬盡也』，未允。皇氏之説得之。

《禮運》云『吾得夏時焉』，注：『得夏四時之書也。其書存者有《小正》。』釋文：『有小正，本或作有夏小正。』按《夏小正》今在《大戴禮記》中。《漢書・藝文志》云：『《禮明堂陰陽》三十三篇。』蓋周《月令》亦在《小戴禮記》中。蔡氏《明堂月令論》云：『《戴禮・夏小正》傳曰：「陰陽生物之候，王事之次，則夏之月令也。」』據此所云，則《夏正》宜與《明堂月令》同在《禮》家矣。《隋書・經籍志》云：『《夏小正》一卷，戴德譔。』則當時固有專行之本。鄭注《月令》引《小正》者凡八。孔疏：『《夏小正》，《大戴禮》之篇名也。』蓋唐時所見者惟存《大戴禮》中，故舊、新《唐書・藝文志》俱不列其目。

『吾得坤乾焉』，注：『得殷陰陽之書也。其書存者，有《歸藏》。』疏：『先言坤者，熊氏云：殷《易》以坤爲首，故先坤後乾。』按《春官・大卜》云：『一曰連山，二曰歸藏。』注：『名曰連山，似山出内氣也。歸藏者，萬物莫不歸而藏於其中。杜子春云：連山宓戲，歸藏黄帝。』賈疏：『殷以十二月爲正地統，故以坤爲首。夏以十三月爲正人統。人無爲卦首之理，艮漸正月，故以艮爲首也。杜子春云「連山宓戲，歸藏黄帝」者，《鄭志・答趙商》云：「非無明文，改之無據，且從子春。」近師皆以爲夏殷也。』是鄭君此注蓋從近師。但《漢志》不載《歸藏》。《隋書・經籍志》云：『《歸藏》十三篇。』

『其燔黍捭豚』，注：『中古未有釜甑，釋米捭肉，加于燒石之上而　食之。』釋文：『捭，注作擗，又作擘，皆同。』按今本注仍作『捭』後，人改也。《説文》云：『捭，兩手擊也。从手，卑聲。』『擘，撝也。从手，辟聲。』《内則》云『擘之濯手以摩之』，是『擘』爲正字，『擗』爲變體，『捭』爲假借，注又作『擘』是也。

『夏則居橧巢』，注：『暑則聚薪，柴居其上。』釋文：『橧，本又作增，又作曾，同。橵，本又作巢。』按作『曾』者是也。蓋『曾』爲『層』之省文。《説文》云：『層，重屋也。从尸，曾聲。』《史記・司馬相如傳》云『坌入曾宫之嵯峩』，是『層』『曾』通用。『巢』，釋文本作『橵』。《説文》云：『橵，澤中守艸樓。从木，巢聲。』《孟子》云：『上者爲巢。』作『巢』者，亦省文也。蓋本作『曾橵』，後人移『橵』字『木』旁加於『曾』字耳。《七經考文》云：『古本《禮記》作「橧」，《家語》亦作「橧」，非。』

『協於分藝』，注：『協，合也。言禮合於月之分，猶人之才也。』釋文：『合於月之分，本或作日月之分。「日」衍字。』按此釋文凡十五字，今注疏本誤入注中，須正之。

『山出器車』，注：『器，謂若銀甕丹甑也。』疏：『此銀甕丹甑，《援神契》文又引《禮緯斗威儀》云：「其政太平山車垂鉤。」注云：「山車，自然之車。車鉤不揉治而自圓曲。」』按『鉤』爲

『鞹』之假字，『垂鞹』，言白然成鞹形也。

『鳳皇麒麟皆在郊椰』，注：『椰，聚艸也。』釋文：『椰，本或作藪。』按作『藪』者是也。《説文》云：『藪，大澤也。从艸，數聲。』《周語》云『不崇藪』，韋注：『無水曰藪。』又云：『物之歸也。』

《禮器》云『如竹箭之有筠也』，釋文：『筠，鄭云：竹之青皮也。』疏：『筠是竹外青皮。《顧命》云「敷重筍席」，鄭云：「筍，析竹青皮也。」《禮記》曰：「如竹箭之有筠。」鄭引《禮記》之「筠」以爲青皮，是知呼「筍」爲「筠」。』按《釋木》云：『筍，竹萌。』《説文》云：『筍，竹胎也。』『筠』即『筍』之别字，故鄭注《書》『筍席』即引《禮器》此文爲證。而《禮器》釋文及疏皆引鄭注《顧命》，明此『筠』即『筍』也。『旬』『均』古亦通，用詳《詩疏記》。

『大圭不琢』，注：『「琢」當爲「篆」，字之誤也。』釋文：『琢字又作瑑，文轉反。徐：又「依」字，丁角反。』按徐『依』字是也。蓋經文本作『琢』，鄭故破之。若本作『瑑』，何以云字之誤乎？當爲『篆』者，即『瑑』之假字。《説文》云：『瑑，圭璧上起兆瑑也。从王，篆省聲。』《春官·典瑞》云『瑑圭璋璧琮』，鄭注：『瑑有圻鄂瑑起。』《列子·黄帝篇》云『雕瑑復朴』，《漢書·董仲舒傳》云『良玉不瑑』，師古曰：『瑑，謂琢刻爲文也。』蓋即『大圭不琢』意。

『不麾蚤』，注：『麾之言快也。祭有時，不以先之爲快也。齊人謂所善曰麾。』釋文：『摩，本又作麾。齊人謂快爲摩。』按《釋文》文，本作『摩』是也。『摩』爲『噲』之假借。《説文》云：

『噲，咽也。从口，會聲。讀若快。』《一切經音義》引《倉頡篇》云：『噲，此亦快字也。』《詩・斯干》云『噲噲其正』，箋云：『噲噲，猶快快也。』《淮南・精神》云『噲然而臥』，高注：『謂得安臥也。』『噲』『摩』一聲之轉。

『有撕而播也』，注：『撕之言芟也，謂芟殺有所與也。』按《説文》云：『摰，暫也。』《文選注》引《倉頡篇》云：『摰，拍取也。』《漢書・揚雄傳》云『麾城撕邑』，注：『李奇曰：「撕」音「車轤」之「轤」。師古曰：撕，舉手擬之也。』是『摰』爲正字，『撕』爲隸俗。

《周禮》『其猶醵與』，注：『合錢飲酒爲醵，旅酬相酌似之也。王居明堂之禮，仲秋乃命國醵。』疏引王肅『禮』作『遽』，云：『曾子以爲使六尸旅酬，不三獻，猶遽而略。』按《説文》云：『醵，會飲酒也。从酉，豦聲。』酤或从巨。《史記・貨殖傳》云『歲時無以祭祀進醵飲食』，集解：『徐廣曰：會聚食。』是周禮之醵，漢世猶然。王肅妄改作『遽』訓爲『遽略』，非也。

『晉人將有事於河，必先有事於惡池』，注：『惡當爲呼，聲之誤也。呼池嘔夷，并州川。』按《夏官・職方》云『其川虖池』，注：『虖池，出鹵城。』《趙策》云『趙攻中山以擅虖池』，《漢書・地理志》云『代郡鹵城：虖池河東至參合入虖池別，過郡九，行于三百四十里，并州川。』師古曰：『虖音呼。』是『虖』爲正字。『呼』『惡』俱同聲假借。《詛楚文》又作『亞駞』，俗作『滹』。

『温之至也』，注：『皆爲温藉重禮也。』疏：『皇氏云：温謂承藉，凡玉以物緼裹，承藉君子，亦以威儀擯相以自承。藉，今定本作温字，又當云「温潤承藉」。』按《内則》云：『柔色以温之。』注：『温，藉也。承尊者必和顔色。』《匡謬正俗》云：『文當「柔和顔色以温説尊者之心」，不當改讀爲「蕰」。』此説非也，《詩・小宛》云『飲酒温克』，箋云：『飲酒雖醉，猶能温藉以持以勝。』疏：『定本及箋作「温」字。舒瑗云：「包裹曰蘊。」謂蘊藉自持，含容之義。經中作温者，蓋古字通用。』

《郊特牲》云『繡黼丹朱中衣』，注：『繡讀爲綃。綃，繒名也。《詩》云「素衣朱綃」。』按《説文》云：『綃，生絲也。从糸，肖聲。』《廣雅》云：『綃謂之絹。』《詩・揚之水》云『素衣朱繡』，箋云：『繡當爲綃。』《士昏禮》云『姆纚笄宵，衣在其右』，注：『「宵」讀爲《詩》「素衣朱綃」之「綃」，《魯詩》以「綃」爲綺屬也。』是鄭箋《詩》注《禮》皆從《魯詩》作『綃』也。

『鄉人裼』，注：『裼，强鬼也。謂時儺索室毆疫逐强鬼也。裼或爲獻，或爲儺。』按《論語》云『鄉人儺』，釋文：『鄭曰儺，魯讀爲獻，今從古。』是《魯論》作『獻』，《古論》作『儺』，鄭于《論語》從古作『儺』。此不破字者，《禮》家相傳作『裼』也。『裼』或爲『獻』或爲『儺』者，『獻』讀若『莎』，『莎』『儺』疊音，『莎』『裼』聲近也。

『唯社，丘乘共粢盛』，注：『四丘六十四井曰甸，或謂之乘。乘或爲鄰。』按《釋名》云：『甸，乘也，出兵車一乘也。』《地官・小司徒》云：『四丘爲甸。』注：『甸之言乘也，讀如「衷甸」之「甸」。』《稍人》云『丘乘』，注：『丘乘，四丘爲甸。甸讀與「維禹敶」之「敶」同。』是古者『乘』『甸』同聲也。《小爾雅》云：『乘，凌也。』『凌』『鄰』聲同，故或爲『鄰』也。

『升首於室』，注：『制祭之後，升牲首於北墉下，尊首上氣也。』按《夏官·小子》云『掌珥于社稷』，注：『鄭司農云：珥社稷，以牲頭祭也。』疏：『漢時祈禱有牲頭祭。』《羊人》云『祭祀割羊牲，登其首』，注：『登，升也。升首報陽也，升首于室。』疏：『祭祀之時，三牲之首俱升。』《月令》云『祭先首』。然則今時祭祀用牲首，蓋沿其制。

『祊之爲言倞也』，注：『倞，猶索也。倞或爲諒。』按《説文》云：『倞，彊也。从人，京聲。隸變爲亮。』《釋詁》云：『亮，道也。』『亮，右也。』《一切經音義》引《字詁》云：『諒今作亮，同力尚反。』《釋詁》云：『諒，信也。』《皋陶謨》云『亮采有邦』，《史記集解》引馬融曰：『亮，信也。』是『倞』『諒』通用也。

『首也者，直也』，注：『訓所以升首祭也。直或爲犆也。』疏：『直，正也。言首爲一體之正。』按『犆』當作『特』，《廣雅》云：『特，獨也。』《王制》云『天子犆礿』，注：『犆猶一也。』《郊特牲》目録云：『用一牛故曰特牲。』《舜典》云『歸格于藝祖用特』，疏引鄭云：『每歸，用特牛告于文祖。』『直』『特』聲同。

『汁獻涚于醆酒』，注：『謂泲秬鬯以醆酒也。獻讀當爲莎，齊語聲之誤也。秬鬯者，中有煮鬱和以盎齊，摩莎泲之，出其香汁，因謂之汁莎。』按《春官·司尊彝》云『獻酌』，注：『鄭司農云：獻讀爲儀。儀酌，有威儀多也。玄謂：獻讀爲「摩莎」之「莎」，齊語聲之誤也。煮鬱和秬鬯以醆酒，摩莎泲之，出其香汁也。』蓋『獻』从犬鬳聲，『鬳』从鬲虍聲，『虍』『沙』聲同，故齊語聲誤爲『獻』耳。《明堂位》云『尊用犧象山罍』，注：『犧尊以沙羽爲畫飾象骨飾之。』疏引《鄭志》：『張逸問曰：「犧讀如沙，沙，鳳皇也，不解鳳皇何以爲沙？」答曰：「刻畫鳳皇之象於尊，其形娑娑然。或有作獻字者，齊人之聲誤耳。」』此云『或有作獻字』者，蓋指《周禮》『獻尊』也。

校勘記

〔一〕『雖』，《禮記訓纂》《禮記鄭氏箋》作『寧』。

簡莊疏記卷十　禮記

《内則》云『左佩紛帨』，注：『紛帨，拭物之佩巾也。今齊人有言紛者。』釋文：『紛或作帉，同。』按《方言》云：『大巾謂之帉，嵩嶽之南、陳潁之間謂之帤，亦謂之幪。』郭注：『江東通呼巾帉耳。』《説文》云：『帉，楚謂大巾曰帉。从巾，分聲。』《廣雅》云：『帉，巾也。』是『帉』爲正字，『帉』爲隸變，『紛』爲假借。鄭注『齊人言紛』，《説文》『楚謂大巾曰帉』，郭注『江東通呼巾帉』，各以當時方言釋之也。

『敦牟』注：『牟讀曰鍪也。敦牟，黍稷器也。』釋文：『牟，齊人呼土釜爲牟。堥字又作瞀。』疏引《隱義》曰：『堥，土釜也。今以木爲器，象土釜之形。』按《説文》云：『鍪，鍑屬。从金，敄聲。』《急就篇》云『鍑鍪』，注：『鍪似釜而反脣。一曰：鍪者，小釜類，即今所謂鍋也。亦曰鏃鏕。』是『鍪』爲正字，『牟』爲假借。『鍪』字宋撫本、岳本俱如此，今本誤作『堥』，蓋因釋文而改。其實釋文中『堥』字即『鍪』之誤。又作『瞀』者，亦誤也。

『舅姑若使介婦，無敢敵耦于冢婦』，注：『雖有勤勞，不敢掉磬。』疏：『庾氏云：齊人謂之差訐。崔氏云：北海人謂相激之事謂掉磬。《隱義》云：齊人謂相絞訐爲掉磬。』按釋文亦引《隱義》及崔説，蓋各據方言。今浙人謂之掉皮。又《説文》云：『逴，讀若「棹苕」之「棹」。』蓋

『棹茗』即『掉磬』之誤。

『飲：重醴，稻醴清、糟，黍醴清、糟，粱醴清、糟。或以酏爲醴，黍酏、漿，水、醷。』注：『糟，醇也。醷，梅漿。』釋文：『醷，本又作臆。』按《天官·酒正》云：『辨四飲之物，一曰清，二曰醫，三曰漿，四曰酏。』注：『「醫」即《内則》所謂「或以酏爲醴」。鄭司農説以《内則》曰「飲：重醴，稻醴清䓢，黍醴清䓢，粱醴清䓢，或以酏爲醴，漿、水、臆，后致飲于賓客」之「醴」，有醫、酏、糟。「糟」音聲與「䓢」相似，「醫」與「臆」亦相似，文字不同，記之者各異耳。此皆一物。』然則今《内則》『䓢』作『糟』，後人用《周禮》改也。『䓢』疑作『蘠』。《説文》云：『糟，酒滓也。从米，曹聲。蘠，籀文从酉。』鄭司農云『與糟相似』，實一字也。『醷』當從釋文別本作『臆』。『醫』是正字，『臆』是假借字，『醷』是俗字。

『濡魚卵醬實蓼』，注：『卵讀爲鯤。鯤，魚子，或作攔也。』釋文：『攔，音關，本又作捫，音門。』按《説文》云：『鰥，魚也。从魚，眔聲。』李陽冰云：『當从罤省。』『罤』即『昆弟』之『昆』，故隸變爲『鯤』。《釋魚》云：『鯤，魚子。』《詩疏》引李巡云：『凡魚之子總名鯤也。』《魯語》云『魚禁鯤鮞』，韋注：『鯤，魚子也。』並當作『鰥』。《詩·敝笱》云『其魚魴鰥』，箋云：『鰥，魚子也。』至《説文》『卵』字之下本有重文『卝』，見《五經文字》《九經字樣》，而今本闕焉。『卵』，古患反，故『絲』从『卝』聲，『關』从『絲』聲。此注『或作攔』，亦當作『關』，『或又作捫』，乃『攔』之壞形也。

『芝栭』，釋文：『栭音而，本又作檽。』疏：『芝栭者，庾蔚云：無華葉而生者曰芝栭。盧氏云：芝，水芝也。王肅云：無華而實者名栭。皆芝屬也。庾又云：自牛脩至薑桂，凡三十一物。則芝栭應是一物也。今春夏生于木，可用爲菹。其有白者，不堪食也。賀氏云：栭，軟棗。亦云芝，木椹也。以芝栭爲二物。鄭下注云「三十一物」，則數芝栭爲一物也，賀氏說非也。』按『栭』當作『萸』，芝萸自是一類。《說文》云：『萸，木耳也。从艸，耎聲。一曰俞芘。』《玉篇》云：『萸，木耳生枯木也。』《列子·湯問》云：『朽壤之上有菌芝者，生于朝，死于晦。』簡文注：『欻生之芝。』蓋芝萸即菌芝之類，今人猶名木耳，在處食之。賀氏以栭爲軟棗，似指《釋木》之『栭栭』。然《詩疏》引舍人云：『江淮之間呼小栗爲栭栗。』非軟棗也。作『栭』者假借。釋文又作『檽』，俗字也。

『三牲用藙』，注：『藙，煎茱萸也。漢律：會稽獻焉。《爾雅》謂之榝。』疏：『賀氏云：今蜀郡作之。九月九日，取茱萸，折其枝，連其實，廣長四五寸，一升實可和十升膏，名之藙也。』按《說文》云：『藾，煎茱萸。从艸，顡聲。漢律：會稽獻藾一斗。』《本艸》云：『吴茱萸一名藙，生山谷。』《名醫》曰：『生冤句。九月九日，采陰乾。』陶注云：『《禮記》名「藙」，而俗中呼爲藙子。當是不識「藙」字似「蔱」字，仍以相傳。』《釋木》云『茮榝醜菉』，郭注：『菉，萸子聚生成房貌。今江東亦呼菉菉榝，似茱萸而小，赤色。』《廣雅》云：『越椒，茱萸也。』蓋茱萸一名越椒，一名吴茱萸。是産于會稽，故獻焉。今時重蜀椒，謂之川椒，即賀氏所謂『蜀郡作之』是也。『三牲用蔱』，今人啖肉，以椒鹽相和，猶其遺意。

『豕望視而交睫腥』，注：『望視，視遠也。腥當爲星，聲之誤也。星，肉中如米者。』按《天官·内饔》云『豕盲眂而交睫腥』，注：『交睫腥，腥當爲星，聲之誤也。肉有如米者似星。杜子春云：盲眂當爲望視。鄭注：《周禮》破「腥」爲「星」，與此正同。子春破「盲眂」，亦據此文作「望視」。「盲」「望」，「眂」「視」音同。』《説文》云：『腥，星見食豕，令肉中生小息肉也。从肉，从星，星亦聲。』蓋鄭君説『腥』爲『雞膏交睫腥』之『腥』，易爲『星』。許君説『腥』爲『交睫腥』之正字，而以胜爲犬膏之臭，當《周禮》『腥臊』之正字，蓋所據不同也。

『麇鹿魚爲菹』，注：『殺腥肉及其氣。今益州有鹿矮者，近由此爲之矣。』釋文：『益州人取鹿殺而埋之地中，令臭乃出食之，名鹿矮是也。』按《説文》云：『矮，病也。从歺，委聲。』《本艸》云：『麇脂味辛温，一名官脂，生山谷。』《名醫》曰：『生南山及淮海邊，十月取。』是即鹿矮之類。

『兔爲宛脾』，注：『宛脾，聶而切之。宛或作鬱。』按『宛』『鬱』一聲之轉。《詩·小弁》云『菀彼柳斯』，《菀柳》云『有菀者柳』，釋文竝云：『菀音鬱。』

『淳毋』，注：『毋讀曰模。模，象也。作此象淳熬。』釋文：『毋，依注音模。』疏：『以經云「淳毋」，毋是禁辭，非膳羞之體，故讀爲模。』按『毋』與『無』通。《説文》云：『橆，豐也。』或説『規模』字，是與『模』亦通。今注疏本俱作『淳毋』，則與疏不合。惟十行本不誤，因據正。

『取豚若將』，注：『將當爲牂。牂，牝羊也。』按《釋獸》云：『羊，牝牂。』《詩・苕之華》云『牂羊墳首』，傳：『牂羊，牝羊也。』《説文》云：『牂，牝羊也。从羊，爿聲。』『將』『牂』俱从『爿』聲，故通用。今注疏本『牝羊』誤作『牡羊』，宋本作『牝羊』，《説文》今本亦作『牡羊』，《初學記》引作『牝羊』，因據正。

『咳而名之』，釋文：『孩字又作咳。』按《説文》云：『咳，小兒笑也。从口，亥聲。』『孩，古文咳。从子。』是釋文本作『孩』，从古文。『孩』『咳』實一字也。《老子》云『如嬰兒之未孩』，河上注：『如小兒未能答偶人時也。』『咳而名之』者，執其手，誘之使笑以名之也。孫詒穀侍御《讀書脞録・續編》論此條不引《説文》『孩，古文咳，从子』，蓋偶未檢耳。

『旬而見』，注：『旬當爲均，聲之誤也。《易・説卦》坤爲均，今亦或作旬也。』按《地官・均人》云『公旬』，注：『旬，均也。讀如「䤋䤋原隰」之「䤋」。《易》坤爲均，今書亦有作旬者。』是『旬』讀爲『均』，與此同也。古文『鈞』字作『銞』，《説文》『㫬』字他書作『徇』，『筍』字今作『笋』，知『旬』『匀』通用。

《玉藻》云『天子搢珽』，注：『珽之言珽然無所屈也。或謂之大圭，長三尺，杼上終葵首。』終葵首者，於杼上又廣其首，方如椎頭，是謂無所屈，後則恒直。《相玉書》曰：「珽玉六寸，明自照。」』按《考工》玉人之事云：『大圭長三尺，杼上終葵首。』注：『王所搢大圭也。或謂之珽，終葵，椎也。爲椎于其杼上，明無所屈也。杼，殺也。』引《相玉書》，與此同。《方言》云：

『椎，齊謂之終葵。』《説文》云：『椎，擊也。齊人謂之終葵。』蓋『終葵』合聲即『椎』也。今人猶謂之『椎頭』。引《相玉書》者，《漢書·埶文志》不載，俟考。

『二爵而言言斯』，注：『言言，和敬貌。斯，猶耳也。』疏：『皇氏云：讀「言」爲「誾」。』義亦通也。』按《説文》云：『誾，和説而諍也。从言，門聲。』《論語·先進》云『閔子侍側，誾誾如也』，正與『言言斯』合。皇侃讀爲『誾』，是也。釋文引王肅本作『二爵而言』，注云：『飲二爵可以語也。』又云『言斯禮』，注云：『語必以禮也。』『三爵而油』，注云：『悦敬貌。』無『已』及下『油』字也。夫飲酒豈必待二爵而可以語？且三爵而油，亦屬費解，當從鄭。

『縞冠素紕』，注：『紕，緣邊也。「紕」讀如「埤益」之「埤」。』按《釋言》云：『紕，飾也。』郭注：『謂緣飾。』《説文》云：『紕，氐人罽也。讀若《禹貢》「玭珠」，从系，比聲。』是『紕』本氐罽之名，又爲緣邊之飾，讀如『埤益』，讀若『玭珠』，皆擬其聲也。

『振絺綌不入公門』，注：『振讀爲袗。袗，襌也。』按《説文》云：『袗，𢀖服。从衣，㐱聲。振或从辰。』是『袗』『裖』本一字，故『振』讀爲『袗』也。《士冠禮》云『兄畢袗𢀖』，注：『袗，同也。𢀖者，𢀖衣糸裳也。古文「袗」爲「均」也。』《左氏·僖五年傳》云『均服振振』，疏引服虔曰：『均服，黑服。』是『袗』作『均服』，説與許君合。鄭注《儀禮》爲『同』，以『袗』古文作『均』，有『均同』之義也。《論語·鄉黨》云當『暑袗絺綌』，集解：『孔曰：暑則單服。』與鄭此注合。

『居士錦帶』，注：『居士，謂道藝處士也。』按《韓非》云『齊有居士任矞華，不臣天子，不友諸侯』，《魏志·管寧傳》云『胡居士，賢者也』。自釋典《楞嚴》以愛談名言、清浄自居爲居士，《普門疏》以多積財貨、居業豐厚爲居士，而居士輕矣。

『端行頤霤如矢』，注：『頤或爲霣也。』疏：『頤霤者，行既疾，身乃小折，而頭直俯臨前頤，如屋霤之垂也。』按『頤或爲霣』，《説文》無『霣』字，疑當作『霣』。《説文》云：『霣，雨皃也。方語也。从雨，禹聲，讀若瑀。』『頤』『霣』聲相近。

『視容瞿瞿梅梅』，注：『不審視也。』疏：『瞿瞿，驚懼之貌。梅梅，猶微微，謂微昧也。』按『梅梅』疑『瞴瞴』之假借。《説文》云：『瞴，瞴婁，微視也。从目，無聲。』《漢書音義》引《字林》云：『晦，微視美目貌。』『晦』即『瞴』之别字，『每』『無』通。《詩》『周原膴膴』，亦作『腜腜』。

《明堂位》云『反坫出尊，崇坫康圭』，注：『反坫，反坫爵之坫也。出尊，當尊南也。崇，高也。「康」讀爲「亢龍」之「亢」，又爲「高」。坫亢所受圭，奠于上焉。』按《爾雅·釋器》云：『垝謂之坫。』《説文》云：『坫，屏牆也。从土，占聲。』是『坫』者築土爲之。今之市物必起短牆，倚以交易，蓋即崇坫遺意。俗作『店』。《古今注》云：『店，置也。所以置賣鬻物也。』《晉書·阮修傳》云：『以百錢挂杖頭，至酒店便獨酣暢。』《南史·劉休傳》云：『休婦王氏妒，明帝聞之，令于宅後開小店，使王氏親賣皁莢帚帚以辱之。』『坫』作『店』者，猶『莊』本屋名而流俗市人書作『庄』也。『康圭』作『亢圭』，今人以物置之高閣曰『藏亢』，本此。

『垂之和鐘，叔之離磬』，注：『叔，未聞也。和、離，謂次序其聲縣也。《世本·作》曰「垂作鐘，無句作磬」。』疏：『「世本作曰」者，《世本》書名有《作》篇，其篇記諸作事。云「無句作磬」者，皇氏云：「無句，叔之别名。」義或然也。』按《鐘鼎欵識》載周鐘，文云『檢鐘磬有編磬』，故云『次序其聲縣也』。《漢書·蓺文志》云：『《世本》十五篇，古史官記黄帝以來訖春秋時諸侯大夫。』《説文》云：『古者母句氏作磬。』蓋亦本之《世本》也。

『夏后氏以楬豆』，注：『楬，無異物之飾也。齊人謂無髮爲禿楬。』按《考工·梓人》云『顅脰』，注：『故書「顅」或作「牼」。鄭司農云：「牼」讀如「頭無髮」之「𩑛」。』《説文》云：『𩑛，鬊禿髮。从髟，間聲。』是『𩑛』爲正字，『脛』『楬』俱爲聲近假借字。

《喪服·小記》云『父説喪已則否』，注：『説，讀如「無禮則説」之「説」。「説喪」者，喪與服不相當之言。』釋文：『説，皇：他活反。徐：他外反。注及下同。』按《左氏·僖三十三年傳》云『輕則寡謀，無禮則脱』，杜注：『脱，易也。』此注引『無禮則説』者，『説』『脱』本通用。鄭所據本《左傳》作『説』，故不破其字而擬其讀也。今注疏本俱誤作『税』，釋文『本作説』，因據正。

《大傳》云『省於其君』，注：『省，善也。善于其君，謂免於大難也。』按《釋詁》云：『省，善也。』郭注：『省未詳其義。』《詩·皇矣》云『帝省其山』，箋云：『省，善也。』郭注未詳其義，《禮記》孔疏亦不言『省，善』，《釋詁》文失之。

『《詩》云「不顯不承，無斁於人」，斯此之謂也。』注：『言文王之德不顯乎？不承成先人之業乎？言其顯且承之，人樂之無厭也。』按《詩·清廟》箋云：『周公祭清廟，是不光明文王之德與？言其光明之也。是不承順文王志意與？言其承順之也。』是箋《詩》與注《禮》不同。《坊記》疏引《鄭志·答炅模》云：『爲記注時，就盧君先師亦然。後乃得毛公傳，既古書義又且然。記注已行，不復改之。』

《少儀》云『執箕膺擖』，注：『擖，舌也。持箕將去糞者，以箕自鄉。』釋文：『擖，徐音葉。』按《管子·弟子職》亦有此文。《説文》云：『擖，刮也。从手，葛聲。』《士冠禮》云『面葉』，注：『古文葉爲擖。』

『守犬、田犬，則授擯者，既受乃問犬名』，注：『名謂若韓盧、宋鵲之屬。』疏：『《戰國策》云：「韓子盧者，天下之壯犬也。」桓譚《新論》云：「夫畜生，賤也。然其尤善者，皆見記識，故犬道韓盧、宋猔。」又魏文帝説諸方物，亦云：「狗於古則韓盧、宋鵲。」則「猔」「鵲」音同字異耳。』按《詩·盧令》傳云：『盧，田犬也。』《秦策》云：『譬若馳韓盧而逐蹇兔也。』《説文》云：『猲，犬猲不附人也。从犬，舄聲。』蓋『舄』『鵲』本一字，故作『鵲』。《孔叢·執節》云：『申叔問曰：「犬馬之名，皆因其形色而名焉。唯韓盧、宋鵲獨否，何也？」子慎對曰：「盧黑色，鵲白黑色。」』《孔叢》雖僞書，此必有所本也。又《廣雅》云：『韓獹宋猔』，《初學記》引《字林》云

『獹，韓良犬也。』『猑，宋良犬也。』『獹』『猑』皆俗字。

『加夫襓與劒焉』，注：『夫襓，劒衣也。加劒於衣上。「夫」或爲「煩」，皆發聲。』疏云：『「夫襓，劒衣也」者，熊氏云：依《廣雅》「夫襓，木劒衣」，謂以木爲劒衣者，若今刀榼云。「夫或爲煩，皆發聲」者，以《禮記》本「夫」字，或作「煩」字，俱是「發」聲。然則「襓」之一字，是「劒衣」之正名。「襓」字從「衣」，當以繒帛爲之。熊氏用《廣雅》「以木爲之」，其義未善也。』按《廣雅》云：『夫襓木，劒衣也。』『夫』，舊本作『袂』，曹憲音扶。『木』，舊本作『袜』，曹憲音陳律反。返王給事作疏證〔一〕，據熊安生説更正，但『襓』爲俗字，疑作『褭』。《呂覽・離》云：『飛兔要褭，古之駿馬也。』高注：『褭字讀如「曲橈」之「橈」。』《淮南・原道》云『馳要褭』，高注：『褭讀如「橈弱」之「橈」。』蓋褭本帶馬組，借爲劒衣。亦有作『橈』者，轉誤爲『襓』也。『夫』『煩』一聲之轉，故『大』或爲『煩』，皆『發』聲也。

《學記》『術有序』，注：『術當爲遂，聲之誤也。周禮萬二千五百家爲遂。』鱣按，《説文》：『術，邑中道也。』是『術』爲本字，『遂』爲假字。《水經注》引《學記》作『遂有序』，及《周禮》『遂人』，皆用假字。又《月令》云『審端經術』，注：『術，《周禮》作遂。』《月令》用本字也。古人有名術字乞者，則假『術』爲『遂』，蓋取求而得遂也。《左氏・文二年經》云『秦伯使術來聘』，《公羊傳》及《漢書・五行志》皆作『遂』。陳氏《禮記集説》改『術有序』爲『州有序』，不知《管子・度地篇》云『百家爲里，里十爲術，術十爲州』，則相去不亦遠乎。

《學記》云『蛾子時術之』，注：『蛾，蚍蜉也。』釋文：『蛾，魚起反。注同。本或作蟻。』按《釋蟲》云『蚍蜉』，郭注：『蚍蜉。又云蚍蜉。』『大螘』，郭注：『俗呼爲馬蚍蜉。』《説文》云：『蛾，羅也。从虫，我聲。』鉉曰：《爾雅》『蛾羅，蠶蛾也』。《蚰部》已有『螽』，或作『蠢』，此重出。鱣謂《説文》每部編字悉以類，『蛾』字在『蠪』『螘』之間，疑『蛾羅』即是『蚍蜉』，《學記》本作『蟻』，故鄭訓爲『蚍蜉』，可知《説文》原本作『蟻』字，今本《説文》與《爾雅》皆作『蛾羅』者，誤郭注《爾雅》以『蛾羅』爲『蠶蛾』，非『蠶蛾』字作『蠢』或作『螽』，已見《蚰部》，益可信矣。徐校《説文》亦謬。惠徵君曰：『改漢《説文》从晉《爾雅》，宋人之不好古如此。』

『發然後禁，則扞格而不孫』，注：『格讀如「凍洛」之「洛」，扞堅不可入之貌。』釋文：『「凍」「洛」二字並从冫，或从水旁，非。』疏：『今人謂地堅爲洛也。』鱣按，『洛』當作『垎』，《説文》：『垎，水乾也。一曰堅也。从土，各聲。』《楚詞·九思》云『冰凍洛澤』，注：『洛，竭也。』寒而水澤竭成水，亦當作垎。

《樂記》云『合情飾貌者，禮樂之事也』，注：『欲其竝行斌斌然。』釋文：『斌，本又作彬。』按，作彬者是也。《説文》云：『份，文質備也。从人，分聲。《論語》曰「文質份份」。』『彬，古文份，从彡林。林者，从焚省聲。』今《論語·雍也篇》云『文質彬彬』，集解：『包曰：彬彬，文質相半之貌。』《後漢書》注引鄭曰：『彬彬，雜半貌也。』俱从古文作『彬』。『斌』乃六朝間俗字，非所施于經注也。

『卵生者不殈』，注：『殈，裂也。今齊人語有殈者。』釋文：『殈，呼闃反。范音溢。徐音況逼反。一音況狄反。卵折不成曰殈。』按『殈』疑作『殟』，《説文》云：『殟，胎敗也。从歺，昷聲。』《廣雅》云：『殟，病也。』《一切經音義》引《聲類》云：『殟，鳥殟欲死也。』《玉篇》云：『殟，烏没切。』蓋『殈』即『殟』之剥文耳。

《雜記》云『大夫訃於同國適者』，注：『適讀爲「匹敵」之「敵」，謂爵同者也。』按《論語·八佾篇》云『無適也』，釋文：『適，鄭本作敵。』《荀子·君子篇》云『四海之内無客禮，告無適也』，楊注：『適讀爲敵。』《史記·范雎傳》云『政適伐國』，《田單傳》云『適人開户』，《李斯傳》云『群臣百官皆畔不適』，徐廣俱音『敵』，是通作『敵』也。

『使某實』，注：『實當爲至，此讀周秦之人聲之誤也。』按《詩·韓奕》云『實墉實壑』，箋云：『實當作寔，趙魏之東「實」「寔」同聲。寔，是也。』蓋『是』與『至』音同，故至又轉作『實』也。又《説文》云：『植，或作櫃。』《詩·那》云『置我鞉鼓』，釋文：『鄭作植。』《論語》云『植其杖而芸』，漢石經作『置其杖』，『植』『置』『實』『至』並通用也。

《喪大記》云『食於篹者盥』，注：『篹，竹筥也。篹或作簨。』釋文：『篹，本又作匴，又作算。』按《説文》云：『匴，渌米籔也。从匚，算聲。』《士冠禮》云『各一匴』，注：『匴，竹器名。古文匴爲篹。』蓋此記本從古文作『纂』，又誤作爲『篹』耳。或作『簨』，聲近假借。又作『算』，乃『匴』之省。

『實于绿中』，注：『绿當爲角，聲之誤也。角中，謂棺内四隅也。此绿或爲篗。』按『角』『绿』聲相同，漢角里先生，又角觿獸俱讀若『绿』，故云聲誤也。『绿』或爲『篗』者，《説文》云：『篗，竹籠也。从竹，要聲。』『篗』『绿』一聲之轉。

《祭法》云『幽宗祭星也，雩宗祭水旱也』，注：『宗皆當爲禜，字之誤也。禜之言營也。』釋文：『幽宗、雩宗，王如字。』按《説文》云：『禜，設緜蕝爲營，以禳風雨雪霜水旱厲疫于日月星辰山川也。从示，榮省聲。一曰禜衛使災不生。』《春官·大祝》云『六祈：四曰禜』，注：『禜，告之以時有災變也。禜如日食，以朱絲營社。』蓋『禜』『營』聲同。王肅讀如字，非也。

『曰司命』，注：『此非大神所祈報大事者也，小神居人之間，司察小過作譴告者爾。』疏：『司命者，宫中小神。熊氏云：非天之司命，故祭于宫中。皇氏云：司命者，文昌宫星。其義非也。』按《史記·封禪書》云：『晉巫，祠五帝、東君、雲中、司命之屬。荆巫，祠堂下、巫先、司命、施糜之屬。以歲時祀宫中。』《説文》云：『禖，以豚祠司命。漢律曰「禖祠司命」。』《風俗通義·祀典篇》云：『今民間獨祀司命，刻木長二尺爲人像，行者儋篋中，居者别作小屋齊地，大尊重之。汝南餘郡亦多有，皆祠以腊，率以春秋之月。』蓋《周禮·大宗伯》祀司命，即《楚詞·九歌》之大司命，漢時晉巫所祠者。《祭法》立祀之司命，即《九歌》之小司命，漢荆巫所祠者。鄭注及《説文》《風俗通義》與熊氏説，皆指小司命也。

《祭義》云『殷人祭其陽』，注：『陽讀爲「曰雨曰暘」之「暘」，謂日中時也。』疏：『暘謂亢暘乾燥日中之時，必讀之者，恐人以夜爲陰、晝爲陽，恐終日而祭，故讀從暘也。』按《説文》云：『暘，日出也。从日，昜聲。』與鄭注『日中時』，不同蓋許君所指乃『暘谷』之『暘』也。

『而弟達乎獀狩矣』，注：『春獵爲獀，冬獵爲狩。』釋文：『獀，本亦作廋，音蒐。』按《釋天》云『春獵爲蒐』，郭注：『搜，索取不任者。』《左氏・隱五年傳》云『春蒐』，《管子・小匡》云『春以田曰蒐』，『蒐』通作『搜』。《周語》云『搜于農隙』，韋注：『春田曰搜。』此作『獀』者，恐『搜』之誤，因下『狩』字作『犬』旁也。或作『廋』者，又假借字也。

《祭統》云『舞莫重于武宿夜』，注：『武宿夜，武曲名也。』疏引皇氏云：『《師説書傳》云：「武王伐紂，至于商郊，停止宿，夜，士卒皆歡樂歌舞以待旦，因名焉。」武宿夜，其樂亡也。熊氏云：「此即《大武》之樂也。」』按《燕禮》云『下管新宮』，注：『《小雅・逸篇》』、《左傳》「宋公賦《新宮》」，此其類也。』《武宿夜》者，蓋其篇首有『宿夜如敬』之，云宿夜敬止，因以名焉。

《經解》云：『《易》曰：「君子慎始。差若豪氂，繆以千里。」』釋文：『豪，依字作毫。氂，本又作釐。』疏：『此《易・繫辭》文也。』按『豪』『氂』爲正字，『毫』爲俗字，『釐』爲假借。今《易・繫辭》傳無此文，蓋《易緯》之文也。

《哀公問》云『午其衆』，注：『午其衆，逆其俗類也。』釋文：『午，王肅作迕。迕，違也。』疏：『午，忤也。忤，違逆也。』按《説文》云：『啎，屰也。从午，吾聲。』《一切經音義》引《聲類》云：『迕，逆不遇也。』《家語・問禮》云『以忤其衆』，蓋『啎』爲正字，『午』爲假借，『迕』『忤』俱俗字。《吕氏春秋·明理》云『亂世之民長短頡䛓百疾』，高注：『䛓，逆也。』此用正字。《荀子·富國》云『午其衆』，楊注：『午讀爲迕，遇也。』與此同用假借。

『寡人惷愚，冥煩子志之心也』，注：『志，讀爲識。識，知也。冥煩者，言不能明理此事，子之心所知也。』疏引皇氏云：『子志，夫子之志。志是知也，言我之心冥煩不能明理此事，子心所知也。』按《家語·大婚解》云：『寡人且愚冥，幸煩子之於心。』王肅注：『欲煩孔子議識其心所能行也。』是以冥屬上句，而以幸煩下屬，與此爲異。

《仲尼燕居》云：『夫夔達於樂而不達於禮，是以傳於此名也。』注：『夔達於樂，傳世名此賢人也。』疏：『皇氏以達爲掌，言夔掌樂不掌禮。』按『達』訓爲『掌』，即《書》『典禮典樂』意，但與上文不合。

《孔子閒居》云『夙夜其命宥密』，注：『《詩》讀「其」爲「基」，聲之誤也。基，謀也。』按《詩·昊天有成命》釋文：『其音基，本亦作基，始也。』《書·立政》云『以並受此丕丕基』，漢石經作『不不其』。《漢書·地理志》云『琅邪郡不其』，如淳曰：『其音基。』是『其』『基』同聲通用，故讀『其』爲『基』也。『基，謀』，《釋詁》文。此與《詩》傳訓『始』不同。

『至于湯齊』，注：『《詩》讀「湯齊」爲「湯躋」。躋，升也。』按《釋詁》云：『躋，陞也。』《公羊·文二年傳》云：『躋者何？升也。』《詩·長發》云『至于湯齊』，傳：『至湯與天心齊。』下云『聖敬日躋』，傳：『躋，升也。』此讀『湯齊』爲『湯躋』，下作『日齊』，注：『齊，莊也。』與《詩》不同。

『坊記』釋文：『坊音防，徐：扶訪反。經文皆同。』疏引《鄭目録》云：『名曰《坊記》者，以其記六藝之義，所以坊人之失者也。』按《説文》云：『防，隄也。从𨸏，方聲。』『堕』或从土，今作『坊』者，隸俗字也。《地官・稻人》云『以防止水』，經解云：『猶坊止水。』是『防』爲正字。

『貴不慊於上』，注：『慊，恨不滿之貌也。慊或爲嗛。』按《易・文言》傳云『爲其嗛於无陽也』，集解：『九家曰：陰陽合居故曰嗛。』釋文：『嗛，鄭作溓。』《詩・采薇》疏引鄭注：『溓讀如「群公慊」之「慊」，古書篆作立心，與「水」相近，讀者失之，故作溓。溓，雜也。』是『嗛』『慊』通用。

《中庸》云『素隱行怪』，注：『素讀爲「攻城攻其所傃」之「傃」。傃猶鄉也，言方鄉辟害隱身而行佹譎。』釋文：『傃音素。鄉本又作嚮。』按《司馬法》云『攻城者，攻其所素』，『素』疑『遡』之假借字。《説文》云：『㴑，向也。』遡或从辵朔。《詩・桑柔》云『如彼遡風』，毛傳：『遡，向也。』此讀爲『攻其所素』，擬其音耳。後人以讀爲某者必易字，故加人旁也。下章『君子素其位而行』，注：『傃皆讀爲素，亦同。』錢詹事曰：『中「傃」「素」兩字當互易。』

『故栽者培之』，注：『栽讀如「文王初載」之「載」。栽猶殖也。今時名草木之殖曰栽，築牆立版亦曰栽。「栽」或爲「兹」。』釋文：『初載之載，並音災。本或作哉，同。』按栽讀如『初載』之『載』者，『栽』『載』同聲通用。後引《詩》云『上天之載』，注：『載讀曰栽，謂生物也。』《説文》云：『栽，築牆長版也。从木，𢦏聲。』《春秋傳》曰『楚圍蔡里而栽』，蓋『栽』本築牆設版之名。故艸木之殖亦曰栽。栽或爲兹，『栽』『兹』聲同之誤。

『壹戎衣而有天下』，注：『戎，兵也。衣讀如殷，聲之誤也。齊人言殷聲如衣。虞夏商周氏者多矣，今姓有衣者，殷之胄與？「壹戎殷」者，一用兵伐殷也。』按《書·康誥》云『殪戎殷，誕受厥命』，是《書》有『戎殷』之語，故鄭讀從之。『殷』字从『㐆』，《説文》云：『㐆，歸也。从反身。』《金縢》云『我先王亦永有依歸』，『㐆歸』即『依歸』。知古『殷』『衣』聲同也。

『人道敏政，地道敏樹』，注：『敏猶勉也。敏或爲謀。』按《釋詁》云：『䵣，没勉也。』郭注：『面没，猶黽勉。』『敏』『黽』聲同。《舜典》云『維時懋哉』，《史記》作『維是勉哉』，『懋』『謀』聲亦同也。

《表記》云『衣服以移之』，注：『移讀如「禾氾移」之「移」，移猶廣大也。』按《説文》云：『移，禾相倚移也。一曰禾名。』故相倚則移也。是『倚移』猶『氾移』也。『一曰禾名』，疑『禾』，『多』之誤，言禾多故相倚則移。與此注『廣大』之訓亦合。《列子·黄帝篇》云『吾與子虚而倚移』是也。

《緇衣》云『冂費而煩』，注：『費猶惠也。費或爲哱，或爲悖。』按《説文》云：『誖，亂也。从言，孛聲。悖或从心，𧩙籀文从二或。』此『或爲哱』者，當作『誖』。『費』从『弗』聲，『誖』从『孛』聲，『弗』『孛』通用。《詩》『觱沸檻泉』，《史記·司馬相如傳》作『滭浡』。《説文》又云：『熚，㶚火皃。』故『費』或作『誖』，或作『悖』也。

《奔喪》云『奔喪之禮』，釋文：『䘮，此正字也。』《説文》云：『從哭、亡，亡亦聲也。』按《説文》云：『䘮，亡也。从哭，从亡，會意，亡亦聲。』《急就篇》云『䘮弔悲哀面目腫』，注：『䘮謂遭䘮持䘮也。』於字哭亡爲『䘮』，是作『喪』者隸之變也。

《問喪》云『雞斯』，注：『雞斯當爲笄纚，聲之誤也。親始死，去冠二日，乃去笄纚括髮也。今時始喪者，邪巾貊頭，笄纚之存象也。』按《續漢·輿服志》云：『古者有冠無幘，秦雄諸侯，乃加其武將首飾爲絳袙，其後稍稍作顔題。漢興，續其顔，卻摞之，施巾連題，卻覆之，今喪幘是其制也。』此云『貊頭』，爲『帕頭』之假字。帕，一幅巾也，俗作『袙』。

《深衣》云『續衽鉤邊，要縫半下』，注：『續猶屬也。衽，在裳旁者也。屬連之，不殊裳前後也。鉤讀如「鳥喙必鉤」之「鉤」。鉤邊，若今曲裾也。續或爲裕，要或爲優。』按『鳥喙必鉤』者，疏引《孝經援神契》云：『象鼻必卷，鳥喙必鉤。』鄭據此讀之也。續或爲裕，裕，衣物饒也。今太原人讀『續』如『序』，與『裕』聲近也。『要』『優』亦聲近。

『袼之高下』，注：『袼，衣袂當掖之縫也。』釋文：『袼，本亦作胳，音各，腋也。』按作『胳』者是也。《説文》云：『胳，腋下也。从肉，各聲。』《廣雅》云：『胳謂之腋。』《一切經音義》引《裨倉》云『肘後曰胳』。然則『袼』爲別字，今人謂腋下爲肋、胳支。

《投壺》云『某有枉矢哨壺』，注：『枉哨，不正貌，爲謙辭。』釋文引王肅云：『枉，不直。哨，不正也。』按《説文》云：『哨，口不容也。从口，肖聲。』《廣雅》云：『哨，衺也。』《考工·梓人》云『大匈燿後』，注：『燿讀爲哨，頃小也。』馬融《廣成頌》作『大匈哨後』，蓋『哨』爲不正，亦爲『不容』，故云頃小也。

《儒行》云『鷙蟲攫搏』，注：『鷙蟲，猛鳥、猛獸也。字從鳥，鷙省聲也。』疏：『獸摯從執下著手，鳥鷙從執下著鳥。今一「鷙」包兩義，以獸鷙從鳥，故云省也。執下著鳥、執下著手俱是鷙聲，故云聲也。』按《説文》云：『鷙，擊殺鳥也。从鳥，執聲。』注中『從鳥鷙』當作『鳥執』，『省』字衍，疏説殊謬。

《大學》云『此之謂自謙』，注：『謙讀爲慊。慊之言厭也。』疏：『慊然安静之貌。心雖好惡而口不言應，自然安静也。』按《説文》云：『謙，敬也。从言，兼聲。』『慊，疑也。从心，兼聲。』『嗛，口有所銜也。从口，兼聲。』《易·謙卦》釋文云：『謙，子夏《傳》作嗛，云謙也。』《荀子·榮辱》云『臭之而無嗛于味』，楊注：『嗛與慊同。』是『謙』『嗛』『慊』三字本通用，此讀爲『慊』，當作『口有所銜』解，故云『慊之言厭』，疏亦以爲『口不言』，非作『慊疑』解也。

『見君子而后厭然』，注：『厭讀爲黶，閉藏貌也。』疏：『黶爲黑色，知爲閉藏貌也。』按《荀子·疆國》云『如牆厭之』，楊注：『厭讀爲壓。』此讀爲『黶』者，《廣雅》云：『黶，黑也。』『黶』『壓』俱从厭聲，故通用。

『瑟兮僩兮者，恂栗也』，注：『恂字或作峻，讀如嚴峻之峻，言其容貌嚴栗也。』按『恂』『峻』聲相近。《説文》云：『𡶓，高也。从山，陖聲。峻或省。』《中庸》云『峻極於天』，注：『峻，高大也。』《詩・閟宫》云『泰山巖巖』，故云『巖峻』。

『舉而不能先命也』，注：『命讀爲慢，聲之誤也。舉賢而不能使君以先己，是輕慢於舉人也。』按『命』『慢』一聲之轉。《釋名》云：『慢，慢也。慢慢，心無所限忌也。』《説文》云：『慢，惰也。从心，曼聲。』《易・文言》傳云『賢人在下位而无輔，是以動而有悔也』，此即慢賢之意。

《鄉飲酒義》云『秋之爲言愁也，愁之以時察』，注：『愁讀爲揫，歛也。察猶察察嚴殺之貌也。察或爲殺。』按《釋詁》云：『揫，聚也。』《漢書・律曆志》云『秋䪌，物䪌斂，乃成孰』，『揫』即『䪌』之重文。『察』『殺』聲同。

《射義》云『君子無所争，必也射乎，揖讓而升，下而飲』，注：『必也射乎，言君子至于射則有争也。下，降也。飲射爵者，亦揖讓而升降。勝者袒角決遂，執張弓，不勝者襲，説決拾，郤左手，右加弛弓於其上而升飲。君子恥之，是以射者争中。』釋文：『「揖讓而升下」絶句。「而飲」一句。』按《論語・八佾篇》與此文同。集解：『孔曰：言於射而後有争也。王曰：射於升堂及下，皆揖讓而相飲也。』釋文『争』絶句，鄭讀以『必也』絶句。又云『揖讓而升下』絶句。鄭注《詩・賓之初筵》則云『下而飲』，皇疏就王注『意則云揖讓而升下也』，若餘人讀則云『揖讓而升』，『升』屬上句，『下而飲』，『下』屬下句，然此讀不及王意也。今考《射義》注亦從舊説，以『必也射乎』連讀，與注《論語》不同。以『升下』絶句，不以『下而飲』連讀，與注《詩》不同。

《聘義》云：『君子貴玉而賤碈者，何也？』注：『碈，石似玉。或作玟也。』釋文：『碈，字亦或作瑉。』是『珉』爲正字，『碈』『瑶』俱别字。或作瑶。』按《説文》云：『珉，石之美者。从王，民聲。』是『珉』爲正字，『碈』『瑶』俱别字。或作『玟』，假借字。

『孚尹旁達』，注：『孚讀爲浮，尹讀如竹箭之筠。浮筠，謂玉采色也。孚或作姇，或爲扶。』釋文：『孚，依注音浮。尹，依注音筍，又作筠，于貧反。』按釋文本注『尹讀如竹箭之筍。浮筍，謂玉采色』，今注疏本作『筠』，蓋依誤本也。『姇』『扶』俱聲之誤。

校勘記

〔一〕『返』，疑誤衍。

簡莊疏記卷十一　春秋左氏傳

《隱元年傳》『仲子生而有文在其手，曰爲魯夫人』，林注：『以手理自然成字，有若天命。』孔疏：『成季唐叔亦有文在其手，曰「友」曰「虞」，下不言「爲」。此傳言「爲魯夫人」者，以宋女而作佗國之妻，故傳加「爲」以示異耳。非爲手文有「爲」，故「魯夫人」之上有「爲」字也。』又云：『隸書起于秦末，手文必非隸書。石經古文「虞」作「㚢」、「魯」作「㫺」，手文容或似之。其「友」及「夫人」固當有似之者也。』按此所引石經古文，乃魏正始三字石經也。《説文・白部》『魯』字下不載古文，《㫃部》『旅』字重文『㫺』，云『古文旅，古文以爲魯衛之魯』。鱣謂『旅』『魯』同聲通用。《書・敘》云『周公既得承命，旅天子之命』，《史記・周本紀》〔二〕作『魯天子之命』。秦和鐘文云『有受毛魯作多釐』，《廣川書跋》云：『魯，古文旅。』是也。《虍部》『虞』字下亦不載古文，魏石經今亦不傳，賴有此疏爲證。《又部》『友』重文『㚢』，云『古文叐。』《夨部》『吴』字重文『㕦』，云『古文如此』。《釋名》云：『吴，虞也。泰伯讓位而不就，歸封於虞。此虞其志也。』《公羊・定三年》『鮮虞』，釋文：『虞，本或作吴，音虞。』『吴』『虞』古通用。『吴』古文作『㕦』。《詩》『不吴不敖』，《史記・五帝紀》引作『不虞不驁』，釋文：『吴，舊如字。何承天云：「吴字誤，當爲吳，从口下大。故魚之大口者名吳，胡化反。」此音恐驚俗也。』鱣謂承天之言，當必有據。今本《説文》作『妳』，此疏引石經又作『炏』，俱轉寫形誤耳。蓋手文曰『魯夫人』者，作『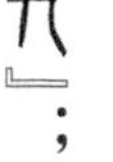』；曰『虞』者作『炏』；曰『友』者作『𠬞』耳。

『不義不暱，後將崩』，注：『暱，親也。』按《説文》云：『䵒，黏也。从黍，日聲。《春秋傳》曰「不義不䵒」。』是『䵒』爲正字，『暱』爲假字也。

『其樂也融融』，注：『融融，和樂也。』疏：『中融外洩，各自爲韻。』按《文選·思玄賦》云『展洩洩而彤彤』，舊注：『洩洩彤彤，皆和皃。』李善注云：『《左傳》曰：「鄭莊公入而賦：大隧之中，其樂也彤彤。」「融」與「彤」古字通。』惠徵君補注亦引此，并引《漢殽阬碑》亦以『彤』爲『融』。鱣謂『彤』當作『肜』，《説文》：『肜，船行也。从自，彡聲。』隸書从『舟』之字俱从『月』，詳見《書疏記》。或曰：『子之言則然矣，但《唐韻》「肜，丑林切」，「其如」與「中肜」不叶何？』曰：『《玉篇》「肜，余弓切，又丑林切」，是以讀若「融」爲正音矣。古人从彡之字本讀入中類。《説文·丹部》「彤」字下云「从彡，亦聲」，此其明證。』

《二年經》『紀裂繻來逆女，子帛、莒子盟于密』，注：『子帛，裂繻字也。』按《説文》云：『繻，繒采色。』『繒，帛也。』『帛，繒也。』『裂，繒餘也。』《既濟》六四云『繻有衣袽』，集解：『盧氏曰：繻者，布帛端末之識也。』《漢書·終軍傳》云『關吏與軍繻』，張晏曰：『繻，符也。書帛裂而分之，若契券矣。』蘇林曰：『繻，帛邊也。舊關出入，皆以傳。傳煩，因裂繻頭，合以爲符信也。』《小雅·都人士》云『垂帶而厲』，傳：『厲，帶之垂者。』箋云：『厲字當作裂。』是繒餘爲裂，故紀裂繻字子帛。『裂繻』，《公》《穀》作『履緰』，『子帛』，《公》《穀》作『子伯』，『裂』『履』聲之轉。

『石碏諫曰』，釋文：『碏，七略反。』按漢石經《公羊》殘字作『蹐』。《説文》無『碏』字，俗因上石字相承致誤耳。

『驕而不憾，憾而能眕者，鮮矣。』釋文：『憾，本又作感，同，胡暗反，恨也。《五年》同。』按唐石經本此作『感』，《宣十年》『二憾往矣』，《成二年》『朝夕釋憾』，初刻皆作『感』，後乃加『心』旁。惟《昭十一年》『唯蔡於感』，尚不加『心』。《説文》：『感，動人心也。从心，咸聲，若作憾。』則是有二心矣。凡經典放此。

《五年經》『公子彄卒，彄字子臧』，按《説文》云：『「箄」讀若春秋魯公子「彄」。彄，弓弩耑弦所居也。从弓，區聲。』『區，踦區藏匿也。从匸、品。』《昭七年傳》云『作僕區之法』，釋文引服虔云：『僕，隱也。區，匿也。』《哀十三年經》云『盜殺陳夏區夫』，《公羊》作『彄』。是『彄』『區』通用，『區』爲藏匿，故字子臧，『臧』即『藏』之正字。

『五年，公觀魚于棠。』按《左氏傳》明言『書曰：公矢魚于棠』，則經文當是『矢』字，後人因傳首云『公將如棠觀魚』者及『陳魚而觀之』，遂改經文作『觀』，非也。

《七年傳》『及鄭伯盟歃，如忘』，疏引服虔曰：『臨歃而忘其盟載之辭。』按《説文·欠部》『歃』引作『歃而忘』，『而』『如』古通用。服本雖不作『而』，然解詁尚與許合。杜注：『志不在于歃血。』竟作如字讀。疏反難服以申杜，非也。

《六年傳》『如農夫之務去草焉，芟夷蘊崇之』，注：『芟，刈也。夷，殺也。』按《説文·癶部》：『𤼵，㠯足踏夷艸。从癶，从殳。』《春秋傳》曰『芟夷蘊崇』之『芟』从『癶』『殳』。按『癶』者，足刺癶也。从殳者，以殳殺艸，㠯足踏夷艸。謂芸田以手除艸，而以足踏艸入泥中也。『夷』即『薙』之假字。《秋官》『薙氏』鄭注：『薙，書或作夷。玄謂：讀如「鬀小兒頭」之「鬀」。』蓋『夷』『薙』『弟』聲近。鱣考《説文》『雉』古文从『弟』作『𨿅』，『鵜』或从『弟』作『鴺』，此其證也。『薙』字注引傳文同。

《桓二年傳》『藻率鞞鞛』，注：『藻率，以韋爲之，所以藉玉也。鞞，佩刀削上飾。鞛，下飾。』疏：『服虔以藻爲畫，藻率爲刷巾。杜以「藻」「率」爲一物者，以拭物之巾無名「率」者。服言《禮》有刷巾，事無所出云云。』按服説是也。『藻』爲『璪』之假字，『率』乃『帥』之假字。《説文·巾部》云：『帥，巾也。从巾自帨。』『帥』或从『兑』聲。蓋『率』訓捕鳥畢，『率帥』之字本作『衛』。《説文·行部》云：『衛，將衛也。从行，率聲。』古多用『率』字，知『率』『帥』『帨』皆通，不得如孔疏云『拭物之巾無名率者』也。疏又云：『鞞鞛，佩刀削之飾，「鞞」「鞛」二名，明飾有上下，先鞞後鞛，故知鞞爲上飾，鞛爲下飾。劉君以《毛詩》「下曰鞞，上曰琫」而規杜氏，但鞞鞛或上或下，俱是無正文，不可以規杜過也。』按『鞞鞛』當作『鞞琫』。《小雅》云『鞞琫有珌』，毛傳：『鞞，容刀鞘也。琫上飾，珌下飾。』《大雅》云『鞞琫容刀』，毛傳：『上曰琫，下曰鞞。』《説文》云：『鞞，刀室也。』『琫，佩刀上飾。』『珌，佩刀下飾。』《釋名》云：『琫，奉也。』『奉，束口也。』『琕，卑也，直下之言也。』皆與毛《傳》合。杜注互失，宜爲劉君所規。疏乃曲意回護，非也。

《六年傳》云『使薳章求成焉』，按《潛夫論・志姓氏》云：『蚡冒生蔿章者，王子無鈎也。令尹孫叔敖者，蔿章之孫也。』《説文》云：『蔿，艸也。从艸，爲聲。』無『薳』字。《襄十五》《二十二年傳》『蔿子馮』俱作『蔿』，惟《二十五年傳》作『薳』。《五經文字》云：『蔿，《春秋傳》及釋文或作薳，與蔿同。』非。

『鄭太子忽帥師救齊』，按《説文》云：『㫚，出氣詞也。从曰，象氣出形。《春秋傳》曰「鄭太子㫚」。』是『㫚』爲正字，隸變爲『曶』，又假用『忽』。《論語》『仲忽』，《漢書・人表》作『中曶』，師古曰：『曶與忽同。』

『謂其不疾瘯蠡也』，釋文：『蠡，《説文》作瘰，云瘯瘰皮肥也。』按今本《説文》無『瘯瘰』字，惟『痤』字下云：『小瘇也。一曰族累。』徐鉉曰：『今別作瘯蠡，非是。』是《説文》本作『族累』，疑釋文誤。

『嘉栗旨酒』，注：『嘉，善也。栗，敬謹也。』疏：『劉炫以栗爲穗皃而規杜，過於理，恐非。』鱣謂上文『博碩肥腯絜粢豐盛』，俱指所奉之物而言，何至酒醴忽加敬謹之心？《大雅》云『實穎實栗』，正『嘉栗』之明證。若如疏言《詩》與田事相類，故栗爲穗皃，此栗與嘉美旨酒相類，故栗爲敬謹之心，是偵之甚。凡《詩》言爲酒，無不與田事相類。如『十月穫稻，爲此春酒』『萬億及秭，爲酒爲醴』。劉訓栗爲穗皃而規杜，過於理，爲當。孔復以《論語》『使民戰栗』與此相似，何其迂回而難通乎？

『周人以諱事神，名終將諱之』，釋文：『「周人以諱事神名」絶句。衆家多以「名」字屬下句。』按『名』字屬下句是也。『名終將諱之』，猶《曲禮》云『卒哭乃諱』也。

《十年傳》『齊人餼諸侯』，按《説文》：『氣，饋客芻米也。从米，气聲。《春秋傳》曰「齊人來氣」。』『槩』或从『既』，『餼』或从『食』。是『餼』即『氣』之重文。惠徵君補注失引。

《十二年傳》『使伯嘉諜之』，注：『諜，伺也。』按『諜』當訓爲閒也。《莊二十八年傳》『諜告曰』，注：『閒也。』是矣。《説文》云：『諜，諜軍中反閒也。』《夏官·環人》云『搏諜賊』，鄭注：『諜，賊反閒爲國賊。』又《宣八年傳》『晉人獲秦諜』，注：『往來閒諜者，今謂之細作人。』郭注《釋言》亦云：『諜，今之細作也。』

《莊四年傳》『卒於樠木之下』，杜注：『樠木，木名。』釋文：『樠，朗蕩反，莫昆反，又武元反。』疏：『此字之音，或爲曼，或爲朗。若以㒼爲聲當作曼，以兩爲聲當作朗，字體難定，或兩爲之音。杜直云：木名，不知木何所似。木有似榆者，俗呼爲朗榆，蓋爲朗也。』按《説文》：『樠，松心木。从木，㒼聲。』無从『兩』之字。《中山經》云『槀山多樠木』，亦即『樠』之誤。《淮南·墬形訓》云『泥涂淵出樠山』，高注：『樠讀如人樠之樠。』《漢書·西域傳》云『烏孫國山多松樠』，師古注：『樠，木名，其心似松。』蓋本于《説文》。蓋當時《左傳》本『樠』字，有壞體作『㮰』者，遂有兩讀。釋文兼存其音，孔疏兩歧其説。《廣韻·養部》遂收『㮰』字，釋爲松脂，則仍是『樠』字舊訓耳。

『除道梁溠』，注：『溠水在義陽厥縣西東南入鄖水。』釋文：『溠，高貴鄉公音側嫁反，水名。《字林》音壯加反。』疏：『《釋例》曰：「義陽厥縣西有漈水，原出縣北，從縣西東南至隨縣入鄖水。杜以漈解溠，蓋聲相近而字轉耳。」』按《説文》：『溠，水在漢南。从水，差聲。荆州浸也。《春秋傳》曰「修涂梁溠」。』《夏官·職方》云『豫州其浸波溠』，鄭注引《春秋》爲證。但溠本豫州浸，而此云荆州，疑《周禮》有異本。至疏引《釋例》作『漈』，則轉寫之誤耳。

《二十四年傳》『女贄不過榛栗棗脩』，杜注：『榛，小栗。』疏：『先儒以爲栗，取戰栗也。棗，取其早起也。修，取其自修也。惟榛無説，蓋以榛聲近虔，取其虔於事也。』按《説文》：『亲，實如小栗。从木，辛聲。《春秋傳》曰「女摯不過亲栗」。』是『亲』爲正字，『榛』爲假字。『亲』从辛聲，女摯取其當辛勤也。若如孔疏『榛』聲近『虔』，下云『告虔』，兼四物言之，不獨榛也。

《三十二年傳》：『見孟任，從之。閟，而以夫人言許之。』注：『閟，不從公。』按《説文》云：『閟，閉門也。从門，必聲。《春秋傳》曰「閟門而與之言」。』與傳文不合。傳文『閟』自爲句。《説文》『闔』字下引《國語》『闔門而與之言』，蓋涉彼致誤。

《閔元年傳》『魏，大名也』，服虔曰：『魏，喻巍巍高大也。』按《説文》：『巍，高也。从嵬，委聲。』《魏志·文帝紀》注：『大史丞許芝條魏代漢見讖緯于魏王，曰：「《易運期》讖曰：鬼在山，禾女連，王天下。」』則从『嵬』可知。《漢嶂山亭碑》亦尚作『巍』，《衡方》《張平子》《楊震》《孔宙》等碑則變作『魏』，然猶有『山』字在下。惟《魏大饗直書》作『魏』，服虔蓋因當時行本作『魏』，故據古證俗耳。

《二年傳》『鶴有乘軒者』，注：『軒，大夫車。』疏引服虔云：『車有藩曰軒。』按《説文》：『軒，曲輈藩車。』是服説所本。《一切經音義》引《聲類》云：『軒，安車也。』《曲禮》云：『大夫七十而致仕行役，以婦人適四方，乘安車。』下云『歸夫人魚軒』，《僖二年云》『乘軒者三百人』，皆車之有藩也。

『公衣之偏衣』，注：『偏衣，左右異色，其半似公服。』按《史記注》及《御覽》引服虔曰：『偏衣，偏裻之衣。偏，異色駮不純。裻在中左右各異，故曰偏。』按《晉語》云『衣之偏裻之衣』，韋注：『裻在中左右異，故曰偏。』與服説同，並較杜注爲長。

《僖四年傳》『爾貢包茅不入，王祭不共，無以縮酒』，按《説文》云：『莤，禮祭，束茅加于裸圭而灌鬯酒，是爲莤。象神歆之也。一曰：莤，榼上塞也。从酉，从艸。《春秋傳》曰「爾貢包茅不入，王祭不供，無以莤酒」。』是『莤』正字，『縮』爲假借，同聲。《天官·甸師》云『祭祀共蕭茅』，注：『鄭大夫云：蕭字或爲莤，莤讀爲縮，束茅立之祭前，沃酒其上，酒滲下去，若神飲之，故謂之縮。縮，滲也。』

「一薰一蕕」，注：「薰，香艸。蕕，臭草。」按《内則》鄭注引作「一薰一庮」。《説文》云：「庮，久屋朽木。从广，酉聲。《周禮》曰『牛夜鳴則庮臭如朽木』。」引《周禮》見《天官・内饔》，鄭司農曰：「庮，朽木臭也。」《説文》云：「蕕，水邊草也。从艸，猶聲。」《釋艸》云：「莤，蔓于。」郭注：「多生水中，一名軒于。江東呼莤。」「莤」即「蕕」之省，皆不言其臭。薰爲香艸，庮爲朽木，借「蕕」爲「庮」則可，但不必如孔疏所云「二字皆從艸，知是香艸、臭艸」以曲護杜注也。

《四年傳》云「與犬犬斃，與小臣小臣亦斃」，按《説文》云：「獘，頓仆也。从犬，敝聲。《春秋傳》曰『與犬犬獘』，重文斃，云獘或从死。」今本作「斃」从或體字也。《釋訓》云：「斃，踣也。」亦从死。

《五年傳》「諺所謂輔車相依」，《玉篇》引作「酺車」。按《説文》云：「酺，頰也。从面，甫聲。」《易・咸》上六云「咸其輔頰舌」，釋文：「輔，虞本作酺。」

《九年傳》云「以是藐諸孤」，注：「言其幼賤與諸子縣藐。」補注引《字林》曰：「藐，小兒笑也。」顧君訓藐爲小，亦未當。按《文選・寡婦賦》云「孤女藐焉始孩」，李善引此傳及注，又引《廣雅》曰：「藐，小也。」《字林》曰：「孩小兒笑也。」俗本脱去「孩」字，惠君遂沿其誤。任子田《字林考逸》因之，不知《字林》之訓即《説文》「咳」字之訓，與「藐」字無涉，未若顧君本《廣雅》

訓『小』爲當也。又按，『藐』依《説文》當作『藐』。

《十一年傳》云『受玉惰』，孔疏：『執玉卑替其職也。』按《説文》云：『憜，不敬也。从心，𡐦省聲。《春秋傳》曰「執玉憜」。重文惰，云憜或省𨸏。媠，古文。』是作『惰』者从省也。

《十五年傳》『秦穆姬屬賈君焉』，注：『賈君，晉獻公次妃賈女也。』按《晉語》唐尚書注：『賈君申生妃。』故《僖十年傳》云『夷吾無禮』，惠君頗取其説。但《僖十年傳》疏引賈逵云：『烝于獻公夫人賈君，故曰無禮。』則非申生之妃。夫烝于賈君，無禮之甚，何必申生妃乎？《莊二十八年傳》云『晉獻娶于賈』，言娶則是正妃，故賈注云『獻公夫人』，不當如杜注作『次妃』，孔疏云『别有所見』，恐終是杜誤耳。

『使以免服衰絰，逆且告』，疏：『傳文于此或有：「曰上天降災，使我兩君相見不以玉帛，而以戎興。若晉君朝以入，則婢子夕以死；夕以入，則朝以死。唯君裁之。」《左傳》本無此言，後人妄增之耳。今定本亦無。』釋文：『「曰上天降災」此凡四十七字，檢古本皆無，尋杜注亦不得有。有是後人加也。』按古本無此言，後人蓋因《三十二年》『文嬴請三帥』，《文七年傳》穆嬴之語而妄加之耳。陸、孔本俱無，不知何以唐石經仍復采入，自宋以來相沿不删耶？疏引『使我兩君相見不以玉帛』，今本同唐石經『匪以玉帛相見』。疏又引上文語『且告夫人將以恥辱自殺』，今本無『夫人』二字，是又誤中之誤。釋文『四十七字』亦當作『四十二字』。

《十六年經》『六鷁退飛，過宋都』，釋文：『鷁，本或作鶂。』疏：『鷁字或作鶂。』按《説文》：『鶂，鳥也。从鳥，兒聲。《春秋傳》曰「六鶂退飛」。』鷊或从鬲，『鷁』，司馬相如説『鶂』从『益』，是。《説文》並無从『益』之『鷁』，今蓋因从『益』之『鷁』而誤爲『鷁』。《漢書·司馬相如傳》云『浮文鷁』，張揖注：『鷁，水鳥也。』亦誤以『鷁』誤『鷁』耳。

『公子季友卒』，注：『稱字者貴之。』疏：『季是其字，友是其名。猶如仲遂卒、叔肸卒之類，皆名字雙舉。劉炫以季爲氏而規杜過，非也。炫云：季友、仲遂皆生賜族，非字也。』按季氏友名，並非其字。劉説得之。叔肸字向，取『肸蠁』之義。疏以『叔肸』名字雙舉，亦非。

《二十二年傳》『大司馬固諫曰』，杜注：『莊公之孫公孫固也。』按《晉語》云『公子過宋，與司馬公孫固相善』，韋注：『固，宋莊公之孫大司馬固也。』是大司馬名固無疑。據《史記·宋世家》此諫詞及下司馬子魚俱一人之言，古者名字相配，公孫固當字子圉。傳云『亦聊以固我圉』，故名固，字子圉。『魚』『圉』同聲假借，其爲一人無疑。

《二十三年傳》『曹共公聞其駢脅，欲觀其倮，浴薄而觀之』，注：『薄，迫也。駢脅，合幹。』按釋文：『「聞其駢脅」絶句，「欲觀」絶句，一讀至「倮」字絶句。』疏：『斷「其倮」以上爲句。』按當从『一讀至倮字絶句』。《晉語》云：『重耳過曹，聞其駢脅，欲觀其狀。止其舍，諜其將浴，設微薄而觀之。』韋注：『骿，并幹也。微，蔽也。薄，簾也。』《説文》：『骿，并骨也。从骨，并聲。晉文公骿脅。』與《晉語》合。《傳》作『駢』，假字也。『薄而觀之』，當从《晉語》作『設薄』爲是，不當如杜本作『薄』訓『迫』也。

《二十四年傳》『臣負羈絏』，杜注：『絏，馬韁。』按《説文》云：『紲，系也。从系，世聲。』《五經文字》云：『絏，本从世，緣廟諱偏旁，今經典共遵準式例變。』《春秋傳》曰「臣負羈紲」。』『緤』或从『枼』，《説文》無『絏』字。

《二十四年傳》『好聚鷸冠』，注：『鷸，鳥名。聚鷸羽以爲冠，非法之服。』按《説文》：『鷸，知天將雨鳥也。从鳥，矞聲。』《禮記》曰『知天文者冠鷸』，《漢書·五行志》注引《逸周書》曰『知天文者冠述』，《匡謬正俗》云『子臧好與術士游』，《續漢·輿服志》云『知天文者冠述，知地理者履絇』，『述』即『鷸』之假字。然則『好聚鷸冠』，謂好聚冠鷸冠之術士，故下云『服之不衷』，又云『不稱』也。

《二十四年傳》『天子有事膰焉』，釋文：『膰，《周禮》又作鐇字。』按《説文》云：『鐇，宗廟火孰肉。从炙，番聲。《春秋傳》曰「天子有事鐇焉，以饋同姓諸侯」。』《玉篇》：『鐇，或作膰。』《春官·大宗伯》『以脤膰之禮親兄弟之國』，鄭注：『脤膰，社稷宗廟之肉，以賜同姓之國，同福禄也。』與《説文》合。是饋同姓諸侯偁鐇，而異姓之尊者閒亦與焉。或疑《左傳》原文云『宋先代之後，于周爲客』云云，此鐇明饋異姓諸侯，疑《説文》『同姓』之誤，非也。

《二十六年傳》『室如縣罄』，注：『如，而也。居室而資糧縣盡。』釋文：『罄，亦作磬，盡也。』疏：『服虔云：言室屋皆發撤榱椽，在如縣磬。孔晁曰：縣磬但有桷無覆。蓋杜以下云「野無青草」，言在野無青草可食，明此在室無資糧可噉，故改如爲而，言居室而資糧縣盡。劉炫云：如磬在縣下無粟帛。劉乃以服義規杜，非也。』按服説是也。《考工・磬氏》云：『倨句一矩有半，其博爲一，股爲二，鼓爲三。』蓋古者磬本直縣，屋之但有榱椽，與縣磬正相似，言其室之破而野之荒也。

《二十八年傳》『楚子伏己而盬其腦』，建安本『伏』字絶句，則『己』音『以』。岳本、淳熙本『己』絶句，則『己』當音『紀』。釋文不云『音紀』，當以『楚子伏』爲句。下文『吉我得天，楚伏其罪，吾且柔之矣』。蓋楚子伏，故云『伏其罪己而盬其腦』，故云我且柔之。然杜注『晉侯上向，故得天；楚子下向，故伏其罪。腦所以柔物』，則亦以『伏己』絶句。『盬其腦』者，杜注：『盬，唼也。』疏：『盬之爲唼，未見正訓，蓋相傳爲然。服虔曰：如俗語相駡之唼女腦矣。』按『盬』爲『蠱』之假字，『唼』爲『嗒』之俗字。《説文》：『嗒，嗛也。』《莊子・天運》『蚉蟲嗒膚，則通昔不寐矣』，『盬其腦』，如蟲之嗒人也。《潛夫論・夢列篇》云：『晉文公於城濮之戰，夢楚子伏己而盬其腦，是大惡也。及戰，乃大勝。此謂極反之夢也。』

『鄉役之三月』，注：『鄉猶屬也。』釋文：『鄉，本又作曏，同。』按《説文》：『曏，不久也。从日，鄉聲。《春秋傳》曰「曏役之三月」。』『不久』之訓最確，蓋本諸賈君也。

『楚子玉自爲瓊弁玉纓』，注：『瓊，玉之别名。』《郊特牲》疏引服注：『謂馬飾。』按《説文》：『璿，美玉也。从玉，睿聲。《春秋傳》曰「璿弁玉纓」。』《文選・西京賦》亦作『璿弁』，薛綜注：『弁，馬冠也。』又：『髦以璿玉作之。纓，馬鞅也，以玉飾之。』與服注合。

《三十年傳》『焉用亡鄭以倍鄰』，杜注：『倍，益也。』按注則傳文當作『陪』，唐石經及宋本皆作『陪』，方與下『鄰之厚』合。

『以爲東道主』，按《南史・王僧辯傳》云：『僧辯謂沈炯曰：魯晉州亦是東道主人。」』蓋用《左傳》語，世俗遂謂作主人者曰東道，不知鄭在秦東，故曰東道。《後漢書・光武紀》云：『謂耿弇曰：「是我北道主人。」』《北魏書・孝武紀》云：『謂咸陽王曰：「昨得汝主簿爲南道主人。」』則南道、北道俱可偁主人也。

『行李之往來，供其乏困』，杜注：『行李，行人。』按《晉語》『行理以節逆之』，賈逵云：『理，吏也，小行人也。』『李』『理』二字通用。《管子》書『大理』皆作『大李』。《漢書・藝文志》云：『《黄帝李法》一篇。』師古曰：『李者，法官之號。』《北史・序傳》：『李氏先爲堯之理官，因以爲氏。』《資暇録》：『古文「使」字作「李」，《左傳》乃是「使」字。』此説非也。

《三十二年傳》『召孟明、西乞、白乙』，杜注：『孟明，百里孟明視。西乞，西乞術。白乙，白乙丙。』按視字孟明，取視曰明也。術字乞，《月令》『審端徑遂術』，與『遂』通，取遂其所爲，與冉求字有同也。丙字乙，乙丙皆取干名，與鄭石癸字甲父、楚公子壬夫字子辛、衛夏戊字丁同義。

『孟子』釋文：『本或作孟兮。』按唐石經初刻作『孟兮』，磨改作『子』，百里視字孟明，故呼爲孟兮。

《三十三年傳》『鄭之有原圃，猶秦之有具囿也』，杜注：『滎陽中牟縣西有圃田澤。』高注《淮南·地形》云：『原圃在今河南中牟，具囿在馮翊池陽，一名陽汙。』

《文四年傳》『臣以爲肄業及之也』，注：『肄，習也。』釋文：『肄，又作肆。』疏：『《說文》「肆」訓「陳」字，从镸，聿聲。「𨽾」訓「習」字，从聿，㣇聲。古書經傳所作字皆同耳。』按《說文》：『肆，極陳也。从镸，隶聲。鬄或从髟。』『𨽾，習也。从聿，𢑱聲。』『𦘒』籀文『𨽾』，『肄』篆文『𨽾』，此傳作『肄』，用篆文也。釋文及疏俱不明晰。又《說文》：『聿，手之疌巧也。从又持巾。』『業』爲『聿』之假字。或曰《爾雅》『大版謂之業』，則『肄業』之字本作『業』，亦通。

『諸侯敵王所愾』，注：『愾，恨怒也。』按《說文》：『鎎，怒戰也。从金，氣聲。《春秋傳》曰「諸侯敵王所鎎」。』杜訓『恨怒戰』，雖本《說文》，然『怒戰』較切。《僖二十二年傳》『金鼓以聲氣也』，故从金氣聲，兼會意。

《六年傳》『道之禮則』，今本『之』字下有『以』字，『則』字屬下句。按：則，法也。『道之禮則』，與上十句文法相同。唐石經無『以』字，後人加『以』字，遂以『則』屬下句，非也。

《十一年經》『叔仲彭生會晉郤缺于承筐』，釋文：『本或作「叔彭生」，「仲」衍字。』按唐石經、宋淳化本俱無『仲』字，即《十四年經》叔彭生帥師伐邾者。『承筐』，唐石經、宋岳氏本俱作『匡』，《襄三十年傳》引此事，監本作『承匡』，不當歧出。

《十一年傳》『至于錫穴』，釋文：『錫音陽，或作鍚，星歷反。』按唐石經、宋岳氏本、廖氏本俱作『錫』。《漢書・地理志》云『漢中郡錫』，應邵曰：『音陽。』師古曰：『即《春秋》所謂錫穴。』《續漢・郡國志》云『漢中錫阿』，《春秋》曰『錫穴』。

《十二年傳》『交綏』，疏：『魏武令引《司馬法》云「將軍死綏」，舊説：綏，卻也。言軍卻將當死，綏必是退軍之名。綏訓爲安。蓋兵書務在進取，恥言其退，以安行即爲大罪，故以綏爲名焉。』按《説文》：『夊，行遲曳夊。』『夊，象人兩脛有所躧也。』《玉篇》云：『夊，行遲皃。』《詩》云『雄狐夊夊』，今作『綏』。是『綏』爲『夊』之假字，舊説訓『卻』，必是賈、服古注。疏以『綏』訓爲『安』，蓋不知『綏』之本作『夊』也。

『兩君之士皆未憖也』，按《説文》云：『憖，閒也，謹敬也。从心，猌聲。一曰説也，一曰且也。《春秋傳》曰「昊天不憖」，又曰「兩君之士皆未憖」。』

《十三年傳》『繞朝贈之以策』，注：『策，馬撾。』疏：『服虔云：繞朝以策書贈士會。』按《説文》『策』訓馬箠，然册書多借用『策』。《聘禮記》云：『百名以上，書于册；不及百名，書于方。』《中庸》作『布在方策』，蓋『𠕁』古文作『笧』，从竹，以『策』形近。此下曰『子無謂秦無人，吾謀適不用也』，即策中之文。《白氏六帖》引注云『以有策而不用也』。《文心雕龍》云：『春秋聘繁，書介彌盛。繞朝贈士會以策，子家與趙宣以書。』蓋用服注。

《十八年傳》云『昔高陽氏有才子八人，蒼舒、檮戭。』按《説文》云：『戭，長槍也。从戈，寅聲。《春秋傳》有「擣戭」。』『擣，手推也。从手，𠷎聲。一曰築也。』是『擣戭』之名，蓋取手擊槍之意。《潛夫論·五德志》云『擣戭』，亦从手，今作『檮杌』之『檮』，非也。

『謂之檮杌』，《史記集解〔三〕》引賈注：『檮杌，頑凶無匹之皃，謂鯀也。』按《說文》云：『梼，斷木也。从木，𠷎聲。《春秋傳》曰「梼」。』『柮，柮斷也。从木，出聲，讀若《爾雅》「貀無前出」之「貀」。』『出』『兀』形聲相近致誤也。《孟子》云『楚之檮杌』，趙注：『檮杌，嚚凶之類。』亦當作『梼柮』，蓋取斷木之梱頭爲惡名也。

『謂之饕餮』，《史記集解》引賈注：『貪財爲饕，貪食爲餮。』《昭九年傳》疏引先儒說：『饕餮，三苗也。』按《說文》：『饕，貪也。从食，號聲。』『飻，貪也。从食，殄省聲。《春秋傳》曰「謂之饕飻」。』今作『餮』，从殄，不省。《吕氏春秋》云：『周鼎饕餮，有首無身。食人未咽，害及其身。』蓋取貪食之獸爲惡名也。

《宣二年傳》其『御羊斟不與』，又云『見叔牂曰：子之馬然也』，注：『叔牂，羊斟也。』按注與疏引鄭環說同。《淮南·繆稱訓》云『魯酒薄而邯鄲圍，羊羹不斟而宋國危』，錢詹事《養新録》遂疑『斟』爲『斟酌』之『斟』，當以羊爲其御之名，『斟不與』三字爲句。鱣考《潛夫論·衰制篇》『宋羊叔牂所以弊華元于鄭師』，則羊斟是姓名，而其字叔牂也。《淮南》說疑有誤字。

《宣二年傳》『文馬百駟』，注：『畫馬爲文。』按《說文》：『馼，馬赤鬣縞身，目若黄金，名曰吉皇之乘。周文王時，犬戎獻之。从馬，从文，文亦聲。《春秋傳》曰「文馬百駟」，畫馬也。西伯獻紂，以全其身。』《逸周書·王會》云：『犬戎媽馬赤鬣縞身，目若黄金，名吉黄之乘。』蓋馬之名媽者，本赤鬣縞身。此畫作媽馬之形，故《説文》引《春秋傳》曰加『畫馬也』三字，不然焉有吉黄之乘百駟乎？

『于思于思』，注：『于思，多鬚之皃。』釋文：『于思，如字。又西才反，多須皃。賈逵云：白頭皃。須，脩于反，又作鬚。』按《詩·瓠葉》云『有兔斯首』，鄭箋：『斯，白也。今俗語斯白之字作鮮，齊魯之閒聲近斯。』疏：『服虔以于思爲白頭皃。皃字雖異，蓋亦以思聲近鮮，故爲白頭也。』鱣謂《易·説卦》傳云『其於人也，爲寡髮』，釋文：『寡，鄭本作宣。虞翻同。』巽爲白，故宣髮。馬君以爲寡髮，非也。『思』『斯』、『鮮』『宣』同聲通用。『鮮』聲近『斯』，『宣』聲亦近『思』，可證于思之爲白髮。疏乃云成十五年華元爲右師，距此三十二年，計未得頭白，故杜以爲多鬢皃。夫古人固有早衰如顔淵三十髮白之類，安見其未得頭白而欲破賈、服舊説乎？

『其右提彌明知之』，釋文：『提，本又作祇，上支反。』按《公羊傳》作『祁』。『是』『氏』古通用。『五是來備』，亦作『五氏』，魏『是儀』亦作『一儀〔三〕』，《易》『祇既平』，釋文『祇』字作『禔』。

『遂扶以下，公嗾夫獒焉』，釋文：『扶，服虔注作跣，云徒跣也。今杜注本往往有作跣者。嗾，服本作㖢。』疏：『服虔本扶作跣，注云：趙盾徒跣而下走。杜本作扶，言扶盾下階也。服虔云：嗾，㖢也。夫，語詞。獒，犬名。公乃㖢夫獒使之噬盾也。』是服本『扶』作『跣』，『嗾』訓

『䀹』，非作『䀹』。『扶』，《公羊傳》亦作『趹』，正不得破服以從杜矣。《説文》云：『嗾，使犬聲。从口，族聲。《春秋傳》曰「公嗾夫獒」。』無『䀹』字，服蓋以俗證之。

《三年傳》『余爲伯鯈』，賈注：『姞南燕祖。』按《説文》：『姞，黄帝之後百鯈后稷妃家也。』《晉語》云：『黄帝之子得姓者十四人，姞其一也。』是『鯈』爲正字，變體作『鯈』，今作『鯈』，誤。

《四年傳》『汏輈，及鼓跗』。輈車轅汏過也』，按『汰』，唐石經作『汏』。《説文》云：『汏，淅灡也。从水，大聲。』《爾雅·釋詁》云：『汏，墜也。』郭注：『水落皃。』此當從《爾雅》訓『汏』爲『墜』。《昭二十六年傳》云『汏輈匕入者三寸』，杜注：『汏，矢激。亦有墜義也。』跗當作柎，《説文》云：『柎，闌足也。从木，付聲。』『虡，鐘鼓之柎也。』是即鼓柎之證。疏云『車上不得置簨簴以縣鼓，故爲作跗，若殷之楹鼓也』，非。

『楚人謂乳穀，謂虎於菟』，唐石經作『楚人謂乳爲穀，謂虎爲於菟』。按《説文》：『穀，乳子也。从子，殸聲。』《廣雅》云：『穀，生也。』是『穀』爲正字。又：『虍，虎文也。象形，讀若《春秋傳》曰「虍有餘」。』疑『虍有餘』即『虎於菟』之異文。《説文》云：『㹅，黄牛虎文。从牛，余聲。讀若涂。』當作『讀若《春秋傳》曰「虎虍餘」』。『餘』从『余』，『涂』亦从『余』，疑借『餘』爲『涂』。『虍』爲虎文，『㹅』亦爲虎文，故字曰『子文』，此其證也。『餘』『㹅』形近，『菟』『㹅』聲近。《方言》云：『虎，陳魏宋楚之閒謂之李父，江淮南楚之閒謂之李耳，或謂之於䖘。自關東西或謂之伯都。』

《十二年傳》『先穀佐之』，注：『彘季代林父。』釋文：『穀，本又作縠。』疏：『服虔云：食采于彘，或當然也。』按釋文『穀又作縠』，當作『㲉』。《説文》：『㲉，小豚也。从豕，㱿聲。』蓋先㲉字彘季，或偁彘子。服説『食采于彘』，非也。

『屈蕩尸之』，注：『尸，止也。』按宋唐石經、淳熙九經本、游氏本、岳氏本、巾箱本並作『户』，惟建安本作『尸』，相沿遂誤。《漢書·王嘉傳》云『坐户殿門失闌』，免師古曰：『户，止也。』下引《左氏傳》曰，户之正作户。俗本因『彘子尸之』，又云『以表尸之』，遂譌『户』爲『尸』耳。『户』或用『扈』，《昭十七年傳》云『扈民無淫者也』，注：『扈，止也。』

『楚人惎之脱扃』，注：『惎，教也。』按《説文》：『畀，舉也。从廾，由聲。《春秋傳》曰「晉人或以廣墜，楚人畀之」。』黄顥説：『廣車陷，楚人爲畀之。』杜林以爲『麒麐』字。據此，知傳作『畀』，訓爲『舉』，下文『又畀之』亦同。《説文》：『惎，毒也。』别是一義。注用《小爾雅》訓『教』，非也。

『取其鯨鯢』，注：『鯨鯢，大魚也。』按《説文》：『鱷，海大魚也。从魚，畺聲。《春秋傳》曰「取其鱷鯢」。』鯨或从京。《漢書·翟方進傳》云『古者明王伐不敬，取其鱷鯢』，師古曰：『鱷，古鯨字。』

『有山鞠窮乎』，賈注：『鞠窮，所以禦溼。』按《説文》：『营，营藭，香草也。从艸，宫聲。』『芎』，司馬相如説：『营，或从弓。』『藭，营藭也。从艸，窮聲。』『鞠』『窮』『营』『藭』一聲之轉。

《十四年傳》『屨及於窒皇』，注：『窒皇，寢門闕。』疏：『《莊十九年》「鬻拳葬于經皇」，此作「窒」，彼作「經」，字異音同，未知孰是。』按高注《吕覽·行論》引此傳作『經皇』，與《莊十九年》同。

《十五年傳》『使解揚如宋』，《史記》『解揚，霍人』，《説苑·奉使》云：『解揚，霍人，字子虎。後世言霍虎。』按《易》云『風從虎』，有飛揚之意，故解揚字子虎。《説苑》蓋本《史記》也。

《十七年傳》『郤子登，婦人笑于房』，注：『跛而登階，故笑之。』疏：『沈氏引《穀梁傳》云：「魯行父禿、晉郤克跛、衛孫良父眇、曹公子首僂，故婦人笑之。」是以知郤克跛也。』《穀梁傳》定本作『郤克眇、衛孫良父跛』，按定本非也。《公羊傳》云『晉使跛』，蓋指郤克。此傳云『郤子登』，蓋惟其足跛而登，故婦人笑於房，則當如沈氏所引，所謂三占從二也。

《十八年傳》『凡自虐其君曰弑，自外曰戕』，注：『所以别外内之名。』疏：『春秋謂自内虐其君，通以弑爲文也。』戕[四]唐石經作『自内虐其君』，今本脱『内』字。詳玩注疏，俱有『内』字。

《成二年傳》云『隕子辱矣』，按《説文》：『抎，有所失也。从手，云聲。《春秋傳》曰「抎子辱矣」。』是傳本作『抎』。《方言》云：『抎，摸去也。齊趙之總語也。』『抎摸』猶言持去也。《齊策》云『唯恐失抎之』，高注：『抎，失也。』《墨子·天志》云『國家滅亡，抎失社稷』，《吕氏·季夏紀》音『初』，云抎于漢中。高注：『抎墜音顛隕之隕。』《晏子·問上篇》云『隕失其國』，亦借『隕』爲『抎』，蓋假讀若之字。

『三周華不注』，注：『山名。』按『不』爲『柎』之假字。《十六年傳》云『有韎韋之跗』，注：『鄭注《雜問志〔五〕》：韎韋之不注，不讀如跗。跗，幅也。注，屬也。幅有屬。』《小雅》云『鄂不韡韡』，箋云：『承華者曰鄂。不當作柎。柎，鄂足也。鄂足得華之光明則韡韡盛。』古聲『不』『柎』同。此華不注蓋山，如華足之相注，故名。詳《詩疏記》。

『且辟左右』，唐石經、宋淳化本俱作『旦辟』。按此夢中之言，與『旦召六卿』『旦占諸史墨』『旦而求之曹』『旦而皆召其徒』同義。

『韓厥執縶馬前』，注：『縶，馬絆也。』按《説文》：『馽，絆馬也。从馬口其足。《春秋傳》曰「韓厥執馽馬前」，讀若輒。』『縶，馽，或从糸，執聲。』此从或體。《穀梁傳》云：『縶者何也？曰：兩足不相過也。』齊謂之綦，楚謂之䟡，衞謂之縶。

《八年傳》『以其田與祁奚』，高注《吕氏春秋·開春》云：『祈奚，高梁伯之子祈黄羊也。』又注《去私》云：『黄羊，晉大夫祈奚之字。』按『祁』『祈』通用。《説文》：『奚，大腹也。从亣，𦅫省聲。𦅫，籒文系字。』『羳，黄腹羊也。从羊，番聲。』《釋畜》云：『羳，羊黄腹。』郭注：『腹下黄。』蓋取黄腹羊之意，故名奚字黄羊也。

《十年傳》『子如立公子繻』，杜注：『子如，公子班。』按《易·屯》初六云『乘馬班如』，釋文引馬云：『班，班旋不進也。班如，鄭本作般。』『班』『般』同聲假借。《説文》又引作『乘馬驙如』。公子班字子如，當是《周易》作『班如』也。

《十三年傳》『能者養之以福』，杜注：『養威儀以致福。』疏：『養其威儀禮法，以往適于福。』按傳文當作『養以之福』，與下句『敗以取禍』注中『致』字、疏中『往適即之』字義也。《漢書·五行志》引此亦作『能者養以之福』，師古曰：『之，往也。』是唐以前本俱不誤。今本到作『之以』，非也。

『戮力同心』，釋文：『戮，力相承，音六。嵇康：力幽反。吕静《字韻》與飂同。《字林》音力同憂』，高注：『勠力，勉力也。』今本誤作『戮』，嵇、吕音讀皆非。遼。』按唐石經、宋淳化本俱作『勠』。《説文》云：『勠，并力也。从力，翏聲。』《中山策》云『勠

《十六年傳》『楚子登巢車以望晉軍』，注：『巢車，車上爲櫓。』釋文：『巢，《説文》作轈，云兵車高如巢，以望敵也。』『櫓，澤中守艸樓也。《字林》同。櫓音魯。』疏：『《説文》作「轈」，云：「轈，兵高車加巢以望敵也。」是「巢」與「櫓」俱是「樓」之别名。』按今《説文》：『轈，兵高車加巢以望敵也。从車，巢聲。《春秋傳》曰「楚子登轈車」。』『樔，澤中守艸樓。从木，巢聲。』《説文》『轈』下注當从釋文作『兵車高如巢』，今本爲後人依疏中所引誤改。但注疏及釋文俱誤以樔爲櫓。《説文》云：『櫓，大盾也。从木，魯聲。』『樐』或从『鹵』，『櫓』與『轈』無涉，且『樔』與『轈』亦有别。傳文作『巢』，乃『轈』省。彼不能定爲『轈』，而誤以『樔』之訓詁相溷，又轉誤爲『櫓』也。

《十八年傳》『以塞夷庚』，注：『夷庚，吴晉往來之要道。』疏：『夷，平也。』《詩序》云『由庚萬物，得由其道』，是以庚爲道也。按《文選・補亡詩》云『蕩蕩夷庚，物則由之』，注引繁欽《辨惑》曰：『吴人者以船檝爲輿馬，以巨海爲夷庚。』臧榮緒《晉書》曰：『司徒王謐議曰：夷庚未入，乘輿旋館。』陸機《辨亡論》曰『旋皇輿於夷庚。』『庚』爲『阬』之假字。《説文》云：『阬，閬也。』『閬，門高也。』巴郡有閬中縣。《管子・度地篇》云：『城外謂之郭，郭外謂之土閬。』是夷庚乃平原高處。《小爾雅》云：『庚，道也。』蓋望文生義耳。

《襄元年經》『楚公子壬夫』，《匡謬正俗》云：『楚公子王夫字子辛。今之學者以其字子辛，遂改王夫爲壬夫。』惠徵君補注：『楚有公子午字子庚。庚是十幹，午是十二支，法有相配。辛壬同是十幹，與庚午不類，當依本字讀爲王夫。』按古人名字不必幹支相配。壬夫字子辛，與白乙名丙同例，作壬夫爲是。《匡謬》之説固謬，補注附會亦非。

《三年傳》『赤也可』，注：『赤，職之子伯華。』按：赤，色之華美者。周人尚赤，故名赤字伯華。公西赤亦字子華也。

《四年傳》『生澆及豷』，按《説文》：『奡，嫚也。从百，从夰，夰亦聲。《虞書》曰「無若丹朱奡」，讀若傲。』《論語》曰『奡盪舟』，今書作『傲』，蓋假用讀若之字。《論語》作『奡』，與《説文》合。然《説文》于『豷』字下云：『豷，豕息也。从豕，壹聲。《春秋傳》曰「生敖及豷」。』蓋許君所據《尚書》《論語》俱作『奡』，而《左傳》作『敖』也。《管子・宙合》云『若敖之在堯』，

《漢書·劉向傳》引《書》亦作『敖』。今本《左傳》又作『澆』。蓋『奡』『敖』『傲』『澆』四字同聲通用也。

『敗於狐駘』，按《檀弓》作『臺駘』，篆『臺』『壼』字相似，『壼』又與『狐』通，故傳作『狐駘』。《淮南·地形志》『沂出臺台』，『駘』又省作『台』也。

《九年傳》『陳畚挶』，注：『畚，簣籠挶土轝。』疏：『《説文》云：「挶，戟持也。」戟持者，執持此轝，其臂如戟形故也。其字從手，謂以手持物也。』按《漢書·五行志》引此傳云『陳畚輂』，是『輂』爲正字。《溝洫志》云『山行乘挶』，『挶』即『輂』字之變體。《史記·河渠書》云『山行則梮』，韋昭曰：『梮，器如今轝牀，人轝以行也。』《夏本紀》作『橋』。『橋』『轝』俱『輂』之別字。今《左傳》作『挶』，是又『梮』字轉寫之誤。唐石經尚作『梮』，孔作《書》疏，以爲『梮』『輂』本一字。而此疏云『其字從手』，何耶？

『秦景公使士鳱乞師于楚』，釋文：『鳱，苦田反。』按《説文》：『幵，石鳥也。一名雝鶏，一名精㓷。从隹，幵聲。《春秋傳》「秦有士雃」。』《廣雅》云：『鳱，鳥精列也。』又云：『雝，鶏鳱也。』並本《説文》。今本《説文》『鳥』脱『石』字，《廣雅》『鳱』即『石』之別字也。

《十年傳》『郰人紇抉之以出』，注：『紇郰，邑大夫仲尼父叔梁紇也。郰邑，魯縣東南莝城是也。言紇多力，抉舉縣門，出在内者。』按《説文》：『郰，魯下邑，孔子之鄉。从邑，取聲。』《水經注》引此作『鄹』，蓋同《論語》，假『鄹』爲『郰』。『紇』爲『仡』之假字。《秦誓》云『仡仡勇夫』，『仡』爲高大，故字叔梁。《説文》：『紇，絲下也。』引《春秋傳》『臧孫紇』，不引『郰人紇』，可證抉之以出。疏引服虔云：『抉，撅也。謂以木橛抉縣門，使舉，令下容人出也。門者下屬，爲句較杜爲長。』

『親受矢石』，注：『躬在矢石閒。』疏：『服虔云：古者以石爲箭鏑。引《國語》有「隼集于陳侯之庭，楛矢貫之石砮」以證。石爲箭鏃，則猶是矢也，何須矢石並言？杜言在矢石閒，則不以石爲矢也。』按《後漢·堅鐔傳》云『輒先當矢石』，注：『謂發石以投人也。』此以石爲矢之證。疏護杜以破服，非也。

『篳門閨竇之人』，釋文：『閨，本亦作圭。』按《説文》引作『篳門圭窬』，與《儒行》同。鄭注：『圭窬，門旁窬也，穿牆爲之，如圭矣。』今本作『閨竇』，俱假借字也。

『窀穸之事』，注：『窀，厚也。穸，夜也。厚夜，猶長夜。』按《説文》：『窀，葬之厚夕也。从穴、屯。《春秋傳》曰「窀穸從先君于地下」。』『穸，窀穸也。从穴，夕聲。』疏但引《説文》『穸』字之訓，惠君補注遂以云《説文》無『窀』字，明不从『穴』，蓋偶失撿也。《孔宙碑》云『窀夕不華』，从省。

《十七年傳》『閉門而詬之』，注：『詬，罵也。』按《説文》：『詬，謑詬恥也。从言，后聲。』詢或从句。《廣雅》云：『詬，罵也。』《儒行》云『嘗以儒相詬病』，鄭注：『詬，猶恥辱也。』《荀子·解蔽》云『厚顔而忍詬』，楊注：『詬，罵也。』《離騷》云『忍尤而攘詬之』，王注：『詬，辱也。』

《後漢・鄧禹傳》云『康聞詬之』，注：『詬，罵也。』《淮南・氾論》云『忍詢而輕辱』，高注：『詬，讀「夏后氏」之「后」。』是『詬』『詢』同字。《昭十三年傳》云『詬天而呼』，釋文：『詬，本又作詢。』《哀八年傳》云『曹人詬不行』，注：『詢，罵辱也。』仍作『詬』。

『國人逐瘈狗，瘈狗入於華臣氏』，釋文：『瘈，《字林》作狾，九世反，狂犬也。』按《說文》：『狾，狂犬也。从犬，折聲。《春秋傳》曰「狾犬入華臣氏之門」。』《呂覽・首時》、《淮南・氾論》、《漢書・五行志》並作『猘』，《論衡・感類》與此傳同作『瘈』，假借字。

『澤門之皙』，釋文：『澤門，本或作皋門者，誤。《詩・緜》疏引作「皋門之皙」。』漢《孫叔敖碑》云『收九睪之利』，『睪』又『皋』之別字。

《十八年傳》『有班馬之聲』，注：『夜遁馬不相見，故鳴。班，別也。』按《釋言》云：『般，還也。』郭注引此傳作『般』。《屯》六二云『乘馬班如』，釋文引馬云：『班，班旋不進也。班如，鄭本作般。』是『班』爲『般』之假字，當訓作『還』，杜注非也。

『斬其橁以爲公琴』，注：『橁，木名。』按《說文》：『橁，杶也。从木，筍聲。』《北山經》云『繡山其木多栒』，郭注：『木中枚也，音荀。』疑即『橁』之省。《十九年傳》：『鄭游眅將如晉遭逆妻者，奪之以館於邑。其夫攻子明。』注：『游公孫蠆子。』按《說文》云：『眅，多白眼也。从目，反聲。《春秋傳》曰「鄭游眅字子明」。』蓋多白眼而能明視，故眅字子明。

《二十二年傳》『與執燔焉』，釋文：『燔，又作膰。』按《說文》：『鐇，宗廟火孰肉。从炙，番聲。《春秋傳》曰『天子有事燔焉，以饋同姓諸侯』。』『燔，爇也。从火，蓺聲。』是傳當作『燔』，借用『燔』。《僖二十四年》及《成十三年傳》皆作『膰』，《春官·大宗伯》『脤膰孟子』『膰肉』，並『燔』之誤。

《二十三年傳》『杞殖、華還』，下云『華周對曰』，注：『華周，即華還。』《説苑·善説篇》《立節篇》《雜言篇》俱作『華舟』，《漢書·人表》『華州』，師古曰：『即華周。』是『周』又作『舟』，『州』亦同聲假借也。又云『獲杞梁』，注：『杞梁，即杞殖。』按《孟子》云『華周、杞梁之妻』，趙注：『華周，華旋也。杞梁，杞植也。』是華周字旋，取周旋之意。杞梁字植，取植木建梁之意。『旋』『還』、『植』『殖』同聲假借。

『夜入且于之隧』，注：『且于隧，狹路。』按《檀弓》云『齊莊公襲莒于奪』，鄭注引此傳云『隧、奪聲相近』。蓋『隧』『奪』一聲之轉，猶『遂』之借用『術』也。此疏云『奪地非此，且于隧』以破鄭説，是不明古音，妄生異議也。

《二十四年傳》『象有齒以焚其身』，注：『焚，斃也。』釋文：『服云：焚讀曰僨。僨，僵也。』按《爾雅》云：『僨，僵也。』舍人注：『背，踣意也。』郭注：『卻，偃。』《説文》云：『僨，僵也。从人，賁聲。』『賁』讀若『賁鼓』之『賁』，與『焚』同聲，故焚讀曰僨。《昭十三年傳》云『牛雖瘠，僨于豚上』，是象僨身之證也。

『輔轢』，釋文：『轢，本又作櫟。』按《説文》云：『䡞，動也。从𧾷，樂聲。讀若《春秋傳》曰

「輔⿺辶㡭」。』石鼓文云『多庶⿺辶㡭⿺辶㡭』，是『⿺辶㡭』爲正字，『櫟』爲假字，『躒』爲别字也。

『部婁無松柏』，注：『部婁，小阜。』釋文：『婁，本或作塿。』按《説文》云：『附婁，小土山也。从𨸏，付聲。《春秋傳》曰「附婁無松柏」。』是『附』爲正字。《晉語》云『必墮其壘培』，《方言》云：『晉楚之閒冢或謂之培。』又云：『自關而東小者謂之塿。』郭注：『培塿亦堆高之皃。』《廣雅》云：『培塿，冢也。』『培』爲俗字，『塿』爲假字。釋文『婁本或作樓』，疑作『塿』也。《風俗通義》云：『部者，阜之類也。今齊魯之閒田中少高卬名爲部矣。』『附』作『部』，與左傳同。《六書正譌》『⿰阝又』从『𨸏』，『仅』聲，非。

《二十五年傳》『陪臣干掫有淫者』，注：『干掫，行夜。』釋文：『干，徐讀曰扞，服音如字。掫，服本作諏。今傳本或作諏。』疏：『服虔云：一曰：干，扞也。掫，謀也。言受崔子命扞禦謀深之人，有此謬説，故或誤从言也。』按《説文》云：『掫，夜戒守有所擊。从手，取聲。《春秋傳》曰「賓將掫」。』《説文》不引此傳，而遠引《昭二十年傳》，明此傳不作『掫』，當从服説，讀爲諏。諏有淫者，猶之謀爲不軌也。疏指爲謬説，非。《史記·齊世家》徐廣作『扞趣』，蓋假借字。後人又改爲『争趣』，非也。

『以備三恪』，注：『周得天下，封夏、殷二王後，又封舜後，謂之恪。并二王後爲三國，其禮轉降示敬而已，故曰三恪。』按『恪』本作『愙』。《説文》云：『愙，敬也。从心，客聲。《春秋傳》曰「以陳備三愙」。』魏《封孔羨碑》作『三愘』，即『愙』之隸體也。《郊特牲》云『天子存二代之後』，鄭注：『以此謂杞宋爲二王之後，薊祝陳爲三恪。』彼疏引熊氏云：『周之三恪，越、少昊、高辛，遠存黄帝者，取其制作之人。』故《易・繫辭》云：『神農氏没，黄帝、堯、舜氏作。』是三恪當從鄭注，杜説非也。

《二十六年傳》『頷之而已』，注：『頷，摇其頭。』釋文：『頷，一作鎮。』按《説文》云：『鎮，低頭也。从頁，金聲。《春秋傳》曰「迎於門者，鎮之而已」。』『頷，面黄也。从頁，含聲。』與『鎮』音義俱别。《玉篇》引此杜注，亦作『鎮』。《列子・天問》云『巧夫鎮其頤，則歌合律』，殷《釋文》：『鎮，猶摇頭也。』《漢書・揚雄傳》云『鎮頤折頞』，俱作『鎮』。但『鎮』當依《説文》訓『低頭』，殷《釋文》沿杜注誤也。

《二十七年傳》『伯夙謂趙孟』，注：『伯夙，荀盈。』疏：『伯夙即荀盈，於傳亦無明據，未測何以知之。服虔云：伯夙，晉大夫。其意以爲别有伯夙，非荀盈也。』按『盈』與『伯夙』名字不配，故服泛指之。若如杜注，則『盈』當作『寅』。《舜典》『夙夜惟寅』。

『何以恤我，我其收之』，注：『逸詩：「恤，憂也。」』按《周頌》云『假以溢我，我其收之』，毛傳：『假，嘉。溢，慎也。』《説文》：『誐，嘉善也。从言，我聲。《詩》曰「誐以溢我」。』『誐』『何』聲近，故傳作『何』。《舜典》云『惟刑之恤哉』，《史記・五帝紀》作『惟刑之謐哉』。《莊子・齊物論》云『以言其老洫也』，釋文：『洫，本亦作溢。』古書篆作立心，與水相近，故『恤』誤爲『洫』，又爲『溢』也。

《二十八年傳》『子雅、子尾怒』，注：『二子皆惠公孫。』按《韓非・外儲》云：『子夏、子尾者，景公之二弟也。』是『雅』爲『夏』之假字。公孫竈字子夏，取夏祀竈之意。公孫蠆字子尾，取蠆尾之意。高注《吕覽・愼行》云：『子雅，惠公之孫，公子欒堅之子，竈也。子尾，惠公之孫，公子高祈之子，蠆也。』蓋據《世本》而言。又按堅字欒取，欒本之堅。祈字高祈，爲『旂』之假取。旂，干之高也。

《二十九年經》『鄭公孫段』，注：『公孫段，伯石也。』按『段』當作『碫』。《説文》云：『碫，厲石也。从石，段聲。《春秋傳》曰「鄭公孫碫字子石」。』《大雅》云『取厲取碫』，傳：『鍛，石也。』釋文：『鍛，本又作碫。』是『碫』爲正字，『段』爲省文，『鍛』爲假字也。《左傳》鄭有公孫段字子石，亦偁伯石。印段字子石。傳亦謂之二子石。印段即公孫段從父兄弟之子。

《三十年傳》『史趙曰：亥有二首六身，下二如身』，注：『亥字二畫在上，并三人爲身，如算家之六。』按《説文繫傳・祛妄》云：『士匄云：二萬六千六百有六旬矣。今據李斯書「亥」字「𠦃」，如此然則二畫，竪則算家之二萬，乚曲次之，則似算家之六千。𠃊象算家之六百，又ㄋ則算家之隔位六矣。』鱣嘗見漢布，云中布𠆢百，壯布𠆣百，弟布𠆤百，次布𠆥百。蓋即算家之六字積至九也。

『或叫于宋大廟曰：嘻嘻出出。』注：『叫，呼也。嘻嘻，熱也。出，出戒伯姬。』按《説文》：『訆，大呼也。从言，丩聲。《春秋傳》曰「或訆于宋大廟」。』『誒，可惡之辭。从言，矣聲。一曰誒。』然《春秋傳》曰『誒誒出出』，是『叫』當爲『訆』，『譆』當爲『誒』。《説文》：『痛也。从言，喜聲。』《秋官》『庭氏』鄭注引作『譆譆詘詘』。

《三十一年傳》『繕完葺牆』，李涪《刊誤》云：『文當云「繕宇葺牆」。《書》云「峻宇彫牆」，引之以爲比。』按《説文》云：『寏，周垣也。』『院』或从『自』『完』，此當爲『繕完葺牆』。

《昭元年傳》『及衝擊之以戈』，注：『衝，衢也。』按《説文》：『衝，交道也。从行，重聲。《春秋傳》曰「及衝以戈擊之」。』今本作『及衝擊之以戈』，誤也。《漢書·酈食其傳》云：『夫陳留，天下之衝，四通五達之郊也。』正作『衝』。

『周公殺管叔而蔡蔡叔』，注：『蔡，放也。』疏：『《説文》云：「𥻦，散之也。从米，殺聲。」然則「𥻦」字「殺」下「米」也。殺爲放散之義，故訓爲放也。隸書改作，已失本體。「𥻦」字不復可識，寫者全類「蔡」字，至有重爲一「蔡」字，重點以讀之者。』按今《説文》云：『𥻦，𥹭𥻦散之也。』疏引脱二字，所云『寫者全類蔡字』，亦非『蔡』，乃『𥻦』之假字。《禹貢》云『二百里蔡』，鄭注：『蔡之言散。』減殺其賦，亦假『蔡』爲『𥻦』。又或作『粲』。《漢書·宣帝紀》云『骨肉之親，粲而不殊』，《漢紀》作『放而不誅』，明『𥻦』爲放也。

山川之神，則水旱癘疫之災於是乎禜之。日月星辰之神，則雪霜風雨之不時於是乎禜之。按《説文》：『禜，設緜蕝爲禜以禳風雨雪霜水旱癘疫于日月星辰也。』《春官·大祝》云：『一曰禜。』鄭注引此傳云：『日月星辰之神，則雪霜風雨之不時於是乎禜之。山川之神，則水旱癘疫之災於是乎禜之。』疏：『鄭君所讀《春秋》「先日月」，與賈、服不同。《説文》云云，是許君所讀《春秋》，亦與鄭同。晉□家所載同于賈、服。』

《昭三年傳》『讒鼎之銘』，注：『讒，鼎名也。』疏：『服虔云：「讒鼎，疾讒之鼎。《明堂位》所云崇鼎是也。」一云：讒，地名。禹鑄九鼎於甘、讒之地，故曰讒鼎。』按《韓非・説林》云：『齊伐魯，索讒鼎。魯以其贋往。齊人曰：贋也。魯人曰：真也。』是崇鼎在魯，齊嘗索之，故晏子得見其銘。服説近之。

《五年傳》『有子家羈』，注：『羈，莊公𢆶孫懿伯也。』《荀子・大略》揚注：『子家羈，公子慶之孫，歸父之後，名羈，字駒。』按《説文》云：『羈，馬絡頭也。从网，从馬。』『羈，馬絆也。』羈或從革。是『羈』爲馬絡頭，故其字曰『駒』。《魯世家》索隱云：『子家駒，魯大夫仲孫氏之族，字懿伯。』是誤以謚爲字。揚倞謂羈爲歸父之後，則是桓公玄孫。杜云莊公玄孫，非。

《七年傳》『使長鬣者相』，注：『鬣，須也。』疏：『吴楚之人少鬚，故選長鬣者相禮也。』按《説文》云：『儠，長壯儠儠也。从人，巤聲。《春秋傳》曰「使長儠者相之」是也。』與杜説不同。許君蓋本賈君《解詁》也。

『好以大屈』，注：『大屈，弓名。』釋文：『大屈，弓名。服同。又云大曲也。賈云：寶金可以爲劍，出大屈也。』按『大屈』疑即『鉅闕』，《廣雅》云：『鉅闕，劍也。』《吴越春秋・闔閭内傳・越絶外傳紀》：『寶劍之名，皆言鉅闕之狀。』《荀子・性惡》云『闔閭之干將、莫邪、鉅闕、辟閭，古之良劍也。』《新序・雜事》云：『辟閭、巨闕，天下之利器也。』《説文》云：『鉅，大，剛也。』《方言》云：『齊宋之閒謂大爲巨。』『鉅』『巨』通用，是『鉅闕』即『大屈』。『闕』『屈』『曲』亦通用也。

《十年傳》云『戰于稷』，注：『稷，祀后稷之處。』釋文：『稷，地名。六國時齊有稷下館。』按稷下即棘下。《昭二十年傳》『盟于稷門之外』，劉向《别録》云『齊有稷門□城門』，自釋爲齊之地名，不當如杜説『祀后稷之處』也。

《十二年傳》『有酒如淮，有肉如坻』，注：『淮，水名。坻，山名。』釋文：『學者皆以淮坻之韻不切，云淮當爲濰。濰，齊地水名。下偁澠，亦是齊水。齊侯偁之。荀、吴既非齊人，不應遠舉齊國之水。古韻「綏」作「淮」，足得無勞改也。』按陸所指學者，即疏所引劉炫之説也。但『淮』『坻』相韻，可以不改，陸、孔駮之似矣。疏又引劉氏以坻爲水中之地以規杜失爲非，則未必然。有肉如坻，坻爲高地，對下有肉如陵，陵爲大自，有何不可，而杜以爲山名，疏更以楚子觀兵於坻負之山實之耶？

《十四年傳》『司徒老祁、慮癸』，注：『二人，南蒯家臣。』疏：『世族譜：司徒老祁爲一人，慮癸爲一人。服虔云：司徒，姓也。老祁，字也。慮癸亦姓氏也。二子，季氏家臣也。』是二人乃季氏家臣。杜以下句『請於南蒯曰：臣願受盟』，遂以爲南蒯家臣，非。

《十五年傳》：『吾見赤黑之祲，非祭祥也，喪氛也。』注：『祲，妖氛也。』疏：『服虔云：水黑火赤，非火相遇云云。』按《説文》云：『祲，精氣感祥。从示，𠬶聲。《春秋傳》曰「見赤黑之祲」。』《春官》『眂祲』，鄭注：『祲，陰氣相侵漸成祥者。』《淮南・泰族》云『精祲有以相蕩也』，高注：『精祲，氣之侵入者也。』

『闞鞏之甲』，注：『闞鞏國所出鎧。』按《説文》：『䂬，水邊石。从石，巩聲。《春秋傳》曰「闞䂬之甲」。』是『鞏』爲『䂬』之别字。《定四年傳》『封唐叔以闞䂬』，並同。

《十六年傳》云『幾爲之笑而不陵我』，注：『言數見笑則心陵侮我。』疏：『服虔云：幾，近也。孔張失位，近爲所笑。近者，未至之辭。客已笑訖，何言近也。』按《釋訓》云：『譏，汔也。』郭注：『謂相摩近。』『幾』爲『譏』之省，故服云然。杜注非。

『刑之頗類』，注：『緣事類以成偏頗。』疏：『服虔讀「類」爲「纇」。服云：頗，偏也。纇，不平也。』按《説文》云：『纇，絲節也。从糸，頪聲。』絲節即不平矣。《昭二十八年傳》云『忿纇無期』，亦作此解。《淮南・氾論》云『明月之珠不能無纇』，高注：『盤若絲之結纇也。』意同。杜云『緣事類以成偏頗』，其説甚迂，當用服注。

『子齹賦《野有蔓草》』，注：『子齹，子皮之子嬰齊也。』按《説文》：『齹，齒參差也。从齒，差聲。』『齹，差跌皃。从齒，佐聲。《春秋傳》曰「鄭有子齹」。』今本《説文》作『齹』，从『佐』，誤也。《莊子・盜跖》云『齒如齊貝』，嬰齊字子齹，蓋相對之義。楚公孫嬰齊字子重，亦猶是也。

《十九年傳》云『其父兄立子瑕』，注：『子瑕，子游叔父駟乞。』按『瑕』爲『假』之假字。『乞』字子假，取乞假之義。

『駟氏聳』，注：『聳，懼也。』按《説文》云：『㩳，懼也。从心，雙省聲。』《昭六年傳》云『聳之以行』，《漢書·刑法志》引作『㩳之以行』，晉灼曰：『古悚字。』《魏都賦》云『㩳焉相顧』，張注：『㩳，慫也。《左傳》「駟氏慫懼」。』善曰：『張从慫，先寵反。』是古本傳作『慫』也。

《二十年傳》：『衛侯賜北宮喜謚曰貞子，賜析朱鉏謚曰成子，而以齊氏之墓予之。』注：『皆未死而賜謚及墓田。傳終言之。』按《説文》云：『坒，地相比次也。衛大夫貞子名坒。从土，比聲。』是貞子名坒，或假『嚭』字爲之，又省作『喜』耳。宋本作『皆死而賜謚』，非。

『且言子石』，注：『子石，公孫青。』疏：『頃公生子夏勝。勝生子石青是也。』按《秋官·職金》云『掌凡金玉錫石丹青之戒令』，鄭注：『青，空青也。』是青亦石之類，故名青字子石。勝字子夏。夏，大也。

『使少寇牼以歸』，杜注：『牼，華亥庶兄。』按《説文》：『牼，牛厀骨也。从牛，巠聲。』《春秋傳》曰「宋司馬牼字牛」。』考昭公時宋賈遂爲大司馬，華貙爲少司馬。前此文公十五六年閒，宋華耦爲司馬。牼未聞爲司馬，『馬』字乃『寇』字之誤。

『澤之萑蒲，舟鮫守之』，注：『舟鮫，官名。』疏：『舟是行水之器，鮫是大魚之名。澤中有水有魚，故以舟鮫爲官名也。』按《説文》：『䈞，禁苑也。从竹，御聲。《春秋傳》曰「澤之萑蒲，舟䈞守之」。』『魰，或从又，魚聲。』今本《説文》『舟䈞』誤作『肙䈞』，上脱『萑蒲』二字，下脱『守之』二字，遂不可解。蓋舟䈞官名，本作舟魰，傳文轉寫作『鮫』。疏説穿鑿之甚。《月令》云

『命舟牧覆舟』，亦當作『舟𣪠』，形近致誤。

『若琴瑟之專壹』，釋文：『專，董遇本作摶，音同。』按《説文》云：『嫥，嫥壹也。从女，專聲。一曰女嫥嫥。』《玉篇》云：『嫥，專一也。』疑董遇本作『嫥』。《管子·内業》、《史記·樂書》皆以『摶』爲『專』。又《夏本紀》索隱：『摶，古專字。』並『嫥』之誤。

《二十一年傳》『揚徽者公徒也』，注：『徽，識也。』釋文：『徽，《説文》作微。識，本又作幟。』疏：『徽識，制如旌旗，書其所任之官與姓名於上，被之於背，以備其死知是誰之尸也。』按《説文》云：『微，識也。以絳帛箸於背。从巾，微省聲。《春秋傳》曰「揚徽者公徒」。』是『微』爲正字，『徽』爲假字。『識』爲正字，『幟』爲俗字。《夏官·大司馬》云『辨名號之用』，鄭注：『號名者，徽識，所以相别也。』《大傳》云『殊徽號』，鄭注：『徽號，旌旗之名也。』俱作『徽識』。《漢書·王莽傳》云『殊徽幟』，師古云：『徽幟通爲旌旗之名也。』明用俗『幟』字矣。軍中制徽九，所以别號名。疏云『以備其死知是誰之尸』，亦是臆説。

『子禄御公子成』，注：『子禄，向宜。』按《詩·小雅》云『罄無不宜，受天百禄』，又云『福禄宜之』，故向宜字子禄也。

《二十二年傳》『鄩肸伐皇』，注：『鄩肸，子朝黨。』按《説文》云：『鄩，周邑也。从邑，㝷聲。』按鄩肸蓋周大夫食采于鄩，因氏焉。下《二十三年傳》云『郊鄩潰』，注：『河南鞏縣西南有地名鄩中、郊鄩，二邑皆子朝所得。』《史記·張儀傳》云『下兵三川，塞斜谷之口』，徐廣曰：

『斜，一作尋。成臯鞏縣有尋口。』《水經·洛水》注引家相璠曰：『今鞏洛渡北有鄩谷，水東入洛，謂之下鄩。』故有上鄩、下鄩之名，亦謂之北鄩。于是有南鄩、北鄩之偁矣。又有鄩城，蓋周大鄩肸之舊邑。『鄩肸』當作『鄩肸』。

《二十四年傳》『今王室實惷惷焉』，注：『惷，動擾皃。』《釋詁》《爾雅》云：『惷，動也。』《廣雅》云：『惷，亂也。』按《説文》：『蠢，亂也。从心，萅聲。』《春秋傳》曰「王室實蠢蠢焉」。一曰厚也。』魏石經《左傳》作『截』，與古文《尚書》同。

前《二十二年傳》『司馬督』，注：『司馬鳥，督爲「裻」之假字。「鳥」爲「裑」之省文。』蓋名裻字裑，皆从衣字取義。今本《二十八年傳》『司馬鳥』又誤作『烏』，非。

《二十五年傳》云『徵褰與襦』，注：『褰，袴也。』按『袴』當作『絝』。《説文》云：『褰，絝也。从衣，寒省聲。《春秋傳》曰「徵褰與襦」。』《方言》云：『袴，齊魯之閒謂之䙆。』郭注：『傳云「徵褰與襦」，音騫。』《廣雅》云：『䙆謂之絝。』『䙆』『䙆』俱誤。

『季公鳥』，注：『公鳥，季公亥之兄平子庶叔父。』按《説文》云：『裑，短衣也。从衣，鳥聲。《春秋傳》曰「有空鳥」。』徐鍇曰：『今《春秋傳》無此，疑注誤也。』鱣謂『鳥』蓋『裑』之省文，今本《説文》誤『公』爲『空』，又衍一『曰』字。

『季氏介其雞，郈氏爲之金距』，注：『擣芥子播其羽也。或曰以膠沙播之爲介雞。』疏：『賈逵云：擣芥子爲末，播其雞翼，可以坌郈氏雞目。是此説也。鄭衆云：介，甲也。爲雞著甲。』高誘注《吕氏春秋》云『鎧著雞頭』。杜又云：『或曰：不知誰説以膠沙播之，亦不可解。蓋以膠塗雞之足爪，然後以沙糁之，令其澀，得傷彼雞也。以郈氏爲金距言之，則著甲是也。』按鄭衆之説是，況又有高誘注可證。

『公若獻弓於公爲』，注：『公爲昭公子務人。』按《説文》：『爲，母猴也。』『禺，母猴屬。』《釋獸》云『寓鼠曰嗛』，郭注：『謂獮猴之類，寄寓木上。』《南山經》云：『招摇之山有獸焉，其狀如禺而白耳。』郭注：『禺似獮猴而大。禺字音遇。』《檀弓》云『公叔禺人』，蓋公爲字禺人，取母猴之屬。《傳》作『務人』。『務』『禺』聲近通用。

『公徒釋甲，執冰而踞』，注：『櫝丸蓋。或説櫝丸是箭筩，其蓋可以取飲。』疏：『賈逵云：冰櫝丸蓋，則是相傳爲此言也。』按《説文》云：『掤，所以覆矢也。从手，朋聲。』《詩》曰『抑釋掤忌』，毛傳：『掤，所以覆矢也。』蓋『冰』爲『掤』之假字。此疏既知『掤』與『冰』字異音同，是一器，而不能決爲假用。

『意如之事君也』，注：『意如，季平子。』按《釋鳥》有『鷊鴯』，當作『意而』。古人讀『而』爲『如』。『意如』之義本此。戰國有宋如意，漢有趙王如意，亦即意如之謂。

『楄柎所以藉幹者』，注：『楄柎，棺中笭牀也。幹，骸骨也。』按《説文》云：『楄，部來木也。从木，扁聲。《春秋傳》曰「楄部薦幹」。』《方言》：『牀其上版，衛之北郊、趙、衛之間謂之牒，或謂之㼲。』『㼲』當作『楄』。『部』爲『柎』之假字。《襄二十四年傳》『部婁無松柏』，《説文》引作『附婁』。『藉』『薦』同聲通用，『幹』亦『骭』之假字。

《二十六年傳》『鑒而乘于他車』，注：『一足行。』按《説文》云：『鑒，金聲也。从金，輕聲。讀若《春秋傳》曰「鑒而乘他車」。』蓋『鑒』爲金聲，即《樂記》『鐘聲鏗』之『鏗』，俗從堅也。『一足行』本當用磬，言如磬折之狀。傳文假『鑒』爲之，故《説文》讀若云云。『磬』古作『硜』，从巠。『輕』亦從『巠』，故得通用。非即以一足行爲鑒。流俗不知，别造从足之『躄』，反疑傳本作『鑒』非也。疏云『擊金聲亦名鑒』，似猶未妙。

『使女寬守闕塞』，注：『女寬，晉大夫。』《晉語》韋注：『女寬，女齊之子叔褒。』按《説文》：『褎，衣博裾。从衣，保省聲。』是『褎』爲衣寬博，故名寬，字叔褎。《漢韓敕碑》陰云：『王褎字文博。』《孔宙碑》陰云：『陳褎字聖博。』

『貫瀆鬼神』，注：『貫，習也。瀆，易也。』釋文：『本作慣，云本作貫，又作遺，同。』按《説文》云：『摜，習也。从手，貫聲。《春秋傳》曰「摜瀆鬼神」。』是『摜』爲正字，『貫』爲假字，『慣』爲别字。《釋詁》云：『貫，習也。』郭注：『貫，貫大也。』今俗語皆然。《魏風》云『三歲貫女』，漢石經又作『宦』。

《二十七年傳》『夾之以鈹』，釋文及疏並引《説文》云：『鈹，劍也。』按《説文》云：『鈹，大鍼也。一曰劍如刀裝者。从金，皮聲。』是『鈹』有二訓。《方言》云：『錟謂之鈹。』郭注：『今江東呼大矛爲鈹，音彼。』《急就篇》云『鈹鎔』，顔注：『鈹，大刀也，刃端可以披決，因取名云。』

《史記·高祖功臣表》云『長鈹都尉擊項羽有功』，此『夾之以鈹』，疑訓大刀。下云『執鈹者夾承之』，又云『鈹交于胸』，非劍也。

《二十八年傳》『子貉之妹也』，注：『子貉，鄭靈公夷。』按《説文》云：『貉，北方人，豸種也。』《夏官·職方》云『掌四夷五狄六戎七閩八貉』，故鄭君名夷，字子貉也。

『魏戊謂閻没、女寬』，《晉語》韋注：『閻没，閻明。』按没之字明，亦取相反之義。

《二十九年傳》『遂賦晉國一鼓鐵以鑄刑鼎』，注：『令晉國各出功力其鼓石爲鐵，計令一鼓而足。』疏：『服虔云：鼓，量名。《曲禮》曰「獻米者操量鼓，取晉國一鼓鐵以鑄之」。』按服説是也。疏以鼓非大器，唯用一鼓，不足以成鼎，殆未考據。《曲禮疏》引《隱義》云：『東海樂浪人呼容十二石者爲鼓。』則十二石之鐵自可鑄一鼎矣。疏又云：『金鐵之物當稱之以權衡，數之以鈞石，寧用量米之器量之哉？』不知金鐵亦有以量數之者，如斗金之類。今人用石炭，亦以斛量之也。又『鼓』爲『科』之假字，詳《禮記疏記》。

《定元年傳》『榮駕鵝』，注：『駕鵝，魯大夫榮成伯也。』按『駕』當作『鴚』。《説文》：『鴚，鴚䳘也。从鳥，可聲。』《玉篇》：『鴚，雁屬，鴚䳘鳥也。』『鴚』『駕』並同。《漢書·司馬相如傳》云『連駕鵝』，郭璞曰：『駕鵝，野鴨也。』是『駕』爲『鴚』之俗字。

《三年傳》『有兩肅爽馬』，注：『肅爽，駿馬名。』疏：『《釋畜》于馬無肅爽之名。爽或作霜。賈逵云：色如霜紈。馬融説：肅爽，雁也，其羽如練，高首而修頸，馬似之，天下稀有，故子常欲之。』按馬説是也。《説文》云：『鷫，鷫鷞也，五方神鳥也。東方發明，南方焦明，西方鷫鷞，北方幽昌，中央鳳皇。从鳥，肅聲。』『鷞』，司馬相如説从『叜』聲，此作『肅爽』，從省蓋。馬固有以鳥名者，如《御覽》引《東方朔傳》云『蜚鴻、華騮，天下之良馬也』，又《西京雜記》云『文帝自代還，有良馬九匹，一名紫燕』是也。

《四年傳》『嘖有煩言』，注：『嘖，至也。煩言，忿争。』疏：『嘖，至。賈逵云：然是相傳訓也。』按《説文》云：『嘖，大呼也。从口，責聲。讀或从言。』『嚍，高氣多言也。从口，蠆省聲。《春秋傳》曰「嘖有嚍言」。』是『嚍』爲正字，『煩』爲假字。但『嘖』訓爲至，未知所云。

『其使祝佗從』，注：『祝佗，大祝子魚。』按『佗』爲『鮀』之假字。《論語·雍也》《憲問篇》作『鮀』。《釋魚》云『鯊鮀』，舍人曰：『鯊，石鮀也。』《説文》云：『鮀，鮎也。从魚，它聲。』故鮀字子魚。

『封父之繁弱』，注：『繁弱，大弓名。』按《説文》：『弱，橈也，上象橈曲，彡象毛氂。』『橈，弱也。』『弱，物并，故从二弓。』《明堂位》云『封父之繁弱』，《荀子·性惡》云『繁弱、鉅黍，古良弓也』。

『楚瓦不仁』，注：『子常名。』按『常』爲『甞』之假字。《説文》云：『甞，大盆也。從瓦，尚聲。』故囊瓦字子常。

《五年傳》云『陽貨將以璵璠歛』，注：『璵璠，美玉，君所佩。』釋文：『璵，本又作與，音餘。』疏：『璵璠是一，玉名。』按《説文》云：『璠，與璠，魯之寶玉。从玉，番聲。孔子曰：「美哉與璠，遠而望之奂如，近而視之瑟若也。一則理勝，一則孚勝。」』《説文》無『璵』字，今有之者，徐鉉所加。惟其無『璵』字，故是疏止引『璠』字，下偁：『《説文》又云：「瑜，美玉。」與璵璠異也，與璠一玉。』《説文》所謂『一則理勝，一則孚勝』者，乃遠近之别。惠君補注云『二玉』，非。

『告公山不狃』，注：『不狃，季氏臣費宰、子洩也。』按《潛夫論》云：『公山氏，魯公族。』《爾雅·釋木》云『杻多杻』，故不杻字子洩。『狃』爲『杻』之假字。《論語》『不擾』。『擾』『杻』一聲也。

《八年傳》『捘衞侯之手及捥』，注：『捘，擠也。血至捥。』按《説文》云：『捘，推也。从手，夋聲。《春秋傳》曰「捘衞侯之手」。』『掔，手掔也。』揚雄曰：『掔，握也。从手，臤聲。』《釋名》云：『掔，宛也，言可宛屈也。』《玉篇》云：『掔，於焕切。』捥同。《急就篇》『捲捥』，顔注：『手臂之節也。』《士喪禮》云『設麗牲于掔』，鄭注：『掔，手後節中也。古文掔作捥。』《吕氏·本味》云『述蕩之掔』，高注：『掔，讀如棬椀之椀。』《漢書·郊祀志》云『海上燕齊之閒莫不搤掔』，《游俠傳》『搤掔而游談』，師古曰：『掔，古腕字。』是『掔』爲正字，『椀』爲假字，『腕』爲别字。

『林楚怒馬』，按《説文》云：『馬，怒也。』《吕氏·至忠》：『文摰曰：非怒王則疾不可治。』高注：『怒讀如强弩之弩。』《方言》云：『弩，怒也。』

《九年傳》『晳幘而衣貍製』，注：『晳，白也。幘，齒上下相值。製，裘也。』按《説文》云：

『齻，齒相值也。一曰齧也。从齒，責聲。《春秋傳》曰「晳齻」。』是『幘』爲『齻』之假字。又《説文》云：『製，裁也。从衣，制聲。』《説苑・復恩〔六〕》云『具紵絺三百製』，是絺衣亦名製。《哀二十七年傳》云『成子衣製杖戈』，注：『製，雨衣。』是雨衣亦名製。此云裘也，本服注。

《十四年經》『於越敗吴于檇李』，注：『檇李，吴郡嘉興縣南醉里城。』釋文：『檇，音醉。』按《説文》云：『檇，以木有所擣也。从木，雋聲。《春秋傳》曰「越敗吴于檇李」。』《公羊傳》作『醉里』，故杜注云：『醉李城。』『檇』『醉』同聲假用。

《十四年傳》『還卒於陘，去檇李七里』。按今嘉興六里街有吴涇橋，是其地。

『既定爾婁豬，盍歸我艾豭』，注：『婁豬，求子豬，喻南子。艾豭，喻宋朝艾老也。』按《説文》云：『婁，空也。从毌中女空之意也。』是『婁』爲中空，故曰『求子豬』，猶今人言母豬矣。艾不當調老。《孟子・萬章》云『知好色則慕少艾』，《楚詞・大司命》云『撫長劍兮擁幼艾』，是少而非老也。《説文》又云：『豭，牡豕也。从豕，叚聲。』《史記・秦始皇紀》云『夫爲寄豭』，索隱：『豭，牡豬也。言夫淫他室者，若寄豭之豬。』艾豭猶今人言公豬矣。

《哀元年傳》『使大夫種因吴太宰嚭以行成』，高注《吕氏春秋》云：『大夫種字禽，楚鄞人。』按『種』疑『撞』之假字，『禽』『擒』通用。

『宿有妃嬙嬪御焉』，注：『妃嬙，貴者。』釋文：『嬙，本又作牆。』按唐石經作『牆』。《説文》無『嬙』字，當作『牆』也。

《二年傳》『鄭子姚、子般送之』，注：『子姚，罕達。子般，駟弘。』按『姚』爲『遙』之假，故達字子遙。《説文》云：『弘，弓聲也。从弓，厶聲。』弓有往來之意，故弘字子般。

『龜焦』，注：『兆不成。』按焦本作爂，《説文》云：『爂，灼龜不兆也。从火，从龜。《春秋傳》曰「龜爂不兆」。讀若焦。』今蓋以讀若之字當之。引傳文加『不兆』二字，疑出賈逵《解詁》。《書》疏引《六韜》云『卜戰龜兆焦』。

《六年傳》『命公子申爲王，不可，則命公子結，亦不可，則命公子啓』，注：『申字子西，結字子期，啓字子閭，皆昭王兄。』按申爲西方，故申字子西。『期』爲『旗』之假字。《曲禮》云『德車結旌』，故結字子旗。巫馬期字施，亦假『期』爲『旗』也。啓，開也。閭，門也。故啓字子閭也。

『闞止知之』，注：『闞止，陽生家臣子我也。』按：止，足也。我，施身自謂也。故止字子我。《吕覽·慎勢》以闞止爲宰予，高注：『宰予字子我。』《史記》遂云宰我與田常作亂，非也。

『以安孺子如賴』，《漢書·人表》作『晏孺子』。按『晏』與『安』雖通用，然孺子即指荼安，『孺子于賴』，正對下『遷孺子於駘』也。

『殺王甲，拘江説，囚王豹于句竇之丘』，注：『三子，景公嬖臣荼之黨也。』按《孟子》云『王豹處於淇而河西善謳』，王豹蓋以善謳而爲嬖臣也。

《八年傳》『何故使我水滋』，注：『滋，濁也。』釋文：『滋，本亦作兹，子絲反。《字林》云：

黑也。』按《説文》云：『玆，黑也。从二玄。《春秋傳》曰「何故使我水玆」。』是『玆』爲正字。《史記·屈原傳》云『不獲世之滋垢』，亦當作『玆』。

『使太宰子餘討之』，注：『子餘，太宰嚭。』按《説文》云：『嚭，大。从喜，否聲。《春秋傳》吳有太宰嚭。』蓋大者有餘之義，故嚭字子餘也。《公羊》作『帛喜』，乃『嚭』之合聲。《楚詞·九思》云『忌嚭專兮郢吳虚』，『嚭』即『嚭』之壞形也。

『栫之以棘』，注：『栫，雍也。』釋文：『栫，本又作荐。』按《説文》云：『栫，以柴木壅也。从木，存聲。』《漢書·翟方進傳》云『薦樹之棘』，師古曰：『薦讀曰荐，重也，聚也。』『栫』爲正字，『薦』爲假字，師古説非。

《十一年傳》『孟孺子洩』，注：『孺子，孟懿子之子武伯彘。』按《説文》云：『彘，豕也。』又云：『𧰼，豕息也。』則『彘』當字息，『洩』蓋『息』之假字。

『樊遲爲右』，注：『樊遲，魯人，孔子弟子樊須。』按《説文》云：『䇓，待也。从立，須聲。』『竢』或从『芻』。《釋詁》云：『䇓，待也。』《易·歸妹》九四云『遲歸有時』，釋文引陸績云：『遲，待也。』故樊䇓字遲，今從省。

『孟之側後入』，注：『之側，孟氏族也，字反。』按《洪範》云『無反無側』，《周南》云『輾轉反側』，故側字反，楚公子側亦字子反也。

《十四年經》『齊陳恒執其君寘于舒州』，《史記·齊世家》云『田常執簡公于徐州』，索隱：

『徐字从人，《説文》作郐，並音舒。』按《説文》云：『郐，邾下邑地。从邑，余聲。魯東有郐城，讀若涂。』又：『郚，地名。从邑，舍聲。』《玉篇》云：『郚，始居切。《春秋》曰「齊人取郚」。』是『郚』爲『舒』之本字，索隱以『郐』字當之，誤矣。

《傳》『逢澤有介麋焉』，注：『介，大也。』疏：『逢澤大處，不應惟有一麋，故以介爲大。劉炫以爲一麋而規杜氏，非也。』按劉説是也。《方言》云：『畜無耦曰介。』《秦誓》云『如有一介臣』，《越語》云『一介嫡女，一介嫡男』，猶今言个矣。

《十六年傳》『許公爲反祏』，按《説文》云：『返，還也。从辵，从反，反亦聲。《商書》曰「祖伊返彶」。』《春秋傳》返從彳，今本《春秋傳》俱用『反』，惟此一字舊本作『返』，據《説文》則古作『彶』。

《十七年傳》『良夫乘衷甸兩牡』，注：『衷甸，一轅，卿車。』疏：『甸即乘也。四北爲甸，甸出車一乘，故以甸爲名。是古者乘甸同也。』按《説文》云：『佃，中也。从人，田聲。《春秋傳》曰「乘中佃」。』一轅車也。是傳本作中佃。古者『佃』『乘』同聲，故陳恒亦稱田常也。

『而奪其兄劖般邑』，按『劖』當作『鄺』。《説文》云：『鄺，宋地也。从邑，毚聲，讀若讒。』鄺當是班之采邑，故解爲宋地。

《二十三年傳》『其可以稱旌繁乎』，注：『繁，馬飾繁纓也。』按繁當作緐，《説文》云：『緐，馬髦飾也。从系，每聲。《春秋傳》曰「可以偁旌緐乎」。』『緐』或从『𢍜』，《春官・巾車》云『樊纓』，鄭注：『樊讀如鞶帶之之鞶，謂今馬大帶也。』《禮器》云『大路繁纓一就』，疏：『馬腹帶。』俱用假字。

《二十五年傳》『君將㱿之』，注：『㱿，嘔吐也。』釋文：『本作㱿。』按『㱿』當作『㱿』，《說文》云：『㱿，歐皃。从口，㱿聲。《春秋傳》曰「君將㱿之」。』是釋文所本。

校勘記

〔一〕『周』，原作『同』。
〔二〕『集』，原作『史』，今改。
〔三〕『一』，疑當作『氏』。
〔四〕『㦸』，疑誤衍。
〔五〕『志』，原作『云』，據《春秋左傳詁》改。
〔六〕『復』，原作『徐』，據《說苑》改。

簡莊疏記卷十二　春秋公羊傳

『元年，公及邾婁儀父盟于眛』，釋文：『婁，力俱反。邾人語聲後曰婁。《禮記》同，《左氏》《穀梁》無「婁」字。「眛」，《穀梁》同，《左氏》作「蔑」。』按《説文》云：『邾，江夏縣。从邑，朱聲。一曰魯有小邾國。』《史記·項羽紀》云『立芮爲衡山王，都邾』，文穎曰：『邾音朱，縣名，屬江夏。』正義曰：『《括地志》云：「故邾城在黄州黄岡縣東南二十里，本春秋時邾國。邾子，曹姓。猶居〔一〕。至魯隱公遷蘄。」是邾近南夷，故曰邾婁。猶吴曰句吴，越曰於越。彼句與於爲發聲，此婁爲語聲後，邾婁疊音也。《禮記·檀弓》亦作『邾婁』，不同。左氏蓋與公羊同爲六國時人，後儒謂《檀弓》係左氏弟子，非也。『眛』『蔑』一聲之轉，義亦相同。《左氏·文七年》『晉先蔑奔秦』，《公羊》亦作『先眛』。

《二年傳》『始滅昉于此乎』，注：『昉，適也，齊人語。』疏：『胡毋生齊人，故知之。若鄭譜云然，則詩之道放于此乎之類。』按《五年傳》云『始僭諸公放於此乎』，漢石經《公羊》『昉』作『放』。鄭注《考工》云：『「旊」讀如「放於此乎」之「放」。』是『放』爲正字，『昉』爲別體。《説文》：『仿，相視也。从人，方聲。』《漢書·貢禹傳》云『亦相放效』，與此合。

《五年傳》『登來之也』，注：『登讀言得來登來之者，齊人語也。齊人名求得爲得來。作登來者，其言大而急，由口授也。』疏：『謂高語之時，猶言得來之。至著竹帛時，乃作登字，故言由口授矣。』按『得』『登』雙聲，如同一从『兑』字，从『肉』者作『脱』，从『⻏』者作『鄧』是也。《大學》云『一人貪戾』，鄭注：『戾之言利。《春秋傳》曰「登戾之」。』『來』『戾』亦雙聲。公羊子齊人，注每用齊人語，與公羊不同。鄭注亦每用齊人語，而著竹帛又異。

『六年春，鄭人來輸平。輸平者何？輸平，猶墮成也。何言乎墮成？敗其成也。』《左傳》作『渝平』，云：『更成也。』服虔曰：『公爲鄭所獲，釋而不結平，於是更爲約束以結之，故曰渝平。平猶成也。成猶盟也。』按《説文》云：『渝，變污也。从水，俞聲。』《釋言》云：『渝，變也。』郭注：『謂變易。』《鄭風・羔裘》云『舍命不渝』，毛傳：『渝，變也。』是『渝』爲正義。渝平謂變更復盟，故《左氏》言『更成也』。『渝』或作『輸』，《詛楚文》云『變輸盟刺』。《廣雅》云：『輸，更也。』與此傳俱假『輸』爲『渝』。後儒以『輸平』爲『納成』，謬矣。

『八年三月，鄭伯使宛來歸邴』，釋文：『邴，鄭邑。《左氏》作祊。』按《穀梁傳》云：『邴者何？鄭湯沐之邑也。』《説文》云：『邴，宋下邑。从邑，丙聲。』左氏作『祊』，杜注：『祊，鄭祀泰山之邑，在琅邪費縣東南。』『邴』爲正字，『祊』爲假字。『仿』字或作『俩』，古通用。

『公及莒人盟于包來』，釋文：『包來，《左氏》作浮來。』按《漢書・楚元王傳》云『秦有儒生浮丘伯』，《鹽鐵論》作『包丘子』。《説文》『罦』一作『包』，『桴』一作『抱』，是『包』字通用也。

《桓二年傳》『若楚王之妻娟』，注：『娟，妹也。』按《説文》云：『娟，楚人謂女弟曰娟。从女，胃聲。《公羊傳》曰「楚王之妻妹」。』《廣雅》云：『娟，妹也。』《一切經音義》引《纂文》云：『河南人云妹娟也。』

《四年傳》『秋曰蒐』，注：『蒐，簡擇也。』釋文：『本作「秋曰廋」，云本又作「捜」，亦作「蒐」。』按《穀梁》釋文云：『蒐，麋氏本又作捜。』《説文》云：『捜，衆意也。一曰求也。从手，叜聲。』《方言》云：『捜，略求也，秦晉之閒曰捜，就室曰捜，于道曰略。』是『捜』爲正字，『廋』『蒐』俱假借也。《釋天》云『春獵爲蒐，夏獵爲苗，秋獵爲獮，冬獵爲狩』，此傳作『春曰苗，秋曰蒐，冬曰狩』，注不以夏田者，春秋制也。疏同《禮》，春田謂之蒐，何氏所不敢。《王制》正義引何休《廢疾》曰：『《運斗樞》曰：「夏不田。」《穀梁》有夏田，於義爲疑。』鄭君釋之云：『四時皆田〔二〕，夏殷之禮。《詩》云「之子于苗，選徒囂囂」，夏田明矣。孔子雖有聖德，不敢顯然改先王之法，以教授於世。若其有所欲改，其陰書于緯，藏之以傳後王。《穀梁》四時田者，近孔子故也。《公羊》正當六國之亡，讖緯見，讀而傳爲三時田。作傳有先後，雖異，不足以斷《穀梁》也。』

《五年傳》『卒之怴也』，注：『怴者，狂也。齊人語。』按『怴』疑作『倏』，《説文》云：『倏，犬走疾也。从犬，攸聲，讀若叔。』《莊子·應帝王》云『南海之帝爲儵，北海之帝爲忽』，《楚詞·九歌》云『儵而來兮忽而逝』，並即『倏』之誤。

『十有二年，盟于毆蛇』，釋文：『毆，丘於反，又音曲侯反。蛇音移，又音池。《左氏》作曲池。』按『毆』『曲』一聲之轉，故『曲逆』讀作『去遇』。『池』本作『沱』，與『蛇』形聲俱近。

《十有六年傳》『屬負兹』，注：『屬，托也。天子有疾偁不豫，諸侯偁負兹，大夫偁犬馬，士偁負薪。』疏：『皆漢禮之名。諸侯言負兹者，謂負事煩多，故致疾。』按《釋器》云：『蓐謂之兹。』《荀子·正論》云『琅玕龍兹』，楊注：『龍兹，即今龍鬚席。』《史記·周本紀》云『衛康叔封布兹』，徐廣曰：『兹者，藉席之名。』然則負兹者，猶云常在牀蓐，今俗語壓席是也。士卑稱負薪，亦此意。疏云『負事煩多』，非也。

《莊元年傳》『於其乘焉，搚幹而殺之』，注：『搚，折聲也。』釋文：『本作拹幹，云本又作搚，亦作拉，皆同。』按《説文》云：『拹，摺也。从手，劦聲。一曰拉也。』《玉篇》云：『拹同搚。』《廣雅》云：『搚，折也。』是『拹』爲正字，『搚』爲俗字。

《七年傳》『《不修春秋》曰：雨星不及地尺而復』，注：『《不修春秋》，謂史記也。古者謂史記爲《春秋》。』疏：『據此傳及注言，則孔子未修之時，已謂之《春秋》矣。』按《左氏·昭二年》：『晉韓起來聘，見《魯春秋》。』《晉語》：『司馬侯曰：羊舌肸習于《春秋》。』《楚語》：『申叔時曰：教之《春秋》。』皆在孔子前，所謂《不修春秋》也。

《十有二年傳》『萬臂摋仇牧』，注：『側手曰摋。』按《説文》云：『抶，笞擊也。从手，失聲。』傳蓋假『摋』字爲之，而傳誤作『摋』耳。

《十有七年傳》：『齊人瀸于遂。瀸者何？積也。』注：『瀸者，死又瀸之爲積尸，非一之辭，故曰瀸。積，衆多也。」釋文：「瀸，二傳作殲。積，本又作漬。」按《説文》云：「瀸，漬也。从水，韱聲。」「漬，漚也。从水，責聲。」是「漬」爲正字。疏本作「漬」，故引《曲禮》云：「四足曰漬。」鄭注：「漬謂相瀸汙而死也。」

《二十有二年傳》：「肆大省。肆者何？跌也。大省者何？災省也。」何注：「跌，過度。」釋文：「肆，本或作佚。大省，二傳作眚。跌，過度也。」疏：「肆讀如同放肆也，省讀如減省之省也。」按《説文》云：「渻，少減也，減損也。」是「渻」爲正字，「省」「眚」俱假字。《説文》云：「跌，踢也。从足，失聲。一曰越也。」《漢書·揚雄傳》云「爲人簡易佚蕩」，張晏曰：「佚音鐵，蕩音灢。」晉灼曰：「佚蕩，緩也。」是「佚蕩」即「跌踼」，故云「肆者何？跌也」，本或作「佚也」，《穀梁傳》作「失」。「失」「佚」古通用。

《二十有八年傳》「春秋伐者爲客，伐者爲主」，注：「伐人者爲客，讀伐，長言之，齊人語也。見伐者爲主，讀伐，短言之，齊人語也。」疏：「公羊子齊人，因其俗可以見長短，故言此。」按長言、短言，曼聲、急聲之謂，後人音分動静本此。

「冬築微」，釋文：「微，《左氏》作麋。」按《釋水》云：「水草交謂之麋。」郭注引《詩》曰「居河之湄」。今《小雅·巧言》云「居河之麋」，釋文：「麋，本又作湄。」《左氏·僖二十八年傳》云「余賜汝孟諸之麋」，《寰宇記》云：「虞城孟諸澤俗呼爲湄。」古「室」古「眉」字或作「麋」。《大戴禮·立言》云「孔子愀然揚麋」，《荀子·非相》云「伊尹之狀，面無須麋」，鐘鼎文「眉壽」作

『麋壽』，是『湄』爲正字，『麋』爲假字，『麋』『微』聲近，故又作『微』。

《三十年傳》『蓋以操之爲已蹙矣』，注：『蹙，痛也。』按《考工·輪人》云『凡察車之道，不微至，無以爲戚速也』，鄭注：『齊人有名疾爲戚者。《春秋傳》曰「蓋以操之爲已戚矣」。』疏：『鄭氏以戚爲疾，與何别。』按《説文》云：『慽，慐也。从心，戚聲。』《小雅·小明》云『自詒伊戚』，《左傳》引作『慼』。『慼』即『慽』之變體，『蹙』又『慼』之别體。鄭所據傳本从省作『戚』，與《詩》同。

《閔二年傳》：『或曰：自鹿門至于争門者是也。或曰：自争門至于吏門者是也。』釋文：『鹿門，魯南城東門也。』按《説文》云：『淨，魯北城門沱也。从水，争聲。』是『淨』爲正字，『争』爲从省。鹿門爲魯南城東門，淨門爲北城門也。

《僖元年傳》『於是抗輈經而死』，注：『輈，小車轅。冀州以此名之云耳。』疏：『鄭氏云「慶父輈死」者，正取此文。』按《檀弓》疏引鄭注《論語》云：『慶父抗輈偁死，時人爲之諱，故云孟氏。』此蓋《論語》『孟氏使陽膚爲士師』之注。《公羊》疏正取注文，誤衍『偁』字，或係『經』字之誤。

《二年傳》：『荀息請曰：以屈産之乘與垂棘之白璧。』注：『屈産，出名馬之地。垂棘，出美玉之地。』按疏謂屈産地名，不似服氏謂産爲産生也。按趙注《孟子》亦作屈地所生之良馬，與服注《左傳》合。何説非。『垂棘』之『棘』，疑作『瑓』，《説文》云：『瑓，玉也。从玉，刺聲。』

蓋垂地産琍玉爲璧也。釋文：『棘，一本作蕀，音同。』『蕀』乃俗字耳。

《四年傳》『卒怗荆』，注：『怗，服也。』釋文：『怗，一本作貼，服也。劉兆同。《廣雅》云「静也」。《玉篇》「又丁篁反」。一本作拈，或音章貶反。』按《一切經音義》引《聲類》云：『題賦曰帖。』《通俗文》同。又引《字詁》云：『帖，今作牒，同佗頰反。』王逸《楚詞敘》云『義多乖異，事不妥帖』，蓋『帖』爲正字，『怗』『貼』俱俗字。『拈』『牒』亦非此義也。

《十年傳》『踊爲文公諱也』，注：『踊，豫也。齊人語若關西言渾矣。』按《説文》云：『踊，跳也。从足，甬聲。』『渾，混流聲也。从水，軍聲。』《玉篇》云：『渾，後昆、後衮二切，水濆涌之聲也。』『踊』『渾』聲相近。

《十有六年傳》『霣石于宋五』，按『霣』，《左》《穀》作『隕』。《説文》云：『磒，落也。从石，員聲。《春秋傳》曰「磒石于宋五」。』《釋言》云：『磒，落也。』郭注：『磒，隕也。方俗語有輕重耳。』是『磒』爲正字，『霣』『隕』俱假字耳。下云『霣石紀聞，聞其磌然』，釋文：『磌，聲響也。本或作砰。』《穀梁》疏云：『磌字，《説文》《玉篇》《字林》等無其字，學士多讀爲砰。據《公羊》古本並爲「磌」字，張揖讀爲「磌」，是石聲之類，不知出何書也。』按『磌』疑作『霣』，《説文》云：『霣，雨聲也。从雨，真聲，讀若湞。』後人移从雨于『員』之上作『霣』，而移从石于『真』之旁作『磌』耳。『砰』字《説文》亦無之。

《三十有三年傳》『必於殽之嶔巖』，釋文：『嶔，苦銜反。鄒誕生楮詮之音。《上林賦》並同。徐音欽。韋昭《漢書音義》：去瞻反。又本或作廞，同。』按《穀梁》作『殽之巖崟之下』，是也。《説文》云：『崟，山之岑崟也。从山，金聲。』是『崟』爲正字，『廞』爲假字，『嶔』爲别字。

《文十有二年傳》『惟諓諓善竫言』注：『諓諓，淺薄之皃。竫猶諓也。』釋文：『諓，《尚書》作戔，淺薄皃也。賈逵注：《外傳》云「巧言也」。竫，本或作諞，皮免反，又必淺反。本作諓，七全反，又仕勉反。』按《漢書·李尋傳》云『昔秦穆説諓諓之言，任仡仡之勇』，王逸《楚詞章句》引《書》云『諓諓靖言』，俱與傳合。『靖』與『竫』同。《説文》于『諞』字引《周書》曰『截截善諞言』，與今本同。又于『戔』字引《周書》曰『戔戔巧言』，蓋用賈逵説也。

《十有三年傳》『魯公燾』，注：『燾者，冒也。』釋文：『徒報反。一本作濤，音同冒也。』按作『濤』者是也，『燾』乃俗字。

《十有五年傳》『筍將而來也』，注：『筍者，竹箯，一名編輿。齊魯以此名之曰筍。』釋文：『筍音峻，箯婢綿反〔三〕，一音步賢反。服虔音編。韋昭音如頻。』按《説文》云：『筍，竹胎也。从竹，旬聲。』『箯，竹輿也。从竹，便聲。』《史記·張耳陳餘傳》云『上使泄公持節問貫高箯輿前』，集解：『服虔曰：箯音編，編竹本如今峻，可以糞除也。韋昭音如頻反，云如今輿牀人輿以行。』《漢書·尹賞傳》云『便輿出瘞寺門桓東』，『便』即『箯』之省。

『宣三年，楚子伐賁渾戎。』釋文：『賁，舊音六，或音奔〔四〕。二傳作陸渾。』按『賁』依舊音當作『𡶒』，即『睦』之古文。『睦』字从『先』，『先』讀爲『陸』，故『睦』亦有『陸』音，『或音奔』

者，誤也。

《七年傳》『躇階而走』，注：『躇猶超遽不暇以次。』釋文：『躇，丑略反，與踱同。一本作辵，音同。』按《說文》云：『辵，乍行乍止也。从彳，从止。讀若《春秋公羊傳》「辵階而歪」。』是『辵』爲正字，『躇』『踱』俱俗字。

『呼獒而屬之』，疏：『謂呼而指屬之。今呼犬謂之屬，義出於此。』按《說文》云：『咒，呼雞重言之。从吅，州聲。讀若祝。』此『屬』亦其類。《左氏傳》作『嗾』。《說文》云：『嗾，使犬聲。从口，族聲。』『嗾』『屬』音亦相近也。

『祁彌明逆而踆之』，注：『以足逆蹴曰踆。當爲夋。』按『踆』，《說文》云：『夋，行夋夋也。从夂，允聲。』《釋言》云：『逡，退也。』郭注：『逡巡，卻退也。』亦即『夋』之俗字。

《十有二年傳》『古者杅不穿』，注：『衦，飲水器。』釋文：『杅音于。』疏：『其音于，若今馬盂矣。舊說云杅是衦字，若今食帑矣。今音于，則舊說非。』按《急就篇》云『椭杅槃案桮閜盌』，注：『杅，盛飯器也。一曰：齊人謂盤爲杅。』蓋『杅』即『盂』之假字，故云『若今馬盂矣』。舊說『杅』是『衦』字者，『衦』爲『帣』之假字。《說文》云：『帣，囊也。』今鹽官三斛爲一帣，故云若今食帑，俱據六朝時物而言也。

《成二年傳》『與我紀侯之甗』，注：『齊襄公滅紀所得甗邑。其土肥饒，欲得之。或說：甗，玉甑。』疏：『「或說云甗玉甑」者，蓋以《左傳》云「賂以紀甗玉磬」，又別言與地，明甗是器名，非地名，故以玉甑解之。』按或説是也。《説文》云：『甗，甑也。』下云『反魯衛之侵地』方指地。《襄七年傳》『鄭伯將會諸侯于鄬』，釋文：『鄬，于委反。《字林》〔五〕：凡吹反。』按《左氏傳》云：『公會諸侯于鄬。』杜注：『鄬，鄭地。』《穀梁》釋文：『鄬，本又作隝。』《説文》云：『隝，鄭地阪也。从𠂤，爲聲。《春秋傳》曰「將會鄭伯于隝」。』是『隝』爲正字。

『鄭伯髡原何以名傷而反，未至乎舍而卒？』注云：『爾者，古者保辜，諸侯卒名，故于如會名之，明如會時爲大夫所傷，以傷辜死也。君親無將，見辜者，辜内當以弑君論之，辜外當以傷君論之。』疏：『其弑君論之者，其身梟首，其家執之。其傷君論之者，其身斬首而已，罪不累家。漢律有其事。然則古者亦依漢律之文，多依古事，故知然也。』按《急就篇》云『疻痏保辜謕呼號』，注：『保辜者，各隨其狀輕重，令毆者以日數保之，限内致死則坐重辜也。』《説文》云：『嫴，保任也。从女，辜聲。』是『嫴』爲正字，『辜』乃从省也。

『十年，盜殺鄭公子斐』，釋文：『斐，《左氏》作騑。』按《左氏·襄八年傳》云『騑也受其咎』，杜注：『騑，子駟名。』《説文》云：『騑，驂旁馬。从馬，非聲。』『駟，一乘也。从馬，四聲。』《小雅·四牡》云『四牡騑騑』，《采菽》云『載驂載駟』，疏引王肅云：『古者一轅之車駕，三馬則五轡，夏后氏駕兩，謂之麗。殷益一騑，謂之驂。周又益一騑，謂之駟。駟者，一乘駟馬，兩服兩驂是也。』又《小戎》箋云：『驂，兩服也。』疏：『車駕四馬。在内兩馬謂之服，在外兩服謂之騑。春秋時鄭公子騑字子駟，是有騑乃成駟。』蓋『騑』爲正字。此傳及《穀梁》作『斐』，假字也。

《十有四年傳》『鄭公孫囆』，釋文：『囆，二傳作蠆。』按蠆字子蟜。《説文》云：『蟜，毒蟲也。从虫，喬聲。』『蠆，毒蟲也。象形。』『蠇』或從『蚍』。是『蠆』爲正字，『蠇』爲或體，『蠆』爲隸變。此作『囆』，又假字也。鄭公孫蠆字子蟜，齊公孫蠆字子尾，同。

《十有六年傳》『君若贅旒然』，注：『旒，旂旒。贅，繫屬之辭，若今俗名就壻爲贅壻矣。』釋文：『贅，本又作綴，繫屬也。旒，本又作流，旌旗之旒也。』按《説文》云：『綴，合箸也。从叕，从糸。』『游，旌旗之流也。从㫃，汓聲。』是『綴流』爲正字，『贅』爲假字，『旒』爲俗字。《商頌・長發》云『爲下國綴旒』，鄭箋：『旒者，旗之垂者也。』至贅自爲贅壻之贅，《説文》云：『贅，以物質錢。从敖、貝。』敖者猶放貝當復取之也。《漢書・賈誼傳》云『家貧子壯則出贅』，師古曰：『贅，質也。家貧無有聘財爲質也。』《釋名》云：『贅，屬也。横生一肉箸體也。』《廣雅》云：『贅，疣也。』亦假『贅』爲『綴』。

《二十年，陳侯之弟光出奔楚。』釋文：『弟光，《左氏傳》作弟黄。』按《説文》云：『炗，明也。从火在人上光明意也。』『炗』，古文，又云：『黄，地之色也。从田，从炗，炗亦聲。』『炗，古文光。灮，古文黄。是黄本从炗，故得通用。《堯典》『光被四表』，亦作『横被』。《淮南・原道訓》云『横之而彌于四海』，高注：『横讀桄車之桄。』戴吉士云：『横光聲相近，故漢人偁横門爲光門，後世猶沿其舊矣。』

《二十有九年傳》『飲食必祝』，注：『祝，祭祝也。』《論語》曰『雖疏食菜羹瓜祭是也』，疏：

『言雖疏食菜羹及瓜質薄之物，亦必祭其所先。』按《論語·鄉黨》云『雖疏食菜羹瓜祭必齊如也』，集解：『孔曰：三物雖薄，祭之必敬也。』釋文引鄭注：『魯讀瓜爲必，今從古。』《玉藻》云『瓜祭上環』，疏：『食瓜必祭先也。』是古有瓜祭之禮。『瓜』『必』形近，故古、魯異讀。此何氏讀亦從古，與鄭合也。

『昭五年，叔弓帥師敗莒于濆泉。濆泉者何？直泉也。直泉者何？涌泉也。』釋文：『濆泉，《左氏》作蚡泉，《穀梁》作賁泉。』按《説文》云：『濆，水厓也。从水，賁聲。《詩》曰「敦彼淮濆」。』是『濆』爲正字，『賁』爲从省，『蚡』爲假字。《釋水》云：『濫泉正出。正出，涌出也。』郭注：『《公羊傳》曰「正出」。正出，直出也。』蓋濆泉即濫泉，故郭引以爲證。

《二十有一年傳》：『南里者何若？曰因諸者然。』注：『因諸者，齊故刑人之地。公羊子齊人，故以齊喻也。』疏：『舊説云即《博物志》云「周曰囹圄，齊曰因諸」是也。』按《急就篇》云『卒吏歸誠自詣因』，注：『因，就也。』

《二十有五年傳》『昭公於是噭然而哭』，注：『噭，哭聲皃。感景公言而自傷。』按《説文》云：『嘂，高聲也。一曰大呼也。从品，丩聲。《春秋公羊傳》曰「魯昭公嘂然而哭」。』是『嘂』爲正字，『噭』爲別字。《天官·雞人》云『夜嘑以嘂百官』，鄭注：『呼旦以驚起百官，使夙興。』

『以人爲菑』，注：『菑，周埒垣也，所以分別内外，衛威儀。』今太學辟雍作『側』字〔六〕。按『側』疑作『堋』，《説文》云：『堋，遏遮也。从土，則聲。』以人爲堋，言照公以人相遮也。何本作蕃者，『瑚』『蕃』聲近假用也。《後漢書·儒林傳》云：『休精研六經，世儒無及者。太尉陳蕃辟之與參政事。蕃敗，乃作《公羊解詁》，覃思不闚門十有七年。』繪考蕃誅于靈帝建寧元年，又七年爲熹平四年，始立石經。休於是時正作《公羊解詁》，則所指太學辟雍之字，其爲一字石經無疑。

《定元年傳》『主人習其讀而問其傳』，注：『讀謂經，傳謂訓詁。』按《説文》云：『讀，誦書也。』《文王世子》云『冬讀書，典書者詔之』，《左氏·昭元年傳》云『讀舊書，加于牲上而已』。

『不蓑城也』，注：『若今以草衣城是也。』釋文：『本作衰，云一或作蓑，一或音初危反。』按《説文》云：『衰，草雨衣，秦謂之萆。从衣，象形。𧘝古文衰。』是『衰』爲正字，『蓑』爲俗字。今之築牆者，以草被之，猶曰牆衰。《漢書·五行志》：『董仲舒以爲宋仲幾無尊天子之心而不衰城。』師古曰：『衰城，謂以差次受功賦也。』非。

《定四年傳》『朋友相衛而不相迿』，注：『迿，出表辭，猶先也。』釋文：『迿音峻，又音巡，又𠂔偏反，先也。』按『迿』當作『㣺』，《説文》云：『㣺，行示也。从彳，勻聲。』《司馬法》『斬以迿』，釋文音『巡』者是。

《八年傳》云『龜青純』，注：『純，緣也，謂緣甲頓也。千歲之龜青髯，明於吉凶。』按《説文》云：『䶿，龜甲邊也。从龜，冄聲。』是『䶿』爲正字，『頓』『髯』俱誤字也。《樂記》云『青黑緣者，天子之寶龜也』，《雜記》云『輤有裧』，『裧』即『䶿』。

《哀六年傳》『開之則闖，然公子陽生也』，注：『闖，出頭皃。』釋文：『闖，丑鴆反，又丑正反，一音丑今反，見皃。』按《説文》云：『䙟，暫見也。从見，炎聲。《春秋公羊傳》曰「䙟然公子陽生」。』是『䙟』爲正字，『闖』爲假字。《廣雅》云：『䙟，見也。』

《十有四年傳》『祖之所逮聞也』，漢石經『逮』作『遝』。按《釋詁》云：『逮，遝也。』《中庸》云『所以逮賤也』，釋文：『逮，本又作遝，同。』《方言》云：『迨、遝及迨，東齊曰迨，關之東西曰遝，或曰及。』《説文》云：『遝，迨也。从辵，眔聲。』二字通用。

校勘記

〔一〕『猶』，《史記集解》引作『俠』。
〔二〕『田』，原作『用』，據《禮記注疏》改。
〔三〕『婢』，原『闕』，據《春秋公羊傳注疏》補。
〔四〕『音』，原作『者』，據下文改。
〔五〕『鄢于委反字林』，原作『林鄢于委反字』，今據《春秋公羊注疏》乙正。
〔六〕『太』，原作『大』，據下文改。

簡莊疏記卷十三　春秋穀梁傳

《隱元年傳》『寰内諸侯』，注：『天子畿内，大夫有采地謂之寰内諸侯。』釋文：『寰，音縣。古縣字一音環，又音患。寰内，畿内也。』疏：『寰内者，王都在中，諸侯四面繞之，故曰寰内也。』按《説文》云：『寏，周垣也。从宀，奐聲。』重文『院』，云『寏』或从『𠂤』，完聲。是『寏』爲正字，『院』爲或體，『寰』爲別字。

《三年傳》：『其日有食之何也？吐者外壤，食者内壤。』注：『凡所吐出者，其壤在外。其所吞咽者，壤入于内。』疏：『壤字爲《穀梁》音者，皆爲傷。徐邈亦作傷。麋信云：齊魯之閒謂鑿地出土、鼠作穴出土，皆曰壤。或當字從「壤」，蓋如麋信之言也。』按《説文》云：『壤，柔土也。从土，襄聲。』《地官·大司徒》云『辨十有十二壤之物』，鄭注：『壤亦土也。變言耳有萬物自生焉則言土。土猶吐也，以人所耕而樹蓺焉則言壤。壤，和緩之皃。』

『四年，衛祝吁弑其君完。』釋文：『祝吁，《左氏》《公羊》及《詩》作州吁。』按《説文》云：『𠱄，呼雞重言之。从吅，州聲，讀若祝。』是『州』『祝』一聲之轉，故『詛詶』亦作『詛祝』也。

《八年傳》『誥誓不及五帝』，注：『五帝，謂黄帝、顓頊、帝嚳、帝堯、帝舜也。』釋文：『五帝，孔安國云：少昊、顓頊、高辛、唐、虞。鄭玄有黄帝無少昊，餘同。范依鄭。』按《後漢書·鄭玄傳論》云：『我先世王父豫章君每考經訓傳授生徒，皆以鄭爲家法。』豫章君即指甯也。

《桓二年傳》『以是爲討之鼎也』，注：『討宋亂而更受其賂鼎。』釋文：『「爲討」之「討」，如字。麇氏云：討，或作紂。』按作『紂』者是也。宋本殷之後，紂之鼎在宋，理或然耳。『紂』『討』形近。

『蔡侯、鄭伯會于鄧』，注：『鄧某地。』釋文：『本標△地，云本又作某，不知其國，故云△地。後皆放此。』按《困學紀聞》云：『某或作△，出《穀梁注》。』是宋以前注本皆作△也。監本、附釋音注疏本直作『某地』，而删去釋文『△地本又作某』，失之遠矣。『△』爲『私』之本字，注當云『鄭某私地』，而脱一字耳。

《五年傳》『鄭同姓之國也，在乎冀州』，注：『鄭，姬姓之國。冀州則近京師。』釋文：『鄭本京兆鄭縣，是雍州之域，後徙河南新鄭，爲豫州之境。冀在兩河之閒，非鄭都也。冀州言去京師近也。麇氏云：韓侯滅鄭。韓本都冀州，故以目鄭。』按疏引徐邈云『新鄭屬冀州』，而斥其妄。又引麇信云『鄭在冀州者，韓哀侯滅鄭，遂都之。韓故晉也，傳以當時言之，遂云冀州』，疏亦以爲謬，而以鄭近王畿，故舉冀州以爲説，則與釋文合也。

『十有一年，公會宋公于夫鍾』，注：『夫鍾，郕地。』釋文：『麇氏本鍾作童，音鍾。』按《説文》云：『鍾，酒器也。从金，重聲。』『鐘，樂器也。从金，童聲。』蓋『鍾』有从『童』者，故麇本作『童』而音『鍾』耳。

『莊元年，齊師遷紀郱、鄑、郚。紀，國也。郱、鄑、郚，國也。』注：『此國以三言爲名。』按杜注《左傳》云：『郱在東莞臨朐縣東南。鄑：北海都昌縣有訾城，即鄑城也。郚在朱虚縣東南。』是郱、鄑、郚爲三邑，非以三言爲名。《説文》云：『郱，地名。』『鄑，宋魯閒地也。』『郚，東海縣故紀侯之邑也。』明是紀侯之邑，非國名。疑《穀梁》誤也。

《十有六年傳》『外内寮一疑之也』，注：『同官爲寮，謂諸侯也。』按《説文》云：『寮，穿也。从穴，尞聲。《論語》有公伯寮。』《文選注》引《蒼頡篇》云：『寮，小窗也。』蓋『寮』爲正字。《大雅・版篇》云『及爾同僚』，《曲禮》云『僚友稱其弟』，《左氏・文十五年傳》云『同官爲僚』，作『僚』者俱别字。

《二十有四年傳》『禮天子之桷，斲之礱之，加密石焉』，注：『以細石磨之。』按《説文》云：『礱，䃺也。从石，龍聲。天子之桷，椓而礱之。』二句即此傳文，而不偁『傳曰』，且『椓而』二字與今本不同。又《晉語》云『天子之室，斲其椽而礱之』，蓋亦古禮之文。

『閔元年，公及齊侯盟于洛姑』，釋文：『洛姑，一本作路姑。』按『路』『洛』俱從『各』得聲。《漢書・楊雄傳》云『爾乃虎路三嵕，以爲司馬』，晉灼曰：『路音洛。』是二字同音。《左傳》作『落姑』，『落』從『洛』得聲耳。

《僖二年傳》『臣料虞君中知以下也』，按《説文》云：『料，量也。从斗米在中，讀若遼。』《通志・六書略》偁《説文》引《春秋傳》曰『臣料虞君』，蓋即此傳文，今本脱去。

『十有四年，沙鹿崩，林屬于山爲鹿』，疏：『《公羊》以沙鹿爲河上之邑。崩者，陷入地中。杜預注《左氏》，以爲山名。此傳以鹿爲山足，是三傳異説也。』《説文》云：『麓，守山林吏也。从林，鹿聲。一曰林屬于山爲麓。《春秋傳》曰「沙麓崩」。』蓋用《穀梁》説。今本作『鹿』者，『麓』之省。服注：『《左傳》云：鹿，山足。』

《十有一年傳》『佚宕中國』，注：『佚，猶更也。』釋文作『佚害』，云：『害，本又作宕。』按作『宕』者是也。《説文》云：『跌，踼也。从足，失聲。一曰越也。』《漢書·揚雄傳》云『爲人簡而佚蕩』，晉灼曰：『佚蕩，緩也。』是『跌踼』即『佚蕩』，即『佚宕』也。

《宣十有五年傳》『古者公田爲居，井竈葱韭盡取焉』，注：『損其廬舍，家作一園以種五菜，外種楸桑以備養生送死。』疏：『五菜者，世所謂五辛之菜也。』按五辛者，蓋如唐時所指葱、韭、薤、蒜、烏苣也。《士相見禮》云『侍坐問夜膳葷』，注：『葷，謂食之葷辛物，葱薤之屬。』

『成五年，晉君召伯尊而問焉』，釋文：『伯尊，《左氏》作伯宗。』按：宗，尊也。二字一聲之轉，義相同，故得假用。

『襄十年，遂滅傅陽』，釋文：『傅陽，《左氏》作偪陽。』按《公羊疏》云：『《左氏注》作「偪」字，音夫目反。一音「偪近」之「偪」。』釋文：『逼音福。《漢書·人表》作福陽。』知古『偪』『福』通也。此傳及《漢書·地理志》、《續漢·輿地志》皆作『傅陽』。古『福』字亦讀作『副』。《漢尹宙碑》云『位不福德』，『福』『副』『傅』俱通用也。

《二十四年》『一穀不升謂之嗛』，注：『嗛，不足皃。』按《説文》云：『歉，食不滿。从欠，兼聲。』《廣雅》云：『歉，少也。』《文中子·立命篇》云『仁生于歉，義生于豐』，是『歉』爲正字，『嗛』爲假字。或作『稴』。《説文》云：『稴，稻不黏者。从禾，兼聲。讀若「風廉」之「廉」。』亦非此義。

《二十七年》『織絇邯鄲』，按《釋器》云：『絇謂之救。』郭注：『救絲以爲絇，或曰亦罥名。』《説文》云：『絇，纑繩絇也。从糸，句聲，讀若「鳩」。』《天官·屨人》云『青句』，鄭注：『絇謂之拘，著舄屨之頭以爲行戒。』是織絇猶言織屨也。

《昭八年》『以葛覆質以爲槷』，注：『質，椹也。門中臬葛，或爲褐。』釋文：『槷，門橜也。』『褐，毛布也。』按《釋宫》云：『樴謂之杙，橜謂之闑。』《説文》云：『橜，弋也。从木，厥聲。一曰門梱也。』『樴，弋也。从木，戠聲。』『闑，門梱也。从門，臬聲。』是當作『以褐覆樴以爲闑』，『葛』『質』『槷』俱假字也。

《定四年》『撻平王之墓』，注：『鞭其君之尸。』按傳言撻墓，不過辱其丘隴耳，未必掘其尸也。注爲鞭尸，似未見。

《哀十有三年》『祝髮文身』，注：『祝，斷也。』按《左氏傳》作『斷髮』。『祝』爲『斸』之假字。《説文》云：『斸，斫也。从斤，䍜聲。』《荀子·儒效》云『積斸削而爲工匠』，斸髮猶今言削髮耳。

簡莊疏記卷十四　論語

『與朋友交而不信乎』，《周易疏》引鄭曰：『同門曰朋，同志曰友。』按《公羊·定四年傳》注云：『同門曰朋，同志曰友。』疏云：『出《倉頡篇》。』《漢書·司馬遷傳》云：『李陵非汝同門之朋、同志之友乎？』是注之所本。

『未若貧而樂、富而好禮者也』，集解：『鄭曰：樂謂志於道，不以貧賤爲憂苦也。』按唐石經及倭本皇侃義複疏本『樂』下有『道』字，鄭注本無『道』字，集解兼采《古論》，下引孔曰『能貧而樂道』，是孔注《古論》本有『道』字。司馬遷從孔安國問《古文尚書》，《史記》所載《語》亦是《古論》。《仲尼弟子傳》引《論語》曰『不如貧而樂道』，正與孔合。《文選·幽憤詩》『樂道閒居』注引《論語》『子曰：貧而樂道』，是集解本有『道』，今各本脱去。鄭所據本蓋《魯論》，故無『道』字。

『季氏旅於泰山』，集解：『馬曰：旅，祭名也。』按《漢書·述贊》曰『大夫臚岱侯伯僭時』，鄭氏曰：『臚岱季氏旅於泰山是也。』師古曰：『旅，陳也。』『臚』亦『陳』也，『臚』『旅』聲相近，其義一耳。《釋詁》云：『旅，陳也。』『臚，敘也。』《禹貢》云『蔡蒙旅平』，釋文：『韋昭音盧。』《春官·司儀》云『旅擯』，鄭司農云：『「旅」讀爲「旅於泰山」之「旅」。』玄謂：『「旅」讀爲「鴻作『臚』。臚，陳之也。』《士冠禮》云：『旅，古注旅作臚。』是『旅』『臚』通用，故『盧弓』亦作『玈弓』也。

『與其媚於奥，寧媚於竈』，集解：『孔曰：奥，内也，以喻近臣也。竈，以喻執政也。欲使孔子求昵之，故微以世俗之言感動之也。』皇疏：『若不依注，則後一釋，欒肇曰：奥尊而無事，竈卑而有求。時周室衰弱，權在諸侯。賈自周出仕衛，故託世俗言以自解於孔子。』按孔説竈以喻執政，欒説則喻衛君。《趙策》云：『衛靈公近雍疸、彌子瑕。二人者，專君之勢，以蔽左右。復塗讇君曰：「昔日臣夢，見其君。」曰：「子何夢？」曰：「夢見竈君。」君忿然作色曰：「吾聞夢見人君者，夢見日。今子曰夢見竈君，而言君也，有説則可，無則死。」對曰：「日并燭天下者也，一物不能蔽也。若竈則不然，前人煬之，則後之人無從見也。今臣疑人之有煬於君者也，是以夢見竈君。」』則亦以比衛君。

『孰謂鄹人之子知禮乎』，集解：『孔曰：鄹，孔子父叔梁紇所治邑也。』按《説文》云：『郰，魯下邑，孔子之鄉。从邑，取聲。』《左氏・襄十年傳》云『郰人紇抉之以出』，杜注：『郰邑，魯縣東南莝城是也。』是『郰』爲正字，『鄹』爲俗字。《史記・孔子世家》云『生於昌平陬邑』，則假『陬』爲『郰』耳。又按安國爲孔子十一世孫，而注云『孔子父叔梁』，此大可疑者。

『無適也，無莫也』，集解：『何曰：無適無莫，無所貪慕也。』釋文：『適，鄭本作敵。莫，鄭音慕。無所貪慕也。』按鄭以適爲敵者，古『敵』『適』通用。《雜記》『大夫赴于同國敵者』，鄭

注：『適讀爲匹敵之敵。』《荀子・君子篇》云『四海之内，無客禮，告無適也』，楊注：『適讀爲敵。』《史記・范睢傳》云『政適代國』，徐廣：『音征敵。』又《田單傳》云『適人開户』，適，徐廣音敵。又《李斯傳》云『群臣百官皆疇不適』，適，徐廣音敵。是『適』通作『敵』也。鄭讀莫爲慕者，慕從心，莫聲。古本省作莫耳。爲《論語音》者始耳。晉徐邈此音，非鄭本文。盧氏曰：陸氏以其義如其讀耳。何訓貪慕，蓋襲鄭義。

『瑚璉也』，集解：『包曰：瑚璉者，黍稷器也，夏曰瑚，殷曰璉，周曰簠簋，宗廟器之貴者也。』義疏：『《禮記》云「夏之四璉，殷之六瑚」，今云夏瑚殷璉，講者皆云是誤也。故欒肇曰「未詳也」。』按《世説・言語》注引鄭曰：『黍稷器，夏曰瑚，殷曰璉』，與包同義。賈、服注《左氏・哀十一年傳》亦同。鄭注《明堂位》則云：『皆黍稷器，制之異同未聞。』又按《説文》云：『槤，胡槤也。从木，連聲。』是『胡槤』爲正字，『瑚璉』爲俗字。《左氏・哀十二年傳》云『胡簋之事』，作『胡』是也。《明堂位》云『夏后氏之四連』，蓋從省耳。《漢禮器碑》作『胡輦』，『輦』即『槤』之假音耳。

『文質彬彬』，集解：『包曰：彬彬，文質相半之皃也。』《後漢・馮衍傳》注引鄭曰：『彬彬，雜半皃也。』按《説文》云：『份，文質備也。从人，分聲。《論語》曰「文質份份」。』『彬，古人份。从彡、林。』『林』从『焚』省聲。許君所稱《論語》本古文，當从古作『彬』，與鄭同也。

『行不由徑』，集解：『包曰：言其公且方也。』皇疏：『言滅明每事方正，故行出皆不邪徑於小路也。一云滅明德行方正，不爲邪徑小路行也。』按《秋官·野廬氏》云『禁野之頓行徑踰者』，鄭注：『皆爲防奸也。橫行，妄由田中。徑踰，射邪趨疾，越隄梁也。』蓋成周時本有由徑之禁，至於晚周，此禁雖存，往往不守。惟秉禮之士，不敢踰越。《祭義》云『樂正子春曰：一舉足而不敢忘父母』，是故道而不徑。《吕氏·孟春紀》云『審端徑遂』，高注：『端正其徑路，不得邪行敗稼穡也。』《漢書·五行志》云：『謠曰：邪徑敗良田，滅明不由徑。』亦是不隨衆穿田取捷耳。

『竊比於我老彭』，集解：『包曰：老彭，殷賢大夫也。』釋文引鄭曰：『老，老聃。彭，彭祖。』《曾子問》疏又引鄭曰：『老聃，周之大史，未詳所出。』按《史記·老莊傳》云：『老子者，姓李，名耳，字伯陽，謚曰聃，周守藏室之史也。』故鄭云『周之大史』，包以老彭爲一人，雖本之《大戴禮》，然《曾子問》載夫子問老聃甚詳，正與『竊比』意合。且漢碑尚有孔子見老子畫像，可證也。惟老聃生彭祖後，今居彭上爲可疑。《大戴禮·帝系》云『陸終娶女隤氏，一産六子，其一爲彭祖』，猶帝嚳世也。而《荀子》注則云『彭祖，堯臣，經虞夏商，壽七百歲』，《吕氏春秋·執一篇》云『彭祖以壽終』，高注：『彭祖，殷賢人，怡性養壽七百』，《莊子》注則云彭祖八百歲，説各不同。

『雖執鞭之士，吾亦爲之』，集解：『鄭曰：雖執鞭賤職，吾亦爲之矣。』皇疏引繆協稱袁氏曰：『執鞭，君之御士，亦有禄位於朝也。』按袁説是矣。必如此説，方與士字有箸。《秋官·條狼氏》云『掌執鞭以趨辟』，鄭注：『趨辟，趨而辟行人者，若今卒辟車之爲也。』《論語》云『雖執鞭之士』，言士之賤者也，與此注『賤職』及袁氏所謂『君之御士』合。後儒解云『身爲賤役』，何以稱爲士乎？

『誄曰：禱爾于上下神祇』，集解：『孔曰：誄，禱篇名也。』釋文：『誄，《説文》作讄，或作讄。』按鄭注《周禮·小宗伯》引作『讄』，曰：『按《説文》云：「讄，禱也。累功德以求福。《論語》云「讄曰：禱爾于上下神祇」，从言，纍省聲。」』『讄』或不省。是『讄』以纍功德爲名，『讄』『讄』二字或省不省，無二義。許君所偁，蓋古文，與鄭合。今作『誄』者，俗字也。

『慎而無禮則葸』，釋文：『葸，鄭云質，慤皃。何云畏懼皃。』按《説文》云：『諰，思之意。从言，思聲。』《荀子·議兵》云『諰諰然常恐天下之一合而軋已也』，《漢書·刑法志》引作『鰓』，蘇林曰：『「鰓」音「慎而無禮則葸」之「葸」。』鰓，懼皃也。』《文選·魏都賦》云『誰勁捷而無愢』，李善注引《論語》曰『慎而無禮則葸』，『愢』與『葸』同，思子反。是『諰』爲正字，『鰓』爲假字，『愢』『葸』則俗字。《大戴禮·曾子立事》云『人言善而色葸焉，近於不説』，其言亦當作『諰』。

『今也純儉』，集解：『孔曰：純，絲也。』《詩·都人士》疏引鄭注：『純讀爲緇。』按《地官·媒氏》云『純帛無過五兩』，鄭注：『純實緇字也。古緇以才爲聲。』《祭統》云『共其純服』，疏：『鄭氏之意，凡言純者，其義有二，一糸旁才，是古之緇字。二糸旁屯，是純字。但書文相亂，雖是緇字，並皆作純。鄭氏所注，于絲理可知於色不明者，即讀爲緇，即《論語》云「今也純儉」。及此純服，皆讀爲黑色。若衣色見□文不明者，讀純以爲絲也。』《説文》云：『純，絲也。从糸，屯聲。《論語》曰「今也純儉」。』許不同鄭者，鄭从魯，許从古也。《説文》又云：『緇，帛黑也。从糸，甾聲。』《説文》『緇』下不載古文作『紂』。惟《玉篇》云：『緇，黑色，紂同。』疑今本『緇』下脱重文『紂也』。

『冕衣裳者』，集解：『包曰：冕者，冕服也，大夫之服也。』釋文：『鄭曰：魯讀弁爲冕，今從古。』按《説文》云：『㒵，冕也。从皃，象形。』『弁』或作『㒵』字。『冕，大夫以上服也。从曰，免聲。』『絻，或从糸。』蓋《古論》作『㒵』，《魯論》作『㒵』，字本相似。包从魯作『冕』，即『絻』字。鄭从古作『㒵』，即『弁』字也。

『朝，與下大夫言侃侃如也，與上大夫言誾誾如也』，集解：『孔曰：侃侃，和樂皃也。誾誾，中正皃也。』按漢《唐扶頌》云『衎衎誾誾』，《衡方碑》云『誾誾衎衎』，是『衎』爲正字，『侃』爲假字。《説文》云：『衎，行喜皃。从行，干聲。』《易·漸》六五云『飲食衎衎』，釋文：『衎衎，馬云：饒衍也。』《小雅·鹿鳴》云『嘉賓式燕以衎』，毛傳：『衎[一]，樂也。』又《説文》云：『侃，剛正也。从㐰。㐰，古文信。从川，取其不舍晝夜。《論語》曰「子路侃侃如也」。』『誾，和説而諍也。从言，門聲。』《説文》於『侃』下不引《鄉黨篇》文，而引《先進》『子路侃侃如也』，明《鄉黨》之『侃侃』不作剛直解，而《先進篇》侃侃屬子路，不屬冉有、子貢也。『誾誾』疑亦『斷斷』

之假字。《史記・魯世家》『洙泗之閒齗齗如也』，徐廣曰：『長者不自安，與幼者相讓若有争辨，故曰齗齗如也。』《廣雅》云：『誾誾，敬也。』《法言篇》云『何後世之誾誾也』，李注：『謂争論是非也。』必如此說，方合孔子在朝氣象。若作正字解云侃侃剛直、誾誾和說，則是輕視下大夫而趨承上大夫矣。

『色勃如也』，集解：『孔曰：必變色也。』按《説文》：『孛，㪍也。从宋，人色也，从子。《論語》曰「色孛如也」。』又：『艴，色怒也。从色，弗聲。《論語》曰「色艴如也」。』許君兩偁《論語》，兼存異文。然當作『孛』，今作『勃』者，『孛』之假字也。

『鞠躬如也，如不容』，集解：『孔曰：斂身也。』按《群經音辨》云：『鞠窮，容謹也，音弓。鄭康成說：《禮》「夫子之執圭鞠窮如也」，今本作「窮」。』鄭說見《聘禮》注。《廣雅》云：『匑匔，敬謹也。』是『匑匔』爲正字，『鞠躬』爲假字。孔曰『斂身也』，是解『如不容』之句，非解『鞠躬』意也。

『私覿愉愉如也』，集解：『鄭曰：覿，見也。』《説文》云：『愉字引《論語》曰「私覿愉愉如也」。』但無『覿』字有『儥』字，云：『見也。』據此，當作『私儥』。

『褻裘長短右袂』，集解：『孔曰：私家裘，長主温也；短右袂，便作事也。』按《説文》：『絬，《論語》曰「絬衣長短右袂」。从糸，舌聲。』是『絬』爲正字，但《説文》脱其訓耳。

『狐貉之厚以居』，集解：『鄭曰：在家以接賓客也。』按《子罕篇》釋文：『貉，依字當作貈。』《汗簡》引《古論語》『貉』作『貈』。高注《淮南子》：『貈音涸。』《説文》云：『貈，似狐，善睡獸。从豸，舟聲。《論語》曰「狐貈之厚以居」。』據此，當作『狐貈』。

『必有寢衣長一身有半』，集解：『孔曰：今被也。』《春官·玉府》疏引鄭曰：『今小臥被。』按《説文》云：『被，寢衣也，長一身有半。』是漢儒俱作臥被解。《宋史·党進傳》：『進爲忠武軍節度使，一日自外歸，有大蛇臥榻上寢衣中。進怒，亨食之。』亦以被爲寢衣也。

『不使勝食氣』，釋文：『氣，《説文》作既。』按《説文》云：『既，小食也。从皀，旡聲。《論語》曰「不使勝食既」。』蓋『既』『氣』本通用。《中庸》云『既稟稱事』，鄭注：『既讀爲餼。』是也。

『加朝服拖紳』，集解：『包曰：加其朝服拖紳。紳，大帶也。』釋文：『拖，本或作拕。』按《説文》云：『袉，裾也。从衣，它聲。《論語》曰「朝服袉紳」。』《玉篇》云：『袉，俗作袘。』是『袉』爲正字。

『鏗爾舍瑟而作』，集解：『孔曰：鏗爾者，投瑟之聲也。』按《説文·金部》無『鏗』字，《手部》『摼』讀若『鏗爾舍瑟而作』。又《車部》『轒』讀若《論語》『鏗爾舍瑟而作』，『鏗』俱當作『硻』。《石部》：『硻，餘堅者。从石，堅省。』《樂記》云『非聽其鏗鏘而已也』，亦當作『硻』。《玉篇》引《論語》作『㑁爾』，更非。

『異乎三子者之撰』，集解：『孔曰：撰，具也，爲政之具也。』釋文：『撰，鄭作僎，云僎讀曰詮。詮之言善也。』按《説文》云：『僎，具也。从人，巺聲。』是『僎』爲正字，『撰』爲别字。《鄉飲酒禮》云『遵者降席，席東南面』，鄭注：『今文遵爲僎，或爲全。』是『全』『僎』本通用，故讀『僎』爲『詮』，非改字也。異乎三子者之僎，言不能如三子之善一，似有不足言者，故子曰『何傷，各言其志』，誘之言也。

『吾與點也』，《史記·弟子傳》作『曾蒧』。按『蒧』當作『耇』，《説文》：『耇，老人面如點也。从老省，占聲。』蓋曾皙字點，取相反之意。『耇』『點』同聲通用，『耇』又轉誤爲『蒧』耳。《弟子傳》尚有公西蒧、奚容蒧，並『耇』之誤。

『虎豹之鞟』，集解：『孔曰：皮去毛曰鞟。』釋文：『鄭曰：鞟，革也。』按《説文》云：『鞹，去毛皮也。《論語》曰「虎豹之鞹」。从革，郭聲。』今作『鞟』，俗省也。《詩·載驅》疏引《説文》云：『鞟，革也。』與今本《説文》不同，與鄭注合。

『片言可以折獄者』，鄭曰：『片，半也。魯讀折爲制，今從古。』按《吕刑》云『明清于單詞即半言之意』，《吕刑》又云『苗民弗用靈，制以刑』，《墨子·尚同中篇》引作『苗民否用陳，折則刑』，『折』『制』通用，故古、魯異也。孔傳：『片，猶偏也。』唐歐陽詹《論》：『片之言偏也。偏言，一家之詞。』最不易折。能折偏言，故足貴也。是從孔也。

『羿善射』，集解：『孔曰：羿，有窮之君也。』按《説文》云：『𢏚，帝嚳射官也，夏少康滅之。从弓，幵聲。《論語》曰「𢏚善射」。』『羿，羽之羿風，亦古諸侯也。一曰射師。从羽，幵聲。』是

『芎』『羿』有别。《玉篇》引《論語》亦作『芎』，蓋本《説文》。《左氏·襄四年傳》云『夏訓有之曰：有窮后羿』，賈注：『羿之先祖，世爲先王射官，故帝嚳賜羿弓矢，使司射。』是《説文》『芎』字解説所本。『芎』『羿』有别。《説文》『羿』字解云『亦古諸侯也，一曰射師』九字，後人羼入。

『奡盪舟』，集解：『孔曰：奡，多力，能陸地行舟，爲夏少康所殺也。』按《説文》云：『奡，嫚也。从百，从夰，夰亦聲。《虞書》曰「無若丹朱奡」，讀若傲。《論語》曰「奡湯舟」。』據孔傳，即指寒浞，因羿室而生之子。《左傳》作『澆』，與此不合。

『有荷蕢而過孔氏之門者』，集解：『何曰：蕢，艸器也。』按《説文》云：『蕢，艸器也。从艸，貴聲。』『臾，古蕢，象形。《論語》曰「有荷臾而過孔氏之門」。』是古文《論語》作『臾』。

『小人窮斯濫矣』，集解：『何曰：濫，溢也。』釋文：『鄭曰：濫，竊也。』按《説文》云：『爁，過差也。从女，監聲。《論語》曰「小人窮斯爁矣」。』《玉篇》云：『爁同濫。』蓋『爁』爲正字，『濫』爲假字。何訓『溢』者，與《説文》過差意合。鄭訓『竊』者，《坊記》云『小人貧斯約，約斯盜』，鄭注：『約，窮也。』《賈誼書·道術》云：『動以文體謂之禮，反禮爲濫。』

『陳亢問於伯魚曰』，《説文》云：『伉，人名。从人，亢聲。《論語》有陳伉。』按亢字子禽，取《爾雅》『鳥嚨亢』意。《説文》以从人之『伉』而訓爲人名，未免望文生義。

『夫子莞爾而笑』，集解：『何曰：莞爾，小笑皃也。』釋文：『莧爾，本今作莞。』按《易·夬》九五云『莧陸夬夬』，虞翻曰：『莧，説也，讀如「夫子莧爾而笑」之「莧」。』是古本作『莧』，『莧』

形似，今俱誤作『莞』矣。

『耰而不輟』，集解：『鄭曰：耰，覆種也。』漢石經作『櫌不輟』。按《説文》云：『櫌，摩田器也。《論語》曰「櫌而不輟」。』《五經文字》云：『櫌，覆種也，見《論語》。』是『櫌』爲正字。

『君子之道焉可誣也』，集解：『馬曰：君子之道，焉可使誣言。我門人但能灑埽而已也。』按《漢書·薛宣傳》云『君子之道，焉可憮也』，蘇林曰：『憮，同也，兼也。』晉灼曰：『憮，音誣。』師古曰：『《論語》載子夏之言，謂行業不同，所守各異，唯聖人爲能體備之。家君曰：蘇解得之。』是《漢書》所據本作『憮』，與馬異也。

校勘記

〔一〕『衎』，原作『衎』，據《毛詩正義》改。

簡莊疏記卷十五　孟子

『上下交征利』，趙注：『征，取也。從王至庶人，故言上下交爭。必至於篡弑，則國危亡矣。』按《史記·魏世家》作『上下爭利，則國危矣』，與趙注言『交爭』合。疑《孟子》本作『爭』字，其作『征』者，假借字耳。周勤補曰：『征』『爭』二字，爲義迴別。殆未深考。

『涂有餓莩』，趙注：『餓死者曰莩。』《詩》曰『莩有梅』。莩，零落也。音義：『丁曰：《韓詩》也。《詩》作「摽」，與「莩」同。』按《說文》云：『𠬪，物落上下相付也。从爪，从又，讀若《詩》「摽有梅」。』是『𠬪』爲正字，『莩』爲別字。趙注引《韓》亦當作『𠬪』。《說文》引《毛詩》作『摽』，丁所引《毛詩》亦同。又《漢書·食貨志》贊引《孟子》『野有餓䒷』，鄭氏曰：『䒷，音「蔈有梅」之「䒷」，零落也。』則後人誤加『艸』作『䒷』。引《詩》又作『蔈』。《鹽鐵論·孔皐篇》引《孟子》『野有餓殍』，作『殍』者亦別字耳。

『齊宣王名辟疆』，按《韓非子》云：『衛君入朝于周，周行人問其號。對曰：「諸侯辟疆。」周行人卻之，曰：「諸侯不得天子同號。」衛君乃自更曰：「諸侯燬而後内之。」』據此，知宣王名與衛君同。《漢書·文帝紀》『趙王遂弟名辟疆』，師古曰：『辟疆，言辟禦强梁者，亦猶辟非耳。』殊屬臆解。蓋辟疆者，即《孟子》『入其疆，土地辟』意，漢人取名甚多。如《呂后紀》留侯子張辟彊爲侍中。又《藝文志》『宗正劉辟彊賦八篇』，皆取辟土開彊意，非如師古所説也。

『爲長者折枝』，趙注：『折枝，按摩折手節、解罷枝也。少者恥見役，故不爲耳。』《後漢書·張皓王龔傳》論注引劉熙注：『折枝，若今按摩也。』按《漢·藝文志》有《黄帝岐伯案摩》十卷。《素問》云：『經絡不通，病生於不仁，治之以案摩』，《韓詩外傳》云：『扁鵲治虢世子尸蹷之病，使子明灸陽、子游案摩、子儀反神、子越扶形。』《説苑》云：『扁鵲治趙太子暴疾，使子朝炊陽、子儀脈神、子術按摩。』《唐六典》云：『隋置按摩博士。』又《北史·趙邕傳》：『司空李沖之貴寵也。邕以年少端謹，出入其家，給按摩奔走之役。』此大可證《孟子》『爲長者折枝』，乃僞疏既無發明，而陸善經直以折草樹枝解之，與長者何涉乎？至陸筠翼《孟音解》以折枝爲磬折腰肢，《四書質疑》以『折枝』或『扶杖』二字之誤，皆不經之言，未可爲據。何如古注按摩之爲得乎。今鑷工猶能爲折手節、解罷枝，而吴中酒食游戲之所，尚有按摩之役。

『吾欲觀於轉附、朝儛』，趙注：『轉附、朝儛，皆山名也。又言朝水名也。』疏：『據梁時顧野王釋云：潕，水名，出南陽。恐誤潕爲舞。』按『儛』字，《説文》所無。然以爲『潕』字之誤，亦非。《説文》云：『潕水出南陽舞陽，東入潁。从水，無聲。』是水名作『潕』不作『潕』。且趙注又言『朝水名』，並不言儛水名也。《晏子春秋·内篇問下》：『景公謂曰：吾欲遊轉鮒、朝舞，循海而南。』《齊都賦》云『轉鮒朝舞，奇觀所説』，元金仁山言朝至如舞，似本趙注後一説，而以『朝』爲『淖』之假字耳。按《漢書·地理志》云：『海鹽，故武原縣有鹽官，東出五里，有武原鄉。莽曰展武。』按展武疑即轉附。《括異志》云：『齊景鄉，縣北四十里，有廟在焉。圖宅號齊景公廟。古老相傳，齊景公遵海而南，觀於轉附、朝儛，曾遊於此，立廟於斯。舊有碑，今磨滅不存矣。』《唐貞元十四年吴郡陸使君夫人汝南君周氏墓志》云『祔於嘉興縣東界海鹽縣齊景鄉青墩原西北塋』，則齊景鄉之名舊矣。《管子・戒篇》：『桓公將東游，問於管仲曰：「我游猶軸轉斛，南至琅琊。」』『軸』即『轉』字，脱畫誤分爲兩字。『斛』『附』隸相涉而誤。『猶』『欲』聲通，轉而誤。轉爲周流，附爲薄附，言周流朝儛之水而薄至楚之國都。

『行者有裹糧也』，宋本、舊趙注本皆作『裹囊』。按《鹽鐵論・取下章》『公劉好貨，居者有積，行者有囊』。本作『囊』，今本皆沿朱子《集注》作『裹糧』。元朱公遷《詩傳疏義》云：『《孟子》「行者有裹糧」，古本是「裹囊」，集注本以「囊」爲「糧」字誤也。循用既久，不知其然矣。』

『内無怨女，外無曠夫』，疏：『女生向内，故云内。男生向外，故云外。』按《白虎通義》云：『男生嚮内，有留家之義。女生外嚮，有從夫之義。』此疏所引誤也。當引《易・家人》『女正位乎内，故云内；男正位乎外，故云外』。

『鄒與魯鬨』，趙注：『鬨，鬭聲也，猶搆兵而鬭也。』音義：『鬨，張：胡弄切，云鬭。聲从門下者，下降切，義與巷同。此字從鬥，丁豆切。與門不同。丁：又胡降切。劉熙曰：鬨，搆也。搆兵以鬭也。《説文》云：鬭也。』按《説文》亦引《孟子》此語爲證。南宋石經及《孟子集疏》《四書纂箋》皆从『門』作『鬨』，誤矣。

『昔者大王居邠』，按《説文》：『邠，周大王國，在右扶風栒邑。从邑，分聲。重文作豳。美陽亭即豳也。』民俗以夜市有豳山，从山豩闕。《日知録》云：『唐書言邠州故作豳。開元十三年，以字類幽，故改爲邠。今惟《孟子》書用『邠』字，蓋唐以後傳録之變也。』按唐時所改『邠』字，惟施之於州名，至於書中用『邠』字，實未嘗變。《漢書·匡衡傳》云『太王躬仁，邠國貴恕』，已用之，師古曰：『邠即豳州。』其説尚在開元前也。

『曾西蹵然曰』，趙注：『蹵然，猶蹵踖也。』音義：『蹵，蹴同。』按《説文》云：『𣢾，愁然也。从欠，尗聲。《孟子》曰「曾西𣢾然」。』是『𣢾』爲正字，『蹵』爲别字。趙注『蹵踖』，當从《論語》作『踧踖』也。

『曾西艴然不悦曰』，趙注：『艴然，愠怒色也。』音義：『艴，丁音勃，張音弗。』按《説文》：『艴，色怒也。从色，弗聲。《論語》曰「色艴如也」。』今《論語》作『勃』。《説文》『孛』下引《論語》亦作『孛』，則此音勃者是也。《吕覽》『充盈，手足矜者，兵革之色也』。

『雖有鎡基，不如待時』，趙注：『鎡基，田器，耒耜之屬。』音義：『鎡或作兹，音同。』按作『兹』者是也。《周禮·薙氏》注『萌之者以兹其』，《漢書·樊酈鄧灌等傳》贊引《語》曰『雖有兹基，不如逢時』，並作『兹其』，與『基』通用耳。《説文解字》云：『欘，齊謂之鎡錤。』《爾雅》釋文引作『兹箕』，即『兹其』也。《廣雅》云：『鎡錤，鉏也。』俱後人以俗字改也。《月令》正義、《齊民要術》、《唐書·隱太子傳》贊並从俗作『鎡錤』。

孟施舍似曾子，見于《語》。子襄之論勇矣。北宫黝似子夏，未聞有證。子夏之勇者，惟《韓詩外傳》六云：『衛靈公使人召勇士公孫悁，道遭行人卜商，曰：「微悁，而勇若悁者可乎？」御者曰：「可。」即載與來。延先生上，趣召公孫悁。至，入門杖劍疾呼，曰：「商下！我存若頭。」子夏顧之，曰：「咄！內劍，吾將與若言勇。」于是君令內劍而上。子夏曰：「來！吾嘗與子從君而西見趙簡子，簡子披髮杖戈而見吾君。吾從十三行後，趨而進曰：『諸侯相見，不宜不朝服。不朝服，行人卜商將以頸血濺君之衣矣。』使反朝服而見吾君，子耶？我耶？」悁曰：「子也。」子夏曰：「子之勇不若我一矣。又與子從君東至阿，遭齊君重裀坐。吾君單裀坐。我從十三行之後，趨而進曰：『諸侯相見，不宜相陵以庶。』揄其一鞇而去之者，子耶？我耶？」悁曰：「子也。」子夏曰：「子之勇不若我二矣。又與子從君囿中，于是兩寇肩逐我君，拔矛下格而還，子耶？我耶？」悁曰：「子也。」子夏曰：「子之勇不若我三矣。」』北宫黝視刺萬乘之君，若刺褐夫，實與此相類，故曰似子夏。

『必有事焉，而弗正，心勿忘』，趙注：『言人行仁義之事，必有福在其中而勿正，但以爲福故爲仁義也。但心勿忘其爲福，而亦勿汲汲助長其福也。』按趙注通段屢見『福』字，似舊本《孟子》作『必有畐焉』，『畐』即古『福』字。『畐』字中筆引長，形近『事』字，因以傳誤耳。作疏者惟順注文，一見『福』字以下，隨據『事』字爲説，蓋所見本已作『事』矣。又考注意本以『而勿正』爲句，『心勿忘』爲句，疏乃以『心』字屬上句，以致後儒聚訟于上屬、下屬，抑何其不師古歟？

『知皆擴而充之矣』，趙注：『擴，廓也。』音義：『擴，丁音郭，張大也，字亦作彍，音霍。』按『擴』『廓』二字，《説文》所無。亦作『彍』者，當作『彉』。《説文》云：『彉，弩滿也。从弓，黄聲，讀若郭。』『丁音郭』是也。『又音霍』，非。

『爾焉能浼我哉』，趙注：『惡人何能汚我也。』按《説文》云：『浼，汚也。从水，免聲。』《詩》曰『河水浼浼』，《孟子》曰『汝安能浼我』，今俗作『浼』，非。

『孟子謂蚳鼃曰』，《六書統》引石經《孟子》作『霝鼃』。按此蜀石經也。鼂公武《石經注考異》云：『《孟子》文不同者二十七科。』今《讀書志》惟載『頻』『顣』一科，此『霝』『鼃』亦其一也。今考《説文》『蚳』字重文『𧑟』，云：『籀文蚳。从蚰。』又『𧓖』云：『古文蚳，从居土。』無从『雨』作『霝』者，疑『𧑟』字之誤耳。

『必求龍斷而登之』，趙注：『龍斷，謂堁斷而高者。』音義：『丁云：龍與隆聲相近。隆，高也。蓋古人之言耳，如胥須之類也。張云：斷如字，或讀如斷割之斷，非也。陸云：龍斷，謂岡壟斷而高者。如陸之釋，則龍當音壟。』按《説文》『買』字引《孟子》曰『登壟斷而罔市利』，是可爲陸説之證。《列子・湯問》云『自此冀之南、漢之陰，無隴斷焉』，『隴』與『壟』亦通。

『孟子去齊，宿于晝』，趙注：『晝，齊西南近邑也。』舊趙注『晝』作『畫』，注亦作『畫』。《史記・田單傳》正義引劉熙注：『畫音獲。』《水經・淄水》注云：『俗以澅水爲宿留水。孟子去齊，三宿而後出晝，故世以此而變水名也。』是『晝』而非『畫』矣。

『成覸謂齊景公』，趙注：『成，果者也。』按《説文》云：『覸，很視也。从見，肩聲。齊景公之勇臣有成覸者。从見，肩聲。』《史記・范雎傳》云『成荆、孟賁、王慶忌、夏育之勇焉而死』，集解：『徐廣曰：荆作羌。』又引許君曰：『成荆，古勇士。』是成荆即成覸，『荆』『羌』聲相近。

『若藥不瞑眩』，音義：『瞑眩，又作眠眴。』按《説文》引《周書》作『眄眩』，《楚語》引《書》亦作『瞑眩』。是『眄』爲正字，『瞑』爲假字，『眠』爲俗字。又《説文》云：『眩，目無常主也。从目，玄聲。』『旬，目摇也。从目，勻省聲。』重文『眴』，云『旬』或从『旬』，依義當作『眩』。

『殷人七十而助』，又云：『助者，借也。』趙注：『猶人相借力助之也。』按《説文》云：『耡，殷人七十而耡。耡，藉税也。从耒，助聲。《周禮》曰「以興耡利萌」。』今本《周禮・地官・遂人》云『以興耡利甿』，鄭注：『鄭大夫讀耡爲藉，杜子春讀耡爲助，謂起民人令相佐助。』是『耡』『助』本通用，『助』字从『且』得聲，故亦可讀爲『耤』也。

『放勳曰勞之來之』，音義：『曰，丁音馹，或作曰，誤也。』按舊趙注本作『日』，《路史・陶唐紀》云『拼契司徒，教以人倫，于日勞之徠之云云』，亦讀爲日月之日。

『蠅蚋姑嘬之』，音義：『蚋，張音汭，云諸本或作蟉，誤也。丁云蟉，未詳所出。或以蟉與蝣同，謂蜉蝣也。又一説云蟉姑即螻姑也。』按《説文》云：『蜹，秦晉謂之蜹，楚謂之蚊。从虫，芮聲。』『蛄，螻蛄也。从虫，古聲。』是『蚋』爲从省，『姑』爲假借。『蠅』『蜹』『蛄』斷爲三物，不得以蜹爲蟉、以蟉與蝣同，又不得以姑語助也。

『吾爲之範我馳驅』，趙注：『範，法也。』音義：『範我，或作范氏。范氏，古之善御者。』按《後漢·班固傳》云『范氏施御』，李注：『范氏，趙之御人也。』引《孟子》曰『趙簡子云云，吾爲范氏馳驅』，是班賦據或本《孟子》作『范氏』也。趙注訓『範』爲『法』，不依或本作『范氏』，故李注《文選》仍依趙本作『範』也。

『不待父母之命、媒妁之言』，趙注：『不及媒妁。』《周禮·地官》云『媒氏』，鄭注：『媒之言謀也。謀合異類，使和成者。今齊人名麴麩曰媒。』《曲禮》云『男女非有行媒不相知名』，鄭注：『見媒往來，傳婚姻之言，乃相知姓名。』《説文》云：『媒，謀也，謀合二姓。』『妁，酌也，斟酌二姓也。』按經傳俱言『媒』而不言『妁』，『媒妁』之字，惟見《孟子》。『妁』之訓，惟見《説文》。媒妁自爲通稱，今人以壻家曰媒，婦家曰妁，亦無據。俗稱男媒、女媒，又或以男子爲人媒曰媒、女子爲人媒曰妁，則更無稽也。

『己頻顣曰』，音義：『己音紀。頻亦作頻，同。』集注：『頻與顰同，顣與蹙同。』按《論衡》作『頻蹙』，《文選·江賦》注、《靈光殿賦》注、《弔魏武文》注並引《孟子》『嚬蹙而言』。《説文》云：『顰，涉水顰蹙。从頻，卑聲。』今作頻，从省。《讀書志》云：『《孟子》十四卷，皇朝席旦宣和中刻石成都。刻石其中多誤字，如以頻顣爲類，不可勝計。』

『有攸不爲臣』，趙注：『無不惟念執臣子之節。』是趙本作『惟臣』。今本作『爲臣』，誤也。按宋刻注疏、《四書纂箋》、《四書通》本皆作『惟』，王氏《漢藝文志考證》引此亦作『惟』，後人相傳因『惟』『爲』同聲而誤。《詩》『家伯惟宰』，亦誤作『爲宰』，又轉寫作『冢宰』也。

『莫良於眸子』，趙注：『眸子，目瞳子也。』按《荀子·非相》云『堯舜參牟子』，是『牟』爲正字，『眸』爲别字。注『瞳子』亦當作『童子』。

『非禮之禮』，趙注：『若禮而非禮，陳質娶婦而長拜之也。』僞疏：『此蓋史傳之文。』音義：『陳質，本亦作賈。』按『賈』『質』形近致誤。即此一事，亦可謂陳賈卑鄙之證。《春秋繁露·吾相勝篇》云『愛者有子不食其力，尊老者妻長而夫拜之』。

『孝子之心，爲不若是恝』，趙注：『恝，無愁之貌。』音義：『恝，張：古黠切。丁音界。』按《説文》云：『忿，忽也。从介，心聲。《孟子》云「孝子之心爲不若是忿」。』是『忿』爲正字，『恝』爲别字。『忿』之訓『忽』，與趙注『無愁之貌』亦合。

『弡朕』，趙注：『弡，彫弓也。天子曰彫弓。』音義：『弡，都禮切。丁音彫。義與弴同。』按《説文》云：『弴，畫弓也。从弓，𦎧聲。』是『𦎧』爲正字，『弡』爲别字，又借『敦』爲之。《大雅·行葦》云『敦弓既堅』，毛詩：『敦弓，畫弓也。天子敦弓。』

『故謜謜而來』，趙注：『如流水之來。與源通。』按《説文》云：『謜，徐語也。从言，原聲。《孟子》曰「故謜謜而來」。』是『謜』爲正字，『源』爲别字。趙注意疑本作『原』。『原』从『厂』『泉』，已有水矣，作隸更加『水』，是爲贅矣。

『頑夫廉』，趙注：『頑貪之夫，更思廉絜。』按《韓詩外傳》三述伯夷作『貪夫廉』，《漢書·

王貢兩龔傳》序引《孟子》作『貪夫廉』，《後漢·丁鴻傳》論、《王暢傳》、《列女傳》注皆引作『貪夫廉』。《後漢紀》載華嶠論丁鴻語，亦云『貪夫廉』。《論衡·率性篇》《非韓篇》並引作『貪夫廉』，《長短經》、《晉書·羊祜傳》、《南史·任昉傳》、《北史·鄭述祖傳》皆作『貪夫』，梁昭明撰《陶淵明集序》、《文選·修楚元王墓教》、《三國名臣傳序贊》、《郭有道碑》三注並引《孟子》作『貪夫廉』，《藝文類聚·隱逸》引王粲《弔夷齊文》並作『貪夫』，等而下之。宋黄庭堅《伯夷叔齊廟記》、范仲淹撰《嚴子陵祠堂記》並有『貪夫廉』之語。凡十九科俱作『貪』字，後《盡心篇》『頑夫廉』，趙注亦作『頑，貪』。章指云：『伯夷、柳下變貪厲薄。』據下『懦夫有立志』、『鄙夫寬』、『薄夫敦』，皆以相反言之。趙注以『頑』訓『貪』，非以『貪』訓『頑』也。不知何時誤作『頑』。但以『頑』訓『貪』，未詳所出。

『孔子之去齊，接淅而行』，趙注：『淅，漬米也。』按《説文》：『滰，浚乾漬米也。从水，竟聲。《孟子》曰「夫子去齊滰淅而行」。』《西谿叢語》載《異聞集》引李吉甫銘曰：『孟子去齊而滰淅。』是唐本作『滰』字。

『養其樲棘』，趙注：『樲棘，小棗棘，所謂酸棗也。』按古本作『樲棘』，宋刻《爾雅》單行疏及《玉篇》、《藝文類聚》、《齊民要術》、《唐本艸》、《本艸圖經》可證。《釋木》云：『樲，酸棗。』郭注亦引《孟子》，今作『樲棘』，乃傳寫之誤。趙注亦當云：『樲棘，小棗，所謂酸棗也。』

『此天之所與我者』，趙注：『此乃天所與人情性。』按毛氏影鈔北宋本作『比天』，注中作

『比方』，而朱子所初見正文與注作『此』字。今注疏通作『此』，趙注作『此乃天與人情性』，又後人并改以從之也。

『緜駒處於高唐而齊右善歌』，趙注：『高唐，齊西邑，緜駒處之，故曰齊右善歌。』按《文選·吴趨行》云『楚妃且勿歎，齊娥且莫謳』，李注：『齊娥，齊后也。《孟子》：「淳于髡曰：昔緜駒處高唐而齊后善謳。」』蓋唐時《孟子》本有作『齊后』者，故李以『齊娥』爲『齊后』，而引《孟子》爲證。劉良注亦云：『齊娥，齊后也，善爲謳歌。』然齊右對上河西，自當從趙注。

『墨子兼愛，摩頂放踵，利天下，爲之』，趙注：『兼愛他人。摩突其頂，下至于踵，以利天下，己樂爲之也。』按《文選》江淹《上建平王書》注引《孟子》：『墨子兼愛，摩頂致於踵，利天下，爲之。』劉熙曰：『致，至也。』又任昉《彈曹景宗》注引：『《孟子》：「墨子兼愛，摩頂致于踵。」趙岐曰：「致，至也。」』是古本有作『致于踵』者，今作『放』，形相近也。

『二女果』，趙注：『果，侍也。』按《説文》：『婐，婐也。从女，果聲。一曰：果，敢也。一曰：女侍曰婐。讀若騧，或若委。《孟子》曰「舜爲天子，二女婐」。』是『婐』爲正字。女侍曰婐，與趙注合。今作『果』者，从省也。

『山徑之蹊閒介然，用之而成路』，趙注：『山徑，山之領有微蹊介然，人遂用之不止，則蹊成爲路。』按《文選·長笛賦》云『閒介無蹊』，李注引《孟子》此文，又引杜預曰：『介猶閒也。閒介一也，言山閒隔絶無蹊逕也。』似馬讀《孟子》以「介」字絶句。』『閒』『介』雙聲。《困學紀聞》謂『閒介』出《長笛賦》，而不知原本於《孟子》也。

『以追蠡』，趙注：『追，鍾鈕也。鈕，擘齧處深矣。蠡蠡，欲絶之貌也。』按鍾鈕謂之旋蟲，即追蠡之意也。

『望見馮婦，趨而迎之』，趙注：『馮婦恥不如前見虎走而迎之。』按《御覽·人事部》引《孟子》曰：『晉有馮婦者，善搏虎。野有衆逐虎，虎負嵎莫敢攖。馮婦趨而迎之。』趙注『望見馮婦』無解。《御覽》引無『望見』二字，『有衆逐虎』上連『野』字爲句，可證宋初人讀法先于劉昌詩《蘆浦筆記》矣。

『既入其苙』，趙注：『苙，蘭也。』音義：『苙，丁音立，欄也、圈也。蘭與欄字同。』按『苙』當作『笠』，『笠』爲『櫪』之假字。《方言》云：『櫪或謂之皁。』郭注：『櫪，養馬器也。』假借作『笠』，隸寫作『苙』耳。

『夫予之設科』，趙注：『夫我設教授之科。』按宋本、舊趙注本俱作『夫予』，自集注云：『夫子，如字，舊讀爲扶予者，非。』後人遂改注疏本作『夫子』矣。

『人能充無穿踰之心』，趙注：『穿牆踰屋，姦利之心也。』按宋本、舊趙注本、《七經孟子考文》本皆作『穿踰』，下『是皆穿踰』放此。今本誤作『穿窬』，是違趙注矣。

『是以言餂之也』，趙注：『餂，取也。』音義：『丁曰：字書及詩書並無此餂字。郭璞《方言注》云：「音忝，謂挑取物也。」其字从金。今此字从食，與《方言》不同，蓋傳寫誤也。學者宜詳。本亦作「鉆」，奴兼切。』按《説文》云：『銛，臿屬。从金，舌聲。讀若棪桼。』『銛』讀若『鎌』，與挑取物義無涉。惟有『舓』字云：『以舌取物也。从舌，易聲。』重文『䑛』，云：『舓或从也。』《玉篇》云：『舓、舐同。』《莊子·列禦寇》云：『秦王有病，召醫舐之者，得車五乘。』或作『咶』。《荀子·富國》云『伏而咶天』，因『咶』又誤作『餂』耳。

『吾黨之士狂簡』，趙注：『《周禮》，五黨爲州，五州爲鄉。故曰吾黨之士也。』疏：『《論語》云「吾黨之小子」，今引《周禮》「五黨」，而解其文，蓋亦不案此《論語》而誤也。誠如《周禮》「五黨」言之，則《論語》何以云「吾黨」，蓋不當引此爲證。』按趙注引《周禮》云云者，止引證『黨』字，並非以『吾黨』爲『五黨』。觀其下承經文，故曰『吾黨之士也』，是仍作『吾黨』，可知作疏家不察，反以爲誤，不已傎乎。或者又以注中『故曰吾黨』之『吾』亦必『五』字，以其時所有《孟子》經文『吾』屬『五』，字亦非。

『萬子曰：一鄉皆稱原人焉。』趙注：『萬子，即萬章也。』《孟子》録之，以其不解于聖人之意，故曰萬子。子，男子通稱也。宋本、舊趙注本、經疏本俱作『萬子』，今沿《集傳》作『萬章』。

『然而無有乎爾？則亦無有乎爾？』趙注：『然而世謂之無有此，乃天不欲使我行道也，故重言之，知天意之審也。言「則亦」者，非實無有也。則亦當使爲無有也乎。』音義：『陸本作「然而無乎爾，則亦有乎爾」，云無乎爾、有乎爾，疑之也。』按趙註兩句，正作『無有乎爾』，陸本云云恐未當也。

簡莊疏記卷十六　孝經

『仲尼居』，釋文：『居，如字。《説文》作「凥」，音同。鄭玄云：凥，凥講堂也。王肅云：閒居也。孔安國云：静而思道也。』按《説文》云：『凥，處也。从尸，得几而止。《孝經》曰「仲尼凥」。凥謂閒凥。』如此又云：『居，蹲也。从尸。』古者『居』从古。『踞』，俗『居』，从『足』。蓋古『凥處』之『凥』正作『凥』。『倨敖』之字及『箕踞』之字皆作『居』。俗『踞』字則从『足』。小徐本重文作『屋』，云『古居从足』，所據不同也。云『静而思道也』者，疑非孔安國語。《説文》『凥謂閒居』，曰字蓋古《孝經》説，而王肅亦襲之也。云『静而思道也』者，疑非孔安國語。夫『凥』者乃『凥處』之常。下云『曾子侍』，故鄭以謂『屋講堂』是也。必欲深求之，以爲静而思道，則鑿矣。

『先王有至德要道』，釋文：『鄭云：禹，三王最先者。按五帝官天下，三王禹始傳。於殷配天，故爲孝教之始。王謂文王也。』鱣按鄭以禹三王最先者，乃注稱先王之原是也。陸云禹傳於殷，又云王謂文王。夫經之言先王多矣，何必以爲文王乎？此六朝以來解經之附會也。

『祭則鬼享之』，釋文：『享，許丈反。』按《説文》：『亯，獻也。从高省，曰象進物形。《孝經》曰「祭則鬼亯之」。』『亯』，篆文『亯』。是『亯』爲古文，『亯』爲篆文，亦从『亯』省『曰』，象薦物形也。今作『享』，从『子』，非。

『哭不偯』，釋文：『偯，於豈反。俗作「哀」，非。《説文》作「㥋」，云痛聲也。音同。』按《説文》云：『㥋，从心，依聲。《孝經》曰「哭不㥋」。』是『㥋』爲正字，『偯』爲俗字。《雜記》云『童子哭不偯閒』，傳曰：『大功之哭，三曲而偯。』並當作『㥋』。

『卜其宅兆而安厝之』，釋文：『厝，字亦作措。』按《説文》云：『厝，厲石也。』是『措』爲正字，『厝』爲假字。

簡莊疏記卷十七　爾雅

『廓，大也』，郭注：『廓，落。』按釋文引孫炎曰：『廓，張之大也。』按舊本作『郭』，惟郭注『廓，落』作『廓』。《釋名》云：『郭，郭也。廓落在城外也。』《白虎通義》：『郭之爲言廓也，大也。』此郭注所本。但『廓』字《説文》無之，疑當作『彉』。《説文》云：『彉，弩滿也。从弓，黄聲。讀若郭。』《孟子》云『知皆擴而充之矣』，趙注：『擴，廓也。』音義：『擴，丁音郭，張大也。字亦作彍，音霍。』作『彍』者亦當作『彉』。

『路，大也。』郭注引《詩》『厥聲載路』。按《荀子·哀公篇》楊注引舍人曰：『輅，車之大也。』是舍人所據本爲『輅』。

『頠，静也』，郭注：『未聞其義。』按《説文》云：『頠，頭閑習也。从頁，危聲。』頭閑習者，正襟危坐，與静義相近。《五經文字》云：『「頠」見《春秋傳》。』今檢三傳皆無。

『羕，長也』，郭：『羕所未詳。』按《説文》云：『羕，水長也。从永，羊聲。《詩》曰「江之羕矣」。』《文選注》引《韓詩》『江之羕矣』，薛君章句曰：『羕，長也。』《齊鎛鍾文》云『羕保其身』，又云『羕保用昌』。《夏小正》云『時有養日』，養，長也。『養』『羕』形聲相似。蓋『永』爲衆長，『羕』爲水長，故《爾雅》分釋之。《韓詩》作『羕』，是正字。毛《詩》作『永』，乃假字。《説文》

兼存韓、毛二家詩，《夏小正》《齊鏄鐘》又假『羕』爲『永』耳。

『孟，勉也』，郭注：『孟未聞。』按『孟』即『黽』之假字。《後漢·趙岐傳》云：『注《要子章句》。』蓋『黽』字與『叟』字形近，『要』即『叟』之隸體，故轉誤爲『要』耳。班固《幽通賦》云『盍孟晉以迨群』，曹大家注：『孟，勉也。』《洛誥》云『汝乃是不蘉』，釋文引馬融云：『蘉，勉也。』疏謂鄭王皆訓爲勉，蓋『孟』字亦有假『寢』字爲之者，又轉爲『蘉』，實壞體字也。

『啗、幾、烖、殆，危也』，郭注：『啗、烖未聞。』《龍龕手鑑》引某氏注：『啗，事之危也。』按《説文》云：『啗，危也。从口，啗聲。』又：『烖，天火曰烖。从火，𢦏聲。』《祭義》云『烖及其親』，猶《孟子》云『以殆父母』。是『啗』『烖』俱爲『危』也。

『覭髳茀離也』，郭注：『茀離即彌離。彌離猶蒙蘢耳。孫叔然字别爲義，失矣。』按《説文》云：『覭，小見也。』引《爾雅》同。『覭』『髳』『茀』『離』。蓋『覭髳』即『冥蒙』，故《説文》云『小見』。『茀離』即『彌離』，後人又作『迷離』，或作『靡麗』。郭注：『彌離，猶蒙蘢。』皆疊音字。邵校理《爾雅正義》云『皆雙聲』，失之矣。

『於，代也』，郭注：『於義未詳。』張尚書《注疏考證》云：『「鴻昏於顯」四字爲句。「閒代也」三字爲句。古字於同烏。鴻雁宿最遲，故以鴻言昏。烏鴉起最早，故以烏言顯。』按此言甚穿鑿。翟教授《補郭》取之，何也？邵校理《正義》云：『於者，《孟子·萬章篇》引逸書云「汝其于予治」，「于」「於」字通用，言汝其代予治也。趙注以爲助我成事，「助」與「代」義相通也。」此解得之。

「畧，利也」，郭氏無注。按《説文》云：「刀，劍刃也。」「畧」，籀文「㓟」，从㓞，从各。《詩·載芟》云「有略其耜」，毛傳：「略，利也。」釋文：「略當作畧。」《匡謬正俗》引《字詁》云：「略，古畧。」是「略」爲「畧」之假字。

「蓋，割裂也」，郭注：「蓋，未詳。」釋文：「蓋，舍人本作害。」《書·吕刑》「鰥寡無蓋」，猶言無害。《孟子·萬章篇》云「謨蓋都君」，猶言謀害。又《書·君奭》云「割申勸寧王之德」，鄭注：「割之言蓋也。」

「琛，寶也」，郭注引《詩》曰「來獻其琛」。按《説文》：「珍，寶也。」「寶，珍也。」二字轉相訓。是「珍」爲正字，「琛」爲别字。《詩·泮水》云「來獻其琛」，亦當作「珍」。故《釋詁》云：「珍，獻也。」俗「珍」或作「珎」，故又誤作「琛」耳。

「奘，駔也」，釋文引孫炎：「樊光本作將，且也。」按《方言》云：「秦晉之閒凡人之大謂之奘，或謂之壯。」蓋見《説文》古文作「䊋」，似从「壯」下「廾」，後又轉寫作「䊋」。又《説文》云：「駔，壯馬也。」蓋「奘」「壯」通用。今本又誤爲「牡馬」。

「搘，拄也」，郭注：「相搘拄。」按釋文：「搘音支。」《説文》作「榰拄」，音注。《説文》作「柱」。按《説文》：「榰，柱氏古用木，今以石。从木，耆聲。」是當作「榰柱」也。唐石經及《廣韻》引《爾雅》俱从木。

『皇，華也』，郭注：『《釋艸》曰：葟，華榮。』疏引樊光云：『《詩》云「皇皇者華」，孫炎云：皇皇，猶煌煌。』按《説文》云：『雞，華榮也。从𠬞，㞷聲，讀若皇。』《爾雅》曰：『雞，華也。』『葟』或从『艸』『皇』，是古本作『雞』，今假用讀若之字。釋文先華後皇，唐石經作『華皇也』，並非。

『儚儚、洄洄，惛也』，釋文：『洄洄，沈音回，郭音韋。』音義云：『本或作幃，音韋。』按《説文》云：『襛，重衣貌。从衣，圍聲。《爾雅》「襛襛禮禮」。』此所引即『儚儚洄洄』之異文。『禮』亦當作『潰』，《潛夫論·救邊篇》云：『洄洄潰潰，當何終極？』即用此語。《大雅·召旻》云『潰潰洄遹』，毛傳：『潰，潰亂也。』釋文又引《字林》云：『幃，重衣貌。亦當作襛。』《字林》即本《説文》，傳寫誤作『襛』也。

『不俟，不來也』，釋文：『㶂，宜从「來」，今作「俟」字。』按《説文》云：『㶂，《詩》曰「不㶂不來」，从來，矣聲。』重文『俟』，云『㶂』或从『彳』。今詩無此語，蓋以《釋訓》多釋《詩》義，故以爲《詩》本文也。又按《詩·小雅·采薇》云『我行不來』，此以『不㶂』釋『不來』，猶下句以『不遹』釋《沔水》之『念彼不蹟』也。《楚詞·九章》云『揚厥馬而不竢』，王逸章句：『思舒憤而無所待也。』『竢』即『㶂』之別。

『夫之兄爲兄妐』，郭注：『今俗呼兄鍾，語之轉耳。』釋文：『妐，音鍾。』厷今作公。』按《釋名》云：『夫之兄曰公。公，君也。君，尊稱也。俗閒曰兄章，灼敬奉之也。』又曰：『兄，忪，是己所敬，見之怔忡自肅齊也。』《禮記疏》引皇侃云：『婦之謂夫之兄爲公者，須公平尊稱也。』

孔穎達云：『俗本女旁置公，轉誤也。』是『兄公』爲正字，其作『妐』作『忪』者，字之俗。作『鍾』作『章』者，聲之近也。然『兄公』『兄鍾』『兄章』後世罕有稱者。《五代史補》云：『李濤弟澣妻父竇氏〔一〕，出參，徐徐答拜。澣曰：「新婦參阿伯，豈有答禮？」』今婦人呼夫之兄曰伯，實始自唐人矣。

『所以止扉謂之閎』，郭注：『門辟旁長橛也。《左傳》曰「高其閈閎」，閎，長杙，即門橛也。』釋文：『閎音宏，本亦作閣，音各。郭注本無此字。』按作『閣』者是也。《説文》云：『閣，所以止扉者。』

『室有東西箱曰廟』，郭注：『夾室前堂。』按《急就篇》云『墼壘廥廄東箱』，注：『東箱，東序之屋也。』《後漢書注》引《埤倉》云：『箱，序也，字或作廂。』是『箱』爲正字，『廂』爲别字。《覲禮》云『俟于東箱』，注：『東箱，東夾之前，相翔待事之處。』《漢書·周昌傳》云『吕氏側耳于東箱聽』，師古曰：『正寢之東西室皆曰箱，言似箱篋之形。』並作『箱』。

『斪斸謂之定』，郭注：『鋤屬。』釋文：『斪，本或作拘。』非。『斸』，本或作『欘』，同。李云：『斪，斸鋤也。』按《説文》云：『欘，斫也。齊謂之兹箕。一曰斤柄性自曲者。从木，屬聲。』《考工·車人》云『一宣有半謂之欘』，鄭注：『欘，斲斤柄長二尺。《爾雅》曰：句欘謂之定。』是『斪斸』當作『句欘』也。《管子·小匡篇〔二〕》云『惡金以鑄斤、斧、鉏、夷、鋸、欘，試諸木土。』亦作『欘』。《説文·斤部》别出『斪斸』，皆云『斫也』，殆後人依《爾雅》俗本增之。

『斫謂之鐯』，郭注：『钁也。』釋文：『鐯，字又作櫡。』按《説文》云：『櫡，斫謂之櫡。从木，箸聲。』《衆經音義》引《爾雅》：『斫謂之櫡。』是『鐯』當作『櫡』也。

『斛謂之疀』，郭注：『皆古鍬插字。』釋文：『疀，本或作鍤。』按《説文》云：『斛，斛旁有斛。从斗，庣聲。一曰突也，一曰利也。』《爾雅》曰：『斛謂之疀，古田器也。』『疀，斛也，古田器也。从甾，疌聲。』是『疀』當作『疀』也。

『附耳外謂之釴』，郭注：『鼎耳在表。』按《説文》云：『鉉，舉鼎具也。《易》謂之鉉，《禮》謂之鼏。从金，玄聲。』《易·鼎》六五云『鼎黄耳金鉉』，釋文：『馬云：鉉，扛鼎而舉之也。』《士冠禮》云『實于鼎設扃鼏』，鄭注：『今文扃爲鉉，古文鼏爲密。』是『扃』爲『鉉』之假，而此『釴』即『鉉』之誤字也。

『璋大八寸謂之琡』，郭注：『璋，半圭也。』按《説文》云：『瑒，玉器也。从玉，昜聲，讀若淑。』《韻會》：『瑒或作琡。』是『琡』即『瑒』之或體，蓋因『讀若淑』，遂誤作『琡』耳。《説文新附》有『琡』字，非。

『徒鼓鍾謂之修，徒鼓磬謂之寋』，郭注：『未見義所出。』釋文：『李云：罝擊衆聲寋連也。本或作謇，字同，紀展反。或作蹇字，非。』按《屈原·離騷》云『解佩纕以爲名兮，吾令蹇修以爲理』，『蹇修』蓋本釋樂。是『謇』爲正字，『蹇』爲假字，『寋』爲俗字也。

『濟謂之霽』，郭注：『今南陽人呼雨止爲霽。』按《洪範》曰『霽』，《史記·宋世家》作

『濟』，集解引鄭注：『濟者，雨止之雲氣在上也。』是『濟』即『霽』之假字，不當以『霽』釋『濟』。錢詹事曰：『《説文·雨部》「霎」字云：「霽謂之霎。」此經「霽」字當爲「霎」之誤。』澧謂錢説是也。《詩·小雅·大田》云『有渰淒淒』，毛傳：『淒淒，雲行貌。』『淒』亦『霎』之假字。

『東陵阠』，釋文：『阠音信。郭：尸慎反。《字林》：所人反。又：所慎反。』按東陵未詳所在，『阠』字不見《説文》。惟『陙』字云：『水阜也。从水，辰聲。』《玉篇》云：『陙，時珍切，水阜也。』疑『阠』即壞體，當从《字林》讀所人反。

『厓内爲隩，外爲隈』，釋文：『本作「外爲鞫」，云如字。《字林》作「坭」，云隈厓外也，九六反。』《詩》釋文引李巡云：『厓内近水爲隩，其内爲鞫。』唐石經及宋本俱作『鞫』。按《説文》：『澳，隈厓也。其内曰澳，其外爲隈。』疑《説文》亦作『其外爲鞫』，後人依俗閒《爾雅》本改也。《大雅·公劉》云『芮鞫之』，即毛傳、鄭箋『水之内曰隩，水之外曰鞫』。然則水内名隩，又名隈，其外名鞫。今以隩隈一事分爲内外之名，故知誤也。《周官·職方》鄭注引《詩》作『芮阸之』，即《漢書·地理志》云『芮阸，雍州水也』，師古曰：『阸與鞫同。《韓詩》作外芮阸。』是『鞫』又作『阸』。《字林》作『坭』，又『阸』之誤也。

『小山岌，大山峘』，郭注：『岌謂高過。』釋文：『岌，高也。峘，胡官反，一音袁。《埤蒼》云：峘，大山。一音恒。』按《説文》云：『駇，馬行相及也。讀若《爾雅》「小山駇，大山峘」。』是『岌』本作『駇』也。但『峘』字亦當作『恒』。錢獻之引《晉書地道記》：『恒山北行四百五十里，得恒山岌，號飛狐口。』證『峘』即『恒』之誤。『大山宫，小山霍』，即南嶽之霍山。『小山駁，大山峘』，爲北嶽之恒山，審矣。

『水醮曰厬』，郭注：『謂水醮盡。』釋文：『厬，字又作漸。』按《説文》：『氿，水厓枯土也。从水，九聲。《爾雅》曰「水醮曰氿」。』『厬，側出泉也。从厂，晷聲。讀若軌。』《説文》『氿』『厬』二字與《爾雅》互異。《玉篇》云：『側出曰氿泉。厬，水盡也。』與今本同。『厬』字又作『漸』者，又『軌』字之誤，蓋假用讀若字也。

『艾冰臺』，郭注：『今艾蒿。』按《淮南·天文訓》云『陽燧見日則然而爲火』，高注：『陽燧，金也。取金杯無緣者，熟摩令熱。日中時，以當日下，以艾承之，則然，得火也。先師説然也。』《博物志》云：『削冰令圓，舉以向日，以艾承其景，則得火。』是艾可以承冰取火，故謂之冰臺，猶今人之用火戎也。

『離南活莌』，郭注：『艸生江南，高丈許，大葉，莖中有瓤正白，零陵人祖日貫之爲树。』按郭注有脱誤，『離南活莌』即下文『猗商活脱』也。《中山經》云『其艸多寇脱』，郭璞注〔三〕：『寇脱艸生江南，丈許，似荷葉，莖中有瓤正白，零陵人植而日灌之以爲树。』則此注『祖』當作『植』，下有『而』字，『貫』當作『灌』。

『蕣莸藩』，郭注：『生山中，葉如韭。一曰蝭母〔四〕。』釋文：『孫云：蕣，古蕁字，徒南反。莸，字或作芜。』按《説文》：『蕁，芜藩。从艸，潯聲。』『蕣』，或从爻。又：『芜，艸也。从艸，冘聲。』《本艸》云：『知母，一名蚳母，一名蝭母，一名沈藩，一名蕁。』是『芜』爲正字，『沈』爲假字，『茺』爲别字。至孫云『蕁，古藫字』，亦當作『蕁，古蕁字』。

『藒侯、莎，其實媞』，郭注：『《夏小正》曰：「藒也者，莎蒻。媞者，其實。」』按今本《夏小正》云：『正月緹縞。縞也者，莎隨也。緹也者，其實也。先言緹而後言縞者，何也？緹先見者。』是古本作『縞侯莎其實緹』也，注引『莎蒻』亦當作『莎隨』。

『梠山榎』，郭注：『今之山楸。』釋文：『榎，舍人本又作檟。』《詩疏》引李曰：『山榎，一名梠。』又引孫曰：『《詩》云「有條有梅」，條，梠也。』按『梠』字疑作『枰』。《説文》云『枰，木出橐山。从木，乎聲。』『榎』當依舍人本作『檟』，《説文》云：『檟，楸也。从木，賈聲。亦作夏。』《學記》云『夏楚二物』，鄭注：『夏，梠也。』

『狄臧槔貢綦』，郭注：『皆未詳。』釋文：『槔，舍人本作皋，樊光本作楷。』按《玉篇》《廣韻》『狄』皆作『楸』，非也。監本『臧』作『藏』，亦非。『槔』當依樊本作『楷』，《説文》云：『楷，木也。从木，咎聲。讀若晧。』

『木自獘柛』，郭注：『獘，踣。』按《説文》：『槙，木頂也。从木，真聲。一曰仆也。』是『槙』爲正字。《盤庚》云『若顛木之有甹枿』，《大雅·蕩篇》云『人亦有言，顛沛之揭。枝葉未有害，本實先撥』，毛傳：『「顛」「仆」俱借，「顛」爲「槙」字。』

『螢天螻』，郭注：『螻，蛄也。《夏小正》曰「螢則鳴」。』按《夏小正》，傳云：『螢，螻也。』

説與《爾雅》同。《説文》云：『蠹，螻蛄也。从䖵，𢀿聲。』是『蠹』爲正字，『螿』爲別字。《本艸》：『螻蛄，一名天螻，一名螿。』亦當作『蠹』。

『蜎環』，郭注：『井中小蛣蟩赤蟲，一名孑孓。』《廣雅》云：『按《説文》云：「肙，小蟲也。从肉，口聲。一曰空也。」是「肙」爲正字。』《廣雅》：『孑孓，蜎。』《考工・盧人》云『刺兵欲無蜎』，鄭注：『蜎亦掉也，謂若井中蟲蜎之蜎。』並當作『肙』。

『鵅鳩鴩鵅』，郭注：『小黑鳥，鳴鳴自呼，江東名爲烏臼。』釋文：『鵅，吕、郭：巨立反。施音及。鴩，謝：苻悲反。郭：力買反、苻尸反。《字林》：父隹反。』按《淮南・説林》云『烏力勝日而服於鵻禮』，高注：『烏在日中而見，故曰勝日。服，猶畏也。鵻禮，《爾雅》「裨笠」，秦人謂之祀祝。聞鼃時晨鳴人舍者，鴻鳥皆畏之。』是古本『鴩鵅』作『裨笠』也。『裨』『鵻』、『笠』『禮』聲相近。謝音符悲反，亦讀若『裨』之證也。

『鶬麋鴰』，郭注：『今呼鶬鴰。』釋文：『鶬音倉，《字林》：七羊反。麋音眉，《字林》作鶥，音同。鴰，古活反，《説文》音刮。』按《説文》云：『鶬，麋鴰也。从鳥，倉聲。』『雒』或作『隹』。『鴰，麋。从鳥，昏聲。』《急就篇》云『鷹鷂鴇鴰』，注：『鴰者，鶬，關西謂之鴰落，山東謂之鴰捋，皆象其鳴聲也。又呼爲錯落，亦鶬聲之轉也。』『鴰落』『鴰捋』『錯落』皆鴰聲之餘。『麋』『眉』古通用。《字林》作『鶥』者，俗字也。

『鶛劉疾』，郭注：『未詳。』釋文：『鶛音皆，又音界。劉，字或作留，音留。』按下文『鷚其雄鶅鵖庳』，是『鶅』爲鶚類。鶚性好鬥，故亦稱劉疾。《月令》云『征鳥厲疾』，『劉』『厲』一聲之轉。『鶅』當作『介』，故釋文『又音界』，『介』亦有『厲』意也。

『鸛鷒，鶝鶔，如鵲短尾，射之，銜矢射人』，郭注：『或説曰鸛鷒、鶝鶔，一名㥄羿。』又《圖讚》云：『鸛鷒之鳥，一名㥄羿。應彈銜矢，矢不著地。逢蒙斂手，養由不睨。』『㥄』字又作『隋』，《字書》云：『古以爲懈惰字。』羿，古之善射者，言此鳥勁疾，雖羿之善射，亦懈惰不敢射也，故以名云。釋文：『鶝音福，字亦作福。鶔，本亦作柔，或作蹂。』按《説文》云：『鸗專，畐蹂，如鵲短毛。射之，銜矢射人。从鳥，蘿聲。』是古本作『鸗專畐蹂』也。

『虎竊毛謂之虦貓』，郭注：『竊，淺也。《詩》曰「有貓有虎」。』釋文：『虦，字又作䖘，謝：七版反，或士簡反。施：士嬾反。沈：才班反。郭：昨閑反。《字林》：士山反。』按《説文》：『虦，虎竊毛謂之虦苗。从虎，戔聲。』『竊，淺也。』是『苗』爲正字。《大雅·韓奕》云『有貓有虎』，毛傳：『貓似虎而淺毛者也。』竊之訓淺，蓋本毛傳。今人呼虎曰山貓，蓋即『虦』之假音，從《字林》讀士山反也。

『贙有力』，郭注：『出大秦國，似狗，多力獷惡。』又《圖贊》云：『爰有獷獸，厥狀似犬。飢則馴服，飽則反眼。出于西海，名之曰贙。』按《説文》：『虤，虎怒也。从二虎。』『贙，分別也。从虤對争貝，讀若回。』是『贙』有力當作『虤』。《玉篇》：『虤，胡犬切。』故《圖贊》與『犬』『眼』叶音也。

『貍、狐、貒、貈醜，其足，蹯；其跡，厹』，郭注：『蹯，皆有掌蹯。厹，指頭處。』按《說文》云：『厹，獸足蹂地也。象形。《爾雅》曰「狐、貍、貛、貉醜，其足，蹞；其迹，厹」。』是所據《爾雅》本不同也。又《地官・迹人》注作『貂、狐、貒、貉』，賈疏云：『言貂不言貍者，鄭君所讀《爾雅》言貂不言貍也。』

『威夷長脊而泥』，郭注：『泥，少才力。』按《說文》：『虒，委虒，虎之有角者也。从虎，厂聲。』是『威夷』當作『委虒』，猶《小雅》『周道倭遲』，《韓詩》作『周道威夷』是也。『泥』爲『𩰫』之假字。《說文》：『𩰫，智少力劣也。从鬥，爾聲。』《莊子・齊物論》云『𩰫然疲役』，釋文：『崔云：𩰫，忘貌。』《漢書》作『苶』，又『𩰫』之變體，其實當作『𩰫』也。

『闕洩多狃』，郭注：『說者云：腳饒指。未詳。』按上文云『貍、狐、貒、貈醜，其足，蹯；其跡，厹』，郭注：『厹，指頭處。』釋文：『厹，古文爲蹂。《字林》或作狃。』然則多狃者即多厹，故郭云『腳饒指』也。《左氏・哀五年傳》云『告公山不狃』，杜注：『不狃，季氏臣費宰字子洩也。』蓋取『闕洩多狃』之意。《論語》『不擾』。『擾』『狃』一聲也。

『白州驠』，郭注：『州，竅。』邢疏：『馬之白尻者名驠也。』按《說文》云：『驠，馬白州也。』或說『州』當作『川』。《山海經》云『其川在尾上』。鱣謂『州』即『尻』之假字，『竅』『尻』聲近。『川』與『州』形近致誤，不當作『川』也。

『牝曰騇』，郭注：『艸馬名。』釋文：『騇，音舍。』按《說文》：『駔，牝馬也。从馬，且聲。』

是當作『牠曰䮃』也。

『犘牛』，郭注：『出巴中，重千斤。』按《説文》：『犛，西南夷長髦牛也。从牛，𠩺聲。』《玉篇》云：『犛牛，獸如牛而尾長，名曰犛牛。』《楚語》云『巴浦之犀、犛、兕、象』，韋注：『犛亦作旄。』《中山經》云『荆山其中多旄牛』，郭注：『旄，牛屬也，黑色，出西南徼外也。音貍，一音來。』澧謂《爾雅》『犘牛』即『犛牛』傳寫之誤。或作『旄』者，假字也。郭注《爾雅》既不是正，而注《山海經》又不知『犛』即『旄』之正字，乃云『旄，牛屬』，别音『貍』，失之矣。《莊子·消摇游》云『今夫犛牛，其大若垂天之雲』，釋文：『犛，司馬云：旄牛。』《吕覽·本味》云『旄象之約』，高注：『旄，旄牛也，在西方。』《淮南·墬形》云『白色，其地宜黍，多旄犀』，高注：『「旄」讀近「綢繆」之「繆」，急氣言乃得之。』皆以『旄』爲『犛』，讀若繆而急氣言，乃莫交反也。

校勘記

〔一〕『妻父』，《五代史補》作『娶婦』。

〔二〕『小匡』，原闕，據《管子》補。

〔三〕『璞』，原作『彼』，今改。

〔四〕『一曰』，原作『百』，據《爾雅注疏》改。

跋

《簡莊疏記》十四卷，陳鱣仲魚撰。仲魚號簡莊，海寧人。嘉慶元年孝廉方正，戊午舉人。少承其父許氏《説文》之學，兼宗北海鄭氏《論語注》《孝經注》《六藝論》，皆采輯遺文，并據本傳，參以諸書，排次事實爲年紀。嘉定錢氏大昕謂爲『粲然有條，咸可徵信』。好購藏宋元雕本書及近世罕見之本，與吳槎客騫互相鈔傳。晚年營果園於紫微山麓中，搆向山閣，藏書十萬卷，次第校勘。此書分疏各經，詮釋字義，頗與《經義雜記》《讀書雜志》相近。鈔自武進盛氏，前六卷寫定本，後八卷則手稿也。《海昌備志》未載此書，羊星楣跋《簡莊文鈔》亦未之及，可云祕本。今刊入叢書，以廣其傳。歲在旃蒙單閼四月吳興張鈞衡跋。

對策

對策目録識語

嘉慶六年，在京師過夏，寓于横街。有以策問相質者，日課一篇答之。行篋載書甚少，又當恒雨，無從閱市借人，不異場中對策也。七月朔日記。

對策卷一

問：人有恒言，皆曰歲月日時。顧古今通用，可考而知也。歲陽、歲名、月名，見《爾雅》。十日、十有二辰、十有二月、十有二歲，見《周禮注》。然則古之甲子，專以紀日，何時而以紀歲、紀月？古又以歲星紀歲，以事紀歲，見於何編？俗謂望曰月半，謂日曰日子，於古有之，當作何解？古所謂時，春夏秋冬是也。何時析爲時？《左傳》杜注十有二時，而與今不同。《淮南子》又分爲十五時。《北齊書》有丙時。今西法有夜子時。是皆何説？夜何時分五更？古則以星以漏，且何以五？何以名更？將旦何以有奇零？晝亦分五，皆可指與？日百刻，時各八刻，然則積爲九十六矣，其四安在？古無建除，昉見何書？古雨水不先驚蟄、清明不先穀雨，何自改與？若此者磨蟻可尋，卷蟫具識，點筆及之，亦古人著書名釋常譚意也。

《書·洪範》言歲月日不言時，後周蘇綽作《大誥》曰：『王省惟歲，卿士惟月，庶尹惟日，御事惟時。』遂相沿竝言歲、月、日、時矣。《爾雅·釋天》有歲陽、歲名、月名，疏：『甲至癸爲十日，日爲陽。寅至丑爲十二辰，辰爲陰。』此二十二名者，古人用以紀日，不以紀歲。歲則自有閼逢至昭陽十名爲歲陽，攝提格至赤奮若十二名爲歲名。《周禮》哲蔟氏十日、十有二辰、十有二月、十有二歲之號，鄭注：『日爲從甲至癸，辰謂從子至亥，月謂從陬至荼，歲謂從攝提格至赤奮若。』按甲子專以紀日，自西漢以前，未之或改。如《吕氏·本意》云『維秦八年，歲在涒灘，秋甲子朔』，賈誼《服賦〔二〕》云『單閼之歲兮，四月孟夏。庚子日斜兮，服集予舍』之類是也。歲之稱甲子也，借也。何始乎？自王莽始也。莽下書言始建國五年倉龍癸酉，又言天鳳七年倉龍庚辰，厥明年倉龍辛巳。自時厥後，相率效尤。韓敕後碑云『青龍建酉』，華山亭碑云『歲在戊午』，大抵積習生常，非雅訓矣。以歲星紀歲者，《左傳》云『歲五及鶉火』『歲及大梁』『歲在娵訾之口』是也。以事紀歲者，《左傳》云『會於沙隨之歲』『會卻成子於承筐之歲』『鑄刑書之歲』『韓宣子爲政，聘於諸侯之歲』是也。謂望曰月半者，《士喪禮》『月半不殷奠』，《祭義》『朔月月半君巡牲』。此以日數而言也。《釋名》『弦，月半之名也』，此以月體而言也。謂日曰日子者，日乃初一、初二之類，子乃甲子、乙丑之類。《周禮·職内》注云『若言某月某日某甲詔書，或言甲，或言子，一也。』古之言時者，若《堯典》之四時、《左傳》之三時，皆謂春夏秋冬也。杜注《左傳》『十時』，則以爲十二時。雖不立十支之目，然其曰夜半者，即今所謂子時也；日雞鳴者，丑也；平旦者，寅也；日出者，卯也；食時者，辰也；隅中者，巳也；日中者，午也；日昳者，未也；晡時者，申也；日入者，卯也；黄昏者，戌也；人定者，亥也。一日分十二時，始見於此。《淮南子》又分爲晨明、朏明、朝明、早食、宴食、禺中、正中、小遷、晡時、大遷、高舂、下舂、縣車、黄昏、定昏，凡十五時。《北齊書》之丙時，猶言丙夜。今西法有夜子時，乃分子之半歸上日也。《周禮》『司寤氏掌夜時』，注：『謂夜晚早。若今甲乙至戊。』衛氏《漢舊儀》：『中黄門持五夜，甲乙丙丁戊夜，今謂之五更。』《漢書·西域傳》：『杜欽曰：五分夜，擊刁斗自守。』注：『夜有五更，分而持之，至於刻漏之法。』《説文》：『漏，以銅受水刻節，晝夜百刻。』《周禮·挈壺氏》云『凡軍事縣壺』，注：『漏箭晝夜共百刻。』《樂記》云『百度得數而有常』，注：『百度，百刻也。』《堯典》疏引馬傳云：『古制刻漏，晝夜百刻，晝長六十刻，夜短四十刻。晝短四十刻，夜長六十刻。晝中五十刻，夜亦五十刻。』又引鄭注云：『日中者，日見之漏與不見者齊。日長者，日見之漏五十五刻，於四時最長也。夜中者，日不見之漏與不見者齊。日短者，日見之漏四十五刻，於四時最短。』按鄭注與馬傳有五刻之差，而王肅難之。《月令》疏引蔡邕章句云：『星見爲夜。日入後三刻，日出前三刻，皆屬晝。晝有五十六刻，夜有四十四刻。』然古法今皆不用，當從易氏《周禮説》，每時八刻二十分，每刻六十分，與《唐會要》所載晉天福中監奏漏刻合，似爲平允。建除之名，自斗而起。《六韜》云：『開牙門當背建向破。』《淮南·天文訓》云『寅爲建，卯爲除。』《史記·日者傳》有建除家，蓋出於戰國時之術。自後言建除者紛紛矣。《左傳》言少皞氏有分至啓閉之官，而《夏小正》《月令》《周書·時訓》《管子·四時》《吕氏·十二紀》俱言候。《易通卦驗》分五日一候。《隋志》梁有《月令七十二候》一卷。鄭注《月令》云：『《夏小正》正月啓蟄，漢始亦以驚蟄爲正月中。自《淮南·時則》先雨水，後驚蟄，而四分術因之。班志又先穀雨後清明。今清明在穀雨後，雨水則尚在驚蟄前也。

問：《詩》三百篇，學者束髮受書，諷誦伊始。顧章句之外，學在旁搜。古人謂詩無删而逸。逸詩之辭，見《論語》者二，見《孟子》者一，見《左傳》者九，見《禮記》者五。其有篇名而無辭者，見《左傳》者三，見《周禮》者九，見《儀禮》者一，見《禮記》者三。此皆出於正經，用覘記誦。若夫擴而言之，《尚書大傳》《逸周書》《大戴禮》《家語》《國語》《戰國策》諸籍，《管》《晏》《莊》《列》《荀》《墨》《尸》《吕》諸子，《楚詞》《説苑》《新語》《列女傳》《史記》《漢書》《晉書》《周禮注》《易林》《春秋緯》《韓詩外傳》《文選注》諸紀載，其引詩遺篇佚句甚夥，其雜綴之。

司馬遷曰：『古詩三千餘篇，孔子删存三百五篇。』鄭孔之徒以遷爲謬。而歐陽修然之，以爲書傳所載逸詩，何可悉數。以《詩譜》推之，有更十君取一篇者，有更二十君收一篇者。由是言之，何啻三千。按修説似矣。然又謂非全篇删去，乃篇删其章，章删其句，句删其字，則非也。逸詩見《論語》者二，如『素以爲絢兮』『唐棣之華』四句是也。見《孟子》者一，『畜君何尤』是也。見《左傳》者九，『翹翹車乘』四句，『雖有絲麻』六句，『俟河之清』四句，『我無所監』四句，『周道挺挺』四句，『禮義不愆』二句，『淑慎爾止』二句，『我之懷矣』二句，『何以恤我』二句是也。見《禮記》者五，『相彼盍旦』二句，『昔我有先正』八句，『曾孫侯氏』八句，『泰山其頽乎』三句，『貍首之班然』二句是也。其有篇名而無辭，見《左傳》者三，《新宫》《河水》《茅鴟》也。見《周禮》者九，《王夏》《肆夏》《昭夏》《納夏》《章夏》《齊夏》《族夏》《祴夏》《鶩夏》，疑即《九德之歌》也。見《儀禮》者一，《新宫》也。見《禮記》者三，《貍首》《采齊》《武夙夜》也。他如《尚書大傳》引『大唐之歌』四句，又『俊乂百工，相和而歌《卿雲》』，『帝倡』四句，『八伯咸進和』四句，『帝載歌』十二句。又引《昭夏》《肆夏》《孝成》《皙陽》《南陽》《初慮》《朱干》《苓落》《歸來》《漫漫》，篇名。《逸周書》引『馬之剛矣』六句，《明明》《崇禹》《生開》，篇名。《大戴禮》引『弓既平張』六句，又『射夫命射』九句，又『驪駒在門』四句，又『魚在在藻』二句，及《商齊》，篇名。《家語》引『皇皇上天』四句。《國語》引『天之所支』四句，及《鳩飛》《緐遏渠》，篇名。《國策》引『行百里者半於九十』，又引《大武》《遠宅》《不涉》。《管子》引『鴻鵠鏘鏘』。《晏子》引『樂兮君子，直言是務』，《荀子》引『如霜雪之將將』四句，又引『國有大命』三句，又引『鳳皇秋秋』五句，又引『墨以爲明』二句，又引『長夜漫漫』五句，又引『涓涓流水』四句。《墨子》引『王道蕩蕩』九句，又引『必擇所堪』二句。《莊子》引『青青之麥』四句。《列子》引『良弓之子』四句。《尸子》引『南風之薰兮』四句。《吕氏春秋》引『將欲毀之』四句，又引『惟則定國』，又引『無過亂門』，又引『君君子則正，以行其德』二句，又引『載命元鳥』六句，又引《晨露》，篇名。《新語》引『有斧有柯』。《説苑》引『緜緜之葛』六句。《列女傳》引『浩浩白水』六句。《史記》引『厥初生民，深修益成』，又引『得人者興，失人者奔』，又引『樹德莫如滋，除害莫如盡』，又引『木實繁者披其枝』四句，又引『服難以勇』六句。《漢書》引『九變復貫，知言之選』，又引『皎皎練絲，在所染之』。《晉書》引『羽觴隨波』。《楚詞》引《駕辨》，篇名。《周禮注》引『敕爾瞽』五句。《易林》引『君子有酒』四句。《春秋緯》引『月離于箕』四句。《韓詩外傳》引『代馬依北風，越鳥巢南枝』，又引『目如擗杏，齒如編貝』。《文選注》引『萬人喁喁，仰天太息』。《集韻》引『佞人如蝉』。凡此見於各書，而王應麟《詩考》之或引或未引者也。至於《穆天子傳》引《黄竹》等篇，則誕漫不足信。又如《詩集傳》引《韓詩》『雨無其極，傷我稼穡』，則出於後人之語。又或字句偶異，如《説文》所引『犬夷呬矣』之類。又或三家不同，如《左傳》引『行歸于周，萬民所望』，服虔注：『逸詩也。』《禮記注》亦言毛氏有之，三家則亡。是皆不當在逸詩之列也。

問：周制立學，天子辟廱。或取字義，或象物形。諸家之言，指歸安在？有武王之辟廱，有文王之辟廱，或爲宫，或爲西雝，何以偁焉？清廟、明堂、大學、辟廱，殊事異名，果一地與？神道清静，祭於斯，朝於斯，射於斯，饗於斯，學於斯，毋乃雜與？四代之學，方隅奚若？雝水四周，廣袤奚若？水若爲旋？橋若爲制？三雍則異地矣，若爲左右？五經之所藏處，豈無宫基？論各不同，究何所據？至於釋奠、釋菜，行於何時？名於何别？褒崇享祀之儀，謚號配食之制，有班班可考者，試一一具言之。

上古未有宫室，其或祭祀歆射，不過擇地之周水而中燥者，曰邕。猶之爲壇埽地之謂封禪，蔽芾前後之謂市而已。三代制度迭興，王宫在城，前朝後市，左祖右社。又有學宫等，俱在城中。而别建明堂、辟廱於郊外，以存古制。如祭天之壇、冠冕之市也。《王制》：『小學在公宫南之左，大學在郊。天子曰辟廱，諸侯曰頖宫。』鄭注：『此小學、大學，殷之制。辟，明也。廱，和也。所以明和天下。』疏：『此「小學、大學，殷之制」者，以下文云「殷人養國老於右學，養庶老於左學」，故知殷制也。』詩注云：『王廱之外圓如璧。』二注不同者，詩注解其形於此，以義解之。按《説文》：『邕，四方有水，目邕城沱者。从川，从邑。讀若雝。』『廱，天子饗飲辟廱。从广，雝聲。』蓋邕之初意，不過以四方有水。厥後增立宮室，故有从广之廱。經典作『辟雝』，假借从省。其作『雍』者，『雝』之破體也。鄭君先注《禮》，即以假字起意，故曰『明和』。及其箋《詩》，仍从本義，以毛傳云『辟廱，水旋丘如璧，以節觀者』，故據以爲説也。夫殷大學在郊，故文王之辟雝在郊。《詩》云『振鷺于飛，于彼西雝』，《後漢書注》引《韓詩》薛君章句曰：『西雝，文王之宮也。』周大學在國，故《詩》云『鎬京辟雝，自西自東，自南自北，無思不服也』。又或謂宮者，《詩》『雝雝在宮』，鄭箋：『宮謂辟雝宮也。』然則周辟廱之有宮室可知矣。《通典》引《五經通義》云：『天子曰辟雝，謂以土外圓如璧雝，義取四方來觀者平均。』《白虎通義》云：『辟者，璧也。象璧圓以法天也。雝者，壅之以水，象教化流行也。辟之爲言積也，積天下之道德。雝之爲言壅也。壅天下之儀則，故謂之辟雝。是固兼形與義而言也。』蓋辟雝、明堂、大廟、大學、靈臺，皆同一處。《大戴禮》云：『明堂外水曰辟雝。』又云：『大廟，明堂之東序。』蔡邕《月令論》云：『清廟、大廟、明堂、大學、辟雝，異名而同事。取其宗廟之清貌，則曰清廟。取其正室之貌，則曰大廟。取其堂，則曰明堂。取其四門之學，則曰大學。取其周水圓如璧，則曰辟雝。』潁子容《春秋釋例》云：『肅然清静，謂之清廟；行禘祫，序昭穆，謂之大廟；告朔行政，謂之明堂；行饗射，養國老，謂之辟雝；占雲物，望氛气，謂之靈臺；其四門之學，謂之大學；

其中室，謂之大室；總謂之宫。』夫古人行禮，多在廟中，而將祭必先習射於澤。其地相同，不必以神道清静而謂祭於斯、朝於斯、射於斯、饗於斯、學於斯，無乃太雜。遂云大學非清廟、成均非辟廱也。至若以辟廱爲樂名，古實無其地，則更疏矣。又考辟廱之制，《禮統》云：『辟雍圓如璧，壅以水，内如覆，外如偃蓋。』《明堂陰陽録》云：『水左旋以象天。』蔡邕云：『水廣二十四丈，四周於外。』《三輔黄圖》云：『四周於外，象四海也。』班固《辟廱》詩云：『乃流辟廱，辟廱湯湯。聖王莅止，造舟爲梁。』蓋宫基在内爲方，水形在外爲圓。其水四周，須造舟爲梁以度也。《水經注》云：『沈水又東，逕長安縣東，南逕明堂南。舊引水爲辟廱處，上圓下方，九宫十二室，四嚮五色。堂北三百步，有靈臺，元始四年立。』此明堂、辟雍、靈臺大略可覩矣。《漢書》云：『武帝時，河間獻王來朝，對三雍宫。』應劭注：『辟雍、明堂、靈臺也。』按《文選·東京賦》云：『左制辟雍，右立靈臺。』薛綜注：『言德陽殿東有辟雍，西有靈臺。』賦又云：『乃營三宫。』薛注：『明堂、辟雍、靈臺。』《禮象》曰：『辟雍居中，其南爲成均，北爲上庠，東爲東序，北爲瞽宗。』按《詩》正義引盧植《禮注》云：『大廟、靈臺、辟雍，古皆一處。近世殊異，分爲三。』然則三宫之説，不可爲典要。疑後漢别立宫於水側，應劭誤以説武帝時三雍宫也。《詩》正義又引《韓詩説》：『辟雍者，方七里之内，立明堂於中，五經之文所藏處。』尤可徵明堂、辟雍之合爲一地矣。古者有釋奠，有釋菜。釋奠之禮六，始立學釋奠，一也。師還釋奠，二也。四時四釋奠，六也。釋菜有三，《周官》大胥春入學釋菜，一也。《學記》皮弁祭菜，二也。《文王世子》釁器用幣釋菜，三也。蓋釋奠乃學宫之祭，有樂。釋菜乃見師之儀，無樂也。祀禮行於漢初，釋奠行於唐初，至宋而褒崇之禮至、配享之儀詳。至於謚號，漢曰褒成宣尼公，唐曰文宣王，宋加謚至聖，元又加謚大成焉。自唐以前，尊周公爲先聖，孔子爲先師。至開元中，始定孔子爲先聖，顔淵爲先師。自宋以前，或以顔子配享，或以孟子配食。至南宋，始定顔、曾、思、孟爲四配焉。

問：别姓系氏，人道之大也。黄帝之子，得姓凡幾。高辛以還，其原奚若？三代有姓有族有氏，氏或以伯仲，或以王父字，以官，以食地，姓氏判矣。何時始紊？古所謂百姓，奚義？男子著氏，婦人著姓，何與？譜學先於何書？唐之志録，官爲譔集。《元和姓纂》因革何如？《宰相世系》體例奚若？或仿爲急就，或綴以成文，出於誰手？著在何時？姓或二字改一，或一字改二，引唐杜爲一家，以何韓爲同姓，竝田陳以爲宗，合丁吕以立廟，曷臚其故事，析其原流，使知族姓班位與？

古者聖人吹律定姓，以記其族。所以有氏者，明功德也。《禹貢》云『錫土姓』，鄭注：『謂胙之士，賜之姓。』《左傳》：『隱公問族於衆仲，對曰：「天子建德，因生以賜姓，胙之土而命之氏。諸侯以字爲謚，因以爲族。」』《晉語》：『黄帝之子，得姓者十四人，爲十二姓，姬、酉、祁、已、滕、箴、任、荀、僖、佶、儇、依是也。』《鄭語》：『祝融後八姓，已姓昆吾、蘇、顧、温、董。董姓鬷夷、豢龍。彭姓彭祖、豕韋、諸稽。秃姓舟人。妘姓鄔、鄶、路、偪、陽。曹姓鄒、莒。斟姓無後。融之興者，其芈姓乎？又《周語》『司商協名姓』，注：『司商，掌賜族受姓之官。』《周官》

『司約治民之約』，注：『若懷宗九姓在晉，殷民六族在魯衛。』按三代之姓氏判然若此，略舉其例言之。孟氏、季氏、孫氏，皆姬姓；陳氏、田氏，皆嬀姓；高氏、吕氏，皆姜姓；華氏、向氏，皆子姓；屈氏、景氏，皆芈姓。氏或以伯仲，若仲孫、叔孫是也。或以王父字，若孔氏、張氏是也。或以官，若司馬、司城是也。或以食地，若韓、趙、魏是也。自戰國後，以氏爲姓，而五帝以來之姓遂亡。《史記》并誤爲一。於秦始皇則曰姓趙氏，於漢高帝則曰姓劉氏，豈知劉、趙皆氏而非姓乎？古所謂百姓，即百官，故《堯典》或與黎民對言，或與四海對言，非若今之以民爲百姓也。男子著氏，婦人偁姓。氏所以别貴賤。貴者有氏，賤者有名無氏。今南方諸蠻，此道猶存。又於文女生爲姓，姓之字多从女，如姬、姜、嬴、姒、嬀、姞、妘、㛄、姶、姚、姺、娸，《説文》皆以爲姓，亦爲婦人之偁，如伯姬、仲姬、叔姜、季姜之類也。姓氏之書，自《五帝德》《帝繫》姓而外，《漢志》春秋家『《世本》十五篇』，《隋志》云：『劉向譔。』按司馬遷已采之，《隋志》蓋誤。顔之推以爲左丘明所書，乃出於《帝王世紀》，亦未可信。又有《鄧氏官譜》，應劭《氏族篇》，王符《姓氏篇》，杜預《世族譜》，摯虞《族姓記》，賈弼、王儉、王僧孺《百家譜》，賈希鏡《姓氏要狀》《姓氏英賢譜》，徐勉《百官譜》。惟何承天《姓苑》爲最著。《唐書·高士廉傳》：『太宗詔士廉、韋挺、岑文本、令狐德棻，責天下譜牒，參考史傳，檢正真僞，進忠賢，退悖惡，退新門，進舊望，左膏梁，右寒峻，爲九等，號曰《氏族志》。』又《會要》載：『顯慶四年，詔改爲《姓氏録》。』按唐興言譜者，以路敬淳爲宗，柳沖、韋述次之。李守素亦明姓氏。時爲肉譜者，後有李公淹、蕭穎士、殷寅、孔至，爲世所偁。今惟林寶《元和姓纂》尚存其例，自皇族外，以四聲類集，每韻以大姓爲首。鄭樵本之，作《氏族略》，但以二十旬成書。《容齋隨筆》譏其誕妄，蓋有由也。《新唐書》作《宰相世系表》，凡九十八族。唐世以門族相高也。王應麟《姓氏急就篇》，排纂成章，注亦詳密。今童蒙所誦《百家姓》，據《玉照新志》，云是兩浙錢氏有國時小民所著。蓋趙乃本朝國姓，錢氏奉正朔，故以錢次之。孫乃忠懿王之正妃。其次則南唐李氏，次句周、吳、鄭、王，皆武肅而下嬪妃也。陸游詩自注：『農家十月，乃遣子入學，所讀《雜字》《百家姓》之類，謂之郙書。』二字改一者，淳于之爲于，鍾離之爲鍾。一字改二者，范之爲張禄是也。杜甫《寄族弟唐十八》詩云：『與君陶唐後，盛族多其人。』則唐、杜爲兄弟矣。韓昌黎《送何孟堅序》云：『何與韓同姓爲近。』《容齋三筆》引《唐韻》，言：『韓滅，子孫分散江淮間，因以韓爲何。字隨音變，遂爲何氏也。』古者田、陳同聲，故爲同宗。《左傳》中甸即中乘也。丁、吕之合，《唐書》『開元十九年，於兩京置齊太公廟。建中中，宰相盧杞等以盧者齊之裔，乃鳩其裔。若崔、盧、丁、吕之族，合錢以崇飾』是也。

問：拜以成禮，節文有差。古所謂坐，皆今之跪。故有跪席䂂席，長跪長揖，拜手稽首，頓首稽顙，爲用何居？其儀奚若？《春官·大祝》『九捧殊科，司士司儀』，三揖各異，盍臚舊注，爲考其詳。一拜再拜，三拜四拜，九頓首百拜，或殺或緐，何時何事？若夫平衡下衡之判，推手引手之分，尚左尚右之異宜，端揖聳揖之遞變，朝官非朝官之各殊。數典綦緐，動容必辨。

至如稽首答拜，拜不稽首，君或稽首於其臣，夫人或頓首於大夫，大夫非其君有稽首，家臣於其主無稽首。事備讀經，願言執禮。

《説文解字》曰：『𢷎，首至地也。重文拜。』揚雄説：『拜，兩手下。』《釋名》曰：『拜於丈夫爲跌，跌然屈折下就地也。於婦人爲扶，自抽扶而上下也。』按古人席地而坐，以兩厀著席，若今之跪，故有跪席，有厀席。至漢猶然。《三國志》注：『《高士傳》言管寧嘗坐一木榻，積五十餘年，未嘗箕股。其榻上當厀處皆穿』是也。引手而起，則爲長跪。《國策》『秦王色撓，長跪而謝之』是也。兩手著膂，則爲長揖。《漢書·酈食其傳》『長揖不拜』是也。首至手則爲拜手，手至地則爲稽首。《書·召誥》『錫周公曰拜手稽首』，《孟子》『北面稽首』，趙注『再拜叩頭』是也。君父之尊，必用稽首，拜而后稽首，此禮之漸也。必以稽首終，此禮之成也。首頓於手，則爲頓首。《左傳》季平子頓首於叔孫，則頓首非施於尊者之禮也。以首觸地則爲稽顙。《檀弓》『稽顙而不拜，未爲後也，故不成拜』。按古惟喪禮用稽顙，其於稽首，乃有容無容之別。所謂凶拜。而《荀子·大略篇》言首至地曰稽顙，似未必然也。《春官》：『大祝辨九𢷎，一曰稽首，二曰頓首，三曰空首，四曰振動，五曰吉𢷎，六曰凶𢷎，七曰奇𢷎，八曰褒𢷎，九曰肅𢷎。』鄭注：『稽首，𢷎頭至地。頓首，𢷎頭叩地也。空首，頭至手，所謂𢷎手也。吉𢷎，𢷎而后稽顙。凶𢷎，稽顙而后𢷎。奇𢷎謂一𢷎。褒𢷎，再𢷎是也。肅𢷎但俯下手，今時撎是也。振動，戰栗變動之𢷎。』《夏官·司士》：『孤卿特揖大夫，以其等旅揖。士旁三揖。』注：『特揖，一一揖之。

旅，衆也。三揖者，土有上中下，王揖之。《春秋傳》所謂三揖在下。』《秋官·司儀》：『掌儀容辭令揖讓之節。土揖庶姓，時揖異姓，天揖同姓。』注：『土揖，推手小下之也。時揖，平推手也。天揖，推手小舉之。』按『揖』者，《説文》：『手著胷爲揖。其儀特斂手向身，微作曲勢，近於大祝之肅拜。』《左傳》：『郤至曰：兼蒙甲冑，不敢拜命，爲事之故，敢肅使者。三肅使者而退。介者不拜。故以肅爲禮，以其不可折要也。』揖亦謂之猒。《鄉飲酒禮》：『主人揖先入，賓猒介。』鄭注：『猒，今文皆作揖。』是也。《禮器》：『諸侯視朝，大夫特，士旅之。』即《司士》之言『特揖』『旅揖』也。一拜，見《儀禮·士相見禮》『於其入也，一拜其辱也』。再拜，見《書·康王之誥》『王再拜興』。三拜，見《左傳》『秦獲晉侯，晉大夫三拜稽首』，又見《國語》『椒舉遇蔡聲子，降三拜，納其乘馬』，蓋亡人之禮也。四拜，見《國策》『蘇秦過洛陽，嫂蛇行匐伏，四拜自跪而謝』，蓋謝辠而加禮，非拜之常也。九頓首，見《左傳》『申包胥乞師秦，哀公爲之賦《無衣》，九頓首而坐』，杜注：『《無衣》三章，章三頓首。』此亡國之餘，情迫而變其禮者也。百拜，見《樂記》『一獻之禮，賓主百拜』，鄭注：『百拜以喻多也。』按古禮如鞠躬、揖讓，亦可偁拜。故通計一席之閒，賓主行禮近百也。《荀子·大略篇》云：『平衡曰拜，下衡曰稽首。』楊注：『平衡謂磬折，頭與要如衡之平。』《禮記》平衡與此義殊。』按《尚書大傳》言，立則磬折，拱則抱鼓。是即平衡之象，《曲禮》指執器，故殊也。鄭注《鄉飲酒禮》：『推手曰揖，引手曰猒。』《内則》：『凡男拜尚左手，女拜尚右手。』《左傳》：『伯州犁上其手，謂端揖也。下其手，謂聳揖也。』《獨斷》云：『漢承秦法，群臣上書，皆言昧死言。王莽去昧死，曰稽首。光武因而不改。朝臣曰稽首頓首，非朝臣曰稽首再拜。』按今拜表皆云稽首頓首，沿舊制也。至於稽首答拜，見怒强鄰。《左傳・哀十七年》：『盟于蒙，齊侯稽首，公拜。齊人怒。孟武伯曰：非天子寡君，無所稽首。』是也。又如拜不稽首，詒譏誣上。《國語》：『襄王召内史過賜晉惠公命，晉侯執玉卑，拜不稽首。内史過歸，以告王曰：「執玉卑，替其贄也。拜不稽首，誣其上也。替贄無鎮，誣玉無民。』是也。又君或稽首於其臣。《書》言：『大甲稽首於伊尹，成王稽首於周公。』是也。又夫人或頓首於大夫，《左傳》言：『穆嬴抱太子適趙氏，頓首於宣子。』是也。大夫於非其君，亦稽首。《聘禮》：『公勞賓，賓再拜稽首。勞介，介再拜稽首。』是也。家臣於其主，無稽首。《郊特牲》言：『大夫之臣不稽首，非尊家臣，以避君也。』是也。蓋古人以稽首爲敬之至，故《郊特牲》言：『拜，服也。稽首，服之甚也。』君子行禮於其所尊，無所不用其極。若夫匹敵者，但備頓首，或備再拜而已。李陵答蘇武書，李陵頓首，司馬遷報任安書，謹再拜是也。《孟子》：『以君命將之，再拜稽首而受。』是人臣於君，雖止再拜，必加稽首也。凡此皆禮之節文。李涪《刊誤》、陳祥道《禮書》亦約言之，可參考也。

校勘記

〔一〕『服賦』，即『鵩鳥賦』。

對策卷二

問：《春秋》，《公羊》先盛。漢興，諸儒皆宗之，江都相蔚爲大儒，平津侯驟致高位，今惟何邵公注，列於學官，其自序言之詳且迫矣。首偁孔子二學，見於何書？傳經者高，毋乃近讖。傳者有異議怪論，説者有背經失意戾傳，講師或加釀嘲辭，援引他經，失其句讀。以無爲有，疏家之所指據。曷申言之。其云古學，何學？長義，何義？二創何説？胡母生何例？傳多齊人語，讀伐長短言，有可考否？疏首二十四問答，厥旨安歸？傳中六十有餘條，所駁何事？注經名學，孰解其由？入室操戈，孰攻其短？於所欲達，願聞其詳。

漢武尊公羊家，詔太子受《公羊春秋》，由是大興。《漢書·儒林傳》言春秋於齊則胡母生，於趙則董仲舒，而公孫弘以治《春秋》爲丞相封侯，天下學士靡然向風矣。仲舒四傳至何休，精研六經，世儒無及，作《春秋公羊解詁》，其自敍首引《孝經鉤命訣》云：『志在《春秋》，行在《孝經》。』下云：『此二學者，聖人之極致。』又云：『傳《春秋》者非一。』疏引《説題辭》云：『傳我書者，公羊高也。』敍又言：『其中多非常異義可怪之論，説者疑惑，有倍經任意，反傳違戾者。』疏：『非常異義者，即莊四年齊侯復九世之讎而滅紀，僖二年實與齊桓專對是也。其可怪之論，即昭三十一年邾婁叔術妻嫂而春秋善之是也。背於經，即成二年逢丑父代齊侯當左以免其主，《春秋》不非而説者非之是也。任意者，春秋有三世異辭之言，顔安樂以爲從襄二十一年孔子生訖，即爲所見之世是也。反傳違戾者，如宣十七年六月癸卯朔日有食之。按日食之道，不過晦與朔二日，即宣十七年言食不言朔者，是二日明矣。而顔氏以爲十四日日食，是反傳違戾也。』序又言：『講師言至於百萬，猶有不解，時加釀嘲辭，援引他經，失其句讀，以無爲有。』疏：『顔安樂等解此《公羊》，苟取頑曹，不顧理之是非，乃取他經爲義，猶賊黨入門，主人錯亂，故曰失其句讀。《公羊》經傳本無以周王爲天囚之義，而公羊説及莊顔之徒，以周王爲天囚，故曰以無爲有也。又左氏先著竹帛，故漢時謂之古學。公羊漢世乃興，故謂之今學。賈逵作長義四十一條，云「公羊理短，左氏理長」，意望奪去公羊而興左氏。鄭衆亦作長義十九條十七事，在賈逵之前。二創者，上文云至有背經任意，反傳違戾者，與公羊爲一創。又云援引他經，失其句讀者，又與公羊爲一創。戴宏作《解疑論》，多隨此二事，故曰多隨二創。至於胡母生雖以《公羊》傳授董氏，猶自別作條例，故何氏取之，以通《公羊》也。』公羊子齊人，其傳《春秋》多齊語，若『登來樵之漱浣，因諸于諸』，又若化、若怒、若瘠、若僂、若如、若昉、若累、若悈、若筍、若踊、若詐、若黨、若棓、若脰、若廢、若墠、若殆，何注皆以爲齊人語。又『伐人者爲客』，讀伐長言之；『見伐者爲主』，讀伐短言之，竝齊人語也。至疏首二十二問答，始論孔子早晚作《春秋》，終論書有七缺，大抵出於緯書。如云『得端門之命』，『又《春秋》屬商，《孝經》屬參』，又五始三科九旨七等六輔二類之義，所言多不經。《後漢·儒林傳》云：『休又以《春秋》

駮漢事六十餘條，妙得《公羊》本意。』《博物志》云：『何休注《公羊》，云何休學。有不解者，或答曰：「休謙辭受學於師，乃宣此義不出於己。」此言爲允。』又《鄭康成傳》云：『時何休好《公羊》學，遂著《公羊墨守》《左氏膏肓》《穀梁廢疾》，某乃發《墨守》、鍼《膏肓》、起《廢疾》。休見而歎曰：「康成入我室，操我矛以伐我乎。」』按此亦見《拾遺記》。休之三書，時謂三闕也。

問：《春秋》三傳，《公羊》早出，《左氏》晚盛，《穀梁》居其閒，或謂善於經，或謂清而婉，或謂辭清義通，或謂精深遠大，或謂所得爲多，皆篤論與？然又謂其失也短，又謂其失之迂，又謂其窘於日月，論出何氏？梁穀子之名，相傳不一，今入祀從何家與？子夏之弟子能及秦孝公時與？有偁爲古禮之存，有偁爲過於公羊，指其傳中何說與？列於學官者，惟范氏《集解》，他皆佚矣。而范序謂釋《穀梁》者十家，何時？何人？序言三家之失，本屬至公，非杜預、何休之可比。解中凡有幾事，可詳徵諸。

穀梁與公羊同師，而傳義之精，公羊或弗能及。自魯人申公受《穀梁》於荀卿，至漢孝宣時，而其學大興。《後漢書・陳元傳》：『元上疏云：武帝好《公羊》，衛太子好《穀梁》，有詔太子受《公羊》，不得受《穀梁》。孝宣爲《石渠論》而穀梁氏興，至今與公羊竝存。』按自古傳經，由於好惡。以爲善於經者，鄭康成《六蓺論》也。以爲清而婉者，范寧序也。以爲詞清義通，若論隱公之小惠、虞公之中知者[二]，楊士勛疏也。以爲精深遠大，深得子夏之傳者，鼂説之也。以爲三傳之學，《穀梁》所得最多者，鼂公武也。然范寧序又謂其失也短，崔伯實又謂其失之迂，劉原父又謂其窘於日月。知其所短而從其長，斯爲善學矣。至穀梁子之名，《漢書·藝文志》但云魯人，顔師古曰：『名喜。』應劭《風俗通義》云：『名赤，子夏弟子。』阮孝緒《七録》云：『名俶，字元始。』楊士勛疏云：『名淑，字元始，魯人，一名赤。』其名凡四。按《釋詁》：『俶，始也。』『淑』『俶』通用。『俶』字元始，正合雅訓。或又名『赤』，『赤』與『喜』字形近，又轉爲『喜』。今入從祀作『赤』，蓋據《風俗通義》也。然應劭既云『子夏弟子』，而《經典釋文》引麋信注乃云『與秦孝公同時』。夫傳載《尸子》之語，尸校爲商鞅之師。鞅既誅，校逃於蜀，故以穀梁爲秦孝公時人。但上距子夏傳經之年甚遠，不應預爲引據。徐彦以爲傳其學者所作，似爲得之。王應麟《困學紀聞》云：『《穀梁》言大侵之禮，與《毛詩·雲漢》傳略同。言蒐狩之禮，與《毛詩·車攻》傳相合。此古禮之存者。』又黄震《日鈔》云：『《公羊》以妾母夫人爲禮，而《穀梁》黜之；《公羊》以宋襄之師文王不是過，而《穀梁》非之，似過於《公羊》。』二説可爲平情之論矣。《後漢·賈逵傳》云：『兼通五家《穀梁》之説。』注：『尹更始、劉向、周慶、丁姓、王亥，見前書。』而范序謂釋《穀梁》者近十家。疏：『魏晉以來注《穀梁》者有尹更始、唐固、麋信、孔衍、江熙、程闡、徐仙民、徐乾、劉兆、胡訥之等，故曰十家也。』按尹更始字翁尹，汝南邵陵人，議郎、諫大夫、長樂户將。唐固，吴尚書僕射。麋信，字南山，東海人，魏樂平太守。孔衍，字舒元，魯人，東晉廣陵相。江熙，字太和，濟陽人，東晉兖州别駕。程闡未詳何人。徐邈，字仙民，東莞姑蔑人，驍騎將軍。徐乾，字文胙，東莞人，給事中。劉兆，字延世，濟南東平人。胡訥，字世言，新蔡人，東晉尚書左民郎。今惟范寧《集解》存，他皆佚矣。夫注書而知其失，所以爲功臣。范序公言三家之失，云：『《左氏》以鬻拳兵諫爲愛君，文公納幣爲用禮；《穀梁》以衛輒拒父爲尊祖，不納子糾爲内惡；《公羊》以蔡仲廢君爲行權，妾母偁夫人爲合正。以兵諫爲愛君，是人君可得而脅也。以納幣爲用禮，是居喪可得而昏也。以拒父爲尊祖，是爲子可得而叛也。以不納子糾爲内惡，是仇讎可得而容也。以廢君爲行權，是神器可得而闚也。以妾母爲夫人，是嫡庶可得而齊也。』凡此皆明言其失。他如《集解》中糾正傳文尚多，深得鄭康成注《禮》及子夏傳往往駁正之意，遠出於杜預之屈經以從傳、何休之引緯以汩經者之上也。

問：《孝經》之文最簡，顧其義有當辨者。或以爲曾子門人所記，或以爲子思所作。有顔芝之今文，有劉向之今文，有孔壁之古文，有劉炫之古文，不特《尚書》聚訟矣。《閨門》一章，何以定其真僞？孔、鄭二注，究將安所折衷？劉知幾十二條之駁，司馬貞竝行之議，可析而斷與？石臺鐫後，諸本俱廢，然古文章句之異，鄭注什一之存，於何考見？若高麗别序、日本獻書，皆可信否？指解何所專主？刊誤何所取裁？古今互用，經傳畫分，同他籍者謂爲竄入，引《詩》《書》者悉與從删，何邪？

《漢·蓺文志》曰：『《孝經》者，孔子爲曾子陳孝道也。』《序》疏引《鉤命訣》云：『吾志在《春秋》，行在《孝經》。』又云：『《春秋》屬商，《孝經》屬參。』明是孔子之言，曾子所記。《困學紀聞》引晁氏云：『當是曾子弟子所爲。』又引馮氏云：『當成於子思之手。』皆臆説也。秦焚書，《孝經》爲河間顔芝所藏。漢興，芝子貞出之，是爲今文，凡十八章。又有古文，出於孔壁，別有《閨門》一章，自餘分析十八章，總爲二十二章，相沿以爲孔安國作傳。然《漢志》但云『《孝經古孔氏》一篇』，又云：『漢興，長孫氏、博士江翁、少府后倉、諫大夫翼奉、安昌侯張禹傳之，各自名家，經文皆同。唯孔氏壁中古文爲異。「父母生之，續莫大焉」，「故親生之膝下」，諸家説不安處，古文字讀皆異。』然則竝不言孔安國作傳也。至劉向校書，定爲十八。後漢馬融作傳，而世不傳。所行鄭注，相承以爲康成，見於《范書》本傳，《鄭志目録》無之，《中經簿》但稱鄭氏解，而不書其名。或曰是其孫小同所作。按鄭《六蓺論》敍《孝經》云：『玄又爲之注。』敍《春秋》亦云：『玄又爲之注。』蓋鄭注《春秋》未成，後與服虔遇，見其説多與己同，盡以所作與之，遂爲服氏注，詳見《世説》。乃從來列鄭注，更無及《春秋》者。竊以其注《孝經》，亦未寫定，而小同追録成之。范史蓋原其始，而《鄭志》則要其終也。江左中興，《孝經》《論語》共立鄭氏博士一人。曾穆帝集講《孝經》，云以鄭氏爲主。而古文世既不行，隋開皇中王逸買得以示劉炫，輒以所見刊改，僞作《閨門》一章，自是聚訟紛紛矣。《唐會要》載開元七年敕，令諸儒質定。劉知幾創義，大要以：『今俗所行《孝經》，題「鄭氏注」，云即康成，魏晉無此説。至晉永和十一年、太元元年，再聚群臣，共論經義，荀昶譔集《孝經》，始以鄭氏爲宗。宋梁以來，多有異論。陸澄以爲非鄭所注，請不藏於祕省。王儉不依其請，遂得見傳。魏齊則立學官。然經非鄭注，其驗十有二條，宜行孔廢鄭，於義爲允。』司馬貞議則云：『鄭注義旨敷暢，將爲所得。其古文二十二章，劉炫詭隨妄稱其善。且《閨門》之義，近俗之説，必非宣尼正説。又分《庶人章》「故自天子」以下别爲一章，既是章首，不合言故。非但經文不真，抑亦傳文淺僞。議者欲取詭説而廢鄭注，理實未可。請令鄭注與孔傳依舊俱行。』乃詔鄭注仍舊行用，孔傳亦存。開元十年，明皇取王肅、劉昭、虞翻、韋昭、劉炫、陸澄六家之説，參倣孔、鄭舊義，親注《孝經》，八分書之，立於國學，所謂石臺《孝經》也。元行沖等作疏。先是，陸德明作《經典釋文》，用鄭注十八章。今鄭注雖亡，然以《釋文》注疏及各書所引，猶可得其什一。後周顯德六年，高麗遣使進《别敍孝經》一卷。宋咸平中，日本僧奝然獻鄭注《孝經》。今皆不傳。至和元年，司馬光上《古文孝經指解》一卷，詔送祕閣。其書以隸寫古文，爲之指解。其今文舊注有未盡者，引而伸之，不合者易而去之。范祖禹復爲之説。元祐中上之。淳熙十三年，朱子譔《刊誤》一卷，取古文《孝經》分爲經一章、傳十四章，删去『子曰』者二、引《書》者一、引《詩》者四，共二百二十三字。後有自記，述胡侍郎、汪端明語，蓋不自居於改經，故託之胡、汪耳。

問：學者日誦四子書，固貴恪遵傳注，亦宜博考舊文。《論語》『宰予晝寢』，何時以『晝』爲『畫』？『曾點浴沂』，何人改『浴』作『沿』？『衣輕裘』，或者誤增『輕』字？『奡盪舟』，恐非陸地行舟？泰伯之三讓，鄭注之外何徵？虞仲非仲雍，《史記》之言何據？《大學》篇次，古本不同。《中庸》問政，他經互異。文字之讀若何從？鄭注之僅存安在？《孟子》言排淮泗，奚不合《禹貢》水道？言頒爵禄，更殊乎《王制》《周官》。春秋無費而有惠公，戰國無曹而有曹君之弟，此皆講章之所不詳，時文之所莫究。學於古訓，願共質諸。

自朱子作《論語》《孟子》集注，合《大學》《中庸》章句，而《四書》之名以起。自陳皓作《禮記集説》，舍《中庸》《大學》不注，而二篇之策別行。然舊注尚列學官，可考證也。《論語》「宰予晝寢」，《資暇集》引鄭注：「寢，臥息也。」又引梁武帝云：「晝常作畫字，言其繪畫寢室，故夫子歎朽木不可雕，糞土之牆不可圬。」按鄭説是也。夫雞鳴問寢，人子之常。晝居於內，問疾而可。故皇疏以爲當晝而寢，不可復教。於義爲允。梁武改晝作畫，何其妄邪。皇疏又引范寧曰：「夫宰我者，升堂四科之流也，豈不免乎晝寢之咎，以詒朽糞之譏乎。時無師徒，共明勸誘之教，故託夫弊迹以爲發起也。」則又以宰我爲有心晝寢，以待夫子誅責，恐無此情理也。「浴乎沂，風乎舞雩，詠而歸」，釋文：「浴音欲。歸，鄭本作饋。饋，酒食也。魯讀饋爲歸，今從古。」鄭必從古者，以浴沂是三巳祓除之禮，事見《韓詩》。《周禮》：「月令季春，天子始乘舟。」蔡邕章句：「乘舟禊於名川也。」引《論語》此文爲證。皇疏云：「莫春者既暖，故與諸朋友相隨往沂水而浴也。」自韓李筆解始改「浴」爲「沿」。殊不知澡身浴德，儒行有之，而浴風詠饋，正合《玉藻》「進機進羞，工乃升歌」之禮也。「願車馬衣裘與朋友共，敝之而無憾」，唐石經初刻作「衣裘」，旁注「輕」字，此宋人妄加也。皇疏：「車馬衣裘共乘服。」邢疏本之云：「願以己之車馬衣裘與朋友共乘服。」是疏本無「輕」字也。釋文於「赤之適齊」節，音衣爲於既反，而此衣字無音，是釋文本無「輕」字也。《北齊書・唐邕傳》：「顯祖嘗解服青鼠皮裘賜邕，云：『朕意在車馬衣裘，與卿共敝。」』蓋用子路故事。是古本無『輕』字也。《玉藻》云：『君賜車馬，乘以拜賜。衣服，服以拜賜。』《孟子》云：『王子車馬衣服多與人同。』此不過易『服』作『裘』，非如《雍也篇》與『肥馬』對言而作『輕裘』，蓋涉彼誤，此有由來也。『奡盪舟』，孔傳：『奡多力，能陸地行舟，爲夏后少康所殺。』而《竹書紀年》則云：『帝相二十七年，澆伐斟鄩，大戰於濰，覆其舟，滅之。』《竹書》雖晚出不足信，然《楚辭·天問》云：『覆舟斟鄩，何道取之？』是盪舟乃覆舟之謂，非陸地行舟也。『泰伯三讓』，鄭注：『大王殁而不返，季歷爲喪主，一讓也。季歷赴之，不來奔喪，二讓也。免喪之後，遂斷髮文身，三讓也。』皇疏引范寧曰：『有二釋，一云：大王薨而王季立，一讓也。季歷薨而文王立，二讓也。文王薨而武王立，三讓也。又一云：生不事之以禮，一讓也。死不葬之以禮，二讓也。不祭之以禮，三讓也。』前説即《吴郡志》所引江熙集解，爲《路史》之所本。後説則亦依鄭注。獨怪何晏《集解》舍鄭而取王肅注『泰伯以天下三讓於王季』，此其所蔽也。逸民虞仲，據《史記·世家》云：『泰伯卒，無子，仲雍立，是謂吴仲雍。仲雍卒，子季簡立。季簡卒，子叔達立。叔達卒，子周章立。是時周武王克殷，求泰伯、仲雍之後，得周章。周章已君矣，因而封之。乃封周章弟虞仲於周之北故夏墟，是爲虞仲，列爲諸侯。』按此則仲雍爲吴仲雍，而虞仲者，太王之曾孫也。《吴越春秋》：『泰伯曰：其當有封者，吴仲也。』是仲雍之稱吴仲。可證古吴虞通用。竊疑《論語》之虞仲及《左傳》泰伯、虞仲，竝當作吴仲矣。《大學》自河閒獻王得後，劉向《别録》，屬於通論，《三禮目録》，《禮記》中第四十二，無作者姓名，亦不分經傳。漢注唐疏，皆謹守遺經，未敢移改。至宋二程，始改其次序，已各不同。章句改又不同，學者安所從乎？《中庸》據《鄭氏目録》，爲《禮記》中第三十一，云子思所作，於《别録》屬通論。然在《大學》之前。《漢志》：「《中庸説》二篇。」《隋志》有「宋戴仲若《中庸傳》二卷，梁武帝講疏一卷」，則記中已自單行。《哀公問政》章「及其成功一也」下，鄭本有「子曰」二字，别爲一章。按《家語》亦載此章，「一也」下有「公曰：子之言美矣，至矣，寡人實固不足以承之也」一節。《家語》雖王肅私定，然有「子曰」二字可證。至鄭注二篇，多有「讀若某」之説，其辭爲章句所存者。如《大學》「自謙」注「謙讀爲慊」；「猒然」，「猒讀爲壓」；「恂慄」，「恂字或爲峻」；「命也」，「命讀爲慢」；《中庸》「栽者」，「栽讀如文王初載之載」；「既稟」，「既讀爲餼」之類。又如：「言作禮樂者必聖人在天子之位，唯聖人能知聖人也」等語，則終不能改。惜乎「格物」之訓「來物」；《淇澳》爲心廣體胖之詩；「知本」謂「誠其意」；「他技，異端之技」；「壹戎衣之衣讀如殷」，「壹用兵伐殷」；「仁者人也」，「人讀如相人偶之人」；以人意相存問之言，祖述憲章，謂以《春秋》之義説孔子之德；大經謂六藝而指《春秋》也；大本者，《孝經》也，皆説經之精者，今則罕有肄及之矣。《孟子》「投汝漢，排淮泗而注之江」，趙注未嘗致疑，宋以後乃謂與《禹貢》不合。按南條之水皆先入江，後入海。淮爲江之下流，《禹貢》「沿于江海，達于淮泗」，此即淮泗注江之證。注江者，會江以注海，與導水之文合也。班爵禄，言天子一位，君一位，與《王制》禄爵公侯伯子男凡五等，諸侯之上大夫、卿下大夫、上士、中士、下士凡五等不同者，《王制》所言，據鄭注多以爲殷制。《孟子》論周室班爵禄，固自不與相符也。費惠公，趙注：『費邑之君。』按此非《春秋·成十三年傳》『殄滅我費滑』及《襄十八年》『楚侵費滑』杜注：『滑國都於費，今河南緱氏縣』之『費』。蓋《隱元年傳》有費伯，即費庈父。《僖元年》『公賜季友汶陽之田及費』，《齊乘》云：『費城在費縣西北二十里，魯季氏邑。』此時滑國之費久亡。《困學紀聞》云：『戰國時以邑爲國，意者魯季氏之僭。』是也。『曹交』，趙注：『爲曹君之弟。』《御覽》引『曹交問曰』上有『曹文公弟』四字，不知何據。《左傳·哀八年》宋滅曹，孟子時其亡久矣。疑小邾姓，曹交是鄒君之弟，故曰交得見於鄒君。或更有封於曹者，如薛與中山例也。

問：《孟子》七篇，《史記》以爲自作。然諸君俱稱謚，梁惠之元，距魯平已遠，見惠王已稱叟，何由記及平公？以爲門人作，則多記言而不記事。孟子鄒人，本邾國。然魯故有鄒邑孟子，魯公族，且葬於魯矣，孰爲定貫？生卒年月，亦有可稽。距子思甚遠，何云受業？葬未釋服，何以反齊？齊伐燕在湣王時，有移十年以符其事。又有謂前後四章兩事，然否？三宿或晝或畫？孟仲子爲弟爲子？告子、高子、盆成括何以從祀？監本趙注多不全，其篇數章數，是否有所取義？能徵引與？

《孟子》之書，《史記》列傳以『所如不合，退而與萬章之徒序書詩，述仲尼之意，作《孟子》七篇』。謹按孟子授徒以來，必多所記載。惟志在行道，列聘諸邦，未暇成書。厥後門人次第編述，故於諸君俱稱謚，且記言而不記事與？ 梁惠王元年，約紀孟子十六歲。 魯平公元年，蓋七十歲，相距五十四年。 遊梁之時，斷在晚年。 孟子書先梁後齊，此篇章之次，非遊歷之次。趙注《梁惠章》云：『叟，長老之稱也，猶父也。 孟子去齊，老而之魏，故王尊稱曰父。』又注《齊宣章》云：『仕於齊，不用而去，乃適於梁。 建篇先梁者，欲以仁義爲首篇，因言魏事，章次相從，然後道齊也。』斯言可謂明且核矣。 列傳以孟子爲騶人，趙氏《題詞》曰：『孟子鄒人。』鄒本春秋邾子之國，孟子時改曰鄒，今鄒縣是也。 或曰：孟子，魯公族。 後故仕於齊，喪母而歸葬於魯也。 其所敍邑里世系，又詳且悉矣。 自《春秋序》釋文誤鄒爲郰，而云孟子郰邑人。 不知《說文》：『鄒，魯縣，古邾國。』『郰，魯下邑，孔子之鄉。』形義判然，可覆按也。《雜記》載《孟氏譜》云：『孟子以周定王三十七年四月二日生，赧王二十六年正月十五日卒，壽八十四歲。』此譜不知定於何時，元張頍《孟母墓碑記》據《鄒公墳廟碑》云：『孟子後孔子三十五年生，時周定王三十七年。』則從來久矣。 或疑『定』爲『安』之誤。 今以《六國表》考之，魯穆公立於威烈王之十九年，卒於安王之二十六年，是孟子當生於安王之世。 就舊譜壽八十四言之，敍生年當改『定』字，去『三』字，爲安王十七年，則上距孔子卒九十五年，其卒當在赧王十三年矣，與《史記》言『受業孔子之門人』亦合。 自《漢・蓺文志》云『子思弟子』，趙氏亦云『長師孔子之孫』，王劭因爲史文衍一人字。 孟子實親承子思之教，《孔叢》等書更附會爲思孟問答之詞，誤矣。至孟子自齊葬於魯，反於齊，止於嬴，或謂未釋服何以反齊？ 夫止嬴非即至齊，止猶處也，處此以終喪也。孟子事齊宣王始末，本書甚明。自《史記》誤以伐燕一事繫之湣王十年，以致諸家聚訟。《通鑑》割湣王之十年以屬宣王。《黄氏日鈔》據《史記》伐燕有二事，一爲宣王，即《梁惠王篇》所載；一爲湣王，即《公孫丑篇》所載。然以《戰國策》考之，伐燕斷非湣王十年，而在宣王三十年内外，灼然無疑矣。『孟子去齊宿於晝』，《史記集解》引劉熙注：『晝，齊西南近邑。晝音獲。』《水經・淄水》注：『澅水出時水東，去臨淄城十八里。所謂澅中也。俗以澅水爲宿留水，西北入於時水。孟子去齊，三宿而後出澅，故世以此變水名也。』按二説相合，是晝非晝也。趙注：『孟子弟子十五人，有高子。學於孟子者四人，孟仲子、告子、滕更、盆成括。』吴萊《孟子弟子考序》稱十九人，本於趙氏。然陸璣《詩疏》：『孟仲子，魯人。昔孔子删詩，子夏序之以授魯人曾申，申授魏人李克，克授仲子。』則仲子固曾申再傳弟子。爲弟爲子，均非也。趙注自南北監本、毛氏、葛氏本，皆不盡原文。惟毛扆影宋鈔本係單注，前列篇敍章指，庶存其舊。日本山井鼎《考文》、物觀《補遺》用古本足利本核對，亦甚精也。

校勘記

〔一〕原作『慮』，據士鄉堂刻本改。

對策卷三

問：『爾雅』之名，何所取義？《釋詁》周公作，其釋詩之文，曷爲多在公後？史佚以教子，出於何書？孔門之傳經，見於何典？所增所益，所定所考，亦有證否？究安歸與？四時之祭，與《王制》異；九州上與《禹貢》異，下與《周禮》異，五嶽與群書皆異，何居？郭注外有圖贊，何以不附注後？前乎郭氏，後乎郭氏，注者幾家？仿其體者何書？沿其名者誰氏？可僂指與？

《爾雅》一書，博達精深，誠郭璞敍所謂『九流之津涉、六藝之鈐鍵』、張揖上表所謂『七經之檢度、學問之階路、儒林之楷素也』。其稱名也，《釋名》云：『爾，昵也。』『昵，近也。』『雅，義也。』『義，正也。』五方之言不同，皆以近正爲主也。』張晏《漢書注》亦云：『爾，近也。雅，正也。』張揖表言：『昔在周公，制禮以導天下，著《爾雅》一篇。』按周公作《謚法解》，其訓釋字義，如『勤，勞也』、『肇，始也』，與《爾雅》同，是其明證。《西京雜記》云：『郭偉以爲，《爾雅》周公所制，而有張仲孝友。張仲，宣王時人，非周公之制明矣。嘗以問揚子雲。子雲曰：「孔子門徒游、夏之儔所記以解釋六藝者也。」家君以爲《外戚傳》稱史佚教其子以《爾雅》。《爾雅》，小學也。又《記》言：孔子教魯哀公學《爾雅》。爾雅之出遠矣。舊傳學者皆云周公所記也。張仲孝友之類，後人所作耳。』按《雜記》爲劉歆所著，其稱家君，乃劉向之言，實爲可據。史佚教子以《爾雅》，惟見於此。所引《記》者，《孔子三朝記》七篇，今在《大戴禮·小辨篇》，云：『哀公曰：寡人欲學小辨以觀於政。孔子曰：《爾雅》以觀於古，足以辨言矣。』又《春秋元命包》云：『子夏問夫子作《春秋》，不以初哉首基爲始何。』此當是釋《春秋》元年之義，散見於緯書耳。張揖又云：『今俗所傳三篇《爾雅》，或言仲尼所增，或言子夏所益，或言叔孫通所補，或言郙郡梁文所考。』按孔子贊《周易》，如『師，衆也』，『比，輔也』，『震，動也』，『遘，遇也』之類，皆增修之證。子夏《易傳》如『元，始也』，『芾，小也』，及《喪服》傳親屬稱謂與釋親同，皆其所益之證。至叔孫通、梁文之言，則《爾雅》閒有漢儒説，如《釋地》八陵，雁門是也；《釋獸》『鼰鼠，秦人謂之鼸』，皆所補所考之證。然則《爾雅》究爲何人所作，竊以漢世大儒莫過於鄭康成，其《駮異義》云：『玄之聞也，《爾雅》，門人所作，以釋六蓺之言。』又《鄭志·答張逸》曰：『《爾雅》之文雜，非一家之著。』則孔子門人作，亦非一人。據此與揚雄説合，定爲游、夏之徒作可也。《釋天》與《王制》不同。《王制》：『春曰礿，夏曰禘。』鄭注：『此蓋夏殷祭之名，周則改之，春曰祠，夏曰礿。』以禘爲殷祭。《祭義》注亦以爲周公所改也。《釋地》九州，李巡以爲殷制。《詩疏》：『《爾雅》九州之名，《禹貢》有梁、青，無幽、營，《周禮》有幽、并，無徐、營。孫炎以《爾雅》之文與《禹貢》不同，與《周禮》又異，故疑爲殷制耳。』《釋山》五嶽，釋《周禮》五嶽之名也。《虞夏書》言四嶽，《周禮》有五嶽。鄭注：『大司樂據《爾雅》爲釋。』蓋自漢初傳《爾雅》者，增益其文，於《釋山》之末曰嵩高爲中嶽，故《史記》《白虎通義》《風俗通義》俱沿其説。鄭注《大宗伯》，以《爾雅》前後異文，互見於注，未定之論也。郭敍云：『别爲《音圖》。』《釋文序録》：『音一卷，圖二卷。』今竝罕見。釋文閒存其音。各經疏采及音義。然郭注句中有圖，可得其略也。序稱『注者十餘家』，今考釋文，有楗爲文學、劉歆、李巡、孫炎、樊光凡五家，餘未之詳。梁有沈旋集注，陳有施乾、謝嶠、顧野王竝譔音，今佚。至仿其體者，揚雄之《方言》、劉熙之《釋名》；沿其名者，孔鮒《小爾雅》，今在《孔叢子》，已非《漢志》之舊。張揖《廣雅》，曹憲作音，避煬帝諱，稱爲博雅，明郎奎金改《釋名》作《逸雅》，益以宋陸佃《埤雅》，曰『五雅』，謬矣。

問：古者誨人，必先小學。書契以易結繩，籀篇本由保氏。秦則有倉頡、爰歷、博學，漢則有滂喜、元尚、凡將，尉律之所課何如？訓纂之分章奚若？凡兹斷簡殘文，猶可拾遺補蓺否？黄門之《急就》，尚有典型。祭酒之《説文》，不祧俎豆，試爲發其凡例，庶可遡厥原流。《字林》僅存其梗槩，《玉篇》亦遞爲增加，讀若之例誰開？反音起於何代？中閒作者，可得聞乎？繙字母於華嚴，定部分於《廣韻》，禮部所頒，《平水》所并，此其變革，何所取裁？至於釋文字樣，篆韻隸原之流，功在兼通，事宜竟委焉。

小學本附群經。《漢志》，《爾雅》入《孝經》十一家，繼以小學十家，首列《史籀》十五篇，云『周宣王大史作《大篆》十五篇，建武時亡六篇矣』。按史籀大篆，即《説文敍》所謂與古文或同或異者，凡云『《史篇》作某』及『籀文某』皆是。或以尉律課學僮九千字以上即《史篇》，非也。李斯作《倉頡篇》，趙高作《爰歷篇》，胡母敬作《博學篇》，皆用秦篆。所謂小篆，漢閭里書師合而一之，爲《倉頡篇》。後賈魴作《滂喜篇》以續《倉頡》，及揚雄《訓纂》，用隸書寫之，名曰《三倉》。《三倉》之外，有司馬相如《凡將篇》、史游《急就篇》、李長元《尚篇》、班固《太甲篇》《在昔篇》。今《倉頡》惟存《鞄甍》《柯欘》二篇名，見《周禮注》；《幼子承詔》篇名，見《說文敍》；『考妣延年』句，見《爾雅注》；『樊鄧酈』句，見《水經注》；『漢兼天下』『海内并廁』『豨黥韓覆』『叛討殘滅』等句，見《顔氏家訓》。餘則單文，訓纂解詁，見於各書。《凡將》惟『淮南宋蔡舞嗙諭』句見《說文》，『黄潤鮮美宜制襌』句見《蜀都賦》注，『鐘磬竽笙筑坎侯』句見《蓺文類聚》，『烏啄』『桔梗』『芫華』『款冬』『貝母』『木蘗』『蔞』『芩』『艸』『芍藥』『桂』『漏蘆』『蜚廉』『雚菌』『荈詫』『白斂』『白芷』『菖蒲』『芒消』『莞椒』『茱萸』等句見《茶經》，餘竝闕如。而《急就》以張芝、鍾繇、皇象、索靖、衛夫人、王羲之書，曹壽、崔浩、劉芳、顔之推、顔師古、王應麟注特存。許慎受古學賈逵，作《說文解字》，援引經傳，博采通人，信而有證，稽譔其說。天地鬼神、山川艸木、鳥獸蚰蟲、雜物奇怪、王制禮儀、世間人事，莫不畢載。誠古學之津梁、後儒之圭臬也。吕忱補《說文》遺漏爲《字林》，仍用篆文。張參《五經文字敍》云：『若祧禰、逍遥之類，《說文》漏略，今得之於《字林》。』按《說文》『祧』作『朓』，云『祭也』。《廣雅》：『祧，祭也。』知『祧』即『朓』之别體。《說文》：『暱，日近也。昵或從尼。』《書》『典祀無豐于昵』，釋文：『馬云：昵，考也。謂禰廟也。』《詩》『歆餞于禰』，釋文：『禰，劉本作泥。』按泥即昵之誤，禰即昵之別體。《詩》『河上乎逍遥』，釋文：『本作消揺。』然則『胱昵』『消揺』，《説文》自有正字，竝非漏略，《字林》妄加俗字，非也。其全書不傳，今之考逸，尚存梗概。於《説文》外所增，大抵俗字也。顧野王移許書部次爲《玉篇》，純用楷書。今本乃蕭愷删改，孫彊增加，陳彭年等新校，已非野王之舊。司馬光復易其部分爲《類篇》，又其次矣。古人先有聲音，後有文字，故音不可不辨。開口閉口，解於東郭。長言短言，别於公羊。漢人注經，若鄭、許、高、劉諸君，皆有讀若之例。其後樂安孫炎，受學康成之門人，稱東州大儒，始作《字音》。《顔氏家訓》云：『孫叔然創《爾雅音義》。是漢末人獨知反語，至於魏世此事大行，高貴鄉公不解反語，以爲怪異。』魏李登譔《聲類》十卷，以五聲命字。吕忱弟静别仿《聲類》之法，作《韻集》五卷，宫商角徵羽各爲一篇，是爲韻書之祖。惜乎《隋志》僅存其目，今就各書所引，不過十得其一，而部分已不可見矣。唐釋守温譔《字母圖》一卷，分爲三十六母。自鄭樵、沈括諸人，疏於考古，惑於異端，遂以反切字母之學歸於神珙，且指爲北魏時人。按《玉篇》卷末附神珙《五音聲論》《四聲五音九弄反紐圖考》，珙自序不一語涉及《五音聲論》，殆唐末宋初或雜取附《玉篇》末，非珙之爲，故列之珙《反紐圖》前，不題作者姓氏。況珙敍并及《元和韻譜》，而移其人於北魏，何哉？徒因世俗言沈約造韻，欲追而上之，以前乎約，爲中土之有反切韻學本乎西域左證耳。今韻之可考者，自隋陸法言《切韻》後，遞加更定。唐孫緬所修曰《唐韻》，宋陳彭年等所修曰《廣韻》，皆分二百六部。厥後丁度等重修，曰《集韻》，復删爲《禮部韻略》。毛晃父子重增，曰《增韻》。劉淵撰《壬子新刊韻略》，即《平水韻》，删并爲一百七部。而隋唐相傳之部分，又紊矣。唐陸德明撰《經典釋文》，采輯諸經音義文字異同，考據精博，至今説經家賴之。張參撰《五經文字》，取《説文》、《字林》、石經、釋文爲定例，凡一百六十部。唐元度又撰《九經字樣》，以補《五經文字》之遺，糾正俗體，不爲無功。南唐徐鍇精於篆學，既撰《説文解字繫傳》，爲世所稱，復撰《説文篆韻譜》，以《説文》九千餘字分韻排纂。然其書止取便檢閲，所謂聊存訓詁，無惜其它也。宋洪适有《隸韻》，趙希弁家僅藏七卷，蓋未成之書。婁機效之，爲《漢隸字原》，依韻分二百六部，漢碑隸體，亦可見大凡矣。

問：傳經刻石，所以同文。立學觀摹，咸資取正。熹平之作，創自何人？正始之書，出於誰手？一字三字奚以分？五經七經奚以判？尺寸行列若何？文字異同焉在？踵其事者誰代？摹其文者幾家？開成舊刻，陝右今存，名儒曷爲不窺？字體曷爲乖法？篇第且有到置，旁注未免贅疣。其不同者，盍析言之？蜀廣政所刻，共有幾經，條例奚若？宋至和所鐫，本作何體？是否猶存？南宋臨安，光堯御筆，閒有續書者爲誰？不寫全經者何部？皆治經者所當知，有可考者言其略。

漢石經之立，議自李巡，而成於蔡邕。《後漢·宦者傳》云：『巡以爲諸博士試甲乙科，争第高下，更相告言。至有行賂定蘭臺桼書經字，以合其私文者。乃白帝，與諸儒共刻五經文於石。於是詔蔡邕等正其文字。自後五經一定，争者用息。』《蔡邕傳》云：『熹平四年，與五官中郎將堂谿典、光禄大夫楊賜、諫議大夫馬日磾、議郎張馴、韓説、太史令單颺等，奏求正定六經文字。靈帝許之。邕乃自書丹於碑，使工鐫刻，立於大學門外。』注引《雒陽記》云：『大學在雒陽城南開陽門外，講堂長十丈，廣一丈。堂有石經四部本碑凡四十六枚。西行，《尚書》《周易》《公羊傳》十六碑存，十二碑毁。南行，《禮記》十五碑悉崩壞。東行，《論語》三碑，二碑毁。《禮記》碑上有諫議大夫馬日磾、議郎蔡邕名。』《儒林傳》注又引云：『石經文都似碑高一丈許，廣四尺，駢羅相接。』此尺寸行列之可考者。魏石經創於黄初，而成於正始。《魏略》云：『以邯鄲淳爲儒宗傳。』其敍曰：『黄初元年之後，新主乃復始埽除大學灰炭，補舊石碑之缺壞。』衛恒《書執》云：『魏初傳古文出於邯鄲淳。恒祖敬侯寫淳《尚書》以示淳，而淳不别。至正始中，立三字石經，轉失淳法。』考《漢書》，元嘉元年，度尚命邯鄲淳作《曹娥碑》，其時淳已弱冠。正始距元嘉且百年，安得尚在？且當時寫石經者尚有嵇康，見《晉書·趙至傳》，則以爲淳書者非也。石經，漢立一字，魏立三字，決然無疑。《後漢·儒林傳》云：『爲古文篆隸三體書法，以相參校。』蓋以三體對勘，而定爲一體。《隋志》以一字者列，前三字者列後，本不誤。乃下文云：『魏正始又立一字者。』乃『三字』之誤耳。熹平所立，據《靈帝紀》及《儒林》《宦者傳》皆云『五經』，《蔡邕》《張馴傳》則爲六經。《隋志》又爲七經。考《雒陽記》所列《周易》《尚書》《公羊》《禮記》《論語》，《金石録》云『所藏遺字，又有《儀禮》』。然《隋志》有《儀禮》而無《禮記》。古《儀禮》亦稱《禮記》，以其中有禮有記而云然。似當以六經爲是。今殘字可考者，亦六經。《隋志》又有《春秋》一卷，蓋以《公羊》之經誤分爲二，故云七經耳。三字石經，《隋志》：《尚書》九卷、《春秋》三卷。《集古録》云：『遺字八百廿九字。』《隸續》亦載殘字，弟言《左傳》，不及《尚書》。今細按之，實有《尚書》在内。一字石經，較今本異者甚多。就《書》言之，如『人惟求舊，器惟求舊〔一〕』，作『維救舊』；『汝無侮老成人』，作『女毋翕侮成人』；『不其或稽，自怒曷瘳』，作『或迪自怨』；『丕乃崇降弗祥』，作『興降不永』；『曰無戲怠，懋建大命』，作『女罔台民，勖建大命』；『鯀陻洪水，汨陳其五行』，作『伊鴻水曰陳』；『乃逸乃諺既誕』，作『乃劮乃憲既延』；『天命自度，治民祗懼』，作『天命自亮，以民祗懼』；『肆高之享國五十有九年』，作『饗國百年』；『自時厥後』無『其在祖甲』一節。『無皇曰』，作『母兄曰』；『此厥不聽，人乃訓之，乃變亂先王之正刑』，作『不聖人乃訓變亂正刑』；『其終出於不祥』，作『道出不詳』；『受此丕丕基』，作『受兹不不其』；『子旦已受人之徽言』，作『以前人之微言』；『以覲文王之耿光』作『鮮光』之類。三字石經較今本異者，亦就《書》言之，如『大寶龜』作『大俘』；『越兹蠢』作『粤兹蠢』；『不敢替』作『不誋曆』之類。凡此皆可考證古文也。《晉書·裴頠傳》云：『頠奏修國學，刻石寫經。』《後魏書》：『神龜元年，祭酒崔光請命博士李郁等補漢所立三字石經之殘缺。』今皆無存。《唐會要》云：『太和七年，敕唐玄度覆定石經字體。』《舊唐書·文宗紀》云：『宰臣判國子祭酒鄭覃進石壁九經一百六十卷。』然則開成石經，實創始於太和。但《唐書》謂其字乖師法，立後數十年，名儒皆不窺之，以爲蕪累。今觀是刻，如《禮記》則首《月令》。雖曰功令，然經之篇第，豈容到置？其經文之謬，如《周禮》『女史八人』，『史』作『使』；『豕盲視』，『豕』作『施』；《儀禮》『袒纁襦』，『纁』作『薰』之類甚多。亦有本不誤而爲後人旁注加改者，又不可勝紀矣。後蜀石經乃廣政七年，其相毋昭裔所刻，張德釗等書，爲《孝經》《論語》《爾雅》《周易》《尚書》《周禮》《毛詩》《儀禮》《禮記》《左傳》凡十經。宋皇祐中，田元均補刻《公羊》《穀梁》二傳。宣和中，席升獻補刻《孟子》。北宋石經，始於至和，成於嘉祐。取《易》《詩》《書》《周禮》《禮記》《春秋》《孝經》爲篆、隸二體七十五卷，楊南仲等所書。今開封府學存遺字三碑，凡六牌，各三十六行。南宋石經，紹興中以御書小楷《易》《書》《詩》《春秋》《左傳》全裒，又章艸《論語》《孟子》，悉送成均刻石，詔知臨安府趙蟠老建閣安奉，名曰光堯石經之閣。《四朝聞見録》云：『上親御翰墨，倦則命憲聖皇后續書，至今莫辨。尚有章艸節書《禮記》《中庸》《大學》《學記》《儒行》《經解》五篇，則蟠老所奏重行摹刻者也。』

問：經籍之有補也，或因久遺其文，或因未竟其業。大航頭之補《舜典》，《考工記》之補《冬官》，其事其詞，可詳舉否？西狩獲麟，《春秋》絶筆，《公羊》《穀梁》皆依經也，而左氏作傳，何獨補之。束晳之補《笙詩》，白居易之補《湯征》，果有當與？褚少孫補《史記》，班昭補《漢書》，所補何篇，曷臚厥目？《後漢書》無志，何人以他書補入，何爲有注語相參？若夫列代之史，多有缺者。《宋書》《魏書》，補以誰氏之書？《北齊》《後周》，綴以何人之筆？此外有以注爲補，誠未可少與？援據論斷，用廣發揮。

經籍之有補也，僭也。然或以其文久遺，或以某業未竟，而自我補之，則必明言其故，不可與古人相參。《尚書·舜典》本合《堯典》，梅賾上孔氏傳《古文尚書》，亡《舜典》一篇。時以王注頗類孔氏，故取王注，從『慎徽五典』以下爲《舜典》，以續孔傳。齊建武四年，有姚方興於大航頭得本，有『曰若稽古帝舜』以下二十八字，獻之。朝議咸以爲非。及江陵版蕩，其文北入中原，學者異之。劉光伯遂列諸本第，爲害甚矣。河閒獻王開獻書之路，時有李氏上《周官》五篇，失《冬官》一篇，乃購千金不得，取《考工記》補之。然名仍其舊，制得其詳，無害於經者也。《春秋》，公羊、穀梁之經，皆至獲麟而盡，左氏之經，更有『小邾射以句繹來奔至孔某卒』，杜注：『自此以下，至十六年，皆魯史記之文。弟子欲存孔子卒，故并録以續孔子所修之經。』疏引賈逵云：『此下弟子所記。』則杜有所本，而劉光伯規之過矣。《詩·小雅·南陔》已下六篇，《毛詩序》曰『存其義而亡其辭』，本不必補。晉束皙作《補亡詩》，其自序云：『皙與同業修鄉歓酒之禮，所詠之詩，闕而不備，於是補著其文。』然皙之所補，仍承序目，且立不以之入經，而辭旨深切，似不當與白居易補《湯征》同日語矣。《太史公》百三十篇，十篇有録無書，元成閒，會稽褚少孫補之。張晏云：『《景紀》《武紀》《禮書》《樂書》《兵書》《將相年表》《日者傳》《龜策傳》《傳靳傳》《三王世家》，皆少孫所補。』然《漢書·蓺文志》不言有缺，則當時已合爲一書矣。班固《漢書》百篇，次序備見序録。《南史·劉之遴傳》别有《漢書》真本之説，顛到篇目，竄亂字句，不可勝紀。惟《漢書》内本缺《天文志》、八表，其妹昭補之。宋范蔚宗譔《後漢書》無志，晉司馬彪譔《續漢書》中有八志，唐以前本各自爲書，宋乾興初始議以范書缺志取以補之。又有劉昭注補。今考列代之史，皆有闕失，而以他人之書補入者，《宋書》據沈約進表，偁合表志爲七十卷，今本則爲一百卷而無表，且其中有闕卷，補以《南史》，自宋已然。《魏書》，陳振孫《書録》偁《太宗紀》補以魏澹書、《天文志》補以張太素書，今本又缺《孝静紀》《皇后傳》，不知以何書補亡，以《御覽》引魏澹書校之，疑亦取澹書。《北齊書》列傳中無論贊者十九卷，有論無贊者五卷，有贊無論者一卷，傳文多似以他史補綴也。《周書》多取《北史》以補亡，又多所竄亂，而不著所移掇者何卷。惟二十五六兩卷、三十三四兩卷剽取《北史》，痕迹顯然。此外有以注爲補者，若裴松之注《三國志》，引據博洽；酈道元注《水經》，考證確實；劉孝標注《世説》，指陳詳備。後來胡三省注《通鑑》，亦著明切當，可補元書所未備，皆有用之作也。又如錢文子補《漢兵志》、熊方補《後漢書年表》，亦可爲兩《漢書》之功臣。後有作者，於經則有《冬官補亡》《補饗禮》《樂記補亡》及《釋舟》《釋車》《釋圭》《釋繒》《釋骨》《釋人》之類。於史則《補續漢書蓺文志》《後漢書補表》《補漢書辟舉志》《補三國畺域志》《蓺文志》《補晉書地理志》《蓺文志》《補宋金元蓺文志》，自成一家之言，不得爲之僭也。

問：《春秋》本史記之舊名，爲聖人之特筆，然則名仍其舊，義安所歸？前乎孔子名《春秋》者何書？同乎孔子名《春秋》者何考？麟經既作，著録益緐，以代系者，若《漢魏春秋》之類；以國系者，若《吴越春秋》之類；以人系者，若《晏子春秋》之類；以地系者，若《九州春秋》之類；以時系者，若《魯後春秋》之類，著自何人？見於何藉？或不盡編年，或竝非紀事，具有體例，各爲論評。若夫仍其名而變之者，書法亦有可采；異其名而擬之者，僭經毋乃非倫？其所表見，曷列於篇？

杜預《春秋經傳集解序》曰：『《春秋》者，魯史記之名也。』然則古人著述，多有春秋之名，而無筆削之旨。《汲冢瑣語》記太丁時事，目爲《夏殷春秋》。《墨子》云：『吾見百國《春秋》。』《周語》注：『《周春秋》云云。』《瑣語》又有《晉春秋》，紀獻公十七年事。《晉語》：『司馬侯對悼公曰：羊舌肸習《春秋》。』《楚語》：『申叔時曰：教之《春秋》。』《墨子》又有燕之《春秋》、宋之《春秋》。《坊記》又有《魯春秋》，記晉云云。凡此皆在孔子之前，或同孔子之時者也。以代系者，若孔衍《漢春秋》《後漢春秋》、孔舒元《漢魏春秋》、習鑿齒《漢晉春秋》、杜衍業《晉春秋》、鮑衡卿《宋春秋》、吴均《齊春秋》、吴兢《唐春秋》、尹洙《五代春秋》、王軫《五朝春秋》。以國系者，若趙長君《吴越春秋》、李槩《戰國春秋》、陸賈《楚漢春秋》、員半千《三國春秋》、崔良佐《三國春秋》、崔鴻《十六國春秋》、蕭芳等《三十國春秋》、吴任臣《十國春秋》。以人系者，若晏嬰《晏子春秋》、吕不韋《吕氏春秋》、虞卿《虞氏春秋》，漢志有《李氏春秋》，杜崧《任子春秋》、皇甫謐《玄晏春秋》。以地系者，若司馬彪《九州春秋》、王範《交廣二州春秋》。以時系者，若劉允濟《魯後春秋》、姚士粦《後梁春秋》。凡此見於列史《藝文志》《通志》《通考》《郡齋讀書志》《直齋書録解題》《崇文總目》《國史經籍志》等書，或竝非春秋之體，或不盡紀傳之編也。亦有以帝系者，袁亦《獻帝春秋》，見《三國志》注；孫盛《魏武春秋》、王韶私譔《晉安帝陽秋》，見《唐志》編年類。更有非代非國，非人非地者，如《隋書·經籍志》所載之臧嚴《棲鳳春秋》、王秀道《百官春秋》之屬是也。外此稗官小説，攘竊其名，如《艸木》《粉墨》等類，不可勝紀。若夫仍其名而變之者，如孫盛《晉陽秋》，詞直理正，咸稱良史。其名陽秋者，避鄭太后諱也。異其名而擬之者，如王通之《元經》，僭越《春秋》之體，而實不倫也。

校勘記

〔一〕『人惟求舊，器惟求舊』，今本作『人惟求舊，器非求舊，惟新』。

對策卷四

問：諸史之文，閒多互見。記事之體，亦有攸殊。馬班異同，論者各判。史家體例，究竟何從？范書、陳志，兩著列傳者何篇？《南史》《北史》，删潤列朝者安在？《新唐書》與《舊唐》幾廢，今則竝列，何者爲優？事增文簡，果篤論與？歐史簡略，薛史稍詳，今重爲編次，自可竝行。十國世家内，亦見《宋史》，紀載之例何分？得失之故可考焉？

作史之道，貴兼三長。讀史之法，亦有三善。綜覽欲其博，論斷欲其貫，考證欲其精。博可能也，貫爲難。貫可能也，精爲難。遷書以五帝爲首，固書以漢代爲始，就本紀、世家言之，固推尊本朝，則項羽自當降爲列傳。既斷自漢，則世家自可不立。於是泰伯以下，竝加删削。陳涉、蕭、曹之屬，竝儷列傳，此班之異乎馬而得者也。以表言之，遷之《諸侯年表》以下，以地爲主，表天下大埶；《高祖功臣表》以下，以時爲主，表一時得失；《將相名臣表》以下，以事爲主，表君臣職分，而固悉變其例。《古今人表》，位置未宜。以志言之，固改書爲志，而更河渠爲溝洫，既非漢制；更封禪曰郊祀，又不載時事；更平準曰食貨，又附會均輸之術，此班之異乎馬而失者也。以列傳言之，固譏遷進奸雄，崇埶利，而仍蹈其失，居攝不編平紀之末，孺子附載莽傳之中，張湯出於酷吏，元后曾以外戚，此班之同乎馬而失者也。然而固之表備官制志、討原流，實可繼往開來。宋鄭樵譏其無學術，過矣！倪思作《班馬異同》，不過考其字句，校其舛譌，究於體要何關乎？范書列傳見於陳志者，若臧洪、孔融、荀彧、董卓、公孫瓚、陶謙、袁紹、劉表、劉焉、袁術、吕布、華陀等篇，雖互有詳略，可以竝觀。然董卓諸人，俱非魏臣；荀彧之卒，在操未爲魏公之先，操嘗以子房比之，安得列於魏志乎？此則失於限斷。蔚宗傳於後漢是也。李延壽承其父志，爲《北史》《南史》，而《南史》先成，大抵用宋、齊、梁、陳四朝舊史，稍加刪潤。然九錫符命告天之説，沿襲虚言，是斟酌未盡也。《循吏》《儒林》，既遞載四朝人物，而《文學傳》則因宋史不立此目，遂始齊之丘靈鞠，豈宋無文學乎？《孝義傳》搜遺補闕，而蕭矯妻羊、衛敬瑜妻王，先後互載，男女無分，何不別傳列女乎？況《北史》謂周無《文苑傳》，遂取庾信、王褒入之，則宋謝靈運、顔延之等何不移冠文苑之前？《北史》謂魏隋有《列女傳》，齊周竝無，今又得趙氏、陳氏附備列女，則宛陵女子等十四人何不取補列女之闕乎？延壽與修《隋志》，又世居北土，故用力於《北史》尤深。出酈道元於酷吏，附陸法和於藝術，具見別裁。惟其以姓爲類，分卷無法，二史再見，且有兩歧，殆顧此失彼乎？劉昫等撰《唐書》，長慶以前本紀簡而有體，列傳敍述詳明；以後紀多支蔓，傳失空疏，所謂緐略不均也。歐陽修撰《新唐書》，止本紀、表、志，其列傳則宋祁所定，大旨以事增文省，求勝於舊，而事采小説，文多詰詘體。劉安世之言，切中其病。然唐代詔令，駢體長篇，執難備載。吴縝《糾謬》，未免刻意掊擊。實則各有所長，宜乎竝立耳。《五代史》薛居正撰，《新五代史記》歐陽修撰，自金泰和中，修書立於學官，而薛漸佚。今從故典輯成，復列正史。蓋歐史惟主襃貶，而事迹始末不及薛之詳備。譬之三傳，薛近左而歐近《公》《穀》，亦不可偏廢也。《新史·十國世家》内如南唐、吴越、孟蜀、荆南、兩劉漢亦見《宋史》，然不核事實，脱漏孔多。吴任臣《十國春秋》，多所考證。如田頵擒孫儒年月，則從吴録而不從薛史，南唐烈祖家世，則從歐史而不從江南野史，皆確有所見。它類是者尚多，足備參考也。

問：史之有志，臚一代之典章，備千秋之沿革，秉筆家尤難之。志之名見於經，敻乎古矣。龍門實創八書，扶風踵爲十志，爾後二十一部，孰有孰無？上下千百餘年，所因所革，篇目雖在，體例須徵。遷史闕書，補以何籍？班書闕志，足自何人？有别補一篇者，有本書無而取他書之志者，有累代無而見於一代之志者，有全書已佚而僅存一志者。昔人謂《晉書》《隋書》二志最善，然於彼於此，各有所偏。《符瑞》《釋老》，義既無取，《蓺文》《經籍》，例有别開。學於舊史，盍言其志焉？

史之有志，尚矣。見於經者，《周禮》『小史掌邦國之志，外史掌四方之志』，《左傳》『晉狼瞫曰：周志有之』『季文子曰：史佚之志有之』『子臧曰：前志有之』『仲尼曰：志有之』『又曰：古也有志』，《家語》『子夏反衛，見讀史志』，《金石録》『晉大公碑曰：大康二年，得竹策書，其周志云云』。司馬遷作《史記》，爰建八書，曰禮，曰樂，曰律，曰曆，曰天官，曰封禪，曰河渠，曰平準。班固《漢書》，易爲十志，合禮、樂，律、曆爲二，改天官曰天文，改封禪曰郊祀，改河渠曰溝洫，改平準曰食貨，益之以刑法、五行、地理、蓺文。司馬彪《續漢書》爲八志，其《律曆》《天文》《五行》則仍班志，以《禮樂》爲《禮儀》、《郊祀》爲《祭祀》、《地理》爲《郡國》，異者《百官》也、《輿服》也。陳壽《三國志》名雖爲志，其實無志。房喬等修《晉書》，爲十志，其《天文》《地理》《圖籍志》，乃李淳風、于志寧等爲之也。沈約《宋書》，凡損益前史諸志爲八門，曰律曆，曰禮，曰樂，曰天文，曰五行，曰符瑞，曰州郡，曰百官。八志之中，惟《符瑞》爲謬。《州郡》於僑置創立、并省分析，亦多疏略。至於《禮志》合郊祀、祭祀、朝會爲一門，以省支節。《樂志》詳述八音衆器，以存義訓，體例尤善。蕭子顯《齊書》十一志，初江淹已作十志，子顯别修，而《天文》但記災祥，《州郡》不著户口，《祥瑞》多載圖讖。其自表云：『天文事祕，户口不知，不敢私載。』而喜馳騁更改，破析尤多，宜爲曾鞏所譏也。魏收《魏書》，先上紀傳，復奏十志。自《天象》《地形》至《職官》《釋老》。後闕志二卷，補以魏澹、張太素所作。《隋書》十志，本名《五代史志》，係于志寧、李淳風、李延壽同修。而《天文》《律曆》《五行》三志，則淳風獨著。是時梁、陳、齊、周、隋五代史本連爲一書，十志即爲五史而作。以隋居末，後人遂屬之《隋書》。亦猶陳壽《三國志》、習鑿齒《漢晉春秋》無志，故《宋書》諸志并前代所闕者補之也。《新唐書》志題歐陽修名，其《律曆》《五行》出於劉羲叟。考晁公武《讀書志》云：『吕夏卿私譔《兵志》。』王得臣《麈史》云：『宋祁别譔紀志。』則同局且私心不滿，似不若《舊唐書》之有所本矣。新修《五代史記》僅存《司天》《職方》二考，而諸志俱闕，亦不及薛史之《禮樂》《職官》《選舉》

《刑法》爲有裨文獻。《宋》《遼》《金》《元》四史俱各有志，互有短長，惟《蓺文志》不備。《元史・天文志》爲世所偁，然志中既載月五星凌犯，而本紀復詳書之，不免重複。志末云：『餘見本紀。』亦非體。諸志多案牘之文，如《河渠志》言耿參政、阿里尚書，《祭祀志》言田司徒、郝參政，竝無鎔范也。遷史闕禮、樂、曆書，褚少孫補之。固書《天文志》未竟，妹昭成之。范書十志未成，令謝儼譔志亦不就，後人取司馬彪《續志》足之，所謂本書無而取他書也。彪書今不傳，惟存其志，所謂全書無而僅存志也。《宋志》《隋志》所謂累代無而見一志也。有避志偁意者，《蔡邕傳》云『奏其所著《十意》，上書言律曆意弟一、禮意弟二、樂意弟三、郊祀意弟四、天文意弟五、車服意弟六』是也。有改志爲典者，華嶠爲《後漢書》，有十典十卷未成，子暢續之是也。善乎江淹之言曰：『修史之難，無出於志。』按班志及刑而不及兵，續志皆不及，遂使南北軍志莫考其詳。此唐宋以下所必當增也。

問：正史之外，有雜史、通史、霸史、僞史諸類，所以資洽聞、參直筆也。《國語》《國策》，置之目録何門？荀悦、袁閎，較之班范孰勝？謝承《後漢書》是否尚在？崔鴻《十六國》無乃非真？以下紀載，就今通行者，唐有《唐鑑》《國史補》，五代有《南唐書》《九國志》《五國故事》《十國紀年》，宋有《東都事略》《隆平集》《九朝編年備要》《三朝北盟會編》，譔自何人？體例奚若？《史記》、兩《漢書》、《三國志》諸注，其所徵引故籍，猶可掇拾成書與？鄭《略》馬考而外，乙部祕典尚多，讀未見書，請問其目。

《漢・藝文志》無史名，《太史公書》附於《春秋》。厥後斷代爲史，著作漸多，阮孝緒有《正史削繁》。《隋書・經籍志》史部首列正史，又有古史、雜史、霸史等目。然梁武帝《元帝實録》列諸雜史，義實未安。自梁武著《通史》，遂開通史一門。陳振孫《書録》又立僞史之目，史學於是乎備矣。《漢志》，《國語》載於《春秋》後，亦偁《春秋外傳》。《論衡》云：『《國語》，左氏之外傳也。』《戰國策》與《史記》爲類，則亦附於《春秋》，《隋志》列諸雜史，晁公武《讀書志》改入子部縱横家，《通考》因之，殊爲未允。荀悦《漢紀》，據本傳言：『獻帝以班書文繁難省，令悦依《左傳》體爲之，詞約事詳，論辨多美。』張璠稱其致有典要，《史通》亦以謂歷代寶之，有逾本傳。班、荀二體，角力爭先。或病其索然無意味，未免抑揚過當。袁彦伯《後漢紀自序》云：『嘗讀《後漢書》，煩穢雜亂，聊爲此紀。』其體例雖仿悦書，而決擇去取，自出鑒裁。《史通》以配蔚宗，非溢美也。謝承《後漢書》百三十卷，《唐志》有之，《宋志》及《通考》俱不著録，知已久亡。或謂明永樂間揚州曾有刻本，或以爲必不然。今相傳江南藏書家尚有者，恐是謝陛之《季漢書》耳。崔鴻《十六國春秋》，自《崇文總目》已不著録，今本乃明屠喬孫、項琳之所僞作，故無贊無序，與《魏書》不合，無表，又與《史通》不合。蓋摭拾諸書所引而成者也。以下紀載，就今通行者，唐有《唐鑑》，乃范祖禹與修《通鑑》，分主唐史，故上此書。李肇《國史補》載開元、長慶閒雜事，殆説部之善者也。宋初譔録南唐事凡六家，其後譔《南唐書》者三家，胡恢、馬令、陸游也。恢書流傳甚少，惟馬令與陸游書具在，而游書尤簡核有法。《五國故事》不知作者，其書紀吴、南唐、蜀、閩、南漢諸國事也。《九國志》，路振譔，謂吴、唐、二蜀、東南二漢、閩、楚、吴越也。《十國紀年》，劉恕譔，十國者，即前九國之外益以荆南，所謂北楚也。《東都事略》，王偁譔，述北宋九朝之事，可以考正宋史之失。《隆平集》，舊題曾鞏譔，晁公武疑爲依託。考鞏行狀、神道碑無此著述，則其依託無疑。所記太祖至英宗五朝事實，足備參考。《九朝編年備要》，陳均譔，用《通鑑》體記北宋九朝事迹，亦甚簡明。《三朝北盟會編》，徐夢莘譔，記宋金戰和之始末，采集諸書，不加論斷，亦無所去取，蓋蒐録以待考證之本也。《史記》注有裴駰集解、司馬貞索隱、張守節正義。爲《漢書》注者最多，今惟顔師古注獨存。所引有服虔、應劭、晉灼、孟康、蕭該、張揖、郭璞、伏儼、劉德、鄭氏、李斐、李奇、鄧展、文穎、如淳、蘇林、張晏、臣瓚等説。《後漢書》有李賢注。《三國志》有裴松之注。《世説》有劉孝標注。其所徵引，猶可摭拾成書，如兩《漢書》外，尚有劉珍《東觀漢紀》及謝承、薛瑩、司馬彪、宋臨川王義慶、華嶠、鄭忱、張瑩、袁山松、姚察之《後漢書》。《晉書》之外，尚有王隱、臧榮緒、沈約、干寶、鄧粲、徐廣之《晉紀》，孫盛之《晉陽秋》，習鑿齒之《晉春秋》，虞預、謝沈、朱鳳、謝靈運、蕭子雲之《晉書》。《南》《北史》之外，尚有謝炅、顧野王之《梁書》，魏澹、張太素之《魏書》，皆宜考逸。此外不可勝紀也。

問：諸子成書，六籍别派，但當判其醇駮，不必訾其支離。潁上尊弟子之職，夷維冠儒家者流，尚矣。鬻熊授文，苦縣傳喜，南華大抵寓言，禦寇亦名至德。蘭陵説禮樂之文，墨氏推兼愛之意。韓公子之辨，百出《内儲》；秦丞相之書，千金縣市。至若商君、慎、申，專主刑法；公孫、尹、鄧，亦號名家。淮南大傳之篇，劉向、揚雄所敍；武學四經之科，後漢三賢之作。未爲背道，寧可厚非？又如亢倉、無能、於陵、鬼谷，受書留關尹之籍，傾蓋垂程子之文。志略後出，真僞莫分，何以區班蓺，登荀簿焉？

自六經以外，皆諸子之言。《漢書・蓺文志》道家：『《筦子》八十六篇，名夷吾，今亡十篇。』其《弟子職》一篇，《漢志》列於《孝經》類。應劭曰：『管仲所作，在《管子書》。』則漢時固以《弟子職》爲經，特表而出之也。儒家：『《晏子》八篇，名嬰，謚平仲。』按《漢志》儒五十三家，晏子居首，其書爲劉向校定，非僞書也。鬻熊爲周文王師，則書成於商時，爲諸子中最古。《漢志》道家：『《鬻子》二十二篇。』今傳十四篇，即《崇文總目》所著録也。老子者，姓李，名耳。劉向言其生於殷時，在周爲柱下史，覩周之衰，乃西出關，爲關令尹喜説《道》《德》二篇，《漢志》亦列於道家者流也。莊子名周，宋人，依老氏之旨著書十餘萬言，大抵皆寓言。晉崔譔、向秀注内外二十七篇。司馬彪注内外雜五十二篇，與《漢志》合。今所傳郭象注三十三篇，蓋已亡十九篇矣。《列子》八篇，名圄寇，先莊子，莊子稱之。劉向校奏，以爲鄭穆公時人。荀卿名況，趙人，仕楚爲蘭陵令。《漢志》儒家：『《孫卿子》三十三篇。』師古曰：『本曰荀卿，避宣帝諱，故曰孫。』按漢人不諱嫌名，荀之爲孫，如孟子之爲黽子、孟卯之爲芒卯、司徒之爲申徒，語音之轉。其學原出孔門，崇尚禮樂，在諸子中最爲近正。《墨子》七十一篇，名翟，爲宋大夫，在孔子後。《漢志》謂『其貴儉兼愛、上賢右鬼、非命上同，此其所長。及蔽者爲之，見儉之利，因以非禮；推兼愛之意，而不知別親疏』。《韓子》五十五篇，《史記》列傳云：『韓非者，韓之諸公子也。爲人口吃，而善著書。數以書見韓王，不用，故作《孤憤》《五蠹》《内外儲》《説林》《説難》十餘萬言。』人或傳其書至秦，秦王見其《孤憤》《五蠹》，則著書在未入秦前。《史記自敍》又云：『韓非囚秦，《説難》《孤憤》。』乃史家之駁文。《漢志》雜家：『《吕氏春秋》二十六篇，秦相吕不韋智略士作。』按事迹見本傳。所謂布咸陽市門，縣千金其上，有能增損一字者，予千金也。《漢志》法家：『《商君》二十九篇，名鞅，姬姓，衛後也，相秦孝公。』『《慎子》四十二篇，名到，先申、韓，申、韓稱之。』『《申子》六篇，名不害，京人，相韓昭侯，終其身諸侯不敢侵韓。』名家：『《公孫龍子》十四篇，趙人。』『《尹文子》一篇，説齊宣王，先公孫龍。』『《鄧析》二篇，鄭人，與子産竝時。』雜家：『《淮南》内二十一篇、外三十三篇。』師古曰：『内篇論道，外篇雜説。』按淮南王安事迹具本傳，今存二十一篇，蓋内篇也。儒家：『賈誼五十八篇。』『劉向所敍六十七篇。《新敍》《説苑》《世説》《列女傳頌圖》也。』『揚雄所敍三十八篇。《太玄》十九，《法言》十三，《樂》四，《箴》二。』至於《孫武兵法》，曾爲闔閭所觀；吴起著書，嘗受曾子之學；《司馬法》出自穰苴，班固以其書入之禮類；尉繚子生當六國，劉向言其學本乎商君，武學列爲四經，兵家資爲總要，固可佐師尚父《六韜》，勝黄石公《三略》矣。又如王符之《潛夫論》、王充之《論衡》、仲長統之《昌言》，自成一家之言，不愧三賢之目。他若亢倉子即庚桑子，無能子疑亡是公，於陵讵出於陳仲，鬼谷或託於蘇秦，關門令尹豈真老氏之徒，傾蓋子華誰信孔子之友。儒、道、法、名、兵、農、墨、雜，當區别乎九流。劉《略》班《蓺》，荀《簿》阮《録》，堪廣徵夫四部。

問：《文選》一書，裒集美富，分類詳明。熟精選理之契，不根蓺術之譏，如輊如軒，孰得孰失？瓜疇芋區，體例奚若？提綱挈領，部分凡幾？昔人謂采集之博，自楚迄梁，顧楚未可以該西河，梁何以遺水部？《九歌》選六，《九章》選一，宛雒爲東都之作，江漢入河梁之篇。曹魏九錫之篇，穆之追封之表，揆之於理，無乃未醇？善注之成兩世，吕氏之輯五臣，核厥短長，詳其名姓。因而廣續者何人？僅存目録者誰氏？唐宋元明，各有沿襲。班揚張左，孰可嗣音？誰爲論評？用廣聞見。

原夫《文選》一書，搴中葉之詞林，酌前修之筆海。書成錦帶，垂品第於湘東；居號蕭齋，播風流於江左。文之時義大矣，選之名學宜哉。是以選理熟精，杜陵用之課子；不根蓺術，李相家無其書。但宜細爲别白，毋庸妄下雌黄。至於部次州居，展書眉而可得；發凡起例，覘弁首已堪尋。都爲三十卷，時閲一千年。賦分甲卷乙卷，詩題四言五言。舒布爲詩，總成爲頌。次則箴戒與論竝陳，銘誄及讚同列。又詔誥教令之流，表奏牋記之類，書誓符檄之品，弔祭悲哀之作，答客指事之制，三言八字之文，篇詞引敍，碑碣誌狀，原流閒出，著作咸收。姬公孔父之書，豈容翦截？管孟老莊之作，何論文宗？至於槩見墳籍，旁出子史，若斯之流，亦所不取。觀其别裁僞體，寄興非私，不録元亮之賦《閒情》，或恐微瑕白璧；未登羲之之敍修禊，疑因天朗气清。顧英髦咸資標準，而淺夫妄肆譏評。晁公武讀書之志，未免苛求；陳仁子補遺一編，尤多謬論。自敍言遠自周室，何云以楚該西河。敍又言迄於聖代，何必謂梁遺水部。《九歌》選六，《九章》選一，聊存楚客幽懷。東都之作，河梁之篇，詎必刻舟求劍？曹魏九錫之文，奸雄齒冷；穆之追封之表，義士寒心。美刺竝陳，熏蕕自別，而仁子槩欲斥之，宜通人所不許矣。蓋《選》學自成爲一家，文章未衰於八代。江南進士，問天雞是鳥是蟲；宋代文場，疑黄華爲菊爲菜，非所望於蕭傅。廣平語本《西征》，小字命曰選哥，子京手鈔三過。『文選爛，秀才半』，炳焉漢魏同風。『秀才變，學究多』，陋矣熙豐以後。若夫唐李善之本於曹憲，補於李邕，原屬再世相承之緒。吕延濟之與劉良、張詵、吕向、周翰，遂爲五臣合注之編。其詆李善之短，則曰陷於末學。歸然舊文，衹謂攬心，胡爲析理？其述五臣之長，則曰目無全文，心無留意。作者爲志，森然可觀。每爲推重五臣，正自有心回護。不知竊據善注，固難曲意彌縫。《西谿叢語》摘其注揚雄《解嘲》之非；《野客叢書》駮其敍王暕世系之誤。他如《西都》之『龍興虎視』、《東都》之『乾符坤珍』，觸處都乖，指不勝屈。豈若善注之實事求是，疏通證明，掇四庫之精華，供千秋之沾溉乎？惜乎蕭該、許淹之音，僅存目録；句、圖詩評之作，無關本書。章句定論越裁，不出明人之積習；纂注約注瀹注，衹供邨塾之流傳。又有明劉節之《廣文選》，真僞溷淆；湯紹祖之《續文選》，體裁踳駁。《反離騷》《反反離騷》，本爲多事；《廣文選》《廣廣文選》，更覺不倫。舉凡俗學之支離，均屬選樓之下乘也。

對策卷五

問：意匠司契，詞條抽妍。學徵其實，文運乎虛，之者矣而，焉哉乎也。雖三尺之童，皆可指焉而盡識。而六經之作，不能離此以成文。溯厥字原，廣其音訓，《爾雅》之閒，是其權輿。《説文》爲詞，乃其解詁。爲是爲於，爲往爲變。或連姓以著名，或本父以屬子。者這古俗之判，已矣離合之殊。而之即如，讀經夥見；哉之注始，取義有由。焉也貫首尾而非音，虖呼别形聲而同義。至若之爲芝艸，而爲頰毛，者爲小渚，焉爲鳳鳥，迨指事象形之始，在雨粟鬼哭之時。又如者歸白部，哉與才同，謂焉是夷，訓哉曰載，皆許文孫反之先聲，亦毛傳鄭箋之古義。夫《釋詁》一書，初哉居首；周郎《千字》，平也終篇。會意諧聲，不外六書之旨；課虛責有，請道小學之章。

粤自方策既陳，訓詁斯尚；文章結構，虛實相生。實字其形體而虛字其性情也。是以語小則試白公于三歲，盡識之無語；大則説堯典數萬言，未明粤若。遡文原於易象，大都也字收聲；陳列國之風詩，半屬兮等斷句。蓋以文代言，取神必肖，上抗下隊，前輊後軒，實事求是，有所凴依。虛字稍乖，不能條達矣。《爾雅》孔、魄、哉、延、虛、無、之、言，閒也。《廣雅》曰、欥、惟、𠃬、每、雖、兮、者、其、各、而、烏、豈、也、乎、些、只，詞也。《説文》：『爾，詞之必然也。』

『曾，詞之舒也。』『余，詞之舒也。』『哉，言之閒也。』『啻，語時不啻也。』『各，異詞也。』『只，語已詞也。』『皆，俱詞也。』『者，別事詞也。』『疇，詞也。』『曰，詞也。』『曶，出气詞也。』『乃，曳詞之難也。』『粤，亟詞也。』『寧，願詞也。』『兮，語有所稽也。』『乎，語之餘也。』『于，於也。』『粤，于也。』『平，語平舒也。』『矣，語已詞也。』『欥，詮詞也。』『凡，最括也。』按《説文》所謂詞者，方是虚字。若《爾雅》《廣雅》所釋，則雜出假借矣。夫之本訓出，其本訓簸，豈爲陳樂，惟爲凡思，雖爲蟲名，烏焉爲鳥名，然爲燒物，而爲頰毛，且之爲薦，與之爲黨，是皆以實爲虚。若夫余之爲我，哉之爲始，曶之爲笏，寧之爲甯，是又以虚爲實。又若讀而爲如，又轉而爲柰，以乃爲柰，柰又轉而爲那，變動不居，難以槩論。舉其大略，凡數十端，曰發詞，如夫、蓋、緊、惟是也；曰緩詞，曰頓詞，如也、者、矣、乎是也；曰疑詞，如乎、哉、邪、與是也；曰急詞，如則、即是也；曰僅詞，如稍、可、如斯、乃是也；曰設詞，如雖、縱、假、藉是也；曰斷詞，如信、必、也、矣是也；曰僅詞，如稍、可、略、只是也；曰幾詞，如將、殆、儻、或是也；曰專詞，如第、惟、獨、特是也；曰別詞，如其于、若乃是也；曰繼詞，如爰乃、于是是也；曰承詞，如是故、然則是也；曰轉詞，如然、而、抑又、是也；曰單詞，如唉、咄、然、否是也；曰總詞，如都凡、無慮是也；曰歎詞，如嗚呼、噫嘻是也；曰餘詞，如兮、只、罷、了是也；曰極詞，如殊絶、盡、悉是也；曰或詞，如假令、容有是也；曰原詞，如向、初、前、始是也；曰複詞，如其、斯、以爲是也；曰信詞，如固然、洵、誠是也；曰擬詞，如譬彼、猶若是也；曰到詞，如及、可、數、乎是也；曰互詞，如或之爲言是也；曰少詞，如不曰、不顯是也；曰增詞，如焉、耳、乎、哉是也；曰進詞，如況、乃、矧、可是也；曰竟詞，如畢斯、而已是也；他如矣之爲已、虖之爲呼、歟之爲與、爾之爲耳，雖異形而同意；又如適之爲這、麿之爲麼、祇之爲秖、邪之爲耶，皆流俗之剩文。夫《爾雅》三篇，以初、哉、首、基爲始；童蒙《千字》，以焉、哉、乎、也而終。《詩》云子曰，理本無窮；者也之乎，俗堪共諭。子雲釋别國《方言》，當不獨問以奇字；相如著《凡將》小學，或亦如賦託子虚；行將作《釋詞》，附諸雅訓，兹蓋因對策發其大凡。

問：舉士試策，昉自漢廷；發策決科，記於揚子，皆對揚之實用，而致治之大端也。江都舉賢良文學，對策凡三；公孫嘗應詔大常，擢爲第一。東京以後，李子堅之策災異，周宣光之對災傷，儻論鴻文，具見本傳。唐始以時務、經史分條，寖華靡矣。然而司户陳言，登科顔汗。三復其語，千載可師。沿而至宋，蘇子瞻擬進士御試一道，以及策略策别之作；子由《君術》《臣事》《民政》諸篇，悉關朝宁至計，故曰蘇氏之文善于策。留心經世，宜服膺也。於所標舉，盍縱言之。

《釋名》云：『策書教令于上，所以驅策諸下也。』按《説文》，策訓馬箠。古人借策爲册，故《釋名》以驅策言之。夫平居憂天下之事，對揚言當世之務。策者，士之拜獻先資也。唐虞敷奏以言，尚矣。三代以來人之所以謀及乃心，咨爾有衆者，惟設科之策耳。揚子《法言》云：『將以發策決科。』然策非所以求此名也。問以時政之得失，咨以生民之利害，欲其有禆國蝂也。目之以敢言，俑之以極諫，欲其無有隱情也。士而無志于世則已，苟有志焉，正可陳要害之言，發激昂之气，烏庸計較得失，不敢盡言，以虚當世望哉？漢之對策，始於鼂錯。文帝十五年，詔有司舉賢良文學士，錯在選中。上親策詔之，對策者百餘人，唯錯爲高第。自後董仲舒、公孫弘皆以策舉也。漢武即位，舉賢良文學之士，而仲舒以賢良對策，上善之。元光五年，復徵公孫弘至大常上策，天子擢爲第一。然論者求其有關天下之大計，無愧切時之讜言，則仲舒上策也。方武帝即位之初，其時務莫切於正始。今觀三篇之策，勉强行道之論，正心正民之言，其有益於上也不少。彼公孫則誣水旱以獻諛，較之天心仁愛之意，孰多乎哉？陽嘉二年，有地動山崩火災之異，公卿舉李固對策。順帝覽其對，多所納用。陽嘉三年，河南三輔大旱，五穀災傷，詔書以周舉才學優深，特下策問舉對，因召見。此皆守正不阿，清公亮直者也。它如蔡茂之對策高等，趙典之對策爲諸儒表，亦俑命世之才。然考漢時對策，已有諍訟是非者。《後漢·徐防傳》：『防上疏曰：伏見大學每有策試，輒興諍訟，議論紛錯。臣以爲博士及甲乙策試，宜從其家章句，開五十難以試之。解釋多者爲上第。』按五十難，即後世五策之所由起也。晉武帝詔諸賢良方正直言，會東堂策問，而卻詵對策爲天下第一。後更延群士，廷以問之。阮种策擢第一。《宋書·文帝紀》：『策試諸生凡五十九人，答問多可采覽。』《齊書·謝超宗傳》：『都令史駱宰議策秀才考格，五問竝得爲上，四三爲中，二爲下，一不合與第。超宗以爲表事之淵，析理之會，豈必委牘，方切治道？非患對不盡問，患以恒文弗奇。』《梁書·孔休原傳》云：『州舉秀才，太尉徐孝嗣省其策，深善之，謂同坐曰：董仲舒、華令思何以尚此。可謂後生之準也。』《南史・袁憲傳》云：『策試憲，隨問抗答，剖析如流。』《北史・杜銓傳》云：『舉秀才，試策高第，時海内惟一人。』又《儒林傳》云：『齊制：諸郡俱得察孝廉。其博士、助教通經者，惟擇充舉射策十條通八以上，聽九品出身。』又《温子昇傳》云：『熙平初，召辭人以充御史，同時射策者八百餘人，子昇與盧仲宣、孫搴等二十四人爲高第。』《唐書・選舉志》云：『凡進士試時務策五道。』按唐時以策著者，始於裴垍。然終唐之時，當推劉蕡第一。《蕡傳》云：『大和元年，舉賢良方正能直言極諫，是時，第策官見蕡對嗟伏，以爲過古鼂董，而畏中官眦睚，不敢取。被選者二十三人，皆宂齪常務，類得優調參軍。李郃曰：蕡逐我留，吾顔其厚邪？』今觀蕡策力攻藩鎮之强，痛斥閹寺之禍，勁气直節，凛凛逼人，迥出牛僧儒、元稹、白居易之上。夫憲宗元和之際，正强藩逆閹横行時也，僧儒之言法令詔令，與蕡之攻藩臣爲何如？稹之論通經設科，與蕡之排閹寺爲何如？居易之條貞觀開元禮樂，與蕡之譚謹始又何如？嗚呼！舍腹心之疾而論皮膚之患，君子謂之不知務。而蕡策固下第，試官嗟服，同輩厚顔，公道尚在人心也。宋之試策有二，曰制科，曰進士，蓋循唐制。所謂策試，特施之制科。熙寧三年，以策取士，蓋因吕公著之請。所謂制科者，已罷策試耳。然名公碩望輩出，兩科皆得其人，尤以蘇氏軾轍弟兄爲最。軾之御試制科策，反復詳明，議論切中時弊。災異數言，使人毛骨聳動。又擬進士策一道，凡數千言。及策略策斷之作，指陳時執，剴切言之。軾嘗言鼂、董、公孫之流，皆有科舉之累。以所作視之，雖古人復生，亦當折服也。轍之《君術》《臣事》《民政》諸篇，崇論閎議，如《臣事》云：『治天下在養重臣，養重臣在寬其法。』當時蓋目擊韓、富數公之效，不覺伉慨言之。又云：『任將之道在擇之得其人，而捐兵以與之。』是誠有宋之金鑑。故曰蘇氏之文長于策也。

問：科舉沿革，名實綦殊。秀才、舉人、明經、進士，名於何昉，寧與今同？一門數秀才爲榮者何人？鄉貢不第再舉者何制？殿試始不黜者何代？唐後四門之舉，宋制三舍之等，明立積分之法，其例若何？或一榜盡賜及第，或通場不録一人，謄録搜檢之密，分路取中之寬，各占本經，別考回避，事有由創，語不相沿。至于宗室在位，辟舉何時？漢之高才爲某，唐之舉首爲誰？若有宋之世，玉牒尤緐，賜及第者何人？試經義者何取？考尋其制，曷臚以對。

取士科目，昉于成周而盛于兩漢。《周禮·天官·小宰》：『書其能者與其良者以告於上。』鄭司農云：『若今舉孝廉賢良方正茂才異等。』《地官》：『鄉大夫三年大比，考其德行道藝而興賢者能者。』鄭司農云：『興賢者，謂若今舉孝廉。興能者，謂若今舉茂才。』至進士之名，見於《禮記·王制》。而秀才之目，改於光武中興。《漢書》：『元封五年詔曰：其令州郡察吏民有茂才異等。』應劭曰：『舊言秀才避光武諱，偁茂才。』是也。《大唐新語》云：『隋煬帝置明經、進士二科。唐制有六科，一曰秀才，二曰明經，三曰進士。』當時以詩賦取者謂之進士，以經義取者謂之明經。至秀才甚難得。《唐書·職官志》云：『秀才有唐以來無其人。』又《杜正倫傳》云：『一家三秀才，甚爲當時偁美。』又《張昌齡傳》云：『本州欲以秀才舉之，昌齡以時廢此科已久，固辭，乃充進士貢舉及第。』是秀才之目，舉進士者所不敢居，非若以生員爲秀才也。舉人者，舉到之人。《北齊書・鮮于世榮傳》云：『與袁修在尚書，簡試舉人。』非若以舉人爲一定之名也。孝廉者，辟舉之目，非若以舉人爲孝廉也。明經一科，唐時與進士竝取，宋初罷而始復，非若以貢生爲明經也。進士乃諸科之一，傳中有言舉進士者，有言舉進士不第者，非必已登科爲進士也。《宋史・仁宗紀》：『嘉祐二年，賜進士諸科及第出身八百七十七人。』親試舉人免黜落始此。《唐志》取士之科有俊士。開元七年，敕通一經有文辭、史學者入四門學，爲俊士。《宋史》：『元豐二年，詔定大學條制，爲大學三舍選察升補之法，置外舍生、內舍生、上舍生。』至明，又立積分之法。《詒謀録》云：『舊制殿試，皆有黜落，自張元以積忿降元昊，爲中國患，于是群臣建議歸咎於殿試。嘉祐二年，詔進士與殿試皆不黜落。』《册府元龜》：『唐天寶十載，上試懷才抱器舉人，敕曰：闕於聚學，莫可登科。竝放更習學。』是通場皆下第也。《玉海》云：『宋淳化崇政殿試，又爲糊名之制。景德四年，陳彭年詳定程式，又建糊名法。祥符四年，始置謄録院，令彌封官封卷付吏録本，命京官校對。是時晁迥等詳定《禮部貢院條制》，試日，禁張燭，預納書。』《明史》：『洪熙元年，禮部奏定取士之額，南士取十之六，北士取十之四。後又令南北各退一卷，爲中卷。』《石林燕語》云：『初貢舉法未備，公卿子弟多艱於進取，蓋恐其請託也。慶曆以來，有官人仍別立額，于是進取者始自如矣。』《漢書・昭帝紀》：『始元二年，以宗室毋在位者舉茂才，劉辟疆、劉長樂皆爲光禄大夫。』《玉海》：『漢宗正有郡國歲計上籍之文，劉向以高才進對。唐宗正歲送進士二十人，與國子監、京兆府相比。李程、李肱皆爲舉首。』唐中宗詔宗室業成堪貢者，宗正專試送監舉如常法。又李麟舉宗室異能，轉殿中侍御史。宋皇祐元年，叔韶進所爲文，試學士院，賜進士及第。仁宗曰：『前此未有。』五年，詔宗室通一經者試之。元豐二年，詔以經義論試宗室，叔盎賜出身。四年，汛之等祕閣試文論。六年，令緜等祕書省試經義。舊解省皆七人取一，淳熙中，詔省試十人取一。宣和六年，宗室始十八人五等。此宗室科名大凡也。

問：分職授政，理世所資。邃古以來，各紀其瑞。雲龍水火之官，服虔詳考名職；五雉九扈之屬，賈逵統舉攸司。上世官名，猶有表見。大昊九庖，軒轅四史。大醫以主方藥，四監以合秩芻。《舜典》既命百官，書傳别指八伯，何與？堯有田師、木工、射官、弓正、謁者、大理、大尉、封人、掌庾、宗官，非出正經，或出後世。《舜典》既命百官，書傳别指八伯，何與？夏之車正、遒人、水官、農率，商之司直、牧守、御門、守藏，皆有職司，何所考證？周六官以降，《唐六典》以前，百官五曹之類，《品令要録》等編，具有成書，試詳目録。

上古之世，屮昧初開，設官無幾，命名從實。《左傳》：『郯子對問官。』正義引服虔云：『黄帝受命，得景雲之瑞，故以雲紀事，以雲名官。蓋春官爲青雲氏，夏官爲縉雲氏，秋官爲白雲氏，冬官爲黑雲氏，中官爲黄雲氏。炎帝以火名官，春官爲大火，夏官爲鶉火，秋官爲西火，冬官爲北火，中官爲中火。共工以水名官，春官爲東水，夏官爲南水，秋官爲西水，冬官爲北水，中官爲中水。大皞以龍名官，春官爲青龍氏，夏官爲赤龍氏，秋官爲白龍氏，冬官爲黑龍氏，中官爲黄龍氏。』傳又云：『五雉爲五工正，九扈爲九農正。』正義引賈逵云：『西方爲鷷雉，攻木之工也；東方曰鶅雉，摶埴之工也；南方曰翟雉，攻金之工也；北方曰鵗雉，攻皮之工也；伊雒而南曰翬雉，設五色之工也。春扈分循，相五土之宜，趣民耕種者也；夏扈竊元，趣民耘苗者也；秋扈竊藍，趣民收斂者也；冬扈竊黄，趣民蓋藏者也；棘扈竊丹，爲果驅鳥者也；行扈唶唶，晝爲民驅鳥者也；宵扈嘖嘖，夜爲農驅獸者也；桑扈竊脂，爲蠶驅雀者也；老扈鷃鷃，驅民收麥，令不晏起者也。』按服説與應劭注《漢書》同，賈説與樊光注《爾雅》同，要皆有所本。正義以爲不經，過矣。至上世官名，崔實《政論》云：『大昊之世，設九庖之官。』《拾遺記》云：『黄帝置四史以主圖籍。』張揖《漢書注》云：『岐伯者，黄帝大醫屬，使主方藥。』《通典》云：『黄帝立四監，以治萬國。』《淮南子》云：『堯命稷爲大田師。』《列仙傳》云：『赤松子堯時爲木工。』《月令》正義云：『羿爲堯時射官。』《唐書・宰相表》云：『青陽氏弟五子揮爲弓正，始制弓矢。』《後漢志》注引荀綽《百官表》云：『謁者乃堯之尊官。』《管子》云：『皋陶爲李。』《説苑》云：『皋陶爲大理。』《月令》正義引《中候》云：『舜爲大尉。』《通志》云：『庾氏堯時掌庾大夫。』鄭注《周禮》云：『宗伯，堯典秩宗；宗官，又主鬼神。』《書大傳》云：『自義和後分置八。』《左傳》引《夏書》曰：『遒人以木鐸徇于路。』注：『行人之官。』《國語》云：『冥勤其官而水死。』注：『冥爲夏水官。』《夏小正》云：『農率均田。』《月令》正義：『農率，田畯也。』《淮南子》云：『成湯有司直之官。』《後漢書》云：『季歷克無余之戎，大丁命爲牧司。』《莊子》云：『湯得其司御門尹。』《史記》云：『老子者，周守藏室之史。』自周以降，《漢書·敘傳》云：『漢有《百官簿》。』又《藝文志》云：『《五曹官制》五篇，漢制，似賈誼所條。』《隋志》云：『《漢官解詁》三篇，王隆撰，胡廣注。《漢官儀》十卷，應劭撰。《漢官典職儀式》二卷，蔡質撰。』又《百官表》注引《漢官名秩簿》，《後漢·百官志》注引應劭《漢官名秩》，又引《晉公卿禮秩》。《中興書目》云：『《東漢百官表》一卷，不知作者。』《隋志》云：『《百官表注》十六卷，晉荀綽注。梁有荀攸《魏官儀》一卷、徐宣瑜《晉官品》一卷、《晉百官儀服録》五卷、《大興定官品事》五卷、《百官品》九卷，亡。』又云：『《齊職儀》五十卷，王珪之撰。《宋職官記》九卷，《職官要録》三十卷，梁陶彦藻撰，《魏晉百官名》五卷，《晉百官名》五卷，又三十卷。』《晉志》引《魏品令》，《後魏·禮志》引《晉官品令》。《後魏書》又云：『大和十五年，定官品，作《職員令》二十一卷行之。』《唐志》又有《魏官品令》一卷。凡此皆在《唐六典》以前也。

問：律，累也。令，領也。制字之始，微義可思。後有作者，綢加密矣。畫衣異服之示，畫地刻木之風，庶求之三代以上乎？舜典明刑，皋陶造律，其遺文猶有所存否？夏有正刑，商有獻令。左氏所謂禹刑、湯刑，古人以爲孰得孰失？《周官》有三刺、三宥、三赦、五禁、六約、八議、八成，成誦在胸，試羅厥目。管仲之七法，箕子之八條，鄧析之竹刑，屈原之憲令，至李悝法經，而名類以分，體例何若？凡此皆炎漢以上、蕭何之前，善讀書者，兼讀律焉。有所發明，務爲詳著。

《釋名》云：『律，累也。累人心使不得放肆也。』『令，領也。理領之使不得相犯也。』《管子》云：『黄帝治天下，置法而不變。堯之治也，善明法察令而已。』《淮南·精神訓》云：『神農無制令而民從，唐虞有制令而無刑法。黄帝治天下，法令明而不闇。』《魯語》云：『堯能單均刑法以儀民。舜之命官，先教養而後及于刑，于是命皋陶作士。』按此皆三代以上律令之原也。若考三代遺文，《甘誓》云『威侮五刑』，《左傳》引《夏書》曰『昏墨賊殺皋陶之刑』，《書大傳》云『夏刑三千條』，《法言》云『唐虞象刑惟明，夏后肉辟三千，不膠者卓矣』。《周書·王會解》：『伊尹朝獻《商書》，湯問伊尹曰：其爲四方獻令。伊尹受命，於是爲四方令。』又《書·康誥》：『王曰：外事汝陳時臬司，師兹殷罰有倫。』正義：『周承於殷後，刑書相因，故兼用其有理者。謂當時刑書或無正條，而殷有故事可兼用。若今律無條，求故事之比也。』按此言是矣。然周之法令，實始于文王。《左傳》偁周文王之法曰：『有亡荒閲，所以得天下也。』《公羊傳》亦言繼文王之體，守文王之法度。自周公作《周禮》而法於是大備。秋官司刺掌三刺、三宥、三赦之法，以贊司寇聽獄訟。以此三法者求民情，而施上服下服之辠、士師之職，掌國之五禁之法，以左右刑罰，皆以木鐸徇之於朝，書而縣于門閭。司約掌萬民之約劑，治神之約爲上，治民、治地、治功、治器、治摯之約次之。大約劑書宗彝，小約劑書丹圖。士師掌士之八成，曰邦汋、邦賊、邦諜、犯邦令、撟邦令、爲邦盜、爲邦朋、爲邦誣。小司寇以八辟麗邦法，附刑罰議親議故議賢議能議功議貴議勤議賓之辟。按此周之盛時所用。其後穆王耄荒，度作刑以詰四方。故《左傳》云：『夏有亂政而作禹刑，商有亂政而作湯刑，周有亂政而作九刑。』三辟之刑，皆叔世也，極言其流弊也。厥後列國亦自造刑。《管子》云：『周鄭之禮移則周律廢矣。』又七法弟六法謂則象法化決塞心術計數。按此七法之目也。《漢・地理志》云：『殷道衰，箕子去，之朝鮮，教民以禮義。樂浪朝鮮民犯禁八條，相殺以當時償，相傷以穀償，相盜者没入爲其家奴婢，欲自贖者，人五十萬。雖免爲民，俗猶羞之。是以民不相盜，無門户之閉。今犯禁寖多，至六十餘條。可貴哉！仁賢之化也。』師古曰：『八條不具見。』《左傳・定九年》：『鄭駟歂殺鄧析而用其竹刑。』《史記》云：『楚懷王使屈原造爲憲令。』它如《左傳・襄九年》『宋使樂遄庀刑器』，注：『刑書。』《昭六年》『鄭人鑄刑書』、《昭七年》『楚芋尹無宇曰：吾先君文王作僕區之法曰：盜所隱器，與盜同辠，所以封汝也』，《昭二十九年》『晉趙鞅、荀寅賦晉國一鼓鐵，以鑄刑鼎。遂鑄范宣子所爲刑書焉』，此列國之刑也。《晉志》云：『秦漢舊律，其文起自魏文侯師李悝，譔次諸國法，著《法經》。以爲王者之政，莫急於盜賊。盜賊劾捕，故著《囚捕》二篇。其輕佼、越城、博戲、假借、不廉、淫侈、逾制爲《雜律》一篇。又以其律具其加減，是故所著六篇而已。然皆辠名之制。商君受之以相秦。漢承秦制，蕭何定律，除參夷盜誅之辠，增部主見知之條，益事律興廄户三篇，合爲九篇，此漢律之原也。』

對策卷六

問：天子巡守之禮，《舜典》《王制》具詳。崔靈恩謂唐虞二十年一周，周四十八年一周。王通謂舜一歲而巡五嶽，國不費而民不勞。其説各殊，孰爲定論？出必以四仲月，亦有義與？歸格於藝祖，所謂歸者，歲四嶽而歸，抑時一歲而歸？格於藝祖，何不及禰？行造乎禰，何不及祖？《周禮》六官，巡守有事，土訓、誦訓，職方、土方，大師、大馭，掌舍、巾車、校人，司市、司儀、大行人，各帥厥職。試按其文，祝宗之璋瓚三等，覲禮之方明三成。凡説禮者，一一詳言之。

《舜典》云：「五載一巡守。」《王制》云：「天子五年一巡守。」鄭注：「天子以四海爲家，時一巡省之。五年，虞夏之制也。周則十二歲一巡守。」正義：「虞夏之制者，《堯典》云『五載一巡守』，此正謂虞也。以虞夏同科，連言及耳。若夏與殷，依《鄭志》當六年一巡守。《大行人》云十有二歲，王巡守殷國，故知周制十二年也。」按《白虎通義》：「所以巡守者何？巡者，循也。守者，收也。爲天子巡行守土，收民道德，太平恐遠近不同化，幽隱不得其所者，故必親自行之，謙謹重民之至也。所以不歲巡者何？爲太煩。過五年爲其太疏。因天道三歲一閏，天道小備；五歲再閏，天道大備，故五年一巡守。」以此言之，夏殷六歲者，取半一歲之律吕也；周十二歲者，象歲星一周也。』今按，《通典》引崔靈恩《禮注》云：『取歲星一周，天道之備數。』又云：『唐虞二十年一周，周四十八年一周。』皆與鄭注相發明。若王通云『舜一歲而巡五嶽，國不費而民不勞』，無論當時無五嶽之名，且一歲偏巡，尤爲非制。此作僞者心勞日拙也。出必以四仲月者，《白虎通義》云：『巡守所以四時出何？當承宗廟，故不逾時也。以夏之仲月者，同律度當得其中也。二月八月晝夜分，五月十一月陰陽終。』『歸格于祖禰』，正義引鄭注《尚書》云：『每歸格于祖，既言每歸，似是嶽別一歸。若嶽別一歸而更去，便是路遠，無由可至。《尚書》既云巡守四嶽，既云五載一巡守。鄭云每歸者，謂每五年巡守而歸也。』『祖禰』，《尚書》作『藝祖』，釋文引馬、王云：『藝，禰也。』《白虎通義》引《書》作『祖禰』。《説文·示部》無『禰』字，有者《字林》所加。疑古本作『藝』，或作『昵』。《爾雅》云：『昵，近也。』《高宗肜日》云：『典祀無豐于昵。』釋文引馬云：『昵，考也。謂禰廟也。』是書言考廟及祖廟之明證。孔傳訓『藝』爲『文』，失之矣。至《王制》下文『造乎禰不及祖』者，《白虎通義》云：『造于禰獨見偁何？辭從卑，不敢留尊者。至禰不嫌不至祖也。』《周禮·六官》：『巡守時所有事者。』《地官·土訓》《誦訓》竝云：『王巡守則夾王車。』《春官》：『大史執同律以聽軍聲。』『巾車掌公車之政令，辨其用與其旗物而等敍之，以治其出入。』《夏官》：『大馭掌玉路以祀及犯軷。』『校人掌王馬之政。凡將有事于四海山川，則飾黃車。』『職方氏掌天下之圖。王將巡守，則戒于四方。』『工方氏掌土圭之法，王巡守則樹王舍。』《秋官》：『大行人掌大賓客之儀，以親諸侯。十有二歲，王巡守殷國。』『司儀掌九儀之賓客擯相之禮，以詔儀容揖讓之節。將合諸侯，則令爲壇三成，宫旁一門。』《王制》又云：『諸侯賜圭瓚，然後爲鬯。未賜圭瓚，則資鬯于天子。』注：『珪瓚，鬯爵也。』正義：『賜圭瓚，亦謂上公九命者。若未賜，則用璋瓚。故《小宗伯》注云：「天子圭瓚，諸侯璋瓚。」既不得瓚，則用熏。故《王度記》云：「天子以鬯，諸侯以熏。」是也。』『覲諸侯』，正義：『《覲禮》云：「爲宫即言加方。」明經文相連。鄭注云：「王巡守于方嶽，亦爲此宫。」則亦有方明，但文不具耳。故巡守祭天燔柴，祭地瘞埋，皆是祭方明也。』

問：田獵之制，以講武肄禮，古重舉之。《易》偁王用三驅，《禮》言一歲三田。顧《王制》《國語》《公羊》皆曰三田，而《左傳》《穀梁》《爾雅》則云四田，數曷爲異，名曷爲殊？《周禮》四時田各有主用，鄭注《大司馬》，何不釋蒐。《夏小正》『十一月王狩』，《月令》『季秋以田獵』，或疏其失，孰得其宜？不合圍，不掩群，以廣仁也。《周書》紀武王所獲，甚于風毛雨血，何邪？《春秋》書狩者幾？書蒐者幾？成有岐陽之蒐，石鼓或出其時。乃有謂文王時物，有謂宣王時物，有謂秦始皇物，有謂宇文周物，言古文者其臚斷之。

古天子諸侯田獵，所以除田害、供祭祀、簡士衆也。《易》曰『王用三驅失前禽』，馬氏依《王制》爲説。《王制》云：『天子諸侯無事則歲三田，一爲乾豆，二爲賓客，三爲充君之庖。』鄭注：『三田者，夏不田，蓋夏時也。』《周禮》：『春曰蒐，夏曰苗，秋曰獮，冬曰狩。』按《王制》與《國語》《公羊傳》皆合，與《周禮》《左傳》《穀梁傳》《爾雅》不同。何休《廢疾》云：『《運斗樞》

曰夏不田，《穀梁》有夏田，于義爲短。」鄭釋云：『四時皆田，夏殷之禮。』《詩》云『之子于苗，選徒囂囂』，夏田明矣。孔子雖有聖德，不敢顯然改先王之法以教授于世。若其所欲改，具陰書于緯，藏之以傳後王。《穀梁》四時田者，近孔子故也。《公羊》正當六國之亡，讖緯見讀，而傳爲三時田。作傳有先後，雖異不足難《穀梁》也。又釋云：『歲三田，謂以三事爲田，即上一曰乾豆之等是。深塞何休之言，當以經爲正也。』又鄭注《周禮·大司馬》云：『夏田爲苗，擇取不孕任者。若治苗取去不秀實者。秋田爲獮。獮，殺也。中殺者多也。冬田爲守，言守取之，無所擇也。』按鄭不釋蒐者。蒐，擇也，亦謂擇取不孕者，以義可知。故不解也。《夏小正》云『十有一月王狩』，傳曰：『狩者，言王之時田。冬獵爲狩。』《月令》云：『季秋之月，天子乃教以田獵，以習五戎。孟冬之月，天子乃命將帥講武。』鄭注：『凡田之禮，惟狩最備。』按說者謂與《小正》不合。夫秋冬皆有田獵，《月令》所言，自與《小正》不相侔也。《王制》云：『天子不合圍，諸侯不掩群。』賈誼書亦云：『不抵禽，不詭遇，逐不出防。』而《逸周書·世俘解》言武王狩，禽虎二十有二，貓二，麋五千二百三十五，犀十有二，氂七百二十有一，熊百五十有一，羆百一十有八，豕三百五十有二，貉十有八，麈十有六，麝五十，麋三十，鹿三千五百有八，甚于漢賦所謂風毛雨血者。據孔晁注，武王克殷，遂總其圃所獲禽獸。然則與《孟子》言驅虎豹犀象而遠之，可以相證也。《春秋》書狩，桓四年郎，莊四年郜，僖二十八年河陽，哀十四年西獲麟，凡四。書蒐者，昭八年紅，十一年比蒲，二十二年昌閒，定十三年比蒲，十四年比蒲，凡五。《左傳·昭十四年》：『楚椒舉曰：成有岐陽之蒐。』注：『成王歸自奄，大蒐于岐山之陽。』正義：『《書序》云：成王歸自奄，在宗周誥庶邦，作多方。于時諸侯大集，故謂岐陽之蒐在此時。』又《晉語》『叔向曰：昔成王盟諸侯于岐陽。』是成王之蒐于岐陽甚著，故石鼓之作，皆指此時。或以爲文王，則因始遷于岐。或以爲宣王，則因《車攻》《吉日》之詩。或以爲秦始，則以其多刻石。然其都皆在岐東，與西歸不合。惟《史記》『秦文公三年，東獵汧渭之閒』，《水經注》引其文，于汧水下而盛言汧水之多魚，與鼓文『漁于汧水』適合。文公四年爲周平王八年，當時用籀書，鼓正作籀文。而文公四年始遷都汧渭之閒，其時尚居秦州西垂宮，故曰西歸。且詞亦與《車鄰》《駟鐵》《小戎》相近。曰「天子永寧」『燕樂天子』『來嗣王始』等語，皆祝平王之詞。蓋此文出于秦文公也。金荏平、馬定國斷以爲宇文周物，固無實據。或又指爲周武帝時，皆非也。

問：《虞書》同律度量衡，《漢志》黄鐘根本萬事起數之法何若？古以百二十斤爲石，今以十斗爲石，是權通乎量也。古析寸爲分，今積氂亦爲分，是度通乎權也。古五度有引而今無，權有鈞而今無。量之龠變而勺，權之銖變而錢，何以計？大斗小斗，大兩小兩，何以分？漢用黄金，何以論斤？交廣用銀，何以獨盛。唐之錢何以最多？開元錢之幕，何時而始有字？僞黄金之有律也，銀之有鐵胎也，錢之有鉛錫也，其數之有足陌短陌也，史所記者，考其詳焉。

《虞書》曰：『同律度量衡。』《論語》曰：『謹權量，審法度。』《月令》曰：『同度量，平權衡，所以齊民情、利日用也。』《漢志》：『一曰備數，二曰和聲，三曰審度，四曰嘉量，五曰權衡。』起于黄鐘之數度者，分寸丈尺引，所以度長短也。本起黄鐘之長，以子穀秬黍中者，一黍之廣度之，九十分黄鐘之長，千二百黍爲一分。十分爲寸，十寸爲尺，十尺爲丈，十丈爲引，而五度審矣。量者，龠、合、升、斗、斛，所以量多少也。本起于黄鐘之龠，以子穀秬黍中者，千有二百實其龠，以井水準其槩，十龠爲合，十合爲升，十升爲斗，十斗爲斛，而五量嘉矣。權衡者，衡，平也；權，重也，衡所以任權。權者，銖、兩、斤、鈞、石，所以稱物平施，知輕重也。本起于黄鐘之重，一龠容千二百黍，重十二銖。兩之爲兩，二十四銖爲兩。十六兩爲斤，三十斤爲鈞，四鈞爲石。忖爲十八，《易》有八變之象也。按古以百二十斤爲石。制禄之數，皆用量。漢承秦制，始以石爲名。如百石、千石之類。穀長十斗，歛酒一斗一石。移權于量，今以十斗爲石所由起也。古析寸爲分。《説文》：『寸，十分也。』《孫子算經》：『十分爲寸。』自《淮南子》十二粟而當一分，十二分而當一銖，二十四銖爲一兩，是移度于權矣。古五度有引之名。《爾雅》曰：『引，長也。』權有鈞之名，《孟子》曰『舉百鈞』。自《史記・封禪書》言神明臺度五十丈，《晉書・成帝紀》言力人能舉千百五斤，不曰引曰鈞矣。量之龠變而勺，古『龠』『勺』字通用，《玉篇》『礿，一作禴』是也。權有銖之名，漢軹家釜銘重十九斤九銖，又甑銘重四斤廿銖。《唐書》：武德四年，鑄開元通寳錢，徑八分，重二銖四絫，積十錢重一兩。所謂二銖四絫，即此一錢之重。後人遂十分其兩曰錢矣。《漢書・貨殖傳》言黍十大斗，是已有大斗之名，但用以量麤貨。至隋而度量權制一變。《通典》言六朝量三升，當今一升；稱三兩當今一兩；尺一尺二寸當今一尺。《隋志》：大業三年，改度量權衡，竝依古式。雖有此制，竟不能復古。至唐猶有大斗、小斗、大兩、小兩之名也。《漢·食貨志》云：『黄金重一斤，直錢萬。朱提銀重八兩爲一流，直一千五百八十。它銀一流直千。』是當時黄金一兩，才直錢六百，不過今時銀價之半。故文帝賜周勃，至五千斤；宣帝賜霍光，至七千斤，蓋輕金故也。唐之開元，先有錢文，後有年號。馬永卿曰：『唐二百八十九年，獨鑄此錢。雒、并、幽、桂等處皆置監，故開元錢如此之多。而明皇紀號偶相合耳。』《通典》云：『梁初惟京師及三吴、荆、郢、江、湘、梁、益用錢，其餘州郡則雜以穀帛交易。交廣之域，則全以金銀爲貨。』按韓愈奏狀亦言：『五嶺買賣，一以銀也。』自古鑄錢，惟一面有字。明天啓大錢幕有一兩字，崇禎錢有户工等字。僞鑄有律，漢孝景中，定鑄錢僞黄金棄市律，造僞黄金與私鑄錢者棄市。唐大和三年，依奏以鉛錫錢交易者，過十貫以上，所在集衆決殺。《抱朴子》云：『取人長錢，還人短陌。』蓋自晉已然。《隋書·食貨志》云：『梁大同後，自破嶺以東，錢八十爲百，名曰東錢。江郢以上七十爲百，名曰西錢。京師以九十爲百，名曰長錢。中大同元年，乃詔通用足陌，而人不從。至末年，以三十五爲百矣。』唐末以八十爲陌。漢隱帝時，王章又減三錢，始有省陌之名。《金史·食貨志》云：『民間八十爲陌，爲之短錢〔二〕。官用足陌，謂之長錢。』陶岳《泉貨録》云：『閩王審知鑄大鐵錢，亦以開元通寶爲文，五百文爲貫，俗謂之銠励。』董穀《碧里雜存》云：『國初至弘治，皆行好錢。正德時，京師交易者偁錢爲板兒，皆低惡之錢，以二折一，但取如數而不視善否。既而南方亦行板兒，好錢遂閣不行。』按今京師猶有以二折一之例，呼爲小錢。其大錢呼爲老官。板兒即銠励之遺制也。

問：古者務農重穀，爲之立官，以授時勸相，蓋甚慎也。少皞九扈，分職可稽。舜曰后稷，播時百穀，官何以敢名后？穀何以獨舉稷？稷本周棄，亦偁農師。夏有農率，見于何書？周有田畯，名于何取？漢有宜禾都尉、稻田使者、耤田令、好農使，至力田與孝弟同置常員，而諸州皆有田正，其制若何？嗇夫微矣，名臣或出其中，具載本傳，曷舉其人？魏典農有校尉、中郎將，疇居其官？唐職官有屯田使、勸農使，制置何地？講求掌故者，對其沿革焉。

古之王者，體國經野，設官分職，而務本重農，所以足國裕民也。《左傳》：『郯子曰：少皞之立，鳳鳥適至。故紀于鳥。』又云：『九扈爲九農正，扈民無淫者也。』正義引賈逵之注九扈甚詳。《虞書》：『帝曰：棄，黎民阻飢，汝后稷，播時百穀。』正義：『稷是五穀之長，立官主此稷事。后訓君也。』《國語》云：『稷爲天官，單名爲稷，尊而君之，偁爲后稷。』故《詩傳》《孝經》皆以后稷爲言，非官偁后也。應劭《漢百官表注》則云：『后，主也，爲此稷官之主也。』《祭法》云：『厲山氏之有天下也，其子曰農，能植百穀。夏之衰也，周棄繼之，故祀以爲稷。』《史記·周本紀》云：『棄爲兒時，好種樹麻菽。及爲成人，遂好耕農，相地之宜，宜穀者稼穡焉。帝堯聞之，遂舉棄爲農師。』《夏小正》云：『農率均田。』《月令》正義：『農率，田畯也。』《詩》云『田畯至喜』，箋：『田畯，司嗇，今之嗇夫也。』《漢書·百官表》云：『治粟内史，秦官，掌穀貨。武帝更名大司農。屬官有耤田令、丞。』又有稻田史，見《溝洫志》。又宜禾都尉、稻農左長，見漢印。《漢書·文帝紀》：『十二年，詔曰：孝弟，天下之大順也。力田，爲生之本也。三老，衆民之師也。廉吏，民之表也。其遣謁者，勞賜三老，以户口率，置三老孝弟力田常員，令率意道民焉。』《續漢·百官志》云：『凡州所監，置農都尉，主屯田殖穀。又凡縣諸曹掾，春夏爲勸農掾，秋冬爲制度掾。又其鄉小者，縣置鄉嗇夫一人。』注：『《風俗通》曰：「嗇，省也。夫，賦也。」』蓋漢時嗇夫之卑，猶得自舉其職，故延爰爲外黄鄉嗇，夫仁化大行，朱邑自舒桐鄉嗇夫，官至大司農；鄭康成少爲鄉嗇夫，俱見本傳。《通典》云：『典農中郎將、典農都尉、典農校尉，竝曹公置。晉大始二年，罷農官爲郡縣，後復有之。隋煬罷典農官。』《通考》云：『淳化二年，置諸路提典刑獄公事，以朝臣充，始命屯田李拱爲之。天禧初，加勸農，俄改提點刑獄勸豐使。』至元時，乃以按察司兼領勸農事耳。

問：衣冠既備，蠶織遂興。大輅椎輪，增華踵事。考六經之文，貢者縞紵，時者絺綌，美者錦繡，儉者布帛。綃見《禮記》，練見《周官》，其餘縓纁，紺緅緇素，皆以色言，不舉其質也。秦漢以下，始有縑紈綺縠。西京有華綾，鄭注有白絹，名與今同，典堪共數。然而《急就》注以紵爲未成布，《方言》以綾爲布之精，義復不同，則又何説？綢訓綢繆，紬訓紬繹，羅訓網羅，緞訓履帖。今所行之字，殆假借通用與？見于《爾雅》，著于《釋名》，臚于《急就》，注于《説文》，素所考校者，悉爲指陳之。

上古艸衣卉服，被鳥獸羽皮。後世聖人治麻絲以爲布帛，觀翬翟之文，榮華之色，乃染爲章采，以成服焉。《禹貢》云『厥篚織縞』，又云『厥貢漆枲絺紵』。《説文》：『縞，鮮色也。』『紵，檾名，細者爲絟，麤者爲紵。』《詩》云『爲絺爲綌』，鄭箋：『精曰絺，麤曰綌。』《説文》：『絺，細葛也。綌，麤葛也。』《秦策》云：『錦繡千純。』《急就篇》『錦繡縵紽離雲爵』，注：『錦，織采爲文也。繡，刺采爲文也。』《釋名》：『錦，金也。作之用功，重其價如金，故字從金帛。』『繡，修也，文修修然也。』《説文》：『錦，襄色織文也。』『繡，五采備也。』《孟子》云：『布帛長短同，則價相若。』《釋名》：『布，布也。布列衆縷爲經〔二〕，以緯橫〔三〕成之也。』又：『太古衣皮，女工之始始于是。施布帛法，使民盡用之也。』《説文》：『布，枲織也。帛，繒也。』《玉藻》云『綃衣以裼之』，鄭注：『綃，綺屬也。』《説文》：『綃，生絲也。』《周禮·染人》云『凡染，春暴練』，鄭注：『練其素而暴之。』《釋名》：『練，爛也。煮使委爛也。』《説文》：『練，湅繒也。』至于縓、纁、紺、緅、緇、素，皆言其色。《爾雅》：『一染謂之縓，再染謂之赬，三染謂之纁。』郭注：『縓，今之紅也。纁，降也。』《説文》：『縓，帛赤黄色。』『纁，淺絳色。』《論語》云：『君子不以紺緅飾。』鄭注：『紺緅，黑之類也。』《説文》：『紺，帛深青揚赤色。』《考工·鍾氏》云：『五入爲緅，六入爲緇。』鄭注：『染纁者三入而成，又再染以黑爲緅。』『緅』，今《禮》俗文作『爵』，言如爵頭色也。又復再染以黑，乃成緇矣。按《説文》無『緅』字，有『纔』字，云：『帛爵頭色，一曰微黑色如紺。』纔，淺也，疑即緅字。又緇，帛黑色也，素，白致繒也。《釋名》：『緇，滓泥之黑色者曰滓，此色然也。』『素，朴素也。已織則功用不復加功飾也。』『縑，今之兼絲絹。』《釋名》：

『縑，兼也。其絲細數兼于布絹也。』《説文》：『縑，并絲繒也。』『紈』即今之輕光絹。《釋名》：『紈，焕也。細澤有光焕焕然也。』《説文》：『紈，素也。』綺即今之華文綾。《釋名》：『綺，欹也。其文欹斜不順經緯之縱横也。』《説文》：『綺，文繒也。』縠即今之漏地紗。《釋名》：『縠，粟也。其形足足而踧，視之如粟也。』《説文》：『縠，細縳也。』《西京雜記》云：『霍光妻遺淳于衍散華綾二十五匹，綾出陳寶光家。寶光妻傳其法。』《天官·内司服》云『素沙』，鄭注：『今之白縳也。』釋文引《聲類》：『縳，今作絹〔四〕。』按古無『紗絹』字，止作『沙縳』耳。《急就篇》『絡紵緼枲裹約纏』，注：『織紵爲布及疏之屬也。』《方言》：『東齊以布帛之細者曰綾。』按織紵謂以苧麻織之布亦有文，故以綾比之。《説文》：『綢，綢繆也。細大絲繒也。』《字林》：『紬，引也。』按此又借帛名它用也。《説文》：『罷，以絲罟鳥也。』『鞍，履後帖也。重文緞，或从系段。』今皆借爲帛名也。

校勘記

〔一〕『爲』，當作『謂』。

〔二〕『經』，原缺，據士鄉堂本補。

〔三〕『横』，原缺，據士鄉堂本補。

〔四〕『作』，原缺，《叢書集成初編》本作『紗』，據士鄉堂本補。